谢冕编年文集

第七卷 1993—1997

北京大学出版社

1992年在英国伦敦大英博物馆

1990年代初在英国牛津大学

1990年代初与英国学生们

1992年在英国伦敦西敏寺桥大本钟下

1992年在荷兰梵高纪念馆

1997年与余光中先生合影

1990年代初在荷兰与洛夫先生等

1990年代初在荷兰与北岛(右二),顾城(右三)等

在北京维兰西餐厅与德国同学聚会（由左及右为张炯，梅薏华，谢冕，戈泰，陈素琰）

《永远的校园》，北京大学出版社 1997 年版

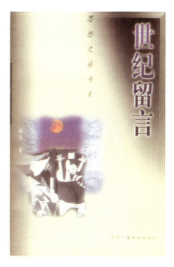

《世纪留言》，中国广播电视出版社 1997 年版

《百年中国文学经典》,北京大学出版社1996年版(谢冕、钱理群合编)

《新世纪的太阳》,时代文艺出版社1993年版
《大转型》,黑龙江教育出版社1995年版(与张颐武合著)
《流向远方的水》,四川人民出版社1997年版

了。主流的涌动突告消失。乱流的迸裂令人目乱心迷。这是中国新诗继"朦胧诗"运动之后的极为重大的变动,它是新诗潮的继续和发展,又是对前者内涵和艺术革命的挑战。在表面看来是漫无节制和充分随意性的多向运行中,可以辨析出这个被称为后新诗潮的运行大体有它确定的挑战目标。它不满于前行者以象征和暗喻为核心的精致的艺术运作,它们主张内容传达和形式表现都应当趋于平民化,并且寻求对于古典影响的更为坚决的剔除。

社会的开放催促艺术对于意识形态的进一步疏离。在后新诗潮的艺术运行中,诗改变了传统的为时代或为群体代言的角色而迅速地个人化。高贵的光圈消泯之后,平凡人的世俗性浮现了出来,诗进一步切近人的生存的本来面目。诗中当然也有焦虑或忧患,但这些多半是不经意的流露,多半是经过分析体会后的获知。

80年代中叶诗所表现的对于唯美的反叛,是这一时期诗潮最让人震惊的事件。一些后新诗潮的弄潮者,似乎着意于对传统美学的作弄,他们无所顾忌地毁损原来被视为珍宝的东西,正如有人说的,如一群猴子闯进了古玩店。但他们"破坏"之中却寓有了新的诗学观念建设的意义。诗的天空一下子被拓宽了,人们从"不美"中获得了新美的概念。

诗的多元秩序的建立开了中国文学多元化的先河。这是中国新文学史迄今为止最动人的一页。打从进入30年代,中国文学运动不知不觉间开始了意识形态制约的主流化的运行。这种运行以60年代"文革"文学为表现的极致。"新时期"对于诗的真实的呼唤,以及归来以后对于伤痕的抚摸,乃至新诗潮的抗议和呐喊,大体上没有改变上述那种主流形态的格局。唯有后新诗潮所展开的景观,方才证实新诗历史的秩序已得到改变。以往线性发展的主流化现象消除了,如今是乱流奔涌的纷杂。这一切,如同大河即将入海的港汊纵横;一切是混乱的美丽,一切又是充满激情的辉煌。我们不想对这段历史做过高的评价,我们只想确认如下一点:除了五四初期那一个短暂的时刻,中国新诗发展的进入常态的运行始于今日。

> 1993 年 3 月 31 日于北京畅春园。

辉煌的震撼*

这是我在美国有关乘坐飞机的另一个故事。这故事仍然没有动人的情节,加上平淡寡味的叙述也许会更加让人失望。然而,我之所以在三年过后的今天重提那件往事,仍然是为了纪念那个事件中我所感受到的人间温情。我从纽约来到芝加哥,在芝加哥逗留数日之后,应当返回西部。在伯克莱和戴维斯加州大学,我有两个学术报告要做,而且,我的朋友们还在西海岸等着我一道吃烤火鸡过感恩节。在芝加哥的最后几天,是许达然教授和他的夫人陪我过的。许教授不会开车,因而夫人是加倍的忙碌,我返回旧金山便是由许教授的夫人亲自驾车相送。

因为有本地主人相陪,我自然一切都很放心。许夫人是电脑专家,她办事讲究效率而且有条不紊。那天中午她请假回来,我们驱车参观了许达然任教的西北大学美丽的校园。校园边上即连接美加交界的密歇根湖(Lake Michigan),那里碧水连天,烟波浩渺,景色极为壮丽,驰车过豪华住宅区,拜谒了一所著名的清真寺,而后,许夫人在一家中国餐馆设宴为我饯行。一切应当进行的节目都进行了,这才驰车奔上了高速公路。

芝加哥机场极大又极复杂。光汽车停车场就是一个庞大的圆形立体建构。我们的车子绕着这一圆形怪兽不知转了多少圈,就是找不到一个泊位。好不容易在某一层的某一个点上有一辆车子开出,刚好填补了那个空位,便取了行李直奔航空港。

---

* 此文刊于 1993 年 4 月 6 日《中国财经报》。据此编入。

我们从几座楼高的停车场下来,又乘电梯升至六层,然后是一系列的传送带,一系列的红绿灯,眼花缭乱的数字指示,看手表,已是快要起飞的时间了。

我们奔走到了要乘坐的那家航空公司的柜台前,那柜台已经收盘停止业务。知道飞机尚未起飞,美国航空公司的敬业精神立即体现了出来。我们被允许在一个柜台办理一切登机手续。办事人员为我一个人开动了行李转送带,并且立即给我发了登机卡。

我不顾一切向前奔去,急忙中摔倒,提包爬起再拼命飞奔。我把许夫人甩在了身后,因为飞机就要起飞。这一路现在是空空荡荡,又因为人迹稀少而通道更显得漫长无边——这在我的经历中最为艰难的最难到达的短暂。一个门又一个门,一个通道又一个通道,我终于望见了我要登机的那个门!

也就是这个时候,一幅最让人动心的情景出现了!美国空中小姐在已经寂静的过道中见我不顾一切地飞奔而来,很远很远,她便用微笑迎我。而后,她做了一个动作:双手向前平伸、下按,这是希望我放慢速度不用着急的信号。她显然担心这样的快速跑步会出现什么意外。我没有减速,仍然竭尽全力飞奔着向她靠近。这时,她又向我发出另一个动作,她用自己的双手抚摸着胸部,做着缓慢喘息的样子,这是又一个体贴而安慰的信号。她以极亲切的姿态接受了我的登机卡,并且告诉我:"你没有晚,你还有很多时间。"

其实,从芝加哥飞往旧金山的航班,在我这个迟到的异国旅客登机之后,便立即拆走舷梯、关上机门,飞机震颤它们的翼翅,开始了缓缓地移动。

一切都是那样的让人宽释地美好,没有我早已习惯的粗暴和呵斥,甚至连一丝一毫责备的神情都找不见。我没有按照预定的时间到达机场,这是我的过错。但是,我得到的却是通融的协助、热情的抚慰,这一个细节又一个细节所展现的伟大辉煌,撞击着我的心灵,我感到了巨大的疼痛!

这个公认为科技发达而管理严格的社会,高度精密的计划和执行使它具有在时间和程序面前不留余地的僵硬。然而,这一切在涉及人的利益和尊严等命题时,它又表现出尽可能的宽容和随和。这就是我在这个陌生世界中所感受到的出人不意的人性的温馨。

我来不及回首向穿着高跟鞋紧追着我奔跑的许夫人挥手告别,我也来不及向着用表情和手势给我以安慰的空中小姐道谢,至于那位为我破例承办登机业务的先生,我甚至连他的样子都没有看清。如同上次在罗利的遭遇那样,我一坐定,飞机便向着跑道启动。接着,呼啸一声腾空而起!我已经把用钢铁和数字构筑起来的芝加哥梅格斯菲尔德机场(Meigs Field)——这个让人心惊胆战的宏大的怪物——留在身后。我又一次在亚美利加的辽阔空间默会着这里充溢着的博爱精神。

我并没有迷恋这里的一切,我怀念我的故国、亲人和朋友,我已归心似箭。这里让我怦然动心的并不是纽约帝国大厦的雄丽,并不是百老汇高层建筑森林的浓密,并不是华尔街金融王国的珠光宝气,甚至也不是白宫草坪那一片惊人的静穆。这个资本世界的确有许多让人瞠目的新鲜和奇异。但是,它的物质的华盛和丰足却很难能够打动我,因为我来自在文明和文化上是一个富有的国度。但是,当它在我所述及的那些琐细上展显它的辉煌时,于我们心灵便构成了猝然一击,而且成为久远的重压。在这点上,我们的承受力是极其脆弱的——它的充裕反衬了我们的匮缺。

散文的精髓是自由*

写散文时我心情愉悦,尽管我写得很少;写论文时我心情痛苦,可是我却写了很多。感到愉悦是由于前者可以随心所欲,感到痛苦是由于后者受制于人。我私心羡慕甚至嫉妒那些散文作家,为他们所拥有的自由。

在文学这个领域,自由对散文的恩惠比任何文体都多。它可以海阔天空无所不写,又可以行云流水最无定式,散文的体式先天地拒绝规则。散文的精魂是自由,散文的天敌却是规范——不论这规范来自朱自清还是徐志摩,来自丰子恺还是周作人。假若说散文是天国,这里却不存在一体遵从的神圣。

散文可以这样写,可以那样写,也可以想怎么写就怎么写,唯一不可的是大家都这么写。一旦散文创作出现了一种或几种范式,散文的灾难便不可避免。

文体的自由意味着写作的并不自由。正因为散文创作可以各行其是,它也潜伏着不得其门而入的危机。无规则可循的创作好比是海上的冲浪运动,那里的每一个浪头都可能是陷阱,也都可能是机会。散文的品味有雅俗、境界有高低、意韵有浮浅,却没有人告知你将如何登堂入室。散文们臻于佳境有赖于独特的风格和成熟的技巧,但这并非散文所独然。对散文而言,决定胜负的还有比这更具实质的因素。

这是一种面对自身的文体,它的近于纯粹个人化的性质,使

---

* 此文初刊1993年4月24日《光明日报》,收《西郊夜话》。据《光明日报》编入。

它比任何文体都更重视诚实而摒弃虚假。散文的第一主人公是作家自己,第一读者也是作家自己,它往往是作家心灵的私语和倾诉,因此它厌恶并弃绝矫情——人不能对自己都不真实。

散文总是从我说起,它感兴趣的是与我有关的事件、经历、情绪和感受。但这不是说散文与世隔绝,它和世界的联系有它的特殊通道。好的散文必然融进了作家独有的人生感悟和思索,它抒写一己的欢愉和悲哀并非有意地而是自然而然地感动他人。在文学诸文体中唯有散文(也许还有诗)被允许通过这条个人心灵的"窄径"到达社会。这样,作家的品格、情操、文化积蕴,甚至是个人的性格魅力,便成为重要的因素决定着文体运作的成败。

蝴蝶也会哭泣[*]

香港有位诗人出了一本诗集,叫《蝴蝶不哭泣》。当然,他是以诗喻蝶。他把这种表达情感的诗当成了花间蝶影,送给他之所爱。这本诗集勾起了我关于蝴蝶的一些记忆。一些人都喜欢把香港视为沙漠,沙漠就不会有蝴蝶。然而,令我们这些外来人吃惊的是,在这个高度发达的金融社会里,在这个高楼丛林般耸起的国际大都会里,蝴蝶依然在飘飞,在繁衍。

我所在的岭南学院,建于半山地带。由这里向前俯瞰,东为铜锣湾,西为中环,正面对着湾仔的繁华市区。都市挤到了山间。于是岭南学院找到了一个绝好的位置,它背倚金马伦山,苍郁的亚热带植物瀑布般向它倾泻而来。岭南学院整个的就笼罩在绿海中。山间有奇花异草,温湿的气候使百卉丛生。山间上下有来来往往锻炼身体的人,可是森林却被保护得无懈可击。于是,这里也成了蝴蝶世界。蝴蝶飞到操场上,走廊里。

香港这一景观改变了我们从别处得到的定见,即这里不仅是文化沙漠,而且也是名副其实的自然沙漠。不对了,六百万固定人口,加上数十万流动人口的密集区,而自然生态相对来说,却得到良好的保护。噪声和粉尘都比我生活的那座名城少。在那座城里生活,鞋面和领口半天就可以蒙尘变黑,而这里不会。所以,这里的蝴蝶不哭泣。

勾起的一段记忆是,上个月的某日在内地,一位来自云南的

---

[*] 此文初刊1993年8月19日《星岛日报·文艺气象》。据此编入。

诗人向我说起了那里的一则新闻。是这则让我吃惊的新闻给了我这篇文字的题目：蝴蝶也会哭泣。不幸的蝴蝶在另一些地方哭泣，其中包括我情有独钟的丰富、美丽、神奇的土地：云南。

云南是蝴蝶的王国。据说它拥有世界上最多的蝴蝶品种。云南有非常奇妙的自然景观，有一些地区，高寒地带的雪山冰峰和河谷地带的热带雨林共存于同一时空。它有外边罕见的"立体气候"。大理蝴蝶泉是造物者赐给云南的天下瑰宝。二十年前我到大理，就听说蝴蝶泉看不到蝴蝶了。因为农药的大量施放，以及空气污染。那地方尽管以极度的诗意诱惑着我，但是，与其在现实中失望，不如在想象中永存那美好。那时我有一段很长的时间住在下关，但仍然不去咫尺之近的蝴蝶泉。我受现实的伤害已多，我不愿心灵再受创伤。

事情是那位诗人引发的，他说，云南也是为"对外开放"寻找窍门。"开发旅游资源"的一大发明便是捕捉蝴蝶做标本卖钱。他们得意宣布：我们有的是资源，我们的蝴蝶品种最多，也最美丽。这个消息被刊登在当地一家销量很大的报纸的头版显著地位。

这消息之所以让人震惊是人们并没有为已经死去的蝴蝶哀悼，他们似乎着意于毁灭那里的全部蝴蝶。愚钝使人们决心与自然血战到底，他们并不在意毁灭自然的结果是毁灭人类自身，他们只要有钱就行。

蝴蝶会笑吗？蝴蝶会哭吗？在我们那里，在我们号称文明古国的富庶大地之上，蝴蝶的确在哭泣，哭泣死亡将不可挽回地降临。世代繁衍在这片美丽土地上的蝴蝶，也许将为它们濒临灭绝而惊悚。

一九九三年六月二十五日于香港

《徐志摩名作欣赏》编后记[*]

编完这本《徐志摩名作欣赏》,我产生了大欣慰,又有大感慨。长期以来,我对这位在中国文坛在此时和去世后都被广泛谈论的人物充满了兴趣。但我却始终未能投入更多的精力为之做些什么。我的欣慰是由于我毕竟做了一件我多年梦想做的事;我的感慨也是由此而发,我深感一个人很难自由地去做某一件自己想做的事。人生的遗憾是失去把握自己的自由。想到徐志摩的时候,我便自然地生发出这种遗憾的感慨。

想作诗便作一手好诗,并为新诗创立新格;想写散文便把散文写得淋漓尽致出类拔萃;想恋爱便爱得昏天黑地无所顾忌,这便是此刻我们面对的徐志摩。他的一生没有惊天动地的丰功伟业,那短暂得如同一缕飘向天空的轻烟的一生,甚至没来得及领略中年的成熟便消失了。但即便如此,他却被长久地谈论着而为人们所不忘。从这点看,他的率性天真的短暂比那些卑琐而善变的长久要崇高得多。

这是一位传奇性的人物。他与林徽因的友情,他与陆小曼的婚恋,他与泰戈尔等世界文化名人的交往,直至他的骤然消失,那灵动奔放的无羁的一生,都令我们这些后人为之神往。

至少也有十多年了,北京出版社约请我写一本《徐志摩传》。编辑廖仲宣和丁宁的信赖和毅力一直让人感动。他们一直没有

---

[*] 此文为《徐志摩名作欣赏》编后记,中国和平出版社1993年6月出版,收《流向远方的水》。据《徐志摩名作欣赏》编入。

对我失望，每次见面总重申约请有效。但是一晃十年过去，我却不能回报他们——我没有可能摆脱其他羁绊来做这件我愿意做的事。我多么不忍令他们失望，然而，这几乎是注定的，因为迄今为止我仍然没有看到任何迹象实现这一希望的契机。

这次是中国和平出版社计划出版一套这样的书。许树森是该社聘请的特约编辑，他是一位办事坚定的人。他们的约请暗合了我写徐志摩传未能如愿的补偿心理。在他们坚请之下，即使我深知我所能投入的精力极其有限也还是答应了。当时王光明作为国内访问学者正在北大协助我工作。他按照我的计划帮助我约请了大部分诗的选题。他自己也承担了散文诗的全部以及其他一些选题。王光明办事的认真求实和井然有序是有名的，他离开北大后依然在"遥控"他负责的那一部分稿件的收集及审读。王光明走后，我又请研究生陈旭光协助我进行全书的集稿和编辑工作。陈旭光是一位积极热情的年轻人，我终于在他极为有效的协助之下，完成此书的最后编选工作。可以说，要是没有这些年轻朋友的热情协助，这本书的出世是不可能的，我愿借此机会真诚地感谢他们。

我希望这将是一本有自己特点的书。先决的因素是选目，即所选作品必须是这位作家的名篇佳作。这点我有信心，我相信自己的判断力。作为选家我很注意一种不拘一格的独到的选择，本书全录《爱眉小札》以及邀请孙绍振教授撰写长篇释文便是一例。此外，我特别强调析文应当是美文，我厌恶那种八股调子。由于本书析文作者大部都是青年人，我相信那种令人厌恶的文风可能会减少到最低度。

本书欣赏文字的作者除楚楚、蔡江珍、荒林等少数特邀者外，基本来自北京大学和福建师范大学两个学校的教授，访问学者、博士生、硕士生、进修教师。这是为了工作上的方便，也因为这两个学校与我联系较多。这可以说是一次青春的聚会。徐志摩这个人就是青春和才华的化身,我们这个聚会也与他的这个身份相吻合。要是阅读本书的读者能够通过那些活泼的思想和不拘一格的艺术分析和文字表达,感受到青春的朝气与活力,我将为此感到欣慰,这正是我刻意追求的。

　　本书参考引用了《徐志摩诗全编》和《徐志摩散文全编》中的部分注释。特此向上述两书的编者致谢。

现代文化形态的诗意重铸[*]
——香港学者诗综论

题记:尽管香港诗人有很大的流动性,但他们的创作实绩却成为不流动的结晶体保存在这里,默默地生发着它的影响力。

Ⅰ.引言:香港学者诗的特质与作用

在中国新诗发展的历史中,20世纪初叶至20年代出国受高等教育的留学生,以及未曾出国但受过高等教育而成为诗人的,对新诗发展的影响很大。这一部分诗人以学院特有的知识文化氛围把新诗导向离开世俗的高雅化,以及以他们对世界艺术潮流的了解,在引进新的艺术观念和艺术方式、促进中国新诗的现代化进程等方面,都起了先锋的作用。在中国新诗的草创阶段,先后有留美的胡适、冰心、闻一多等;留英的徐志摩、林徽因等;留法的戴望舒、梁宗岱、艾青等;留德的冯至等;以及留日的郭沫若、田汉等,都在促进东西方诗学交流、完善新诗建设等方面建树了不可磨灭的功绩。

---

[*] 此文刊于《现代中文文学评论》1994年第1期。据此编入。作者按:一、此文是1994年6月至8月应岭南学院的邀请在此期间与该院现代中文文学研究中心合作研究的学术成果。笔者在完成这一工作中得到研究中心梁锡华教授和郑振伟先生的帮助,在此谨致谢意;二、笔者刚开始香港诗的研究,对历史资料及现状所知甚少。本文所论仅限于岭南学院为此项合作提供的资料范围。恐有遗珠之憾,容在今后的工作中予以补正。

40年代中、后期,当中国新诗受到越来越沉重的庸俗化的本土文化的封闭性困扰之时,以昆明为基地的西南联大的一群学院诗人直接间接地从国外现代艺术潮流取得力量,从而再度促进了中国新诗的现代化进程。穆旦、郑敏、袁可嘉、王佐良等就是从西南联大走向英美探寻现代诗精髓的一群。由此可见,学院诗人在中国新诗现代化建设中的不可忽视的重要性。

香港本身就是一个国际性的大都会,它既是大的金融贸易中心,又是东西文化的交汇点。它是介乎中国大陆与台湾之间的一个重要的文化结合部。香港本身能够而且已经为中国文化建设的现代进程提供了丰富的经验。香港人才(包括学者、诗人)的流动性也如这个瞬息万变的金融社会一样,使它充满了生机与活力。最近十余年来,香港在沟通和促进台湾海峡两岸的学术、艺术交流所起的积极作用已有目共见,它的文化艺术形态对中国本土的影响也与日俱增。它在改变和更新人们的传统观念方面所具有的潜在影响非常深远。

从总的方面看,香港的诗形态服从于社会形态,作为商品社会的一个组成部分,诗的生产与流通也带有很强的商业意识。这个社会要求诗具有商品的品质,快捷地生产流动而并不要求具有某种长久的价值。一方面,它对诗并不重视,在影视专栏的艺术天地,诗实际上已成为可有可无的装饰。但是,品位很高的诗创作和诗活动在这里依然顽强地存在着并生长着。这方面的评价,我们将在另一个场合予以论述。

现在我们将从学院诗人的角度切入香港诗创作和诗运动的实际,这无疑是作为中国新诗的香港部分最值得重视的成果。要是把香港文化和香港的诗看做是商品意识包裹着的一个球体,外层是商品经济,其内便是商品社会中的文化形态,诗在其中。诗中之最内层则是学者诗。这好比是中国传统工艺象牙套球中的内层的内层。数量不大的学者诗却成为这一社会形态下的诗的最坚实和最稳定的内核。正是由于它的存在,诗才不至于在商品潮流中沉没,也正是由于它的存在,香港的诗能够如茫茫南海波涛中的一颗珍珠,为中国新诗添加璀璨的篇页。

香港是一个发达社会,教育普及,居民的文化水平也高。一般青年受到中等教育之后或在本港或去国外高等学校就读。他们分别得到各种学历和学位回港工作,有的继续在大学任教。这些人中,有一部分人既是学者又是诗人,即一方面从事教学或研究工作,一方面写诗。在中国内地,大学校园内写诗的人很多,但取得学位而且任教于学院或学术团体的诗人,则为数甚少,像冯至、卞之琳、郑敏这样一身而二任的人,在内地实为罕见。而香港不然,香港拥有相当数量这样的诗人,他们实际上在为香港的诗定位,他们的创作对香港诗的优化和纯化有着重大的和深刻的影响。

Ⅱ. 中国文化的当代造像

1982年,余光中在他的诗集《隔水观音》的后记中说过如下一段话:

> 目前我写的诗大概不出两类:一类是为中国文化造像,即使所造是侧影或背影,总是中国。忧国愁乡之作多半是儒家的担当,也许已成我的"基调",但也不妨用道家的旷达稍加"变调";其实中国诗人多半都有这么两面的。另一类则是超文化和超地域的。①

香港学者化诗人的第一个贡献便是余光中在这里讲的他的诗的基调及其变调的"为中国文化造像"的工作。

---

① 余光中:《隔水观音·后记》,《隔水观音》,台北:洪范书店,1987年第4版,第180—181页。

香港由于它的地理的历史的位置特殊，因此，在文化建构中它也有别处所起不到的作用。长期的殖民地处境，使香港居民普遍存在着两种文化选择中的归宿感的困顿。它和大陆毗连，但又彼此生活在迥异的社会制度中，这种又密切又陌生的感觉，使它对那一母体所发生的一切有难以摆脱的牵萦。它又与台湾的联系相对密切，由于同样地漂寄于文化根源之外，更加深了对于文化寻根的悬置感。在香港学者型诗人中，余光中是最为典型的一位。可以说，他由于工作的机缘选择了香港，而香港也使他在这种特殊文化氛围中完成了他为中国文化造像的诗工程。

　　前面我们谈到，流动性是香港文化和香港诗界的一个特征。香港的诗是在这种动态的匆匆来去之间造出它的成就的。许多中国的文化巨人都曾在香港这一繁忙的港口作过短暂的、久长的、甚至是永久的停留。蔡元培和萧红都埋骨于此。戴望舒自1938年至1949年期间在香港生活和创作，居港的时间超过了十年。他的许多名篇如《过旧居》、《示长安》、《元日祝福》、《狱中题壁》等都作于香港。① 所以谈论香港诗界不能不把这种高度流动的形态考虑在内。也就是在这一观念涵盖之下，我们认定余光中的香港诗作是香港诗的重要部分。余光中本人也当然地加入了香港学者型诗人的行列，而且理所当然地成为成就最大、影响也最大的一个成员。

　　余光中自1974年8月应聘到香港中文大学任教，至1985

---

　　① 请参阅卢玮銮著《香港文纵》中的《灾难的里程碑——戴望舒在香港的日子》一义（香港：华汉文化事业公司，1987年第1版，第176—200页）。该文称："戴望舒自抗日战争开始后，就跟许多中国文化人一般，到这个南方小岛来，开始在香港文坛上，用实际工作反映了他对家国民族的热诚与责任感。但跟许多因战争而南来的文化人不一样，就是他没有及时离开香港，致令他与香港一同陷于日本人手中。三年零八个月的陷敌生涯里，既令他写出《狱中题壁》、《我用残损的手掌》、《等待》、《过旧居》等开拓了思想和感情领域的诗篇，但同时，也很不幸，残损了他的健康和无法避免地在他一生中添了一细污玷。"（第176页）

年8月离任,在香港居住的时间长达十一年。诗集《与永恒拔河》、《隔水观音》和《紫荆赋》都是在香港的创作结集。余氏自述:"三本集子加起来,得诗一九一首;除去在台湾客座的那一年所产,仍有一五六首,约为我迄今总产量的四分之一。"[①]余光中在香港定居的时间比戴望舒还要长,他在香港创作的诗的数量甚至超过了戴望舒毕生诗作的总数。余光中把他在香港创作称为"香港时期",可见他对这段创作经历的重视:"这十年,住在中文大学别有天地的校园,久享清静的山居,饱饫开旷和海景,是我一生里面最安定最自在的时期。回顾之下,发现这十年的作品在自己的文学生命占的比重也极大。"[②]

关于这一点,黄维梁在他的《香港文学初探》一书的"香港作家的定义"中,对此有过专门的辨析:

> 来港前已享盛誉的余光中,直至现在他已在香港住了八、九年,在此地写作和发表的诗文、评论、翻译,大概有十本书的分量,而内容与香港的生活和文化相涉的故不少;余氏又经常参与香港的文学活动,他还不算是香港的作家吗?余光中在香港所完成的作品,仅仅就量而言,已比很多道地的香港作家丰富了若干倍了。[③]

香港时期余光中诗创作的最重要的收获,是他以对于乡愁主题的完成,最终达到了对中国百年来最大的离乱所产生的悲剧诗作的概括。这种概括的历史使命落在香港学院诗人的头上。可以说,历史选择了香港,而香港选择了余光中,这是一个

---

① 余光中:《回望迷楼》(自序),《春来半岛》,香港:香江出版公司,1985年第1版,第2—3页。
② 同上,第2页。
③ 黄维梁:《香港文学研究》,《香港文学初探》,香港:华汉文化事业公司,1988年第2版,第16—17页。

定数,并非偶然。余光中在香港的时期,是中国"文革"后期,以及"文革"结束之后的历史转型的重要年代。从极端的专制和封闭到初步的开放这一重要时期给了诗人以有利于诗情展开的时间机遇,即通常所谓的天时。

但仅有天时不行,还得适当的地利予以配合。这地利便是香港的有利的地理位置:

> 香港在各方面都是一个矛盾和对立的地方。政治上,有的是楚河与汉界,但也有超然与漠然的空间。语言上,方言与英文同样流行,但母音的国语反屈居少数。地理上,和大陆的母体似相连又似隔绝,和台湾似远阻又似邻居;同时和世界各国的交流又十分频繁。①

地理位置如此,对于诗人而言,更是一个便于"每依北斗望京华"的所在,"因接近大陆而心情波动,梦魂难安。起初这港城只是一个瞭望台,供他北望故乡,他想拨开梦魇,窥探自己的童年"②。

余光中就是置身于这样的时空,开始并完成了他的诗的"香港时期"。在来港之前,余光中便以怀乡为主题,写出了一系列在中国新诗史上堪称杰作的作品如《乡愁》、《乡愁四韵》、《白玉苦瓜》等,但是,十年的香港生活改变了以往只是在冥想中实现的乡愁主题的状态,而如今那冥想的一切变得是可以触摸的现实。他们居住的沙田,是与中国大陆连成一片的新界地区。在这里,可以感受到这片广袤的黄土地的呼吸、脉搏和体温。这当然对诗人的故国情思是一次再唤醒。

在这里,诗人能够更为真切地把握遥隔数十年的山川河海

---

① 余光中:《与永恒拔河·后记》,《与永恒拔河》,台北:洪范书店,1986年第6版,第201—202页。

② 余光中:《回望迷楼》(自序),《春来半岛》,第2—3页。

所给予他的思念的苦情。他站在半岛尽头的一个窗口,站在中国大陆最南端的新界沙田眺望他萦怀的中原,他把这一切谑称之为"大陆的余味"。这余味是如此的刻骨铭心,咀嚼愈久便愈是苦涩。在沙田咀嚼这一片苦涩自然与台岛不同,因为透过那茂密的树丛,循着九广铁路的铜轨便可寻到大陆的余迹。这种即目可见的位置,在余光中的诗中造成的最生动的结果,便是他在《雨后寄夏菁》那首诗中,当年听到的那只只蟋蟀的吟唱:

纵长城走万里运河流千年
也难抵细细的一丝蟋蟀
把忘归的浪子牵回
北方的灶头啊南方的井湄①

如今这鸣叫不仅频繁地出现,而且愈唱愈近了。在他来港后的第一本诗集中,蟋蟀就在《中秋月》②下出现,那由"二十五年一裂的创伤"中感到长安城头一轮月乃是一面迷镜的,是一只蟋蟀的提醒。而后,在《蟋蟀和机关枪》中,他论证蟋蟀的吟唱比机关枪更耐听且有力:"机关枪证明自己的存在,用呼啸/蟋蟀,仅仅用寂静。"③

寂静时节,虫声透过窗纱,侵入梦的深处,侵入心灵的空洞之中,它的威力震撼一切。在沙田的夜深时节,总有那么一只彻夜不眠的精灵,啃啮着诗人一颗装满乡愁之心:"听一切歌谣一切的草里,蟋蟀也是那一只在吟唱,触须细细挑起了童年,挑童年的星斗斜斜稀稀。"④到了1978年秋天,他诗中再一次出现蟋蟀的鸣叫。这一次蟋蟀吟是诗人对于蟋蟀眷眷不释的集大成。

---

① 见余光中诗集《白玉苦瓜》,台北:大地出版社,1990年第15版,第115页。
② 《中秋月》,《与永恒拔河》,第16—17页。
③ 同上书,第126页。
④ 见余光中诗《沙田之夜》,《与永恒拔河》,第7页。

它不若台北那般缥缈,也非在梦境中,而是沙田厨房一角的具体的虫吟:

> 中秋前一个礼拜我家厨房里
> 怯生生孤伶伶添了个新客
> 怎么误闯进来的,几时再迁出
> 谁也不晓得,只听到
> 时起时歇从冰箱的角落
> 户内疑户外惊喜的牧歌
> 一丝丝细细瘦瘦的笛韵
> 清脆又亲切,颤悠悠那一串音节
> 牵动孩时薄纱的记忆
> 一缕缕的秋思抽丝抽丝
> 再抽也不断,恍惚触须的纤纤
> 轻轻拨弄露湿的草原①

最动人的是此时最后的那一反问:"就是童年逃逸的那只吗?/一去四十年又回头来叫我?"这一反问后来引出了大陆诗人流沙河同样动人的一首诗《就是那一只蟋蟀》,是和余诗作回应的。流沙河说过,中国诗中的蟋蟀由来已久,诗经就开始写,所以借蟋蟀传达乡情忆旧等等是中国传统。② 余光中的乡情主题有通过蝉鸣有通过鹧鸪来表达的,但唯有蟋蟀出现最多,也最能打动读者的心弦。

可以说,香港时期的余光中诗创作的一个重要成就,便是通

---

① 《蟋蟀吟》,《与永恒拔河》,第147—148页。
② 流沙河:《余光中一百首》,香港:香江出版公司,1989年第1版,第137页。流沙河说:"蟋蟀入诗,首见《诗经》。三千年来,咏之不绝。此虫最最中国。鸣声悉悉率率,故名蟋蟀。古人说这就是'其名自呼'。英诗也是蟋蟀。蟋蟀的鸣声引起的联想,在中国比在哪一国内容都丰富。"

过蟋蟀使他的乡愁之韵臻至完满。香港学院诗对于中国文化形像的塑造,余光中致力最多,经验最丰,成就也最大。余光中这一工作,始于台湾,但取得丰硕成果却在香港。前面说过,香港这一特殊时空,特别是余氏在港居留时期在时间跨度所具有的典型意义,促使他在实现这一艺术目标时接近于完满。

中国历史上有过多次国土沦亡或分裂的局面,也有过无数次社会动乱造成的社会和家庭悲剧,因而中国诗史充满这种幽愤感伤的吟唱。中国在50年代以后出现的这种人为割裂的离乱,在海峡两岸几代中国人的心灵造成巨大的伤口。在大陆,诗人们由于所处的环境不同,没有机会也没有可能有效地展现这一主题,只是到80年代初期社会有了松动方在"归来"的吟唱涉及个人及亲友苦难经历的悲吟。① 但深刻感受到这种无家可归的巨痛的,却是香港和台湾的诗人。余光中也就是在这样的历史时期站在了完成这一时代巨大主题的前列的。

当然也由于他在此时拥有了香港。有了台湾,再加上香港,加上个人的经历和才情,余光中所能做的当然比别人要多。香港是近代中国国运衰微的耻辱的见证,但香港又在这境遇中获得了繁荣。香港人一方面感到了归宿的困惑,一方面又享受着资本发达社会的自由和福利。但香港人归根到底是中国人,香港社会尽管有英国西方文化的影响,但从文化根底上到底还是中国社会。站在香港一个窗口,一方面北望中原,一方面东望台湾,余光中能够通过近百年中国人这一现实处境、心灵创伤、文化困惑和中国漫长历史的深远和厚重加以综合,从而是出了触及近代中国精神领域最基本也最珍贵的主题。完成这一主题的,不是冯至,不是艾青,也不是与余光中同代的那些生活在大

---

① 参见拙作《转型期的情绪记忆》一文,诗选《鱼化石或悬崖边的树》序,北京师范大学出版社,1993年第1版。

陆的诗人,而只能是生活在大陆以外的余光中及其同代人。

在沙田的时候,在那一只又熟悉又陌生的蟋蟀鸣声中,诗人展读中国历史,屈原和李白所代表的中国文化侵袭、啃啮着他,特别是苏东坡的谪迁,杜甫离乱中的老病,唤起了他的心灵感应。他从这些诗人的身世中看到了自己。半岛之夜深沉而宁静,他仿佛自身便是东坡,在岭南的蛮烟荒雨中骑一匹瘦驴拨雾而来——

> 此生老去在江湖,霜鬓迎风
> 飘拂赵官家最南的驿站
> 再回头,中原青青只一线
> 浮在鸥鹭也畏渡的晚潮①

有时,他则从杜甫的身世飘零中找到情感的共振。老杜暮年诗篇中响起砧杵之声,平栏的远客正是此刻诗人惊心的年龄:

> 不信他今年竟一千多岁了
> 只觉他还在回音的江峡
> 后顾成都,前望荆楚
> 亦如我悬宕于潮来的海峡
> 天地悠悠只一头白发
> 凛对千古的风霜,而这便是②

在这种后顾与前瞻的犹疑之间,活生生地托出了一代学者诗人的文化心态。余光中和他的同代人把握住了时代和中国的总体特征,他们把这种家国与社会的悲剧命运和中国文化历史传统作了综合。这种综合而成的诗意是当代的更是历史的,是社会的也是文化的。有过大陆生活经验的中年以上的诗人,对于这

---

① 《夜读东坡》,《隔水观音》,第12页。
② 《不忍开灯的缘故》,《紫荆赋》,台北:洪范书店,1987年第2版,第130页。

种失去家园的伤痛感受更为深切,如余光中《灯下》写的那诗,"倘那人老去还不立写诗/灯就陪他低诵又沉吟/身后事付乱草与繁星/倘那人无端端朝北凝望/灯就给他一点点童年"①。这里的"朝北凝望"而获得的"一点点童年"的酬答,是一种酸楚之极的慰藉。在香港,因为靠故乡更近,诗人北望的次数更多,目断之处,他甚至羡慕那能够自由飞越边界的禽鸟。他曾以望边为题写了一批诗,其中,《北望》:

> 栏干三面压人眉睫是青山
> 碧螺黛迤逦的边愁欲连环
> 叠嶂之后是重峦,一层淡似一层
> 湘云之后是楚烟,山长水远
> 五千载与八万万,全在那里面②

望不断的青山中缕缕丝丝是真切的乡情,最重要的,是这种怀乡感时诗句中强烈涌动着的那重矛盾复杂的心态。这心态是传统中国的,又是现代中国的,更属于有着高文化素养的中国知识分子的。诗人住在沙田,极目远眺,家山万里,夜阑人静,灯影依稀,往往一夜数惊,尽是那一片乡情的惊扰。(台风夜)是余光中初来香港之作,这个狂暴风雨袭来的夜晚,诗人感到的不是恐惧,而是创痛:"二十五年,一痛不合的旧创/裂口犹张,滔滔向一夜暴雨",③这让人联想,那滔滔不断的是裂口中奔涌而来的伤心血泪,这是何等可惊的意象。余光中这首诗中传来了典型的中国知识分子的两难,这种心境,还是借古人的遭遇谈起——

> 东坡水滴,华发随一苇飘飘
> 从前曾富有九州

---

① 《灯下》,《与永恒拔河》,第15页。
② 《不忍开灯的缘故》,《紫荆赋》,第20—21页。
③ 《不忍开灯的缘故》,《紫荆赋》,第5页。

> 后来九州留一岛
> 而今一岛隔水成半岛
> 而大陆压眉睫反感到陌生,为何
> 岛在远方竟分外亲切?
> 又是近重阳登高的季节
> 台风迟到,诗人未归
> 即远望当归,当望东或望北?
> 高歌当泣,当泣血或泣泪?①

这就是所谓的中国遗传,可以说,是以中国历史和现代文化的互相纠缠的复杂作为中国一代知识者造像。中国当代人所感到的历史欹斜和社会切割是心灵隐痛之源,长久的隔离造成这时代特有的近乡情怯的心态。从台湾到香港、澳门等地的知识者的角度考察,这心态是复杂的。所谓两难,是抉择和认同上的困惑。对文化母体,既有强烈的认同和归宿感,又有难言的惊惧和疏远感。这在余光中诗中便表现为北望而又东顾的困境,应当说,这重心态的剖白是坦诚的和真实的。

以余光中为代表的香港学者诗,通过上述那重心灵和文化皈依上的矛盾复杂性,通过他们感时忧国思乡的内心苦痛,概括并传达了中国近百年忧患以及这半个世纪的战乱和离散造成的当代中国情结。这一重大诗情的提炼和开掘不是由大陆的诗人完成的,而是由中国另一些被隔绝的部分的诗人——特别是学者型的诗人——完成的。这些文人学者,因为有较丰富的中国文化和诗的积蕴,能够从中国历代那些文学艺术的传统中找到某种联想、移用或寄托。如余光中现在做的这样,中国整个诗史似乎都在为他工作。他通过那些历史人物的遭遇、他们的追求和理想的受阻,他们命运的坎坷艰难,他们的飘游和谪迁,找到

---

① 《不忍开灯的缘故》,《紫荆赋》,第4—5页。

诗人现今情思的寄托和共振。

对照中国当代诗史,可以发现一个有趣的现象。从本世纪50年代开始,当中国被分割为大陆和大陆以外的几个部分的两岸诗人,在同一时间里却分别实现着不同的诗学理想。在大陆,诗人们被新生活的激情所冲动,他们满怀理想,向着"美好的明天"。开始是真诚的,继而是不由自主地唱的满天下都是喜悦和幸福之歌。而在香港或台湾则全然有异,他们感到了悲痛和失落。他们在诗中实现了一个悲哀的中国,创伤和流血的中国。家山万里,书剑飘零,在诗中耳中,那一列列北去列车传出来的是"一袭汽笛哀啸",回头再看香港,"灯火正凄凉"。那本应不是边境的边境线上,总有亡命的脚印惊悸。①

现在读来,后者较之前者更为符合中国社会历史的实际。香港学院诗人现在所从事并已达到的对于中国当代诗的贡献,概而言之,就是一个破碎中国的发现。由于家园的失落和敧零,因而通过这些学者型诗人笔端涌现的是一股难以抑制的哀婉的情绪,身世的飘零之感,整个是一种漂浮无根的感觉。女诗人钟玲有诗叫《无根者之歌》:"飘忽的根/我要一根一根地/数数你的苦涩/我要用指尖/拂去你皱纹里的灰尘。"②很难说,这不是她的自况。更年青一些的陈德锦也有这种两难的困惑。他在诗集《如果时间可以》自序中说:"香港前途问题由阴霾转趋明朗;港人不谈移民,即谈过渡。对诗人来说,是增添了一份若即若离的本土情感。"③香港的前途明朗化了,诗人的本土情感反而变得微妙起来,这是一种特殊的香港情怀。

在这一点,余光中的诗有非常集中的暗示,他的《九广路

---

① 上引文分见《沙田之夜》、《九广路上》、《与永恒拔河》,第7,10页。
② 钟玲:《无根者之歌》,《芬芳的海》,台北:大地出版社,1988年第1版,第15页。
③ 陈德锦:《自序》,《如果时间可以》,香港:新穗出版社,1992年第1版,第1页。

上》讲：

> 总是天地之间一列末班车
> 无家可归依然得夜归的归人

在他们的感受中，总是一个无根者、无家可归者、漂泊者或流浪者的形象。这个形象系列的完成，是港台诗人对中国当代诗的杰出贡献。这种形象在大陆诗人中未曾出现，这缺项是诗的遗憾，因为这是中国近代史、更是中国当代史的事实。余光中在散文《送思果》中对这种近于流放或谪迁、贬抑作了解释——

> 东坡游金山时还正年轻，已然乡愁不胜，却料不到，老了，还要流放到更远的海南孤岛。其实他在诗中虽然经常"不乐思蜀"，后半生却注定宦游他乡，不能再入峡了。不过东坡的半生流浪，是被放。今日中国读书人在海外的花果飘零，大半却由于自放。即使是嚷嚷"回归"的学人，也只敢在旬月之间，蜻蜓点水，作匆匆的过客罢了。故乡真能归得的话，谁不愿归田归山呢？①

字里行间可以看出心情凄苦。这是新一代谪迁天涯无家可归、无根可寻之人。在这些诗的意象中，凝聚了百年来的中国幽愤，长达半个世纪的旧梦难圆的悲苦。

学者诗中一再浮现的这种漂泊感和破碎感，以及无可抉择又难于取舍的两难境地，真是"剪不断辗不绝一根无奈的脐带"②，而又他们日夜牵萦的中国母体相通。以余光中为代表的这一部分香港学者的诗，通过感世忧时的乡愁主题的揭示，展现出一个综合溶解百年中国忧患的破碎和飘零的诗情，这在诗学

---

① 余光中：《送思果》，《记忆像铁轨一样长》，台北：洪范书店，1990 年第 5 版，第 53 页。

② 余光中：《九广铁路》，《与永恒拔河》，第 18 页。

上的建树在于完成了与虚幻的欢乐相对的真实的悲怆的旋律突现。失去家园的乱世儿女在海岛或半岛之上北望故国,那种既有皈依感又有畏惧、陌生感的两难心境,当诗人触及这种心境时,能以数千年的文明传统以及诗史的抒情史实做壮阔的背景,所以能够呈现出一种厚重和沉郁的风格。这可以说是香港学院诗人对于中国文化造像工程所作出的实绩。

Ⅲ.高雅精神与"书卷气"

在大陆有人倡导作家的学者化,这是有感于那里文学创作和评论存在着非学者倾向。从作家受教育的情况看,40年代以后有影响的作家很少受过正规的教育,年轻作家情况更糟。本来素养就有问题,再加上一些似是而非的鼓吹,浅薄和轻浮的风气有所滋长,人们对此心怀隐忧。对于目前中国大陆的文学界和诗歌界,满不在乎的鄙俗似乎多了一些,而有着高雅情趣的、不含贬义的"书卷气"则是明显的匮乏。

香港的情况不同,这里的学院中有不少潜心做学问又热衷于缪斯的竖琴的学者。他们的诗,一方面体现出彬彬有礼的高雅风度,一方面又渗透着浓厚的现代精神,特别是这座国际化的城市赋予的开放而活跃的文化氛围。由于有了这样一种适当的环境,故这些来自学院的学者与诗人一身而二任的文人,能够在获得尊重的状态下自由地从事他们的创作。

从70年代后期开始,以香港中文大学所在地沙田为中心地带的文人,由于余光中的到来而形成了为时不短的文学的沙田时期。余光中的《沙田七友记》、《送思果》,黄国彬《明白隔山海,世事两茫茫——送别余光中》等散文都记述了当年的文学盛况。

梁锡华更有专文论文研究文学的沙田现象。① 黄国彬的文章《明日隔山海,世事两茫茫——送别余光中》,他的风趣生动的文笔给人以深刻的文苑英华的印象:

> 我和余光中认识,始于1973年;翌年再和他在中文大学相遇。接着,梁锡华、黄维樑、思果相继而至,在短短的三、四年之间,竟使吐露港畔热闹了起来。沙田的元老宋淇,转眼间多了好几个友伴。沙田的名士,当然不止这几位;不过我和他们聚首的时间较多,对他们的认识也较深。多年来,我们碰头,就会论诗谈文,逍遥于广阔的时空。②

香港的学院圈子当然不止沙田,还有香港大学、浸会学院、岭南学院等,也都有人文荟萃之盛。正是这样和谐、潇洒而充满学术风气和友爱精神的环境和氛围,于是有了香港学院文学和学院诗的推进和繁荣。

读香港学者的这部分诗,人们很容易为这些作品所透出的浓厚的文人品格留下印象。钟玲可以说是这种为香港学者诗的品质定位的一位诗人。钟玲按照黄维樑1985年出版的《香港文学初探》的香港作家的定性,她属于"外地生外地长,在外地已经开始写作"一类的香港作家。从钟玲的经历看,她是典型的学院派诗人。她1960年毕业于东海大学外文系,后考入台大外文研究所,1967年在威斯康辛大学读比较文学,开始以英语写诗,获该校比较文学硕士学位。1972年获博士学位。钟玲师从余光中,并结识年龄相距四十岁的美国诗人王红公(Kenneth Rexroth)为忘年之父,她与美国诗人史奈德(Gary Snyder)有很

---

① 梁锡华教授此文系他提交给1993年8月于中国庐山召开的台港文学年会上宣读的论文。
② 黄国彬:《明日隔山海,世事两茫茫——送别余中光》,《琥珀光》,香港:香江出版有限公司,1992年第1版,第64页。

深的交往。① 钟玲爱玉,并收藏名玉。她的一组关于玉的散文是这位有着冰心玉质的闺秀诗人的最好形容。

钟玲对女性诗有专门研究。专著《现代中国缪斯》更以优秀的学术品格为这位学者兼诗人赢得荣誉。此书不是一般诗评,而是有着深厚的学术底蕴的艺术评论。例如该书关于女性诗的如下一些叙述,可以看出她治学的深度和独立的理论素质——

> 西方女性主义批评家在心理分析与理论方面有相当沉重的包袱,因而生出障碍。例如举凡涉及心理分析,必须先面对佛洛伊德的阳具说——即认为因为女性无阳具,故会生妒忌与缺憾的心理。女性主义批评家从事心理分析理论,则常陷入为反叛而反叛的泥沼。以至于她们有些强调"先伊德怕斯阶段"(the pre-Oedipal phase),认为由于母亲育子,所以孩童先认同的性别是女性,非男性,以抗衡阳具说(Showatter,258),或法国女性主义学派,为反叛阳具论说,提倡说因女性的性感官遍布全身,所以这种生理现象会影响到女性文体。……其实,身体与人的关系,再密切也不过,女性有别于男性的生理现象——诸如月经之出血、之腹痛等诸种不适,与生殖有关之怀孕、生产、流产、打胎、哺乳等——对女性心理状态必有深刻的影响,对女作家的作品风格及内容也定有某种程度的冲击。②

钟玲是多面手,理论批评、小说、散文,她都有较深的涉及。诗写得不算多,但质量较佳。她的诗,余光中有过肯定的评价:"钟玲是一位气质浪漫的短篇抒情诗人,所抒的情具有浓烈的感

---

① 见钟玲著《爱玉的人》(台北:联经出版事业公司,1991年第1版)中之《群山呼唤我——记美国青年偶像诗人史奈德》、《我的忘年之交——记初访美国大诗人王红公》、《四十年的差距》等文。

② 钟玲:《现代中国缪斯》,台北:联经出版事业公司,1989年第1版,第8—9页。

性,且以两性之爱为主。"①她的爱情诗有很强的个人体验的加入,是非常动人的,如《七夕的风景》、《激滟》等,可以认为是中国特别优秀的女性诗作品。但最能代表钟玲的个性并且体现出学院诗人的特性的,却是她的一组《美人图》。她以中国古代美人为题,先后写了《苏小小》、《李清照》、《西施》、《花蕊夫人》、《王昭君》、《唐琬》、《绿珠》、《卓文君》等②。这些诗,取材于古代,却溶进了现代人的情感,特别是女诗人自身对于女性心理和环境的体验,是既具有古典风韵又渗透了现代精神的当代诗。

作为学者,钟玲在这些诗中融进了她对这些红颜女性命运以及对于历史事件的思考。尤为引人注目的是,在她的选题中,偏重于当时年代中表现出女性的勇气、才华和个性解放的题材。有些题目,她敢于对历史的判断作出自己的解释和评价,更体现了一种学者的风度。如《西施》,钟玲于诗成之后写了《后记》:

> 春秋时代的西施,是典型的红颜祸水,历代的传说中,吴王夫差的灭亡,都归罪于西施。我试由另一个角度来写西施。她与吴王相处多年,吴王也是雄霸一方的男子汉,唯独钟情于西施,西施对他能不生情吗?她再精于媚术,再忠心于越国,也是个女人。

由于自己是女人,钟玲在这里作出了合人性的判断:"吴王也是雄霸一方的男子汉,唯独钟情于西施,西施对他能不生情。"③这等于为千秋的误读作了翻案文章,而且也改写了一个美人的历史。

同样,她也为《王昭君》一诗写了《后记》。后记说,昭君在宫

---

① 余光中:《从冰湖到暖海》。此为余光中为钟玲诗集《芬芳的海》所作的序,见该书第 4 页。
② 见钟玲诗集《芬芳的海》。
③ 见钟玲著《西施》(见《芬芳的海》)一诗《后记》,第 91 页。

中多年见不到皇帝,"乃请掖庭令求行"。钟玲对此发表见解说:"我忽然悟到她是个很有个性的女子","王昭君不仅只是果敢,对自己的美貌与机智,更是充满了自信心"①。钟玲一方面是洞晓史实,一方面又有自己作为女人的体验与理解的加入,而其核心则是从女性作为人对情感与性爱的人性的角度切入对象。女诗人本身是位学者,她能以科学与情感相结合的立场,侧重于以女性的体贴与温柔去解读这些历史上以美貌倾夺天下的女人的故事。她的独特思考使这些作品充满了智慧与才华的光辉。

钟玲写的是新诗。她的工作与我们熟见的一些作品不同,在那些诗中,多半只是新诗的形式而旧诗的内容,是旧酒装进新瓶。特别是大陆的一些诗人,有的干脆是旧瓶装旧酒,既无革新精神,又乏时代风貌。钟玲不同于此,她的诗使人耳目一新。例如《唐琬》的开头:"满城春色宫墙柳/只有我的心底/阴天暗地如深秋。"②劈天盖地以《钗头凤》一句直捣作品情绪和剧情发展的内核。这是洋溢着当代诗人的现代性。再看《卓文君》,竟是一首非常前卫的现代诗——

> 你不必琴挑我的心
> 锦城来的郎君
> 我就是横陈
> 你膝上的琴
> 向夜色
> 张开我的挺秀
> 等候你手指的温柔
> 你不必撩我拨我
> 锦城来的郎君

---

① 《芬芳的海》,第101页。
② 同上书,第107页。

>只须轻轻一拂
>
>无论触及那一根弦
>
>我都忍不住吟哦
>
>忍不住颤
>
>颤成清香阵阵的花蕊
>
>琴心的深空
>
>往日只有风经过
>
>只有黑暗经过
>
>如今音波一波又一波
>
>锦城来的郎君
>
>是你斟满了
>
>一瓯春①

在别的诗人那里,可能用呆板而繁琐的重复铺叙和编织,而在钟玲,却是出神入化的新创造。她略去史传故事的复述,也去掉常见的情节编排,她只突出卓文君对"锦城来的郎君"的情爱,而且出以暗示性极强的女性对于自己所爱的心灵呼唤。

钟玲在《卓文君》中突出了琴挑。通篇都是琴弦颤动的意象,丰富而又适当的想象力笼罩下强大的生命力的冲动。这是一首全新的极富浪漫情调(这符合卓文君的性格)的抒情短章。琴的横陈膝上,琴的等待手指的温柔,琴弦的吟哦与颤动,从意象的设计到结构的严整,堪称无懈可击的优秀之作。

钟玲作为学者,她的治学的精进和严谨既体现在选材和材料的处理上,更体现在她对史载的一丝不苟上。这一组诗每首都有笺注,多数都有后记。笺注是她对材料的说明,后记则体现她对材料处理的独特态度。《卓文君》有一则笺注是"锦城来的郎君"而写:"汉时成都尚未有锦城之别称,但因此名意象丰美,

---

① 《芬芳的海》,第122—124页。

目 录

1993

《东方生活流》序 …………………………………… 3
文学批评的回望 …………………………………… 6
劳作：将进入历史和未来 ………………………… 9
两栖的文体 ………………………………………… 12
亚美利加天空的温情 ……………………………… 15
误解的"空白" ……………………………………… 18
那里的高雅羞辱了我 ……………………………… 21
朦胧的宣告 ………………………………………… 24
辉煌的震撼 ………………………………………… 29
散文的精髓是自由 ………………………………… 32
蝴蝶也会哭泣 ……………………………………… 34
《徐志摩名作欣赏》编后记 ……………………… 36
现代文化形态的诗意重铸
　　——香港学者诗综论 ………………………… 39
拾石头的女人 ……………………………………… 73
海涅的《新诗集》(Neue Gedichte) ……………… 75
金马伦山麓 ………………………………………… 78
不可忽视的存在
　　——香港新诗漫笔之一 ……………………… 81

包容和综合的品质
　　——香港新诗漫笔之二 ………………………………… 84
中国城市诗的前锋
　　——香港诗漫笔之三 …………………………………… 87
激情退潮之后
　　——中国新诗潮的坚持与调整 ………………………… 90
低音的辉煌
　　——谢春池的诗 ………………………………………… 97
流动的生命树
　　——序马莉诗集《神秘树》 …………………………… 103
中国新文学的再度辉煌 ……………………………………… 109
夜香港的魅力 ………………………………………………… 111

新世纪的太阳——二十世纪中国诗潮

第一章　古典王国的衰亡 …………………………………… 117
第二章　前夜的阵痛 ………………………………………… 134
第三章　重围的决战 ………………………………………… 146
第四章　女神们的创造日——浪漫时代一 ………………… 168
第五章　诗美的启蒙——浪漫时代二 ……………………… 192
第六章　怪影与异国情调——现代初潮一 ………………… 211
第七章　秩序的反叛——现代初潮二 ……………………… 232
第八章　抒情时代的终结 …………………………………… 260
第九章　七月的希望 ………………………………………… 290
第十章　暗流涌出地表 ……………………………………… 307
第十一章　历史大转折的预示 ……………………………… 343
附录　都市记忆与乡村情结 ………………………………… 364
《新世纪的太阳》书后 ……………………………………… 377

《新世纪的太阳》新版后记……………………………… 380

1994

从诗体革命到诗学革命……………………………… 385
悼念吴组缃先生……………………………………… 395
冯至先生对中国新诗建设的贡献
　——冯至先生周年祭……………………………… 398
诗学建构的突破性尝试……………………………… 404
化为文学作品的《英儿》…………………………… 408
消隐了的桨声灯影…………………………………… 410
维多利亚海滨绿意…………………………………… 413
"水果刀"的祝福
　——香港印象之一………………………………… 416
中国现代小说流派演进的历史描述
　——王才路《中国现代小说流派史》序………… 418
诗歌精品点评：埋葬了的爱情……………………… 422
凝聚了学术精神和艺术才智的再创造……………… 425
从尖沙咀眺望香港岛………………………………… 429

1995

学科建设的总体问题：历史性、现代性、时间性、正统性…… 435
维也纳的"金戒指"………………………………… 437
追求和期待…………………………………………… 441
我读《江口风流》…………………………………… 444
重读《东阳江》……………………………………… 446
一篇永不忘却的课文………………………………… 449

值得纪念的一个事件…………………………………… 452
诗人的职业
　　——在北京大学《罗门、蓉子文学创作座谈会》
　　上的发言…………………………………………… 455
诗歌的困境和消费化倾向……………………………… 458
后现代性：无边的陷阱………………………………… 470
散文：沉寂过后的萌动………………………………… 478

1996

重读《赶车传》………………………………………… 511
电话亭上的招贴………………………………………… 513
"畅销书"在当前文化语境中的概念界定……………… 515
布衣的友情……………………………………………… 517
谢冕致崔道怡…………………………………………… 520
晓雪的风格……………………………………………… 522
永远动人的年青
　　——我读《廊桥遗梦》…………………………… 527
大苦难后的平淡………………………………………… 529
被遮蔽的风景…………………………………………… 532
永远沐浴着他的阳光
　　——送别艾青先生………………………………… 535
诗人随笔丛书·总序…………………………………… 539
我的梦幻年代…………………………………………… 541
重读《望星空》………………………………………… 545
危机在于作家缺乏节制的放纵………………………… 546
艰难的"回答"………………………………………… 548
"百年不遇"的胜景…………………………………… 549

1997

重读《洼地上的"战役"》……………………… 555
《诗苑谈片》序…………………………………… 558
一个提醒与一份清醒……………………………… 561
透过诗域的月光
　　——读《冰月亮》…………………………… 563
一颗星亮在天边
　　——纪念穆旦………………………………… 568
批评的退化………………………………………… 580
中国文学的新时代………………………………… 582
世纪之交的精神历险……………………………… 588
崇山峻岭中生长的生命是坚强的………………… 592
青春的激情：文学和作家的骄傲………………… 594
再现一个历史阶段的诗歌形态…………………… 596
富有的是精神……………………………………… 607
城市与乡村………………………………………… 611
不无可以检讨之处………………………………… 613
临近赤道的故乡…………………………………… 616
特别的崇武………………………………………… 619
试着找门…………………………………………… 622
初读《舞者》……………………………………… 625
香港新诗的历史和地位…………………………… 628
风雨相伴而行……………………………………… 643

1993

《东方生活流》序[*]

以东方式生活流的风范活跃于当代中国文学世界的新写实小说,是读者和批评家一直予以关注而且已经持续了相当长久的话题,这一文学现象的出现,有着复杂的文化背景。在被叫做新写实小说的内部,价值取向也各有异同。它曾历经由一种新兴的活泼的文学实践活动,演变成一场理论批评界的概念游戏的过程。值得欣慰的是,目前它已跨出这一阶段,并且正向着日常习俗和生活常态趋近或认同。这一引起广泛关注的现象所蕴涵的意味以及它对当代文坛的影响,尚有待于明晰的判断。当然,无论它如何发展演变,大体都不会更改它已经展现并正在继续发展演变的品质,也不会更改它已经成熟的艺术流向。

就已发生的新写实小说的文学现象来说,它实际上已经超越了既有的现实主义所限定的范畴,它拓广了文学赖以展示其无穷可能性的艺术空间。如果我们把它的还原论同现实主义的典型论作粗浅的比较,就会发现它们虽都强调写实,强调表现生活的真实性,但它们谈论的实际上是两种"真实"。新写实小说所谓真实,更接近海德格尔的存在哲学中的本真的概念。它意味着存在之本相,它指向事物原初状态的本体的真。但这种本体的真在面对现象与本质时,其界限是模糊的。它使我们有理由认为:这里的现象往往同本质是混合的。面对如今这类新写

---

[*] 此文初收《东方生活流——新写实小说精选》,马相武编,中国人民大学出版社 1993 年 7 月出版。据此编入。

实小说，读者的阅读感受往往有一言难尽之慨。因为它们的作者更喜欢向读者和盘托出事物情态的真相，而不是那种我们曾经熟知的那种理念的演绎与告白。文学对于生活本身的还原，使得新写实小说更多地呈现群落和群体的生态，它们在"类"的表现中还原生活的整体面貌（批评家喜欢形象地称为"毛边"的生活）。举出这个创作群体中的任何一位，大体都能看到此种共相的呈现。此外，这批作家几乎都擅长于按照生活流的自然态作客观的不加雕饰的如实描绘。这可以从池莉、方方的小说中描写市井民众那烦恼人生的混沌状态和令人啼笑的尴尬场面得到证实。

新写实小说突起之后，一时创作量剧增：林林总总，光怪陆离。尽管它们的创作都遵循一种大体相同的审美追求，但令人吃惊的是，却找不到一厢情愿的程式化。他们一般的不倾心于艺术上的对个体形象的精心塑造或完整刻画。当然，最值得注意的是，这种小说对意义或通常所谓主题观念的无情消解，它们以此实现对实有人生的客观还原。就像我们在刘恒、刘震云的小说中时常遇见的那样，我们发现作者相当"新潮"的非判断的叙述方式，是以具有"语言性"的不肯定的态度出现的，而对那种确定性的真实则构成了拷问。

阅读此类作品所获得的真实性的印象，是由于作者把艺术描写诉诸生活本身，并且是在作者叙述和读者阅读的过程中，不停地自行增殖和衍生的真实性。除此之外，我们通过这些作品还可以获得世俗人生或当代普通人生活的场景及其混沌的丰富内涵；东方式生活流的艺术结构以及对生活流程的顺应自然的叙写；偶然性的叙事方式，并且同时在叙事过程中排除偶然性的参与；追求对生活本真的还原与超越，以及切身的生活体验，敏锐的艺术感受等等有异于前的审美认知。中国人民大学出版社出版的这册由马相武博士主编的《东方生活流——新写实小说精选》,从思潮流派的意义上,以相当完满的方式结构解读新写实小说的津梁。这个选本使我们更加直接也更加便捷而整体地通向上述我们以往感到陌生,如今感到急迫的"获得"。自然,我们由衷地欢迎这样的"获得",更欢迎这样的获得方式,以及提供这种方式的编者和出版者。

1993年1月21日于北大畅春园

文学批评的回望[*]

二十世纪被称为批评的世纪，科学批评在本世纪获得巨大的发展。科学批评的概念极大地丰富了批评自身，同时又极大地推动了批评的发展。科学批评的超越性创造了人文批评以来的批评新世界。

科学批评在本世纪对于世界任何地区造出的天惊地动的震撼，中国麻木的批评界却似乎不为所动。中国长期维持了它自身的批评状态而极少受到外界的冲激。单方面责备中国批评的麻木不仁似欠公允。因为中国批评受制于社会和权力长期未曾获得独立的地位。

中国社会的这种保守自足的批评模式的特征，是把文学批评当做现实社会斗争的一种方式和手段。有一些时候，文学批评甚至成为政治运动的号角和温度计。批评的功用不在文学，批评的功用仅仅在于为政治斗争和政治批评提供可能和制造氛围。一批文学批评家被迫着或自愿地把自己的职责规定为"锄草"、"浇花"。其实，他们中的大多数人所从事的是非建设性的职业。文学批评家在权力的驱使下变成了从事破坏性工作的"爆破手"。他们中的相当一些人在做这事的时候，习惯地认为是在善意地执行他们的神圣职责。

在这样的前提下，称得上是正常和健康的批评状态充其量也不过是批评把自己当成了创作的附庸。他们的工作仅仅在于阐

---

[*] 此文初刊《文学自由谈》1993年第1期。据此编入。

释和宣传文学作品的意义和价值。在这个"服务"于作家的过程中,批评家丧失了自我而沦为作家和作品的奴隶。与此同时,社会和文学作家也以批评是否完成这种"服务"来判定批评的价值——他们以此认定批评有用还是无用。对于中国的批评家而言,他们要争取舆论的承认。其唯一的途径是放弃独立思考,以上所述,是中国文学批评的灾难。

当然,中国文学批评并不甘心以上的沉沦,它期待历史给予契机以扭转局面。中国终于抓住了本世纪的最后一个机会,以突飞猛进的同时又是饥不择食的姿态实现了文学批评的划时代的变革。这种变革以引进西方现代批评理念、方法为标志,在促进中西文化交汇的背景下实现中国文学批评的转变。

中国的文学创作以恢复与外国的文学交流为推动力而达到了一个新的高度。文学批评受益于这种交流,接受这种冲激,其改变现状的范围、规模和深度,以及受到震荡的程度,已超过了相当动人的文学创作。可以毫不迟疑地说,中国文学批评接受外国文论的影响并实现观念和方法的巨大变革,是社会思想解放和经济开放的最直接和最实际的受惠者,也是成绩最显著的一个部门。

空前的冲击和大跨度的进步来自西方文论的渗透和"侵入"。新的批评观念、新的批评方法的引进和借鉴、溶解和汲收。新的批评文体的建立,最后站立起来的是新的自由和独立的批评主体。这个过程生动地画出了中国文学批评向前跃步的鲜明轨迹。这个过程改变中国固有的批评格局。它宣告了单一化的意识形态批评的解体。八十年代中期以后,所谓主流状态的文学批评已不存在。纷繁迭出的文学批评形态使整个文学界乃至全社会为之注目。文学批评这条"创新的狗"比文学创作那条"创新的狗"跑得更快、也更远。

整个时代充满了激情和创造性,一代新的批评家应运而起。

他们为中国文学批评带来了生机。新的理论批评冲激着中国陈旧保守的批评界，一时间造成一代批评家的失语病——旧的一套观念和语汇过时了，新的一套观念和语汇又无法进入，批评界的困惑是空前的。这造成了痛苦，但我们更乐于承认它的积极内蕴；转型期要是失去了这种代价的付出，则前进难以期望。作为积极成就的伴随物，中国文学批评在这个时期也有它分内的消极十足：浮躁和肤浅，食而不化的生硬照搬以及理论引进与创作实际的脱节，相当程度地表现了片面追求时尚的轻浅作风。

但无论如何，变革毕竟给中国现代文学理论的建设提供了广阔的前景和可能性。痛苦、困顿和昂奋之中造出了过去未曾有过的繁盛：自立的和多元的文学批评时代已经形成。举例说：原型批评为批评家提供了宽广的精神视野，它把民族共同心理的历史遗传引入批评；接受美学开辟了新的思维空间，批评开始陌生而严肃地面对过去完全受到忽略的读者视野（这种忽略当然也否定了读者对作品再创造的任何可能性）；心理批评引导我们进入作家心理欲望领域，它使批评直接逼近作家内心；过去我们在重视内容的借口下极端排斥和贬抑文学的形式，形式主义和结构主义批评坚持把作品看成是独立自足的世界，从而推进了批评的科学化。

批评从政治代言那里返回了学院。近年来关于批评学者化的提倡，可以看做是中国文学批评的独立宣言。批评已经从文学的仆从变成了文学的主人。这是文学的另一个主人。批评家已经开始充满自信地同时又是随心所欲地面对这一片新鲜的天空。

劳作:将进入历史和未来[*]

古往今来的作品塑造了大量的色彩斑斓、形态各异的人物形象。对这些人物形象进行鉴赏和描述,同样是一种"二度创造"。克罗齐说过,人们的每一次欣赏活动,都不是原创造的"复活",而是一次次新的"创造"。每一次新的创造,都意味着一件新艺术品的诞生。这部《中外文学人物形象辞典》所荟萃的古今中外文学史上一千多名具有审美价值的文学形象,便是由40多位专家学者和专业工作者共同撰写完成的,从单篇和全书的总体角度来看,此书既是艺术再创造精神的个体记录,也是艺术再创造的群体智慧的结晶。

这种创造不会是鉴赏者随意进行的,它要在鉴赏者比较准确地把握鉴赏对象精神前提下和基础上,将文学人物形象置于作品的特定的情境之中,才可完成。鉴赏者不能用自己的色彩凭空去涂抹鉴赏对象,他们的鉴赏和描述又不能不受到鉴赏对象的制约。鉴赏张洁,不能摆脱敏感的女性给予你的紧张感;鉴赏汪曾祺,不能离开长江北岸特有的乡风的浓郁;鉴赏林斤澜,要有一些诙谐;鉴赏刘索拉,要体现出现代情调,这只是指作家作品的精神风貌而言,至于具体的人物性格的把握和体现,自然要受制约于原作品中的人物形象。正是这个纷繁的万花筒般的文学人物形象世界,才是鉴赏者们面对的鉴赏天地。

---

[*] 此文为臧恩钰、梁平、王才路主编的《中外文学人物形象辞典》序言。初刊《辽宁教育学院学报》1993年第1期。据此编入。

对古今中外文学人物形象的鉴赏加以导引，是文学爱好者的普遍需求。就叙事性文学而言，其核心是推出人物造型，以期通过具体生动的形象来体现社会生活情感世界，从而传达作家的情怀和思索，每一个饱含真情的作家，都渴求着通过自己的笔把自己内心的激情传达给读者。在一些人物形象的帷幔后边所蕴涵的有些东西，有时连作家自己也未必能够认识到或全部认识到的，好的鉴赏，深的掘剔，甚至使作家本人也为之震惊欣喜。娴熟中外文学人物的审美形象，也会透视出中外文学历史发展的轨迹。那些杰出的文学作品能够通过不同人物形象给读者以激励、抚慰、劝勉、警戒。诚然，人与社会的矛盾，主要的还是靠以生产实践为主的社会实践来解决，但也不可忽视人们普遍的精神需要。读者阅读这种关于文学人物形象鉴赏和描述的文章，可以从中引起爱的寻觅，得到灵的寄寓和负累的解脱，从而收到一种内心的平衡和情感调节的后效。

对于文学人物形象进行鉴赏和描述，并使之具有精神的魅力，作为思考者必须站在潮流之前，深谙社会的和文学的历史，才能把自己的思考建立在对于历史的总体把握之中。鉴赏和描述人物形象不能超越历史，而是应该自觉地循着历史的导向，从历史的整体感出发。至于文辞优美与否还是从属的次要的事。当然不是说文辞可以忽视。强调历史感也不是忽略当代的情绪、情感和思考，因为描述和阅读文学人物形象的人都还是作为当代社会的人而存在的。所谓鉴赏的历史价值，在于后人可以从中依稀辨认出鉴赏者所雕刻的思想化石上留下的时代的电闪雷鸣的"纹路"。《中外文学人物形象辞典》是现时的产物，自然它也可能进入历史和未来。

这部辞典的作者们，或在垂直接受研究的基础上，或在水平接受研究的基础上，对所描述的人物形象大体都经过深入的思考、逻辑的推理、感情的燃烧而有着自己的融汇。他们以原作的形象为母体,又从更高层次深化性格功能,从而成为一种新生的审美形象,更加明晰地显示了性格流动的灵气和生机。

展示在人们面前的事实是经过主持者的运筹、出版者的策划、作者们共同的劳作,中外作家作品中较有影响的人物得到艺术再现,而且如此洋洋大观,实属可喜之事。诚然,由于鉴赏者的主观倾向和审美趣味与标准的差异,以及与此相关的鉴赏者的生活经验、艺术修养和社会思想等方面不尽相同,阅读本书的收获也有异趣也就是情理之中的事了。

两栖的文体[*]

在文学这个天地里，散文诗扮演了特殊角色。它拥有双重身份可以自由进出于诗和散文两个领域，诗和散文都不怀疑它的这种"特殊公民"的资格。在文学中像散文诗这样严格的两栖文体可说是绝无仅有。各种文学体式的互相渗透是有的，散文可以进入小说，小说可以进入诗，诗也可以进入戏剧文学。至于艺术的各个门类相互间的影响则更为频繁和普遍。但这些现象都是作为某一文体的某种特性而被另一文体所借用或吸收，溶解成为被接受文体的风格或情趣或叙述方式的一种特殊景观，但又不失原来特定文学体式的特征。

散文诗不同，它一身而兼有诗和散文的品质，诗和散文在这里交融为一个独立的存在。当散文诗在诗或散文的队列中出现，谁也不曾把它看做"异族"，而当然地视之为一个"平等的伙伴"。文学中能够获得这种待遇的，可能唯有散文诗这一家。

历来对散文诗的特性有诸多探讨和界定，一般认为它是诗其神而散文其形。这样说并不周密，据此推论，则散文诗只是诗的一种，至多不过是不分行的诗，而散文的品格便被无声地勾掉了。其实散文诗是综合和汲取了诗的集中、凝练、隽永以及散文的灵动、潇洒、自由的各自优长汇集而成的一种新文体。当它在诗中出现，它以具备散文的特性而为诗生色；当它在散文中出现，它又以特异的诗质而丰富了散文。散文诗这个狡黠的精灵，

---

[*] 此文初刊1993年2月19日《南方周末》，收《西郊夜话》。据《南方周末》编入。

它就这样嬉游并炫耀于两种文体而显示它的魅力。

认为散文诗是新文学开始后从域外引进的近代文体,这种说法是可信的,但不可否认,中国古典文学史上一些兼具诗与散文特点的作品,为中国散文诗提供了历史承传的艺术参照。这使散文诗这一具有现代特征的文体获得了其他地域罕有的历史深厚性。

中国散文诗的发展中,自从鲁迅撒播了一批"野草"之后,似乎并未出现过什么划时代的作品。散文诗的辉煌以《野草》为起点,几乎也是终点,这是中国散文诗的历史遗憾。当然,五四之后的一个长时期,散文诗受到了艰难的环境逼迫,在某一个时期,这种逼迫甚至断绝了它的生机。但这种社会性戕害是普遍的覆盖,并不为散文诗这一文体所专有。恶劣环境并不能解释为什么即使在80年代开始的散文诗空前繁荣期也并未产生惊人突破的原因。

散文诗观念的偏狭也许可以部分地对这一现象作出回答。有一种看法把散文诗束缚在某种假想的恒定模式之中。这种看法认定散文诗只是一种专写小场面和小感受的纤巧的文学品类——这一类作品是存在的,也有若干位大家为此作出贡献,但它不能定为散文诗的普遍范式。事实是,即使是鲁迅的《野草》使中国散文诗一下子登到峰顶,但《野草》也只能是散文诗的一种形态,而不能是所有创作的形态。幸而中国没有出现过一批同样的"野草"——《野草》成了范式同样也是灾难。

散文诗应当是多味的,甚至也包括怪味的。它可能是南国的红豆,也可能是北方的板栗;可能是橄榄,也可能是神秘果;可能是江南女子唱杨柳岸晓风残月,也可能是黄土高原的震天腰鼓。中国现今的散文诗,自欺欺人的甜蜜太多,少男少女的柔情太多,缺乏的是那些能够装填大时代的思考的雄浑博大的内涵,以及与这种内涵相适应的有别于纤细柔婉的风格。充斥创作界的有过多无病呻吟式的娇弱,以及轻浅的感兴。迄今为止,那种与中国现实的厚重感相联系的沉甸甸的作品,也仍然是严重的匮缺。

　　以上这些话要是说在散文诗处境艰难的时刻也许不太适宜,眼下是散文诗空前昌盛并继续发展的时期,说这些而让人冷静和清醒也许不无好处。散文诗已经度过它最困难的阶段,对自身进行反思特别是观念上的调整,无疑将促进它在历史转型期的生长。

亚美利加天空的温情*

云是一样的,风是一样的,太阳和星星是一样的。尽管有人说过月亮是这边或那边更圆,其实月亮也是一样的:有时圆,有时缺,有时变得像一把镰刀。我没有说这里一切都美好,但我的确在这里感受到了美好。我在亚美利加辽阔博大的天空感受到了和这个天空一样的辽阔博大的人间温情。

飞机从圣弗朗西斯科起飞,机翼一抖,美国西海岸碧蓝的太平洋马上在我的眼帘消失。飞机呼啸着奔向美国东南部,我的朋友在那边的一个机场等候我的到来。但是,我进入美国国土之后的第二次航行,却不是顺利的。我此刻要说的是,我在美国误下了飞机。

误下飞机的后果是谁都知道的,何况是在异国,更何况我的英语极为糟糕,那真是一次惊心动魄的经历。上机之前,我的友人和学生驱车相送。我们在宽敞的候机大厅里合影留念,我记得那里有一棵秀丽的椰枣树,是种在一只大花盆中的。我充满了这次单独跨越美国东西国土的自信。

临别,美国友人——他是裴米兰——告我,这次航班很好,直接飞往我要去的北卡罗来纳州的达勒姆(Durham)而不用中途换飞机。也就是这句话种下了我这次飞行错误的根由。从西海岸起飞,自西向东直抵美国的东海岸,空中跨越了美国的四个时区。我看看手表,手表的时间还是西部时间,但指示针已表明

---

* 此文刊于1993年3月6日《中国财经报》。据此编入。

飞行时间不短。以中国的经验看,我现在空中所用的时间,早已超过北京至乌鲁木齐或是北京至拉萨的时间。这种比较的概念也增加了我判断错误的因素。因此,当飞机开始下降而乘客纷纷(其实是一部分乘客)提取手提物件的时候,我也做好了下机的心理准备。

有了前几次单独旅行的经验,我自信能够在复杂的环境中找到出站口并顺利地找到我的行李。然而,事实却并非如此。电视屏幕上我乘坐航班行李到达的指示都已过去,两盘行李传送带都已停止工作,所有的旅客都提了行李走了。这个不大的机场顿时显得有些清寂了,我这才心慌起来:我的行李没有到达!我找到一位机场小姐,慌乱中我举着我的机票不知自己都说了些什么。她看了看我的机票,拿起电话就打,接着是紧张的一句"跟我来"扭头就跑。她穿着一双后跟极高的高跟鞋,但她的小跑步我怎么也跟不上。重新安全检查!重新查看票证!那小姐一直飞奔向前,她比我还急。我们都喘着气来到一个登机口,她说声"到了"就把我交给了在那里焦急等候我们的另一位空姐。

这位空姐也不跟我废话,不由分说地把我"塞"进了飞机!我不肯,我要找我的行李。然而,她们——机上的乘务员——还是"粗暴"地把我"按"在一个座位上。我环顾左右,机舱一片宁静。前后、左右、远远、近近无言地送过来的是一个个善意的微笑。他们没有谴责,反而像是祝贺。在我一切都不曾明白过来的时候,飞机已经腾空而起。

我向窗外望去,底下是万家灯火,美国宁静而温馨的夜晚。我这才明白,刚才我寻找行李的地方不是我的到站,我误下了飞机。这是一个我还远不知道它的名字的陌生的城市。而向我微笑的全机舱的人,他们为了等我这个丢失了的乘客,已经等了将近一个小时。但他们善意、理解、谅解、充满了同情友爱之心!一杯橙汁送过,飞机不再送食品了。大约三十分钟过后,飞机又一次下降。现在着陆的才是达勒姆,而刚才停留的地方只是一个中间站。在那个中间站我错下了飞机,整架飞机的乘客和机组人员在那里额外的停留只是为了我这一个异国的乘客。

出飞机的时候,我来到乘务员面前,我向她诚挚地道谢。她不由分说,撇开其他乘客,挽起我的臂膀,非常热情地陪我走过漫长的通道,把我送到了候机大厅。这时迎接我的朋友已经出现在我的视野。也就在这时,我放下紧紧拥着我的这位热情的女性,我忘了问她的姓名,忘了和她留影,甚至现在连她的面貌都记不起来了。我多么悔恨自己。当我的朋友向我招手的时候,我把这位可亲可敬的美国朋友丢下了。

我知道我不可能再见到她。要是说人生有遗憾,我现在所感到的遗憾是无可补偿的。这一切的感激、悔恨、自责,如今化成了让人揪心的记忆,这记忆在内心深处啃啮得心疼。那挽着拥着我走出机舱的美国人,那"粗暴"地把我"塞"进机舱的美国人,那穿着高跟鞋没命往前奔跑的美国人,还有整个座机从不同角落向我微笑的来自全世界的人,他们构成了此刻我仍然感受到的那种浓郁的、热烈的、温暖的亚美利加天空的温情。

我把这一切记在了心里。我知道我无法记住她们的名字,我也知道今生今世再也无缘和她们相遇。但是我记住了这次横跨美国国土的难忘的飞行,记住了这一切产生于自己的错误而却受到了所有人的谅解的情感的收获。我若把美国天空所提到的概括为同情、友爱、互助是远远不够的,我因失误和虚惊所得到的是一个对我来说是非常陌生的世界。在这个世界里人们不是用敌意和仇视对话,而是用忘我的小跑步,用不由分说地"粗暴",用超越性别隔阂的热情的相拥,用满机舱的友好的笑容。

最后,我要告诉我的读者,后来经过多方证实,我误下飞机的那个中途站是北卡罗来纳州的罗利(Raleigh),那里距达勒姆只剩下很短的路程。

误解的"空白"[*]

　　巴金先生倡导的"文革"博物馆迄今没有建立起来。但中国人不会因而抹去心灵中的那一片沉重的黑云。中国沉重的精神空间因有了那个长达十年的震惊世界的疯狂而益显丰富。这个民族的坚忍闻名于世，但它决不会轻易忘却数千年文明史上的"极端"记忆。

　　政治和文化的题目太大了，这自有专门的人去思考。我们关注的只是文学这个寂寞的角落。通常听到的对那一段文学事实的描写，几乎是公认的空白论。有的文学研究者也就真的把一片大大的空白留给了那段历史。

　　这当然是误解。首先是那个时期并非是真的文学寂灭。人们通常说的没有文学，指的是没有我们认可的那种常态的文学。而失态的和非常态的文学却一直公开的或隐秘地存在着。这指的是包括公开、民间和地下的三种状态的文学而言。前者指公开的出版物所表明的一切，其余二者则指疏离舆论控制的接近自在状态的文学实践。现在已有人在从事这方面资料的搜集、整理和研究，如《文化大革命中的地下文学》便是一本纪实的书。

　　所谓文学的空白指的若是价值的否定，这一认知的歧误则比前者还要深。一个社会的存在总有与这一存在相应的文学表现。对于要求服务政治的此时此地的文学，这种文学对于社

---

[*] 此文初刊1993年3月15日《文艺争鸣》1993年第2期，收《流向远方的水》。据《文艺争鸣》编入。

政治的表现并非无心而更近于有意。对"文革"时期社会动乱和社会异化的最好说明应是那个时代公开发表的文学。而流传于民间的文艺方式则是民众真实心态的自然传达,这里有曲折的抗议,有辛辣的讽刺,也有并不勇敢的受压抑的情感的流露。从上述这些意义看,这一时期文学具有很高的社会认识价值毋庸置疑。它以那个时代的特殊语言和特殊形式,为我们保留了有趣的和虚张声势的(煽情、滥情、矫情的)文字说明和原始素材的累积。

这是一种很难重复的文学时代,即使它极端的悖谬和荒唐。从文学角度来看,它们展现的价值也非同寻常,客观上它对于丑的表现达到了空前的高度和强度,即使疯狂和虚假,也是前所未有的登峰造极、千篇一律、无以复加的"最、最、最"的思维方式,极端政治化的词汇和形容;模式化的人物造型;矛盾冲突以及表演上的公式主义;对人类普通感情的回避、歪曲乃至仇视;对人间正常情感情绪联系的"革命化"处理!审美提倡上的不加节制的宣泄,和一无例外的"热烈""激昂""乐观""雄心壮志",一切一切的装腔作势,对于我们这些文学研究者都是千载难遇的文学奇观。

一部完整的当代文学史不能没有对这段"空白"的描写和充填。它极可能由于留下了这一真正的空白而变成真正的残缺。只有包括和保全了对这段文学异化的资料和描写,我们的文学史和文学研究才是真实的和完整的。目前最可担忧的是对这一历史的疏忽和漠视。而且随着岁月的推移,这一切对于后来者可能变得陌生甚至无知。要是如此,那真是我们这一代人对历史的失责。因为这是一段不可忘却的历史。对于文学而言,情况就更是如此,"文革"的发动者和推行者也是这一文学形态的最积极的设计者,通过文学去了解社会是妥帖而可靠的途径。

有人把这一段文学的出现归结为几个人的文学提倡,或归结为"样板"文艺的推广。其实不然。它是中国现代极左思潮长期发展到极端的自然而然的结果。当然，六十年代中叶的政治形势加速和催促了它的实现。同时，这段空白从一定意义上看，却是后来新时期文学的"母体"。是那种极端化造出了新时期文学勃发的生机。

中国文学的迁徙和运行有时看来是异常的和失控的，它的极端表现往往让人大出意外，甚至造成举世震惊的效果。然而它却是中国地地道道的特产。研究中国文学要是摒弃了这种极端的变异，那就等于忽视了中国文学最重要的事实。

我们应在力所能及的文学研究领域实现对"文革"这一"空白"的填补。由于对这段"空白"的误解，我们的文学批评、研究和文学史写作领域，大体上依然保留了一个被误解的空白。我们现在认识到：不论是"样板戏"、"金棍子"姚文元或"初澜"或"梁效"的"大批判"，还是红卫兵文学，或是知青的地下文学，都是一座未曾发掘的地下文学库藏。我们不仅可以从中得到关于社会、政治形态的生动的文字说明，以及在那个异常年代普通人受压抑的心灵世界的了解，还可以得到无与伦比的审美变态的全部丰富性的启示。

那里的高雅羞辱了我[*]

  那日燕珊陪我参观维也纳市街,对这座闻名于世的"建筑博物馆"她了若指掌。那时刻真是孔雀开屏的壮丽。在我们眼前展开的是立体美的历史长卷:罗马式建筑、哥特式建筑、洛可可和巴罗克式建筑。每座有价值的建筑物上都嵌有大理石的碑牌,金字镌刻着建于何日、修于何时、建筑师及房主是谁。每座碑石上方悬挂两面旗帜:奥地利国旗和维也纳市旗。市政当局规定,古建筑物不许拆建、只能维修,而且外观要保持原样。

  说是建筑博物馆不确切,它还是名人故居及雕塑的博物馆。贝多芬的、施特劳斯的、卡夫卡的、弗洛伊德的、莫扎特的、歌德的、席勒的。据说光贝多芬的故居就有八处,而且保护完好。这里还有一座咖啡厅,是历史上政治家和文学家聚会的场所。非常平凡的咖啡厅,一部分在室内,一部分露天,撑着彩色的遮阳伞。维也纳总是敞开着,他们喜欢自由自在地在阳光照射之下谈论艺术和人生,他们不需要遮蔽。

  维也纳既让我倾心又令我恼火。它此刻骄傲如公主,以它的丰富,以它的整洁,以它对传统和文明的尊重。我甚至妒忌起燕珊来了。她谈论她的维也纳——她如今生活的这座美城,是那样的自信,那样的自豪!

  我当然也有理由骄傲,我也来自一座世界名城。我有比她悠久得多的历史,我也有我的辉煌。然而,我的古都正在被高楼

---

[*] 此文初刊1993年3月24日《大公报·文学》第39期。据此编入。

的怪影所笼罩，那些摩天楼周围的景观原不属于这座城市。它的轻浮与肤浅与这座城市的凝重庄严格格不入。还有，我的北海和昆明湖正在变成巍峨楼群包围中的沼泽，它在那些闯入者面前只是一个小盆景。而且这盆景终究要在人们的眼帘消失。这消失伴随着我们对愚昧、无知和蛮横的记忆，我无法拒绝我的愤怒。

维也纳是音乐之都。人们曾提醒我说，一种制度已使多瑙河变成黑水。然而我看到的这条音乐河依然是施特劳斯当年的碧蓝。河中的绿岛，岛上的泳装，那里依然荡漾着蓝色的旋律。音乐的皇都有它的宫阙。我的女友指给我看，那是维也纳音乐厅。每年元旦，从这里向全世界播送祝福的乐音。这音乐会令我神往。可惜此刻我头顶的是欧洲七月的太阳，我无法等待深夜的钟声。

三年后的一个元旦之夜，我从噩梦中醒来，眼前依旧翻涌那一片难泯的血污。维也纳的乐声唤起了一片生意，它令我忘却昨日。古典的交响乐声中端坐着盛装的维也纳：西服、领带、长裙、项链、香水和鲜花。乐队指挥的燕尾服，闪光的铜号和长笛，又是鲜花，谢幕和掌声。最后是《拉德斯基进行曲》，台上和台下，有节奏的击掌，四座同歌！曲声尽处，人影依依。那场面让人想哭。

其实这只是一种仪典，它显示修养和情趣。年年都有元旦，年年也都有这样的新年音乐会。年年总有《蓝色的多瑙河》，也总有《拉德斯基进行曲》，总是这样的古典情调，总是这样的彬彬有礼：鼓掌、鲜花、谢幕。尽管年年如此，却总是年年如此的认真、充满兴味，最要命的是，总是这样的高雅，高雅得让人嫉妒。

维也纳的音乐会结束了，被感动的情绪安静不下来。余兴未尽的动机驱使我按动电视机的另一个按钮。那里是一台中国的新年节目。两个身穿长衫的男人头上各翘一只小辫，脸上好像都抹着白粉。他们品位不高的逗乐引发了一阵又一阵哄笑。这里的喧闹和世界另一边的安静、肃穆、有节奏的击掌,这里的小辫、花脸和那里的香水、项链、曳地的长裙造出了反差。无情的对比构成了心的蒙羞。

要是我拥有手段我将报复,那里的高雅羞辱了我。尽管我深知,那里真诚的友情无意于这种情感的袭击。但我却明确感到了伤害。我理应有属于自己的华贵,然而却被无知识的卑琐和低级趣味所掩埋。面对莫扎特和施特劳斯的优雅旋律,我的所有却是此刻的粗鄙。我无力反抗这种伤害,不仅因为它无心,而且因为它的手段是高雅。我只能让受伤的心暗自流血。

朦胧的宣告[*]

中国新诗的历史新纪元的第一页,选择在本世纪70年代结束80年代开端的社会转换期掀开。日后的事实证明,这一段时期不仅具有社会学的意义,也具有诗学的匡正和开拓的意义。30年代以还非诗倾向的滑行及陷落的危境在这个时期得到抑制;五四新诗运动最初十年建立起来的自由创造的格局得到修复;经过大约十年的奋斗,获得解放的新诗迎接并战胜了欣赏和批评惯性的阻扼,终于在其气汹汹的围困和责难之中建立起如今这样一个独立的和多元的诗秩序。80年代中国新诗终于成为自有新诗历史以来最有纪念意义的一个事件而载入史册。

对非诗化的匡正是这一时期诗建设最为艰苦的工程。由于中国特殊的社会历史环境,诗不得不在实用与审美之间徘徊并做出选择。其结果当然是愉悦心灵与陶冶情致这样一些空灵轻松命题的逐步放弃。诗并不情愿事实上也难以承受地肩起挽救社会危机的重负。这一滑行的过程是漫长的,但却更是严酷的。待到70年代末,人们反顾这一昔日竞艳繁采的园地已是满目荒芜的肃杀景象。80年代的诗工作者几乎就是荒郊野地之中的拓荒者。

开始的工作是清理那一片被野草毒藤所盘缘的地表。极端的为政治服务的提倡驱使诗在"文化大革命"十年中走上被称为

---

[*] 此文为《当代诗歌潮流回顾·写作艺术借鉴丛书》总序,初收《当代诗歌潮流回顾·写作艺术借鉴丛书》,北京师范大学出版社1993年10月出版。据此编入。

"假、大、空"的绝路,谎言和矫情的充斥造出了较之先前的标语口号和公式化更为恶劣的景观。"文革"结束后对这领域积垢的清理,以诗的诚实和诗人的讲真话为第一目标。当然那时所谓的真实的声音依然是社会政治层面的,但对于专横和阴谋的揭露和控诉大体传达了全社会的情感和情绪。这对当日的诗来说,是跨出虚妄和纠正历史歧误的重要一步。

在前述关于诗必须真实表达时代、真实表达人生的倡导下,由70年代转向80年代的社会转型期,出现了中国新诗史前所未有的动人现象。长期受到摧残和压迫的精神乃至肉体的痛苦和凌辱,由于新时代阳光的照射,迸发出对突如其来的死亡后再生的惊喜,以及痛定思痛的悲愤和沉哀混合的激情。

这种激情借助于被我们称之为归来主题的概括,得到鲜明、完整、充溢着时代氛围的实现。有失落和离散方有归来,归来是苦难结束后对于伤痛的抚摸以及对于历史变乱的控诉和反思。悲苦交集、感慨欷歔的归来,是多种多样的复杂经验的情绪结晶体。个人和家庭、社会和时代的林林总总,在归来的命题中得到立体的综合的呈现。

在那个灾难和悲苦的年代,几乎所有的人都有失落,因而也都有寻找和追怀。但对于当日中年以上的人,在这样以十年为低限的历经离乱、并作为幸存者的归来,最为让人怦然心动。十年一梦的醒来,瞬息间人过中年,许多黄金般的年华有如逝水。要说这时期有关诗的真实性的吁求,以及社会层面的对于灾难制造者的谴责的揭露,虽然造成过一时的轰动,但具有长久魅力的,却是这种溶解时代悲风于个人命运之中的悲愤的惊呼与哀伤的低语。一批诗人劫后余生,或返谒故园,或伤悼逝者,或对影悲怀,形诸诗章,创作出了自有新诗历史以来生发于个人遭际而指归于时势苍凉的可以感天动地的诗篇。

这些诗章的社会历史价值无可置疑,其在艺术创造领域的贡献，则集中于受到扭曲和变异的新诗艺术传统的修复方面。经过一批诗人的努力，这个时期的诗作在传达凝结着时代和个人大悲欢的同时，新诗固有的艺术品质有了鲜明生动的恢复和重现。但这一切毕竟是长久的变故之后短促时间内的修正，中国新诗艺术传统的本真状态，特别是冲破艺术禁锢，使诗挣脱僵死教条束缚而迈向世界性的现代艺术运动的实践，则有待更适宜也更充裕的时机。

其实，中国新诗在黑暗年代陷于绝境之时，诗歌变革的岩浆已在地层深处集聚奔突。它只待那一个契机的到来而以炽烈的爆喷冲出地壳。最初赋予新潮诗以"朦胧诗"的指称的，是一个明确的贬损的意图。批评者完全不能理解、当然也断然排斥这一诗潮所传递的艺术变革的信息及实践。他们认为凡诗都应当如他们所习惯的那样一览无余和千篇一律，他们不能忍受这种远离他们审美习惯的不适应与不可知。但新诗史上一场巨大的变革就是这样不顾艺术惰性的拒绝而悄悄来临。

新诗潮以不同于传统诗艺的方式出现在中国诗坛。它从古典的羁绊中挣脱而与流行于世的现代主义潮流对接。意象的营造、组合和叠加突出了诗的象征和暗示的特性，主题和意义不再是明确的和单一的，它们摒弃浅露的直接外现，而把丰富的意蕴隐藏，蕴藉于是成为基本的传达方式。这种诗通过诸多现代的手法体现立体的深层意义，以它的不确定和多选择性而与前此风行的直接显露完全区别开来。新诗潮对诗建设的贡献之一是与五四新诗传统实行的接续与改善，新诗的本有品质于是得以重现；再就是对世界现代诗的重新交流与加入，从而推进了新诗的现代化进程，使诗的内涵和表现形式得以全面拓展。

80年代中期有了一场引起震动的诗的哗变。这一次诗艺的变革以几乎是"突发"的方式有别于传统的诗运。中国新诗在此之前的运行形态（大体总是首尾贯通的线性发展状态）中断故借用之。"① 可见,即使在做诗上,学者型诗人也大体都有此重治学的严肃性。这就是这篇文章的这一节标明的"书卷气"的原意。对相当部分的诗人来说,随意性甚至"痞子气"往往过剩,而独独缺少我们这里说的"书卷气",这里所体现的严肃性和高贵气是很动人的。当然,此处论述仅就涉及史料使用而言,而非对创作的普遍性而言。

读钟玲这组诗的有关文字,往往从中感到作者的浓厚的学识与治学精神。由于她的言简意赅的整理,我们往往受益于知识的扩充和传递。如她写的《唐琬》共有笺注四条,均精辟而有深解。如其中有关唐琬资料的笺注指出:"见宋、周密,《齐东野语》,卷1;宋、陈鹄,《耆旧续闻》卷10;宋、刘克庄,《后山先生全集》,卷178;清、《历代诗余》,卷118引夸娥斋主人语;清末民初、况周颐,《香东漫笔》,卷1。唐氏名琬,见《香东漫笔》。"② 其余各注,有关陆唐成婚年份的,有陆游集序所见涉及对唐琬的怀念之章的,都各有出处,极为详备。

从钟玲这些诗作的文字来看,她下笔之初即已熟读有关资料,她几乎是以治史的态度来对待有关资料。但创作时,她又全然是一位极富想象力的技巧高超的诗人。这可以从《卓文君》、《苏小小》诸作看到。她写诗按照的是精神生产特别想象力飞扬的规律行事。学者和诗人的双重身份,使她在创作中拥有了与一般诗人不同的特点。以《唐琬》为例,她的《后记》有一段话:"这首诗的时空设在绍兴25年(1155年)春天,二人在沈园相遇的前一刹那开始。因为陆游七十五岁作的《沈园》二绝中,有'伤心桥下春波绿,会是惊鸿照影来'之句,我把他们相遇的地点,安

---

① 《芬芳的海》,第124页。
② 同上书,第112—113页。

排在沈园的小桥头。"①当她的诗涉及史实,她使自己尽量做到无一事无根据的准确性;当她的诗涉及想象的天空,她又匠心独运,曰"时空设定",曰"安排",她又是这精神产品的导演和设计师。我们且看她诗中的句子——"他对我好又怎样？/四年了,不论是春风秋雨/依旧飘送你的低语/隔着重山,总有你的渴望/紧贴我的肌肤",不难感到她是以现实女人的心境情绪去写历史中的女人。

这样以治学的严肃性来处理诗创作的背景材料的,不仅钟玲一人,大凡学者型的诗人总难免这份"积习"。前面论述过的余光中也有一个非常典型的实例。他的《湘逝》副题是"杜甫殁前舟中独白"。一席关于杜甫漂泊的暮年的行状,几乎就是杜少陵诗卷中有关吟唱的改造与提示。殁前舟中独白,当然是想象的。我们读着"白帝城下捣衣杵捣打着乡心/悲笳隐隐绕着多堞的山楼/窄峡深峭,鸟喧和猿啸",几乎通篇就是家园离乱的情感记事,言谈之间融进了现实诗人自身苍茫的思绪。这不待言,最妙的却是《湘逝》的后记,和钟玲写的有异曲同工之妙,通篇可视为一篇精简的考据文章——

> 杜甫之死,世多讹传。《明皇杂录》说:"杜甫客耒阳,颇为今长所厌。甫投诗于宰,宰遂致牛炙白酒,甫饮过多,一夕而卒。"《旧唐书·文苑传》说:"甫尝游岳庙,为暴水所阻,旬日不得食。耒阳令知之,自櫂舟迎甫而还。永泰二年,啖牛肉白酒,一夕而卒于耒阳。"《新唐书》亦然其说。浸至今日,坊间的文学史多以此为本,不但失实,抑且有损诗圣形象。
>
> 杜甫死后四十年,元稹为之作铭,时在《旧唐书》之前,只是"扁舟下荆楚间,竟以寓卒,旅殡岳阳",根本不涉"饫

---

① 《芬芳的海》,第112页。

卒"之事。其实牛肉白酒之说,只要稍稍留意杜甫晚作,其诬自辩。大历五年,杜甫将往郴州,时值江涨,泊于耒阳附近之方田驿。聂令书致酒肉,杜甫写了一首长达十三韵的五古答谢。果真诗人一夕而卒,怎有时间吟咏一百三十字的长诗?而且诗中有句"知我碍湍涛,半旬获浩溔",可见诗人断炊不过五日,并非十日。其实一夕饫卒虽有可能,十日绝粒而不死却违常理,世人奈何袭而不察。

答谢聂令的这首诗,题目很长,叫做"聂耒阳以仆阻水,书致酒肉,疗饥荒江;诗得代怀,兴尽本韵,至县呈聂令;陆路去方田驿四十里,舟行一日;时属江涨,泊于方田。"此诗写成之后,杜甫还作了好几首诗,在季节上或为盛夏,或为凉秋,在行程上则显然有北归之计。《迴棹》一诗说:"清思汉水上,凉忆岘山巅。顺浪翻堪倚,迴帆又省牵。吾家碑不昧,王氏井依然……篙师烦尔送,朱夏及寒泉。"又说:"蒸池疫疠偏……火云滋垢腻。"岘山在杜甫故乡襄阳,足见此诗正当溽暑,疾风又病肺的诗翁畏湖南湿热,正要顺湘江而下,再溯汉水北归。《登舟将适汉阳》一首说:"春宅弃汝去,秋帆催客归……鹿门自此往,永息汉阴机。"可见归意已决,且已启程。《暮秋将归秦留别湖南幕府亲友》一首又说:"北归冲雨雪,谁悯弊貂裘?"则在季节上显然更晚于前诗了。

也许有人曾说,这只能显示杜甫曾拟北归,不能证明时序必在耒阳水困之后。但是仇兆鳌早已辩之甚详,他说:"五年冬,有送李衔诗(按即《长沙送李十一》)云:'与子避地西康州,洞庭相逢十二秋。'西康州即同谷县,公以乾元二年冬寓同谷,至大历五年之秋,为十二秋。又有风疾舟中诗(按即《风疾舟中伏枕书怀三十六韵奉呈湖南亲友》)云:'十暑岷山葛,三霜楚户砧。'公以大历三年春适湖南,至大历五年之秋,为三霜。以二诗证之,安得云是年之夏卒于耒阳乎?"

前述风疾舟中一诗又云:"故国悲寒望,群云惨岁阴。水乡霾白屋,枫岸叠青岑。郁郁冬炎瘴,濛濛雨滞淫……葛洪尸定解,许靖力难任。家事丹砂诀,无成涕作霖。"可见杜甫之死,应在大历五年之冬,自潭北归初发之时。

右《湘逝》一首,虚拟诗圣殁前在湘江舟中的所思所感,时序在那年秋天,地理则在潭(长沙)岳(岳阳)之间。正如杜甫殁前诸作所示,湖南地卑天湿,闷热多雨,所以《湘逝》之中也不强调凉秋萧瑟之气。诗中述及故人与亡友,和晚年潦倒一如杜公而为他所激赏的几位艺术家。或许还应该一提他的诸弟和子女,只有将来加以扩大了。①

由此可见这批"沙田名士"及其友人们的可贵的学术品格。不仅年长的一代如此,即使更为年轻的一代,也都有了这种品格的传承。胡燕青可说是又一个典型。她生于广州,八岁来港上学。后毕业于香港大学英文系,旋获硕士学位,现任教于浸会学院语言中心文学部,也属于我们此刻讨论的学院派诗人的范畴。胡燕青于1981年先获香港市政局中文文学奖诗组冠军,又于1985年再获同一奖的散文第一名而闻名于此间的文学界。她的八百行长诗《日出行》在抽象的哲学式的拷问中展现她的生命经验与省思。正如她自谓:"我开始怀疑以往的自己,到底在享用被爱对象的光彩,还是真正地向往、投入。同时,我亦深深感到成长的痛楚……我是不肯一夕无梦的,在孩提与白发的中间,我决意找寻自己年青而有力的,作为一个人的印证。"②这作品展示了她学者式的沉思的特性。

---

① 余光中:《隔水观音》,第7—9页。
② 胡燕青:《后记:春天的破衣下》,《日出行》,香港:山边社,1987年7月,第126—127页。

胡燕青另一篇重要作品《语天——李贺临窗》也如较她年长的诗人那样,以对中国传统文化的浓厚兴趣而传达出那种学者氛围。"由于写硕士论文,和李贺独对了好些日子,《语天——李贺临窗》里,她尝试走进李贺的世界,对他为创作不惜和苍穹对峙、向永恒挑战的心路历程,体会良深。"①这是一首充分展现胡燕青历史、文学素养和艺术才华的诗篇。她以对李贺身世才情的深知,借他一夜对天私语,寄托一个早夭天才的情感世界。出语绮丽,凝聚异彩,字字如玑,文言与白话的结合,造出了既古典又现代的特殊情调:"试问我书桌上一萤枯瘦的灯舌/和窗外那小小的纺织娘/如何戳得穿你千古无血的秋寒?"②这是一曲对为世不容的天才的挽歌,这里体现了极浓郁的对于传统文化的景仰心情。

一个有趣的问题是,在中国大陆如今很少有诗人以我们在这里论及的以古代材料为诗,而在这里却有着久盛不衰的热情,而这里,又是受到西方文化深刻浸润的殖民地。还有,从事这一工作的诗人似乎都是受到西方式的高等教育的人。而在大陆居住的他们的同胞和同行,他们却大体遵从另一种文化价值观。那里的学者和作家们所持的学术态度,多数倾向于批判地对待那些材料,他们崇尚现代性和欧化,他们不乐于谈论这些古老的题目。这是一个很有趣的逆反。

作为文化母体的大陆,表示了对这个母体和本源的冷淡、轻忽,甚至有些人还是无知,而长期脱离这一母体的隔海隔山的代代诗人,却遗传般地承袭了这种对于传统的深爱。这种两岸之间的文化焦点的反差是当今中国十分重要的人文现象:日夕接近的反而疏远,而拉开了距离的反而更有引力。但要是从诗的

---

① 黎海华:《奔向初阳的射手》,《日出行》,第10页。
② 胡燕青:《语天——李贺临窗》,《日出行》,第52页。

学院化这个角度看,还离大陆的诗界对于传统题材别开生面的再铸,的确是一种高雅情趣的展示。从香港学者化的这一代诗人的心态看,与大陆的那些"激进"的态度对比,他们却反而是接近于"正统"甚或是"保守"的。

即以前面我们论及的漂泊感这一点来说,像胡燕青这样一代人却宁愿在无奈之中坚持自己拥有的中国。他们的文化之根生于斯,长于斯,很难有另一种选择。胡燕青在读了颜纯钩一篇题目很长也很怪的小说后,写过这样一些话,这些话很能说明这一代学者的真实心境:

> 今天大家都预备移民去了。不知行旅在即的心情如何?以为只是走一趟么,却不知仆仆风尘间,以驿站为家、篝火为灶的生涯,可能就是你一生的归结。或者有一天我亦被逼加入这流浪的行列,但我已经尝过割裂的苦涩,此刻不免执着完整的甘美。我当然愿意住在加拿大的两层小屋里,拥有一小片可以栽种番茄的耕地;也愿意站在新西兰无际的绿原上,看白云下羊群悠闲地吃草,但我更希望留在我所爱的人身边,为他们工作和存活。[①]

在这里,胡燕青除了印证我们在前面说到的以余光中为代表的那种为中国文化造像工程的投入,再一次印证中国学院诗人们所凸现出来的社会和文化两难抉择,同时也印证了我们此刻讨论的命题,即越是远离越有一种遥远的文化认同感。在这里,从钟玲到胡燕青都这样,都共同地表达出她们对中国传统文化的依恋和强烈的认同感。这用余光中的话来表达,就是:"我的缪斯是亚热带牵藤缠蔓的植物,这里,已成了我的根。"

---

① 胡燕青:《从颜纯钩的小说想起》,《心页开敞》,香港:突破出版社,1989年第1版,第79页。

Ⅳ. 生存境遇的综合思考

从香港这些学者型诗人的文章中,我们可以感受到他们身处繁华的国际性城市香港,却保持了一个在内地很难再有的那种以友谊和学术为主题却充满诗意的沙龙式的往来。在沙田,以余光中的到来为标志,进入了这个文学繁荣季节的高潮。在沙田的文学圈中有的人如梁锡华以散文、小说和博学多才著称,涉及现代诗年纪较轻的则有黄国彬。黄国彬也是博学的一位,除了诗也写散文。他的散文《明日隔山海,世事两茫茫——送别余光中》、《不设防的城市》、《沙田的传奇》等都记述了如余光中、思果、梁锡华、黄维梁等沙田文友的名士雅趣。这些文章文笔生动有趣,读之令人神往,从中也可看出作者黄国彬的才华和学养。

黄国彬生于香港,曾就读皇仁书院和香港大学,获香港大学英文系硕士学位。1980年以意大利政府奖学金赴翡冷翠研究但丁,并进修意大利文。他诗作甚多。70年代诗倾向于对生活的关照和投入。在诗集《攀月桂的孩子》中,他总结了50年代以来香港诗的经验,在偏差之间釐正自己的诗风。"我极力反对不必要的隐晦,更反对故弄玄虚;但我也不赞成为了'易懂'而放弃最适当最准确的表现手法,更反对作者为了'浅白'而简化诗想,违背艺术良心。十多年前现代诗的割切支离无疑是一种偏差。"[①]在70年代的诗中,黄国彬通过对都市生活的实际描写,传达出他对生活批判的倾向。如《天堂》"天堂的街道是长期便秘的大肠",写汽车在这个城市中的蠕动,人的生命在这种蠕动中的消耗;《逼迁》写城市的地产公司如兀鹰的眈眈,以及未来不

---

① 黄国彬:《攀月桂的孩子·自序》,《攀月桂的孩子》,台北:林白出版社,1975年6月,第1—2页。

可预知的结果,只能"无救地等待死亡"①。

　　这些创作传达出一种有趣的背反:身在现代都市而心却向往古典。但这些受过中国传统文化熏陶又接受了西方教育的学院诗人,大抵都能够在这种中西文化碰撞和汇流处,有效地处理调适并且创造出一个属于自己文化传统的环境来。黄国彬写过《母亲在门口炒菜》、《母亲,你的背已经弯了》、《给载》通过写亲子之情,传达中国传统文化、道德的承袭,而《夜静听筝》、《雨天闲居》等却力求在新诗的格式中造出传统的意境来。如《春到沙田》则有意地在新诗中创造一种类似古典绝句的意境。②

　　较黄国彬的年龄稍小一些的梁秉钧也是一位多产的学院诗人,他的经历与黄相近,在对中国文化传统的认同上也相近,而在诗的追求上却倾向于现代而不崇尚古典。梁秉钧毕业于浸会学院英文系,后赴美在加州大学圣地牙哥分校功读比较文学,曾任教于浸会学院英文系,现任教于香港大学比较文学系。梁秉钧出生大陆,长于香港。他没有前辈诗人那么多的旧国山河的记忆,也没有更多的乡情愁绪。但他却也遥遥地认同并热爱中国文学的悠远传统。他的文化根意识也浓厚:

　　　　我们祖父母那一辈是1949年从中国内地来到香港的,他们也随身带来了旧日的风俗、生活和思想的习惯,以及对于往昔悠悠的怀念。父母一辈,都是新旧文学的爱好者,在塞满现实生活用品的沉重行囊中不知怎的也混杂了不少书本。母亲和阿姨在缝衣服、串珠带的时候,彼此呼应地背诵唐诗宋词,或者长长的古文书信游记,在我们耳边变成熟悉

---

① 上引文分见《攀月桂的孩子》,第34、101页。
② 上列诗篇均见《翡冷翠的冬天》(香港:山边社,1983年12月)。

的节奏。①

梁秉钧的自我叙述,让我们窥见中国文化不可言说的魅力。它能够借助哪怕是星星点点的机会,向着它可能企及的一切渗透,从而将你俘获。

评论称梁秉钧诗文"关注周遭的人与物,敏于发掘生活的精髓,落笔细致而冷静,善作暗示力避免诠释,重视意念和技巧的创新"。(香港三联版《梁秉钧卷》出版介绍)可以说,这是梁秉钧和黄国彬稍有异趣的地方。梁秉钧通过诗表达的是一个在香港长期生活并且受到美国式教育,如今又从事英文及比较文学教学的学者必然有的"西化"倾向。但即使如此,他和批评家也都认为,他的审美习惯仍然还是东方型的。受到郑敏高度评价的他的诗配画《北京儿童医院》,认为他能够在找到事物而易于失去张力而流于散文的松散的刹那,传达出诗语言的"神灵之气"。他的诗能在事物的具象和诗人的独特思维之间建立一种和谐的关系。诗在这个时候便成为"诗人和自然撞击中留下的踪迹"。郑敏说:"也许在重记载细节、不介入等方面他受到威廉斯以来美国新现实主义、客体主义的影响,不多流露感情,不干涉自己所描叙的环境,重视地方特点,反对抽象,但他的境界却是充满了东方色调的。"②

梁秉钧认识到香港这一地区的特点,他体认香港是一块中西文化混杂的地方。他力求在这种特殊的际遇中,在两种文化的"摆荡"中寻求某种平衡。但梁秉钧较之他的前辈或同辈人无疑是在文化态度上采取更为前卫姿态的一位。他思考着,也力图通过诗表达着他所处身其间的现代文明对周围世界可能有的

---

① 梁秉钧、集思编:《电影和诗,以及一些弯弯曲曲的街道》,《梁秉钧卷》,香港:三联书店,1989年第1版,第1页。

② 郑敏:《梁秉钧的诗》,《香港文学》52期,1989年4月,第27—30页。

冲击及其可能进行的调整：

> 一直我只是想，在我们生活其间的破碎中
> 我如何能传递给你我感觉到的杯盘
> 刀叉之间那种平衡同情的目光？
> 是的，调度和剪接的认识都是无用的
> 除非我能广大而包容它们
> 帮助了解我们一度抬头看见的凝镜[1]

上引的诗表现了现代人对于客观世界的困惑。我们处身于支离破碎的混乱之中，但我们寻求平衡与和谐。我们力不从心，因为我们本身就被物化，并肢解为碎片。我们缺乏那种广大而包容的能力，因而，最终我们无法说明世界，更无法说明自身。

愈到近期，梁秉钧诗中这种对于现实的惘然之感愈加浓厚。他是城市中人，他对城市的洞悉他能够把这种对于现代都市的表现不流于浅露而具有深刻化。那就是透过城市的驳杂和相互矛盾揭示人处其中的困窘。如下一首诗也是谈论艺术的，《与蔡仞姿讨论装置艺术及其他》，在"讨论"的过程他凸现的却是人的处境——

> 对不起，生活令我们早上九时半
> 无法畅谈艺术。我们无疑都受制于
> 时间和空间。一幅红岩逐渐剥落
> 不同天气里隐约的山形从四面墙伸入
> 室外的云雾，那是咖啡壶的蒸气吗？
> 还有烤面包，是了，你吃过
> 早餐没有？那边有一个座位？
> 但哪里可以找到一幅比较大的空白

---

[1] 梁秉钧：《续谈一出不完整的电影》，《梁秉钧卷》，第165页。

容得下我们心中的画？也许加上
海波的光影，雪花虚实的图画①

　　整首诗是讨论绘画的，但是繁忙紧张的工作与悠闲讨论艺术构成了冲突，就在讨论的过程中，画面上的云雾和咖啡壶的水汽，早餐的座位与足以安置那画的空白纠缠在一起。这是香港的真实生活，时间和空间都被这城市的烦嚣占满了。艺术只能在这样匆促的电话筒里进行。

　　他的一切感受都从实有出发，但却通过具象表达更多的理趣。诗人的睿智与才情于是得到显示。诗人徘徊在心与物之间，思考个人与世界的种种可能性。他通过多重视点和虚实相生的审视，能够在种种文化和生活情态的含情观览之中，从容展现那一切抽象之物的质感。因此批评家认为读他的诗"是生命探索的旅程"。

　　在《从现代美术博物馆出来》这首诗中，我们看到梁秉钧诗的后现代倾向。事物与事物的空间界限消失了，一种源于跨国资讯、国际性的企业发展打破了地域限制。随之出现的是全球性的空间意识。许多原有的意义和联系中断后，一切都变得模糊不清："在纽约，走过看见的东西一分钟就不存在/但是我们有时又兜圈回到原来的地方"，"我在纽约只看到零碎的现代艺术眼前的路标/并没有信心我们可以找到平面以外的东西"。② 诗人面对的是无尽的不完整和破损，但他显然不愿被这环境同化。他却在没有深度的平面的领域，追求一种历史的深度。这就是我们注意到的梁秉钧"西化"背后的传统化的顽结。

　　梁秉钧不是一位对生活淡漠的人，但他却在生活的烦嚣之前"心淡如水"。他把那一切判断藏匿于琐屑的后面，只是通过

---

① 梁秉钧：《续谈一出不完整的电影》，《梁秉钧卷》，第163页。
② 梁秉钧：《从现代美术博物馆出来》，《梁秉钧卷》，第120页。

那一个又一个的场面和细节,在完全不动声色之中,使你体会诗人那"拼贴"的一片苦心。当他这样做的时候,可不要把他看成是一个表现现代都市文明和困扰的诗人,不是的,也如香港那些有着很高文化层次的诗人那样,他是在城市生活种种场景的背后,却依然萦怀着对于中国文化母体的牵连。他写在异国他乡的一首名诗《乐海崖的月亮》便很说明问题,应该是美国的月亮了,但却使我们窥见中国的月亮,甚至是唐代的月亮。但看月亮升起的场面是西方的更是现代的,但与之对应的却是中国的更是古代的。如"月出惊起汽车/在黑夜里断续鸣叫",[①]它的潜台词却是唐诗中的"月出惊山鸟,时鸣春涧中";再如"在海边是谁初见了月亮?/海上的月亮那年初次照见了人?",[②]它的未出现的对应物也是唐诗"江畔何人初见月,江月何年初照人"。由此可知,在梁秉钧充满先锋性的吟唱中,已经融进了与之完全迥异的东方古典情调。这是矛盾的妥协,也是对立的统一,在梁秉钧诗中得到实现。

  在香港的学院派诗人中,陈德锦可能属于年青一代。他1958年生于澳门,后移居香港,毕业于浸会学院中文系,新亚研究所硕士班毕业,现任教于岭南学院中文系。陈德锦熟知香港,如《宝云道》、《电车》、《雨中乘电气化火车离马料水》[③]等都能较好地传达香港风情。陈德锦除写诗外还著有《南宋诗学论稿》、《文学散步》等,是发展比较全面的青年学者。他的诗也显示了青年一代的独到追求。他宣称近年对诗的形式追求趋于冷淡,认为只要诗意丰盈,语言形式或整或散都无妨。这表明他的诗观趋于稳定求实,没有时下常见的那种浮躁与时尚化。

---

① 《梁秉钧卷》,第88页。
② 同上书,第90页。
③ 上列诗篇均见《如果时间可以》。

陈德锦诗风平实,《如果时间可以》用的就是比较齐整四行体,《鹰》也是接近格律诗的体式。在这些诗中,他作为香港诗人,表现了对于自然生态的关切。这是香港诗人把城市主题导向深化的信息。这是他的《鹰》:

> 不可以飞得更低了
> 依然看不见海面上有腐烂的尸体
> 一块漂移的油污给渡海轮辗过
> 随即分裂为一截破碎的天虹
>
> 在疾风里翻飞也会带来伤痛
> 草原上的雕隼要避开雪雨的弓箭
> 如今灼热的太阳在背上散发病毒
> 气流里是一股一股黑色的煤烟
>
> 我听到我的族类在天空呼叫
> 一列泥车把最后一块绿土运走
> 这里再不见树木也不是海岛
> 这就是我的孩子要留下来的地方?[①]

我们通常看到的鹰都是在空中作为强者的形象,如今的鹰的声音里却透露出忧患的悲伤。他的诗启示人们去考虑繁荣发展的另一层面的问题。诗人自述这类诗是他对这里的环境日渐受到破坏的一种回应,是我们此刻谈到的学者型诗人对于生存状态的综合思考的组成部分。

陈德锦的诗观在他的一篇很有分量的短文《诗的重要性》[②]表达得很完整。在这篇文章中他对诗的产生、独创性、诗的贡

[①] 《如果时间可以》,第 76 页。
[②] 陈德锦:《文学散步》,香港:香港青年作者协会,1993 年,第 167—170 页。

献、感性和知性、题材、手法与原则性等关系作了精简而透辟的阐述。这篇文章连同他的为数不算多的作品,构成香港当代青年学者型诗人的最新风貌。使我们通过这新一代学者的广博的学识、独创性的实践,不拘一格的思想,对香港诗的历史和现状产生充分的信心。

      1993年6—7月初稿于香港岭南学院
      现代中文文学研究中心

拾石头的女人^{*}

　　福建惠安一带,是南中国的亚热带地区。这里气候温湿,草木繁盛,人也勤劳。特别是惠安女子,他们在南国的阳光和海风的抚摸下,身材颀秀,性格活泼,是天地灵秀造出的奇葩。加上她们独特的服饰,更引起人们的兴趣。

　　惠安是石的故乡,此地石工天下闻名,坚固的花岗石在这里石工的手工柔若面团。他们可以随意地将石材切削、"捏塑"成各种物件,大自整座石砌楼宇、高峡飞渠,小至镂空青石球。人们但见象牙的镂空、玉的镂空,但惠安的匠师却能将其质既坚且粗的青石镂空。

　　他们不但进行石雕的工艺制作,而且还要上山开采各种石材。开采当然不是用机械;世代都是手工操作。从采石场到作坊,这材料多半是由手扶拖拉机运走,但令人惊异的却是,很多时候是由女人用肩膀抬出来的。从泉州、惠安直至崇武半岛的山崖水湄,沿途可见娟好的惠安女子在抬石头。他们二人搭伙,一根短而粗的竹杠,套着的是硕大的花岗岩石料。粗粝的石条,每条重数百斤,扎扎实实地压在了这些海的女儿双肩之上。她们珠翠满头,露及腰身的窄袖短衫,加上肥大而长及脚面的裙裤,一路微喘轻叹,不避烈阳的脸上挂着汗珠,此景此情,是让人受到震撼的场面。

　　人们习惯于把女性和水联系在一起,女性温柔、多情、善感、飘逸而灵动,是一种水的姿质。男人坚定,女人柔婉;男人偏于

---

　　*　此文初刊 1993 年 9 月 5 日《华侨日报·文廊》第 44 期。据此编入。

理智,女人偏于情感。常说智者乐水,女人的智慧和灵气都近于水。很少把女人和石头相比拟的,因为石质的粗糙、坚硬和沉稳易于让人联想到男性。文学中有把女人与石相联系的,如古人写望夫:"望来已是几千载,犹是当年初望时。"这文章做得巧,它把石质所代表的执著坚定移到女人的多情不移这点上,审美上的这种转移,顿然使那些质朴的顽石也充满了女性的飘动的灵性。今人舒婷写神女峰,也是一种联系,她说,"与其在山顶展览千年,不如在爱人肩头痛哭一晚",却是对女性柔质和情感的恢复,是从石的坚硬回到水的婉约上面来。

　　如今回头再看这闽南乡村道上的惠安抬石女子,却是另一种风情。在这里,水和石的矛盾对立得到调和,两种不同的质的结合造出了新的美感。坚定和婉约、刚强和柔和、粗放和细腻,还有,沉甸甸的压迫和优美姿态的承受!然而,当人们想着那重压暴虐地踩躏女人的双肩,浮起的当然不是那种陈旧的怜香惜玉的心情。

　　惠安地区婚恋有异俗。据云,女子成婚后即回娘家居住,怀孕生子了才有条件回到夫家与丈夫同房。在此期间,女人轻易见不到丈夫,他们名为夫妇实似路人。年轻女子为安慰寂寞往往结为姐妹,情谊深笃。久之,同性之间的情爱深厚,而对异性反至冷淡。同龄女子同病相怜同命相依而又无力反抗千年陋习,以至自古至今相约投缳投海自尽之事不绝!

　　女性美颜柔质,正是天赐。但女人面相世袭的苦难,以至像惠安女子这样身心承受的重荷,使她们的命运充满了悲剧色彩。她们精神和心理的压抑苦闷和体力上的严重摧残,使她们不能如天下女人那样享受女人的一切,这逼使她们轻易地面对死亡,最后选择死亡。于是,我们便看到了惠安女子世代反抗的惨烈行动。惠安女子的装饰世人多有美誉,但从她们以婀娜的身姿抬动巨石的形象看,这美丽的背面有多少难以形容的悲苦和沉重!

一九九三年七月三十一日　香港

海涅的《新诗集》(Neue Gedichte)*

《新诗集》是海涅继《诗歌集》后的又一个诗集。它是诗人于一八四四年重访汉堡时亲自监督印刷出版的。诗集由《新春曲》、《杂诗》、《罗曼采曲》和《时代的诗》四个部分组成,它们产生于一八二一至一八四四年之间。著名的《德国——一个冬天的童话》,最初也收集在里面。

《新春曲》计四十四首,延续了《诗歌集》的基本主题,这些诗篇中仍然活跃着蔷薇、阳光、夜莺和星星的形象,歌唱春天的美丽、爱情的"悲中之乐"和"乐中之悲","你写的那封信,并不能使我悲伤;你说你不再爱我,你的信却是这样长"。《蝴蝶爱着玫瑰花》、《蓝色的春天的眼睛》和《星星迈着金脚漫游》都是《新春曲》中的名篇。这些诗篇,富有音乐性,其中许多诗篇,如《可爱的钟声》等,曾被多次谱曲。

《杂诗》又名《不同的女子》,计十五首,多以女性的名字命名。这是海涅旅居巴黎期间和许多女性交游的友谊和爱情的诗篇。这些诗篇的内容,曾使海涅受到某些人的非难。这些诗,从各不相同的对象中塑造各种女性的抒情形象,抒写相思的灼人的痛苦,热恋的燃烧的情怀,以及失恋的悲哀烦恼。《赛拉芬》传神地写出了爱情的曲折多变,柔婉中很有力量:"啊,莫悲泣,太阳并没有死在那片波涛之中;它带着满身的烈焰,躲到了我的心

---

* 此文初收《外国文学作品提要》第4册,上海文艺出版社1993年7月出版,收《流向远方的水》,题《海涅的〈新诗集〉》。据《外国文学作品提要》编入。

中。"有的爱情诗,流露了海涅对于祖国的复杂的情感,如《安瑟莉桥》:"我请你,别提起德国来扰我!你不要老问那些使我心忧的事,别问起我的故乡、亲戚、生活情况,——这自有理由——我不能忍受。"有的爱情诗,则具有讽刺内容,如《汤豪塞》借中世纪一个传说故事来针砭德国现实:"我们缺少一所国民大监牢和一根公共的鞭子。"

《罗曼采曲》的创作始于《诗歌集》。《新诗集》的数十首《罗曼采曲》,题材甚为广泛,不少诗篇取材于神话传说。《春节》取材于希腊神话中被维纳斯所爱的美少年阿多尼思的故事;《咒语》写一个年轻的修士不甘寂寞,用咒语引来裹着白殓布的女鬼与他相会;《阿里·巴依》的英雄故事则见之于历史传说;《一个女人》写女骗子和小偷的虚假的爱情。《书简摘要》是一篇寓言诗:太阳认为它照着主人也照奴隶,与一切无涉,诗人真诚地歌颂它那"永远年轻的灵魂之光"。随后有猴子的合唱、蛙的合唱、鼹鼠的合唱。最后一只萤火虫说:太阳倚仗它那短暂的白昼光辉,可是,在夜间,"我也是一团鲜明的亮光"。《什锦诗》十首,尤其是其中的《骡子血统》、《无聊的象征》等,发展了《书简摘要》的特点,已是十分典型的讽刺诗。

《新诗集》最重要的部分是《时代的诗》。这些诗,大半创作于四十年代,并发表在德国流亡者办于巴黎的进步刊物《前进报》上。一八四三年海涅与马克思、恩格斯相识,给海涅的创作带来新的生命。在这部诗集中,海涅抒情诗中传统的夜莺和蔷薇的形象,已为斗争的剑与火焰所代替。海涅已由一个优美的抒情歌手,变而为一个敲响革命鼓点的诗人。他在《教义》一诗中唱道:"把人们从睡梦中敲醒,用青春之力鸣起起身的鼓声,永远不断地鸣鼓前进,这是全部的学问。"《中国皇帝》用"如果我喝了烧酒//中国就要特别繁荣"来讽刺普鲁士国王腓特烈第二;《安心》用"我们像橡树和菩提树一样忠诚可靠"来抨击当时德国的愚昧和安于现状。《颠倒的人世》写道:"猎人一打一打地被山鹬鸟儿射死","小牛烹着庖丁,驽马骑着人。"《夜巡逻来到巴黎》说:"那里非常好,寂静的幸福在礼义之家滋长:平静安全,采取和平的道路,德国从自己的内部发展","春天在开花,豆荚在爆裂,在自由的自然里自由呼吸!我们整个的出版社都被查禁,图书检查最后也就自然消失"。

《时代的诗》中最值得重视的是"宣传社会主义的"诗歌,如深情而充满信念的《夜思》以及那响彻长空的"我是剑,我是火焰"的《颂歌》。尤其是《西里西亚的纺织工人》:

> 忧郁的眼里没有眼泪,
> 他们坐在织机旁,咬牙切齿:
> "德意志,我们在织你的尸布,
> 我们织进去三重的诅咒——
> 我们织,我们织!……"

一重诅咒给上帝,因为工人们的希望和期待都是徒然的,上帝对工人只是愚弄和欺骗;一重诅咒给国王,他榨取了工人的最后一个钱币,还把工人像狗一样枪毙;一重诅咒给虚伪的祖国,因为这里繁荣着耻辱和罪恶,花朵未开就遭到摧折,腐尸和粪土养着蛆虫生活。织布机织出了工人们的愤怒,要把旧制度埋葬。

金马伦山麓[*]

我惊喜,这山间小径竟为我而设!从这里至山腰不过数十米一条陡坡,但却设了十几道盘山曲径,为的是使攀援者不感吃力。这小径宽仅容人,窄处一人也需侧身。但你脚下的每一步都设计得恰到好处:水泥铺设不必说了,你若感到坡陡踩踏不适,脚下便悄然出现小磴为你方便。你行在此间,总觉得步步有人事先为你安排停妥。来此近两个月了,每日上下的除我不见有第二个人。我之所以惊叹,在于一条人迹罕至的小径,竟有如此周到的体贴入微。况且,这山路沿线,却有不止一条这样让人感动的攀援小径。

从香港地图上看,这里的位置应当是港岛中部的金马伦山。我所住的岭南学院风景甚佳,校舍倚山而筑,红墙青瓦点缀于满山青翠之间。从铭衍堂东行,数百步登山,过卫园,有小门半开,似在迎迓人的到来。由此往上走,便是开初提到的那条"为我专设"的小径。身行此间,全为树木和藤蔓所包围,不及百步而止,赫然出现一条沿山而建的健身径。

健身径车辆禁行,林木苍郁,遮天蔽日,寂然一僻静山野。然自林丛间隙外望,中环、湾仔、铜锣湾如林的巨厦耸峙于眼前,竟是如此奇伟的现代都市风光。置身城市繁华而拥有山林静幽的奇观,不身历其境者定难以置信。

宝云道健身径全长四千米。沿线所及,设涵洞以泄急流,置

---

[*] 此文初刊1993年10月13日《大公报·文学》第68期。据此编入。

支架以固危石,山路断处有桥梁通接,林荫深处设座椅以憩游人。山道之旁,处处设果皮箱,设热线求助电话,设各种健身器械。每日清早,各种肤色各种年龄的人齐来晨运,或跑、或走、不跑不走的练拳运气。也可带狗出行。可说是华洋杂处各得其所各行其是,一派安谧和谐的气氛。

有趣的是,现代方式的健身运动与传统的宗教敬神活动在这里有奇妙的结合。宝云道沿途诸多神龛佛像,敬神的品类也颇庞杂,大抵是观音、财神、土地,也有"丘仲尼"。这里禁止抽烟,却不禁焚香烧纸。神像香火不断,鲜花时果常新,敬奉者多为年长女性。也有土洋结合边跑步边礼拜的。

这场面让人感到平和和宽容。社会的组合繁复驳杂,人际关系却相对单纯和谐。信仰和习性各不相类,但却彼此尊重而能共处。但人人必须自觉遵守约定的秩序,否则,全社会都会起而谴责。在宝云道公园见到一则告示,从内容到文风都富有香港情趣:"这地区内,有狗只曾被毒害。现建议阁下替你的狗只戴上口罩及佩上狗绳。跑马地警署分区指挥官示。"我发现沿途不少狗,果然被主人戴上了口罩,佩上了狗绳。

这社会很精细,每一个细节都有人想到,也都有人管。而处于每一个细节中的人,人人都遵守社会公约。香港弹丸之地,人口密集拥挤世所闻名,但从地铁站到巴士站,从电车站到的士站,不管队伍有多长,后来者总自觉地站到队伍的最后,在公共电话亭前,只要有三个人等候,就会主动地排出一条队来。香港街头人流如注,摩肩接踵,人们总是笑脸相向,不见恶语伤人,当然更没有拳脚交加之事。因而,置身于繁华的都市,反而觉得寂静而安详。

我初上宝云道健身径时所发出的"为我而设"的惊叹,也是一个外来者的少见多怪。这城市的居民对社会为他们的周到安排,早已安之若素。宝云道只是这个巨大城市的一根纤维。它有那么多的通衢大道,有那么多的广场中心,时时处处无不让你感到,这一切原来是为我而设!那么,这金马伦山麓的区区四千米的山道什么可惊叹的呢?

　　　　　　一九九三年八月一日于香港岭南学院

不可忽视的存在[*]
——香港新诗漫笔之一

香港诗是中国诗很重要也很特殊的一个部分。但它的重要性和特殊性都长期地受到忽视。比较大陆和台湾诗界的风云跌宕,香港的诗却似是维多利亚港湾,它总是那么平静。它一直在平静中自我塑造,也在平静中创新和发展,默默地为中国新诗的繁富作出贡献。

人们对香港诗的误解相当深。这误解主要由流传甚广的"文化沙漠"说而来。偏见造就了成见。人们认定凡是经济发达的地区文化必定萧条甚而灭绝。香港经济发展繁荣,且又是另一种社会制度,因而香港的诗必定贫乏和衰落。因生活在不同的社会形态中而彼此隔膜,再加上一些不全面的介绍,这些因素都使人们对香港诗的认识和评价产生很大的误差。

香港是金融社会。香港诗是在商业的巨压下生存和发展的。诗在这个社会的确没有地位,它的处境可能比中国的任何地方都要艰难。但香港硬是有一批诗人在这里长年坚持着寂寞的事业。香港坚持最久的一份诗刊《诗风》,办了一百一十六期,它以无任何补贴或赞助的方式、由同人投入金钱和人力奋斗了整整十二年。被迫停刊不久,他们中的一些人又东山再起创办《诗双月刊》,现在已出到二十四期,又坚持了四年。他们只是经几个人在业余的时间里从事这一工作并做出了成绩的,他们的

---

[*] 此文刊于1993年9月12日《华侨日报·文廊》第45期。据此编入。

韧性的坚持,可以看做是香港诗界的总体形象。

香港的诗人若要以写诗为生就会饿死,香港不可能存在专业的诗人。这里的诗人白天或在教室、或在写字楼、或在某个摊位度过,惟有夜晚属于诗。当一般人过夜生活的时候,他们才和圣洁的缪斯对话。他们总是在不宽裕的住房里,在流行音乐或影视节目的强威胁下,为中国诗学的建设奉献一份真诚。

在中国的其他一些地方,诗或多或少都受到行政和时势的干预,有的地方,这种干预旷日持久且极为严重,香港可以说是保持诗自身品质较为完好而持恒的一个地域。它没有受到上述那种损害(当然也未曾受到社会的特别宠爱),这局面对于诗的发展就已够好。它只是在那里悄悄地存在和又默默地奋斗着。因为外界的干预和关切都少,因而,它倒能在这份清寂中保存了自身的完好。

单就香港和大陆的诗对比,香港诗更纯,因为它能够在意识形态之外保持诗学的独立性。因为它没有"号召"和"提倡",更没有什么"运动"。在社会的冷漠中,它倒也能够按照艺术本身的法度,平和地调节自己,自然的荣衰消长。在这个自由港中,人们的信仰自由、言论自由、因而艺术也有广泛的自由度。诗人们大都写得很放松,没有人为的和心理上的障碍。除了适应读者和批评家的某些考虑之外,诗人唯一的崇拜便是自己认定的艺术观念和艺术方式。这样,在独立和自主的状态中脱颖而出的诗的精灵便是自然的和常态的。

从历史的渊源来看,自从本世纪三十年代后期戴望舒主持《星岛日报》《星座》以来,他以竭诚的心志培育了香港新诗的成长。以后又有徐訏等前辈在这里坚持了诗的纯洁性。七十年代以来,两岸数方互通诗艺,香港一地更是贤者云集,这期间除了诗创作有长足的发展之外,香港更以它的地理位置和社会形态的特殊性,而成为国门内外诗歌交流的交汇点。八十年代以来,大陆、台湾以及海外华文诗人在香港报刊发表诗作日多,这对于相互了解,以及诗观诗艺的交流,起了其他地方不可替代的作用。

一九九三年八月二十一日于香港岭南学院

包容和综合的品质*
——香港新诗漫笔之二

香港是国际性的大都会,它是中国的领土,但又长期成为英国的殖民地。中国文化和西方文化在香港长期共存又相互渗透、融汇,这造就香港独特的文化形态——一种包容了东西方文化特质的一种综合的文化性格。香港的诗创作和诗批评也受到这种文化形态的浸润。

中国传统诗观在这里没有消失它的影响力。也许因为长期游离于文化母体之外,故它的文化根意识也就相对地浓厚。读香港诗人作品,深感香港甚至比大陆和台湾更与传统亲近(不仅是年长的和中年的,甚至是青年的)。这也易于理解,愈是漂流,就愈是渴望岸和国土。

但这不等于香港缺少现代性。相反,正因为它有繁荣的经济,频频而快捷的信息传播和全球视野,电子时代的思维方式和行动方式,以及大都会的紧张的节奏和效率,使这里的人更习惯也更易于接受现代观点。因为置身其间,故能"处变不惊"。对于新潮种种,不会有别的地方(例如八十年代的大陆或五十年代的台湾)那样大惊小怪。

如前所述,因为这里是自由社会,倒也能够容许异端。大家在这万花筒般的社会里为生活奔忙,当然也就对艺术的新潮迭起安之若素。艺术民主的主观随社会形态而共生,人们各自坚

---

* 此文初刊1993年10月10日《华侨日报·文廊》第49期。据此编入。

持而又彼此尊重已是这里的常规。这种生态环境显然较之那种激烈的批判斗争和你死我活的倾轧要良好。当然,这里依然存在门户之见和互斥的现象,由于没有权力的强加,这一切也就不具有暴力新语的性质。

香港的维多利亚港虽然是海湾,但却有汐湖般平静柔和。这对于艺术发展是一个象征。数十年来香港的新诗就在这样的状态范围中默默地生长滋荣着。它的特点是不事喧哗的实践,在竞争中胜利或失败,于是有了萌起和消失。岛的对面是半岛、半岛的北端与大陆紧连,香港可以随时感受到深厚无比的文化积藏的体温,因此,它的乡情与文化背景的纽结就十分自然。但这里又是国际性的大都会。西方文化传统有在此地与其说是"舶来品"不如说是一种迁入和植入,它们当然地也与这个社会血肉相连。

香港社会、文化的成功受益于上述那种文化融合。香港的进步,也受益于此。从五四传统的方式、现代主义的方式,到后现代主义的方式,都在香港这个"容器"中共存。它们像是已经兑就但不曾搅和的透明杯中的鸡尾酒,保持着各自的品质和色泽,而又共存在一个杯子里。

读香港新潮,要是从戴望舒、徐讦读到何达;从马朗、力匡实到舒巷城、戴天、西西诸人,仅仅是这些诞生在三十年代以前的代表性诗人的作品,你便可以感受到一种既是五四新诗传统的承建,又有外来新的诗学诗观渗透所造出的丰富多彩。这绝非一语"文化沙漠"的武断所能抹杀的。我们仅从余光中"香港时期"几本诗集所创造的悲剧乡情意象,由比对中国百年来最大离乱所造出的心灵创伤的概括,便可看出只香港诗界对中国新诗建设不可轻估的奉献。

香港有为数众多的中、青年诗人,他们公布在香港的大学、报社、政府机构和银行、商社里。有的传人集结于诗社和文学团体,更多的则不属于这些团体,他们写着各不相同的诗,采用了和前辈诗人迥异的和相近的手法。但不论是先锋的和传统的,大体也是各写各的,极少争论。这一种彼此宽容的平和气氛相当感人。艺术的发展倚赖一种性的环境,这里的生态宛若大自然,它的竞争是一种不事声张的新陈代谢而不是人为的绞杀。

中国城市诗的前锋*
——香港诗漫笔之三

香港作为现代大都市的形象,已经在文学和诗中树立。这种树立对中国新诗具有非常重要的意义。中国是一个农业社会,城市很不发达,因而城市诗也不发达。在广大农村的包围中,那些发展并不充分的城市,实际上是一座又一座孤立的岛屿。在周遭农民文化的浸淫之中,本来就很微弱的都市意识被无声地消解了。

在中国,有些诗人在大的城市里写诗,但他们很少真正触及城市的心脏和血脉。这些诗人的代表其立足点和内在精神依然是农村的。如艾青,他在上海写《大堰河——我的保姆》,是这位农民之子身居都市而对乡村母亲发出的呼唤。戴望舒在上海,怀想的却是充满古典情趣的《雨巷》,那显然不是现代都市的风情。

三十年代一批诗人倡导现代主义诗歌,有过一些表现现代都市的实践,但影响甚微。在中国新诗史中,大城市如上海、北京、天津、广州,城市诗均不发达。其间上海情况略好。前几年上海一些青年诗人提倡都市诗,但很快便销声匿迹。在台湾,虽有台北、高雄等城市,也有诗人罗门、林耀德等关注城市意识的诗化传达,但似也不曾引起广泛的响应。

从大中国的视野来看,香港的地位和实力就很突出。香港

---

* 此文初刊 1993 年 10 月 17 日《华侨日报·文廊》第 50 期。据此编入。

是一个名副其实的世界性大都市,这里华洋杂处,英文通行。海陆空交通发达,城市的运作都在先进的电脑化覆盖之下。这里理应而且已经产生体现现代化城市的诗作。香港诗所拥有的,恰好弥补了中国诗所缺少的。中国诗因香港诗的这种加入,保持了诗歌生态的平衡。

香港城市诗展现了多姿多彩的城市风情,生活其中的人的复杂心态,他们的欢愉、苦恼,为生活奔走所感到的窒息与压抑,城市的丰富与贫乏,追求和担忧。从香港发出的诗音展示了真正的城市心脉的动感。

在香港诗人笔下,香港一些重要地段的街景涌进诗中,我们从中领略到既具岭南风情,又跃动着世界都会呼吸的生动画面。马朗笔下的北角之夜,那里最后一列电车落寞地驶过,交叉路口的红灯熄后,那夜露濡湿的霓虹,却不觉间模糊了人们的视野。旺角、鲗鱼涌、中环、湾仔,都是诗人所迷恋的题目。在中国诗中这么广泛而持久地写城市街景,香港堪称第一。

更重要的是由这些具体图像所涵容的都市人的心灵世界,在香港有独特的概括和显示。这里有摩天大楼巨影笼罩下的都市呼吸和心跳。在以往的诗中,更多的表现了都市对人的挤压,现代化进程中对传统生活方式的损害。现在,有了更多的对于生态环境的隐忧。愈是高度的城市化,诗人们愈是向往山林的静幽。我们从香港诗人对于乡居生活或旧屋荒村的描写中,可以曲折地感受到现代人的苦闷。

从近十年的作品来看,诗人对这个城市自有一份眷恋和厚爱。他们以城市繁荣进步、文明和秩序化自豪。但又对未来不可预测的命运担忧。他们要移民去国,但又一心牵故土,这种固守与出走的矛盾,表现了极深重的内心痛苦。这是世纪末忧患在香港诗中的独特表现,它把家国情结与个人命运的痛苦和忧伤,其间进退两难的尴尬,作出了精彩的揭示。我们期待香港诗人能够更有效地把握世纪之交此时此地香港人的双重痛苦这一重大契机,从而推出既有地域特色又有时代氛围的大诗来,这样的诗在中国的其他地方都难写好,只能是香港诗人的神圣使命。

一九九三年八月二十五于香港岭南学院

激情退潮之后*
——中国新诗潮的坚持与调整

寂默与骚动

中国骚动不宁的诗神终于在一次大震动面前沉静了下来。痛苦使诗歌一时失去了自己的语言,于是有一段可怕的沉寂。新诗潮的弄潮者或是隐匿、或是逃遁、或是受难,留下的是足迹模糊、渐行渐远的空阔的沙滩。进入 90 年代的中国新诗,面对的正是这样一片苍茫的时空。

1991 年快要结束的时候,我收到王家新向我告别的贺年卡。随信附来一份他为保罗·策兰(Paul Celan)诗选中译本所写的前记。其中有这样一段好像是对我的临别留言:

> 他的早期诗作《死亡赋格》震动诗坛,这是一个顶着死亡与暴力写作的象征。但是策兰并不限于成为一个民族苦难的代言人。他知道天意何在。他要经历——正如我们后来可看到的,也远远比这要更艰巨,更不可言说。……他是替所有的诗人去死的。对此,我们除了颤栗还有什么可说的?

我在王家新这篇文字的旁边,注了如下一句:"近几年来,我不断收到此类告别信,有一种巨大的空漠的感受。"

保罗·策兰的死亡,让我想起中国诗人海子的死亡。海子自

---

* 此文刊于 1993 年 8 月《二十一世纪》第 18 期。据此编入。

己说过:"尸体不是愤怒也不是疾病,其中包含着疲倦、忧伤和天才。"海子的消失显然是对于他所面临的世界的答复。1992年3月24日,我在北京大学为逝世三年的海子举行了学术报告会。会议开始之前我说:"时间是无声无息的流水,但这三年带给我们的不是遗忘,我们对海子的思念似乎是时间愈久而愈见深刻。"

我们这几年所经历的一切,的确是不可言说的。

当然,诗并没有永远地就此沉寂下去,尽管新潮诗面临的是相当不良的环境。首先是对抗艺术变革的力量卷土重来,他们想又一次在堂皇的言词掩盖之下使诗创作在旧框架中就范,以此来取代业已形成大潮的新诗多元趋势。另一方面,一些轻浮浅薄之作趁机而起,用取悦世俗的声音造成轰动,有一些诗集一时成为中学女学生争相阅读的书摊抢手货。先锋诗从公开出版物上大幅度地遭到拒绝,生存比十年中的任何时期都要艰难。

另一方面,先锋诗追求表面效果的实践,也使自己陷入困境,轻率而没有创作证实的流派宣言;随意性的标新立异;过多的昙花一现式的即兴之作;以及越来越脱离接受对象的作品的充斥,造成了读者对诗前所未有的冷淡。冷淡使诗人处境尴尬而且更为孤独。

新诗潮就在这样内外两种压力中喘息着。

从新诗潮到后新诗潮

但中国诗的生机却不会就此断绝。一方面是以《今天》的出现为标志的新诗潮的实践已为中国新诗的发展奠定了基础。十多年来中国诗人以巨大的热情参与了这一场对中国社会和中国文学都产生深远影响的艺术变革。这些诗人的创作成果,已经成了任何偏见都无法掩盖的事实。行政的强加可以奏效于一时,却无法改变新潮流的涌动。

新诗潮的实践证实了它是与中国社会的历史命运联系紧密的一次诗学革命。整个二十世纪的中国忧患,与国门开放之后中国人所拥有的全球危机意识,二者融合成为中国特有的世纪末诗情,以它的历史纵深感与现实厚重感,表现出诗内涵的新力度。艺术上,接连不断的创新使诗潮的艺术成就远远地超越了40年代以来的任何一个时期。40年代初开始的非诗倾向得到纠正,任何暂时性的因素都难以改变业已形成的艺术新秩序。新诗潮开创的艺术权威性不可动摇。

由"我不相信"的怀疑精神和"黑夜中寻找光明"的理想精神相合的诗意,已经与转型期的中国社会结为一体。这种结合使它不会成为暂时现象而将垂之久远。原有的那些矫情和虚幻的诗意已被遗忘或被证实与现实的生存无涉。从没有英雄时代的英雄情结,到恢复人的本真状态的平民心境,中国人已经从新诗潮和后新诗潮的传达中得到情感、情绪和心理的滋润和寄托。

在本世纪的苍茫暮色之中,中国人从当今的新潮诗得到的共鸣的满足,使他无法转而作他种选择。的确,艺术的途径是多种多样的,但新诗潮所开创的悲怆而沉郁的诗风却使所有的轻浮和伪饰失去了力量,前者无疑拥有持久的魅力。在当今,即使是非常年青的诗人也会从中国人的苍老背影中感受到中国式的悲凉。

> 人生就像这街头的暮色
> 美好得让人真想痛哭一场
> 回到家里你总是含着泪对我说
> 只有中国人的背影显得那样苍老
> ——蓝色:《中国人的背影》

这是一百年的苦难所压弯的背影。中国人希望直起身子面对世界,可是只留下了这苍老的背影。它也许比朱自清所看到的还要提前数十年乃至一百年。这种悲凉的氛围不是一般称之为低沉、颓废的指责所能概括,而是百年忧患的凝聚和表达。这种表达几乎无处不在。前引那首诗看到中国的城市,现在看中国的乡村:

珍惜黄昏的村庄,珍惜雨水的村庄
万里无云如同我永恒的悲伤
——海子:《村庄》

典雅的音韵,流畅的歌谣风,现实的焦虑和人生的哀愁,通过牧歌般的抒写得到深沉的表达。较之他们的前辈,这一代人要早熟得多。街头的黄昏美好得让人想哭,同样美好的乡村傍晚,唤起的也是"永恒的悲伤"。

这种世纪末的感伤情调,即使是后新诗潮那些引起争议的调侃和游戏态度的作品也受到感染。这些诗单看题目如《出租车总在绝望时开来》、《我感到我一直是一块毛巾》,便知道中国人内心的焦躁和生存尴尬。这种尴尬和焦躁较之以往那些轻飘和虚幻的幸福感,无疑更接近真实的人生。

中国人没有纯粹的洒脱,也没有真正的游戏,甚至"麻木"也是并不麻木的苦痛。他们"干什么事都不会大吃一惊"——"大吃一惊的情况,只是偶然掉下来的新的泪滴,灌溉老一套幸福。"(李亚伟:《旧梦》)这就是中国当代的"无动于衷",其间表现了多么深沉的悲哀!有位诗人宣称"我无情可抒也不想嚎叫"(路东之:《情况》),剩下的也就是无目的的转圈找人,而最后又不想找任何人的"情况"。无情况的"情况"说明的是生存的无聊,这当然都与中国的社会状态和个人心境有关。

诗人的虚幻与真实

在这篇短文中要介绍中国的当代诗是困难的。任何叙述较之丰富的实践都可能是挂一漏万的。但不论如何,广泛而多样的试验和探索已经极大地丰富了中国现代诗的思想内涵和艺术表现力,这些成果因为与中国所处的时代环境以及中国人的内心世界紧密关联,已使中国新诗的变革成果得到历史性的肯定。

80年代末已发生的事实对诗的发展造成的困难不言而喻。但震撼所带来的也有非负面的意义。热情冷却之后,诗人有可能对诗的十年运行——特别是85年之后的浮躁和轻狂进行反思。社会的和个人的悲剧遭遇似乎一下子能够使人从躁动不安的青年时代提早地进入中年的成熟。受苦和动荡使诗学的思考和实践变得严肃起来。

一些诗人自觉地疏远了自由散漫的章法,而采用较为严整的格式(如十四行或自由的十四行),节制情感的泛滥使作品内蕴更为浓缩沉厚。前几年那种倾向于哲学玄想的内心体验,溶进了个人生命承受的重压,有一种真实而不虚幻的沉重感。现实的挣扎诱使诗人离开前些年时髦的话题。他们不约而同地感到了"但丁的天空对于你我永远是虚幻","我们超升的路只能是一条向下的路"(非默);"现在不是谈论死的时候,死很简单",活着可能更为艰难,那是"以生命做抵押,使暴力失去信心"的抗争(周伦佑)。

从幻想的天空飘落地面,他们感到了崩坍或陷入黑暗,发现那些郁金香的花瓣是海上的盐所凝结。这是由泪水和苦水凝聚的花朵,"我要喝下这黑暗的醇酒点燃的火焰"(宋琳)。以第三代诗人自称的诗人,如今面对真实的生活也拥有一份严肃的心情。他们改变以往那种不代表他人也不向社会承诺的姿态,重新燃起投入的热情。在他们称之为"被鸟枪击落的悲剧的精彩片段"中有可能确立新的信念。有一首题为《第三代诗人》(周伦佑)的诗这样写道:

  北岛顾城过海洋插队去了

> 第三代诗人留在中国坚持抗战
> 学会沉默,学会离家出走
> 同时化为英雄和懦夫
> 学会坐牢

这种生活经历使诗人在艺术追求中比以往任何时候更为清醒也更为冷静。诗受到苦难的召唤,从飘浮的无人之境中回到现实中来,人间的血泪渗入抽象的思考,提炼出的是异常实在的警句:"五月使我们忘记了春天","死亡使夏天成为最冷的风景。"从这里可以看出诗因不脱离环境而获得活力。这不会导致过去那种为现实服务的重复,也不至于重新套上意识形态的枷锁。过去的已经过去,枷锁将被抛弃,因为中国已无后路可走,诗人也不会倒退。

探索与转进

中国的新诗学的建设已开始一个新的时期。其间有种种不同的艺术实践和探索,后新诗潮对新诗潮的批评和质疑,最重要的一点即是它的理想主义和英雄化倾向。与之相对抗,后新诗潮极力推进诗的纯化运动。但极端纯化的结果却使一些诗停留在小部分人的孤芳自赏上。其实,诗可以纯,也可以不那么纯,诗若要纯也不必大家都"纯"。纯化不能与对于现实使命的完全冷漠画等号。

热情退潮之后的冷却,苦难造成的对实际生活的关切,中国现代诗在经过狂热和纷乱之后的再次整流,有可能使新诗运动朝着秩序化和建设性方向行进。我们一方面抵制使新诗再度陷入大一统的政治号筒的企图,一方面又使新诗改善它和接受对象以及时代、社会的关系。以这样两个层面的调整以解除内外两个层面夹攻的危势。这是新诗在90年代可能的选择和出路。

希望以上所述不是庸俗和守旧的,希望我们能够始终站在新诗艺术革新的前列。我和我的朋友们愿意不动摇地坚持我们十多年来的立场。这种坚持也许比其他人都要困难,但是——

> 放弃几乎是不可能的
> 坚持的人并不在乎这世界是否
> 只剩下他一个
> ——非默:《坚持》

如那位诗人所言,我们要在"大地降雪的遗忘中间,活过铁,活过铁中的铁"。

低音的辉煌*
——谢春池的诗

在艺术获得一定自由度的年代,应时而取开放的姿态并不难,难的是基于自身的条件和追求而体现出来的坚定性。因坚持而对周围世界的新的更迭漠然甚而持排他的态度;或是忘却或放弃自己而一味盲目地追逐新潮,最终都会给艺术的创造带来不幸。一个素质良好的艺术家和诗人懂得在艺术潮流的涌动中既不违逆时势,又不违逆自身,他会在顺应潮涌的同时充分坚持和发挥并最后完成自己,随波逐流说明的恰恰是人生和艺术的未成熟情势。瞬息万变的经济时代,对于艺术而言是它在坚持与变革中寻求新境的恰当时机。富有机变能力的艺术家在这种关键时刻拥有的不是莫衷一是的他仓皇,而是对于自身的机智的调整以及对于艺术个性的完成和突现。

能够在新潮迭起的状态中坚持自身是艺术上富有信心的人,他不会成为潮流的对抗,而只是在潮流中更为清晰地体认了自己。这些年,人们目睹了太多的浮躁和轻狂,因而格外看重这种变幻中的坚守和完成。眼下我们谈论的诗人,依然生活在现实的世界里,昨日的记忆和今日的困顿带给他不比现在的青年人更少的内心创伤,他也有沉重的声音,感到了"空间残酷"凝眸对视而无法靠近,感到了"路灯与黑暗相互阻隔"的无边的孤独(《距离》);他心中横过一条古河道,那里有"一痕瘦瘦的岁月"浅

---

* 此文初刊 1993 年 9 月 10 日《福建文学》1993 年第 9 期。据此编入。

浅流过,河滩无望等待而桨橹不见(《古河道》)。正是在这样的几乎无法到达不可期盼的境遇里,诗人在悠长的时空间距之中听到了一个奇幻的"低音"的潜响:

> 玄色的深沉如一对鹰的翅膀
> 瑰丽的凝重是滴血的花园

在充斥着夸张的高音的年代,对于"低音"的倾心,的确显示了对于"神奇的魔幻"的追求。但告别了矫饰的高音却与绝望无涉,它是那样地令诗人感动。因为它让人在子夜的无边黯黑之中"找到久违的思念"。诗人在容易理解为消沉的灰色中寄寓了积极的精神,他感到:"这是一份奇异的幸福,情绪因此丰采而饱满。"

这也许是一曲奇特的音乐,而这音乐仅仅属于这位诗人。他没有模仿他人的时尚,以渲染苦难或倾听悲哀来装饰自己属于新潮。但他也不是按照习常的陈旧方式显示自己的欢乐,他只按照自己的方式在心灵空间中划出自己的"低音区",而从中发现独有的凝重和绮丽。辉煌产生于苦痛,这是这首诗与众迥异的地方。我们默诵它那警语一般诗句"不要低声哭泣,宁可彻夜失眠",便不难发现诗人独立的审美理想和审美追求。

谢春池在理想动摇的年代坚持着他的理想主义。最能体现这种理想的是《即使冬天,海也歌唱》在这幅诗画的画面上,展现的是那灰色的苍茫:结冰的海岸,落雪的沙滩,冻结的大陆,这是一个荒凉的季节。然而,即使冬季海也涌动着它的脉搏和旋律,一曲悲凉的赞歌。在这里,诗人显示了他的诗意的母题:苦难中的辉煌和强悍——

> 仿佛,冬天的海,是一个　孤独
> 因为孤独,它歌唱。

让死寂的冬天有暖意有生机,在冬日灰色而沉郁的天穹下,他点起一星的火苗。那是一簇鲜红色在浩渺的海天之间跳动:"所有的痛苦在神秘的深处蕴藏,把千万丛珊瑚点燃。"谢春池生活在南方多情的海岸,那里的海洋温馨美丽而有更多夏季的和女性的特征,然而他的眼前出现的却属于冬天:

> 冬天的海,纯粹是男子汉的海,强者的海,铁的海
> 从凄冷的寂寞　突破——
> 它有了不属于季节甚至不属于自己的歌唱。

他坚持他的所思所想。他愿意看到他的海的"硬质"和凄迷中的突进和活力。整个二十世纪八十年代,诗情为中国结束苦难之后的沉郁所支配,他在冬天海的意象中有着特定时代的擦痕,但它又仅仅是诗人自有的创造:为严寒和冰雪所封冻的海始终充满了强悍的活力。他使一片灰色之中跳起珊瑚红。这个性的闪亮便体现了时代整体氛围之中的自我坚持的毅力。海在冬天的风中歌唱,以及宁可失眠长夜而不愿低声哭泣所体现的力的底蕴,便是此刻我们感受到的在诗人特定时代中的完成。

这种情怀在《39岁生日》这首诗中有完整的体现:"理解人生,请先理解阴天,男人为情感而流的泪是:蚌壳里的珍珠。"他追求的便是这种悲凉和苦难中坚持并完成的独立和璀璨,不回避苦难但也不渲染苦难,让痛苦化为闪亮的珍珠,而不愿轻抛泪水。理想主义激情在青年与中年这个交替的时刻更变得深刻而沉郁。他与当今的青年人不同,他们只有一个年代的谣曲,而他却同时拥有分别属于不同年代的谣曲。"临界的我不狂欢也不悲号",他很快便有了中年的成熟。他熟悉死亡却不留恋墓地。在这个人生的中界,他径直穿越墓地,却复活了一枝灿烂的迎春。理想主义并未为悲哀所淹没,在风寒之中有了更为鲜丽的开放。

对比这位诗人早先的诗作,他在表达意愿和情感上更为完

整和凝重。近期作品已不满足于外在繁复的装饰而更为注重色调的单纯和线条的明晰。《惊异》是写眼睛的,他着迷并惊叹于那黑白分明对比所造出的惊人美感"一颗黑的太阳,在纯白的天空里辉煌,一颗黑的月亮,被素洁的云絮围拥",并由此感悟人生的题图是黑白木刻最美。爱情无需颜色的渲染。写诗也如人生的各行各业一样,初学则幼稚简单,学有所成时便趋向繁冗多彩,一旦修养精深,便会归真返璞而崇尚自然单纯,初层次的由简而繁易,深层次的由繁而简则最难,即使一时难以做到由繁而简,但能悟到这个道理便标志着某种完熟。

与此同时,谢春池在诗的技艺上也由过去那种基本上是正面的全力以赴的尽情抒写而转向含蓄和凝聚。短章更为他所钟爱,而且,短章也越隽永凝练。宣泄和恣肆的情绪和感觉得到了节制。《少女背影》的出现并不偶然,它是在这个前进的前提下产生的。它选取背影来写至美,这传达谢春池诗艺试验的新信息,诗是委曲迂回的,它往往摒弃直述其事。它的长处是感兴、寄托、取譬、隐喻,因而诗要解悟,要体味。欣赏也许较之其他艺术品种要难,这是它的秉性所定,写诗也如此,请看:

　　一切的梦幻想由你产生,

　　就这么永远地背对我们,
　　一个古典的瓶
　　绽放花苞的生命

　　永远地背对就永远地悬想,想象力所能到达的地方,她就有多美。一只能够绽放生命的古典的瓶,一个展示艺术美的曲线的历程。谢春池这首诗通共只有九行,但它却提供了充裕的审美空间。

　　谢春池在作《少女背影》或是《惊异》这样纯美的诗的时候,也没有忘了他的一贯的追求。他更倾心一种复杂情绪的交织,从中透露出一种雄性的强健。他总是喜欢在柔与刚、忧与乐、悲与喜之间寻求情感的新质。他认为"滴血的花园"这一个意象能够传达一种更为饱满的生命真质。他宁可视而不见海浪所具有的"柔质",他从中看到了"铁"。五色乱目,他却不曾迷失,他在这种繁复之中坚定地信守着并实践着自己的审美理想"双翅探险秋的成熟,从此不再稚嫩",他显然已经从青春的激情中得到某种沉淀,"严寒逼紧,温暖也在远方歌唱"(以上见《寒鸟》)这依然体现了他的浪漫情怀,愈是严寒,愈有温暖。

谢春池诗最动人之处也许不在技巧,而是他无遮拦地展示他独有的人生体验。《离婚》是一个真实的故事,他把那次离异当做推离生命冰点的解脱。他写那种平静的分手,他不思举杯,也没有悲伤,只是从一个站到另一个站。对于孤独的男人而言,孤独是唯一钟情的旅伴:

> 没有道别,平静的目光送她的背影,
> 早已掏空的心。
> 绝不生长棘藜般的敌意,
> 和眼眸一同闪亮的是真诚还有新的祝愿。

他的诚挚和坦直使这些诗成为磁石,产生了引人的魅力。《诺言》也是这样一首诗,它的力量也不是由于技巧——尽管它有纯熟的技巧——它的力量是人格的力量。古人讲"一诺千金",诗人讲这是"万劫不抛的珍珠"。他宁肯成为诺言的"终身奴隶",宁肯接受它的羁束而成为"永恒囚徒",这便是人格的强力。

《族谱》不属于个人的故事。他说的是一个种族的绵延,一种集体的意识。没有太阳,没有月亮,没有星辰,黄便是光辉;漂过那条大河,黄便是波浪的肤色,无边落叶萧萧,黄是不陷落的版图。他突出黄色,使全诗充满了智慧。这也是一首短章,但却胜过了别处的万语千言。当然,最有趣的便是《名字》了,他把机智发挥到了近乎极限。在他的真实的三个字上做出了天花乱坠的文章。要论技巧,这首短诗所体现的完整和自足,的确传达了一个艺术成熟的信号。

流动的生命树*
——序马莉诗集《神秘树》

  这本诗集的第一首诗是《放逐者》。这里要说的放逐者的故事，也许就是他们自身的故事。很久以前，那里有一群被发配的人，他们头顶布满乌云，帐篷的小灯在风里摇颤，周遭弥漫着忧郁、孤寂和沉闷。这故事是否是作者的亲历并不要紧，要紧的是关于发配式放逐的故事并不是臆造，在中国的一些年代曾经发生过这种对于青春和生命的流放的"严肃的游戏"。
  这些"神秘树"发育并生长在一种特殊的土壤和环境中，一方面是世代遗传的理想情结，一方面是现世的磨难和苦痛。诗人把这两个因素拼接在一幅幅开阔而沉郁的画面中，这就是八十年代前期她诗中经常出现的北方大原上的冰雪森林和黄昏的意境，我对这位诗人的生活经历并不了解，我只知道如今她生活在温湿的南方都市，我不知道何以在她的诗中频频出现上述那种关于寒冷的北方的画面？这的确并不重要。诗人可以把她的生活经历作为背景，诗人也完全可以把她的想象性的时空作为现实的世界托出。诗人对于平常人之所以特异，也许就在于此。对于诗人，问她写的是什么或是否真有，几乎是没有意义的。
  现在我们回到马莉的世界中来。这里是《冬日的黄昏》：雪杉，结冰的宽广的河面，憨厚的风沙的吹拂，路上羊粪冒着淡淡的白烟，乌鸦凌空，天空布满纷飞的黑色雨。寒冷纷纷扬扬，浮

---

* 此序初刊 1993 年 10 月 1 日《作家》1993 年 10 月号。据此编入。

起森林的诗意。那朦胧田野之上站立着头戴黑皮帽的农夫——

> 他的身影在我栗色的云朵里变幻
> 　　　掀起粗野的旋风
> 他自由自在地走着　很快活
> 像一首古老的民歌　很快活
> 我从描写旧中国的小说里见过
> 周围的树林渐渐暗起来
> 道路越来越黑

诗人写这首诗时没有那时我们到处可见的那种对于灾难和痛苦的宣泄。整个的氛围是充满田园情调的静谧和安详,有一种对于大自然的原始气息的陶醉,她把整个的身心融化其中而凝为一个整体。周遭的世界与内心的世界的高度和谐是此前此后的诗创作中所罕见的,它传达了八十年代初期那种特定的心态和氛围。

要是对照着读《我站在寒风中》就会强化和确定我们的这种感受和判断。这是北方原野的黎明时节,风在吹,天空明净,道路无人,她想起俄罗斯风景,伏尔加河的三套车。"这座森林的整个冬天,将充满我的笑",马莉选择冬天的空旷写她心境的明净。仿佛是林妖,她把无忧无虑的笑声传达给这片灰蒙蒙的森林。如同前一首那样,她写她此刻的快乐感,是以完全摒除了那一个年代所特有的痛定思痛的忧患为前提的。

马莉的创作传达了八十年代初期的浪漫情怀,那是一种体现了时代激情的无忧无虑状态。她的这些诗作摆脱了当日容易有的意识形态的羁绊,不是在社会层面展现时代的气氛和特性,而是通过自由心灵对于自然界的尽情享受和占有显示出人的胜利。久经封闭和禁锢之后的内心解放在这里被转换为欢畅的情绪。这种情绪当然是理想性的,它带有虚幻的成分,显然是从五十年代绵延下来的理想精神的遗传(许多俄罗斯风物和歌曲的联想,便是这种情绪传染的暗示),理想失而复得的欢欣,并且把这种欢欣表现得洁净无瑕。我们当然能够理解这一切的清新、流畅和开阔的展现,这些失落之后的狂热占有的欲望。在这样的北方冬天的林子里她的快乐无边无际:"在冬天的林子这样坐着是快活的,我把棉袄裹紧,再把眼睛闭上。"她留恋她此刻所沉浸并获得的一切,这是一个超尘脱俗的理想世界,她为自己此刻拥有的幸福感所陶醉。

马莉乐于这样把她的诗的世界放置在充满自然风情的辽阔背景中。《我从远方的树林走来》、《在遥远的地方》、《冬天的歌》、《把手给我》,加上前面引的那些,几乎是同一个交响乐中的不同的乐章,是一组同题材、风格相近的组画。远方、冬天、森林,这个世界总是那么疏朗、透明、纯净,连淡淡的忧愁也充满了诗意。有时我们感到那里可能有爱情的踪迹,有时又感到并无爱的流连。迷恋这无人的所在,这便是一切;把解放的欢乐充满这森林的空阔处,这便是一切。至于未来和前路是不及计的。《我从远方的树林走来》的主题是"走"——从暮色苍茫的远方树林走来,那里是灌木丛的荒原,吹拂着方向不定的风,朝落日无声遁走的地方站一会儿,以轻捷的脚步跨越野丛,在通过没有道路的冬天之前。不祈求也不犹豫,只是走!要问明天要去的地方?"没有人知道",她只是"打着轻快的唿哨"往前走。

在《遥远的地方》也如此,那是展现了某种驳杂:惠特曼、聂鲁达、拿破仑、林肯和马克思同时涌现,但大体上保留了浪漫想象的印迹。作为"东方的儿子",她仍然孤独地要去很远的地方。那时没有痛苦和哀愁,尽管《冬天的歌》里那个辽阔的河面结着冰,那些滚动的草叶跌进了深渊,尽管远方流淌着蓝雪,太阳正在西沉,但诗人依然叠着那"不会飞的风筝"而想象着飞翔,在冰雪的黄昏里,挣脱了沉重给予的压迫。

我们把这叫做八十年代早期的浪漫风情,马莉那时的诗中充溢着这种风情,我们很难判断它与最初提及的那种放逐或流放的主题有无联系,显然的事实是,冬天里的冰雪与森林的错综繁复可能造出的苦难感,在对自然的体认和触摸中被有意地推向了远处从而被淡化了。流放是遥远的故事,而且是有意被遗弃的故事。

直到她的诗中另一个意象长巷(有时写成胡同或雨巷)的出现,方才展示了她诗意天空的另一个层面。雨巷是相聚或分别的故事,而且自从出现了这一意象,诗的背景也逐渐地移向了南方。先前的轻快明净中出现了忧郁,同样写于八十年代后期的《在遥远的地方》出现了忧郁的椰影,而后出现了岸和漂泊——南方和海的主题伴随爱情的主题浮现了出来。

《我有一条黑色三角巾》宣布了时空的转换,它讲"没有下雪,这是南方"。而且也宣布了爱情主题的出现——三角巾是一种赠予。系上三角巾也是怀想和等待的命题,《请答应我》接续雨巷的意境,是"黑黑的巷子"。我,一条白裙,裹着长长黑色毛衣,情趣缠绵,大异于先前的北方森林的情调,显然有了南方的润湿和忧郁。接着又有一个诗题:《有一条古老的胡同》。他沿着胡同远去,也是一个怀想和期待的主题。《徘徊》也有小巷美好的记忆,那里的月色和狗吠都是亲切的。

马莉为我们展现了两幅风景,一幅是以北方的黄昏森林为基色的意象群;一幅是以南方的雨中小巷为基色的意象群。前者有北方常见的薄冰的河面,以及初雪造成的清冽;后者则有海浪的流畅和椰风传达的轻愁。诗人是让人猜测的。这种猜测也有南辕北辙的时候,但作为接受者的审美创造活动,不必沮丧更不应受到奚落。此刻我们意识到的两个意象群;可认为是诗人在她的感觉到的时代经历中,心灵深处的两个世界的外观。一个世界选择了冬天的开阔,在那里她无视严寒和肃杀,而传达了她挣脱苦难所拥有的奔放的激情;另一个世界有同样欢快的色调,但情感世界的细微和委婉,以及分别和等待给这幅画抹上了一些忧愁。在八十年代开始,她讲的是发生在树林的故事,后来,她讲的是发生在雨巷的故事。马莉正是以这样两种诗意的交织用诗向我们表达了她的丰富。

读这位诗人的作品感到一种久违了的亲切,这当然是由于她与传统的联系所产生的魅力。马莉诗当然属于新潮,但是她对理想的钟情,她的激情方式以及她向读者提供那一让人饶有兴味想象的风景,我们都不陌生而且也不会拒绝。她的诗风质朴自然,去雕饰而本色呈现。所用词汇有的近于直白,她不崇拜晦涩,相反,她追求冲淡平和。幻想的天空,无尽的小路。失落和获得,期待和拥有,她的诗都在辽阔的景物和清淡的语言的背景之下传达着女诗人所拥有的女性的韵味。

这毕竟是女性的世界,温情与细密毕竟属于这个世界。马莉的好处是她不刻意追求这些,她是在她表现她心中风景时,不知不觉地渗入了女性的情致和心绪。当她向我们展示那一片风景时,她没有意识到自己的性别,她讲述那经历的一切时,只是忘情地展现人对世界的加入。《有一次,我们……》展示的近于全景式的北方自然风情——白雪覆盖的村庄是我所爱的,我们走过昏黄的树林,粗野的风吹刮着蓝色的叶片,河里的野鸭和卵石,牛棚和磨坊站在夕阳里,一个闪闪发光的割麦女人,太阳戴着灰蒙蒙的草帽,这仿佛是凡·高的世界。马莉诗的天空并不是永远的明净,一些东西在渗入,一些东西在改变,激情和理想在近期作品中被冲淡,一些神秘的气氛悄悄流入诗中。

八十年代后期中国现代诗风的转移,也影响着马莉的创作。生活流,人生的本真状态以及对于世界的揶揄,使她的诗有了某种朦胧的"浑浊"。一个女巫在晚祷时默默死去;对面的铁窗有三根柱子,月亮经过那儿惨淡地望着(《请不要对我沉默》);晚上跳舞的时候,他突然把腿跳断,今天中午猫从餐柜上逃窜,醋瓶被碰倒惊醒了妈妈(《我是不讨人喜欢的女孩》);有一只老鼠在无穷的深处诅咒着朽木(《在一条古老的胡同》),等等。

最值得重视的事实是,属于女人自身的隐秘世界在这个时期创作中有了大幅度的展开,《一棵棕桐树和两个女人》里有第三者的目光以及属于女人的圆圆的世界。《发生在春天里的事情》、《远方的呼唤》似乎都在写属于女性的某种经历和体验。我们只能从"她的血管里涌过一阵甜蜜的战栗"中得到一些模糊的暗示。然而,一切都是神秘而不可解的。《月光下,一棵神秘树在哭泣》,也许是这一批写于八十年代下半期至九十年代作品给人最明晰的启悟。那里,诗人向我们展现一棵有生命的、会哭泣的神秘树——

    那个夜晚很静那棵神秘树在哭泣
    一颗淡黄色的神秘果很自然地
    从最高处翔落在月光下 阴影四溅

而后神秘的洞穴随之开启,那里有黑色瀑布覆盖的血染的白裙和绿色的草地,那里有睡去的胴体发光,那血泊里有一个女婴拾着落地的神秘果。而后,那神秘果又慢慢长成一棵神秘树。这里不是北方原野里发生的故事了,尽管它与那个原野有关,这是讲的另一个生态,这里的一切都是自然的,然而又是神秘的。

中国新文学的再度辉煌^{*}

这一个历史时期的文学光芒,所有心理正常的中国人都感受到了。我们因自己无愧于时代的创造而感到骄傲。中国的新文学运动经历久远的歧误之后重现文学的辉煌,这当然是由于一个时代的结束和另一个时代的开始所给予的机遇。但同时也是中国文学家汗水掺和血泪的浇灌而成。挤压下的坚持、逆境中的抗争、死劫里潜涌着再生的信念。在一个惊蛰的季节到来的时候,这一切勃发而为创造的激情。

本世纪七十年代的终结大抵宣告了文学桎梏的终结。从那时开始算起,到八十年代的最后一年(这一年一般被认为一个文学阶段的结束)刚好十年,要是推衍到现在,也不过十数年。可以欣慰的是,在这段时间里,我们所做的与"五四"新文学那十年所做的至少并不逊色。偏离的纠正、断裂的弥合、传统的接续,特别重要的是,以崭新的姿态和风貌记录了一个悲剧时代所给予当代中国人精神经历的心灵刻痕。

中国新文学这一个崭新的阶段,依然以充分意识到时代使命的浪漫情怀为导引,在表现社会人生的同时,以义无反顾的进取姿态,向着世界现代艺术潮流汲取养料。不长的时间内,我们高效率地弥补了与世隔绝状态下文学的缺失与匮乏。这情景有点像五四时期那样,"短短的十年中间,西欧两个世纪所经过了

---

* 此文为《中国新时期文学精品大系》总序,中国文学出版社1993年12月出版。据此编入。

的文学上的种种动向,都在中国很匆促地而又很杂乱地出现过来"(郑伯奇:《中国新文学大系·小说三集·导言》)。这里有仿效,有借鉴,更有吸收与展延。

参照和互补很快地改善了中国文学的营养不良状态,自由创造的禁忌消除之后,文学有效地调整了与世界的差距。大一统的格局结束了,代之以多元共生的繁复驳杂的秩序。各色各样的作家,各色各样的流派和风格,组成了这一时期的文学奇观。

中国文学似乎怀有某种紧迫感,仿佛要趁着本世纪太阳尚未落山的时节完成自己的时代使命。文学的确有感于谬误诱导的异变所造成的损失,它以先于社会的自我完善作出补偿。不屈不挠的奋斗使中国文学消除了长期的蒙羞。当然,较之"五四"最初十年的鼎盛气象,我们以未曾拥有一批文学巨星而遗憾。但诗人说过,"在没有英雄的年代,我只想做一个人"。这是一个争取人性和恢复人性的时代。从文学中走来了平常的人,他们身上有着泥浆和血污,他们是真的人,拒绝了神的光环,也挣脱了鬼的诱惑。

尽管依然有着某种世俗的金钱和权力施加的暗影,尽管依然有着摆脱思想枷锁之后的无节制、随意性、游戏态度,以及肤浅、浮躁、乃至远离高雅的鄙俗化,但我们面对的依然是一度智慧、勤苦和才华累积的精神圣殿。这是中国新文学的二度辉煌。

有了丰富多彩的文学,便有与之相适应的淘汰,这种淘汰显示文学竞争的严酷性。读者的选择、文学批评的开展、文学史的记录,再就是选家的择取,乃是实现这一严酷性的常规方式。这一时期文学选本的编辑出版相当丰富,它从另一个侧面展现出文学发展的实绩。选家的工作同样是神圣的,选家严峻的慧识会生发出文学接受和消费的积极影响。若是说,创作是生产,批评是鉴定,那么,选本则是集结和留存。

一九九三年十月十九日于畅春园

夜香港的魅力*

在北方，人们怕夜晚的来临，那意味着寂寞、单调、与外界交际的断绝。颐和园应该说是京中繁华之地了，冬天的下午四时过后，日光惨淡，夜色苍茫，那一条通往皇城的同庆街御道两旁，商店的店伙们早把条凳和座椅倒扣在饭桌之上。这意味着即使是乾隆皇帝来用膳也不会轻易给他饭吃了。这一带不到下午五时，周围的感觉已是鼾声四起的时节。夏日天长，情况要好一些。但你若不信，请在颐和园游客散去之时，下午六点左右前去就食，恐怕多半总要失望。

而在香港，情形恰恰相反。夜晚似乎是一天充满活力的开始。夜幕垂落，华灯初上，流光溢彩，整个香港顿时兴奋起来。所有商店都开门迎客，而人们依然步履匆匆（即使在休闲的时候，成了习惯的紧张节奏也不能放慢下来）。香港的夜晚比白天更亮，也更迷人。白天的阳光被高耸的写字楼和商社的大厦所遮阻，而夜晚，充足的供电使这里的一切宝物都熠熠生辉。

不逛商店的人等于没到过香港。在别的城市，有所谓商业区或购物中心，在香港，这些名词基本失效。这个举世闻名的购物天堂，到处都是商品繁盛的所在，随便在那里你都可以买到你所需要的东西，而不必是德辅道、干诺道、英皇道或弥敦道。在香港逛商店好比是参观各色的展览馆。一个普通表店里，世界上任何有名的牌号都可找到，电器店和眼镜店莫不如此。

---

* 此文初刊1993年11月21日《联合报·联合副刊》。据此编入。

到珠宝首饰店购物最让人愉快,那里柜台前特设座椅。顾客和店家如同主客对坐而谈,情绪极为融洽,缺少的就是一杯咖啡。许多店员都在门外揖客,目的只是迎你参观,买不买不要紧。香港多数店铺都可以讨价还价,店员们手持电子计算器,显示给你最低可以成交的数字。店员是不可以和顾客吵架的,在香港,我从来没有见过我在北京售货员小姐或先生成了家常便饭的"训示"。把香港的店员请到内地去,每一位都可以当之无愧地是礼仪小姐或礼仪先生。也许,他们从英国人那里学到了绅士风度。

香港充满生机的一日,确实从夜晚开始。人们紧张工作了一天,从公司或商社出来,约家人或朋友到酒楼茶座一聚,我去影院歌厅消夜,有时干脆就穿行在各色各样博览会般的市场间。香港夜晚的娱乐活动名目繁多——从高级的到不高级的,从典雅的到不典雅的。尖沙咀的文化中心和湾仔的艺术中心,有世界一流的演出,而遍布岛和半岛各处则有让人眼花的播映。

我到香港的时候,这里的各主要影院正在播映英文片《似是故人来》,场场爆满。故事很是崇高,而且相当地正统,仿佛是浪漫主义大师雨果的近作。可见香港人有第一流的高雅趣味。当然,也有非高雅的夜生活。电视也报导,某处有不满十八岁少女做卡拉OK伴唱,涉及色情行业,警察便出动了。

那日晚间梁锡华兄及夫人邀宴湾仔合和大厦团龙阁,在六十层高楼之上。有室外升降机,我们从底层上升,仿佛身生双翼飘然云外。灿烂星辰从四方扑来,身前身后为奇光异彩所簇拥。从团龙阁窗前俯瞰湾仔铜锣湾,那灯火楼台的壮美奇丽,只有登黄山俯观西海群峰情景略可比拟。但西海的峰峦虽奇,却没有香港楼群这般直逼云天的气势,况且,后者是用瑰异的灯火装扮起来的,黄山却要大大地逊色了。

从合和大厦下来,又是一番奇景。周遭的楼群由于我们的下降,而以腾跃的姿态直往上冲。用雨后春笋来形容都嫌不够,高楼向上狂长的势态非常惊人,像那里有无以数计的宇宙飞船通体透明地在点火升空。它们无声有色,是五彩装饰的火箭腾空而起,是立体的柱形的节日的焰火,喷泉般飞溅、腾跃、展开、破碎,一切是轰轰烈烈的,一切又是寂然无闻的。从这里展示了永恒的魅力。

新世纪的太阳
——二十世纪中国诗潮

此书由时代文艺出版社1993年6月出版,为二十世纪中国文学丛书之一种。据此编入。原书后附《中国新诗——〈中国大百科全书中国文学卷〉条目》一篇,此文后改题为《20世纪中国新诗概略:1919—1949》,现编入本文集第十卷《20世纪中国新诗概略》,故删去。

第一章　古典王国的衰亡

一、中国古典诗歌与中国现代诗歌的亲缘联系。伴随新诗发展的浓重"阴影"。

一部生动而又丰富的中国新诗发展史是我们熟悉的。它的创造与冲突，它的挫折和异变，它的漫长路途的探索和跋涉，特别是当它自然地或人为地陷入困境的时候，那一个悠长而又浓重的阴影便成为一种企示的神灵示威地出现在我们的头顶。它仍然活在新诗的肌体中，仍然活在中国新文学的命运里，它并没有在七十多年前死去。这个阴影便是中国古典诗歌。

我们终于有可能认识它的坚韧生命力。一种经过数千年的人类精血培育的文化艺术形态，当它被证明与社会的进步和民众的生存相联系时，它不会轻易地消失。即使有一天，它的主流地位被取代了，它也会成为一股暗流，依然制约着某一个领域的发展。就中国的古典诗歌和中国现代新诗的关系而言，二者之间的亲缘纽带基于以下指出的特点应当得到确证：它同是这个土地和这个民族通过诗意的领悟进行审美活动的一种方式；它是同一母语和同一文字创造的诗体文学。不论语言的变革带来了多大的变化（由文言变为白话）但这种变化并不是突发的，在白话文兴起之时，旧文学中的白话因素已经有了一定程度的发展，特别是在小说方面。诗的白话因素及倾向也有很长的历史，如明清之际的民歌、旧诗中的竹枝词等，更为重要是：古典诗歌的运作习惯已经成为思维的一种方式，成为顽健的文化因素影响着、甚至制约着不同时代的中国诗人,这一点,从自新诗诞生以来新旧诗人之间相易而作自己专擅之外的另一种形态的诗、特别是若干新诗人热衷于做旧诗便是明证。

特别需要强调说明的是,每当人们——这些人有的是新诗运动的推动者,有的则是新诗运动的怀疑者——感到了对新诗现状的怀疑或不满时,阴影便如神灵应时而现,它往往成为无可奈何之际疗救的药饵。如50年代因对新诗传统和现状的否定而发出对古典诗歌的召唤——新诗应在古典诗歌和民歌的基础上发展——即是一例。

因为是中国的新诗,它不可能摆脱历史更古老,经验更丰富,因而成就也更巨大的中国旧诗的影响。这种影响可能是积极的,可能是消极的,也可能是兼而有的。作为草创新诗的五四那一代人,他们对旧诗持激烈的批判态度。是出于创造新鲜太阳的使命——

> 新造的葡萄酒浆,
> 不能盛在那旧了的皮囊。
> 为宠爱你们的新热、新光,
> 我要去创造个新鲜的太阳。
> ——郭沫若:《女神之再生》

我们能够理解这种为创造新物而抛弃旧物的愿望和追求。五四那一代人,他们憎恨旧的社会而向往新的社会,他们为创造新文化而批判旧文化,这种弃旧图新的心态,导致他们对旧物——在诗歌领域即是旧诗——的批判态度。新时代的太阳之光,那旧的皮囊(可以引申为旧诗的格律框架)已完全不能适应。当中国知识界那一批最新的觉醒者面对世界新思想的光芒,如民主、自由、科学、人权的一套新的思想时,他们激愤于没有适当的容纳和表现这些思想的形式,他们对于粉碎这种旧的障碍的愤激之情完全是自然的和合乎逻辑的。

胡适曾经详细地描述了在新诗创立过程中他和其他人对于"旧词调"扬弃的艰难历程。他们那时是要摔掉阴影而让全身心沐浴在新时代的新光之下。此外,那时的旧势力太强大也太猖獗,他们的决绝是一种对于旧势力的反抗的唯一选择。

那时来不及或者压根就不准备考虑新诗与旧诗的承传的联系,也不想承认旧诗对新诗会有范围相当宽泛的艺术经验和表现技巧的借鉴和启发。那时一心一意想的是摆脱和排斥,而不是吸收和交融。

要是说五四当年困扰新诗的是草创期急切间不能彻底迅速地抛弃旧诗的影响,到新诗建立之后,则由于否定了僵硬的旧诗格律,而导致诗的音乐性的削弱以及过于松散自由的话,时至当今,困扰新诗的却是对于旧诗的过分重视和热情,而促使变形的古代阴魂对现代诗创造的不断"施暴"。

七十年前的缺憾是创造的激情把旧物当成了否定物,因而展现出对待传统的无分析性和片面性。而自50年代以迄于今的危险则是在堂堂皇皇的号召和倡导之下,违背"五四"的革命精神,向着批判精神的反面肯定被批判物。阴影从来存在,而且继续施加它的无时不在的笼罩。后来的人们好像对历史一无所知,他们可以对着当年认为的障碍物唱起礼赞之歌而缺乏耻辱感,这对稍微了解一点历史常识的人,确是非常令人吃惊。

二、封建社会的回光返照。中国古典诗歌发展的极致。"盛世"的哀音,迟暮时节的辉煌。

基于以上对于那无所不在的"阴影"的辨识,在我们对于中国新诗的全视野中,不能不从古典诗歌的末日开始我们的思考。只有在我们对古典诗歌在它行将结束之前的状态有一定的了解的前提下,我们才有可能对新诗进行历史性的描述。我们已经愈来愈明确地认识到,要研究中国新文学,不可不了解中国旧文学;要研究中国新诗,不可不了解中国旧诗。对旧诗作全面的回顾和总结,那是古典诗歌史的任务。和新诗关系最直接和最接近的一页是清诗。具体地说,中国新诗的诞生是以清诗的消亡为代价的,清诗是新诗的原因,新诗则是清诗的结果。因此,我们的话题要从清诗谈起。

　　清代是中国漫长封建社会的回光返照,原先在明代后期逐渐增长的社会经济和资本主义萌芽因素,在清初受到了抑制。社会战乱频仍,使农业凋敝,人口锐减,据史载明末全国人口已五千一百余万人,顺治十七年全国不到二千万人。四十年中人口减少五分之三。一个取得成功的新兴王朝,而且又是一个通过长期的马背上的奋斗取得胜利的少数民族取得的政权,当然要改变这种状况。在康熙大帝执政的数十年以至乾隆盛世,实行了许多稳定社会发展的措施:如招抚流民、鼓励垦荒、兴修水利、减免赋税,在国内团结各个边疆民族,戡平民族叛乱,使国内安定也使国际地位大为提高。

　　由于国力强盛,经济实力雄厚,从康熙开始,编纂各种辞书如《康熙字典》、《佩文韵府》、《古今图书集成》,到乾隆时期的《全唐诗》、《四库全书》,为文化学术建设建立了功绩。大型皇家园林的兴建,从畅春园到圆明园均达到了当时世界第一流的水平。康熙乾隆时代可谓文治武功的极盛时期。

　　一百多年的社会安定,也为文学提供了繁荣发展的基础。清代的知识分子政策是高压与怀柔的结合。科举制度吸引知识分子热衷仕途,文字狱又对思想统制起了威慑作用。古典朴学的兴起正是这种社会现况的产物。这种反对主观冥想,崇尚实证考据,排斥空谈的做学问态度恰好为知识分子逃避严密文网和政治迫害提供了出路——学者的才华精力,尽可以在这里得到寄托和驰骋,而不会承担政治上的风险。

这个时代,"离开解放浪潮相去已远,眼前是闹哄哄而又死沉沉的封建统治的回光返照。复古主义已把一切弄得乌烟瘴气麻木不仁,明末清初的民主民族的伟大思想早成陈迹,失去理论头脑的考据成了支配人间的学问。'避席畏闻文字狱,著书都为稻粱谋',那是多么黑暗的世界啊"。(李泽厚《美的历程》)

清代文学,是一个缺乏创造精神的时代。这与当时的强盛国力形成了巨大反差。刘大杰在《中国文学发展史》中对此有一个总体的估价:

> 我们看清代嘉庆以前的文学界,无论诗文词曲,都是走的复古之路。因此,各体作家,在一般倾向上,都逃不出摹拟与因袭。外表纵是华美可观,内面缺少新奇的生命与创造的精神。作文的拟韩、柳,作诗的拟李、杜、苏、黄,作词的拟姜、张,作曲的拟张、施,成绩最好的,也不过这般人的影子。在这个地方,我们也不能归罪清代的才力,实际是清代在中国的旧文学史上,是最后的一期,各种文体,如诗、文、词、曲、杂剧、传奇种种的特色,在各个时代,都已发挥殆尽,到了清朝,全变成了旧的形式,任你是大才力的作家,既不能向新文体新形式方面谋发展,想在那些旧形式中,灌输新生命,恢复艺术的青春力量,实在是很难的。所以在经学、史学、小学及其他各种学问的研究上,都有很高的造就,在旧体文学上,却没有表现出很大的成绩来。(《中国文学发展史》,下卷,第268页)

清代虽然是文学创造力衰竭的时代,但每种文体都在造尽文章的前题之下,力求把文章造得完美赅备。就诗歌而言,它也造出了中国古典诗歌的极盛。清诗当然不能和唐诗比,唐诗是继古诗之后的充满青春气息的创造力的大发扬,它的辉煌是不可企及的顶峰。但唐代诗人也有他们优越的条件,那时摆在他们面前的,是一片又一片未曾开垦的良田沃土,还有未曾摧毁的自由而浩瀚的天空。他们随便摘下一个柳枝,便可以唱出人间极婉转的伤别之情;他们随便面对一片孤飞的云影,便可托出一些前人不曾道及的人生感慨,更为重要的是,那时各种诗体发展充分而臻于完满,诗人们面对这一切,每一次吟咏都充满了第一次创造的喜悦。再加上良好的竞争交流的风气,彼此唱和酬答,技艺上的切磋,更增添了创造的欲望。这种交流促进了多种风格的耸起和相互渗透。风格的形成又加速了流派集结的过程。风格相近的诗人形成流派之后,增强了艺术上的竞赛,于是诗歌创造开始良性循环。

　　唐代诗人大体都在自娱和交流前提下进行诗歌创作,那时的艺术创造的自由和洒脱足以令后世之人羡慕。写诗就是写诗,除了朋友间往来传阅,就是给当时的艺术家们演唱娱乐,这种娱乐多数也是在朋友之间的酒会上进行的。从唐太宗的贞观之治到唐玄宗的开元天宝大约一百余年间,唐代国势强盛、社会稳定,更为诗歌发展提供了良好的大环境。

　　而清诗不同,它必须在前人千万遍吟唱过的地方造出新气象和新境界来。许多题目经过多年的践踏已经是稀泥一摊,但清代的才子们却必须艰难地从中掘出一些足以让人兴奋的诗趣。这样,他们付出的是百倍于前人的心血,而造出来的却很可能是"聪明的重复"。以王士禛(1634—1711)为例,他大部分时间生活在康熙年代,崇尚盛唐风度,手编《唐贤三昧集》,目的"要在剔出盛唐真面目与世人看"。(《燃灯纪闻》)他是神韵派的倡导者,天下为之风靡,于是成为当时诗坛的盟主。他的《秦淮杂诗》之一:

　　　　年来肠断秣陵舟,梦绕秦淮水上楼。
　　　　十日雨丝风片里,浓春烟景似残秋。

此诗极富唐人绝句情调,也有那份空灵与洒脱,但却是造出来的。清代人大抵都有这样"造诗"的本事。诗艺的运作极为娴熟,学唐人便像唐人,学宋人便像宋人,唯独没有清人自己的气度。那确是一个没有自己风格的时代。

清人入关之后学习汉人的文化,但那时的汉文化已是陈陈相因,少有自己时代的特色了。所以尽管清初直至乾隆时代国势强盛,但文化的取向上却是强弩之末的承袭。诗歌也如此,可以说,诗意的精湛已到无以复加的极致,自魏晋及唐以降,有无数的诗人在这片土地上精耕细作,清代人已将其经验完全彻底地接受下来以为我用。这种诗歌的极盛是不可怀疑。作为一代宗师的渔洋山人,他是清诗的一面旗帜。他的技艺之圆熟、风韵之飘逸,一切都像他所师法的盛唐气象。但的确也有一种末世之感渗出纸墨行间。以上面举例的《秦淮杂诗》为例,明明是秦淮河畔的浓春景色,他却偏偏联想到了深秋的悲凉:"十日雨丝风片里,浓春烟景似残秋。"

早期的浪漫激情已随着明末清初的战乱逝去。尽管战争之后是一个雄大的王朝的建立,但逐渐走向19世纪末期的封建社会,已经充满了秋风秋雨的萧瑟。列强的枪炮逼开国门和清王朝强大舰队沉没海底的悲剧虽然还是一百年后发生的事情,但这股悲凉之气却是一种不祥的预兆。

也许这时代的伟大著作《红楼梦》最能代表它的实质。你看那绮罗锦锈、书画琴棋、春花秋月,清雅的谈吐,细腻的情感,一派富贵繁盛的气氛。但第七十六回《凸碧堂品笛感凄清,凹晶馆联诗悲寂寞》传达的是行将颓倒的大家庭繁华未曾褪尽,而衰落的悲剧即将来临的信息。这是一个强作欢乐之态的勉勉强强的团圆场面:

只见席上贾母已朦胧双眼,似有睡去之态。尤氏方住了,忙和王夫人轻轻叫请。贾母睁眼笑道:"我不困,白闭闭眼养神。你们只管说,我听着呢。"王夫人等道:"夜已深了,风露也大,请老太太安歇罢了。明日再赏,十六月色也好。"贾母道:"什么时候?"王夫人笑道:"已交四更。他们姐妹们熬不过,都去睡了。"贾母听说,细看了一看,果然都散了,只有探春一人在此。贾母笑道:"也罢,你们也熬不惯,况且弱的弱,病的病,去了倒省心。只是三丫头可怜,尚还等着。你也去罢,我们散了。"

"弱的弱,病的病,去了倒省心"、"你也去罢,我们散了",这些话随口说出,倒像是谶语,预示这红楼一梦的最后一幕的到来。这里只有一个探春支撑着陪伴几位老人打瞌睡,强颜欢笑。这场面并不能支持多久,最终也是"我们散了"。

书中写黛玉和湘云实际未睡,她们不甘心"社也散了,诗也不做了",要二人联句遣兴到深夜。二人风采华瞻,才思敏捷,但最后却是湘云出句:"寒塘渡鹤影":一只孤鹤嘎地一声飞过寒塘,这已是十分凄清孤独的景象。不想黛玉吟出的却是更为令人吃惊的诗句:"冷月葬诗魂!"下面是书中的一段描写:

> 湘云拍手赞道:"果然极好,非此不能对。好个'葬诗魂'"因又叹道:"诗固新奇,只是太颓丧了些。你现病着,不该作此过于凄清之语。"黛玉笑道:"不如此,怎么压倒你,只为用工在这一句了。"
>
> 一语未了,只见栏外山石后转出一个人来,笑道:"好诗,好诗!果然太悲凉了,不必再往下做。若底下只这样去,反不显这两句了。倒弄得堆砌牵强。"二人不防,倒吓了一跳。细看不是别人,却是妙玉。……妙玉笑道:"……只是方才我听见这一首中,有几句虽好,只是过于颓败凄楚。此亦关人之气数,所以我出来止住。……"

"寒塘渡鹤影,冷月葬诗魂",也是谶语,妙玉也觉得"过于颓败凄楚"。这个大观园有它的气数,这个大帝国也有它的气数。这里一些场面所传达的是繁荣之下的潜在悲哀,已经暗示出一个时代达到了尽头。

关于《红楼梦》这本书,已经有众多的人谈了许许多多,不过最能给人留下印象的却是不是红学家的李泽厚的一番话:"无论是爱情主题说、政治小说说、色空观念说,似乎没有很好地把握住上述具有深刻根基的感伤主义思潮在《红楼梦》里的升华。其实,正是这种思潮使《红楼梦》带有异彩。笼罩在宝黛爱情的欢乐、元妃省亲的豪华、暗示政治变故带来巨大惨痛之上的,不正是那如轻烟如梦幻,时而又如急管繁弦似的沉重哀伤的喟叹么?"(《美的历程》,第 205 页)

这位论者认为与明代那种突破传统的解放浪潮相反,清代盛极一时的是全面的复古主义、禁欲主义、伪古典主义,明代的那一派上层浪漫主义则一变为感伤主义。《桃花扇》、《长生殿》和《聊斋志异》都是这样的文学潮流变异的杰作。孔尚任(1648—1718)的《桃花扇》结尾的一套《哀江南》是这一感伤主题潮流的集中呈现,可以看做是封建主义的挽歌:

> [沽美酒]你记得跨青溪半里桥,旧红板一条。秋水长天人过少,冷清清的落照,剩一树柳弯腰。[太平令]一到那旧院门,何用轻敲,也不怕小犬哞哞。无非是枯井颓巢,不过些砖苔砌草。手种的花条柳梢,尽意儿采樵,这黑灰是谁家厨灶?[离庭宴带歇指煞]俺曾见金陵玉殿莺啼晓,秦淮水榭花开早,谁知道容易冰消。眼看他起朱楼,眼看他宴宾客,眼看他楼塌了。这青苔碧瓦堆,俺曾睡风流觉,将五十年兴亡看饱。那乌衣巷不姓王,莫愁湖鬼夜哭,凤凰台栖枭鸟。残山梦最真,旧境丢难掉,不信这舆图换稿。诌一套哀江南,放悲声唱到老。

这一个"放悲声唱到老",不仅是社会盛衰的感叹,而且是人生悲剧性的展示,感伤文学从社会层面引向了更为深远的境界。

《儒林外史》也是如此凄清的结束。那裁缝荆元焚香操琴:"铿铿锵锵,声振林木,那些鸟雀闻之,都栖息枝间窃听。弹了一会,忽作变徵之音,凄清宛转。"作者在最后说:"看官!难道自今以后,就没一个贤人君子可以入得儒林外史么?"他没有回答,却赋了一首词:

> 记得当时,我爱秦淮,偶离故乡。向梅根冶后,几番啸傲;杏花村里,几度徜徉。凤止高梧,虫吟小榭,也共时人较短长。今已矣!把衣冠蝉蜕,濯足沧浪。无聊且酌霞觞,唤几个新知醉一场。共百年易过,底须愁闷;千秋事大,也费商量!江左烟霞,淮南耆旧,写入残编总断肠。从今后,伴药炉经卷,自礼空王。

吴敬梓(1701—1754)生于康熙四十年,死于乾隆十九年。也是康乾盛世的一个知识分子。以上列举的这些诗文家大体都生在同一个时代,他们出身不同,性情遭际各异,为什么不约而同地通过各不相同的文学样式放出悲声?这正是类似大观园中秋月夜的那种感应。金缕玉衣,钟鸣鼎食,繁华昌盛,转眼间都是红楼一梦。表面上的社会繁盛,掩盖不了知识分子内心的忧患,这里有社会的多种压迫,也有更为觉醒的人生。林庚曾经把唐人的创作境界概括为少年精神。他说:

> 当唐代上升到它的高潮,一切就都表现为开朗的、解放的,唐人的生活实是以少年人的心情作为它的骨干。王维《少年行》:"新丰美酒斗十千,咸阳游侠多少年。相逢意气为君饮,系马高楼垂柳边"。高适《营州歌》:"营州少年厌原野,狐裘蒙茸猎城下。虏酒千钟不醉人,胡儿十岁能骑马。"李白《金陵酒肆留别》:"风吹柳花满店香,吴姬压酒劝客尝。

金陵子弟来相送,欲行不行各尽觞。请君试问东流水,别意与之谁短长。"唐人的诗篇正是这样充满了年轻的气息,一种乐观的奔放的旋律。少年人没有苦闷吗?春天没有悲伤吗?然而那到底是少年的,春天的。(《中国文学简史》,上卷,259页)

要是说唐代诗歌是少年精神,那么清代诗歌则充满了暮年景象。袁枚(1726—1797)字子才,生于康熙五十五年,卒于嘉庆二年,他在康熙盛世生活了近十年,而占有乾隆盛世的全部年代,可算是太平盛世的一位才子了。但即使如此荣幸地沐浴了清代鼎盛太阳光辉的袁枚,也同样预感到了末世的寒冷。他有一首著名的绝句《沙沟》:

> 沙沟日影渐朦胧,
> 隐隐黄河出树中。
> 刚卷车帘还放下,
> 太阳力薄不胜风!

这时坐在车中的诗人,想趁着黄昏时节的日光欣赏一番黄河沿岸的沙沟树影以及蜿蜒而去的长河。但是刚刚掀起的帘子不得不再放下来,"太阳力薄不胜风"。毕竟已是末世的余晖,再也发不出强烈的光束了。一股寒气就是从这里悄悄地穿射过圆明园的正大光明殿和承德避暑山庄的烟波致爽楼的伟阁杰构的缝隙,使人不能不发出寒颤。

三、充分完成的诗歌时代。
遍野的悲风预示巨变。

这是一个充分完成的时代。不论是诗词或是小说、戏剧都达到了一个几乎无法再往前走的境界。作为长篇小说的《红楼梦》是不可企及的。《聊斋志异》在短篇小说中也创造了古典文学的高峰。戏剧如洪昇的《长生殿》,孔尚任的《桃花扇》都是古典戏剧中的杰作。至于诗歌,包括诗和词,文学史中所述多半草草。其实清诗可以直薄古人,不仅诗人众多,且派别纷纭,有尊唐、宗宋等派别,大抵是按取法前代而分。按诗的情趣、审美来分的,又有神韵、性灵、肌理诸说。各派均有大的诗人以为旗帜,从者甚众,成绩斐然。但是历来对清诗评价不高,不是他们缺少才分,相反,清代诗人的创造力,至少比它的前代元、明要强,而且留下了不少可供传颂的名篇。

清诗生不逢时,它是封建末世的艺术。前已述及,不论他们如何在艺术的泥潭中挣扎,辉煌帝国的镂金错彩的宫殿已经显示出衰颓的斑驳。再就是艺术技艺和运作的规程,已精细娴熟到同样是无以复加的程度。清代由于朴学盛行,学者大都有求实认真的学风。在诗歌等艺术创作上也如此,他们极少草率泛滥之作。艺术的圆熟以及诗艺的密集,好比江南水网地区的耕作,已到了密不透风的境地。对所有的诗人的艺术的到达几乎均可用得上珠圆玉润、剔透玲珑的评语。

诗歌王国的耕作,大多时候总是在空疏和粗放的背景上杰出诗人充分发挥自己独到的才华,有充分的幻想力加以驰突而造出的奇伟。李白和杜甫堪称唐诗双璧,但他们拉开了长长的距离,他们各有自己的空间。王维、孟浩然的诗风不仅和王昌龄迥异,也和岑参迥异。在唐代几乎每一个人都是独特的和创造性的。清代不同,这个时代的特点就是模仿和重复。就每个人来说,他们都才力过人——他们能在那"缝隙"中生长、发育就极为不易——但他们终于无可选择地被选择在这个垂亡的大帝国——不仅是政治意义上的帝国,而且是艺术上的诗歌帝国。

艺术的完满在前面已经引用了诸多例子,还有无数的例子可以说明。打开《红楼梦》这部小说,读一读其中作者为各种诗社、各个人物所设计的诗词创作,这些为人物而制作的诗词也都是艺术上的杰作。《葬花词》本身就是一首完整到无懈可击的长篇抒情诗。许多"诗人"参加"创作"的菊花诗,从各种菊花,菊花的各个侧面来写,可说是写尽了为古今诗人瞩目的关于菊花的杰出的诗组。其余清代小说中也有无数这样的诗作。非正式的创作尚且如此,那些诗人的专集中的诗作,简直可以车载斗量。但即使如此,我们也不得不遗憾地宣称:这是一个最少创新精神,专事模拟前人的诗歌时代。

纳兰性德在《原诗》中曾经描写过当日的诗坛风气:"十年前之诗人皆唐之诗人也,必嗤笑夫宋。近年来之诗人皆宋之诗人也,必嗤笑夫唐,……矮子观场,随人喜怒,而不知自有之面目,岂不悲哉。"清代诗坛,始终都在宗唐、宗宋中反复,唯独是"不知自有之面目",也许是压根就没有"自有之面目"。这足以令一代才人悲叹。顾炎武在与友人书中批评的不是一个人的诗作,而是整个的诗歌创作现状:"唐诗之病在于有李、杜,唐文之病在于有韩、欧。有此蹊径于胸中,便终身不脱依傍二字,断不能登峰造极。"(《与人书十七》)都是针对这种弊病而发的。

置身在这样的环境中,不仅是仿效的风气极炽,且由于诗歌艺术自身的发展达于极限的精到圆熟,它已经不给艺术的创造者留下"余隙"。这一艺术形式所涵盖的内容,也达到一种即使天才也无以施展的地步。诗和词,不论它的格式、词汇、手法有多么丰富,但在19世纪末叶世界已产生现代巨变的现实面前,日益感到不能表达现实人生,特别是不能表达初期工业革命所带来现代生活情调和节奏的困窘。

在这样的社会艺术的现实面前,一切的天才的挣扎终将徒劳。诗歌帝国的太阳将随着大清帝国的太阳一同坠落,即使是自恃天才如袁枚,也不能不感到"太阳力薄不胜风"的寒冷。历史有时会推出一些神秘的暗示,这简直让人惊骇。清代有两位才华出众的诗人都是短命的。一位是贵族后裔的纳兰性德,他活了三十一岁;一位是潦倒终生的黄仲则,他活了三十四岁。他们留下的是一种凄苦悲凉以至于极的诗篇。可怕的是他们的哀吟也如《红楼梦》那样是产生于太平盛世的清帝国极盛时代,这就益发增加了它的不祥气氛。这就如吉庆节日清晨的一声乌啼那样给兴致勃勃的时代泼了一盆冷水。

"而今才道当时错,心绪凄迷,红泪偷垂,满眼春风百事非。情知此后无来计,强说欢期,一别如斯,落尽梨花月又西。"这是纳兰性德(1654—1685)的诗句。在一个敏感的诗人的眼中,"满眼春风"唤不起他的情绪。他没有看到春风的繁盛,而是什么都变了样子。这一番离别再也没有相会的日子,但是还要强说他日的欢聚,只落得一个"落尽梨花月又西"的空寂。这一种凄然心绪的确透出了某种预感。还有《浣溪沙》:

谁道飘零不可怜?
旧游时节好花天,
断肠人去自今年!

一片晕红才着雨,
几丝柔柳乍和烟,
倩魂消尽夕阳前!

这是早春时节的图画,对比这一迷人风景,前人曾经唱出多少轻松美丽的诗句:"小楼一夜听春雨,明朝深巷卖杏花。""南朝四百八十寺,多少楼台烟雨中。"这些确是一种青春向上的心境的传达。而这位"哀感顽艳,得南唐二主之遗"的诗人的心目中,此刻满目都是黄昏景色。在唐、宋两朝,诗人们仿佛都是一些散发着青春气息的少女,而此刻我们面前却是一位饱经沧桑的人生倦旅的独行者。

也许最能预示这个时代的是黄景仁(1749—1783),诗人字仲则,生于乾隆十四年,卒于乾隆四十八年。时人称他的诗"惊才绝艳"。包世臣《齐民四术》说:"乾隆六十年间论诗者推为第一。"张维屏《诗人徵略》以为:"天才仙才,自古一代无几人;近求之百余年来,其惟仲则。"吴兰雪《石溪舫诗话》说:"海内诗人,能从古人出,而不为古人所囿者,藏园(指蒋士铨)而外,必推仲则第一。"《石溪舫诗话》这评语极为重要,因为它指出在当时无所不在的模仿的空气中难得有人出于古人又不囿古人的。这点在王昶为黄仲则所写的墓铭中,也有评论:"至其为诗,上至汉魏,下逮唐宋,无弗效者。疏沦灵腑,出精入能,刻琢沉挚,不以蹈袭剽窃为能。"也就是说,黄仲则是当时难得的具有创造性的诗人。也许正是因为这样的独异,在这个人人失去风格的时代里,他不能生存下去。

但不论是纳兰性德,还是黄仲则,他们都是时代的不和谐音——他们在太平盛世发出令人不悦的悲音。黄仲则的名句"全家都在风声里,九月衣裳未剪裁"(《都门秋思》),"我亦稻粱愁岁暮,年年星鬓为伊加"(《空中闻雁》),一片萧瑟景象,和周围的意气风发,造出了多少反差。这里有一首《元夜独坐偶成》:

> 年年今夕兴飞腾,
> 似此凄清得未曾。
> 强作欢颜亲渐觉,
> 偏多醉语仆堪憎。
> 云知放夜开千叠,
> 月为愁心晕一层。
> 窃笑微闻小儿女,
> 阿爷何事不看灯?

在这个环境中他有着千古的孤独,因为他在周围得不到同情和理解。这里有生活的困顿,也有心灵的寂寞,更有艺术抱负的无以伸展。天才在非天才的时代是一种悲哀。即使是在到处笑语欢歌的节日,他也只能独自享受那旷古的寂寞。不能理解这种悲哀的,岂止是小儿女们,而是周围的环境,而是整个的时代。

天才诗人敏感到某种末世的哀愁,当然身世的寂寞潦倒是他郁郁寡欢的原因,然而为什么天才会陷于绝境?这难道不是更大的悲哀!最让人吃惊的是黄仲则的《癸巳除夕偶成》,共两首,都堪称千古绝唱:

其一
千家笑语漏迟迟,
忧患潜从物外知。
悄立市桥人不识,
一星如月看多时!

其二
年年此夕费吟呻,
儿女灯前窃笑频。
汝辈何知吾自悔?
枉抛心力作诗人。

"汝辈何知吾自悔?"又是一个不被理解的命题。这里再一次揭示了孤独感,以及作为诗人的自悔。在这个无法施展才力的时代,真正的诗人无处栖身,他们为世不容。一旦他知悉那末世的哀愁,一旦他对未来发出了某种预警,例如在这里他"悄立市桥"所感知地悄悄的而又是浓厚的忧患感,天才最终也就宣告结束。请记住,癸巳是乾隆盛世的三十八年,再过十年,黄仲则就永远告别了人世,那年他才三十四岁。

两个短命的诗人,宣告了一个诗歌帝国的衰亡。那一声悠长的叹息,惊醒了垂亡的世纪,也惊醒了陶醉在古老的诗歌帝国繁华梦境的遗老遗少。中国诗歌的古典主义行程行将终结,虽然随之而来的还有很长时间的折磨,但也就是从那一声悲吟开始,变更旧有法度的念头开始萌发。以后我们将要看到的是新旧交替的冲撞那一阵阵的火星迸突,以及这种变更带来的无边的苦痛。

第二章 前夜的阵痛

一、旧秩序的怀疑。变革现状的孕育。

19世纪的太阳已经昏黄,新世纪的曙光即将升起,这是中国新诗革命的前夜。古典诗歌已经走到了它的尽头。中国诗歌受到时代的启发,正孕育着一场巨大的变革。但未来的诗将是怎样的形态,那时的人们尚难以想象。中国的历史这么悠久,中国的文化又这么深厚,中国的改变,即使是诗歌的改变也要经过无穷的磨难。

但我们有可能觉察到那种悄悄地激动。一个封闭的帝国终于受到外界的逼迫站在了世界面前。它因列强的肆虐而蒙受羞耻,它在与世界的比较中痛感落伍,有一种变革的冲动在政治、经济也在文化领域鼓涌着。就诗歌而言,那些旧营垒的人们已经对固有秩序产生怀疑。前面一章我们叙述到天才在泥沼中所拥有的孤寂感,最后那些天才只好在盛年潦倒地死去。现在不同了,人们开始了期待。1839年,作为清朝由盛而衰的转折期的觉醒者,龚自珍(1792—1841)创作组诗《己亥杂诗》,其中一首最为脍炙人口的诗篇便是:

> 九州生气恃风雷,
> 万马齐喑究可哀。
> 我劝天公重抖擞,
> 不拘一格降人才。

这里有对"万马齐喑"的不满。他呼吁那改变现状的风雷。

唯有这种振聋发聩的雷电,才能带给这沉寂的大地以生气。为此,他呼吁不拘一格降人才,他希望有新人来承当这新的使命,当然,这未必专指诗人而言。龚自珍还未曾怀疑他现在所使用的诗歌语言和诗歌形式,他是在旧的框架之内进行他的呼吁的。他死于1841年,翌年鸦片战争爆发,他还未曾经历过1840年以后的中国人漫长的痛苦。

但从那时开始,沉闷的中国古典诗歌领地的确暗暗地开始了一种兴奋的骚动。诗人们开始不自觉地对旧的规则作小心谨慎的质疑。这种不事声张的质疑,已经散落在一些篇章的缝隙之中。

金和(1818—1885)的《饲蚕词》:"阿娘辛苦养蚕天,娇女陪娘瞋不眠。含笑许缝新袜裤,待娘五月卖丝钱。"有一种来自民间的清新活泼,尽扫古典酸气。黄燮清(1805—1864)《长水竹枝词》:"杏花村前流水斜,杏花村后是农家。夕阳走马村前后,料是郎来看杏花。"从诗风和语言看,已经透漏出现代的气息,尽管他仍然保持旧诗的格局。至于蒋智由(1865—1929)的《卢骚》:"世人皆曰杂,法国一卢骚。民约倡新义,君威扫旧骄。力填平等路,血流自由苗。文字收功日,全球革命潮。"更是为旧体诗带进了当世最新的潮音。

龚自珍死后七年即1848年,一位也是旧诗营垒中的诗人诞生。他似乎是为了接过龚自珍的思想接力棒而诞生的,这就是黄遵宪(1848—1905)。这是一位跨世纪的诗人,他从19世纪中叶跨进了20世纪的门槛。他既是诗人,又长期担任外交官,与外面世界的接触使他有可能在原有的诗歌框架之中进行一些新的思考。他在《人境庐诗草·自序》中阐述了他最主要的诗歌观念:

> 士生古人之后,古人之诗,号专门名家者,无虑百数十家,欲弃去古人之糟粕,而不为古人所束缚,诚戛戛乎其难。

虽然,仆尝以为诗之外有事,诗之中有人,今之世异于古,今之人亦何必与古人同。尝于心中设一诗境:一曰复古人比兴之体;一曰以单行之神,运排偶之体;一曰取离骚乐府之神理而不袭其貌;一曰用古文家伸缩离合之法以入诗。其取材也:自群经三史,逮于周、秦诸子之书,许、郑诸家之注,凡事名物名切于今者,皆采取而假借之。其述事也:举今日之官书会典方言俗谚,以及古人未有之物,未辟之境,耳目所历,皆笔而书之。其炼格也:自曹、鲍、陶、谢、李、杜、韩、苏讫于晚近小家,不名一格,不专一体,要不失乎为我之诗。

从黄遵宪这番自白中,我们得到一个准确的信息:旧秩序已有他的怀疑者。首先他是一位具有自立思想的诗人,他不肯苟同于古人,"今之世异於古,今之人亦何必与古人同"。他追求的是去古人之糟粕的创新。他要摆脱前人的束缚,他追求的是"不失乎为我之诗"。这种诗人的自觉是清代以来无数前人奋斗换来的新觉醒。从这里开始,可以说尊唐、宗宋云云都成了陈词滥调。黄遵宪面对的是一个新的世纪。外面世界的喧腾,敲打着诗人的门窗。从诗境、取材、述事,他都对未来的诗歌进行了新的思考。"不名一格,不专一体",他提出了一种不褊狭的诗观。对当时而言,可谓眼界大为拓宽。更重要的是,在取材和述事方面,他已有了不同于旧诗人的宽广的视野,他认为包括古人未有之物,未辟之境,耳目所历,都可以而且应该入诗。这与上章我们所述的有了天壤之别:那时是囿于传统的规矩方圆,在前人划的圈子里跳舞,不敢有一步自己的步法。现在,诗人的眼界已经向着更为遥远的地平线。

黄遵宪不是诗歌革命的先导。他的总体设想都在古典诗歌的框架之内,他是一位维新者。这样一个既了解中国又了解世界的诗人,历史赋予他的使命是独特的和重大的。他首先必须怀疑和不满。他们有异于前人之处,就是作为一个怀疑者而存在。因此他是先驱。他深知自己的局限,在《与丘菽园书》中他说:"弟之以著述自娱,亦无聊之极。思少日喜为诗,谬有别创诗界之论,然才力薄弱,终不克自践其言,譬之西半球新国,弟不过独立风雪中清教徒之一人耳。若华盛顿、哲非逊、富兰克林,不能不望于诸君子也。诗虽小道,然欧洲诗人出其鼓吹文明之笔,竟有左右世界之力。"这番话体现一种前所未有的视野和胸怀,我们已经发现非常新鲜的思想流淌在他的笔墨中。在一个中国诗人的眼里,出现了华盛顿、杰弗逊、富兰克林和欧洲是破天荒的,这种新质无疑对未来的开启具有重大的意义。

世纪之交的中国诗人,面对着一个新奇的世界,他反顾自身,古国的暗夜沉沉。但毕竟从世界的那一方,发现了点点星火。还是这个黄遵宪,他的"别创诗界"的思想是从怀疑开始的,他不得不对那些陈腐的世界发出抨击,他的《杂感》这样写道:

俗儒好尊古,日日故纸研,六经字所无,不敢入诗篇。
古人弃糟粕,见之口流涎。沿习甘剽盗,妄造丛罪愆。

这是对沿袭祖法的守旧者的激烈批评。旧的一页正在翻过。就在这首《杂感》中,黄遵宪的名句"我手写吾口,古岂能拘牵"出现了。这两句诗所体现的思想,在古典诗歌暗夜中无疑是启明的星光。寥寥数字的启示意义是重大的和深远的。它就是起于青苹之末的那一丝微颤,但随后出现的可能就是震天撼地的风暴。

因为这诗句触动了古典诗歌的最深刻的弊端。古典诗的致命之点是远离现实人生和他们的语言实际,每一首古典诗都是与世隔绝的传统意境的重复和大体相同的营造。这些意境不是从现实的人的生活提炼,而是以陈陈相因的形式从众多旧有的意韵中重新拼组而成,它与现实的存在和处境几无干系。因此,把诗从定型的和僵死的处境解放,它的第一步便是"我手写吾口"——用自己的手写自己心中想要表达的。这是随后兴起的改良的"诗界革命"的一个号召,也可以认为是它的一个纲领。后来的划时代的新诗革命,它的第一步白话体新诗的创立,可以追溯到黄遵宪的这句话。因为五四那一代人确信,运载工具的革命最初是从诗与普通民众的日常生活和日常口语的联系受到启发的。

二、诗界革命:诗歌的维新运动。守旧势力的抗拒。

古老帝国在19世纪中叶列强炮舰的轰鸣中惊醒。1894年甲午一战,北洋水师全军覆没,亡国之祸只在旦夕。于是有了先进之士救国救民的要求和行动,这具体表现在鸦片战争之后向西方寻求疗救中国的药方的改良主义运动。运动由政治层面而深入发展到文化层面。这时兴起的"诗界革命"便是改良主义政治运动的一个派生物。事实上文学领域中的诗界革命的提出甚至还比戊戌变法早一、两年。在戊戌变法的那一批领袖人物中,他们显然是把诗界革命当做政治启蒙的一个手段,有着明显的功利思想。康有为高度称赞黄遵宪的人品及诗品,他在《人境庐诗草·序》中把黄遵宪的仕途受挫后致力于诗是"上感国变,中伤种族,下哀生民",也是把他的诗歌创作和救亡思想衔接起来。黄遵宪对于古典诗歌的质疑和有局限的反叛,一开始就与政治上的改良运动有着客观的联系。

改良运动的一般人对于诗的重视,是由于觉察到进步的诗歌有着"左右世界之力",他们的"新派诗"的训练乃至诗界革命的提倡,最初的动机是希望诗能够承担传播西方先进科学的重任。传统的约束和改良主义的服膺,使他们不可能超越现有的诗歌形式而试图突破。于是"诗界革命"的革命实践,最多和最明显的功绩便是把新词汇和新概念引入古典诗的规格之中。

这样一来,那些佶屈聱牙的诗句,便成为这个革命的明显的表征。梁启超在《饮冰室诗话》中对此有过批评,"盖当时所谓新诗者,颇喜挦扯新名词以自表异",又说"过渡时代,必有革命。然革命者,当革其精神,非革其形式,吾党近好言诗界革命,虽然,若以堆积满纸新名词为革命,是又满洲政府变法维新之类也"。梁启超认为,若能"以旧风格含新意境",这才有革命之实,但即使是"纲伦惨以喀斯德,法会盛于巴力门"或是"寰海惟倾毕士马"这一类别别扭扭的试验,对于千百年凝固的古典诗,也是一种骚动和冲击。

黄遵宪的贡献不同于此,他的确为原有格局的诗带来了新气息。使用的还是文言,但已有新鲜的题材和境界,所谓的旧瓶装新酒,已经给沉闷的古典诗歌以变革的激动。所作《今别离》四首,分别描写产业革命兴起的轮船、火车、照相以及科学知识等,终于把古典诗推到了新世界的前面,而与梁启超所批评的生硬搬用新词的现象截然不同。他的《今别离》其一咏轮船火车:

> 别肠转如轮,一刻既万周。眼见双轮驰,益增心中忧。古亦有山川,古亦有车舟。车舟载离别,行止犹自由。今日车与舟,并力生离愁。明知须臾景,不许稍绸缪。钟声一及时,顷刻不少留。虽有万钧柁,动如绕指柔。岂无打头风,亦不畏石尤。送者未及返,君在天尽头。望影倏不见,烟波杳悠悠。去矣一何速,归定留滞不?所愿君归时,快乘轻气球。

从这首诗看,不仅是题材的更新,引进了新时代科技发明所带来的新的机械和场景,它对中国诗的贡献最大的是现代人心理感受的引入。古代那种永恒的田园诗的境界消失了,诗中充溢现代人对于速度和节奏的惊奇感。"送者未及返,君在天尽头",这诗句与过去诗中那种缓慢而悠长的离愁,不啻是翻天覆地的变化。尽管还是旧日的诗体、诗形，但内质已起了变化。从那里,我们感受到现代人的心理和情趣,而不是古典的。这就是梁启超在《饮冰室诗话》倡导的那一种"革其精神"的试验。因为它在数千年使用的那只瓶子里,已经装进了一个速度和机械的酒,是"熔铸新理想以入旧风格"的实践。因此,一种更为广泛深刻的变革就变得不是那么遥远了。

诗界革命初期,夏曾佑、谭嗣同等以新名词入诗,其试验并不成功。黄遵宪与此不同,他从改革内容入手,进而对改革形式提出主张。他身体力行,作品甚多。有些作品已经透露出新语言的萌芽。他的诗当时拥有很多读者,人称"诗世界之哥伦布"。在旧诗将亡、新诗将出未出之时,这位诗人能够给旧格式以生命力,使它能够容纳新内容、新思想、新品质,是过渡时期的一种填补,同时,也开启了诗歌变革的先声。

从龚自珍到黄遵宪第一代诗人所展现的道路,是一条通往弃旧觅新的道路。中国传统诗艺根基顽固,诗界的积习也深。在这所尽管是已处于末世颓败的大厦里,想要掀动它的一片屋瓦,也会引发连绵不断的激动。何况意在动摇这座大厦根基的变革？

与以改良旧体容纳新内容为宗旨的"新派诗"试验的同时,中国诗坛上的维护传统力量也在集结。以陈三立、陈衍为代表的"同光体"是清代宋诗运动的延续。其他还有名目不同的拟古诗派,以及词方面的常州派等。它们是强大传统力量的汇流,是变革时代新旧力量较量中的一种自然而然的表现。"同光体"的出现是为了保古,想挽回宋诗运动的颓势。陈三立代表"生涩奥衍"一路诗风,主张避俗避熟、力求生涩。他们诗内容空泛,但又热衷于追求晦涩。还有一个陈衍,标榜"同光以来诗人不墨守盛唐者"却专事模仿宋诗,也写"阴奥謷牙"的诗篇。他们不讳言自己"爱艰深,薄平易"的追求,生硬用典,堆砌词汇,那些作品令人生畏。这还不止,还有王闿运,是一名著名的拟古家,他专事模拟汉魏六朝的诗文。也有一些诗人则模仿中晚唐诗风,跟随者也大有人在。常州诗派的活动也极一时之盛,他们的词也如那些古董诗派一样,并没能跳出旧有的窠臼。近代中国诗坛上的这种集结,说明了整个中国古典诗力量的顽健,尽管他们不断重复的弱点已经显示出无可挽回的衰落,但这种集结也仍然形成巨大的压力。

这些产生在晚清的诗歌现象乃是一种必然。中国诗歌已到了非要进行变革不可的境地。19世纪下半叶以后随着政治改良的要求而兴起的艺术改良的浪潮,足以使那些旧力量畏惧。但是不论是"新派诗",还是"诗界革命",除了引进一些新内容和改造一些旧境界以外,它们的确没有带来更大的震动。这些试验不能摇撼旧诗的根基的事实是极明显的。这样,随着戊戌维新的失败,本来就不曾形成力量的"诗界革命"也就很快地销声匿迹了。

三、南社的进步争取。
中国诗歌的期待。

清王朝消失的前夜,新的共和政体建立的前夜,中国诗界南社的活动是值得纪念的大事。南社是一个进步的文学社团,它是同盟会成立之后出现的。宁调元在《南社集序》中说明这个社团的缘起:"吾友高子纯剑、柳子亚卢等,既以诗词名海内,复创南社,以网罗当世骚人奇士之作,蔚为巨观。钟仪操南音,不忘本也。"南社成立于辛亥革命前二年,其成员著者如陈去病、高旭、柳亚子、苏曼殊、马君武、周实、宁调元等。柳亚子是其中创作最为丰富的诗人。他的创作时间跨度最大,直至当代,和毛泽东有过唱酬。

在清末民初,柳亚子和他的朋友们在南社的聚会,是被社会和诗歌的进步之召唤而来的。柳亚子在《胡寄尘诗序》中说:"余与同仁倡南社,思振唐音以斥伧楚,而尤重布衣之诗,以为不事王候,高尚其志,非肉食者所敢望。海内贤达,不非吾说,相与激清扬浊,赏奇析疑,其事颇乐。"在这篇文章中,他还揭露当时的复古诗潮甚炽的背景:"盖自一二罢官废吏,身见放逐,利禄之怀,耿耿勿忘。既不得逞,则涂饰章句,附庸风雅,造为艰深以文浅陋。"

最能体现柳亚子的进步文思的是他在《二十世纪大舞台发刊词》中的一番话,这的确是传达了本世纪最初的那一代中国知识分子的心灵声音:

> 张目四顾,山河如死;匪种之盘踞如故,国民之堕落如故;公德不修,团体无望;实力未充,空言何补;偌大中原,无好消息;牢落文人,中年万恨。

于是他选择文学、诗歌和戏剧,以为唤起民众的利器。当他发现了现代戏剧的实际功用时,心头有一种难以掩饰的欣喜:"南都乐部,独於黑暗世界,灼然放一线之光明,翠羽明珰,唤醒钧天之梦;清歌妙舞,招还祖国之魂;美洲三色之旗,其飘飘出现于梨园革命军乎?"

南社的诗歌贡献只限于进步思想的传达,和诗风部分地走向畅快明达,他们反对墨守陈规和循着前人的脚印走,但他们在促进中国诗歌现代化方面并没有做出独特的贡献。他们中的大部分,可以说都能写一手好诗,但这种诗也只是在旧有的制度之下的一些能够描写自己真性情的创造。从整体上说,南社并没有在促进古典诗歌的进一步衰落和在寻找解脱中国诗歌发展的困境方面有更多的推动。

但南社所召唤的社会和艺术的精神,无疑是这个时代的强音。公元1904年,柳亚子有一首名作《咏万福华义士》:

> 君权无上侠魂销,
> 荆聂芳踪黯不豪。
> 如此江山寥落甚,
> 有人呼起大风潮。

这四句诗,前两句传达失望情绪,后两句则是在寥落无边的大地上听到了一个声音。这声音是如此的让人激奋。这好像千万人的等待,等待着那一声呐喊,那一个勇敢的行动。这就是南社诗歌所代表的最基本的艺术精神。作为一种争取和企望,他们望着那黑沉沉的天边。等待着那一点微茫的星火。

康有为、梁启超一批维新主义者在精神上都和清末民初这些优秀的诗人保持了精神上的和谐。诗人和社会进步的争取者在暮气沉沉的世纪末都怀有一种青春振作的希望,他们有一种少年中国精神。梁启超写于1900年的《少年中国说》是这一精神的宣言书,这是20世纪第一个黎明的第一声呐喊:

> 日本人之称我中国也,一则曰老大帝国,再则曰老大帝国。是语也,盖袭译欧西人之言也。呜呼,我中国果其老大也呼?梁启超曰:恶,是何言!是何言!吾心目中有一少年中国在。
>
> 欲言国之老少,请先言人之老少。老年人常思既往,少年人常思将来。惟思既往也,故生留恋心;惟思将来也,故生希望心。惟留恋也,故保守;惟希望也,故进取。惟保守也,故永旧;惟进取也,故日新。惟思既往也,事事皆其所已经者,故惟知照例;惟思将来也,事事皆所未经者,故常敢破格。

大约快到一百年后我们重温这说在20世纪第一天的话,有一种既亲切又惊恐的感受。一百年将要过去,而一百年又仿佛没有动。那种对于老年心态的批判以及对于少年心态的礼赞,都仿佛是为今日而作。从那个时候起,中国人就开始了抗议和等待。他们在世纪的暮色之中寻求那一线光明,用一颗少年之心,也用一颗诗心。但显然困难重重,就在南社在南方集结、开始他们诗的交流和聚会之时,在北方,最保守的一批诗人也在集结。这些人普遍有一种失落感。他们想凭吊那已死的王朝但却是无可奈何的哀叹。

中国的诗显然在期待着什么。他们显然在期待那一声劈破层云的新雷。张维屏(1730—1859)的一首题为《新雷》的诗也许最能够表达这种期待:

> 造物无言却有情,
> 每于寒尽觉春生。
> 千红万紫安排著,
> 只待新雷第一声。

此诗作于道光四年,即 1824 年,是清王朝开始衰落的时代。现在已是 19 世纪的末叶,应该是寒尽春生的时节了。中国社会变革的雷声已在浓云深处滚动,中国的诗歌革命也在那时代的雷声中孕育。此后虽然尚有千辛万苦,但已迈出旧世纪门槛的中国诗歌,也就永远不会再迈回来。

四、新的知识阶层的诞生。
对传统文化产生离心力。

在清代后期,已经出现了一批了解世界甚至精通西文和西方文化的知识分子。进入民国之后,这种知识分子的队伍有了扩大。他们是一批盗火者,他们盗来的火将点燃东方社会的暗夜,他们也将给中国诗歌以光焰。随后的事实证明了这一点,在中国新诗的创造中,西方文化的采撷与借鉴成了一种不可忽视的驱动力。

变革诗歌的火花在新、旧知识分子之间,也在东西文化之间因冲撞而迸射。关于这一点《剑桥中国晚清史》有一段精彩的叙述,它着重分析了中国两种知识分子对待传统文化的态度:

>中国士大夫对自己的文化传统感到自满。对他们来说,这种传统是天地间知识的唯一源泉。它能提供指导人类心灵和社会活动的智慧和准则。因此,他们对自己的文化遗产十分自豪,对从过去延续下来的思想源流有一种特别强烈的意识。如果士大夫有时为自己和当局之间的关系感到烦恼的话,那么,他们之间的文化一体感倒却是不大会出现问题的。然而,当维新时代开始时,和西方文化的五十年接触已经大大开拓了许多受过教育的中国人的文化视野,同时使他们与自己的传统产生了疏远感。由于各种各样的文化信仰从外部纷纷涌进中国,中国的知识分子在现代世界中迷失了他们的精神方向。因此,在产生中国知识阶层的同时,其成员不但有了开拓的文化视野,而且还经受着怎样与自己文化打成一片这一深深令人苦恼的问题,而这个问题是过去士大夫闻所未闻的。

这是一段非常重要的论述。中国新型的知识分子终于站在了两种文化的前面,选择、依附、扬弃、承继、吸收、融汇、交流……他们空前地面临着困惑。但现在的事实是:这些人对传统文化产生了怀疑,它与这一文化母体产生了严重的离心力。这使他们陷入痛苦的深渊,但也因而激发了前所未有的批判精神和创造力。

第三章 重围的决战

一、从救亡到启蒙。伟大的诗体
解放。划时代的创举。

　　现在终于打开了中国诗史崭新的一页。这一页是与中国现代史的一次伟大的文化启蒙运动相联系而掀开的。当然,要把这种联系说清楚,也颇不容易,因为我们这里不进行社会历史的叙述,而且只是把社会历史事件作为一种缘起,因此论析的粗疏和不完备几乎就是先天的缺陷。

　　公元1919年5月4日这一天,中国爆发了著名的爱国运动。这次运动的起因是由于第一次世界大战结束的巴黎和会,中国作为战胜国参加了这次会议。和会拒绝了中国代表提出的取消帝国主义在华特权的七项希望条件和取消二十一条不平等条约的要求。从5月1日开始,国内各报报道了巴黎会议外交失败的消息,举国为之震动。5月3日晚,北京各大专学校学生在北京大学集会,决定次日在天安门前集会并举行游行示威。五四这一天,有三千多学生高呼"外争国权,内惩国贼"的口号通过天安门。接着是军警镇压、逮捕学生。

　　从上一个世纪开始的国势衰微,已经成了中国知识分子内心的隐痛。巴黎和会的外交羞辱成为一道强刺激,唤起了知识界普遍的救亡意识。救亡是一种缘起,结果引发了中国知识界深刻的文化反思。很快地由一个具体的事件把问题引向了更为深层的领域。青年学生的爱国抗议运动反帝反封建的新文化运动以及反对旧文学提倡新文学的新文学革命,就这样被5月4日这四个辉煌的字联系了起来,并造出了一个综合的效果。

这就启发了我们最初的思考:中国新文学运动的首页是由救亡意识和对于传统文化的反思开始书写的。因为由国势的衰危想到拯救这一危势的民众的愚钝,于是有了启蒙民智的动机。由启发民智而自然地想到文言文作为传播、运载工具所有的障碍,于是有了白话文运动的最初契机。白话文运动的源起和过程,胡适在《中国新文学大系·建设理论集》导言中有详细的叙说,其中一段话直接把白话文和民众启蒙结合起来:"当时也有一班远见的人,眼看国家危亡,必须唤起那最大多数的民众来共同担负这个救国的责任。他们知道民众不能不教育,而中国的古文古字是不配做教育民众的利器的。"于是想到了语言的改革。

胡适在1917年1月提出《文学改良刍议》八项中"不避俗语俗字"一项谈到文言不能适应的议论,并涉及白话的主张——当时他还没有像后来那样把白话文的提倡放到最显要的位置上来。在这篇纲领性的文献中,他回顾了中国文学中白话因素的演进后说:"以今世历史进化的眼光观之,则白话文学之为中国文学之正宗,又为将来文学必用之利器!可断言也。"同年五月,他在《历史的文学观念论》中再次重申:"今日之文学,当以白话文学为正宗。"陈独秀对此的态度表达得更为决绝,他的《答胡适之》一文中指出:

改良文学之声,已起于国中,赞成反对者各居其半。鄙意容纳异义,自由讨论,固为学术发达之原则;独至改良中国文学,当然白话为文学正宗之说,其是非甚明,必不容反对者有讨论之余地,必以吾辈所主张为绝对之是,而不容他人之匡正也。

胡适对陈独秀这番话的反应当然是极好的,他说:"这样武断的态度,真是一个老革命党的口气。我们一年多的文学讨论的结果,得着了这样一个坚强的革命家做宣传者做推行者,不久就成为一个有力的大运动了。"(《逼上梁山》)这些人在白话文主张上近乎"粗暴"的态度,基于他们对文体改革作用于文学革命至关重要的认识之上。胡适在《中国新文学大系·建设理论集》导言中用非常简练的表述,总结了文学革命的基本思想:

> 简单说来,我们的中心理论只有两个:一个是我们要建立一种"活的文学",一个是我们要建立一种"人的文学"。前一个理论是文字工具的革新,后一种是文学内容的革新。中国新文学运动的一切理论都可以在这两个中心思想里面。

过去长时期内,一种自认为是正确的观念把白话文的提倡和重视视为形式主义,这是非常武断的浅见。其实,要是没有运载工具的改变,一切的思想和内容的革新演进都无法到达普通的民众之中,更谈不上开掘民智等等了。谈到新诗之采用白话,其道理是和文学的白话文运动完全联系在一起的。1919年胡适把中国新诗革命的初步成果总结为是辛亥革命以来"八年来的一件大事"加以评述。他在《谈新诗》这一篇长文中着重论证了白话新诗的合理性:

> 这一次中国文学的革命运动,也是先要求语言文字和文体的解放。新文学的语言是白话的,新文学的文体是自由的,是不拘格律的。初看起来,这都是"文的形式"一方面的问题,算不得重要。却不知道形式和内容有密切的关系。形式上的束缚,使精神不能自由发展,使良好的内容不能充分表现。若想有一种新内容和新精神,不能不先打破那些束缚精神的枷锁镣铐。因此,中国近年的新诗运动可算是种"诗体的大解放"。因为有了这一层诗体的解放,所以丰

富的材料,精密的观察,高深的理想,复杂的感情,方才能跑到诗里去。

在前一章结束处我们谈到中国产生了新型知识分子,他们由于另一种文化传统的参照,使他们有可能对本土文化的保守性具有批判的眼光。就诗歌语言而论,对文言手段的放弃必须有足够的勇敢和智慧。采取白话写诗,当然意味与旧诗传统的决裂,最初萌发此念的是受到西方教育的一批留学生,在《文学改良刍议》发表之前,胡适和他的朋友们在美国已经有了充分的意见交流。要是没有对于古旧的中国文化的怀疑,中国诗歌的白话进程可能还要推迟很多时候。百年以来困扰中国诗歌的愁结,正是有了像胡适、陈独秀这样一批知识分子的觉醒方才得到彻底的释放。当然,最重要的动力,是来自批判旧文化、打倒旧道德的大的文化背景。但是,要是没有知识阶层的先进之士对于传统文化的警惕和怀疑,白话文的新诗的建设也很难成为事实。

中国诗歌从来都是用文言写作的,如今这个"从来都是"却成了问题。这里用得上鲁迅小说《狂人日记》里的一句"疯话":"从来如此。便对么?"从来如此,未必对。祖宗的成法,也未必对,特别是当社会发生危机的时候,人们普遍呼唤一种批判旧物、创造新物的精神,鲁迅说:

> 我们目下的当务之急,是:一要生存,二要温饱,三要发展。苟有阻碍这前途者,无论是古是今,是人是鬼,是《三坟》《五典》,百宋千元,天球河图,金人玉佛,祖传丸散,秘制膏丹,全都踏倒他。
>
> ——《鲁迅全集》第三卷,《忽然想到》

中国新诗的创立,便是在这样的氛围之中为了生存和发展而废弃文言找到了白话,从而彻底结束了19世纪中叶以来的徘徊,走上了建功立业的道路。

二、勇敢的"尝试"。新纪元艰难的一页。

白话的确立只是运载工具的认定,人们还不知道未来白话新诗的模样。在中国的诗歌思维中,古典诗歌的模式已是一种自然而然的惯性,这是新诗建设的大碍。文言的否定不等于新诗已经成型,传统诗歌的五、七言咏唱调子,以及一整套的规矩制度还是拉着新诗回到旧乡园的强大磁力。这就为新诗建设者带来无尽的艰难困苦。

由于最初建设新诗的一班人都有外国特别是西方文学和诗歌的知识和经验,当他们决心走出旧诗的窠臼,所能取法并皈依的,便是他们感到熟悉和亲近的外国诗。把这一点讲得最透彻的是梁实秋,他在《新诗的格调及其他》(《诗刊》创刊号)中说:

> 我一向以为新文学运动的最大的成因,便是外国文学的影响;新诗,实际就是中文写的外国诗。……外国文学的影响,是好的,我们该充分的欢迎它侵略到中国的诗坛。但是最早写新诗的几位,恐怕多半是无意识的接受外国文学的暗示,并不曾认清新诗的基本原理是要到外国文学里去找。

康白情在《新诗底我见》中也有一段新诗受外国影响的论述——

> 辛亥革命后,中国人底思想上去了一层束缚,染了一点自由,觉得一时代底工具只敷一时代应用,旧诗要破产了。同时日本、英格兰、美利加底"白话诗"输入中国。而中国底留学生也不免受他们底感化,看惯了满头珠翠,忽然遇一身缟素的衣裳;吃惯了浓甜肥腻,忽然得到了几片清苦的菜根,这是怎样的由惊喜而摹仿,由摹仿而创造。

朱自清也多次强调了新诗与外国诗的亲密关系。他认为对于新诗而言"最大的影响是外国的影响",并且引用胡适自认为他的新诗成立的纪元之作的《关不住了》却是一首译诗作为中国新诗与外国诗关系的"重要的例子"来印证。

梁实秋说的"暗示",揭示了当时一批接受外国文化和文学的知识分子受到彼岸影响、浸润并且自然地取法的状态。在中国的新文学运动中成为中坚的就是这一批接受西方文化的知识分子,他们因为有了一套明确的参照系,因而他们的认识和行动在当时都表现出相当的坚定。

新文化革命的堡垒《新青年》杂志,创刊于1915五年。它是当时国内新思想的产生和传播中心,自然也成了新诗革命的摇篮。早在五四运动爆发前二年,即1919年,出现了一件惊天动地的大事,这就是《新青年》杂志第二卷第六号刊登了胡适的白话诗八首。这八首是《朋友》、《赠朱经农》、《月三首》、《他》、《江上》、《孔丘》,都是用白话写的。但其中如《月》、《江上》等虽用的是白话,内容也有新意,但格式上仍有明显的五、七言旧诗的痕迹,还不是完全的新诗。值得注意的是《朋友》(此诗收入《尝试集》时改题《蝴蝶》)一诗括号里的附注以及它的排列方式:

朋友(此诗天怜为韵,还单为韵,故用西诗写法,
  高作一格以别之)
两个黄蝴蝶双双飞上天
  不知为什么一个忽飞还
剩下那一个孤单怪可怜
  也无心上天天上太孤单
        五年八月二十三日

此诗是新旧转换期的见证。以蝴蝶的聚会写友情,意趣情调是全新的。而且用的是白话,这的确显示了大的进步,但未用

标点所体现出来节奏感,依然是五言造出的韵调,天怜、还单互韵既有中国的痕迹,也有西体押韵规则的投射。特别是附注中:"故用西诗写法,高作一格以别之",由此证实了中国新诗草创期与西方诗歌的借鉴甚而模仿的关系。

胡适这八首都称不上是成熟的新诗,它们只是一个开始,难免带有旧时代的痕迹。正如后来胡适自己说的,他的早期作品"很像一个缠过脚后来放大了的妇人,回头看他一年一年放脚鞋样,虽然一年放大一年,年年的鞋样上总还带着缠脚时代的血腥气"。(《尝试集·四版自序》)但无论如何,在诗界第一个"吃螃蟹的人"毕竟有他超人的大胆。

从旧诗走到新诗,从用文言写诗到用白话写诗,这个过程充满了苦痛。而苦痛之极处还不是那些反对者的挑衅和攻击,尽管这种攻击是严重的和持久的,苦痛之极处在新诗人自身——他们受到旧诗的教育和熏陶,很多都是做过旧诗的,而且旧诗本身又是那么丰富的强大的存在,新诗人们始终难以甩掉我们在第一章开始提到的"阴影"。这"阴影"是持久的存在,大的是思维方式和审美习惯,小至旧腔旧调的积习,胡适把它称作"旧词调"的即是。他认为这种旧词调存在在很多的新诗人身上,他自己也不例外:

> 新体诗是中国诗自然趋势所必至的,不过加上了一种有意的鼓吹,使它于短时期内猝然实现,故表面上有诗界革命的神气。这种议论很可以从现有的新体诗寻出很多证据。我所知道的"新诗人",除了会稽周氏兄弟之外,大都是从旧式诗、词、曲里脱胎出来的。
> ——《谈新诗》,《中国新文学大系·建设理论集》

为摆脱这种"阴影"的纠缠,新诗人进行了针对自身的自觉和不自觉的清算。最清醒的还是胡适,他在《尝试集再版自序》

中介绍了自己这种"挣脱"的经历:从"很接近旧诗的诗变成很自由的新诗",直到他认为是"我的'新诗'的纪元"《关不住了》出现为止,他经历了许多苦痛的改造与觉醒。大抵许多人也都有这样的经历。

这种一往无前的创造以及对自身创造的适应与不断的改造自身,是新时代的新诗人们特有的品质。这种品质在与旧文化、旧文学难分难舍的旧诗人那里是很难产生的,因为那时并没有产生批判旧文化、建立新文化的自觉。从胡适的最初试验到沈尹默的《月夜》在1918年1月15日《新青年》第四卷第一号的发表:

> 霜风呼呼的吹着
> 　　月光明明的照着。
> 我和一株顶高的树并排立着,
> 　　却没有靠着。

短短的时间里事情却有了大变化,《月夜》已经是完全脱尽旧日残迹的新诗了。这不能不令人惊叹新诗发展的迅速。

此时离五四新文化运动的正式发端还有一年,但这样的诗已经预示了一个时代的开始。新诗正是以这样不暇旁顾的姿态,在守旧势力和自身束缚的重围中勇猛奋斗。它以自己的实践和进步,证实自己的价值。新诗人们以让人惊骇的速度进行这种创造,从而把初期的幼稚远远地抛在身后。难怪刘半农在数年之后(1932年)回顾往事有极大的感慨,他在《初期白话诗稿·序》中说:

> 这些稿子,都是我在一九一七年至一九一九年之间搜集起来的。当时所以搜集,只是为着好玩,并没有什么目的,更没有想到过了若干年后可以变成古董。然而到了现在,竟有些象起古董来了。那一个时期中的事,在我们身当

其境的人看去,似乎还近在眼前,至于年纪轻一点的人,有如一九一二年、一九一三年出世,而现在在高中或大学初年级读书的,就不免有些渺茫。这也无怪他们,正如甲午、戊戌、庚子诸大事故,都发生于我们出世以后的几年之中。我们现在回想,也不免有些渺茫。所以有一天,我看见陈衡哲女士,向她谈起要印这一部书稿,她说:那已是三代以上的事了,我们都是三代以上的人了。

不论新诗以怎样的速度向前推进,我们仍然高度评价那些拓荒者初期的功绩。胡适《尝试集》的写作和出版无疑是中国新诗史值得纪念的一件事。它是中国新诗的第一块碑石,记载着创业者的全部热情、智慧和艰辛,当然,也记载着当时的幼稚。谈论这部开天辟地的诗集,最需要理解的和吸取的,是它的"尝试"精神。胡适说:"我们决心试验白话诗,一半是朋友们一年多讨论的结果,一半也是我受的新实验主义哲学的影响。实验主义教训我们:一切学理都只是一种假设;必须要证实了(verified),然后才算是真理。证实的步骤,只是先把一个假设的理论的种种可能的结果都推想出来,然后想法子来试验这些结果是否适用,或是否能解决原来的问题。我的白话文学论不过是一个假设,这个假设的一部分(小说、词、曲等)已有历史的证实了;与余一部分(诗)还须等待实地试验的结果。我的白话诗的实地试验,不过是我的实验主义的一种应用。所以我的白话诗还没有写得几首,我的诗集已有了名字了,就叫做《尝试集》。"(《逼上梁山》,《中国新文学大系·建设理论集》)。《尝试集》于1920年3月由亚东图书馆出版,初版在两年之内销出一万册,后一再再版。在1922年的亚东四版中,《尝试集》用了两篇代序,代序一是《五年八月四日答任叔永》,其中胡适自谓——

自信颇能用白话作散文,但尚未能用之于韵文;私心颇欲以数年之力,实地练习之。倘数年之后,竟能用白话作文作诗,无不随心所欲,岂非一大快事?我此时练习白话韵文,颇似新辟一文学殖民地。可惜须单身匹马而往,不能多得同志结伴同行。然吾志已决。公等假我数年之期。倘此新国尽是沙碛不毛之地,则我或终归老于"文言诗国"亦未可知;倘幸而有成,则辟除荆棘之后,当开放门户,迎公等同来莅止耳!

钱玄同为初版《尝试集》作序,首先称赞作者"居然就采用俗语俗字,并且有通篇用白话做的。'知'了就'行',以身作则,做社会的先导。我对于适之这番举动,非常佩服,非常赞成。"胡适并没有如他当初设想那样孤单,他很快就获得了同志和支持者。白话新诗的事业,终于由于这批创业志士的"辟除荆棘"而具有一种雄视古今的气度。

诗界革命酝酿了很久,清末的那一次终于以无所成而告终。进入20世纪头一个十年,倡导的是实践精神,一扫过去的空谈习气,扎扎实实地一首一首去做,而后一步一步地向着理想的目标前进。这就是一种空前的"尝试"精神的魅力。于是这种不事空论也不怕失败的思想前提,终于有了新诗的第一块奠基石。胡适用求实的态度迎接了此书的再版,在再版自序中他再一次指出其中只有"老鸦"等十四篇是"白话新诗",其余虽有可读的"但不是真正的白话的新诗"。这话显示出他已把目标放在一个更为开阔的远方了。

三、广泛展开的试验。青春期的幻想和追求。

趁着大时代的雄风,中国的文化界和文学界投入巨大的热情破坏旧物、创造新物。新诗在这里充当了先锋的角色。中国新文学革命的组织者们当时也许并没有明晰地认识到他们为什么选择诗的批判与创造作为突破口的战略意义。但我们如今反顾历史,便发现这不论有意还是无意,都恰是那些先驱者伟大精明之处。在旧文学的堡垒中,诗是发展最充分的一个品类。千年以来的无数诗人的创作实践,造就了中国古典诗歌完备的艺术形式、丰富的表现手段和极稳定的一套艺术思维和运作方式。更为重要的是,这一整套的旧诗词系统,已经和中国知识分子的情趣习尚以及功名仕途紧密地联系在一起。要想冲破这一切,不仅要面对艺术的不可企及的完美的挑战,而且还要面对整个传统营垒的情感和风习的挑战。新诗这个毛头毛脚的丑小鸭,就是这样面对着数千年凝聚而成的艺术经典。说五四前驱者的伟大精明,就在于他们有这样的巨大勇气和魄力选择这一庞然大物作为攻击对象。这就是说,一旦新诗革命成功,则整个新文学革命的成功也就不在话下了。

正是在这样一种雄大目标的鼓舞下,中国新诗的一批实践的猛士,以百倍的认真和勇气,进行着这一史无前例的创造。这种创造的开始是扫除发展路上的障碍。围绕白话文和白话新诗的大论争,当然是首要的思想障碍的排除。也许随之而来的是艺术障碍,这就是胡适多次提到的当新诗人们用他们认定的白话来写作,而却在白话的字里行间屡屡出现"旧词调"。只有很少的人能够完全不受这种影响,而一些白话诗创造的中坚分子也很难摆脱这种无所不在的纠缠。在胡适的叙述中,认为"沈尹默君初作的新诗是从古乐府出来的","新潮社的几个新诗人——傅斯年、俞平伯、康白情——也都是从词曲里变化出来的,故他们初做的新诗,都带着词或曲的意味音节"。胡适对自己早期的创作也有评论:"我自己的新诗,词调很多,这是不用讳饰的。"(以上引文均见《谈新诗》)

所谓"旧词调",就是古典诗、词、曲的调子。在革新的白话诗中,出现这种调子,而且总是顽强地出现这种调子,它作为旧事物的阴魂的附着是让创新者极为不悦的。于是新诗革命进入艺术草创期的要务之一,便是扫除这种旧词调。胡适是其中最努力,也最严格的,他曾经引用自己早期试作的白话诗——

> 到如今,待双双登堂拜母,
> 只剩得荒草孤坟,斜阳楚楚,
> 最伤心,不堪重听,灯前人诉,阿母临终语!

两年后重读,他不禁感慨"如同隔世"。早期做白话诗的新诗人,大体都有很多这样的感慨和遗憾。《新青年》四卷一期(1918年1月15日)分别刊登胡适和沈尹默的两首同题诗《鸽子》和《人力车夫》,这大概是二人约定的进一步"尝试"的行动。这两首同题诗显示了胡适最初发表那八首白话新诗之后的前进。但依然体现出旧影响的痕迹,如胡适《鸽子》的"云淡天高,好一片晚秋天气"、"翻身映日,白羽衬青天",沈尹默《人力车夫》的"风吹薄冰,河水不流"等,都依稀可辨旧体诗的残迹。这一层旧意尽管很顽强地依附在新生的诗体中,但经过清醒的排除,还容易见效。而内容方面的创新则更为艰苦,例如这两首《人力车夫》所展示的思想,就没有超出古典诗中的体恤下民的旧人道思想的范围。

白话新诗从萌芽状态到完成自己的创造,即在旧诗的威慑之下建立起自己的形象,经过了众多参与者的大胆热情地探索试验而成果始现。初期白话诗经过艰苦奋斗而最终站稳脚跟的原因,诗人的执著追求固然是决定性的,但多半依赖于发表园地的支持和配合。在白话新诗创业初期最值得纪念的刊物,除《新青年》(1915年9月创刊)外,还有《新潮》(1919年1月创刊)、《星期评论》(1919年6月创刊)和《少年中国》(1919年7月创刊)。它们都是综合性的刊物,但都以大量篇幅支持新诗的探索。在这些刊物上发表诗作的诗人都留下了最初的幼稚的但却坚定的脚印,成为中国新诗历史的纪念。

新诗的试验与《新青年》《新潮》这样一些传播新思想的刊物诞生、发展相联系的事实,突出强调了新诗在推进新文化革命和新文学运动中的特殊地位,至少在那些思想前驱者的心目中,新诗是与他们的意愿和追求相一致的。中国白话新诗自胡适率先勇敢尝试之后,一时天下才俊之士毕集,大家纷纷都在这个带有革命意义的园地上耕耘。这时的创作心态是非常洒脱和自由的,众人一心都争着做各自的试验,以期能为这个新生婴儿的成长留下前进的纪念。冯文炳对五四初期新诗界的这种心态留有深刻的印象,他在《论新诗》《湖畔》一节中说:

> 据我的意见,最初的新诗集,在《尝试集》之后,康白情的《草儿》同湖畔诗社的一册《湖畔》具有历史意义。首先我要敬重那时他们做诗的"自由"。我说自由,是说他们做诗的态度,他们真是无所为而为的做诗了,他们可真是要怎么做便怎么做了。康白情还做过旧诗,以至他感觉要自由的写他的新诗,旧诗那一套把戏他自然而然的丢在脑后了,他反而从旧小说中取得文字的活泼,因此他有他的抒写的自由,好像他本来应该写那些新诗,只是好容易才让他写了。这一来便很见中国新诗运动的意义,真有人从这里得到解放,而且应该解放。

一种前所未有的思想和艺术的解放,促进着新诗人们进行前所未见的创造。坚决和彻底地甩掉旧诗的缠绕和羁绊,离它越远,越是不像人们以往崇尚的那种诗,就越是尝试的成功。这看来很是幼稚,但却是他们革命性的所在。那个时代的基本精神是自由,因为前所未有,于是也没有任何的限制、提倡和指导。冯文炳在这里称赞的便是此种自由精神和自由心态:他们要怎么写便怎么写。

在初期白话诗创作中,因为它的追求与五四的启蒙、救亡这两个主题基本相关,于是一旦白话诗出现了,有志之士便想用之于启蒙,一部分新诗人很快地用这个新诗体来表现民众的疾苦以及他们的同情心。前举胡适和沈尹默的《人力车夫》,还有刘半农的《相隔一层纸》、《车毯(拟车夫语)》,这些诗都出现在1918年的《新青年》,是新诗和当时的社会思潮相呼应的产物,也宣布了新诗成立之后这以艺术进行思想启蒙的尝试。俞平伯很早就把新诗和为人生的意图联系起来,他在《冬夜自序》中讲——

> 诗是为诗而存在的,艺术是为艺术而存在的,这话我一向怀疑。我们不去讨论、解决怎样做人的问题,反而哓哓争辩怎样做诗的问题,真是再傻不过的事。因为如真要彻底解决怎样做诗,我们就先得明白怎样做人。诗以人生底圆满而始于圆满,诗以人生底缺陷而终于缺陷。人生譬之是波浪,诗便是那船儿。诗底心便是人底心,诗底声音正是人底声音。

像俞平伯这样力求使诗和真实的人生相联系的主张,体现了五四初期的激情。以此为发端,中国新诗随后有一个长长的切及社会、面对人生的脉流。当然,激情的驱使也使一些诗歌满足于宣讲道理而忽视了诗歌的技巧和表现。梁实秋曾尖锐地批评康白情《草儿》中的一些诗,说:"《草儿》全集五十三首诗,只有一半算得是诗,其余一半算不得是诗。"他引用一些例子说明此种情况,其中《植树节杂诗》有句:

> 谁说颐和园不是我们的?
> 我们纵承认私有财产是对的,
> 难道不记得当年海军经费六千万支消在那里。

梁实秋说:"我们不能承认演说词是诗。"这一切也是自由的产儿。但毕竟,那些前驱者是在自由地开拓一个新天地。就康白情而言,却是瑕不掩瑜,他对新诗建设的贡献之大是很少有人可相比拟的,这,以后还将谈到。

那时有一个小诗运动,有几员新诗界的大将为之全力奋斗,后来写作的日多。这种形式的兴起从新诗革命的环境来说,是应了诗体解放的要求。旧的镣铐打破以后,诗就呈现出自身无拘束的自由天性,一些人生的感兴、内心的私语、景物的触动,都凭着那份天真烂漫率性为诗。在过去,诗是完整而堂皇的,如今却承认了这些心灵的碎片。这里面自有一种让人激动的动机,当然,这种体式也由于那时与外国诗歌的接触受到了启发,可以说是一种大胆的引进。周作人很早就写了一篇《论小诗》,论述了中国旧有的短诗现象,以及世界诗歌史上的现象,包括希腊、罗马、印度宗教短诗以及日本的俳句对中国小诗的影响。周作人显然是以五四前驱者的宽宏的胸怀和眼光肯定了小诗的勃兴:"这种小幅的描写,在画大堂山水的人看去,或者是觉得无聊也未可知,但是如上面说过,我们在日常生活中,随时随地都有感兴,自然便有适于写一地的景色、一时的情调的小诗之需要。"而且,他对小诗的肯定与支持是以新诗革命所展现的包容性为背景和前提,他对当时挑剔的批评家的回应是"我的意见以为最好任各人自由去做他自己的诗,做的好了,由个人的诗人成为国民的诗人,由一时的诗成为永久的诗,固然是最所希望的,即使不然,让个人发抒情思,满足自己的要求也是很好的事","做诗的人要做怎样的诗,什么形式,什么内容,什么方法,只能听他自己完全的自由,但有一个限制的条件,便是须用自己的话来写自己的情思"。

最后那一段话,可以看成是五四新诗初潮的灵魂。这个灵魂是奔放、自由而且非常博大的。至于小诗运动,除了周作人之后,当时还有几位全力以赴的猛将。其中一位便是冰心。她的

《春水》、《繁星》既是她自己青春期的纪念,也是五四新诗青春期的纪念。冰心回忆写这些诗的情景是从"零碎的思想"引起话题的。她在《冰心全集·自序》中说:"我写《繁星》,正如跋言中所说,因着看泰戈尔的《飞鸟集》,而仿用他的形式,来收集我零碎的思想。登出的前一夜,放园从电话里问我,'这是什么?'我很不好意思的,说'这是小杂感一类的东西……'"。她回顾自己的"立意做诗",是寄给《晨报》副刊的《可爱的》。她是分行写的,编者也分行登了,有趣的是编者却加了如下一段按语:

> 这篇小文,很饶诗趣,把它一行行地分写了,放在诗栏里,也没有不可(分写连写,本来无甚关系,是诗不是诗,须看文字的内容),好在我们分栏,只是分个大概,并不限定某栏必当登载怎样怎样一类的文字。杂感栏也曾登过些极饶诗趣的东西,那么,本栏与诗栏,不是今天才打通的。

这就是那个草创期的风格,思想极活泼,也有不拘一格的洒脱。只有在一个专注于创造新时代的大环境,才有如此这般的轻松和满不在乎。回到小诗的话题上来,冰心的那些来自女性内心的清隽灵动的碎片的闪光,正是1919年太阳反照出的奇观。请看看这位女性在大时代里拥有多么从容自由的内心私语,以及多么独立的艺术传达:

> 造物者——
> 　　倘若在永久的生命中
> 　　只容有一次极乐的应许。
> 我要至诚地求着:
> 　　"我在母亲的怀里,
> 　　母亲在小舟里,
> 　　小舟在月明的大海里。"
> ——《春水·第一〇五》

专注写这种小诗的还有宗白华。他著有《流云小诗》(1923年,亚东图书馆初版)说"白云流空,便是思想片片",也是在极宽释地状态中捕捉那点点滴滴的思绪。集前有序:"当月下的水莲还在轻睡的时候,东方的晨星已渐渐地醒了。我梦魂里的心灵?披了件辞藻的衣裳,踏着音乐的脚步,向我告辞去了。我低声说道:'不嫌早么?人们还在睡着呢!'他说:'黑夜的影将去了,人心里的黑夜也将去了!我愿乘着晨光,呼集清醒的灵魂,起来颂扬初生的太阳。'"在这样迎接新生太阳的年代,清醒的灵魂所从事的是极为壮丽的事业。然而,他们所使用的方式却是各不相同、而且也不求相同的。宗白华似乎从那时起,毕生就认定了从这一个角度、以这一种方式进行着他"颂扬初生的太阳"的伟业。现在来读他的《系住》,全诗只有两行:

那含羞伏案时回眸的一瞬,
永远地系住了我横流四海的放心。

极丰富的内涵,极精炼的表达,而且这短短诗行所启示的正是五四新诗运动以来不断拓展的宽广的诗歌天宇。这样的小诗所体现的思想的凝聚,艺术的精湛完善,告知人们,早期的创造太阳的人们,他们很快将会发现自己的太阳微茫。

当时写这类诗的人很多,所以能够说成是一个运动。其实聚集在杭州西子湖边的几位青春曼妙的歌者,汪静之、应修人、潘漠华、冯雪峰等"湖畔诗人",朱自清说他们"那时候差不多生活在诗里"。他们的很多诗都是这样的短歌的精品。许多新诗人都乐于亲近这样自由奔放的体式,他们在这里,散发了他们内心对于青春时代的渴望。也许正是小诗体式的这些灵动、活泼、完全的开放式,方才能够磁石一般吸引着那班新诗人的创造欲和表现欲。

"五四"开始后的大约十年间,是中国现代史上思想、文化艺术都十分活跃的时代。古老民族在千年的梦境中醒来,外界的强刺激使它眼花缭乱,大家仿佛都是那河道里闪光的水珠,竞相奔突冲向那思想解放的入海口。旧的约束已经解体,整个民族的肌体如同一团巨大的海绵,吸收着来自各方的新的思想的滋养。在诗歌界,情况也如此,大家不拥挤,各干各的,争先恐后一径奔向那碧蓝色的远方。正是这样,我们看到了众多有才华的诗人的出现。新诗所能承受的内容日渐丰富,它展现人生场景及情感世界日益扩展,诗歌体式日见繁复,而艺术表现的技艺也日臻成熟。

四、艺术的自觉之确立。
"真正的白话新诗"的诞生。

康白情在初期白话诗运动中是一位出色的战将,它不仅以有分量的新诗试验丰富了草创期的单调,而且也以热烈的投入使胡适等先驱者不感到寂寞的孤单。胡适回顾1918到1919年间新诗界不无安慰地说:"白话诗的试验室里的试验家渐渐多起来了。"康白情写于1920年的《新诗底我见》,至今为止还是中国新诗史上的最有分量的诗论之一。但康白情的价值显然还是体现在他的新诗创作中。

早期的白话诗运动大致经历了三个阶段的争取。首先是在,否定古典诗歌的前提下,确定用白话写诗的方向;其次即是在新诗创作中荡涤古典诗词残留的影响;再就是注意新的思想内容的引入,树立白话新诗的形象。那时全部的热情都投入于新诗雏形的奠定,难有余力考虑新诗如何获得有异于古典诗歌传统的表现手法等问题。在这样总体的忽略之中,康白情的诗给人带来新的兴奋——尽管前引梁实秋对《草儿》的批评是中肯的,他也难以完全摆脱那总的环境和氛围——他创作的新诗在艺术表现上提供了给人启发的东西。这不仅在当时,即使在今日,也有耐人回味之处。写于1919年的《草儿在前》的"草儿在前,鞭儿在后"以全新的语言和节奏,使新诗与旧诗划清了界限。过了一年写的《妇人》却较《草儿在前》有了更为引人注意的进步:

妇人骑一匹黑驴儿,
男子拿一根柳条儿,
还傍着一个破窑边的路上走。
小麦都种完了,
驴儿也犁苦了,
大家往外婆家里去玩玩罢。
驴儿在前,
男子在后。
……
前面一条小溪,
驴儿不过去了。
他们都望着笑了一笑。
好,驴儿不骑了;
柳条儿不要了;
男子的鞋儿脱了;
妇人在男子的背上了,
驴儿在妇人的手里了。
男子在前,
驴儿在后。

这成就属于新诗运动,它表明新诗的自立。这诗和古典诗歌相比,不仅是外观上的变死板为活泼,而是从整个的气氛中驱逐了那种把生命和生活僵硬化的处理,也彻底摧毁了程式化的艺术格局。在这样灵动自由的体式中装填进去饶有趣味的充满了生活情趣的动的场景,在两次男子和驴儿前后互换之中,我们仿佛听到了生活的笑声,尽管诗人对此未置一词。这体现出相当完熟的技巧。痖弦也十分欣赏这首诗,认为"最后一段的音乐性表现尤其可圈可点,有形象、有动势、有声音"。重要的是它通过这种新诗的自我完成向人们表示:新诗所能做的,是旧诗无法到达的。这证实了新诗独创的、无可替代的价值。

白话新诗作品的大量出现,是五四运动发起的那一年,这前后二三年间的进步是神速的。1919 年就有许多好作品出来。大家公认为标志新诗成熟的周作人的《小河》,也是这一年出现的。《小河》发表时周作人自己有一个小序:"有人问,我这诗是什么体,连自己也回答不出。法国波特莱尔提倡起来的散文诗,略略相像,不过他是用散文格式,现在却一行一行地分写了。内容大致仿那欧洲的俗歌;俗歌本来最要叶韵,现在却无韵。或者算不得诗,也未可知,但这是没有什么关系。"

> 一条小河,稳稳地向前流动。
> 经过的地方,两面全是乌黑的土,
> 生满了红的花,碧绿的叶,黄的实。
>
> 一个农夫背了锄来,在小河中间筑起一道堰,
> 下流干了;上流的水,被堰拦着,下来不得:
> 不得前进,又不能退回,水只在堰前乱转。
> 水要保它的生命。总须流动,便只在堰前乱转。
> 堰下的土,逐渐淘去,成了深潭。
> 水也不怨这堰——便只是想流动,
> 想同从前一般,稳稳地向前流动。
>
> 一旦农夫又来,土堰外筑起一道石堰。
> 土堰坍了;水冲着坚固的石堰,还只是乱转。

新诗已经能够处理如此复杂的景象和情绪，那小河要向前面去，"稳稳的向前流动"、"想同从前一般，稳稳的向前流动"，但是一道土偃，后来是一道石偃拦住了它的去路，于是，"水只在偃前乱转"、"便只在偃前乱转"、"水冲着坚固的石偃，还只是乱转"。这里有许多的层次，有许多的纠缠，但处理得很从容，那情绪的转换放弃了激烈的外在的激情式的表达，只更换几个字或更换一些背景便凸现出那种紧张、烦躁，那种压抑和抗议，但一切又都是在"不动声色"中达到的。这说明，在周作人这里，新诗已拥有自己的表现手段，它在从容不迫的、默默的探索之中完成了自己的创造。

胡适称赞《小河》是"新诗中的第一首杰作"，说"那样细密的观察，那样曲折的理想，决不是那旧式的诗体词调所能表达得出的"。（《谈新诗》）朱自清也说"小河长诗，便融景入情，融情入理"。

朱自清的所谓中国新诗中的"欧化一路"（《中国新文学大系·诗集·导言》），指的是新诗完全采取自己的语法、语汇和表达方式而从古典诗歌的传统中划分了出来。从胡适的《关不住了》——他认为的新纪元的建立，到周作人的《小河》的出现，可以认为是白话新诗新秩序从酝酿到建立的完整的过程。

新诗在短短几年之中经过了刘半农所说的"至少三代人以上"的奋斗。这奋斗是空前的艰苦。新诗这个"怪物"为旧文化和旧文学所不容，它的冲杀是在封建文化以及古典诗词的浓重阴影之下进行的。当社会的大多数人把它视为异端而缺少同情与援助的时候，那些前驱者的寂寞是巨大的。所幸这个孤单的局面不断有了改善。

我们似乎不应该忘记鲁迅，他是新诗革命的不事声色的支持者和参与者。他写的不多，但一写就是与旧诗决裂的全新姿态。他在《集外集·序言》中说到自己，"我其实是不喜欢做新诗的，——但也不喜欢做旧诗——只因为那时诗坛寂寞，所以打打边鼓,凑些热闹;待到称为诗人的一出现,就洗手不做了"。正是有鲁迅这样的"凑热闹"的人,以及更多地以不成熟的"尝试"奉献给这个伟大试验的人,当1919年的太阳升起的时候,新诗尝试已经是一个潮流涌动的场面了。周作人的《小河》就是在这个背景下出现的。它无疑是一块碑石。碑石上镌刻的是胡适所愿意看到的字样:"真正的白话新诗已经成立。"

第四章 女神们的创造日
——浪漫时代一

一、青春期的浪漫精神。
社会性的理想倾向

五四时代诗歌的"尝试"精神,只是事物的一个表象性的侧面。在尝试意愿之背后的,是一个垂亡民族的挣扎和求索。自从19世纪中叶开始的国运衰微,无数的志士为救国救民而前赴后继。进入新世纪后,中国知识分子普遍滋生了新世纪的使命感。他们希望把握20世纪到来的这个契机,使这个古老的民族获得一个机会。中国知识分子向着这个新生的太阳祈祷。心中之志发而为诗之更生的追求,大概也是受这一使命所驱使的。

本世纪的第一年,梁启超应世纪之召唤,在《清议报》发表《过渡时代论》。这可以看做是中国知识分子的20世纪宣言。梁启超认为中国当时正处在过渡时代。他认为的过渡时代的含义即进步、发展的时代,是就社会之停顿、后退相对而言的。他分析当时世界形势,认为欧洲各国经二百余年的过渡发展后,当时处于停顿时代。而中国则反之:"中国自数千年以来,皆停顿时代也,而今则过渡时代也。"他针对中国当时在世界的处境,说了如下一段话:

> 中国自数千年来,常立于一定之易之域,寸地不进,跬步不移,未尝知过渡之为何状也。虽然为五大洋惊涛骇浪之所冲击,为19纪狂飙飞沙之所驱突,于是穷古以来,祖

宗遗传深顽厚锢之根据地遂渐渐摧落失陷,而全国民族亦遂不得不经营惨淡跋涉辛苦相率而就于过渡之道。故今日中国之现状,实如驾一扁舟,初离海岸线,而放于中流,即俗语所谓两头不到岸之时也。语其大者,则:人民既愤独夫民贼愚民专制之政,而未能组织新政体以代之,是政治上之过渡时代也;士子既鄙考据词章庸恶陋劣之学,而未能开辟新学界以代之,是学问上之过渡时代也;社会既厌三纲压抑繁文缛节之俗,而未能研究新道德以代之,是理想风俗上之过渡时代也。

——《清议报》第82期,1901年,
见《清议报全编》第一册

中国自从清代末季的衰颓——那次是由于封建保守势力对于呼唤变革的维新力量的残酷镇压,导致全民族的颓废悲观,其间也有诸多的刺激,而中国民众中的觉醒者始终在孕育着一种新的抗争,这一长时期的准备终以五四的救亡运动——新文化运动的出现而点燃了火种。

这是一个重新燃起希望之火的年代,这时代充满了幻想,充满了求索精神。谈到新诗,它在五四新文学运动乃至整个新文化革命中的位置是一种先锋的角色。它不是一般的文体革命,它的文体革命的目的,是服从于整体的时代追求之目标的。因此,作为一种新文体,即中国白话新诗的诞生,它本身所肩负的使命比诗这一品种所应当承担的重得多。这就是说,白话新诗到周作人提供的《小河》的完备状态还不是求索的结束,而只是一个开始,即白话新诗自立之后(和旧诗决裂的自立)它应当真正地往肩头上压一些重量了,这重量究竟是什么?这需要我们进行有效的论析。

五四运动所体现的时代品质是重新开始幻想和争取。它以决绝的态度批判旧文化、旧道德和旧文学,目的就在于它有一种肯定和憧憬的对象。至于这对象在哪里,那是不及计的。那是一个真正的思想饥饿的时代,人们的胃口极好,有什么新鲜的食物尽可以往胃里装。因此中国思想界、文化界、文学界展现出一种空前的活泼精神。那是本世纪第一次伟大的思想解放的时代。各种各样的思想和主张,来自各个派别的哲学、文化、思想和自然科学的知识,都被这些在黑屋子里锁了数千年的人们几乎不加咀嚼地囫囵吞了下去。这种强烈的饥不择食状态的求知欲,基于寻求一种疗救中国的药方的热诚的动机。热情和渴望、幻想和憧憬,支配了那一代人的全身心。

陈独秀在1920年撰写的《新文化运动是什么》一文中提倡一种创造精神:"新文化运动要注意创造精神,创造就是进化,世界上不断的进化只是不断的创造,离开创造便没有进化了。我们不但对于旧文化不满足,对于新文化也要不满足才好;不但对于东方文化不满足,对于西洋文化也要不满足才好,不满足才有创造的余地。我们尽可以前无古人,却不可后无来者;我们固然希望胜过我们的父亲,我们更希望我们不如我们的儿子。"(《新青年》7卷5页)从梁启超呼唤的过渡时代,到陈独秀倡导的创造精神,都显示了本世纪最初一道太阳的光芒投射下来时,中国思想文化界的憧憬追求精神。

白话新诗为五四新文化运动做出了开创性的贡献。它自身也在这种勇敢的冲刺下获得了成功。新诗革命达到了它预定的目标:它与旧诗划清了界线;白话写诗已成定局;白话终于代替文言成为诗的基本的语言方式;一定的自成系统的表达方式和运作技巧的形成;更多的现代的、复杂的思想、情感、情绪的进入新诗,等等。这些成就是伟大的,但与这个时代的承受与负重相比,却是远未到达的。

当新诗完成它的"尝试"阶段,进入较为正常的创作运转之时,一个实力雄厚的文学社团文学研究会于1921年1月在北京宣告成立。文学研究会包容了当时在新诗创作方面最有成就的一批诗人,如周作人、郑振铎、王统照、叶绍钧、郭绍虞、俞平伯、朱自清、徐玉诺、冰心、刘大白、刘半农、梁宗岱等。这个社团在它成立的宣言中明确宣布"将文艺当做高兴时的游戏或失意时的消遣的时候,现在已经过去了。我们相信文学是一种工作,而且是于人生很切要的一种工作;治文学的人也当以这事为他终生的事业,正同劳动一样"。(《小说月报》12卷1期)它把《新青年》和新潮社在五四初期发出的"为人生"的文学初潮推向一个更为明确的现实意义提倡的境界上来。

文学研究社中的一批诗人的作品以"小诗运动"的形式为五四新诗的初立掀起了一个阶段的高潮。小诗大抵以人生的零碎感兴为题材,把这些感兴表现得轻松、随意、自然,留给人以隽永的回旋。一些篇幅略大的新诗,大抵也是围绕当时从旧思想牢笼中初获解放的中国知识者的个人思绪,展开一些人生的感悟为内容。除了一些有志于再现社会底层劳苦情状的新诗,大体总是这类知识者苦闷孤寂的内心展示。郑振铎的《灯光》写于1919年,是文学研究会诗人作品的具有典型意义的一首:

> 深秋中夜,黑云四罩。风吹落叶,萧萧作响。一个人提着灯,在荒野中寻路迈往。
> 灯光四射,融和光朗;照着前途明白。
> 但他总觉得孤单单的;有无限的凄凉、感伤、无限的恐慌。
> 好了!前面有几个人的声响了!
> 他极力地向前,想把他们追上;
> 他叫他们,想同他们共享这个灯光,共向前迈往。
> 但他们都不理他,仍旧在黑暗的荒野当中乱闯,他们嫌他的灯光耀眼,
> 叫他远远的离开,不许加入他们的党。
> 近!近!近!他看见前面是一片河荡。

他就大声的叫道："朋友！朋友！不可再前往！
　　你们快跟着灯光来,我愿意做你们探路的拐杖。"
　　但等了好久,没有一点回响。
　　黑云四罩,寒风萧萧;
　　他还是孤孤零零的一个人,挟着无限的凄凉、感伤,向前迈往。

　　这诗表现的是当时的一种现实,当时的觉醒的知识分子感到的是一种孤单的悲凉的现实。广大的社会民众不理解并拒绝那灯火的引导,于是提灯者仍只是在荒野中独自行进。这种寂寞的现实是许多人都感到的,鲁迅的孤独感也与此相类。

　　但五四时代唤醒的显然不只是那一盏孤独的不被理解的灯,显然不只是那微弱的灯火所照见的提灯人的悲凉的现实感受,那时代呼唤更大的光和更炽的热。于是,在新诗获得初步的成功的时候,却同时感到了怅然若失。一种匮缺感与收获同时萌生。的确,新诗运动最早造出的声音,在五四那时代大潮的震撼之下是显得微弱了。本世纪初叶梁启超对于中国将要进入"过渡时代"的渴望,以及五四开始后陈独秀对于创造精神的强调,显然要求于新诗的,超出了那一派"为人生"的祈愿。冯至写于1923年的《狂风中》,把这种由个人苦闷的传达和对于更大的期望的过渡表现得非常明晰:

　　　　愿有一位女神,
　　　　把快要毁灭的星球,
　　　　一瓢瓢,用天河的水,
　　　　另洗出一种光明!

二、凤凰再生的呼唤。
20世纪时代精神的宣泄。

创造光明的缪斯已经降临,这正是五四的时代对于切合时代思想精神的新诗召唤的结果。中国新诗初期的浪漫激情历史性地落到了另一批新诗人身上。这就是朱自清所描写的"一支异军突起于日本留学生界中"以郭沫若为代表的创造者一群。郭沫若把一些狂放不羁的形象,推到了中国读者面前,这在当时尝试期的论战趋于平静的诗坛,无疑是一阵狂风的袭击。

1920年当时在日本留学的郭沫若把《凤凰涅槃》寄给正在编《学灯》的宗白华。宗白华接到诗后,当即写信给郭沫若说:"你的诗意境偏于雄放直率方面,宜于做雄浑的大诗,所以我又盼望你多做像凰歌一类的大诗,这类新诗国内能者甚少,你将以此见长。"(《三叶集》,第27页)同时,田汉也读到了此诗。他给郭沫若信说:"你的《凤凰涅槃》的长诗,我读过了。你说你现在很想真能如凤凰一般把你现有的形骸烧毁了去,唱着哀哀切切的挽歌烧毁了去,从冷静的灰里,再生出个'你'来吗?好极了,这次不会是幻想。因为无论何人,只要他发出了一个'更生'自己的宏愿,造物是不能不答应他的。"(《三叶集》,第32页)

在当时那个"小诗"的海洋中——这包括经过初期白话诗的锻、炼之后以清新精致的方式表现出对人生各种景物场面生动兴味的诗——郭沫若所代表的这一支"异军"所展现的特色,真是让人耳目一新的感受。宗白华可谓是慧眼识英雄。他用"大诗"、"雄放直率"和"雄浑"等词汇来概括《凤凰涅槃》给他的最初印象,可以说,展现了这位当时的诗人后来成为美学家的审美敏锐。它是以"大诗"兀立于"小诗"群中造出了一派雄浑的气势,它又以"雄放直率"的锐利驱入当日的婉转清新的艺术世界,从而激活了有些慵懒的诗坛。宗白华对郭沫若初显诗风所作的确当表述,正体现了五四精神所召唤的那种与时代相和谐的气度。

这个时期,郭沫若诗创作最具有代表性的作品是诗剧《女神之再生》和长诗《凤凰涅槃》。二诗均取材于古代的神话传说,都是创造和再生的主题。《女神之再生》诗前引歌德《浮士德》结章诗句"永恒之女性,领导我们走"。他把这位女神放置在中国的上古时代,背景是共工与颛顼互相杀伐、尸横遍地的不周山战场。那些女神唱着"我要去创造些新的光明,不能再在这壁龛之中作神"的诗句,走下了神龛。面对着人间的纷争与酷斗,她们终于在雷电过后的黑暗中感受到"新鲜的暖意"而再生。还有《凤凰涅槃》是凤凰"集香木自焚,复从死灰中更生,鲜美异常,不再死"的故事。

实际的人生和现实的事件已经不够装载诗人的内心激情,受到现实以外精神企求的驱使,而转向神话世界寻找题材,这说明与当时那种为人生的务实诗风相比,有了一种更为超脱和更为抽象的审美追求。闻一多在评论郭沫若的《女神》时首先肯定《女神》体现的新的时代精神——"若讲新诗,郭沫若君的诗才配称新呢,不独艺术上他的作品与旧诗词相去最远,最要紧的是他的精神完全是时代的精神——20世纪底时代的精神"。(《女神之时代精神》)他从几个方面论《女神》的这种 20 世纪的时代精神:20 世纪的动的精神、反抗的精神、科学的精神,这种精神与五四以后中国青年的苦闷、郁结的心态是一种强烈的召唤:

"五四"后之中国青年,他们的烦恼悲哀真像火一样烧着,潮一样涌着,他们觉得这"冷酷如铁","黑暗如漆","腥秽如血"的宇宙一秒钟也羁留不得了。他们厌这世界,也厌他们自己。于是急躁者归于自杀,忍耐者力图革新。革新者又觉得意志总敌不住冲动,则抖擞起来,又跌倒下去了。但是他们太溺爱生活了,爱它的甜处,也爱它的辣处。他们决不肯逃脱,也不肯降服。他们的心里只塞满了叫不出的苦,喊不尽的哀。他们的心快塞破了,忽地一个人用海涛底音调,雷庭底声响替他们全盘唱了出来了。这个人便是郭沫若君,他所唱的就是《女神》。

——《女神之时代精神》,《闻一多全集》3卷第357页

《女神》体现了当时青年摆脱五四低潮期的那种失望情绪,但它提供的内涵的深度却远非作为苦闷的宣泄所能概括的。《女神》无疑较之它以前出现的所有白话新诗的成功之作都更能体现那个时代的基本精神。从这一点上看,它可以当之无愧地是中国新诗与时代取得共振也最具权威性的代表作。闻一多指出的动的精神与反抗的精神是颇为精当的看法。20世纪的工业革命所带来的世界性巨变,使整个地球被钢铁的震荡和汽笛的轰鸣所充斥,但新诗在它草创期所创造的意境却依然是一片脱离时代脉动的宁静。郭沫若的声音带来了骚动和嘈杂,这在当日是具有异端性质的:新诗不仅应当逐尽它与古典诗认同的旧词调,而且可以是《女神》这样的大喊大叫。在那里,我们听到那勇敢地对现实的怀疑精神,它对世界的质问几乎是不妥协的穷根刨底。这是《凤凰涅槃》中的凤歌——

> 宇宙呀,宇宙,
> 你为什么存在?
> 你自从那里来?
> 你坐在哪儿在?
> 你是个有限大的空球?
> 你是个无限大的整块?
> 你若是有限大的空球,
> 那拥抱着你的空间
> 他从哪儿来?
> 你的外边还有些什么存在?

> 你若是无限大的整块,
> 这被你拥抱着的空间
> 他从哪儿来?
> 你的当中为什么又有生命存在?
> 你到底还是个有生命的交流?
> 你到底还是个无生命的机械?

这里我们看到了《天问》式的浪漫情调,这种大视野和大胸襟在当时诗创作界几乎是绝无仅有的。在这些诘问的背后,有现实的苦难、历史的隐痛、心灵的彷徨,但却非如实抒写咏唱,而是对这个宇宙的存在提出根本的质问,这就从流行的那样就事论事的风气向前大大地推进了。那是个科学精神萌醒的时代。这种问话是以对于自然科学的谙知为基础而发出的,这种科学精神,正是五四运动作为两大精神支柱的科学民主的诗意的升华。

重要的是这种对于现有一切的怀疑,它体现着极大的反抗精神。在《女神》所及之处,可以看到彻底的和决绝的反叛,而不存在丝毫的妥协。在《女神之再生》中,一场恶战过后,黑暗中传出的女性的声音:

> ——破了的天体怎么处置呀?
> ——再去炼些五色彩石来补好他罢?
> ——那样五色的东西此后莫中用了!
> 我们尽他破坏不用再补他了!
> 待我们新造的太阳出来,
> 要照彻天内的世界,天外的世界!

不是补天,而是重造。而这样重造还是通过对旧的否定和更新达到的。在《凤凰涅槃》中新的生命是在对旧的生命的毁灭之后重铸的。当旧日的悲哀、烦恼、寂寥、衰败在熊熊火光中化为灰烬、新鲜、净朗、华美、芬芳、热诚、挚爱、欢乐、和谐、生动、自由、雄浑、悠久,总之所祈愿的一切便获得了永生。全诗的最后宛若贝多芬的第九交响乐的欢乐颂歌唱着这战胜死亡之后的再生。《三叶集》中三人通信时曾强调凤凰的自焚是个人的自我否定之后的新生。而更为重要的则是对于诗人所认为的屠场、囚牢、坟墓、地狱的焚毁,即他身处其间的"阴秽的世界"的反抗和否定。

郭沫若把自己这一类诗叫做"男性的粗暴的诗",这种粗暴一扫当日的温柔、宛转、细腻,把大时代的雄浑气势鲜明呈现了出来。郭沫若回忆自己写《凤凰涅槃》时的情景是一种"神经性发作"的写作状态:

> 《凤凰涅槃》那首长诗是在一天之中分成两个时期写出来的。上半天在学校的课堂里听讲的时候,突然有诗意袭来,便在抄本上东鳞西爪地写出了那诗的前半。在晚上行将就寝的时候,诗的后半的意趣又袭来了,伏在枕上用着铅笔只是火速的写,全身都有点作寒作冷,连牙关都在打战。就那样把那首奇怪的诗也写了出来。那诗是在象征着中国的再生,同时也是我自己的再生。
> ——《我的作诗的经过》,《沫若文集》第11卷

这是诗人的全身的投入的状态。这种受到理想化的憧憬的冲动所体现出来的发狂的状态,是与当日青年对于中国的改造与更生的思考、实践密切相关的。郭沫若说:"在1919、1920年之交,那种发作时时在袭击我。一来袭击,我便和扶着乩笔的人一样,写起诗来。有时连写也写不赢。但这种发作期不久也就消失了。"(同上引,《我的作诗的经过》)郭沫若自己的话证实了他的灵感是与那个特定时代相联系的。在此文的有一处,他把这种联系表达得更为明确:"我自己本来是喜欢冲淡的人,譬如

陶诗颇合我的口味……然而在'五四'之后我却一时性地爆发了起来,真是像火山一样爆发了起来。这在别人看来颇嫌其暴,但在我是深有意义的,我在希望着那样的爆发再来。"

五四新诗终于通过《女神》找到了它与时代大潮的契合处。《女神》造出的声音是希望时代的应有之音。这个充满幻想的时代,终于以这样粗暴、雄浑、奔放的激扬文字以大喊大叫的方式得到诗意的传达。现在回想闻一多讲的"郭沫若君的诗才配称新呢"的话,便可觉出闻一多体察诗歌与时代关系之间的谐和、认同的深刻性来。

三、火山爆发式的情感。狂飙突进精神。

郭沫若的《女神》所体现的思想艺术精神,再加上他的创造所受到的歌德的影响,使人想起20世纪德国狂飙运动来。这个运动"赞扬自然和个人主义,力图推翻启蒙运动所崇尚的理性主义"。作为德国浪漫主义的早期阶段,它产生于对法国古典主义趣味的支配地位的日益不满。中国新诗初期萌芽的浪漫主义激情,也如中国新诗也取法了西洋诗的模式一样,它也是一种方式的取法。其根源也在于中国自身。经过辛亥革命的冲动,幻想失败之后,为悲哀所浸透的现实由于五四时代的触发,产生了前所未有的救国救民的宏愿。这种心声在白话诗初期因没能找到适当形式的表达而受到抑制。郭沫若的创作实践为五四新诗之真正与时代精神的契合提供了理想的范式,歌德式的狂飙精神,惠特曼式的自由奔放体式,火山爆发式的内在情感,以及"神经性发作"的癫狂的创作状态,再加上他从中国传统神话史籍那里借用的恰当的题材,综合成了雄浑的《女神》式的"大诗"。

也许最能体现郭沫若这种溶解了新时代激情而以自我表现为中心的浪漫主义狂想的,是他那首著名的《天狗》。它的创造稍后于《凤凰涅槃》(《凤凰涅槃》作于1920年1月20日,《天狗》

则是同年 2 月初所作),却比前者更为直率,更为粗暴,更为奇狂。我们从他的无顾忌的叫喊中,感到从未有过的痛快,特别是自我扩张的反叛的情绪——

  我是一条天狗呀!
  我把月来吞了,
  我把日来吞了,
  我把一切的星球来吞了,
  我把全宇宙来吞了。
  我便是我了!

  我是月底光,
  我是日底光,
  我是一切星球底光,
  我是 X 光线底光,
  我是全宇宙底 Energy 底总量!

  我飞奔,
  我狂叫,
  我燃烧。
  我如烈火一样地燃烧!
  我如大海一样地狂叫!
  我如电气一样地飞跑!
  我飞跑,
  我飞跑,
  我飞跑,
  我剥我的皮,
  我食我的肉,
  我吸我的血,

我啮我的心肝，
　　我在我神经上飞跑，
　　我在我脊髓上飞跑，
　　我在我脑筋上飞跑。
　　我便是我呀！
　　我的我要爆了！

　　"五四"是一个狂飙突进的大时代。这个时代最重要的标志便是知识阶层中自我意识的觉醒。五四新文学运动的两大思想支柱的活的文学和人的文学的争取中，人的文学的倡导是以这种每一个个体的人的自我的发现和肯定为前提的。但早期新诗的成功之作中却没能实现这样完全新型的自我情绪。在那些诗篇中，自我是隐藏的甚至是萎靡的。到了这个狂叫和燃烧的天狗的出现，我们才第一次感到了自身的能量可以有如此惊人的释放。它的艺术处理方式也让人吃惊，这就是几乎看不出任何艺术处理的考虑，犹如一道狂奔的急水，不顾一切地径直冲决而下。天狗是思想解放的自我，这个我又是无所不在的，当它在神经及脊髓上飞跑的时候，它并不是一个实在的和具形的东西，而是一种反抗和自我确认的情绪的表达。

　　当然，郭沫若抓住的只是那么一种不可抑制的激情，它来自那个时代和社会的实际，但却显得空泛，并不能黏着于现实人生的血污和泪痕。这正是浪漫主义者对待世界的方式，它不可能解决什么，他的责任只在传达那情绪。

　　郭沫若坚信自己的追求，他不满足于只是单枪匹马的奔突。他开始纠集自己的同道。创造社于1921年7月宣告成立。据郭沫若自述，创造社应以1922年5月1日《创造季刊》的出版为纪元。创造社的主要成员如郭沫若、郁达夫、成仿吾、田汉，五四爆发时均在日本留学，"对于《新青年》时代的文学革命运动都不曾直接参加，和那时代的一批启蒙家如陈、胡、刘、钱、周都没有师生或朋友关系"。他们是新的一群。因此,他们能够从一个新的侧面以自己独特的方式介入这个运动。"他们的运动在文学革命爆发期中又算到了第二阶段。前一期的陈、胡、刘、钱、周主要在向旧文学的进攻,这一期的郭、郁、成却主要在向新文学的建设,他们以'创造'为标语,便可以知道他们的运动的精神。"(郭沫若《创造社的回顾》,《中国现代出版史料》甲编)

闻一多说的真正新的诗,印证了郭沫若自述回顾的那些话。从胡适的《关不住了》到周作人的《小河》,只是白话新诗从孕育到诞生,站起来蹒跚学步的一个过程。新诗的真面目,它的自我形象的塑造和建立,应当推衍到《女神》的出现。郭说的他们"主要在向新文学的建设"、创造社的创造精神,通过郭沫若的诗,郁达夫的小说,成仿吾的理论批评,田汉的戏剧,展现了中国新文学运动的走向自立的大趋势。1922年《创造季刊》1卷1期刊出郭沫若的《创造者》。他列举中国诗史的光辉篇页以及作《吠陀》的印度古诗人,作《神曲》的但丁,作《失乐园》的弥尔顿,作《浮士德》的歌德,把他们的创造精神誉为"永不磨灭的太阳"。最后他唱道:"我要高赞这最初的婴儿,我要高赞这开辟鸿蒙的大我。"1923年《创造季刊》2卷1期刊出郭沫若《我们的花园》,仍然热烈礼赞作为"我们的花园"的创造精神。这种精神将战胜风霜雨雪,相信那不过是"日出之前的焰火"——"我们相信永远的阳春会有来时,我们愿把Muses之神永远留伴给你"。

至此为止,我们在创造一群的激昂之声中依然看不出他们所理想、所追求的实际和具体的内涵。他们所冀祈的"永远的阳春"也许指的是社会的具体改造以臻于完好的愿望,但通过什么去达到,依然是空泛而漫无边际的。只是一点很具体,那就是"muses之神",要这可以认为是诗人再三强调他们要"创造"的"新鲜的太阳",那么,我们通过《女神》等系列诗篇已经感受到那太阳的灼烈光焰了。

《创造周报》于1923年出版。郭沫若为该报创刊号写《创世工程之第七日》,再次宣示他们一群的创造愿望:"上帝,我们是不甘于这样缺陷充满的人生,我们是要重新创造我们的自我。我们的自我创造的工程,便从你贪懒好闲的第七天上做起。"从上帝收工之后继续那不完美的创造工程,这便是创造社一群坚持不懈的追求。需要注意的是郭沫若从《女神之再生》《凤凰涅槃》直至现在,不论他说的是"创造""再生",除了指充满缺陷的人生、社会之外,还有完全不可忽视的自我再生,如这里讲的"重新创造我们的自我"。

要是拿创造社的一系列言论行动和文学研究会相对照,二者的判然有别是无可讳言的。五四时期,人们习惯于把文学研究会视为"为人生"的一派,而创造社则是"为艺术"的一派。从创造社的集合来看,的确也有不满当时那种不讲究艺术表现以及粗糙的作风的动机在。但创造社主要人员所表现的在一定程度上让情感掩盖艺术的倾向也时有表现,故此种划分是不甚准确的。关于这一点郑伯奇有过较为充分的辩证。他在《中国新文学大系·小说三集·导言》中首先论析创造社主要成员的作品"都显示出他们对时代和社会的热烈关心","所谓'象牙之塔'一点儿没有给他们准备着。他们依然是在社会的桎梏之呻吟着的'时代儿'"。郑伯奇引用成仿吾《新文学的使命》一文的某些论点,以为这些论点有可能造成误解。成仿吾这样说:艺术派"以为文学自有它内在的意义,不能常把他打在功利主义的算盘里,他的对象不论是美的追求或者极端的享乐,我们专程去追从他;总不是叫我们后悔无益之事。……艺术派的主张不必皆对,然而至少总有一部分的真理"。这段话似乎有一点艺术至上的意味,创造社的一些人的创作也或多或少有些艺术至上的表现,但是创造社并不是反功利的,相反,甚至他的功利目的较文学研究会更为激进。上述成仿吾那些话旨在反对当时的粗制滥造,而并不说明他们完全归属于艺术至上主义。

文学研究会是写实主义的一派,而创造社作为浪漫主义的倾向一派这一判断是接近事实的。尽管创造社成立之初宣称他们"没有划一的主义"但他们自述"我们所同的,只是本着我们内心的要求,从事于文艺的活动罢了"。"内心的要求"至少可以说明这群人的创作态度。郑伯奇在上述那篇导言中论证了创造社与浪漫主义产生关联的种种原因——

> 创造社的作家倾向到浪漫主义和这一系列的思想并不是没有缘故的。第一,他们都是在外国住得很久,对于外国的(资本主义的)缺点和中国的(次殖民地的)伤痛都看得比较清楚;他们感受到两种痛苦。对于现社会发生厌倦憎恶。而国内国外所加给他们的重重压迫只坚强了他们反抗的心情。第二,因为他们在国外住得很久,对于祖国便常生起一种怀乡病,而回国以后的种种失望,更使他们感到空虚。未回国以前,他们是悲哀怀念;既回国以后,他们又变成悲愤激越;便是这个道理。第三,因为他们在国外住得长久,当时外国流行的思想自然会影响到他们。哲学上,理知主义的破产;文学上,自然主义的失败,这也使他们走了反理知主义的浪漫主义道路上去。
>
> ——郑伯奇:《中国新文学大系·小说三集·导言》

这些话至少可以证实,以郭沫若为代表的一批人,他们作品所体现出来的失常的"疯狂"的原因。

由此我们可以得到结论,创造社一群在中国文坛的崛起,是响应了大时代的召唤,他们以实际的行动和文学创造的业绩补偿了新诗运动最初的缺憾。他们的声音——特别是郭沫若的声音以震动的效果传达出五四狂飙突进的时代精神,那种火山爆发式的情感及其宣泄,显示了辛亥革命之后再次燃起的改造古老社会的激情。这种激情当然是幼稚的,甚至是相当空泛和驳杂的,但作为一种情绪的记载,它证实中国现代知识者梦幻世界的存在。也就是在这个意义上,《女神》成为最能体现五四时代精神的诗的纪念碑。他和鲁迅的《狂人日记》等系列作品被视为中国新文学浪漫追求的双璧而长存于中国人的记忆中。

四、浪漫激情的转型:从文学革命到革命文学。憎的丰碑和爱的大纛。

说郭沫若一伙是艺术至上和唯美主义者未必妥当,但创造社成立之初在艺术上的锐意创新却是事实。他们别创一格,从而改变了当日忽视艺术表现的风气。但明显的事实是创造社之一群与其说热衷于纯美和纯艺术(在这一点上郁达夫也许最具有这种气质)的追求,不如说,他们一开始便有倾向于阶级意识的提倡。

就是说,当初郭沫若讲"新鲜的太阳"时也许并没有明确意识到这个太阳将是什么,他的泛神论意识使他当时思想具有多面的驳杂。他所谓的"匪徒"并不单指无产者,也具有广泛的综合面,而是泛指在政治、社会、宗教、学术各门类,以及文艺、教育革命诸方面敢于标新立异,把事物推向进步的异端的前驱者。当时无产阶级革命学说广泛传播的五四退潮期,这种包罗万象的泛神意识对当时处于失望的知识界却具有极大的吸引力。这无异于在飘浮的海面上遇见了一片新的大陆。

创造社的主要成员很早就用阶级意识审视并否定它的自身:"其实他们所演的脚色在《创造季刊》时代或《创造周报》时代,百分之八十以上仍然是在替资产阶级做喉舌。他们是在新兴资本主义的国家——日本所陶养出来的人,他们的意识仍不外是资产阶级的意识","他们在这种意识之下,努力行动了,努力创造了,然而结果是同样受着中国的资产阶级文化不能遂其自然成长的诅咒。他们所'创造'出来的结果，依然不外是一些不具体的侏儒"。(郭沫若:《创造社的回顾》)创造社的重要成员成仿吾于1923年发表著名的论文《从文学革命到革命文学》，它成为五四新文学运动一个重大的分野。它宣告创造社在这个重大分野中的地位与作用："创造社以反抗的精神，真挚的热诚，批判的态度与不断的努力，一方面给予觉悟的青年以鼓励与安慰，另方面不息地努力完成我们的语体。由创造社的激励，全国的'印贴利更追亚'常在继续地奋斗，文学革命的巨火至今在燃，新文化运动幸而保存了一个分野。"

《女神》时代的郭沫若已经消失，他以《前茅》《恢复》两部新的诗集实践了他的意识形态的认同。1923年他写《前进曲》喊着前进"把我们满腔热血，染红这一片愁城"，要"驱除尽那些魔群，把人们救出苦境"。1928年他写《诗的宣言》："我爱的是那些工人和农民"，"我仇视那富有的阶级"，"我的诗，这便是我们宣言，我的阶级是属于无产"。中国诗歌早期的浪漫主义者，他们的浮躁使他们急于把热情向外抛射，于是迅速体现了浪漫主义与某种想象王国的联姻，阶级意识的觉醒使他们以焦灼的心情想象性追求视为已经出现的事实。读着《前茅》和《恢复》里那些激昂直露的呼喊，再对照郭沫若早期的作品如作于1919年的《Venus》——

  我把你这张爱嘴，
  比成着一个酒杯。
  喝不尽的葡萄美酒，
  会使我时常沉醉！

  我把你这对乳头，
  比成着两座坟墓。
  我们俩睡在墓中，

血液儿化成甘露!

从此可看到浪漫主义者的理想激情随着时代转换的明显轨迹:当原先的火山爆发释放出来的能量感到无所附着的苦痛,眼前升起的这个新的地平线便自然的成了情感倾泻的对象。郭沫若冷淡了他的 Venus 而投向一个手执干戈的战神。这样,他就把梁启超在本世纪最初一年所作的过渡时代的追求具体化为如此热情的抗争和争取。人们已经以非常肯定的描写确定了创造社在倡导中国新文学革命引进艺术浪漫主义潮流的贡献,人们似乎还不曾以同样的肯定的描写,确定这一群人在推进中国文学迅速意识形态化方面开风气之先的作用。要是以 1919 年为中国新诗运动兴起的纪年,那么,当我们了解到在 1923 年郭沫若便在《我们的文学运动》中明确提出"我们反抗资本主义的青龙","我们的运动要在文学之中爆发出无产阶级的精神","我们的目的要以革命的炸弹打破这毒龙的魔宫",而且成仿吾的《从文学革命到革命文学》也发表于同年,我们便会惊讶于中国新文学运动转型之迅疾。

创造社在做这样提倡的时候,其他人还在做原先的努力。但创造社代表的却是主流的动向。它为 20 年代后期中国诗歌的明显倾向于意识形态打开了闸门。我们以后看到的左翼的诗歌运动,中国新诗会的努力,以及国防诗歌等的提倡,追本溯源似乎均与创造社的倡导有关。纯艺术的追求在中国总是短命,原因是这个内忧外患的社会多数人都挣扎在死亡线上而少数有闲暇专注于美神的中国人总是在忧患之中燃起理想的热情而后向着目标投入,如飞蛾之扑向燃烧的光焰。

1931 年的一个深夜,有一位非常年轻的诗人为这种理想献出了生命。他是殷夫,他死在枪弹之下,当年才二十一岁。也许这是一位把革命的行动和艺术的追求结合得最完美的一位诗人。当然,与他同时被杀的还有几位,不过殷夫似乎是继承了上述创造社那种诗歌理想实践最力的一位诗人。这位诗人著有诗集《孩儿塔》，原稿由鲁迅保存下来，直至50年代方获出版。他的诗是激情和理想型的，《血字》中的句子是读者所熟悉的："我是一个叛乱的开始，我也是历史的长子，我是海燕，我是时代的尖刺。"一种热烈的社会参与，使他的浪漫主义的诗句，具有实际与幻觉相互融汇的特殊的美感，这是《一个红的笑》——

> 我们要创造一个红色的狞笑，
> 在这都市的纷嚣之上，
> 牙齿与牙齿之间架着铜桥，
> 他的眼中射出红色光芒。
> 他的口吞没着全个都市，
> 煤的烟雾熏染着肺腑，
> 每座摘星的楼台是他的牙齿，
> 他唱的是机械和汽笛的狂歌！
> 一个个工人拿着斧头，
> 摇着从来未有怪状的旗帜，
> 他们都欣喜的在桥上奔走，
> 他们全唱着新的抒情诗！

1936年，鲁迅在《白莽作〈孩儿塔〉序》中对殷夫的诗作了一个很高的评价："这《孩儿塔》的出世并非要和一般的诗人争一日之长，是别有另外意义在。这是东方的微光，是林中的响箭，是冬末的萌芽，是进军的第一步，是对于前驱者的爱的大纛，也是对于摧残者的憎的丰碑。一切所谓圆熟简练，静穆悠远之作，都无须来作比方，因为这诗属于别一世界。"鲁迅讲的"别一世界"是一种理想中的世界。这也就暗合了殷夫从创造社前辈那里取来的理想的火种，而把自己的生命作了诗意的点燃这一事实。有充分的理由可以把这看做是理想主义者对于社会的投入方式,而殷夫正是在这种投入中将诗和革命加以契合的殉道者。殷夫在这种投入中给人们留下不只是诗本身的不可忘却的纪念。

鲁迅把这种浪漫主义诗歌的转型所带给人的悲哀表达得最为沉重。他在《为了忘却的纪念》一文的最后写了如下一段话:

> 不是年青的为年老的写纪念,而在这三十年中,却使我目睹许多青年的血,层层淤积起来将我埋得不能呼吸,我只能用这样的笔墨,写几句文章,算是在泥土中挖一个小孔,自己延口残喘,这是怎样的世界呢?夜正长,路也正长,我不如忘却,不说的好罢。但我知道,即使不是我,将来总会有记起他们,再说他们的时候的。……

——《鲁迅全集》第四卷,第 375—376 页

五、颓唐期的变体:落日的奇艳。浪漫的余绪。

女神们的创造日,她们在第七日的辛苦劳作,造出的是这样一个境界。这对于五四开始的新诗革命也许体现一种较高的热情。当中国新诗从新诗革命走向革命新诗的时候,我们看到的是一种有诸多复杂因素促成非人力所能控制的审美倾斜。它为中国新诗带来一种让人惊奇的景观以及长期震撼的效果。当意识形态的热情终于成为创作中的支配力量,诗歌就开始承受那力不能负的诗学以外的允诺,这当然造成了创造社内部"社会问题的分野",导致封闭性以及它以后的长期的非诗的效应。这种转变是由郭沫若开始的,郭沫若自述,即便是他,"也是自然发作性的,并没有十分清晰的目的意识(这个目的意识是规定一个人力能否成为无产阶级真正的战士之决定性条件,凡摆脱不了这个自然生长的意识,他不自觉地会退出革命战线)"。(《创造社

的回顾》)创造社内部由此产生了对立,郭沫若和郁达夫各自代表一种倾向,郭沫若认为是"无产派与有产派的对立"。

社会现实使那种浪漫型的激流失去了依凭,而且那种"意识目的"导向的结果使诗一定程度地离开了诗美运行的轨迹。当颓唐来临的时候,创造社中原有的那种倾向唯美追求的因素便发生作用,也就是郁达夫的因素导致创造社分离之后的另一种走向——浪漫主义的另一个转型期于是开始。创造日的激情依然存在,只是那已不是上升着的新鲜的太阳。那太阳是艳丽的和斑斓的,有着血和玫瑰的鲜红,不过似乎是黄昏的辉煌。

朱自清在《中国新文学大系·诗集·导言》讲到——

> 后期创造社三个诗人,也是倾向于法国象征派的。但王独清氏所作,还是拜伦式的雨果式的为多;就是他自认为仿象征派的诗,也似乎豪胜于幽,显胜于晦。穆木天氏托情于幽微远渺之中,音节也颇求整齐,却不致力于表现色彩感。冯乃超氏利用铿锵的音节,得到催眠一般的力量,歌咏的是颓废,阴影,梦幻,仙乡。他诗中的色彩感是丰富的。

即便是朱自清认为的"豪胜于幽"的王独清,他唱的也是"失望的哀歌":"我设想,若是我短命死后,那废路边定有一座湿墓,在乱草里孤立地掩盖我的瘦骨。"穆木天传递给我们的也不是当年郭沫若敲打的呼唤远方太阳的海水中的晨钟,而是在黄昏的深谷中回荡的《苍白的钟声》:

> 苍白的　钟声　衰离的　朦胧
> 疏散　玲珑　荒凉的　蒙蒙的　谷中
> ——衰草　千重　万重——
> 听　永远的　荒蛮的　古钟
> 听　千声　万声

穆木天也是留日学生,受法国象征派影响甚深。他是创造社诗人中较为重视诗自身规律的一位。他反对胡适的作诗如作文的主张,"中国的新诗的运动,我以为胡适是最大的罪人",如果说明的东西可为诗,法律政治物理化学天文地理的记录都是诗。"诗不是说明的,诗是表现的。"(《谈诗》,《创造月刊》一卷一期)。穆木天也是一位复杂的诗人,他主张"诗要兼造型与音乐之美",要表现"在人们神经上振动的可见而不可见,可感而不可感的旋律的波,浓雾中若听见若听不见的远远的声音,夕暮里若飘动若不动的淡淡光线,若讲出若讲不出的情肠才是诗的世界","诗的世界固在平常的生活中,但在平常生活的深处。诗是要暗示出人的内生命的深秘"。(同上文)穆木天讲这些话时是很有些唯美的追求而并不倾向于意识形态化的。但 30 年代以后他却成为提倡诗歌大众化的重要诗人,并积极参加左翼诗歌运动。不过,这时他的诗却体现了与后来发展的审美反向。

有趣的是与穆木天《苍白的钟声》相应,冯乃超有《苍黄的六月》。钟声来自远古,月亮也来自远古,而新鲜的创造意趣丧失殆尽。冯乃超点燃的不再是庆祝凤凰涅槃的香木,而是"梦幻的圆晕罩着金光的疲怠"的一支《残烛》——

　　追求柔魅的死底陶醉
　　飞蛾扑向残烛底焰心
　　我看着奄奄垂灭的烛火
　　追寻过去的褪色欢忻

诗歌重新开始追求声音和色彩。那声音是轻渺而悲哀的,总如那来自某一暗角的叹息,悠长而沉重。色彩则有惊人的浓艳,仿佛都是血的凝结。它展开了黄昏的辉煌:浓到极点的红,甚至是完全的黯黑,"沉重的忧郁","黑色的安息"。(《苍黄的六月》)冯乃超是设色的高手。撇开他的颓废和梦幻不论,单看他对于心灵的空寂的捉摸,以及那极度的爱与死的陶醉,我们也可以看到浪漫主义的黄昏时节的炫目的光彩。

当年的前行者以狂热的声音呼唤那造成"不断的毁坏,不断的创造,不断的努力"的"力的绘画,力的舞蹈,力的音乐,力的诗歌,力的律吕"的可以推倒地球的伟力时,他不会想到那奔放而充满生命力的一切会如此地转换为另一种情景。如今的一切似乎都沉浸在无边的黑暗之中,不需要光亮甚至害怕光亮,只愿在无边的夜景中享受那一份无限的寂寥。这是沉入深深的《梦》中的诗人礼赞并陶醉于黑暗的呓语:

> 屏息地坐在幽冥之中　　任情地亲着哀愁底嘴吻
> 从骨董的宝瓮底嘴唇　　把流不尽的泪泉啜饮
>
> 屏息地坐在幽冥之中　　任情地偎着哀愁底拥抱
> 从玉琢的腻滑的心胸　　把散不尽的夜香吞吐
>
> 屏息地睡在黄昏之中　　任情地瞧着哀愁底媚妩
> 从青铜底香炉底头盖　　看着氤氲缭绕的轻梦

从晨钟在海水中呼唤新生的日出,到这日落的幽冥之中对于哀愁的抚摸;从现世的投入与创造的狂热到沉入古时的梦境的追寻,中国新诗最早的浪漫主义一页走过了一个巨大的弯曲的空间,他给人的印象是深刻而鲜明的。当然,浪漫激情对于社会的投入并没有宣告终止,创造社召唤的革命诗歌形态在中国今后的岁月,它以多变化和丰富性支配了相当长的时间。

第五章　诗美的启蒙
——浪漫时代二

一、冷静时刻的回顾。对感伤主义和自由体的反诘。

现在不是那日出的喧哗，现在是一弯新月。中国新诗终于有机会利用这一片宁静的新月的光晕，来从事喧腾时节无法进行的反顾。充满激情的反抗，自由奔放的创造，全面的辐射状态的竞争，使新诗运动在它的最初阶段以恣肆横流、一往无前的姿态从事前所未有的实践。中国新诗此刻已不是蹒跚学步的孩提时代，它已自立成人，它已能独立思考自身的存在状态。当它进入这一思考时，当然就有了对自身的不满，人们开始龃龉它的引导者，开始诟病胡适的以文为诗——的确，在新诗的孕育期为了冲决旧有的罗网，把诗做得不像传统的诗，话怎么说便怎么写等主张不啻是一面革命的旗帜。而现在，人们则越来越不满意这种"诗不象诗"的提倡。

这种反顾是在我们前章描述的浪漫主义的狂歌盛行以及它的急速转向普罗意识形态、特别是一部分诗满足于空洞的口号的传播以后开始的。不满现状的呼声暴涨起来。要是把胡适最初尝试新诗、即《新青年》杂志最早发表白话诗八首的1917年作为新诗纪元的话，到1926年恰好已是第十个年头，诸多的艺术实践已为新诗运动积累了最初的经验。中国新诗已经具备条件进行它的艺术的总结和回顾。

1926年似乎是一个关键的年头。这一年创造社后期的穆木天、王独清分别在《创造月刊》发表《谈诗》、《再谈诗》,有了对诗的创造的新的思考。穆木天谴责"中国人现在作诗,非常粗糙,这也是我最痛恨的一点",提出"诗的世界是潜在意识的世界"。王独清则明显地把象征派的观念引入创造社,表现了与"拜伦式的"、"雨果式的"表现方法的"变更"。创造社进入革命诗歌阶段之后的秩序已经受到了怀疑。这一年更重要的一件事,另一支更为陌生的"异军"突起于诗坛。这便是《晨报·诗镌》的创刊,它意味着新月作为一支振兴中国新诗的劲旅已经出现,它将带给中国诗坛以新的震撼。

人们对新诗发展最初十年的思考与总结,大体集中在两点上:一是对自由体诗;一是对创造社的浪漫主义及其第一次转型,即由女神时代转向"前茅"、"恢复"时代。而其中除了对一任感情无节制的泛滥的感伤主义的反感外,主要的还是对新诗形式的无节制、即强调极端自由导致艺术上的散漫结果之反思。二者是互相联系的。蓝棣之在这方面作过论析。他在《新月派诗选·序言》中说:"新诗格律的提倡与闻一多他们当时的文艺观点,与他们对新文学中所谓感伤主义和浪漫主义所持的批评态度有着深刻的内部联系。反对感伤,反对放纵,主张理性和节制,必然要求合度的表现,要求澄清文学艺术'型类的混乱',必然表现为追求诗歌的格律,希望诗人戴着镣铐跳舞。如果说'五四'时期的浪漫主义、思想解放是伴随着诗歌的'放足'和自由诗盛行,那么这时的新月派对格律的严格讲究正反映出他们认为应该结束那个时代。"

那个时代的能否结束,恐怕不是某些诗人希望就能达到的。中国的任何艺术运动最后终将取决中国社会的裁定。自从上一个世纪中叶开始的社会衰退,就已经说明了一切。何况就在此时,具体说《晨报·诗镌》开办即新月同仁奋起创新的时节,外患已经逼近,内乱还在做最后的准备,时局的危机早已对准了那一弯天边的新月造出的宁静。当然这是不久之后的事实就能证实的,毋庸我们多言。

还是把话题退回到当时人们的历史回顾和历史诘难上面来,梁实秋是一位很有见解的偏评家。他在《新诗的格调及其他》中热情肯定了新诗与外国诗的亲密关系,声称"外国文学的影响,是好的,我们该充分的欢迎它侵略到中国来"的同时,他对新诗自身在发展中的问题却提出相当尖锐的意见:

> 最早写新诗的几位,恐怕多半是无意识的接受外国文学的暗示,并不曾认清新诗的基本原理是要到外国文学里去找。所以新诗运动最早的几年,大家注重的是"白话",不是"诗",大家努力的是如何摆脱旧诗的樊篱,而不是如何建设新诗的根基。这时代最流行的是"自由诗",和所谓的"小诗",这是两种最像白话的诗。
>
> 经过了许多时间,我们才渐渐觉醒,诗要先是诗,然后才能谈到什么白话不白话,可是什么是诗?这问题在七八年前没有多少人讨论。偌大的一个新诗运力,诗是什么的问题竟没有多少讨论,而只见无量数的诗人在报章杂志上发表不知多少首诗——这不是奇怪么?这原因在哪里?我以为就在:新诗运动的起来,侧重白话一方面,而未曾注意到诗的艺术和原理一方面。一般写诗的人以打破旧诗的范围为唯一职志,提起笔来固然无拘无束,但是什么标准都没有了,结果是散漫无纪。外国文学的影响只是不断的向我们暗示,但是没有人积极的、确切的把外国文学影响接收过来加以分析衡量。
>
> ——《新诗的格调及其他》,原载《诗刊》创刊号,1931 年 1 月

梁实秋这段话的缺陷是忽视了历史。事后人们可以这样说,但新诗草创的当时,专注于破坏旧体而在创作中体现出锐意反叛的倾向是一种必然。但他指出当时的对于诗自身的忽视却是切中时弊的:人们注意的是"白话",而不是"诗"。他说这番话有一种倡导,即为纠正新诗的"散漫无纪"而建立起某种新诗格,以期对前段的对于诗自身的忽视有所匡正。

那一弯新月在天边的出现,受到了这样使命感的启示。他们的集合虽曰不曾意识到更为重大的时代承诺,但却体现了某种机遇的催促。人们都清楚,1927年开始的往后的岁月,中国人几乎普遍地陷入命运的泥沼而难以自拔。1926年正是暴风雨来到前的暂时的平静,新月一群就是这样不知觉间接受了使命而来到创造了巨大成就的新诗面前。在中国近现代历史上,中国人大体上都能把握到此种时代的大趋势以及它在间隙中给予的机会。以后的岁月中,历史不断向人们作这样的诗的证实。诗在社会民族的厄运中喘息,它不断窥伺那两个时期中的某种"夹缝",它能够巧妙地利用这个"夹缝",在一刹那间得到某种实现的快感,而后,这种机缘又被无边的苦难所淹没。

这是由于近代以来中国文学运动的萌起及展开都受到艰难的现实的催促,几乎无例外的承担了以文学改变社会危机和民众苦难的使命感,无边的忧患使文学无暇顾及自身审美建设的急迫感,宁肯放弃此种追求而倾心作社会功利的投入。面对严酷的时局和生民的危难,艺术是一种奢侈。当死亡和灾难是一种事实,无视血泪与哭喊而依然雕琢艺术的象牙塔对于时代而言不啻是一种"犯罪"。这种漫无涯际的救亡的浸漫几乎不留给艺术自身以机会。可是,诗歌和它的友类,只能在某一短暂的转型期造成的空隙中实行自身的追寻。长久受压抑的艺术即使是在这样的夹缝中也能爆发出强大的能量,造成间断性的小繁荣。只有在这个时候人们似乎才获得一种无威胁的心情,以坦然的态度从事平时有可能被认为脱离时代的艺术的切磋。

1926年对于感到了五四白话诗运动的遗憾的相当多的诗人,特别是对于新月一群人来说,就是一种历史给他们的一个机会,他们终于找到了一个能够促成艺术小繁荣的"夹缝"。

二、灵魂寻找躯壳。完美的 形体装裹完美的精神。

中国现代文学自五四发轫进入第二个十年,其流向有一个根本性的改变,即自个性解放的启蒙而进入阶级意识的倡导。其在诗的体现即是左翼诗歌和革命诗歌运动的兴起。自诗歌革命到革命诗歌,中国新诗以十年的光景实现了一个惊人的转变。这种转变奠定了其后数十年的新诗主流形态,影响是极为深远的。

新月就是在此种阶级意识勃兴的时候,高举诗歌创格的旗帜,对已形成主流趋势的诗歌形态发起了挑战。由此引发的左翼营垒与新月派的论战,其中相当的部分是诗歌以外的意识形态话题,但进入新阶段的艺术思考依然是极有分量的。这里,我们乐于把新月对初期中国新诗发展的贡献作为郑重的命题,而不把诗以外的考虑放在重要的地位上。新月社同人的集聚和新月在1922年的结社,可以溯源到1921年清华文学社的成立,那时参加活动的有闻一多及被称做清华"四子"的朱湘(子沅)、饶孟侃(子离)、孙大雨(子潜)、杨纪恩(子惠)等人。新月社则由徐志摩发起。成立初期大体是一种以文化倾向相近的一批欧美留学生的沙龙活动,参加这一社团活动的是当时北京的一些上流人士,作为文学或诗歌的新月派此时并未形成。

1926年4月《晨报副刊·诗镌》创刊。徐志摩在《诗刊弁言》提到他们一些人的办刊的用意,这是新月诗人艺术追求的第一次披露:

我们几个人都共同着一点信心：我们信诗是表现人类创造力的一个工具，与音乐与美术是同等性质的；我们信我们这民族这时期的精神解放或精神革命没有一部象样的诗式的表现是不完全的；我们信我们自身灵里以及周遭空气里多的是要求投胎的思想的灵魂，我们的责任是替它们构造适当的躯壳，这就是诗文与各种美术的新格式与新音节的发见；我们信完美的形体是完美的精神的唯一的表现；我们信文艺的生命是无形的灵感加上有意识的耐心与勤力的成绩……

　　与当时弥漫诗坛的倾注于意识形态化的创作倾向不同，《诗镌》把注意的中心作了大胆的调整，它径直地奔向艺术形式的追求：它坚持五四发端的思想解放的革命性变化，但是把艺术表现的命题提到了非常重要的地位上来，即认为要是没有"象样的诗式的表现"，这种革命或解放是不完全的。与初期那种忽视诗的艺术问题的倾向完全不同，《诗镌》体现出一种不仅注重表现什么而且更注重怎么表现的趋向：它承认诗人内心的思想合理地要求"投胎"，但强调必须"替它们构造适当的躯壳"，要求有一种新的艺术形式（新格式与新音节）来表现它们。

　　在白话诗运动的初期，人们的确只关注"白话"——即驱逐文言而以白话这一文体作为运载工具，至于白话如何是诗的和艺术的，就不及计了。由于意在破坏和摧毁，如何建设和如何建设得完好，更是极少顾及。创造社的出现的确为新诗的表现提供了浪漫化的艺术经验，但它的奔腾冲突的率性也只是关注情绪的极致的宣泄、尽情的燃烧，难得冷静处理燃烧的方式原也是意中如此。由于创造社的迅速走上意识形态化，它的创造精神几乎完全被革命精神或阶级意识的传达所充盈，失去了谈论艺术传达的方式和技巧的气氛与环境。这样，新诗运动"伟大的十年间"留下的缺憾只能期待新月一伙缪斯的忠诚使徒的工作加以完成了。

徐志摩第一次把艺术表现提到了极为重要的位置:"完美的精神"必须有"完美的形体"来表现,否则那精神无论多么"完美",却无法向人们传达这种"完美"。他们倡导实现这一目标"耐心与勤力"。朱自清在《中国新文学大系·诗集·导言》说的——

> 十五年四月一日,北京《晨报·诗镌》出世,这是闻一多、徐志摩、朱湘、饶孟侃、刘梦苇、于赓虞诸氏主办的。他们要"创格",要发现"新格式与新音节"。

即是指此。这可以说是专注于艺术表达的一群诗人,他们被共同的艺术信念所召唤而集聚在一起,他们这个群体的浓厚的艺术氛围可以从徐志摩在《诗刊弁言》的一段描写中感受到:

> 我在早三两天前才知道闻一多的家是一群新诗人的乐窝,他们常常会面,彼此互相批评作品,讨论学理。上星期六我也去了。一多那三间画室,布置的意味先就怪。他把墙壁涂成一体墨黑,狭狭的绘画镶上金边,像一个裸体的非洲女子手臂上脚踝上套着细金圈似的情调。有一间屋子朝外壁挖出一个方形的神龛供着的,不消说,当然只是米鲁微纳丝一类的雕像。他的那个也够尺外高,石色黄澄澄的像蒸熟的糯米,衬着一体黑的背景,别饶一种瞻远的梦趣,看了叫人想起一片倦阳中的荒芜的草原,有几个牛尾几个羊头在草丛中掉动。这是他的客室。那边一间是他做工的屋子,基角上支着画架,壁上挂着几幅油色不曾干的画。屋子极小,但你在屋里觉不出你的身子大;带金圈上的黑公主有些杀伐气,但他不至于吓瘪你的灵性;裸体的女神(她屈着一只腿挽着往下沉的亵衣),免不了几分引诱性,但她决不容许你逾分的妄想。白天有太阳进来,黑壁上也沾着光,晚

上黑影进来,屋子里仿佛有梅斐士滔佛利士的踪迹;夜间黑影与灯光交织,幻出种种不成形的怪像。

——载《晨报副刊·诗镌》一号,1926 年 4 月 1 日

　　这是充满艺术和创造气氛的纯美的环境,在这个处所活动的那一个诗人群他们的素质和追求、思考和灵魂的丰富性,都借助于这个氛围的渲染得到呈现。一旦人们了解了这个特殊的环境气氛,人们也就易于理解新月的精神。所以,徐志摩不厌其烦地在诗刊和读者见面的第一天便介绍了这个环境,徐志摩显然认为这与新月一群的艺术实践有十分重要的关联,所以他说:"我写那几间屋子因为它们不仅是一多自己习艺的背景,它们也就是我们这诗刊的背景。"

　　新月一群因不满于对诗美的忽视而寻求一种完美的表达,他们的努力可以归结为一种"创格"的实践,即为纠正新诗的散漫和普遍地忽视艺术的创造性表达的缺点,而寻求以一种新的格式去展示她的美感。具体地说,他们要革除自由诗的某些弊端并代之以他们创造的格律体。梁实秋发现并肯定了新月一群为新诗创格的实践。他认为,《晨报副刊·诗镌》"应该是新诗运动的一个可纪念的刊物","我以为这是第一次一伙人聚集起来诚心诚意地试验新诗"。(《新诗的格调及其他》)梁实秋认为白话作诗已无疑问,《诗镌》上所登的诗"大半是诗的试验,而不是白话的试验"。白话的适于诗早已得证明,如今已看到白话"不一定永远的适于诗",为此,需要对此针砭实行革新。

　　而新月对于白话的"不一定永远的适于诗"的回答是格律诗的提倡。所以尽管新月为新诗的革新提供了诸多方面的丰富的启示,但简单的概括依然是新诗格律诗的倡导,这是新月诗人努力最集中的体现。1926 年 5 月 23 日《晨报副刊·诗镌》第七号发表闻一多的论文《诗的格律》是新月诗派的理论宣言。在这篇阐明新诗创格的文章中,闻一多把批评的笔锋指向了那个"打着

浪漫主义的旗帜下来攻击令的人",批评"他们压根就没有注重到文艺的本身,他们的目的只在披露他们自己的原形",而且第一次使用了"伪浪漫派"的概念。可见,新月的提倡和追求是有感而发的,他们看到了一种弊端,而要以自身的努力来维护诗的艺术品位。

著名的格律诗理论框架的音乐的美、绘画的美和建筑的美的主张便是在《诗的格律》一文中提出和阐发的。闻一多认为格律从表面上看有属于听觉方面的和属于视觉方面的,但二者又是息息相关的。因为诗的音乐美和绘画美论述和认同者已多,他特别强调了建筑美,即他认为的节的匀称和句的均齐:"这一来,诗的实力上又添了一只生力军,诗的声势更扩大了。"这些判断,都是就诗的形式美而言的。

朱自清讲《诗镌》闻一多的影响最大。闻一多理论、创作双枪齐举,影响很多。连徐志摩都承认他和几位朋友受到闻一多的影响。闻一多不仅在理论上倡导格律诗,而且身体力行。《死水》是闻一多为倡导格律诗做出的一次极认真的试验。他通过《死水》的创作,集中体现了胡适之后的另一次开风气之先的"尝试":

> 这是一沟绝望的死水,
> 清风吹不起半点漪沦。
> 不如多扔点破铜烂铁,
> 爽性泼你的剩菜残羹。
>
> 也许铜的要绿成翡翠,
> 铁罐上锈出几瓣桃花;
> 再让油腻织一层罗绮,
> 霉菌给他蒸出些云霞。

让死水酵成一沟绿酒,
漂满了珍珠似的白沫;
小珠们笑声变成大珠.
又被偷酒的花蚊咬破。

那么一沟绝望的死水,
也就夸得上几分鲜明。
如果青蛙耐不住寂寞,
又算死水叫出了歌声。

这是一沟绝望的死水,
这里断不是美的所在,
不如让给丑恶来开垦,
看他造出个什么世界。

《死水》是中国的"恶之花"。这里的现实批判色彩和现代意识相当突出,但闻一多显然不很重视这诗内涵所给人提供的启示和经验。他似乎更陶醉于形式试验成功所提供的快感。他在《诗的格律》中指出,《死水》"每一行都是用三个'二字尺'和一个'三字尺'构成的,所以每行的字数也是一样多。结果,我觉得这首诗是我第一次在音节上最满意的试验"。为此,他充满信心地宣告:

> 这种音节的方式发现以后,我断言新诗不久定要走进一个新的建设的时期了。无论如何,我们应该承认这在新诗的历史里是一个轩然大波。

这一个大波的荡动是进步还是退化,不久也就自然有了定论。

三、舞步呼唤镣铐。
破天荒的诗美醒悟。

　　从当时的社会和诗韵发展的背景来看，新月一群似乎是一种明知如此而偏要逆流而前的探索者。为此，他们承受了来自各方的压力。但这也是一群笃信自己的追求而不轻易放弃目标的痴心人。他们是受惠于"放脚时代"的自由的一群人，但他们并不以获得自由之后的到处行走为满足。他们要跳舞，不是一般的跳舞，而且要带着镣铐跳舞。1926年闻一多在《诗的格律》中第一次说到这种境界："恐怕越有魅力的作家，越是要带着镣铐跳舞，才跳得痛快，跳得好。"1931年陈梦家在《新月诗选》序中也说到这个意思。他们在呼唤一种"镣铐"，目的在于使自己的舞步更优美。更轻捷，也更纯熟。陈梦家说："我们并不是在起造自己的镣锁，我们是求规范的利用。练拳的人不怕重铅累坏两条腿，他们的累赘是日后轻腾的准备，日久当他们放松了腿上绑着的重铅，是不是他们可以跑得快、跳得高，他们原先也不是有天赋的才能，约束和累赘的肩荷造就了他们的神技。"

　　当普遍热衷于某种东西的时候，新月一伙把目光转向了另一端。这需要勇气和胆量，因为这在当日，即新诗已经战胜旧诗，旧的规范尺度受到彻底破坏的时候，他们这一群的主张给人的印象是保守的。所以，徐志摩说闻一多"不免有点'老气'的嫌疑"，而他称自己的主张也会造成"旧派"的观感。他在《诗刊放假》中说到他们当时的处境："我们干脆承认我们是'旧派'——假如'新'的意义不能与'安那其'的意义分离的话。想是我们的天资低，想是我们'犯贱'，分明有了时代解放给我们的充分自由不来享受，却甘心来自造镣铐给自己套上，放着随口曲的真新诗不做，却来试验什么西方豆腐干式一类的体例。"

　　当众人侧目的时候，他们却乐此不疲。这一群人对艺术怀着天真的信念,如同闻一多那房间布置造成的艺术氛围那样,他们一心一意地向着美神膜拜,而似乎并不理会身边窗外那些逐渐逼近的风声雨声。陈梦家在《新月诗选》序言中较为系统地论述了新月的艺术信念,他提出醇正和纯粹的反复强调的是艺术过程必须充分重视的审美的表达和运作技巧。他把诗歌创作喻为匠人的雕镂玉石:"匠人在方玉石上想要雕镂出奇美的图像,他先要有一个想象,再要准备好一把锐利的刀,又要手腕,要准确地把自己的想象描在玉石上,因为一个匠人最大的希望最高的成功是在作品上发现他自己的精神的反映。醇正与纯粹是作品最低限的要求,那精神的反映,有赖匠人神工的创造,那是他灵魂的移传。"

中国新诗诞生在世纪之交的社会憧憬之中,它是上一个世纪梦的继续。19世纪下半叶的苦难与追求,失败与幻灭,使中国文学感受到某种时代责任而充满使命感,这种救亡与启蒙的使命历史性地、也是非常合理地落到了中国新文学的肩上。新文学和新诗在它诞生之日起,就与这种社会命运紧密联系。沉重的社会功利的负荷使它一开始似乎就对责任之外的艺术表现淡漠,也许就是由于救亡和启蒙的两副重担,使它奔走驰突而不堪其负,因而无暇他顾。

正是由于历史提供了一个"空隙":由于新诗已经有了相当的发展,积累了丰富的经验,而缺陷之处亦表现得十分充分,历史提供了一个冷静反思的可能性。也由于有一个暂时性社会安定的局面而巨大的动荡尚未到来;更由于有了这样一批受到西方教育的知识分子专注于诗歌艺术的探寻,他们由此举起了新月的旗帜。这个诗歌潮流引起世人的关注,他们所论所谓的专心致志以及热诚的程度却与当日社会的实际以及文学的主流向产生极大的反差——他们几乎是反向的潮流推动者。但他们似乎不大理会这种"不合时宜",他们一径地向前走,而且不断推出他们的精神产品:新月的诗。

这种义无反顾的精神,使他们无心和他人争论,只是一味地提出他们的主张,推出自己的试验。这种对于诗歌自身的探讨所造成的气氛是五四以来所未有的。要是说新月派对于中国新诗乃至新文学的贡献是什么,格律诗只是他们倡导的聚焦点,是一种具体的结晶。其实最大的最深远的影响,是他们对于诗歌本体及艺术规律、艺术技巧和运作过程的重视。

自有新诗历史以来,还很少有个人以及诗歌团体和刊物如新月同人这样把目光从另外一些层面转移到诗歌自身。他们的坚定,一方面是表现在对新诗创格的精神,更重要的一方面是表现在对于诗以外的一切的无视或忽视。他们第一次把诗放在诗自己的位子上来加以审视。在新诗的历史上,最早的那批先驱者注意的是如何破坏旧的,创造新的——他们思考的中心是如何实现自己的梦想用白话写诗。创造社那一群是新诗建设的生力军,他们最关注的是如何充分地表现扩张的自我,宣扬心中的积郁,只是一径火山爆发式地喷射而很少考虑喷射的技术。到后来,革命诗歌的转型,使注意力高度集中于意识形态的传达,对诗本身更是极少考虑的了。

这一群人不同,他们几乎就是为此而集结,为此而办刊的。从新月社的成立,到《晨报副刊·诗镌》、《新月》月刊、《诗刊》季刊,以及后来的《大公报》、《文艺副刊》,大抵都是这些人组成的队伍,前后进行了十余年的努力。他们的确是把诗的艺术规律做了较为充分的切磋和揣摩。他们在这方面的贡献是充分的,尽管他们在其他地方留下了某些遗憾。新月同人关于中国新诗诗意的探索,至今还是中国新诗史的重要一页。主张本质的醇正、技巧的周密和规律的谨严,差不多是我们一致的方向,仅仅一种方向,也不知道那目的离得我们多远!我们只是虔诚的朝着那一条希望的道上走。这是陈梦家在《新月诗选》序言所说的话,大体上反映了他们对诗的笃诚以及信念的坚定。

在中国新诗的历史上,这是一次认真的艺术运动。徐志摩说过"要把创格的新诗当一件认真事情做"。他在《诗刊弁言》说那番话时,只是提出并强调了他的设想。到《诗刊放假》时,他已经非常明晰地把那种设想具体化了——

> 我们觉悟了诗是艺术;艺术的涵养是当事人自觉的运用某种题材,不是不经心的一任题材支配。我们也感到一首诗应该是一个有生机的整体,部分的部分相连,部分对全体有比例的一种东西;正如一个人身的秘密是它的血脉的流通,一首诗的秘密也就是它的内含的音节的匀整与流动。

徐志摩的这些见解是一种宣布。诗人的目光开始转向他们工作的自身,他开始发现诗以及诗自身的规律,而不是把目光始终游移在诗以外的那些地方。对于中国新诗来说,"我们觉悟了诗是艺术"是一个重大的宣告。事实上中国诗人以及中国社会对于诗的期待功利大于也高于艺术。他们经常忘记"诗是诗"。五四运动生发的新诗革命,由于五四新文化运动自身具有浓重的使命感。因而当社会危机加重或人们对意识形态要求加重时,艺术自身往往受到轻忽。新月一班人这一宣布等于宣告了对诗属于自身世界的重新发现,这是一个破天荒的宣告。

四、诚心实意试验的一群。
活水和火山。永远的生命力。

从要把诗做得"不像诗",到要把诗做得"像诗",这一思路画出了中国新诗从孕育到成长的轨迹。胡适等人的贡献是否定、破坏和摧毁,他们的最大成功也在此。当然,他们也贡献了他们的"尝试",但是那尝试的成功基本上是在用白话写诗方面,而不是如何写白话的诗方面。白话诗出现了,如前面提到的,它的自立的标志是周作人的《小河》,那也应认为不是诗本身的成功,它的成功在于完全用的是自己的一套话语,而彻底的排除了"旧词调"的浸漫。

新月一群的出现,如梁实秋说的"这是第一次一伙人聚集起来诚心诚意试验作新诗"。历史上像这样就诗的纯正艺术性做出集中的、持久的、专注的努力,还是前所未有。由于他们的努力所形成的一种研讨、重视诗艺的氛围,给向来把诗的社会性放置在诗自身的完善之上的中国新诗界提供了极大的精神启示。尽管从那时开始,甚至直到现在,对此持有异议的也始终不曾间断。但是新月最大的贡献是它推出的格律主张,它造成一时的风气,也许它的初衷想以此整饬诗体取自由诗而代之——然而并未如愿,自由体诗依然生存和发展着。但它对散漫的诗艺提出警告则收到了效果。而后,格律诗作为重大的生力军,补充和丰富了中国诗坛,这也是明确无误的事实。

不仅是积聚了一批志同道合的人,也不仅是"诚心诚意试验",而且是从他们出现之时开始,是作为一批相当整齐的,在艺术上有深厚功力的诗人群体为中国诗坛做出了丰富的和新颖独特的贡献。徐志摩和闻一多是他们最突出的代表,也是这一群体的领袖人物。关于这两人对新月的贡献及其地位,朱自清在《中国新文学大系·诗集·导言》中有过分析,他认为徐志摩虽然努力于"体制的输入与试验","却只顾了自家,没有想到利用理论来领导别人",闻一多不同,他是"最有兴味探讨诗的理论与艺术的"。近期则有蓝棣之对此作了介绍,他在《新月派诗选·前言》中说:

《诗镌》寄托着两位雄心勃勃、希望露棱角、导潮流的诗人的追求,它是清华文学社和新月社的某种演变,是出自北京大学和清华学校的欧美留学生的某种结合。这种以欧美意识形态和文学背景为基础的结合,对新月派日后的动向有很大影响。如果要问闻一多和徐志摩的这种结合以谁为主或者谁向谁靠拢,那么,我们看到,《晨报·诗镌》这块园地是掌握在徐志摩手里,但几乎《诗镌》的全部作者又都在闻一多周围。闻一多在艺术和思想方面影响都要大一些,加之他性格的"刚",这种色彩就更鲜明。

学术界对这两位诗人有过诸多讨论,对他们在中国新诗建设中的贡献已有论评。他们留给后人的纪念,不仅有他们的丰富著述,更有一种永远的人格和精神的震撼。

朱自清讲徐志摩是"跳着溅着不舍昼夜的一道生命水"。他的短暂一生正是这样充满了幻想和热情的生命水。他出身于一个属于上流社会的环境,即一般所谓的布尔乔亚家庭,通俗一些的说法,是属于"公子哥儿"一类,从生活到艺术,他的态度均可认为是贵族的。他与林徽因和陆小曼的恋爱,从那时到现在,都被人们长久地谈论。徐志摩的一生是有缺陷的一生,他决不是完人,在他生前直到死后,人们都在批评他的缺点,但就是在进行批评的同时,人们似乎都没有否定他作为一位有持久魅力的诗人的价值。徐志摩提供了作为诗人最珍贵的品质:真性情的流露和表达。他最后的"云游"不回,更留下了永远的追念。他一生任性和率真地爱着和痛苦着,他的诗句也因其真情甚至成为一种预言,读着《爱的灵感》的最后那些诗句,联想到他最后的归宿,不仅让人惊悚:

> 现在我
> 真真可以死了,我要你
> 这样抱着我直到我去,
> 直到我的眼再不睁开,
> 直到我飞,飞,飞去太空,
> 散成沙,散成光,散成风……

徐志摩曾经祈求他人不要更多的责备他。他对人们所责备的一切心中十分清楚,他知道面对民生的苦难,几行有韵或无韵的诗句是无用的,但他自喻为一种"天教歌唱的鸟不到呕血不住口","它独自知道另一个世界的愉快"。他说:"诗人也是一种痴鸟,他把他的柔软的心宫紧抵着蔷薇的花刺,口里不住的唱着星月的光辉和人类的希望,非到他的心血滴出来把白衣染成大红花他不住口。他的痛苦和快乐是浑成的一片。"(《猛虎集序》)这种他希望寄托于"另一个世界"的理想,当然是一种浪漫精神,只不过是这种浪漫精神与创造社的转向激进的社会意识不相同。这一批人似乎更注重美神的召唤,他们宁肯弃置他们听到的叫花子的呼吁和石工的呻吟,而去展现那一个天国般的纯美纯情世界。

闻一多走了一个比徐志摩更为弯曲的道路。他从那间布置得如同非洲女子般的纯美世界走出来,躲进了远离世尘的古书堆中,研究《诗经》、历史和甲骨文。但他终于不能排斥那一沟未曾绝望的"死水"的呼唤,以决绝的心情宣布:前脚跨出,后脚就不想收回。他选择了以极为壮烈的形式饮弹倒在昆明一条街巷的血泊中。这同样是一位理想主义者的一生。他和徐志摩以及他们的朋友以对诗美的挚诚,力图在诗中另造一个世界以消解现实世界的困惑和疑虑。闻一多以更为从容的冷静始终如一的期待那《奇迹》之光的降临——

> ——我等,我不抱怨,只静候着
> 一个奇迹的来临。总不能没有那一天
> 让雷来劈我,火山来烧,令地狱翻起来
> 扑我……害怕吗?你放心,反正罡风
> 吹不熄灵魂的灯,愿这蜕壳化为灰烬,
> 不碍事,因为那,即使是我的一刹那
> 一刹那的永恒……

这便是闻一多所预期的奇迹。这奇迹所体现的精神是充分理想的。新月一伙的倡导的理想精神是在矛盾和犹豫的状态中展示的,他们的确不知道风在向哪个方向吹,他们也真如"骑着一匹拐腿的瞎马",在黑夜中加鞭。但他们的目标却是坚定的,即要寻一颗明星。即便是荒野里倒着一口牲口,黑夜里倒下了尸首,却始终向着那"水晶似的光明"。这是徐志摩冀期的光明,它与闻一多所冀期的戴着圆光的"奇迹"是同向的——

　　我听见阊阖的户枢訇然一响
　　传来一片衣裙的綷縩——那便是奇迹——
　　半启的金扉中,一个戴着圆光的你!

这是又一个浪漫时代。一群人为纠正诗歌运动早期的意识化倾向而为建造诗美殿堂献身。他们或在云游的欢悦中悲哀地陨落,或由于追求方式的转换而在那一道奇光中爆喷,宣告了又一个理想时代的陷落。这最初两颗大星的沉没,也许预示了在中国特定社会环境中这种游离于主流思想的纯美追求的命运。与新月运动同时或稍后一点,受到五四思想艺术解放的启示和鼓舞,一种自然生成的艺术无拘束发展的态势有较充分的展示,它造成了中国新诗史的第一个繁荣期。以至于直至半个多世纪以后,人们对比自己身历的艺术的枯竭状态还是发出无限的感慨和钦羡。当然,从那时开始直至现今,一种相当固定的观念还把包括新月在内的那些艺术实践归于逆流。某种批判的定式似乎经历了数十年而不曾更改。

　　随后的事实都证明新月的星辰陨落是一种无情的暗示,新月想把新诗运动引上纯诗的和唯美的通途,实际上难以做到。其他一些诗歌潮流也在主流思想的诘难和围困之中先后留下了让人记忆的辉耀,而作为艺术的运动则是无例外地宣告式微。新诗运动的历程的确是艰难困苦的。人们观念的形成受到中国这一特殊社会环境的制约。从19世纪中叶开始,中国社会便开始了百年苦难:民生疾苦,社会动乱,争战连年,外患频加,中国知识分子身当此境,不能不以这一社会现实为思考的基点,这种以社会功利取代艺术价值的思维倾斜几乎是天成的。但中国诗人为寻找艺术创造的水晶一般光明,寻找那一个戴着圆光的奇迹的出现所进行持久的奋斗,则是从本世纪20年代就立下的宏大意愿。从这个意义上讲,新月派一群人的集结以及他们为新诗艺术确立的目标付出的代价,值得我们永远纪念。

第六章　怪影与异国情调
——现代初潮一

一、农民文化意识的深层危险。
对复古倾向的冲击。

中国新诗从中国传统诗歌的母体中分裂而出，它的新生、自立以及迄今为止数十年的挣扎、奋斗，痛苦和欣悦，憧憬和期待，用一句话来概括，那便是：告别古典，进入现代，是一个完整的现代更新的过程。新诗从它诞生的开始，就面临着种种矛盾。它要使自己毫无羁绊地成为现代新诗，但传统因袭的重负却始终压在身上。胡适讲的"旧词调"的纠缠，恐怕还是历史诱惑之中最轻的一面，传统的士大夫情趣，以及植根于农业社会广深背景之中的农民文化意识的侵蚀，恐怕是新诗现代化进程中最深层的危险。

因此，在新诗走向现代化的过程中，几乎是绵延不断的受到干扰，这种干扰基本方向是对抗它走向世界的现代更新。用的则是变了花样的形形色色的"民族主义"，而其内在驱动力则是古典阴魂的伺机再起。下面一段引文是闻一多写的，题为《复古的空气》——

> 近来在思想和文学艺术诸方面，复古的空气颇为活跃，这是值得注意的一个现象。就一般民众讲，文化是有惰性的，而农业社会尤其如此。几千年积下来的习惯和观念，几乎成了第一天性，骤然改动，是不会舒服的，其实就这群浑

浑噩噩的大众说，他们始终是在"古"中没有动过，他们未曾维新，还谈得到什么复古！我们所谓复古风气，自然是专指知识和领导阶级说的。不过农民既几乎占我们人口百分之八十，少数的知识和领导阶级，不会不受他们的影响，所以，谈到少数人的复古风气，首先不能不指出那作为背景的大众。

——《闻一多全集》第三卷，第 457 页

新诗在实现自身的现代化目标时，一方面要不断抗击来自复古势力的骚扰，即假借农民或民族意识的名义对于改造更新自身的阻挠；一方面，则要不断宣扬向着世界新进文艺潮流认同的现代思维和现代艺术实践。写实主义或浪漫主义，甚至后来的普罗文艺都是这一努力的组成部分，但也是一种初步的形态。一旦接近那种与古典艺术差别极显著的文艺新潮，那种接近于本能和天性的旧文化观念的抗拒力表现得更为顽强。当创造社的主要成员转向普罗文艺追求，新月诗派自徐志摩的彗星陨落之后，中国新诗很快地面临着一个新的转型期。

朱自清在《中国新文学大系·诗集·导言》的最后，把新诗分为自由、格律、象征三大诗派。前二者，是就诗的体式而言，后者则属于艺术方法和思潮方面。这分法看似不甚妥切，而却另有意蕴。这表明朱自清在当日便非常看重象征主义在中国新诗出现这一事实。象征派诗，作为一种不成熟的理论引进，以及同样不成熟的艺术实践，在他编选诗集时，较集中的进行这种试验而创作数量较多的也只有李金发一人，而朱自清却不按惯习选录了他的十九首诗，总数排名第四位，所录数目仅次于闻一多、徐志摩、郭沫若三人。

作为诗人并选家的朱自清，他把握中国新诗初期历史视野中已经出现了象征诗派的轮廓。他论及的这方面的诗人除李金发外，还有王独清、穆木天、冯乃超、戴望舒及姚莲子。在一个诗

歌现象初露之时，便及时加以总结，这说明胆略来自对历史和现状的真知。

新诗的诞生初期，人们注意的是白话对于文言的取代。白话新诗成立之后，注意的是白话创造的格律体和自由体，即形式上的规律化。至于表现手法，还是浪漫派的抒写情怀和写实派的表现现实，多半重视的还是外在层面的表现及写照。引进新概念，采取新手法，并且和当时的现代艺术取得同步的共振，对于当时的大多数诗人来说都是未曾到达和不可到达的目标。特别是把诗的视点由田园情趣转移到都市，尤其是转移到工业社会的人的处境上来，则是更为遥远的事实。

郭沫若《女神》出现时，闻一多立即把握住他诗中所表现的20世纪的"动的时代精神"。郭沫若基于浪漫主义的理想，把昔先对于田园的颂赞转移到对于城市和工业的颂赞，但他对后者的热情却仅仅是原先的田园牧歌的移位。他的情感方式是传统的，如同肯定乡野的风情，他面对现代工业生产场景是由衷地赞叹工业革命所带来的新风景——

> 大都会的脉搏呀！
> 生的鼓动呀！
> 打着在，吹着在，听着在，……
> 喷着在，飞着在，跳着在，……
> 四面的天郊烟幕蒙笼了！
> 我的心脏呀，快要跳出口来了！
> 喔喔，山岳的波涛，瓦屋的波涛，
> 涌着在，涌着在，涌着在，涌着在呀！
> 万籁共鸣的 Symphony，
> 自然与人生的婚礼呀！
> 弯弯的海岸好象 Cupid 的弓弩呀！
> 人的生命便是箭，正在海上放射呀！

> 黑沉沉的海湾,停泊着的轮船,进行着的轮船,数不尽的轮船,
> 一枚枚的烟囱都开着了朵黑色的牡丹呀!
> 喔喔,20世纪的名花!
> 近代文明的严母呀!

这是工业革命初兴之时浪漫激情的体现。古典的理想主义者把资本主义初期出现的机器和轮船看成了昔日的田园风景。他所歌颂的那"一枚枚的烟囱都开着了朵黑色的牡丹"的"20世纪的名花",后来被证实为是工业化带来的环境污染,是人类对于生态的破坏而不是建设。但浪漫派诗人却如歌颂自然界的名花那样由衷地礼赞它。浪漫主义诗人所抒发的是传统式的古典情感而未曾进入现代。传达现代人对于都市生活的新的思维、新的观念以及新的情绪的,期待于中国新诗与世界现代诗的同步和共振。中国新诗对于现代思潮的最初期待已经在朱自清当日的视野中涌现,这不能不令人惊叹于前驱者的敏锐和魄力。

二、古典传统的背叛。
中国象征诗的前驱。

中国诗人对于现代主义的兴趣,是以对于古典传统的彻底背叛为前提的。当中国新诗把眼光移向世界格局而争取加入全球性的现代艺术潮流之时,它的自身是浓重的古典阴云的怒视。这种对于新诗现代倾向的争取,一开始便面对着崇洋媚外和数典忘祖的道德和艺术的审判。从把诗做得不像(传统古典)诗,到把诗做得像外国诗,对于中国这样有着数千年诗歌传统的古国来说,简直是罪孽深重的忤逆。但毕竟还是有人敢于挺身而出。1925年2月16日出版的《雨丝》杂志第14期,出现了以李淑良署名的题为《弃妇》的诗。传达了这一诗歌反叛的最初信息:

长发披遍我两眼之前,
遂阻断了一切羞恶之疾视,
与鲜血之急流,枯骨之沉睡。
黑夜与蚁虫联步徐来,
越此短墙之角,
狂呼在我清白之耳后,
如荒野狂风怒号,
颤栗了无数游牧。

靠一根草儿,与上帝之灵往返在空谷里,
我的哀戚唯游蜂之脑能深印着;
或与山泉长泻在悬崖,
然后随红叶而俱去。

这是李金发最早发表的一首象征诗。他写诗的历史比这要早五年,即1920年。那是五四初期,郭沫若《女神》的大部分作品也写于此时,徐志摩和闻一多、朱湘的创作甚至比这都晚。可以说,当浪漫主义的潮流流行中国之时,象征诗就以先锋的面目出现在中国诗坛。这样,我们把李金发当做中国现代主义诗潮的先驱者大体是不谬的。

《弃妇》的出现预示了新艺术转移的萌芽。判断它的价值,艺术探索的意义尚在其次,冲破习俗的勇敢抗争比艺术的倡导也许更为重要。

一个怪影游荡在中国诗坛。对中国所有的人来说,这不仅是陌生的而且是让人震惊的。当中国诗人最初把同情心送给奔跑在风雪、泥泞和酷暑之中的人力车夫的时候(从胡适、沈尹默、刘半农到闻一多的《飞毛腿》、徐志摩的《谁知道》都是关于人力车夫的诗。尽管他们艺术各有不同,如闻、徐的艺术表现力已有长足的发展,但涉及的主题却一脉相承),它所传达给我们的信息,却是与白居易的新乐府以及李绅的悯农诗相近似的未曾产生质的变化的传统观念。当然,也在这个时期,中国的新诗人们感受到了新世纪的初阳,也如西方的那些浪漫派诗人那样,把激情献给了未来的理想。在他们那里,一切也都是充满生意与朝气的。这种理想与中国社会从近代的重重困厄中走出来所拥有的凤凰再生般的憧憬相结合而有了狂飙突进的气势。

但李金发所代表的却全然不同,《弃妇》展现了中国新诗所未曾有的颓废和没落的氛围。沉睡的枯骨,急流的鲜血,衰老的裙裾的哀吟,这一切与那种殷切的期待,新生的喜悦形成极大的反差。把死亡和绝望引进此刻的中国诗中要有足够的勇气,何况,它从语言到意象,都全然是欧化的。我们已经习惯的是,那些浪漫诗人提供的充满了缱绻的情意的多情女子的形象,那些女子大都美丽而生动,她们来到人间是为了给人以温馨和友爱,人们因而对世界充满了希望和期待。而此刻我们却遇到了这样不幸的被命运所抛弃的妇人,她是绝望和衰败的象征。

李金发的出现宣告了新诗象征表现的开始。这类诗弃绝对于生活场面的直接描写,也不试图以直抒胸臆的办法对他所感受的一切进行抒情。他借助象征性的形象的展现和组合,隐秘地、曲折地、甚至是怪诞地表达主观的感受和丰富复杂的内在情感。直接性的描写和抒发不见了,人们得通过这些呈现去探寻它的象征意味。例如《弃妇》这首诗,它通过那些奇异的词语排列:"弃妇之隐忧堆积在动作上,夕阳之火不能把时间之烦闷化成灰烬,从烟突里飞去,长染在游鸦之羽,将同栖于海啸之石上,静听舟子之歌。"这里隐忧能够"堆积",时间也有"烦闷"。前所未见的描写和组合,造成了迷漫诗中的诡秘的甚至是惊怖的气氛。描写和联系是含混和隐蔽的,明白的意义也无从显示。但我们却可从它的命运、以及从此中诸如厌恶之疾视、狂呼在清白之耳后、隐忧、哀吟、徜徉在丘墓之侧等等,可以感悟到某种情绪的内涵。具体的背景和细节是没有的,总体的朦胧传达了特定的氛围:它与遗弃、失落、悲哀的命运有关。所以朱自清讲李金发的诗"不将那些比喻放在明白的间架里。他的诗没有寻常的笔法,一部分一部分可以懂,合起来却没有意思。他要表现的不是意思而是感觉式情感;仿佛大大小小红红绿绿一串珠子,他却藏起那串儿,你得自己穿着瞧。"(《中国新文学大系·诗集·导言》)

让人捉摸不定的意义和内涵,苦涩的、隐晦的语言和意象,加上许多文言古语和外文杂沓其间的欧化章句,这一切让人们认定这是诗界的一位怪客来访。幸而五四并蓄兼包的宽容气氛,不仅能够容忍这位诗怪的存在,而且一些有影响的前辈还对他表示了谅解和理解。李金发在巴黎把他1920年以来的创作编成《微雨》。两个月后写成《食客与凶年》,再过六个月,又写成《为幸福而歌》。最早接触李金发的诗的是周作人。1923年李金发把《微雨》和《食客与凶年》寄给了周作人(李金发说:"那时他是全国敬仰的北大教授,而我是一个不见经传二十余岁的青年,岂不是冒昧点吗?"),两个月后,周复信说"这种诗是国内所无,别开生面的作品",决定编入新潮社丛书,由北新书局出版。(以上引文见李金发:《仰天堂随笔·从周作人谈到"文人无行"》,见《异国情调》)。《语丝》在刊登《微雨》的广告中也说"其体裁、风格、情调,都与现实流行的诗不同,是诗界中别开生面之作"。

可贵的是能够在五四新诗开始运行的关键时刻推出了让人震惊的新艺术方式。李金发的贡献在于把象征这匹怪兽给当日始告平静的诗坛以骚动。让我们把话题引回到《弃妇》的印象上来,它的作用不在描写,不在说明,也不在感叹,而是让那些怪异的组合传达给你一种印象,从一个受到荒野狂风的怒号而战栗的妇女的遭遇,传达出一种人生命运的悲剧气氛。受抛弃的女子只是一种象征,是无希望的和悲苦的象征,它不作任何叙述和抒发的承诺。

三、神怪之梦及美。拒绝冷酷的理性解释。

象征主义更注重表现诗人对于世界的主观感受,重视内心的把握和幻觉的作用。他们把那些摄取于外界印象植入可以与之相对应的适当的象征形象之中,让这些意象代表和暗示更多的内容,这就造出了一般人都注意到的象征诗内涵的繁复和主题上的多解性。李金发笔下的弃妇传达了一个女性的悲剧性命运,从这些命运的诸多表现中暗示了诗人的态度,但这仅是最初的一层意思。弃妇的形象象征了人生不幸的和悲苦的经历,当人为命运所愚弄并最终被抛弃,仿佛就是诗中这位"倘徉在丘墓之侧,永无热泪"的"衰老的裙裾"发出的哀吟。黄参岛认为他的《微雨》"是流动的,多元的,易变的,神秘化、个性化、天才化的,不是如普通的诗,可以一目了然。"(《美育》第二期,转引自《新文学史料》1985年第3期)

死亡和悲哀是这位早年游学法国的象征诗人的母题。他的诗中随处可见这种面对死亡的感受,"我们散步在死草上,悲愤纠缠在膝下,粉红之记忆,如道旁朽兽,发出奇臭"(《夜之歌》);"我梦想微笑多情之美人,仅有草与残花的坟墓,在我们的世界里,唯有这是真实"(《心游》);"如残叶溅血在我们脚上,生命便是死神唇边的笑"。(《有感》)像这样的诗句,充斥在他的三本诗集中。当周围荡漾生之欢欣和对未来无限期待的时候,李金发这种灰色的近于绝望的声音无疑是令人吃惊的。然而他不管这些,他自有艺术追求的一份坚定,这是一位决心反抗世俗秩序的诗人。尽管他的诗中存有着极明显的缺陷:生硬、晦涩、过分的欧化,但他显然要把一些新的品质带进中国新诗。他对现状不满。对中国新诗的现实,他有相当坦率而尖锐的观点:

> 我认为诗是文字经过锻炼后的结晶体,又是个人精神与心灵的精华,多少是带着贵族气息的。故一个诗人的诗,不一定人人看了能懂,才是好诗,或者只有一部分人,或有相当训练的人才能领略其好处。《离骚》的思想与字汇,恐怕许多大学毕业生还看不懂,但它仍不失为中国诗的精华大成。若说诗要大众看了都能懂,如他们所朗诵的《边区自卫军》之类,那不能算诗,只能当民歌或弹词。
> ——李金发《卢森著〈疗〉序》,转引自《新文学史料》1985年第3期丘立才《李金发生平及其创作》

这体现他的基本诗观,与此有关的是他发表在《艺术之本原与其命运》中的一段话,这段话进一步阐释了诗是对于世界的一种变异的表现的原理,这对于五四以后的中国诗坛,可算是一种别开生面的见解:

> 诗意的想象,似乎需要一些迷信于其中,如此它不宜于用冷酷的理性去解释其现象,以一些愚蒙朦胧,不显地尽情去描写事物的周围……夜间的无尽之美,是在其能将万物仅显露一半,贝多芬及全德国人所歌咏之月夜,是在万物都变了原形,即最平淡之曲径,亦充满这诗意,所有看不清的万物之轮廓,恰造成一种柔弱的美,因为阴影是万物的装服。月亮的光辉,好像特用来把万物摇荡于透明的轻云中,这个轻云,就是诗人眼中所常有,他并从此云去观察大自然,解散之你便使其好梦逃遁,反之,则完成其神怪之梦及美了。
> ——引自1929年10月出版的《美育》第3期

李金发在中国倡导象征诗,一方面是由于他在法国对这一诗潮有直接的了解与接触,也基于他这种坚定独立的诗观。他的诗歌实践是五四初潮之后诗歌对于忽视诗艺自身而过于意识形态化的纠正倾斜的努力的一个组成部分。和当时新月派的整体争取相一致,他也致力于纠正五四初期那种对诗艺切磋的轻忽和冷淡。他说:"一般人都当做诗是很容易的事吧,于是人人都来写,既无章法,又无意境,浅白得像家书,和分行填写的散文,始终白话诗为人漠视,后有其应得的地位,也是这群人造成的结果。象征派诗,是中国诗坛的独生子,这一族的兴衰,都在这独子的命运上,不信且放眼看看周遭紊乱的情景。"(见上引李金发作《卢森著〈疗〉序》)他把象征诗的提倡与纠正当时新诗创作的随意散漫的倾向结合起来,可见他的艺术实践既是一种大胆的试验,也是一个严肃的追求。

象征诗派作为一种中国新诗艺术革新的"独生子",其意义在于它证实中国新诗现代主义初潮的一个明确的事实。这个现代主义追求在中国新诗界出现,具有不容忽视的意义。在此之前,中国新诗为人生的主张体现了写实主义的特点,为艺术的主张则大体体现了浪漫主义的特点,从艺术观念的引进和实践的角度看,都是对于世界曾有过的艺术实践追踪式的补偿。中国文学由于承受了长期的社会忧患,因而要求进步的心情迫切,上述那些追求,大都具有因感到落伍而向前追赶以求补偿的性质。

四、异国情调的挑战。充满矛盾的实践。

到了象征主义,的确是一次惊世骇俗的展现。这种展现的意义,首先在于它是一次纯粹的诗艺的实践。五四新诗所具备的那种先天性的社会先锋意识和思想启蒙的角色明显地消隐下来,社会承诺和意识形态的使命受到冷淡。从《微雨》到《异国情调》,李金发诗大体是涉及人生的体验,以及他所经历的值得回忆的一切。在他的诗中,看不到当时知识分子所热衷谈论的话题,也几乎看不到任何现实社会的喧闹和悲欢,而只有那些属于诗人自身的《不定的想象》——

雾见暂张——
单调的朦胧——
亲密的烦闷。
售卖我们之 Remords 去。
会不是文艺了。

天空拖着半死之色，
夜游之神将睡眼，
恶魔收拾我脑汁，
如取乳之村妇。
谁构成这大错！

在 turlututu 余光里，
虫声发着余响。
拉上帝之手齐来，
指点埋葬之地，
给他们管领权。

　　这些外在世界的感受和体悟在他的诗中都化为一个个象征性的意象让人想象，而不作任何逻辑的和情感的阐明。这无疑给已有的新诗开拓了一个无垠的疆土。这疆土是想象和联想的，是通过象征的多义探觅方能获得欣赏的满足，而不是如同以往那样明白无误地显示。诗人是那样不顾一切地前行，不顾传统的社会使命的提醒，也不顾欣赏习惯的抱怨，他在题为《自挽》的诗中再一次坚定地剖析自己的禀性：

人若谈及我的名字，
只说这是一个秘密，——
爱秋梦与美女之诗人，

倨傲里带点 mèchant,

我尝忘记所羡慕之疆土,
呵,我等曾留勾当之乡,
Adieu! 白屋,红墙,芦苇,曲径,
我衣襟既饱着帆风。

Adieu! 亲爱的一群,——朋友,
冬夜是杯酒寒炉
各自怕入年少之门限,
用顽笑扫除生活之皱眉。

我伴着你来,
指点过沿途之花草,
他们哭泣在春夏之荒原里,
共于此地找点忠实与温和。

这是一位率性的诗人,追求纯正的艺术感受,把一切象征式地加以显示,让人在他的怪异的词语的密林里探寻人生的幽秘。他只管按照自己的意愿去写,用外文做诗题,在诗行中夹杂上法文和英文,不顾中国的习惯而大量地使用欧化的语法和西方的意象。他不仅身居国外,而且也把诗做得充满了异国情调。自他出现到今日,除了一些有识见的前辈和友人对他的价值和追求做了谅解的和积极的评价,而与他的生命相始终的却是不间断的批评和谴责。他几乎对此全然不顾,他只一味地沉浸在他的象征世界里,梦想着美人、爱情,无休止地歌颂荒原和墓穴。

李金发绝非如同有人所认为的那样,是一位随意而轻率的诗人,他的艺术实践是与他的艺术素养和艺术信念相联系的。他把诗和艺术看得很重,语法的诟病和其他的缺陷不能把这一点加以抹杀。在《微雨》的简短导言中他说:"虽不说作诗是无上事业,但至少是不易的工夫,像我这样的人丝毫不配做诗!"又说:"中国自文学革新后,诗界成为无治状态,对于全诗的体裁,或使多少人不满意,但这不紧要,苟能表现一切。"他所期待的是诗界的有治状态,也关注诗的体裁建设,要求的是能表现一切。有人批判李金发的欧化倾向,甚至讽刺挖苦,但往往忽略或无视他在诗歌观念上不仅有严肃的一面,甚而还是相当正统的。这是充满矛盾的人,他一边写着从《微雨》开始直至《食客与凶年》乃至以后也未曾改变的那样"怪诗",一边却在感慨和诧异为何中国古代诗人的作品不被重视——

  余每怪异何以数年来关于中国古代诗人之作品,既无人过问,一意向外采辑,一唱百和,以为文学革命后,他们是荒唐极了的,但从无人着实批评过,其实东西作家随处有同一之思想,气息,眼光和取材,稍为留意,便不敢否认,余于他们的根本处,都不敢有所轻重,惟每欲把两家所有,试为沟通,或即调和之意。

——《食客与凶年·自跋》

李金发说得很诚挚,但认识如此而实践未必达到,这是他的矛盾之处。他的诗中不是没有中国情调,这些中国式的东西也许更多地表现为不适当的文言词语的使用,而未曾体现出某种沟通和调和的效果。但他的也许更为突出的贡献,却是公开的、勇敢的把西方情调和异域的艺术方式引进到刚刚自立的中国新诗中来。他是促进东西方诗风交流的积极参与者,他的工作与五四前后那些向着西方盗火者的业绩一起,记载在中国新诗史上面,不会也不该被遗忘。

五、从追踪到同步。置身于特定氛围中。

和那一批盗火者不同的是,李金发的工作不是追踪西方诗潮而弥补中国诗界落伍的缺憾,他对象征主义的引进几乎是与西方同步进行的。李金发于1919年来到枫丹白露,与林风眠一道学习法文。李金发留学的法国,是象征派诗歌的故乡。他自述是由于波德莱尔和魏尔伦的影响而做诗。他认魏尔伦为他的"名誉老师"。在法留学期间,《恶之花》是他经常阅读的著作,他还翻译介绍象征派领袖马拉美的诗。刻苦学就的法文,以及他对艺术特别是雕塑的深刻了解,加上巴黎那个十分合适的环境与气氛。使他能够把握到当日风靡世界的象征主义的氛围。李金发逗留法国的1919年到1925年之间,正值后期象征主义诗歌运动在法国勃兴的时候,他的三本诗集均写于这一时期之中。

西方象征主义的兴起,是资本主义社会发展特定阶段的精神现象,它说明19世纪到20世纪20年代间,敏感的知识分子的情绪和心理。诗人置身于那个环境又继承了他对中国社会历史现实的某些感知,很快地与世界潮流产生共鸣,这便是李金发及其所代表的象征派诗产生的背景及原因。李金发在巴黎生活的期间,象征主义的前辈大师都已先后去世:兰波死于1891年,魏尔伦死于1896年,马拉美死于1898年。但在20世纪20年代的法国,依然能够感受到当日的激动人心的文学气氛——

这时候浪漫主义底余威,已消灭殆尽。以文学界底拿破仑自居的嚣俄,也像不可一世的拿破仑一倒而不能复起了。散文中左拉及其自然主义底党徒,和环绕着勒孔特李尔(Leconte de Lisle)的一般班拿斯派底诗人,正如荧荧的星座,辉映于文艺底天杪。于是,自然主义也好,班拿斯派也好,黄金中已现败絮,灿烂中已呈衰象,高唱凯旋的歌里,已隐约地露出声嘶力竭底征兆。文艺底空中,大众开始听到一阵新奇的歌声,万千空前的曲调,有如一座神秘的幽林底飒飒微语,它底呻吟,它底回声,甚至它底讥诮,都充满了预言与恐吓,使当时文坛底权威悒悒然预感到他们底末运。
——梁宗岱:《保罗梵乐希先生》,
见《诗与真》第 10 页

这是象征主义文学思潮初起时节的情景。此后,我们得知,就在李金发生活过的巴黎,每星期二夜晚罗马街上的住宅里马拉美的周围正积聚着一批未来的艺术挑战者。瓦雷里 1920 年写著名的《海滨墓园》时,李金发恰正在法国。他们是否晤面不得而知,但他们无疑呼吸着共同的艺术空气。关于这个艺术空气,梁宗岱是身临其境的感受者,他的叙述使我们有可能真切地领略那历史性的动人情节:"当象征主义——瑰艳的,神秘的象征主义在法兰西诗园里仿佛继了浮夸的浪漫派,客观的班拿斯(Parnasse)派而枯萎了三十年后,忽然在保罗梵乐希底身上发了一枚迟暮的奇葩:它的颜色是妩媚的,它底姿态是招展的,它底温馨却是低微而清澈的钟声,带来深沉永久的意义。"(梁宗岱:《保罗梵乐希先生》)

这种社会和艺术氛围孕育和酝酿了中国象征诗。李金发以及中国象征诗的先行者们从巴黎那里得到启示,并在中国的环境中诞生了中国最早的象征诗派。《微雨》以及其他的中国象征诗直接继承了波德莱尔《恶之花》的传统。它们冲击了中国诗的传统规范,破坏了温润、平和、优美、典雅的审美风范,并使那些丑陋、阴晦、奇艳和绝望的魔影骚扰这平静和秩序的诗坛。由此,开始了明显的西方情调强侵入,并造成以这种情调为基本特色的一类诗。欧化的诗风无遮拦的长驱直入,它比任何时候都更为直率和大胆。一篇论文谈到中国象征诗时强调了它形成和发展的复杂因素:

这种对生命价值的怀疑和揶揄,这种对生命存在的倦怠和绝望,这种对自然景色的冷色彩涂抹,这种对爱情苦涩哀伤的体味,虽然与法国象征主义艺术注重传达内心的苦闷,注重发掘恶中之美,坚持"忧郁是美的灿烂出色的伴侣"等特色起着感应的律动,但决不单单只是一种简单的模仿和移植。在这种种现象背后,我们发现了时代、社会、民族和个人性格气质等等复杂的深层原因。

　　　　　　——李夜平《论李金发的象征诗创作》,
　　　　　　《中国现代文学补遗书系诗歌卷二》

六、抗拒主流的非主流集结。
　　无可拒绝的面对。

　　现代主义潮流对中国诗坛的侵入,以象征主义为起始。这是中国新诗改变写实主义、浪漫主义或后来的革命诗歌到普罗主义那种业已初成雏形的主流诗歌意识的开端。那种主流形态的诗歌的形成,多半与中国诗言志的儒家诗学传统有关,它造成诗歌偏离艺术的"脱轨"倾向。但不管有怎样的没落,颓废或感伤的伴生物,象征主义却以艺术自身方式的加入,为中国诗艺的纯化和多样化增添了活力。象征主义在中国诗中的繁衍有它的过程,在新文学的发展过程中很早就有这种表现。

　　对象征主义的理论和创作的介绍,最早当推少年中国学会的青年诗人们。《少年中国》杂志从1920年就开始向中国文学界介绍法国文学界象征派以及马拉美、凡尔哈仑、梅德林克、波特莱尔、魏尔伦等,周无登载在《少年中国》第二卷第四期的《法兰西近世文学的趋势》是其中最重要的一篇文章。文章确认象征主义体现文学的解放。他对象征主义的出现给予文学的助益作了积极的肯定,并尖锐指出其消极的成分:"他能够将文学的范围更张大。艺术的力量也加强。并且他心灵的引导,可以使读者感到最深的境界。他有时可以使自然界的事物,都能表现出意志来。于是微笑之中,便说明了人生的动态。这都是象征主义的长处。但是他于冥冥之中却含有一种不健康的根芽。因为他有时明明的倾向着神秘主义 Mysticism,叫人不知不觉中,便有了迷离恍惚的幻想。这种神秘主义其实便是苦行主义和定命论的余绪。"

孙玉石在他的专著《中国初期象征派诗歌研究》中对象征主义在中国现代诗中的萌芽和发展的历史线索有过系统的和精到的阐述。他对中国象征诗的溯源追踪到五四初期白话诗中的象征因素。他认为鲁迅和周作人的诗以及稍后一些《少年中国》一些诗人的创作中,都存在这种因素。特别是鲁迅的散文诗,他认为鲁迅的散文诗组《自言自语》"在极重的象征色彩的形象中抒情写意,可以说开了中国现代散文诗中象征主义的先河"。萌芽时期的中国象征诗有它不纯粹性,即基于当日的总体创作倾向,它只是作为一种成分杂呈在写实的和浪漫的诗中,而且还具有五四时代那种单纯性和生动活泼的气氛,色彩也清淡,不若后来发展的那般浓郁、艳丽、奇瑰。

象征主义诗潮的兴起固然由于一些先驱人物的倡导和身体力行,这首先是由于一批留法诗人直接从法国引进当日风行在那里的时尚,却也有中国诗界自身的因素。李金发的出现令当日诗坛为之惊愕,并引发了新诗生态的思考。周作人最早读到李金发的诗并给予支持。这与周作人当日的思考有关,他在稍后一些时候为刘半农的《扬鞭集》所作序言中已经表示了对"白描"和"唠叨的叙事"的不满,提倡能给人以"余味和回香",用"多少带有一点朦胧的方法"写出的诗。他预期这种"外国新潮流"和"中国旧手法"的融汇有可能产生真正的中国新诗。对新诗现状不满的不仅周作人,事实上伴随着新诗的建立以及30年代的极端的歧向发展,对新诗的反思和变革的思路已经形成。继新月对纯粹诗美和形式化的追求之后,象征派诗的出现,它的反叛传统和挑战品格,事实上极大地拓宽了当日诗坛的视野。

一方面是主流诗歌形态急速地形成,一方面是反抗这种形成的非主流诗歌悄悄地集结。象征诗在它的开始是以一种独特因素的嵌入为其基本状态,这种嵌入有时形成突出的艺术现象,有时则仅仅呈现为象征因素而未能发展。但在一些诗人那里,却体现了某种大幅度的"迁移"。

受到朱自清重视的创造社后期诗人王独清、穆木天和冯乃超三人的艺术转向,是当时诗坛值得重视的发展势态。与之相近似的是孙玉石称之为的"不同程度受到李金发诗风的影响而又有自己独立的创造"的诗人如蓬子、胡也频、石民等。

当创造社的基本成员放弃和修改原先的诗歌主张由浪漫派转向革命诗歌的提倡时,王独清等为代表的创造社后起之秀却由唯美主张转向了象征主义。王独清自叙:"我过去的倾向是经过浪漫谛克而转成狄卡丹的,不消说我过去的生活多是浸在了浪漫与颓废的氛围里面。"(《创造社,我和它的始终与它的总账》)穆木天认为王独清的诗唱出的两个主要动机:"第一是对于过去的没落的贵族世界的凭吊;第二是对于现在的都市生活之颓废的享乐的陶醉与悲哀。"(《论王独清的诗》,《现代》第五卷一期)

至于穆木天,也是由此自觉行进的一员,他与冯乃超在东京谈诗,共同被来自法兰西的"异国重香"所陶醉。诗集《旅心》附记叙述说:"到日本后,即被着浪漫主义的空气了。但自己究竟不甘,并且也不能,作浪漫主义诗生活。我于是盲目地、不顾社会地、步着法国文学的潮流往前走,结果,到了象征圈里了。"(《我的文艺生活》,《大众文艺》第二卷第六期)法国象征诗人对穆木天创作影响很大,他努力追求内心对于外界声光所得的感受和印象,并且主张诗要兼造型和音乐之美。他有相当旺盛的创作欲,这欲望与他经常随时生起的灵感有密切关联:"我忽地想作一个月光曲,用一种印象的写法表现月光的运动与心的交响乐。我想表现漫射在空间的月光波的振动,与草原林木水沟农田房屋的浮动的称和,及水声风声的响动的振漾,和在轻轻的纱云中的月的运动的律的幻影。"(《谭诗——寄沫若的一封信》)

从这些叙述可以看出,这些诗人正在探究诗艺自身。他们要把在外界所感受的色彩、音响和光线的印象摄入诗中,使新诗具有空前的表现力。而当时,那股向着社会人生国家民族切入并且要建立一种统领一切的诗歌形态的呼声和势力正在扩大。对比之下,这一象征主义的主张便异常醒目而具有刺激性。

冯乃超是另一位这样的诗人,他展现的是衰败的和病态的美,他的主题也是梦幻般的爱情及死亡。"苦恼是人生的栖家,墓石是身后的代价""悲我沉默的人生憔悴,哀我多感的青春告衰""何处有安息的墓茔,给我永恒的安息"。朱自清认为他"利用铿锵的音节,得到催眠一般的力量,歌咏的是颓废、阴影、梦幻、仙乡。他诗中的色彩感是丰富的"。(《中国新文学大系·诗集·导言》)

象征诗人对于诗艺的纯美的思考和追求,与当时流行的激烈的意识形态的趋势形成大的逆反。他们沉浸在他们精心经营的象征世界之中,这里有艳丽的色彩,动听的音响,有浓郁的爱情以及梦幻般的死亡。在他们这里,隔绝了直接的四野的战声和呼号,专心致志地做他们浓艳、破碎以及衰败的诗。蓬子的诗中频频出现的是压抑、老旧的绒布枕、缺嘴的酒瓶,他热衷吟咏的是颓塔、荒寺、废墟和《破琴》——

　　零落的琴,
　　比掩在荒草里的歌唇还要寂寞
　　比庙里的钟,更寂寞

比庙里的钟,更寂寞

以及《新丧》的世界:疲倦的夕阳,少妇临终的眷恋,悲哀的渐瞑的目光,造出了非常独特的世界。诗中出现的自然景色充满死亡的气息:覆尸的黑纱,以及新丧者之殓衣;蹲在柴门外的野狗也都默默无言,如丧考妣。

象征诗作为中国新诗现代初潮的涌现,开启了新的奇异的诗风。李金发在他当日和身后尽管有许许多多的怀疑和责难,但他依然有着倡导一种与众不同的风气以及播下中国象征诗种子的功绩。他的诗在当时甚至经数十年的间断后直至今日仍有影响。李金发在一篇文章中讲到了当日他的诗风曾经产生的影响:"回来中国七八年,比较着强人意的事,是渐渐发觉我的诗风,在贫瘠的文坛上生些小影响。福州的林松青,云南的张家骐,漓渚的张戴人,梅县的林英强等君,都是曾寄诗给我'指正'的神交。"其中如林松青写的《梦幻》,张家骐的《我痛哭于蛙声中》,都传达了极浓郁的象征诗的风格。

中国新诗从此开辟了一条与古典文化传统也与农村文化传统截然不同的路。它第一次把自己的基础和背景放在世界格局的现代都市之中,这里闪烁着工业化带来的飞动的洪流和绮丽的色彩以及震耳的轰鸣。极度的炫耀和喧嚣造成艺术感观的疲倦和慵懒。残破和衰败,绝望和惊怖是这一个其大无比的象征世界对艺术、文学和诗的赠予和改造。不管人们如何的抗议和厌恶,终于无法不接受这样一个残酷的事实:一个怪影已经闯入中国诗坛。它带给这个古老的诗歌国度的混乱和惊扰,仅仅只是一个开始。你可以嫌弃甚而感到恶心,但你几乎无可抗拒地要面对这个陌生而可怕的《旷野》(胡也频):

我寻找未僵硬之尸骸迷了归路,
踯躅于黑夜荒漠之旷野。

凉凉的阴风扬动这大原的沉寂,
犹如全宇宙在战栗,叹息。

飘荡的黯惨之磷光,
徘徊于墟墓旁边,
隐现出衣冠悖时之老鬼,
推开墓门,露出土色脸颊且作微笑。

我疾步向前,却误撞了枯树,
跌倒于砂砾作底之坑谷;
抚摸我身周围,
触到了冰冷的死人之胸脯。
为躲避这骷髅我匍匐而进,
黑暗张大了嘴唇吞噬我的清明:
呵,盼微明星光引我前行,
乃代以林间风声的嘲弄!

第七章　秩序的反叛
——现代初潮二

一、感受到的传统压迫。

　　当20世纪黄昏降临的时候，人们格外眷恋于世纪日出那惊人的辉煌。上一世纪末当象征主义的启蒙者们聚集在巴黎马拉美的寓所，那里迷人的宁静和专注之中散发着一股创造新世纪的激情。埃德蒙·威尔在他的著作中描写了这动人的情景：

　　每逢星期二，他在他的小小的巴黎住所里举行聚会，由此产生了他对19世纪末英国和法国青年诗人难以置信的深远影响。坐落在罗马路的一幢公寓的四楼房间既是卧室也是起居室，火车头的汽笛声传进窗户，混合在有关文学的交谈中，马拉美，长长的眼睫毛下闪烁着沉思凝神的目光，总是抽着一支香烟，"喷出几口烟雾"，像他曾说的那样，"在世界和自己之间"，用一种"温和的、富有音乐性的和令人难忘的声音"，谈论诗的理论。那里有一种"平静的几乎是宗教的"气氛。马拉美的一个朋友说，马拉美的"内心生活丰富华美"，他的性格"坚定、倨傲、老爷式的温雅"。他说话前总是先思考，总是把他要说的话构成一个问题的形式。他的妻子坐在一旁刺绣，他的女儿应声开门。来到这里的有休斯曼，保尔·瓦雷里，亨利·德·格莱尼耶，皮埃尔·路易斯，保罗·克洛代尔，艾米·德·戈尔蒙，安德莱·纪德，奥斯卡·王尔德，亚瑟·西蒙，乔治·莫尔和W.B.叶芝。

在巴黎罗马路公寓里的集结是一个历史性的集结，这个集结创造一种新的观念新的诗，以反抗和打破古典模式的垄断和窒息。对于身处19世纪末的敏感的知识分子，他们具体感受到了传统的压迫。浪漫主义的过分性和夸张性激起他们的反感，他们期待着一种模糊不清的暗示的不明确性去代替19世纪盛行的感伤主义和矫揉造作的陈词滥调。"象征主义运动打破了浪漫主义作家未曾触动的法国诗的韵律，它最终完全抛弃了浪漫主义曾依旧给予极大关注的法国古典主义传统的明晰性和逻辑性。"(《阿克塞尔的城堡》)在19世纪末叶，这种反抗的目标是相当明确的。

崭新的诗观涌现在新世纪日出前的云海中，它确定和倡导了一种艺术方式，即对于诗人而言，象征式地暗示事物而不是如过去那样明确地指明和描写事物正成为一个新的原则。诗人们认识到诗的语言从本质上看具有诡论性质，这种冷静的、机巧的和狡黠的语言。这种语言正向着以往那种热烈的透明的和直接的语言冲激，并使它成为诗的现实的选择。语言观念的变化带来的是对于纯诗的重视，这种重视总是力图激起我们的某种幻觉或者对某种世界的幻想——在这个幻想世界里，事件、形象、有生命的和无生命的东西都旋转着和跳跃着显示对于传统秩序的反抗。

一种能够向着古典主义和浪漫派的激情挑战的力量是新生的。它预示着未来的强大力量。它宣告了对已有艺术秩序的否定。正如人们已经认识的那样，现代主义初潮一开始就出现了两种倾向的混合，一是对纯诗的扶植，一是对晦涩的崇拜。麦克斯·伊斯特曼敏锐地指出了这一运动具有实质性的伴随物："近二十年来，各种先锋派诗歌的一个主要倾向就是缩小传达的范围、容量和明确性"，"他们正在作的是退缩到他们内心里面去。他们是传达给很少的几个人，他们传达的东西越来越少，而他们传达的也越来越不明确"。(《论对晦涩的崇拜》)但就总的趋势而言,从外在走向内心,从明确的单纯走向混合的丰富,从说明和白描走向暗示和象征,是诗学的一次大的解放。

中国很快就感受到并且事实上也接受了这一艺术革命的意图和目标。本世纪20年代一些生活在巴黎的中国诗人,就明确地受到这种风气的感染,他们迅速地但又并非成熟地从法兰西的大师们那里把现代主义的最初信息传达给充满创造热情的中国诗坛。这种传达带来疑惧、骚动,也启发了新异的追求。

中国对这一信息的接受,并不是单纯地追求时尚的心理,而是由于这一新的艺术潮流与中国新诗对于自身的思考有某种自然的契合。自从新诗革命初告成功,人们对它的现实状态便开始怀疑。梁实秋怀疑胡适论诗标准的"可懂性"和"明白清楚意义"。穆木天也指出:"胡适说:作诗须如作文,那是他的大错。所以他的影响给中国造成一种平铺直叙的东西。他给散文的思想穿上韵文的外衣。"(《谭诗——寄沫若的一封信》)周作人很早就不满于新诗革命受到的"古典主义的影响":"一切作品都像是一个玻璃球,晶莹透彻得太厉害了,没有一点儿朦胧,因而似乎少了一点余香与回味。"(《扬鞭集·序》)这说明对于新诗忽视艺术蕴藉与含蓄以及趋向单调的不满和怀疑很早就已开始。这种怀疑在一些新进诗人那里便表现为明白无误的反抗。杜衡记述他和戴望舒一班人在20年代初期便已萌发此种意愿:"当时通行着一种自我表现的说法,做诗通行狂叫,通行直说,以坦白奔放为标榜,我们对于这种倾向私心里反叛着。"(《望舒草·序》)

他们所要反叛的,正是当日受到极大推崇和宣扬的中国浪漫派诗观和实践。这种认识与西方象征主义追求不谋而合。象征主义既反动于自然主义对于外部世界的刻意仿效,又反动于浪漫主义的情感无节制的泛滥。一旦新诗因内部和外部的原因而沦为某种意识的宣传和图解,特别是创造社一批人后期急转直下的对于标语口号的热衷提倡,这种反抗便转向新的艺术实践以寻求出路。

二、双向的反抗。

这是一种双向的反抗,一方面反抗历史的成因导成的新诗不留余味的单调,同时也反抗革命文学派生而出的急速的新诗意识形态化。对现状的不满,加上外域的艺术新潮的诱惑,萌起了变革自身的要求。这种反抗的愿望因为法国象征主义的影响而找到了艺术变革的突破口。李金发等的"异军突起"看来是一个偶然,其实更是一种必然。作为五四新诗运动的潜在动因的诗的社会使命感,它的深厚的社会启蒙和社会改造的思想,以及后来趋向激烈的意识形态的倾向,导致人们对诗运自身的质疑。人们便进而要求诗更加切近它自身的性质,而不希望受其他因素的牵引:

> 假如人们在研究诗的时候,从"诗歌告诉了我们一些什么?他是如何将自己的经验传达给我们的?"等传统问题转向"诗人创造了什么?他是如何创造的?"等现代问题,就会对诗的艺术做出某种奇特的重新估价。许多原先看上去既没有传达某种思想,又没有表达诗人对世界万物的看法的措辞,现在看起来都突然显得重要了,因为它们突然变成了构成某种"诗的意象"或作为虚幻经验的诗本身的东西。它构成的这一虚幻经验既不属于诗人自己,又不属于读者,而是一种作用于诗人和读者的想象性知觉的客观存在物。
> ——〔美〕苏珊·朗格:《谈诗的创造》,见《艺术问题》

这很像当时人的思考,一种艺术潮流正试图把对诗的传统问题转向现代问题,它正在对诗自身发出质问:创造什么?如何创造?这种思考,也许从新月派的出现便开始了,但新月诗人遵从的大体也正是英国古典诗歌的准则,那里依然充斥着某种伤感的、崇尚雕饰和繁冗的艺术风格。有人认为,中国现代诗是继承了中国古典诗中那些所谓"比较纯粹"的那一部分。废名在《谈新诗》中分析说,中国现代诗是温庭筠、李商隐一派诗的发展,它与胡适当日推崇的元白苏辛一派相逆,是就这一路诗人对诗美的纯粹追求而弃取诗浅白地切近某种现实命题而言的。这只是就中国诗人与中国传统诗这一角度的分析得到的判断,恐怕还不是问题的全部。

中国诗的现代运动,既是诗自身发展的必然,就是说,中国新诗从草创到如今,它已经积累下若干弊端,这些弊端期待着艺术变革提供契机加以克服。同时,中国现代诗的兴起又受到了世界现代主义思潮的影响,它是整个世界现代派运动的组成部分。中国新诗草创的时候,世界现代诗潮也正在酝酿新的艺术运动。公元1912年艾兹拉·庞德,H.D和理查德·奥尔丁顿提出三原则:1.直接处理"描写对象",无论主观处理还是客观处理;2.绝对不用无助于表现的词语;3.关于韵律,依据乐句旋律而不是依据节拍的机械重复进行创作。这三原则对当时的新诗革命有着间接的影响,只是由于中国具体的社会历史环境而给予了具体的改造。当日异常重视诗的社会价值的观念影响了诗向着现代的推进。

庞德在1917年发表的《回顾》传达了那个时代的反叛激情,而这一年,正是五四新文学运动正式发端的一年。从他提出创作三原则到写这篇回顾文字的数年间,也正是中国新诗向着旧诗发起革命攻击的准备时间。中国新诗革命不论其有多少中国自身的形态,它从属于世界现代诗总体追求的一个部分,这一论断大体是可信的:

诗歌一直被单纯当做一种运载工具——用来运载诗的或非诗的思维的牛车或马车。或许,"维多利亚时代的伟人们"以及"九十年代的巨头们"自信发展了诗的艺术,但是他们的改良却主要的是局限于声音或形式美方面。叶芝先生彻底摒弃了英格兰诗歌那糟糕透顶的修饰法。他淘尽了所有非诗的糟粕——确有不少糟粕啊。他成了他那一时代的文豪和"历程上的中途"。他把我们的诗的语言改造成为一种柔韧的东西,一种词序不再颠三倒四的白话。

我以为20世纪的诗歌以及今后大约十年中我们期望能写出来的诗歌,将全面出现反对废话连篇的倾向,将会更加强烈和清新,将会像休利特先生所说"更切近骨头"。他将尽可能地像花岗岩一样的坚实,它的力量将蕴涵于真实性之中,蕴涵于它的阐释力之中;我要说的是,它将不会企图用絮烦的浮夸和放纵的奢侈来装扮自己借以显示力量。破坏诗的雄劲和奔放的华而不实的形容词将会减力。起码对我个人来说,我要这样的诗——庄重、坦率,摆脱了感情造作的羁绊。

现在,1917年,还有什么要说的呢?

庞德仿佛是针对中国新诗可能产生的弊端,早在它的草创期便发出预言。也可以说,中国新诗从它诞生之日起便开始重复着世界诗运的成功和失败。这原也自然,因为新诗是参照西方诗歌的模式建立起自己的体式的。这样,我们可以很容易地推想到,庞德写在1919年的这番话,他对空洞华靡的放纵所持有的批判态度不能不在中国的新进诗人中产生共鸣。

由于新诗自身的历史性发展,也由于愈来愈明晰的诗艺术产生的偏离,催促中国新诗现代主义的萌芽和发展,这种发展的动因是由于对浅白平淡少蕴藉的反抗。象征诗的倡导为这种反抗提供了突破口,它的不算成功的实验,为中国新诗展示了艺术的新生面。首先是扩展了思路,证明除了现有的方式之外还存在着其他的可能性。象征主义特别是李金发充满异国情调的艺术实践付出了牺牲和代价,但它的影响之深远,以至于今天我们还不曾遗忘它,说明它所付出的已得到补偿。

自从象征主义以前驱的姿态冲出突破口,随之而来的是中国现代派诗的倡导和实践,它以更为成熟的姿态纠正了象征派的生硬和失度的颓废,并且拥有更为众多的加盟者丰富的现代诗的创造(不再像李金发当年那样基本上是孤军奋斗的状态),它使中国第一次的现代主义艺术大潮以诗为突破口得到纵深发展。

中国新诗现代派是一个公开标榜"纯诗"追求的艺术流派,它选择在一个适当的时期开始它的繁衍,这便是新诗产生 20 年代的偏离之后而社会重大危机并未到来之前,这一短暂的有利时机。中国文学发展的历史基本上都具有这样寻求"空隙"的特点。说是寻找其实也未必切近,就是说,近代以来的中国社会,基本都被各式各样的内忧外患天灾人祸所充填。文学在这样的时期中总是身不由己地沦为社会政治或经济的附庸,从而被迫放弃自己。但艺术又因自身的驱动力而要求发展,这种发展往往"选择"在艺术歧变深刻化和严重化而社会动荡或危机又稍微松弛缓和时期涌出地表。30 年代初期到抗战爆发之前的这一段时机便自然地为现代诗的发展提供了机缘。所以与其说是寻找,不如说是时代吝啬的给予。一个艺术思潮找到了适宜它发展的这一机缘,它便会创造奇迹。但由于"间隙"是短暂的,因此这一奇迹的辉煌也只能是彗星现象,这是中国文学和诗无以摆脱的悲剧命运。当人们终于在过多的社会使命和时代传达的浸淫之中觉悟到审美创造和欣赏的权力受到侵害,诗的独立品格被不断剥夺而欲起而抗争之际,正是现代主义的艺术繁衍发展的黄金时刻。

作为一个艺术的反叛,中国现代诗选择在诗歌日益政治化和社会化的时期出现,它的目标和口号是诗的纯化借以强调艺术有别于其他的属于自身的品质;另一方面,它也是新诗格律化的反抗,自从新月派在新诗中推进诗的格律运动,提出诗的建筑美、绘画美和音乐美的主张,使自由活泼的新诗格局重新受到玲珑精致的形式的约束和压迫,现代派重新以形式的自由、反抗诗的音乐成分为武器宣告了另一次艺术反动。

三、变异与展延。

自从20年代末开始,一直到进入30年代,从艺术氛围看,是日益浓厚的意识形态化。新文学营垒中人,受到无产革命理论的影响,纷纷鼓吹革命文学。1926年郭沫若写《革命与文学》,最后论证出一个数学公式,即革命文学等同于时代精神,或者更简单地表述为文学即革命:"文学是革命的函数。文学的内容是跟着革命的意义转变的,革命的意义变了,文学便因之而变了。"成仿吾提倡更早,新文学运动开展数年,他便提出《从文学革命到革命文学》这一命题宣告了巨大的文学转型。他用非常激进的态度企图转变现代文学的流向——

资本主义已经发展到了最后的阶段(帝国主义)。全人类社会的改变已经来到目前。在整个资本主义与封建势力二重压迫下的我们,也已经曳着跛脚开始了我们的国民革命,而我们的文学运动——全解放运动的一个分野——却还睁着双眼,在青天白日里找寻以往的迷离的残梦。

我们远落在时代的后面。我们在以一个将被"奥伏赫变"的阶级为主体,以它的"意德沃罗基"为内容,创制一种非驴非马的"中间"语体,发挥小资产阶级的恶劣的根性。

我们如果还挑起革命的"印贴利更追亚"的责任心来,我们还得再把自己否定一遍(否定的否定),我们要努力获得阶级意识,我们要使我们的媒介接近农工大众的用语,我们要以农工大众为我们的对象。

这些话比后来延安文艺座谈会的用语大约早讲二十年。这样的氛围给纯文学的提倡以极大的压力,同时也引发更为深沉的反抗情绪。施蛰存回忆说,当时"普罗文学运动的巨潮震撼了中国文坛,大多数的作家大概都是为了不甘落伍的缘故都'转变'了。《新文艺》月刊也转变了。于是我也——我不好说是不是,转变了。我写了《阿秀》、《花》这两个短篇。但是,在这两个短篇之后,我没有写过一篇所谓普罗小说。这并不是我不同情于普罗文学运动,而实在是我自觉到自己没有向这方面发展的可能。甚至,有一个时候我曾想,我的生活,我的笔,恐怕连写实的小说都不容易做出来,倘若全中国的文艺读者只要求着一种文艺,那是我唯有搁笔不写,否则,我只能写我的"。(《我的创作生活之历程》,《创作的经验》,上海天马书店1935年版)由此可见当日风气之一般。

就文学内部而言,当时另有一种流向即以新月为代表的把艺术推向极致的规范精美的意图。这从另一方面即艺术自身的窒息扼杀了五四新文学勃发的生机。现代派的出现,其重大意义在于在内外两重压迫之中以年轻的、稚弱的力量开展两个层面的抗争,这对于一个新生的艺术潮流来说,需要极大的勇敢和智慧。特别是,中国文学从它诞生之日起就已逐渐确定的主流形态——现实主义的,或浪漫主义的,特别是现实主义的——而现代主义的文学形态总是作为主流之外的非主流的甚至是逆流的存在。它的处境的艰危不难想象,而在这样的处境中进行复杂的抗争,更需要更大的韧性和毅力。

《现代》杂志选择在这样时刻,集中了一批当时不拥有实力和影响的作者出现在中国文坛。1932年5月《现代》创刊,主编为施蛰存。三卷以后,杜衡加入,施杜二人主编。《现代》杂志致力广泛介绍文学的世界新潮偏重于现代主义创作理论的倡导,具有鲜明的现代顺向。与《现代》相呼应,卞之琳的《水星》在北平出版。1936年戴望舒主编《新诗》,卞之琳、冯至、孙大雨、梁宗岱等应邀参加,现代主义形成大潮。在此前后尚有《现代诗风》《星火》《菜花》《诗志》等刊物,不仅推进了当时的现代诗运动,并且经由路易士把现代的火种带到台湾,繁衍了50年代在台湾中心点燃的现代诗的火种,此是后话。

现代派的出现从诗的形式来说,既是对五四白话诗结构过分自由的反抗,又是对新月派的固定的反抗,它是诗艺发展走向成熟,诗人经过多方实践有了充分的自觉,并且直接受到世界诗歌新潮的震撼之后的基于艺术规律的触发而产生的艺术变革,它是一种历史性沿展而形成的艺术现象而不是偶发的事件。孙作云刊于1935年《清华周刊》第43卷1期的《论现代派诗》是数年出现的一篇系统评论,他论证了这种基于艺术要求的历史必然:

> 一般地说来,现代派诗是对于整个的旧形式的匀整及旧题材的反动。诗人们的题材多雷同,千篇一律,已失去诗的刺激力。故一变而恢复到田园的题材,牧歌的原始追怀。生在20世纪都市的人们,如果拿起三百篇的"风"诗和旧约上的宇罗门歌一读,换换口味,倒真能逸兴遄飞。这里有一个文学的基本原理:那便是人们读厌了或作厌了形式匀整和意境雷同的诗,往往希望有形式疏散,意境新莹的诗出来替代。

他尤为精辟地叙述了当时出现的这一新诗形态的时代内涵,指出"横亘在每一个作家的诗里的是深痛的失望,和绝望的悲叹","他们怀疑了传统的意识形态,但新的意识并未建构起来。他们便进而怀疑了人生,否定了自我,而深叹于旧世界及人类之溃灭。这是一个无底的深洞,忧郁地,悲惨地,在每一个作家的诗里显露着。这是现代诗的内容的共同特点。到后来,竟有诗人写肺病,吐血,思想的不健康,心理的病态,竟达到这样的地步。这一种世纪末的悲哀使少年的诗人们在法国象征派的诗中找着了同调。"

四、纯正品质的倡导。

总的说来,由《现代》杂志发起的并由戴望舒等一批当时的非资深诗人参与的现代诗运动其本质是一种要求艺术自立,要求合于规律的诗美建设的艺术革新运动。它所强调的是诗的纯正的艺术品质,摒弃诗的意识形态的侵入以及匡正诗自身的变异的一个建设性的行动。吴奔星在《小雅》第3期的编者按里称1936年为中国新文学以来的诗的"狂飚期",诗的技巧至此也臻于佳境为"成熟期",对比以往的荒凉,诗作为小说、戏剧附庸的畸形状态,情形有大的改变。这是中国新文学运动的"诗的黄金时代"——这种判断建立的依据在于诗的审美意识的自觉,以及纠正各种偏离的文体意识的基础之上,是可信的。路易士在《三十自述》一文中这样评价当日诗坛:"我称1936—1937这一时期为中国新诗自五四以来一个不再的黄金时代。其时南北各地诗风颇盛,人才辈出,质佳量丰,呈一时嗅之馥郁的文化的景气。除了上海,例如北京、武汉、广州、香港等各大都市,都出现有规模较小的诗刊及偏重诗的纯文学杂志。"

不幸的是这种"黄金时代"很短暂。中国现代诗可说是生不逢时。20年代后期30年代初期蓬勃而起的诗的趋向激烈的意识形态化是由于革命化理论的输入和引进,这种意识形态的传播又由于30年代中后期的民族危机日渐受到鼓励而不断强化。所谓现代诗的纯诗运动就只能生长在这个极短的时间夹缝之中,而且在它的生长过程还承受着极大的社会心理,艺术惰性和艺术偏见的压力。

现代诗从它出现之日起它所构筑的精致的艺术的象牙之塔就与周围的遍野哭声和硝烟形成极大的反差。人们因为它与时代的偏离进而谴责它的艺术内涵和艺术形式。人们习惯于宣称他们为"反动"和"逆流"。"由于杜衡以提出'第三种人'著称,并和胡秋原'自由人'主张相呼应招致了当时左翼文艺运动的严肃批判,人们已经习惯地把他们归入反动的'别动队'一流"。(见赵遐秋、曾庆瑞《中国现代小说史》)在一般的文学史和理论述评中,对这一流诗风的批判随处可见:"他们兜售的颓废的、虚无的、变态的、神秘的乃至色情的思想倾向",是"少数冒起来又破灭了的水泡","是西方时麾文艺流派在中国的微末影响","是西方资产阶级文学思潮最后的回声。不久,他们的声音就被革命胜利的礼炮声所代替"。(鲍昌:《现代文学研究与当代文学思潮》,《中国现代文学研究丛刊》1985年4月)

在诸种压力下,甚至现代派文学的倡导者,或是为了适应生存或是为了自我辩护,他们以不明晰的宣言传达他们当时相当矛盾的心理状态和动机。1932年5月1日《现代》杂志《创刊宣言》宣称"本杂志并不预备造成任何一种文学上的思潮、主义或党派"。事隔半个世纪之后1984年上海书店重印出版《现代》杂志,施蛰存在《重印全份〈现代〉引言》中重申:"这个刊物没有任何一方面的政治倾向,刊物的撰稿者并没有共同的政治立场"。也许事情本身即是如此,据资料证实,《现代》创刊的动机,像"一二·八"战事之后,上海文化出版业亟待振作,上海现代书局洪雪帆、张静庐计划创办一个能持久的刊物以使门市维持热闹的"商业观点"的刊物,故有《现代》创办之举。施蛰存辩解《现代》杂志既不属于左翼文学,又为国民党所不容,亦不是"第三种人"的刊物,他甚至拒绝和驳斥说该刊"提倡所谓《现代》的观点"。文学史有不少例子说明这种虽无明确的宣告但却践行了明确的文学革新的事实。

但事情的真质往往在事后为另一些更为客观冷静的论述所说明。蓝棣之在《现代派诗选·前言》有一段论述大体廓清了这一个文学谜:

> 文学史上一个流派或者一股文艺思潮的出现,是不以个人主观意志的转移的。归根到底,它是社会生活条件和作家意识形态相结合的产物,它是作者对社会美学要求的呼应。同时它又有深刻的历史渊源,得从它之前已经积累的文艺潮流演变的某些趋势出发。即使个人的倡导成功,也只是暗合于某种趋势,不过这并不是每个当事人都能够自知的。《现代》的编者说他们"没有造成某一种文学流派的企图",可是又说读者所投寄的诗和《现代》后期所发表的诗,"形式和风格却还是相近的",有着"共同的特征"。这个话正好道出了一个流派的形成,有着某些局中人难以深刻理解的深刻根源。迄今为止,施蛰存还认为"这个刊物上发表的诗事实上并没有成为一个派",原因之一是他局限于《现代》杂志范围之内来考察现代派,没有从更广阔的文学背景和历史过程看问题,甚至没有看到现代派的形成、特征与"纯艺术立场"之间的内部联系……

当时现代诗也承受着它的新奇诡异所带来的读者接受方向的压力。这压力当然自"诗怪"李金发发表"怪诗"之日起就已开始。但现代派的出现并没有消解对它的尖锐责难,尽管现代派从一开始就体现出与李金发的"全盘西化"不同的温和色彩,1933年10月《现代》杂志第三卷第五期有一份资料对于证实当日以至今天中国批评界和接受者对于艺术变革的自觉抵抗和拒绝是极好的说明。以下是该期《现代》的《社中谈座》《关于本期所载的诗》的读者来信及编者答复读者吴霆锐投书编者施蛰存对《现代》所刊作品提出批评,信中说:"自从拜读了你诗的大作后,直到现在没有解决下来,就是对于诗人戴望舒先生的作品,也抱着同样的怀疑。"这位读者抱怨那些诗不合常规,他看不懂:"明明像散文般的一首诗,又没有古典作弄读者,可是读上去毫没有诗的节奏,又起不起情感上的作用。(请你不要以阅读能力来压倒我),简直可说是一首未来派的谜子。唯物文学我并不反对,但是——这一类未来派的新诗,使人玄妙、玄妙、玄妙——如入云里雾中!"

《现代》编者施蛰存耐心地答复这些习惯了传统诗的读者对于现代诗的责难,指出"诗的从韵律束缚中解放出来,并不是不注重诗的形式,这乃是从一个形式换到一个新的形式",他为现代诗辩护,反驳了认为现代诗不是诗的说法:"吴君以为《现代》中的诗都是谜,这一个意见我当然不能同意。我虽然不能说《现代》中所刊的诗都是我所十分满意的,但至少可以说它们都是诗。""即使如吴君所希望的,有韵律的作品,也可能算是诗,必须要从景物描写中表现出作者对于所描写的景物的情绪,或说感应,才是诗。故诗决不是一幅文学的图画,诗是比图画更具有反射性的。我以为吴君,必须探索一下他所认为是谜诗的东西,直到他承认这些东西并不具有谜性,则吴君方始能承认它们是诗。"这是一段为当时的"朦胧诗"辩护的文字。施蛰存在这里借读者所用的"谜性"的概念,即读者认为的现代诗的懂与不懂其实是作为接受者必须直接面对他所陌生的,直至与它认同,方能进入其堂奥。施蛰存坚定地认为:"读者如果一定要一读即意尽的诗,或者可以像旧诗一样按照调子学唱的诗,那就非可以语新诗了。"

上面所引是两则很有趣味的历史资料。首先,它证实了我们论证的《现代》杂志的流派性质,它是有别于旧诗,也有别于初期白话诗的现代诗的倡导者,是与同时李金发为代表的象征派诗的提倡相衔接的现代诗初潮的组成部分。其次,这次发生在数十年前的诗的懂与不懂的讨论(大约半个世纪以后的80年代,这样的论争又以"朦胧诗"的形成重复了一次),这证实《现代》所刊诗作在当时所具有的"先锋"性质,它与当日读者所能接受的习惯形成逆反。对于今日的我们,那一切纠缠都不陌生,不同的是,当日的读者和编者大体都心平气和,观点的歧异没有如同后来的人们那样习常会借助非艺术的霸权话语所具有的断然的不平等对话的性质。

五、艰难的突围。

30年代人们习惯于把发展到当时的新诗分为三个时期,即自由的发祥期;受到西洋浪漫派诗影响的中国新诗格律试验期;以及格律诗试验退潮之后以异军突起的李金发的先导的现代诗运动。钱瑛在《诗》小引中对李金发有一段评语切近实际:"他的诗,词句方面,有好多所在,简直像不通,又喜欢应用文言的句子,可是和放大小脚,却截然两样。读他的诗,只有一句或一段,虽然难解;然而看了全篇,很可以叫你得到一个鲜明的影象。"当时能够有这样的理解精神是十分可贵的。但开风气之先的李金发不仅是异军突起的现象,而且大体还是"孤军奋斗"的现象。能够成为一股潮流而向着那时已成定习的局面冲击的,有赖于以戴望舒、施蛰存、杜衡等坚定于现代诗潮的一帮人的努力。

中国现代派尽管生不逢时,但是由于当时受到西方现代主义潮流影响而集聚起来的艺术新力的冲激,却形成了自有中国新诗以来较之文学研究会、创造社,新月派都更为有力的强悍的攻势。这是中国新诗试图更大限度上摆脱中国古典幽灵的缠绕而从那片泥淖举步走向世界、日益缩小中国诗与世界诗的差异和差距的艰难的突围。之所以说是一次最有力的行动,在于理论和心理毕备的充分,也在于创作力量的强大。戴望舒无疑是继李金发之后更为成熟也更有号召力的一个形象出现在当日诗坛。1932年他发表在《现代》第二卷第一期的《望舒诗论》共有十七条,虽然简约,其所具有的反叛精神体现在他对古典的和浪漫的传统诗观的批判上。

戴望舒诗论集中地否定前人对于诗的外在形式的重视,它首先攻击了诗的形式主义的倡导而极力张扬作为诗的决定要素的内在精神。他认为所有的形式都只能在这个前提之下方有它的意义。戴望舒诗论有不少条目是针对新月派主张的诗的音乐、绘画、建筑美的外在形式主张,其中重要的有:"(1)诗不能借重音乐,它应该去了音乐的成分。";"(2)诗不能借重绘画的长处";"(3)单是美的字眼的组合不是诗的特点。";"(5)诗的韵律不在字的抑扬顿挫上,而在诗的情绪的抑扬顿挫上,即在诗情的程度上";"(6)新诗最重要的是诗情上的 Nuance 而不是字句上的 Nuance";"(7)韵和整齐的字句会妨碍诗情,或使诗情成为畸形的。倘把诗的情绪去适应呆滞的、表面的旧规律,就和把自己的足去穿别人的鞋子一样。愚劣的人们削足适履,比较聪明一点的人选择较合脚的鞋子,但是智者却为自己制最合脚的鞋子。";"(12)不应该有只是炫奇的装饰癖,那是不永存。"

以上所引各条都是针对当时风靡诗坛的一种观念而发的,可以看出,新月一群的出现在于反对诗的散漫和浅淡,他们的"创格"行动意欲匡正当日的诗风,但这种匡正却使诗过于看重形式的建设而使诗缺少内在动力。徐志摩是诗坛的一个大家,但他的诗以形式的华美掩盖了内情的单一甚至贫乏。闻一多的诗总的说来内容是平实的,但也有过于注重形式的毛病。至于新月的其他诗人,其中一些很有成就的中坚分子,迄今我们除了对他们在形式的建设方面留有突出的印象之外而要辨认出他们的各自个性便感到困难。要是把戴望舒及《现代》杂志的主张放在这个艺术背景上观察。我们便不难发现戴望舒的这些主张有着鲜明的针对性,更是充满了匡正时弊的精神的。

戴望舒的这些有着独特见解的诗学宣言,除了以对于诗的内在情绪的强调以及对形式主义倾向的批判为特点之外,他还以世界性的艺术襟怀体现出我们以上所概括的战斗精神——对于在中国这个有着自足保守传统的地域进行创造劳动的诗人来说,这种精神便显得极为可贵。戴望舒说:"(13)诗应该有自己的 Originality,但你须使它有 Cosmopolitan,两者不能缺一。"还有:"(17)只在用某一种文字写来,某一国人读了感到好的诗,实际不是诗,那最多是文字的魔术。真的诗的好处不就是文字的长处"。对于中国诗人来说,民族、国家的概念有时可以理解为局限或封闭的同义语,中国传统文化的卫道者往往以此为武器自我辩护或攻击异己。能够拥有这种世界性观点的人,在中国不仅是醒者,而且是强者,以此为前提,它有可能在古旧的氛围中透出一些生气。

但在中国能够实现这种文化突围存在着超常艰难的考验,几代文人也许会因而留下了斑驳的伤痕,但无疑都是国中的勇者。因为中国传统文化太深厚,对它取温顺的臣服态度远较对之持谨慎的批判态度者处境要好,可能中国文人或作家对此都有切身的体验。

戴望舒诗论中有一些部分仍然表现了一般中国知识界难以规避的妥协性,例如他在诗论之十、之十一两条说:"不必拿新的事物来做题材(我不反对拿新事物来做题材),旧的事物中也能找到新的诗情";"旧的古典的应用是无可反对的,在它给予我们一个情绪的时候"。从道理上讲这些提法是对,但作为现代新潮的推动者,给巨大的传统势力以缝隙,便可能动摇他的坚定性。"旧的古典的应用是无可反对的"和"旧的事物中也能找到新的诗情",都是这样的"缝隙"。旧的力量完全可以通过这一道缝打进一个楔子,从而导致倾斜。

奠定戴望舒的诗史地位的是他的名作《雨巷》。这首诗的最初赏识者是叶圣陶。叶当时编《小说月报》,读《雨巷》,即来信称许他"替新诗的音节开了一个新的纪元"。正是由于这首诗使戴望舒获得了"雨巷诗人"的称号。

　　撑着油纸伞,独自
　　彷徨在悠长,悠长
　　又寂寥的雨巷。
　　我希望逢着
　　一个丁香一样地
　　结着愁怨的姑娘

　　她是有
　　丁香一样的颜色,
　　丁香一样的芬芳,
　　丁香一样的忧愁,
　　在雨中哀怨,
　　哀怨又彷徨;

　　在这里,中国现代诗人的追求等待和彷徨是真实的。这诗以自由而随意的散章句法,体现了一种新的节奏感和韵律感。较之新月派的"豆腐干"式的规整板滞的确是开了新诗音节的新纪元。但作为受到欧洲现代主义诗风影响而立志在国中树起现代潮流的先行者,他的允许古典情调对新诗的进入是一个失策。这样,传统的形象和情调便会以无所不在浸漫吞噬并最后消解困难中生长的现代意识。《雨巷》一诗的立意借助于南唐中主李璟《摊破浣溪沙》"青鸟不传云外信,丁香空结雨中愁"意境。整首新诗在音韵铿锵的氛围中把古典词人的情绪作了白话的处理,这不能说是艺术的前进。当时有人评价《雨巷》是"象征派的形式,古典派的内容",这种批评不为过分,要是我们把语言和意象也当做形式,则连形式的象征派特征也都不存在了。我们要是据此回想胡适早年所痛感的对于旧词调的驱逐之艰难,则现在这样借助"现代"的名义把旧调子请回来,这等于给本来就雄心勃勃的传统势力以机会。这体现了我们前述的不彻底性。即使在戴望舒这样的前驱者那里,中国传统力量的捆缚也是一种积习而难得挣脱的。

但戴望舒毕竟不同于他人,他能够及时觉悟他的某种陷入并且及时地将他的脚从那个其深无比的泥淖上拔出。杜衡是戴望舒的好友,他在《望舒草·序》中有一段相当中肯的分析——

> 人往往会同时走着两条绝对背驰的道路的:一方面正努力从旧的圈套脱逃出来,而一方面又拼命把自己挤进新的圈套,原因是没有发现那新的东西也是一个圈套。望舒在诗歌底写作上差不多已经把头钻到一个新的圈套里去了,然而他见得到,而且来得及把已经钻进去的头缩回来。一九二七年夏期,望舒和我都蛰居家乡,那时候大概雨巷写成还不久。有一天他突然兴致勃发地拿了张原稿给我看,"你瞧,我底杰作",他这样说。我当下就读了这首诗,读后感到非常新鲜;在那里,字句底节奏已经完全被情绪的节奏所代替,竟使我有点不敢相信是写了雨巷之后不久的望舒所作。只在几个月以前,他还在"彷徨"、"惆怅"、"迷茫"那样地凑韵脚,现在他是有勇气写"它的拜访是没有一定的"那样的诗句了。

杜衡所说的从旧圈套脱逃出来,应该是指戴望舒对格律诗人过分追求诗的外在形式的否定,而他所谓挤进一个新的圈套,应该是指诗人对于旧形式的失去警惕,而通过自认为的创新,使新瓶装了旧酒。戴望舒的好处是他"来得及把已经钻进去的头缩回来",这体现一个现代诗潮代表诗人的素质,他很快地否定了自己的歧途。这种自省和调整的能力,是一个诗人文化素养、丰富学识,以及机敏的自我调节能力的证明。这个歧途并不如杜衡所说的是仅仅在于他对"音乐的成分的勇敢地反叛",而是他觉悟到他的《雨巷》为代表的那些作品不体现他对古典传统和浪漫派的反叛,他的那些创作不体现现代精神,这些创作活动也不代表艺术的前驱性质。戴望舒这种"反叛的觉悟"的实际行动是他及时地否定了当时正在风靡诗坛的《雨巷》而推出从它的内涵和形式都使读者和批评者为之震动的自己的得意之作《我的记忆》:

> 我的记忆是忠实于我的,
> 忠实甚于我最好的友人。
>
> 它生存在燃着的烟卷上,
> 它生存在绘着百合花的笔杆上,
> 它生存在破旧的粉盒上,
> 它生存在颓垣的木莓上,
> 它生存在喝了一半的酒瓶上,
> 在撕碎的往日的诗稿上,在压干的花片上,
>
> 在凄暗的灯上,在平静的水上,
> 在一切有灵魂没有灵魂的东西上,
> 它在到处生存着,像我在这世界一样。
>
> 它是胆小的,它怕着人们的喧嚣,
> 但在寂寥时,它便对我来作密切的拜访。
>
> 它的声音是低微的,
> 但是它的话却很长,很长,

很长,很琐碎,而且永远不肯休……

这才是现代新诗。不论是从它的表现对象、表现方式,从题材、内涵到语言、意象,不仅对于古典诗歌是一个迄今为止最果断也是最彻底的决裂,而且对于业已经历多次反复和诸多艺术流派有效实验的中国新诗也是一个全新的、给人以奇异感受的艺术实践。充斥于《雨巷》之中的那些陈旧的思维方式,陈旧的情感表达,以及陈旧的语言形象,在这里都得到最无情的驱逐,而把诗的触觉伸向了人的大脑活动的"记忆",这个"空无之域"却成了他的诗意驰骋的天空。

读者总是保守于诗人。当时或后来人们难以理解为什么给诗人带来荣誉的"雨巷"如此迅速地为诗人所否定。他们对诗人的厌旧喜新总是感到疑惑。现在看来是戴望舒表现了对于"古典"情调的厌倦。是"现代"精神这块新的磁铁吸引了他的诗情,他对《我的记忆》的难以控制的得意与喜悦之情,正是他的现代艺术精神找到了适当的现代表现形式的天造之合。

中国新诗艺术由于世界现代主义艺术的浸润,在这个时期形成了自由活泼的空前开放的空间。尽管这局面很快地为其大无比中国社会的阴云所遮蔽。但短暂而欣喜若狂的现代诗还是迎到了它的创作的收获季。《现代》杂志的周围团结了一批锐意于艺术变革的年青人,他们以现代艺术精神进行着对于古典王国的突围,他们是真正的传统诗风的叛逆者。

《我的记忆》的出现标志着新诗表现领域的又一次拓展。现代人的感觉把相像性引入了新诗表现的范畴,人们表现"记忆"这样不具形的事像一下子就到达一种较为完整的境界。《我的记忆》开了头,随后这种表现便得到了更为广泛的实践和欣赏的认同。何其芳的《欢乐》把人的情绪这个同样抽象的东西表现得具体而精妙:请告诉我欢乐是什么颜色?是不是可握住的如温情之手,还是可视见的如亮着爱的眸光?最惊人的还是这首诗的结句,它以不确定的与欢乐相反的另一种情绪来表现他所表现的欢乐——

> 对于欢乐,我的心是盲人的目,
> 但它是不是可爱的,如我的忧郁?

以往的价值判断在这里消失了。在以往,人们常以是否写出了具体的人生场景以及是否传达了实际的思想情感作为评判诗歌优劣的标准,就是说,那时人们对于诗的价值的估量是实际和具体的,抽象的,意识深处的,以及表现通感的,对于新诗批评都还是一个个陌生人。现代主义诗风的传入,它的最大功效恐怕还在于它对新诗艺术表现领域的开拓上面。现代诗艺借助一个社会空隙获得了发展的契机,随后,它成为一个艺术暗河,运行在中国艰难的人文环境的地层中。尽管处境危难,但这个潜流却不曾中断。它不时地利用适当的时机露出地面,随后又悄然地隐入地心。

但我们仍然感谢时代给予我们的这个空隙,一个空隙可以造成长久的辉煌。要是不只是这样的空隙,而是无限的空间,那么,中国的艺术将出现怎样的奇观?然而,这是不可奢望的,因为这是中国。中国有悠久而深厚的艺术传统,这个传统因为自身强大而具极大的排它性(当然,它也吸取,也融汇,然而,仍然是以我为主的),它造成一种抗拒的心理。这种抗拒无所不在,它的主要目标是那些有悖于传统主流现象的新质,它可以轻而易举地把这些新质判为异端,而后,利用全社会约定俗成的积习诅咒并吞噬它。

然而艺术新质的生命却异常的顽强,它可以暂时地消隐,却不会真正地死亡。中国社会可以掩埋那些充满生机但与传统秩序格格不入的一切新物,但新物在这样的环境也拥有了自己的生存下去的能力。现代派在当日及日后遭到宣判,它被定性为诗的逆流,属于布尔乔亚的末世的哀音。蒲风在《五四到现在的中国诗坛鸟瞰》一文中对戴望舒及他所代表的现代派持激烈的批判态度,有些批判已相当尖锐,他认为现代派是"象征主义和新感觉主义的混血儿"——

> 在他们的作品,多神秘的不可懂的思想,并且正因为朦胧难懂而被认为这是他们(尤其是李金发)的长处。内容呢,因为他们中不少世家子弟,也不少农村里的或业已走到都市上的地主少爷,所以特多早年的美丽的酸的回忆,并且不时出现一些避世的虚无的隐士的山林思想,什么黄昏呀,寂寞呀,故都呀……凡封建诗人所常用的字眼,都是他们的唯一的材料。

这些文字,已经透露出非艺术的批判的迹象,在随后的日子里这种批判有增无减。但现代艺术的火种一经点燃却不会熄灭,就当日而言,一批新进诗人借现代主义的辉耀跃上了诗坛,为中国新诗的发展作出了贡献。与戴望舒同时的,有聂绀弩、徐迟、金克木、路易士、杜衡等,值得一提的是当日的汉园三诗人,何其芳在三人中成就最高,他的诗风浓艳有晚唐风韵,他能够把现代人的细微感受与传统意象完美结合而造出极精微的现代艺术。这里是他的《夏夜》:

> 在六月槐花的微风里新沐浴过了,
> 你的鬓发流淌着凉滑的幽芬。
> 圆圆的绿荫作我们的天空,
> 你美目里有明显的微笑。
>
> 藕花悄睡在翠叶的梦间,
> 它澹香的呼吸如流萤的金翅,
> 飞在湖畔,飞在迷离的草际,

扑到你裙衣轻覆着的膝头。

夏季女性沐浴过后的鬓发的光泽和香气,以及夜间闪亮的眼睛的情态,何其芳在这首诗中造出了艺术精湛的奇绩。由于纯诗的倡导把诗的艺术表现力推到了非常精细的境界,而与草创期的不重视艺术的现象截然有别。

何其芳《预言》中大部分诗都有这份浓郁和精巧,也许他的艺术合成中因借助古典意象和语言较多而现代气氛减弱,而他的汉园朋友卞之琳因而却造出了现代艺术的精品。卞之琳写作谨严而作品数量不多,但似乎时间愈久而它的价值愈突出,一曲《断章》已成为数十年来被谈论不休的诗界佳话:

你站在桥上看风景
看风景的人在楼上看你。

明月装饰了你的窗子,
你装饰了别人的梦。

诗到了这里不再是平面的铺展而是立体的组合。透过画面的纵深,它展现的是人生的多面,新的动态的现代的人际关系通过寥寥数句得到深沉的综合。每个人在现代社会都是一个主体,同时对于他人而言,你又是客体。你在观察他人的同时又被他人观察。这种离开单纯关系的复杂和交错,正是深刻而内在的现代社会的情感缩影。新诗在初期以自由散漫而成的一种积弊,新月派为纠正这一弊端而创格,但它不久也流于外在的铺排而缺乏精练。卞之琳通过《断章》以及他的其他诗作,不仅把现代精神的内核引入新诗,而且以浓缩而精深的大容量的简约风格而为新诗建设增添了新力。

《现代》出版后,由于它对现代主义诗的提倡,一时集聚了一批很有潜力的诗人,也有相当优秀的现代诗陆续推出。人们对这种诗风感到陌生,有质询的,也有批评的,《现代》编者回答说,"它们是现代人在现代生活中所感受的现代情绪,用现代的辞藻排列成现代的诗形",并且据此解释说,所谓现代人的生活和情绪是由于现代社会的特性所促成的,这就是:"汇集着大船舶的港湾,轰响着噪音的工场,深入地下的矿坑,奏着Jazz乐的舞场,摩天楼的百货商店,飞机的空中战,广大的竞马场……"(《现代》四卷一期)《现代》编者的这一番话传达了当日现代诗提倡者的确具有现代的观念,他们的话证实他们确实是坚定的现代诗人。

在这一批诗人中,废名是很少被提到而又最具现代气质的一位诗人。他的作品以晦涩怪诞著称。但今天读来,我们不是感到它的陌生而是惊叹于当日实践的坚定和彻底。这里是废名所见到的现代都市的《街头》:

> 行到街头乃有汽车驰过,
> 乃有邮筒寂寞。
> 邮筒 PO
> 乃记不起汽车的号码×,
>
> 乃有阿拉伯数字寂寞,
> 汽车寂寞,
> 大街寂寞,
> 人类寂寞。

这完全是现代人所感受到的现代情绪,工业都会的繁荣,表面喧嚣之下,人与人关系反而冷漠彼此孤立无援。废名在那里便把现代人的孤独感表现了出来,这的确是先行者的敏锐和勇气。

六、现代艺术种子的播扬。
历史性的深远影响。

在现代主义倡导中,新诗名家辈出。这些名字后来长时间一无例外地受到冷漠的对待。但它所开创的现代诗风却成为中国现代诗史不可抹杀的一页。中国现代诗所受的巨大打击是历史性的,这我们将在随后一章详加论析。总之,在长时间内它受到曲解和诬陷已是历史事实。但即使如此,在长时间的掩埋中,我们不时可以看到这一时代现代诗前驱者们播撒的火星的闪烁。40年代在大众化和通俗化提倡的最盛期,在大后方以西南联大师生为核心掀起了一场不大也不小的现代诗热潮。冯至著名的《十四行集》给长久沉寂的现代诗吹来了新鲜的空气。由于冯至的倡导,西南联大一批大学生以里尔克、奥登等现代名家为楷模,广泛而热烈地进行着现代诗的创作。穆旦、杜运燮、郑敏、袁可嘉、王佐良等都是在这个热潮中涌现的。现代诗的火种随着学校的迁回内地不久便在上海和北京得到蔓延。40年代后期在艺术环境相当恶劣的情势下《中国新诗》在上海创刊,虽然该刊不久便随着战争的扩展而终止,但那时的工作却奠定了今日被称为"九叶诗派"的后期现代诗的基石。

中国现代诗的运动因受到社会压力而在某一时空中萎缩以至表面性的断流,但在另一时空,却由于特殊的环境气氛而得到发展推衍。路易士是戴望舒的诗友,他发表过很多现代诗。到了台湾,他易名纪弦,于50年代发起现代诗运动,创办了《现代诗》诗刊,一时应者百余人,把中国新诗四十年重燃的后期现代诗火种予以接续。纪弦的现代诗火种是从中国大陆带去的,他以一星之火而把中国现代诗的传统在台湾加以发扬。从50年代开始,经60年代的繁荣发展,中国现代诗的精神在那里得到了极大的传扬,从中也培养了许多杰出的诗人。这的确证实了真正的艺术,它的力量是不可抗拒的。

我们从现代诗在台湾的繁衍还得到关于艺术生态的某些启示。在中国大陆,由于特殊的社会氛围,长期推崇的是叫做主流形态的文学和诗歌。由于主流借助行政的扶植巩固自己的地位,可是非主流的文学现象长期受到压抑。现代诗风在大陆的厄运旷日持久,在某一时刻甚至造成了完全的断绝。大陆的现代诗的真空是 20 世纪 50、60 年代的事实。这种中国新诗史上的遗憾却由于台湾同行的努力,特别是由于纪弦的提倡,得到了补偿。由此可见艺术的不平衡状态是不会持久的,凡是合理的艺术,它自身的生命力总要寻找机会来弥补它在另一个地方和另一个时间的损失。从这点上看,尽管中国新诗 50、60 年代有过失衡的发展,但由于另一个方面的有利补充,使它的生态获得了平衡。

以上的分析,是我们在新诗面临挫折之余我们对于自身怅惘情怀的一种自我解脱。我们为新诗找到了生态平衡的证实,同时也就对自身实行了心理平衡。其实,中国新诗摆脱意识形态羁绊而进行的苦斗从新月开始近十年间已经有了收获,而不得不在中国社会危机的面前止步乃至后退,这是新诗发展史上的不幸,是任何解释也难以改变的。

记得 1931 年陈梦家编选《新月诗选》写过一篇热情奔放而又十分华美的序言。在那里,他传达了对诗的"醇正"与"纯粹"的向往。他说:"我们以为写诗在各样艺术中不是作家可轻易制作的,他有规范,像一匹马用得着缰绳和鞍辔。尽管也有灵感在一瞬间挑拨诗人的心,好像风不经意在一支芦管里透出和谐的乐音,那不是常常想望得到的。精心刻意在一件未成就的艺术品上,预先的想好它最应当的姿态,就能换得他们苦心的代价。"这话代表了中国新诗经历痛苦实践换来的觉悟。人们终于悟到诗是艺术,做诗必须像雕刻一件艺术品那样按照艺术的规则行事。正因为感受到了中国诗运先天地不纯正,因此纯诗的主张在当日具有进步的意义。当然,伴随纯诗的主张而来的会有诸多的纠葛,但纯诗观念的形成和提出,对于中国新诗建设而言,它所具有积极的和推进的意义不可抹杀。人们不应忘记陈梦家在这篇序文中传达的那种开阔的视野和建设的热情,特别是面对现代退潮之后新诗经过的长期的苦难,陈梦家这些自然而纯真的话却具有极重大的纪念价值:

> 十年来的新诗,又像一只小船在大海里飘:在底下有那莫可以抵抗汹涌的从好远的天边一层卷一层越过越强蛮的水浪,追着船顺着它行;但侧面那从更辽远的高山丛林间吹来的大风,也有难以控制的雄力,威胁风帆朝着它的方向飘。船只有一个舵,他要听从哪一方才好?我说,不是风,也不是水势。他应该,一半靠着风一半靠着水势,在风和水势两下牵持不下的对抗中,找一个折衷的自然趋向。
>
> 我们自己相信一点也不曾忘记中国三千年来精神文化的沿流(在东方一条最横蛮最美丽的长河),我们血液中依旧把持住整个中华民族的灵魂,我们并不否认古先多少诗人对于民族贡献的诗篇,到如今还一样激动我们的心。可是到了这个世纪,不同国度的文化如风云会聚在互相接触中自自然然溶化了。我们的小船已经在大洋里便不由你自己作主,因为风抵住你的帆篷(她至少也有一半操纵的力量)。外国文学影响我们的新诗,无异于一阵大风的侵犯,我们能不能不受它大力的推动湾过一个新的方面?那完全是自然的指引。我们的白蔷薇园里,开的是一色雪白的花,飞鸟偶尔撒下一把异色的种子,看园子的人不明白,第二个春天竟开了多少样奇丽的异色的蔷薇。那样全是美丽的,因为一样是花。

第八章　抒情时代的终结

一、时代苦难给艺术的压力。
　　一代人的自我否定。

前面说过,中国现代诗生不逢时。它不合时宜推进诗的唯美主义,要是从新月派、象征派算起,到现代派的出现并消失。从1926年《晨报副刊·诗镌》起始,至1936年《新诗》杂志出版止,前前后后十年之久的现代诗运动,终于在中国社会的严重时期无法继续下去。

在这个运动中,何其芳是后起之秀,一本《预言》是唯美的极致。诗人何其芳在这本诗集中放任地、无所顾忌地为自己的欢乐和哀愁歌吟,为一个小生命的美丽的夭亡哀叹。诗到了这位诗人手中变得无拘无束的自由潇洒。他写诗不是为了别人,而似乎仅仅只是为了自己。他精心地制作着一件又一件纯粹的艺术品。自有新诗历史以来,也许这是第一位这么专注地心不旁骛地把诗当做纯粹的艺术品来创造和欣赏。

就是这位何其芳,在《预言》的最后一首《云》中,他开始怀疑自己的情感和表达情感的方式。诗人写自己走到乡下,看到失去土地的农民,"他们的家缩小为一束农具";他走到城市看到荒淫的无耻。于是,他表示:

从此我要叽叽喳喳发议论:

我情愿有一个茅屋的草顶,

不爱云,不爱月,

也不爱星星。

　　这真是翻天覆地的变化。云、月和星星和茅屋的草顶是一组对立的概念。前者代表美好的情趣和抒情的兴致,后者意味着贫困或苦难,即抒情的失落。而何其芳的诗创作羁系于前者,在那里,他有了理想的完成,而现在,他目睹现实的灾难之后怀疑自己的追求和沉湎的合理性。他决心抛弃那缥缈的云彩和星月,从飘浮的云端下沉到真实的地面。在此后的不少场合,何其芳不止一次地批判自己走过的道路。他为自己在《预言》中的表现感到愧疚。他在《夜歌和白天的歌》初版后记中责备过自己。他引用他在《谈写诗》中说的一段话:"这个时代,这个国家,所发生过的各种事情:人民和他们的受难,觉醒,斗争,所完成着的各种英雄主义的业绩,保留在我的诗里面的为什么这样少呵。这是一个轰轰烈烈的世界,而我的歌声在这个世界里却显得何等的无力、何等的不和谐。"他引了这段话之后写道:"当时为什么要那样反复地说着那些感伤、脆弱、空想的话呵。有什么了不得的事情值得那样的缠绵悱恻,一唱三叹呵。现在自己读来不但不大同情,而且感到厌烦与可羞了。"何其芳的"醒悟"不仅仅属于他自己一人,这是一批敏感诗人的醒悟。是诗人对于已经降临的新的时代的感应。在这样的新时代面前,注重个人的情感经历,表现这些属于自己的哀戚与欢愉都是可羞的和不适当的。一代人在大时代面前,对照自己的以往创作萌生了浓重的"犯罪感"。

二、叙事对抒情的挤压。战神驱逐美神。

　　诗歌开始放弃抒情,特别是唯美的抒情。这是一个放逐抒情的时代。1937年,茅盾写过一篇《叙事诗的前途》的文章指出，从抒情到叙事是当日中国新诗的"新的倾向"——

  这是新诗人们和现实密切拥抱之必然的结果，主观的生活的体验和客观的社会的要求，都迫使新诗人们觉得抒情的短章不够适应时代的节奏，不能把新诗从"书房"和"客厅"扩展到十字街头和田野了。而同时，近年来新诗本身之病态——一部分诗人因求形式之完美而竟尚雕琢，复以形式至上主义来掩饰内容的空虚纤弱，乃至有所谓以人家看不懂为妙的象征派——也是使得几乎钻牛角尖的新诗不能不生反动的。

  因此，我觉得"从抒情到叙事"，"从短到长"，虽然表面上好像只是新诗的领域的开拓，可是在底层的新的文化运动的意义上，这简直可说是新诗的再解放和再革命。

——《文学》8卷2号

  茅盾从新文化运动和新诗再革命的高度上评估30年代后期新诗的变动。他的切入点是新诗叙事性的增强以及新诗在发展过程中陷入唯美主义和形式主义的歧途。其实所谓叙事的增强只是事实的表面现象。重要的是叙事的事，其实他指的是当日社会产生的剧变，代表和说明这些剧变的事实即是事。从问题的实质上看，茅盾认为诗应当竭力去叙那些属于时代和社会发生的重大事件，把诸多具体的事实引入诗中，使诗具有更切实更具体的内容而不是如同过去那样沉浸入缥缈虚无的抒情中。

  他的这些主张是由于他一方面看到了时代变化对诗提出的新的要求，一方面也由于他认为新诗在以往的发展中出现了失误。这种失误最主要的是形式上的追求完美，以及严格的格律化的鼓吹。茅盾把这种判断归结为诗的叙事的提倡。因为他的立论偏重于对叙事的肯定，因而随之也肯定了"长"诗——事的装填需要篇幅。可以说，他因为敏感于时代和现实的逼迫，进而希望新诗能够顺应时代召唤而改变自身。他当然希望看到新诗内容的更为切实具体,当然也希望艺术形式上实行与唯美主义决裂。从这个意义上看,这种叙事化的进程便是新诗从形式主义道路上"再解放"而回到"正确方向"的进程。

严酷的时代要求摒弃抒情情调,要求弃绝对于个人的忧乐情爱缠绵悱恻的浅唱低吟。因而在这个意义上,唯美的放逐也就是抒情的放逐,诗必须从飘浮的云端沉落到坚实的地面。时代的苦难要求诗人实在地具体地表现它,这就是当日所要求的对于"叙事"的肯定和强化的真谛。把诗从个人引向大众,从心灵引向社会,从形式引向内容,这就是我们此刻所感受到的对于叙事的强调的实质。

三、"再革命"与艺术转型。
痛苦的放弃与抉择。

那么,这一切突然的逆反是如何产生的呢?迄今为止中国新诗的历史并不长久,但是新诗却走过了一个自我完善的全过程:首先是白话诗的建立,以白话为目标和武器对古典诗进行强悍的、摧毁性的攻击并取而代之。而后,新诗的自由奔放的姿态进入了他的草创期。这个时期的最大特点是对古典影响的消除,以完全无拘束的形式进行着叛逆性的思想情感的抒发。自由体白话诗的过于散漫和无节制状态以及新诗浓重的社会、人道意识使诗放松了对自身的约束,相当程度地轻忽了艺术的建设,这就引发以新月派为核心的新诗美学建设——这个建设仿西方古典诗为模式企图建立新诗的格律化。再后,新诗以异端引进的方式进入了它向着世界现代主义诗潮认同的现代诗历程。从新月派开始,经象征派到现代派,在西方现代诗观的影响下,新诗的确进入了它广泛吸收融汇的艺术建设期。一批杰出的诗人在这个潮流中涌现出来,新诗也因此推出了一批可以存留的重要作品。就在这个重要的阶段,新诗产生了突然的逆反。于是我们读到了上面所引的那段话,那段话是一种明白无误的信号,新诗的转型是不可避免的。

明确地指出这种转型的不可避免性的是蒲风,他在《五四到现在的中国诗坛鸟瞰》的结尾处作了这样的断言:

> 很显明的,"九一八"以后,一切都趋于尖锐化,再不容你伤春悲秋或作童年的回忆了。要香艳、要格律,……显然是自寻死路。现今唯一的道路是"写实"把大时代及他的动向活生生的反映出来。我们要记起:这是产生史诗的时代了。我们需要伟大的史诗呵!

蒲风的"写实"和茅盾的"叙事"相近,他说的"史诗"与茅盾的"长诗"也相近尽管用词有异,但传达的是相同的意向,即中国尖锐的现实不允许先前那样的"抒情"——蒲风说的是"伤春悲秋或童年的回忆"。时代一致的吼声是对着"香艳"和"格律"来的。这一点,敏感的诗人如何其芳在他的抒情王国的云彩之中已经感受到了。他对新诗创作所作的自觉调整恐怕不单单属于他自己,而是一代人在这个历史转型期必须做出的痛苦的抉择。

新诗建设期产生的突然的逆反,显然不是由于新诗自身。而是时代的驱使和特殊社会条件的逼进。我们业已知悉,五四新诗革命初起便带有强烈的思想启蒙的使命感,新诗建立之后为人生的目标的确定,以及人道思想和社会改造思想对诗的内涵的充填,使新诗自它诞生之日起,便与中国社会的兴衰荣辱同命运。这情景恰如我们前面曾经引用过的梁实秋对于新诗初期建设的批评相一致。梁实秋认为当时大家注重的是"白话",而不是"诗"。可以说,很长时间内,我们对于新诗注重的是功用而不是审美,是使命感而不是艺术和形式。这种迷误当然首先不是由于新诗人自身,而是中国特殊的社会状态。我们好不容易经过了痛苦的省思,把心力投放到新诗的自身建设上来,而现在,我们又不得不按照当日激进的主张,沿着革命诗歌的道路走下去。

这样的行程与这十年的追求是悖反的。在中国当诗愈来愈走向社会的时候,那种惯性,那一阵又一阵的强风和激浪便会推着诗的帆篷愈来愈远离诗的家园。而且,谁要是在这个时刻依然眷念家园保持记忆或抒情情怀,道德的审判便会接踵而至。抒情的放逐并不就是文学意义上的叙事或史诗的提倡,在这些习见的词汇背后的是社会的意识要求诗放弃自己,顺应它并为它的利益献身。显然,漫长的悲剧性的命运在遥遥的前方等待着我们的诗神。

20年代后期的中国,激进主义的思想便支配了全社会。文学和诗当然也不例外。1928年创造社和太阳社提出革命文学的主张,五四开创的诗歌革命便迅疾地转向了革命诗歌。激进的主张甚至批判文学表现生活的理论。李初梨认为主张"文学的任务在描写社会生活"的理论是"小有产者意识的把戏,机会主义的念佛","文学,与其说它是社会生活的表现,毋宁说它是阶级的实践的意欲"。(《怎样地建设革命文学》)他们明确主张文学是宣传:"文艺本身是宣传阶级意识底武器","一切过去的作品在于生活的描写,而现在最要紧的,在于如何应用文字的武器,组织大众的意识和生活推进社会的潮流"。(克兴:《评茅盾君底〈从牯岭到东京〉》)

他们完全否认文艺家和诗人精神生产的独特性,完全否认文学和诗的内在艺术规律,极端化地推进阶级观念于创作活动。当时的理论认为只要获得无产阶级意识,昨天的资产阶级作家,今天就可以写无产阶级作品:"我们只要获得普罗列塔利亚特底意识,而成为一个普罗阶级意识者,即可创作普罗艺术了。"(沈起予:《艺术运动底根本概念》)

这真是红色的 30 年代。但问题不仅仅在于有这种思潮,还有中国社会的特定条件作为某种意识兴起和发展的温床。中国在社会动荡中寻求出路。当周围的逼迫紧张和严重时,中国便自然地倾向了以为可以速成的激进。觉醒的中国要求改变世纪落伍者的形象,他们急切间除了激烈的抗争几乎无可选择。20 年代末到 1930 年中国左翼作家联盟成立之前,以后期创造社和太阳社为核心,出现了一批左翼刊物:《创造月刊》、《太阳月刊》、《我们》、《文化批判》、《萌芽》、《拓荒者》。一时勇猛者均集合在左翼鲜红的旗帜之下,他们以诗为武器向着革命的对象发出非诗的口号和标语。1928 年郭沫若以《恢复》的面目复出诗坛。这一年的 7 月 1 日,他写出《诗的宣言》——

> 你看,我是这样的真率,
> 我是一点也没有什么修饰。
> 我爱的是那些工人和农人,
> 他们赤着脚,裸着身体。
>
> 我也赤着脚,裸着身体,
> 我仇视那富有的阶级:
> 他们美,他们爱美
> 他们的一身:绫罗、香水、宝石。
>
> 我是诗,这便是我的宣言,
> 我的阶级属于无产;
> 不过我觉得还软弱了一点,
> 我应该还要经过爆裂一番。
>
> 这怕是我才恢复不久。
> 我的气魄总没有以前雄厚。

> 我希望我总有一天,
> 我要如暴风一样怒吼。

极端的思想把写诗当做喊口号。他们鄙视美,以为那是资产阶级的专利。钱杏邨《灯塔》一诗指出:"我们需要的全是战斗的鼓号""绮丽的歌词也变得粗暴的喊叫"。他还在《荒土》后记中说过:"当前有火花的题材,当前有火山在爆裂,当前有许多值得我们尊重的血。我们对着当前的光明,毕生也讴歌不尽。"他们基于以上的圣洁理由,并不否认甚至还张扬他们对于艺术的粗鄙态度,他们甚至自豪于他们的诗等同于宣传标语。《文化批判》刊登《诗人们》一诗要求诗人写诗"一如写我们的口号""一若写我们的 placard——"认为"这才是我们的诗歌"。

在这样背景下,我们回顾怀疑自己的何其芳,回顾他在《云》中所发出的对自己不满的议论,不会感到意外,因为这是整个中国社会的风气。

记得40年代何其芳在《谈写诗》曾说过如下一段话:"只要我们把个人的努力与劳动人民的伟大的事业紧紧地联结在一起,无论在任何岗位上,做任何事情,我们都将有成就和前途的。写诗或者不是写诗。从事文学或者不是从事文学。勇敢地航行呵,穿过波浪,穿过风和雾,到群众的海洋里去吧,到未来的新大陆上去吧,不要死死地把自己停泊在诗或文学的港口。"这番话出之于注重艺术技巧的唯美主义者那里是令人吃惊的,他表示了对诗或文学的无所谓的态度。开始是对抒情的弃取,后来是对于艺术性的弃取,现在甚至是对文学或诗本身的弃取。

这体现了时代的最无情的选择。这个时代有一种虚幻的神圣在前面诱引着所有的人。人们认定那是值得舍弃一切去远就它的,因为对于中国社会没有什么比这个遥远的神圣更富吸引力的事物。于是,我们迎到了放逐抒情和诗的历史转折期。

四、意识形态的投入。纯诗的否定。

新诗就是在这样昂奋的状态下一方面放弃艺术的建设,一方面以更为专注的姿态投入意识形态化的创造之中。1932年九月在上海成立的中国诗歌会,是继新诗的新月运动,象征诗和现代诗运动之后一个大的诗歌力量的集聚。它的发起人有杨骚、穆木天、任钧、蒲风等。它的成立是由于30年代初期的中国处境当然也有诗歌自身的追求,这种追求多半是基于对当时诗歌运动的不满而产生的。任钧在《关于中国诗歌会》一文中说到该会成立的时代艺术背景:

> 一九三二年,正如大家所知道的一般:乃是"九一八"事变的第二年,"一二八事变"的当年。这时候,由于蛮横的日本帝国主义的疯狂侵略,整个中华民族业已踏上了内忧外患危急存亡的最严重的困难时期。在这种情势下面,全体中华儿女,只要他或她不是个冷血动物,只要他或她还多少有点民族观念,可以说,都在脑中怀着一颗炸弹,随时可以爆发!但,当时文坛上的情形是怎样的呢?说来几乎令人不相信:虽然已经有一部分较有远见的作家,已经认清了自身以及整个国家民族的处境,毅然负起了文艺战士们在困难期间的重大使命;可是,同时也还有不少自命为"纯粹艺术家"们,正从血淋淋的客观现实背过脸去,大谈其风花雪月,或是幽默趣味加上明末小品呢!所谓"在火山上跳舞",用来形容这批文士们,实在再适当也没有了。

纯艺术的提倡已与这个时代格格不入。的确,当生存也发生问题的时候,继续谈论纯诗或唯美不啻是犯罪。中国的现代诗运动不得不在全民族的苦难面前销声匿迹。代之而来的是肩负纠正不良诗风的中国诗歌会,他们认为新月派和现代派的诗人都是逃避现实而入了魔道,中国诗歌会高扬现实主义的旗帜,旨在纠正和廓清那两派诗歌造成的颓风。当日对于这种诗风的谴责是义正词严,不得不为之敛容的。批评者引用别林斯基的话说:"谁都有权利要求一个诗人反映他的时代的痛切问题,要求一个诗人,起码在他的诗中,应该为着不能解决的问题倾注满腔的悲痛。无视民众,只是为着自己,歌咏自己事情的诗人,除开他自己之外,是一个读者也谈不到。"任钧在《新诗的歧路》猛烈抨击那些"优秀的""有名望的"和"有才能的"诗人在大时代的苦难面前"还在那里专门花呀、月呀、我的恋人呀……歌颂自然,唱恋歌;或者满纸孤独呀,寂寞呀,梦呀,幻呀……在那里专门表现一种无病呻吟式的世纪末的情绪。"他尖锐地批评这些诗人在大时代面前的自私:"对于他们,失恋就比失去了东三省、热河、甚至全中国,还更值得悲哀,痛心!完全属于个人范围的所谓孤独和寂寞,也要比大众的任何疾苦跟灾难还更值得被表现、被描绘!"文章认为这是"应该给与最无情的打击和纠正的一种恶倾向"。

抒情就是这样被放逐的。谁让这些诗人生在中国呢?生在中国,就要分享中国的苦难和激愤,就要为着全中国的利益放弃属于个人的情感。谁要是在这样的环境中,还要保留那些爱的欢乐和失恋的痛苦,谁就是对时代的犯罪。诗就是这样地和社会的一切内容画上了等号。诗也就是在这样庄严的题目下自觉地或被迫地放弃了自己的特性。最后大家都不自觉地实际上鼓吹了一条单一的和排他的完全忽视丰富性和复杂性的艺术道路。

在救亡诗歌或国难诗歌的推动下,创造社和太阳社先前倡导的革命诗歌运动得到了延续,不同的是这些号称实行现实主义的革命诗歌被装填的不再是城市暴动或革命加恋爱式的内容,而是有关救亡和抵抗外来侵略的内容了。这一由五四诗歌革命向着革命诗歌的扭转,在此后的岁月中一直绵延不断。革命的提倡以无视艺术为基本特征,在不同的时期装进去不同的内容,形成了对中国新诗命运起决定作用的影响。

中国诗歌会主办的《新诗歌》第一期刊登了由穆木天执笔的《发刊诗》,被认为是该会同仁的"写作纲领":

我们不凭吊历史的残骸,
因为那已成为过去,
我们要捉住现实,
歌唱新世纪的意识。
……

压迫、剥削、帝国主义的屠杀,
反帝、抗日,那一切民众的高涨的情绪。
我们要歌唱这种矛盾和他的意义,
从这种矛盾中去创造伟大的世纪。

我们要用俗言俚语,
把这种矛盾写成民谣小调鼓词儿歌,
我们要使我们的诗歌成为大众歌调,
我们自己也成为大众的一个。

这首发刊诗传达了当时最流行的现实的诗歌观念,即诗必须是大众的,诗必须"捉住现实",表达新的革命的意识。而且它首次把大众化的概念具体化了,即"要用俗言俚语""使我们的诗歌成为大众歌调"。这一主张,就从根底上粉碎了纯诗提倡者的贵族化主张,粉碎了他们精心建筑的艺术的象牙塔。

中国诗歌会在民族危难关头登高一呼,他的艺术主张顺应社会的潮流,因而一时从者甚众,的确对当日的诗运起了推动作用。他们除了主张诗的通俗化,还主张"新诗歌的斯达哈诺夫运动"。蒲风说:"我们在一定的时间内(五年或十年),我们还无妨来一个在创作诗集上突破十册以上的运动,伟大而多难的现实证明了我们的产量的飞跃之可能……"(转引自杨骚《感情的泛滥》)这一诗歌团体未曾对诗的艺术性的提高发表过见解,他们的主张首先是诗对现实的把握,诗对社会现实的介入,而后是诗的走向大众的俚俗化,到了最后,则是增加数量的诗的先进生产者运动。

中国诗歌会的倡导显示了实际的效果,一时出现了许多描写生产和控诉黑暗剥削的诗作。关露的《马达响了》是写工业生产的:

马达响了
织绸子的机器开动了,
我们千百个人都随着机器开动
血、汗,
一点,一滴,
绸子,
一尺,一寸,
用机器去织绸子,
用血汗去滑动机器。

那时很注意具体地把劳动情景写进诗中,有一首叫《铁匠》(克拓)的诗写道:"叮叮铛!叮叮铛!火炬在黑暗里高扬。铁锤在血红的砧上跳,火花向四面翱翔。一锤又一锤,用力的锤。"严辰发表在1937年八卷四号《文学》上的《收割》,则以农村的压迫为材料:一个农家以一年的辛苦换来了秋天的好收成,农民汉子在地里辛苦收割"六棵一把的握满粗大的手,忘记了背脊上毒热的太阳"。农妇在打谷,大儿子帮助拣稻穗,小儿子在一旁的草堆上玩——

　　　　一阵子高狂的犬吠,
　　　　迎来了主人赵阎王,
　　　　望着他身后那些恶狠狠的"狗子",
　　　　庄稼人的心里涌进无限惊慌。

　　　　肥白的手,捋一下八字须,
　　　　翻出了一大篇生死账,
　　　　说是两年的租谷共欠二十担,
　　　　十块钱借款的利息还没算上。

　　一种倡导收到了实效。从这些可以看出,诗风在急剧地改变。华美的辞藻,精致的表达,诗意的提炼受到忽视。代替那种精微而独到的内在情感刻画的,是事件过程的描写和记叙,这就是叙事成分的强化。这种叙述,是以意识形态的强调为基础的,阶级意识充盈了,诗自身的特性便是非常次要的因素。我们从当日的诗创作中可以看到这种倡导的坚定性,它以不容讨论的方式旋风般的席卷整个诗坛。

　　社会的多艰,国运的衰危,使所有的人似乎都失去诗意的情趣。情感的细微传达,情绪的敏感而多变,对自然界的充满兴致的体察,此刻都受到了自觉自愿的驱逐和清除。粗糙、琐碎、非完美的叙述倒成了一时的风尚。中国诗人被恶劣的环境所激动,他们因压迫而变得缺乏心境和耐性。他们宁肯用狂暴的呼喊来代替过去受到重视的抒情。殷夫是以生命写诗的一位,他死得很早,但还是在临近30年代的1929年留下了许多诗。他的诗给人一种强烈的、昂奋的、来不及修饰的激情的感动,这里是《血字·意识的旋律》中的一段:

　　　　最高,最强,最急的音节!

朝阳的歌曲奏着神力!
力!力!力!大力的歌声!
死!胜利!决战的赤心!
朝阳!朝阳!朝阳!
憧憬的旋律到顶点沸扬,
金光!金光!金光!

再读读柔石为"纪念一个在南京被杀的湖南小同志底死"而写于1930的《血在沸》——

疯狂的夜,
白色恐怖的夜。
鼾卧的人们是——
　　豪绅,
　　买办,
　　资产阶级。
你们从此没有天明
你们从此不能见晨星,
——"微笑你们自己的罢,
　　黑暗!在你们临死的时候!"
……
冲向前!
同志们!
我们要为死者复仇,
要为生者获得迅速的胜利!

读到这些诗,我们不难发现那一代人为抗争而拥有的激情。从中我们也感到那一代人的诗观的确发生了急剧的变化。诗在他们那里不再视为一种艺术品,而首先是和必须是一种武器。对于武器而言,只要能够击发、喷射便是好的。射击毕竟不是绣花,在硝烟迷漫之中谈论艺术技巧是愚蠢而可悲的。读这些诗还让我们震惊,在中国,社会的因素竟然可以如此巨大而迅捷地改变艺术和诗的生存状态。仅仅还是不久之前,那些诗人们还在他们的沙龙中讨论诗的创格或在都市中所感到的寂寞和孤独,而现在,周围确是冲天的火光和枪炮的呼啸。重要的是事情至此远未结束。由后期创造社滥觞的革命诗歌的提倡,它的影响一直延续到本世纪下叶的中国诗坛。它已被公认为开辟了统领中国诗坛长达数十年之久的主流诗歌形态。

关于这一阶段诗歌的总体评估,骆寒超在他的《左联时期的诗歌》一文中有较为客观中肯的论析。他认为中国诗歌会"虽然它一反至情主义的抽象呼喊,而提出具体写法,却也还是不重视用具感的意象来进行抒情,而走入了琐碎叙述的极端;虽然它主张用俗言俚语,用大众合唱诗来体现诗歌大众化,但这一派人多数还是城市小资产阶级知识分子,思想情趣也未真正大众化,结果徒然在词语、腔调上学","由于把投身现实看成一切,以为就可大写特写,而不重视诗人自身对现实的感受强度和深度,……结果这一派的诗一般说都显得粗糙"。(《左联时期文学论文集》,南京大学出版社)

五、群体对个人的取代。
集团艺术的倡导。

在这个时期,新诗艺术最具实质性的转变还不是表面化的由抒情而叙事的这种模式的转换。前而提到,这是使诗由传达个人情感的方式转而要求诗记录下社会群体事件的细节和过程。这种转变,目的在于使诗更为切近实际的社会情状。其实对前此"诗歌歧途"的批判,其矛头是对着诗的个人化倾向而发的,他们把这叫做个人主义,与个人主义相对的是集团主义。1930年沈端先在《拓荒者》著文《到集团主义艺术的路》。这题目便揭示了问题的真质：

> 从来的文学，——尤其是小说，彻底地拘束在个人主义性这一种致命的艺术样式之内，一方，一切被选为小说之内容的东西，都是个人的劳力所造成的以个人的思想情感乃至行动为主题的作品；他方，赏鉴这种作品的也都是隔离了的个人。在现在这样一个伟大的，革命的飞跃时代，这种个人主义的性能，对于从来的文学形式——尤其小说——招致了一个致命的障碍。但是，和其他的部门一样，这里也已经产生了集团艺术的雏形。由工场，农村，兵营等等特殊群集团体通信员所产生的报告、记录，——包含一切正确，机敏，频繁地传达各种战线的战争情况和生活状态的通信，这些，都是唆示着集团主义文学的新型。

该文作者这一段话比毛泽东的延安文艺讲话至少要早十二年。在这里，未来影响中国文坛达数十年之久的方向、观念、方法已经露出了端倪。尽管在社会发展的每一个阶段都有种种不同的提法，但这种对中国文学发生深远影响的文学转变，其基本点和本质性却在于集团主义艺术的提倡上集中显示了出来。文学和诗不再是个人的创造性的行为，而是群体和集团的行为。它从属于群体，用群体所熟悉的和能够接受的方式生产制作，最后再回到群体中去。有一些时候，这被叫做大众化，叫做普及，有时又叫做民族化，民族特色，也可以叫做"喜闻乐见"。

但诸多提法和倡导的背后是对于个人化的否定和对于集团化的肯定。当日的对于个人情感的批判，随后的一切形形色色的批判，都可以从这个观念中找到解释和说明。由这里产生出中国文学种种富有戏剧性的情节和事件。我们不愿把它说成悲剧，也不愿把它说成灾难。因为产生这一切有非常复杂的社会、政治、经济文化、心理和文学的因素。但有一点是完全可以断言的,即它的确对中国文学和中国诗产生了极为深刻的影响。

对于中国现代诗而言,这是改变方向的转变。自此而后,诗在一个长时间内也许不再属于个人。尽管有些诗人仍然这样坚持,但等待他的可能是厄运。一种现象消失了,另一种现象升起了。我们的确看到了某种充满生机的形象和声音,它所传达的群体精神带给人们以新鲜的气息和强烈的震撼。这种影响,甚至到了40年代中后期闻一多和朱自清的诗歌批评中都有表现。朱自清对何达的《我们开会》的肯定,是他们围着一圈,群体向着中心的造型构成的暗示。闻一多评论艾青、田间时充满风趣地说:艾青不如田间,田间说我们向着太阳,而艾青则说太阳向我滚来,他反问我们为什么不向太阳去呢?这说明中国文学在特定时代的这种转型其影响甚至可以深入到学者的思考方式中去。

六、逆转造出的奇效。
艺术生态的自我调节。

问题不在于某种提倡;事实上新诗历史发展进程有许许多多的提倡,行之有效的提倡不论其持论的优劣,都会给新诗多样化增添新的品质,这种增添大体总是有益的。但当这种提倡自认为是真理而当然地具有权威性,一旦这种提倡与某种权力或准权力结合而变成唯一的,那带给创作界的却远不是有益的了。不幸这样的事实是已经发生过的事实。

但这并不意味着除了灾难性的结果外别无所有。苦难的时代和残酷的环境给予诗人的也许并不都是不幸。发生在30年代的外来侵略曾经带给中国社会和中国平民以国破家亡的灾难,就诗歌的逆转而言,固然也造出了标语口号的艺术水准急剧下降的恶果。但是,国家的衰危,民族的血泪,土地的沦亡,由此激起的却是斗争的决心和坚持的热情。这时代赋予诗歌的,不仅有素材和灵感上的恩惠,还有精神伟力的助益。大时代将因此造出大诗,大时代将造就一批为时代呼号的诗人。从这个意义上讲,也是艺术生长自我调节奏出的奇效。

诗歌的断然排斥个人的加入全然是不可能的。诗可以体现集团意识,但诗的生产方式却纯粹是个人化的。也许因为提倡的缘故而出现过集体性的创作,但即使出现了也不能认为是正常的和健康的。完全排斥个人情感进入的创作是变态的和畸形的。这种所谓非个人地体现了集团主义精神的作品,当然只是有宣传品性质而与真正的创作活动无涉。

所幸中国诗运并没有完全按照那种教条式的指导行事。而且伟大的抗争时代的确为中国诗提供了悲壮和雄浑的时代风格。这种风格成为中国此一时期诗歌的基本色调和情趣。有一批诗人越过炮火中轰鸣的山野,脚踏泥泞和鲜血向我们奔来。他们中行进着属于这个时代也属于未来的诗人。一个歌者从彩色的欧罗巴带回了一支芦笛,他曾经吹着芦笛如在自己家里一般的行走在阿波里内尔的欧洲大陆。他受到西方文明和现代艺术精神的滋润,他热爱属于阿波里内尔的欧罗巴、波德莱尔和兰波的欧罗巴。他的好处是并不停留在巴黎和"对欧罗巴的最真挚的回忆"中,而是把它们和芦笛也成了禁物的中国上海和现实的监狱联在了一起。在现实的中国:

> 芦笛并不在我的身边,
> 镣铐也比我们的歌声更响,
> 但我要发誓——对于芦笛,
> 为了它是在痛苦地被辱着,
> 我将像一七八九年似的
> 向灼肉的火焰里伸进我的手去!

这是艾青——一位来自中国南方的农村的儿子,在法兰西受到民主思想和自由艺术精神熏陶的画家和诗人,向着他的母国发出的誓言。时代选择了艾青,艾青也选择了时代。诗人的幸与不幸都由于他生活在苦难的年代以及他必须为这个年代歌唱。但艾青在并不良好的艺术氛围中而成就为伟大的诗人,并不由于他对环境的顺从,而恰恰是由于他成功地维护了自我。

对于中国诗人而言,生存于这个国土而又不拘执于这个国土是一个难以获得的品质。中国文化的深厚性以及它的顽固性足以窒息所有的天才。这是一个蕴有极丰富的宝库,但又是处处潜伏危机随时都可以扼杀和吞噬才华和创造性的其大甚深无比的泥淖。

艾青来自中国乡村,他又在中国的大城市求知和生活,随后又到法国深造。他对中国的熟知使它有可能表现中国。他的希望和苦难,他的昨日和明天,他对西方的理解和吸引,使他的素质、情操、志趣、视野都具有开放性和现代性的特点,这是一般中国人所缺少的和难以企及的。这使艾青一下子就站在了高处,不是由于他的自负,而仅仅是由于他具有的经历和才识。

长诗《向太阳》清楚地说明了这一点。在那里,他看到的是属于自己的受苦受难的土地和人民。太阳照着那"屈服在不正的权力下的城市和村庄",那里到处都蠕动着痛苦的灵魂。他以至诚讴歌了为战斗而负伤的士兵,他目睹太阳下那绣有红十字的灰色衣服的高大身躯,觉得那比"拿破仑的铜像更崇高"。这种类比和联想仅仅是艾青的,当他抒发这种情感时,他的胸中展开了一个非常壮丽的背景——

> 惠特曼
> 从太阳得到启示
> 用海洋一样开阔的胸襟
> 写出海洋一样开阔的诗篇

凡谷
从太阳得到启示
用燃烧的笔
蘸着燃烧的颜色
画着农夫耕犁大地
画着向日葵

邓肯
从太阳得到启示
用崇高的姿态
披示给我们以自然的旋律

太阳
它更高了
它更亮了
它红得像血

太阳
它使我想起　法兰西　美利坚的革命
想起　博爱　平等　自由
想起　德谟克拉西
想起　《马赛曲》《国际歌》
想起　华盛顿　列宁　孙逸仙
和一切把人类从苦难里拯救出来的人物和名字

　　因为生发于本土,又接受了西方文化和艺术熏陶,这使艾青拥有了惊人的气质和魅力。艾青的声音是独特的,在当日那些简单的提倡造成风靡一时的标语口号的宣传品面前,他以开阔的胸襟和开放的意识,把西方现代传统的民主自由精神与中国现实的呼吁和抗争结合了起来。艾青的艺术无疑受到了西方现代艺术的影响。这在当日批评界的某些人中曾有过诟病。例如冯雪峰在《论两个诗人及诗的精神和形式》的评论中就说过：

> 我以为艾青（他一定有过热爱法国象征派诗歌的时候罢）的某种程度的象征派的诗的感觉方法，和由此而来的象征派的诗的形式和用语的采用，对于他的诗的精神是曾经有损害的。在他的诗中，他的诗的本质的精神和他的这种感觉方法及形式之间的矛盾，是明白地反映着的。（我非常不同意有种意见，说艾青的诗是靠他的这种感觉方法和这种形式用语来支持的；我以为这是对于诗人和对于他的诗的本质的精神的掩杀，因为支持他的诗的是他的诗的内在的强有力的生命，如我们上面所分析。）

冯雪峰这些观点代表了30、40年代之交的"时论"的观点。那时流行一种对西方艺术排斥的态度。应该说，艾青诗的内在精神，以及他对时代所感受到的悲怆和忧郁，他要是没有获得冯雪峰所觉察到的象征主义和现代艺术精神在感受方式和表达方式的支持，艾青便会无可奈何地被淹没在平庸的和无创造性的汪洋大海之中。艾青对于西方文明的亲切感（当然也有他的尖锐的批判精神）以及他对中国传统文化的近于冷漠的警惕性，给他的成功以强大的助益。

现在，我们终于看到一个诗人站在炮火硝烟迷漫的1937年早春时节向我们报告太阳升起的消息。在这里，艾青以激情的姿态传达着气势雄大的磅礴的声音，歌唱属于我们大家的《太阳》：

> 从远古的墓茔
> 从黑暗的年代
> 从人类死亡之流的那边

震惊沉睡的山脉
若火轮飞旋于沙丘之上
太阳向我滚来……

它以难遮掩的光芒
使生命呼吸
使高树繁枝向它舞蹈
使河流带着狂歌向它奔去
当它来时,我听见
冬蛰的虫蛹转动于地下
群众在旷场上高声说话
城市从远方
用电力与钢铁召唤它

于是我的心胸
被火焰之手撕开
陈腐的灵魂
搁弃在河畔
我乃有对于人类再生之确信

这位天才的诗人没有苟同于那些浅薄的训诲,摒弃诗歌的表现艺术,驱逐诗人自身对于世界的独特感受,驱逐抒情性而去刻板地、直接地表现现实的场面和过程。他仍然按照自己所喜欢所擅长的方式把他对于大时代到来的预感,他内心激情的冲动,由此萌生出来的信心,用自己的语言和意象传达出那时代特殊的氛围。在那里,我们未曾看到抗战,然而抗战时代的激情无所不在地充实在那里。太阳、火把和光明的母题是这时代给予艾青的诗意,也是艾青通过他的艺术敏锐性直觉地把握了这时代的独有气质。时代把艾青一下子推向了成熟。

艾青从苦难大地的深处感受到了时代的悲哀。他一再强调他从现实生活中得到的这种苦难的感受。他行走在中国的北方,他得到的感受是"北方是悲哀的"——在这首题为《北方》的诗中,他并没有具体地描写当日的具体的社会情状,他也没有向国人作实际的抗争的号召,他所感受的悲哀既是当前的,却更是永恒的:扑面的风沙和入骨的寒气,不曾使这位来自南方的旅人咒诅,"我爱这悲哀的国土,一片无垠的荒漠也引起了我的崇敬",因为"古老的松软的黄土层里,埋有我们祖先的骸骨"——

> 他们死了
> 把土地遗留给我们——
> 我爱这悲哀的国土
> 它的广大而瘦瘠的土地,
> 带给我们以淳朴的言语
> 与宽阔的姿态,
> 我相信:这言语与姿态
> 坚强地生活在大地上
> 永远不会灭亡;
> 我爱这悲哀的国土,
> 古老的国土呀,
> 这国土养育了
> 那为我所爱的
> 世界上最艰苦
> 与最古老的种族。

他强调的是瘦瘠的土地上所发生的言语和姿态,通过那土地永恒苦难的抒发,他宣告了他的热爱。艾青作为中国大地的儿子,他的眼光是久远的和深邃的。即使是写在1938年战事艰苦的年代,他也没有直接地进行宣传,他以对中国的深沉感受传达出这古老大地的力量和信心。即使是行走在北方田野上的手推车,也渗透了艾青的这份爱情。他无处不感受到当日摇动这大地的深刻的悲哀,它以唯一的轮子,发出使阴暗的天穹痉挛的尖音:"从这一个山脚,到那一个山脚,响彻着北国人民的悲哀"。这就是艾青的艺术力量,他能从更为阔大的背景上,取得深远的视野,而把这种阔大和深远凝铸入中国本土的特有氛围之中。这里所提炼出的悲哀的感受是厚重的和深沉的,绝对地有别于那种表面的观念喧嚣。

艾青对于中国社会的总体印象,它的博大无垠的忧郁和悲哀,以及它的新生的力量和信念是通过他个人化的体察,感受,并以他个人化的艺术创造得到的,艾青当然没有游离中国的群体的和集团的利益,而且事实也力图在代表这种利益,但他的艺术实践的通道和方式却仅仅是从属艾青个人的。

这位诗人给中国以至世界的读者以震惊的力作是他的《大堰河——我的保姆》。艾青从自己独特的经历中提炼出这个关于中国农村,关于普通平凡的中国农村妇女的命运——并以紧紧联系诗人自身命运的角度,揭示出中国农村相当复杂的人际的和阶层的关系。艾青在这首诗中通过错综复杂的人性脉络,表达出了他基于人道和人性立场的对于普通人命运的同情。艾青不是以绝对的集团化的意识处理这个题材的,因此,他的30年代初期发出的这个声音便成为中国诗坛的最富魅力也最恒久的声音——

> 我是地主的儿子!
> 也是吃了大堰河的奶而长大了的
> 大堰河的儿子。
> 大堰河以养育我而养育她的家,
> 而我,是吃了你的奶而被养育了的,
> 大堰河啊,我的保姆。

大堰河,今天我看到雪使我想起了你:
你的被雪压着的草盖的坟墓,
你的关闭了的故居檐头的枯死的瓦菲,
你的被典押了的一丈平方的园地,
你的门前的长了青苔的石椅,
大堰河,今天我看到雪使我想起了你。
你用你厚大的手掌把我抱在怀里,抚摸我,
在你搭好了灶火之后,
在你拍去了围裙上的炭灰之后,
在你尝到饭已煮熟了之后,
在你把乌黑的酱碗放在乌黑的桌子上之后,
在你补好了为儿子作的,为山腰的荆棘扯破的衣服之后,
在你把小儿砍柴刀砍伤了的手包好之后,
在你把夫儿们的衬衣上的虱子一颗颗的掐死之后,
在你拿起了今天的第一颗鸡蛋之后,
你用你厚大的手掌把我抱在怀里,抚摸我。

我是地主的儿子,
在我吃光了你大堰河的奶之后,
我被生我的父母领回到自己的家里。
啊,大堰河,你为什么要哭?

七、抒情诗的完善和成熟。
新的抒情品格的确立。

艾青的出现不仅证明抒情并没有真正的被放逐,抒情以更具个人化的更为成熟的姿态通过时代的杰出诗人得到显示。在艾青诗中,他的独特的抒情方式引起了我们的兴趣,他把许多民

间的,通常的甚至是琐碎的生活印象编织在一起。这位中国普通的农妇,她一天的开始是何等繁忙而辛苦的开始!艾青笔下的大堰河的生活叙述是新鲜的,对于中国抒情诗而言是开创了一个崭新的诗意的空间。但更为动人的是这位农妇的博大的人性爱,她知道她怀抱的是有钱人的儿子,但她的母爱却使她在儿子离去时流下了眼泪。这是艾青独特的经历、观察,并且予以充分个人化的处理的结果。这在艾青是自觉的,作为明确的追求而实践的。他在《诗论》中说:"个人的痛苦与欢乐,必须融合在时代的痛苦与欢乐里;时代的痛苦与欢乐也必须糅合在个人的痛苦与欢乐里。"又说:"诗人的'我',很少场合是指他自己的。大多数的场合,诗人应该借'我'来传达一个时代的情感与愿望。"艾青的想法有别于当日流行的论调。在那里,他们以极端的语言排斥自我。

艾青非常重视个人对全体的诗的创造性加入,他向自己发问:

  我有着"我自己"的东西了吗?我有"我的"颜色与线条以及构图吗?
  我的悲哀比人家的深些,因而我的声音更凄切?
  我所能及的生活的幅员比人家的更广些吗?
  还是我只是写着,写着,却是什么也没有呢?

艾青清醒地想到自己的工作,以及这种工作的个人价值的实现,更使艾青有别他的同时代的许多人。这使艾青在那个严重的社会气氛和艺术气氛的环境成就为一个伟大的歌者。关于艾青,骆寒超在他的一篇文章中这样评述:"艾青写诗和具体生活不是太直接,但也不是太间接,抽象而又不太抽象,是他诗歌形象的特色。他也强调感觉,他总是从刹那的感觉中去牢牢把握印象,他要把印象继续发展为对另一种生活内容的联想,以用来印证,暗示或象征原来产生感觉的那个生活内容,因此他是吸收了象征派的抒情艺术的。他有些像戴望舒,重视全篇印象引起的联想中得来的另一些象征内容来进行构思,并努力企图达到某种对主题的直接现实的暗示和象征。"(《左联时期的诗歌》)

  这个苦难而抗争的时代,孕育了动人的诗篇,由此也产生了一些肩负了时代命运而又传达出时代音响的诗人。除了艾青,受到舆论重视的还有臧克家和田间。臧克家在三人中写诗要早一些。他受到闻一多称赞的《烙印》出版于1933年。臧克家接受了格律诗的传统,但又改造了新月流于空泛的而又比较窄狭的内涵,他注重实际生活对于诗的充填。他写诗谨严,力求最精景地把丰富的内容压缩到诗中。他的诗结构严密,内容充实,每一首都精致而完整。但论及气势,不如艾青,也不如田间。臧克家是从讲究唯美的纯艺术的氛围中走出,他到达在全民抗战之前。他有许多对于中国社会的实际的描写,他的诗的"叙事"的成分可以印证当日的由抒情转向叙事的主张。他的抒情性是在叙事的框架中展现的,因而,他缺少能够显示那时代精神的大气势的作品。可以说,在大时代开始之前他的诗情便已完成。

  田间不同,他被称为擂鼓的诗人。他创造了由短句组成的简短有力的诗行,这使他的诗如一声声短促的、激动的鼓点,催促着人们的斗争热情。艾青在《中国新文学大系1927—1937》的诗集序中讲:"田间的诗,反映了那个时代的青年战斗的情绪和呼声。田间的诗,以一股青春的朝气,一股刚健的力与理想主义的热情,写出中国战斗的一代的生活面。"因而较之臧克家,也许也较之艾青,田间的诗更能代表那个时代的风格和声音。这里是他的《给战斗者》的句子——

    我们
    必需
    战斗了,

昨天是懦弱的,是惨
　　呼的,是挣扎的
四万万五千万呵!
斗争
或者死……

我们
必需
拔出敌人的刀刃
从自己的
血管。

我们
人性的
呼吸,
不能停止;
血肉的
行列,
不能拆散;
复仇的
枪,
不能扭转;

因为
我们
不能屈辱地活着,也不能
　　屈辱地死去呀……

这是1937年的典型的个性。激情而不免浮泛,有力而不免空疏。但田间的确创造了他独特的风格:他的诗是"在黑夜,血液组成的诗",是"从田野的哭泣和茅屋的眼泪中来的"。田间把战争和诗作了最完整的结合。从这个角度看,他堪称得上属于这个风云激荡的年代的忠实的鼓手。在《拟一个诗人的志愿书》中田间表达了他对于时代和诗的纯粹的观念:"人民,每一分钟在前进着,我必须每一分钟跟着人民前进。为着取得我与人民的共鸣,——谨防为一朵花而耽误,谨防为一杯酒而耽误";"在神圣的战争里,我必须让我的诗成为它的一个肖子;在侵略的战争里,我必须让我的诗成为它的一个叛徒。——无论如何,我决不逃避战争。"对于战争的坚定性,他的投入精神,他对诗美的只字不提以及他对"一朵花"和"一杯酒"的警惕和轻视,都证明田间与这个特殊的诗歌时代的契合。他代表了这个抒情终结的时代的真诚。

　　当然,田间最动人和最有代表性的诗篇还是《义勇军》、《假如我们不去打仗》这些短诗。

　　《义勇军》:

> 在长白山一带的地方,
> 中国的高粱
> 正在血里生长。
> 大风沙里
> 一个义勇军
> 骑马走过他的家乡。
> 他回来了:
> 敌人的头,
> 挂在铁枪上。

　　他用精约的文字画出了一幅苍茫背景上色彩浓烈的油画,同样精约的线条和着色传达了中国人在这个悲壮年代中的苦斗。至于《假如我们不去打仗》：

> 假如我们不去打仗，
> 敌人用刺刀
> 杀死了我们，
> 还要用手指着我们骨头说：
> "看，
> 　　这是奴隶！"

也许中国新诗的确迎到了一个终结传统的所谓抒情的时代，我们也许会为前一时期那种为恢复诗美创造的激情的丧失而惆怅。毫无疑问，中国因苦难的降临不得不中止他的良好的心境和优美的创造。中国人一致地承认在这个血与火的时代里为一朵花或一个浅笑所迷恋是丑恶的。我们面对这样的现实还能有什么期待和选择？我们只能狠心看着我们的缪斯用她的竖琴去调换雷电之神的轰鸣和强光。我们只能忍受战神对于美神的漫长的取代。当然，这个时代并不意味着毁灭，在血与火交织的大地之上，那迎着太阳放歌的毕竟走来了这时代造就的伟大的缪斯。

第九章 七月的希望

一、雨巷的迷途。中国旧诗的长久威胁。

特定的时代造就属于它并代表它的诗人,这样的诗人又反过来影响并造就一个新的诗时代。胡适适应时代的潮流,由他发起,并由周作人完成了一个自由诗的新时代。随后,由闻一多发起,并由徐志摩以及新月一批志同道合的诗友完成了一个格律诗的诗时代。格律诗纠正了自由诗的散漫和无节制,实现了新诗艺术的走向秩序化。但的确又造就了古典主义倾向的抬头,使诗再度陷入板滞和固化状态。对这个倾向的匡正由李金发发起并由戴望舒等一批现代诗的倡导者予以完成。他们的工作大大推进了中国诗的现代化进程,并且缩短了中国现代诗和世界现代诗的距离。这次现代初潮对新诗的袭击,使新诗不仅从古典主义(中国的和外国的)的梦境中醒来,而且也从由传统意境创造的诗的田园梦境中醒来。现代新诗开始接触并进入现代都市。它第一次试图摆脱以农民意识为基础并形成网络的古典田园诗意境对新诗的约束。第一次以表现现代人对于工业社会的情感节奏、思维方式为诗的内涵实现着诗的划时期的变革。也是从这个时期开始,人们注意了诗美的建设,把诗从社会的和意识形态的从属关系中解放出来,进行着存在着可能性(但也许不可能实现)的唯美的和形式主义的诗建设——诗的纯化运动。

但中国社会不允许这种诗脱离社会的"纯化"。在中国这个环境中诗只能不纯化。因为社会从来要求诗为它分担忧患与追求。传统的儒家的入世诗观也潜入知识分子的意识深处,使中国诗人一厢情愿地为社会代言,并对之作出承诺。何况,中国有着愈来愈危急的社会现实把诗的情趣和意韵推向极端化。

30年代是诗的环境恶劣的年代。有许多资料可以说明这一点。晚年的周扬对此有过一段批评性的记叙,他在为1927—1937的《中国新文学大系》理论集所写序中说:

> 三十年代,整个世界都处于革命大转折的重要关头。当资本主义国家爆发经济大危机时,新兴的苏联却充满了青春的活力。……由于当时在中国共产党内滋长了"左"的思想,在国际无产阶级文学运动中也蔓延着"左"的倾向,日本的福本路线,苏联的"拉普"、"列夫"等文学团体便是代表。而在我国左翼文化队伍中的不少人,在政治理论上还不成熟,正如鲁迅所说:"对于中国社会,未曾加以细密的分析",又缺少必要的历史知识和从事文学工作的实践经验,头脑中存在着"小资产阶级的杂质、局限性、狭隘性和各种病态"(列宁语),于是很自然地受到国内外的"左"的路线的影响,犯有左派幼稚病。他们不适当地提出了"反资产阶级"的口号,热衷于搞飞行集会,贴标语、散传单,忽视了无产阶级文学的建设的任务;在组织工作上则表现出了关门主义、宗派主义的倾向等等。

这样的背景下,从左联到抗战前后,社会形势的恶化又进一步恶化了文艺和诗的形势。走向极端化的思潮与日益激烈的社会情势的结合,在整个文学和诗的运行上狂热的、褊狭的,极其简单化的指导思想更成了当日的主潮。中国新诗就在这个社会背景下实现了它的方向性的改变——它把从诗歌革命到革命诗歌的倡导延伸下来,并以更为坚决的实战予以张扬。

中国新诗的生存危机也来自诗本身。我们在本书开始时谈到重围的决战,谈到胡适及一代人为扫荡和清除中国旧诗词的影响所进行的极为艰难的工作。我们在讨论新月派的建树和功绩时,来不及讨论他们的为新诗创格行动中夹带而来的潜在危险,即他们的建设性动机先天地违背了新诗的自由思想,他们建立格律诗的主张和实践又难以摆脱中国和外国的古典诗的羁绊。徐志摩的模式是古典英诗模式。闻一多被称为爱国诗人,恐怕多半是由他的诗中大量使用中国古典诗的意象、意境和词汇。中国新诗一旦丧失了对于古典情趣的警惕,它就可能陷入魔障。

再说李金发,他的文白夹杂、中西夹杂的诗歌语言是不纯粹的,特别是文言词汇的大量进入,证明从根底上看,这位现代诗人也并不那么"现代"。至于,戴望舒他一开始就在"雨巷"的万花阵中迷了路。因为所谓雨巷,巷中的微雨,油纸伞,丁香的忧愁,丁香一般的女子,以及它的铿铿锵锵,叮叮当当的声韵,一切都是从古典诗词中搬来的。当日对《雨巷》的喝彩,潜意识中包含了对古典的向往、眷念和崇拜。戴望舒清醒,他毕竟是从自由的法兰西那里受到了现代思想的洗礼,他不明晰地但又是自觉地从"雨巷"中冲出——也就是从古典的魔阵中冲出,他找到了"我的记忆"——他的"杰作"。他从古典的梦魇中醒来,是现代意识唤醒了他的噩梦。

谈论中国新诗,似乎难以摆脱中国旧诗的阴影。中国新诗始终都是这种阴影下的挣扎。因为中国旧诗非常强大,它的悠久和成熟几乎是不可敌的。这使中国历代文人都对之充满了敬悚,何况是这般新诗人。中国文人对这一点很敏感,而且心理很复杂,为着证实这一点,这里拟长篇引用叶公超《论新诗》一文中充满趣味的文字:

> 近几年来,讨论新诗的人似乎都在发愁,甚至于间或表现一种恐怖的感觉:他们开始看出旧诗的势力了。仿佛旧诗的灵魂化身,蒲留仙的花妖狐魅,在黑暗里走进新诗人的

梦中,情趣丰富的青年那种坐怀不乱!于是,旧诗的情调,旧词的意境和诗人一同醒来。诗人原是勇敢,固执的动物,不问是新的旧的,是文是诗,还是自信地往下写,不过所谓批评家却有在一边着急的。着急什么呢?假使我没有看错,大致是:旧诗的路早已走尽了,新诗原是"从旧诗的镣铐里解放出来"的(见《新文学大系·诗集编选随想》),何必再回去妥协,妥协的结果只不过是一种不如旧诗也不成为新诗的东西。但是,谁能禁止新诗人们读旧诗;读了旧诗,谁能担保他们不受一点影响。因此许多关心新诗的人感觉茫然;他们仿佛感觉前面有了困难,却还不十分明白这困难是怎么一回事。在这不能辨别事实的时候,有人,因为酷爱"新"的热情高于一切,竟对于旧诗产生一种类乎仇视的态度,至少认为新诗应当极力避开旧诗的一切……同时,我有几位写新诗的朋友都对我说过,他们不屑多看旧诗、词,因为旧诗词的文字与节奏都是那样精炼纯熟的,看多了不由你不羡慕。从羡慕到模仿乃是自然的发展。上官碧在大公报文艺第四十期的《新诗的旧账》里似乎也为新诗感觉这种彷徨在十字街头的悲哀,他说:"就目前状况说,新诗的命运恰如中国的命运,正陷入一个可悲的环境里。想出路,不容易得出路。困难处在背负一个'历史',面前是一条'事实'的河流。抛下历史注意事实(如初期新诗)办不好,抱紧历史不顾现实(如少数人写旧诗)也不成。有人想两面顾到,用历史调和事实,甩去一半担负再想法涉水过河,因此提倡'本位文化'。倘若这个人真懂得历史,认清事实,叫出'本位文化'的口号,也并不十分可笑。如今之乎者也的新诗,近于诗的'本位文化'具体化,看看他们使用之乎者也的方法,就可知道他们并不大懂历史上这些字眼的轻重。新诗要出路,也许还得另外有人找更新的路,也许得回头,稍稍回头。"这是切近事实的观察。把自己一个二千多年的文学传统看做一种背负,看做一付立意要解脱而事实上却似乎难于解脱的镣铐,实在是很不幸的现象。

这一段话以及它的引语,传达了两个意思:首先,旧诗的魅力,它是"可怕"的;其次,中国新诗人想创新又摆脱不了旧的诱惑的两难处境。叶公超说这话的时候是1937年,正是诗的政治化兴起的时候。这说明即使如此,当日也依然难以挣脱这种新诗与旧诗的纠缠。矛盾重重的中国新诗,借助30年代后期中国社会的大事件终于有了一个突破,即在昂奋的情绪支配之下,对诗美和抒情性的驱逐而终于使新诗逃脱了古典和格律的魔影。

二、战烟中创造的新时代。自由诗的繁荣。

艾青和田间的功劳在于他们为挣脱这种古典的包围创立了新的新诗格局。自由诗终于在隆隆炮声中,在溢满血泪的中国道路上,以斗争的激情,以争取自由解放的心态创造着自己的现实,而把古典的诱惑置诸脑后。从当日的情况看,田间以他"燃烧、粗野、愤怒"的语言创造了与传统完全格格不入的风格。而艾青,我们从他的形象和语言可以看出他对中国传统的近于蔑视的"无知"。可以这么说,胡适当日所期望的那种对于"旧词调"的挣脱,在艾青和田间这里展现了近于纯净的局面。这是中国新诗的胜利,尽管为这种胜利可能要付出沉重的代价:例如,伴随诗体的再解放而来的,是诗的意识形态色彩的浓厚化以及后来的绝对控制;又倒如,随着自由体的再度勃兴,可能进一步削弱诗的审美追求和艺术的纯度,等等。

但毕竟是以此为开端,中国新诗以驱逐古典为契机,开始又一次自由奔放的自由诗时代。这个时代的代表诗人是艾青。艾青影响了整整一代人,直到后来整个中国的诗运的风气又一次转型为止。"七月的希望"这个命题便是在高度评价这一影响之下提出的。这当然也包含了艾青本人的实践,以及在他的影响下一批诗人的实践,肯定了他们对 20 年代后期以迄于今的新诗的概念化和标语口号化的极端倾向纠正的实绩。七月的希望所展示的生机在于,它既是充满生气的而又是具有深刻的现实性的诗的结合。记得诗集《白色花》问世,绿原为这诗所写序言中,郑重地宣布了如下一段话:"中国的自由诗从'五四'发源,经历了曲折的探索过程,到 30 年代才由诗人艾青等人开始成为一条壮阔的河流。把诗从沉寂的书斋里,从肃穆的讲坛上呼唤出来,让它在人民的苦难和斗争中接受磨练,用朴素、自然、明朗的真诚的声音,为人民的今天和明天歌唱。这便是中国自由诗的战斗传统。本集的作者作为这个传统的自觉追随者,始终欣然承认,他们大多数人是在艾青影响下成长起来的。"1986 年吴子敏编选《〈七月〉〈希望〉作品选》,他的序言也对艾青和田间对七月诗派的影响作了积极的评价:"艾青的诗,也的确如号角一样带动着七月流派的很多诗人,给他们以重大影响。当然,艾青是整个中国新诗的高峰之一,他的诗歌的意义超越了一个流派的范围。但从总的诗风看来,被吸引而聚集在他诗歌创作一起的,首先就是七月流派的诗人和创作。"

三、时代塑造诗的形象。自由诗的旗帜。

时代塑造诗的形象。而一个时代的诗的风尚,必须有它的诗的旗帜的指引,这个时代的旗帜是艾青。七月流派的形成和壮大,当然有赖于它的天才组织者胡风,而艾青,则是这一流派的诗魂。作为这一流派的诗歌精神的概括《〈七月〉〈希望〉作品选》的编者认为典型的提法是"突进"和"结合"。"突进"指它要求诗人投身和进入当时的现实性抗争之中,反对旁观的和纯客观的对于现实的态度;"结合"指的是诗人的创作中要体现主观精神与客观现实的结合,亦即作家的内心与创作的融合和统一,反对分裂和二重性。胡风说:"现实主义者的第一义的任务是参加战斗,用他的文艺活动,也用他底行动全部。"(《七月》六期:《续论战争期间的一个战斗的文艺形式》)路翎在《市侩主义的路线》一文中明确指出"战斗的人生态度"是"现实主义的灵魂"。强调的都是人生与诗的结合和一致性。

  30年代的最后一年,艾青写出他的著名长诗《吹号者》。诗前诗人为此写了简短的序言:"好像曾经听到人家说过,吹号者的命运是悲苦的,当他用自己的呼吸磨擦了号角的铜皮,使号角发出声响的时候,常常有细到看不见的血丝,随着号声飞出来……吹号者的脸常常是苍黄的……"艾青以悲哀而壮烈的抒情调子塑造了吹号者的形象。这个形象对于这个阶段的诗歌,以及为胡风所组织的七月的诗人群,也是一个形象性的概括。他们是战斗者,他们以战斗者的姿态行进在为民族解放而浴血的士兵队伍之中,同时,他们又是为这个行进吹奏进军号的人,他们的生命的血丝随着那激扬嘹亮的音符,飘荡在中国的大地和原野。对于这批吹号者而言,诗和生命是一致的,融合的和和谐的,诗的创造和完成也就是生命的创造和完成。

  人们可以为这个时代失去的东西而遗憾,但如今这个获得却是自由新诗历史所未曾和未能的。胡风《关于人与诗,关于第二义的诗人》一文,强调了人生与写诗的统一,并以此区别于二者游离和脱节的"第二义的诗人"。他认为"艺术能够和人生分离虽然可悲,但在真实含义上的艺术却正是坚决否定这个分离,绝对地要求和人生道路的高度合致,这就不但不会替这第二义的诗人作辩护,反而更能够给予我们勇气的"。"我们所要求者并不是一个具现历史真理的完人,这样就无异于把人生当做了一个静止境界,而是在生活道路上的荆棘和罪恶里面有时闪击,有时突围,有时迂回,有时游击地不断地前进,抱着为历史真理献身的心愿,再接再厉地向着突进的精神战士。这样的精神战士,即使不免有时被敌对力量所压溃,……不,正因为他必然有时被敌对力量所侵蚀所压溃,但在这里面更能显示他底作为诗人的光辉的生命。"

胡风用理论文字所表述的诗人,正是艾青用诗形象所展示的吹号者。这个吹号者向人们吹出了迎接太阳的起床号后,便跟随着战斗者的行列吹起了激昂的冲锋号,他在这个号音中最后完成了作为诗人的形象:

> 在震撼天地的冲杀声里,
> 在决不回头的一致的步伐里,
> 在狂流般奔涌着的人群里,
> 在紧密的连续的爆炸声里,
> 我们的吹号者
> 以生命给予他的鼓舞
> 一面奔跑,一面吹出了那
> 短促的、急迫的、激昂的
> 在死亡之前决不中止的冲锋号。

七月派的诗人与以往诗人不同的地方,就在于他们热切地感应了时代,并且以投入的姿态参与那一切的抗争。从来也没有出现这样的情景,这些被胡风称为精神战士的诗人,一边作为生活的参与者工作着和战斗着,一边又作为诗人从事着他们诗的创造。也许从更为广阔的文化背景上看,这一阶段的诗的单一性显示了某种窄狭,但身处当日中国,也只能是如此这般的战斗和如此这般的创造。和平时期的标准在这里失去了意义。这是战时,这是为争取光明和胜利而殊死搏斗的年代。诗只能作这样的抉择。

能够借社会历史的契机而摆脱洋的或土的古典格律对于新

诗的捆缚,再造一个中国新诗的自由诗时代,这对中国诗的发展所具有的意义,要在今后很长的时间才能够为人们所领悟。自有中国新诗以来,两难的困惑一直伴随着这一新生的文体:在诗美规律与意识形态控制之间徘徊的诗魂,自有它的困苦甚至灾难,这是大者而言。在自由与格律之间。也一直是此消彼长不能协和统一的踟蹰和犹豫。这仅仅是形式和语言的痛苦,但在它的背后,却是又浓重又长远的古典的鬼影。这个鬼影有时以真实的如同叶公超所说的"蒲留仙的花妖狐魅"出现,有时却借助其他堂而皇之的"光辉形象",诸如民间、民族或群众面目出现。但不论怎样,我们总不难发觉那是狐狸精的变形和化身。这些都是涉及中国新诗历史发展的正常的和曲折的本质性内容,也是在今后要加以剖析的话题。

四、七月的贡献。韵文影响的消除。

单就自由诗能够在这个时期兴起并得到空前的充分的发展,这便是当日以七月为代表的诗歌流派给予中国新诗的巨大贡献。自由诗在中国新诗具有本原生命的意义,它以自由和解放的象征意义取得与古典诗歌争夺生存的权利,诗体解放的具体化即是中国自由诗的站立。因而在一段时间内,新诗人们认为努力"把诗做得不象诗"的破坏性工作等同于新诗自由体的建设,自由体成立了,也就意味着新诗取得了决定性的胜利。这一工作因自由诗日益暴露出它的缺陷而引起人们的注意。人们因对诗美和诗艺术自身建设重视的强化而明显地表示了对自由诗的不满,这就给格律诗的勃兴和替代提供了机会。

对格律的兴趣,以及为中国新诗创格的动机,原不应受到怀疑。通过格律建设创造了许多积极的成果,已成为中国新诗历史的宝贵积累。但中国诗史的复杂性也在这里,一旦格律诗占了上方,因为潜在的反对新诗革命的意图和力量便借机活动,它们代替守旧和保守的势力使旧影响和旧势力卷土重来或亮相登场。一些旧日的情调和趣味也摇头晃脑地出来蛊惑立场不坚定的新诗人。于是便出现了这样的局面：他们越是起劲地鼓吹格律的优长之处，便隐含着对新诗革命更为激烈的否定意向——当然，这是就对新诗怀有恶意的人们而言的。

在这样的背景上，我们审视自创造社后期左联诗歌运动以迄中国诗歌会这一段革命诗歌的激情过去以后，以艾青、田间的出现为起点并由七月派的诗人共同完成的这一阶段的新诗建设，特别注意这一路诗人几乎毫无例外地选择自由诗体作为他们的表现形式，可以明显地感受到这一倾向出现所具有艺术再革命与再解放的意义。出现这一现象的纵深是由于前一阶段格律诗的倡导虽然艺术上出现了走向精致细腻的优点，但格式上的齐整严密也带来了拘谨板滞以至于使新诗失去内在的勃发的生命力。这局面与抗战初兴那种全民激奋，表达争取自由追求光明的激情传达形成了背反。激情的充盈要求对形式拘束的冲决，这是当日情势所决定的，也应合了新诗革命传统精神受到压抑之寻求出路的内在要求。

《七月》创刊之后，召开过多次内容广泛的新诗座谈会。内容是诗歌现实主义精神的提倡，也表达了对诗歌形式的关注，其中对新诗自由诗体的主张表明了它的针对性。《七月》第七期发表的《抗战以来的文艺活动动态和展望》座谈纪要有艾青的发言，他谈到："旧日的形式和十四行诗、四行诗啦，我们都已经冲破了……所谓的自由诗或自然诗也给我们冲破了，因为这些诗歌的形式都是从安闲的生活环境产生的。"这表明了抗战以来出现的新诗自由体是与"安闲的生活环境"所产生闲适情趣截然有别的新诗体。后来艾青把这一主张理论化了，概括为《诗的散文美》，其中有一段话表明他对诗歌现实的敏感和革命精神：

> 自从我们发现了韵文的虚伪，发现了韵文的人工气，发

现了韵文的雕琢,我们就敌视了它;而当我们熟识了散文的不修饰的美,不需要涂抹脂粉的本色,充满了生活气息的健康,它就肉体地诱惑了我们。

天才的散文家,常是韵文的意识的破坏者。

我们喜欢惠特曼、凡尔哈仑和其他许多现代诗人,我们喜爱《穿裤子的云》的作者,最大的原因当是由于他们把诗带到更新的领域,更高的境地。

集结了当日许多优秀的青年诗人以提倡他们所理解的诗的现实主义精神为旗帜、并且专心致志地做中国最新一页的自由体诗的《七月》以及后来的《希望》,自创办以来发表了许多自由体诗,成为中国新诗史上继"五四"十年之后又一个创作的高峰期。它所展现的诗人群,以及他们的代表作,业已成为新诗历史的重要记载。《七月》和《希望》所创造的诗风,以简洁、明快、奔放、自由为其特点。他们不加修饰的口语化的抒情,表现了置身于战争中的人们的严肃和朴素,这情调与时代氛围达到高度和谐的契合。

冬天和雪地是他们常用的意象。雪地上的跋涉,暗示了道路的艰难和漫长;冬天里的挣扎,表达了他们对春天以及温暖的祈愿。他们以现实的态度锲入生活的漩涡,感到了严寒威胁下的中国大地的苍老:"精光的冬天呀/贫困的冬天呀/仅只短短的一度秋风/大地就变得这样苍老了。"(彭燕郊:《岁寒》)还有邹荻帆的《雪与村庄》,以非常清新的诗句,素朴的不加装饰地表现出内在的炽热的情感。这种情感与过去那种表层的喧哗有极大的差异:

> 然而雪地里
> 还有蹲伏着的可怜的村庄,
> 当炊烟薰化了屋脊的积雪
> 露出了黑色的鳞形瓦级,

>村庄如同一个初醒的佣奴
>以倦惺的睡眼迎迓着行旅。
>于是我们的哀军
>宿营在这雪地的村庄里。

北方为冰雪覆盖的村庄是战斗的场所和背景。现今的诗人不是如同往常那样,以一种宁静的欣赏者的心情注视那雪景的奇丽。这里还有彭燕郊写的《不眠的夜里》,他也讲到寒冷:

>由于寒冷
>村庄的房舍蹲下腿来
>挤在一处了
>由于寒冷
>山坡用有史以来的战争的血
>凝结起来了
>
>由于寒冷
>中国农夫的犬叫出了
>忠实于自己的家的
>听起了很温暖很温暖的吠声

他表达的是对温暖的感受的向往和渴望。当土地和家园都沦亡的时候,即使是乡间的犬吠声也充满人情的慰藉。

《七月》诗人创造了一种根源于"五四"但又充满了现实的时代气息的新文体。汉语文学的白话文比以后任何时候都更健康也更充满了生机和活力。从"五四"的草创到后来新月的完善,文言的阴影的覆盖几乎是新诗的梦魇。白话中夹杂着文言,被一些人当做了时髦,而现在,站在民族抗争行列的诗人,以他们的坚实的工作,为中国新诗的自由体诗开拓了新的局面。以又然《为人之子》这首诗为例,它的清新,明净和无修饰的素朴,使新诗的语言的纯化到达了一个新的境界!

> 我走远方
> 像溪水冲进了
> 大海里的波浪;
> 清晨黄昏
> 母亲祝福:
> 远方的孩子,有
> 清爽的天气
> 健康的身体。
>
> 但愿海那边
> 母亲的白发
> 也康健,
> 海那边
> 我家的灶屋顶,
> 有炊烟,
> 风筝飞过,
> 候鸟飞过。

抗战是漫长的坚持,诗歌也有漫长的坚持。从《七月》到《希望》,胡风领导的这一刊物的坚持性表明了中国知识者和诗人的坚定的品格和韧性的精神。《七月》创刊在抗战爆发那一年,创刊时在汉口。后来随着战事的推移,经汉口而重庆,经重庆而上海。从抗战开始到抗战胜利,伴随了战争的全过程。《七月》自1937—1941年,共出七集三十四期;抗战胜利后改出《希望》经1945年至1946年,历时一年共出两集八期;与此同时又有《七月诗丛》《七月文丛》成为杰出诗人的名诗荟萃。《希望》结束之后,由七月同仁主持尚有《蚂蚁小集》、《呼吸》、《荒鸡小集》等在上海、天津、成都等地推出。中国新诗界像这样以半同人性质的长期坚持奋斗,而造就了一时之盛的恐怕唯有"七月"一派。

但体现这一流派最为可贵的品质的,是七月同仁对于社会、民族的哀乐与共的参与精神。七月的诗人一方面体认自己作为诗人的使命,一方面他们更乐于承认自己属于历史,属于社会,属于民众。天萱的《无题》(《七月》,四集四期)这样写:

> 我随历史的战斗行进;
> 我,从单个人
> 走向人群。

这是"七月"一群的庄严宣告。他们不同于以往那些在思想和艺术上都持激进观点的人,一旦代表了先进阶级便宣布自我声音的消失,甚至以充满他人的"留声机"而竞相炫耀。他们甚至也标榜自己是在进行非艺术的宣传。"七月"诗人完全不同于此,他们的投入社会与投入艺术达到了高度的和谐状态。"七月"的诗人们和另一些推进者们不同,他投入社会,在真心真意的战斗中提炼诗情,并且以风格相近但又有各自的个性化的创造出现在诗坛。从《七月》创刊之日起,它就以明确的语言表达了他们对中国命运的深重关切,并且表达了中国诗人与中国社会斗争,以及诗美与生命的拥抱。

《七月》创刊号刊登的七月社的发刊致辞《愿和读者一同成长》传达的正是这样的信念,即它基于文学的出发点对于中国社会全局的深重关切——

> 不错,在今天,可以说整个中华民族都融合在抗日战争的意志里面。但这还是一个趋势,一个发生状态;稳定这个趋势,助长这样发生状态,还得加上艰苦的工作和多方面的努力。意识战线的任务就是从民众的情绪和认识上走向这个目标的。

发刊一个小小的文艺杂志，却提到这样伟大的使命，也许不大相称，但我们认为：在神圣的火线后面，文艺作家不应只是空洞地狂叫，也不应作淡漠的细描，他得用坚实的爱憎真切地反映出蠢动着的生活形象。在这反映里提高民众的情绪和认识，趋向民族解放的总的路线。文艺作家底这工作，一方面将被壮烈的抗战行动所推动，所激励，一方面将被在抗战热情里面涌动着成长着的万千读者所需要，所监视。

工作在战争的怒火里面，文艺作家不但能够从民众里面找到真实的理解者，同时还能够源源地发现从实际战斗里长成的同道伙友。

五、使命感与审美创造的契合。

就是这样，这批人以中国新诗前所未有的崭新姿态投入了创造新的生活也创造新的诗的抗争。他们最为动人的品质表现在他们对于此时此地的抗争和灾难的无保留的热情投入上。抗战的第二年，即1938年7月出版的《七月》三集五期，由胡风执笔以七月社名义发表的致辞《在七月七日》表达了这种投入的热情。从这里我们看到了中国诗人对于民族命运的关切而把诗情投向全社会的抗争的胸怀和气势：

在今天，我们默念
那些英勇地为祖国献出了生命的将士
那些在敌人的兽性下被虐杀了的老弱
被掳去了的儿童
被奸害了的妇女

在今天，我们慰问
那些被残废了身体的负伤者
那些被逐出了家园的流亡者

在今天，我们敬礼
在阻力里面强固起来的团结精神
在灾难里面锻炼成功的吃苦意志
在前线浴血苦战的
在后方心力交瘁的
在敌人暴力下潜伏活动的
由最高统帅到一切的英雄
　　　志士
还有
西方的
东方的
敌人国内的
　为中国解放、人类幸福而斗争的
　　　　　一切友人
　　　　　　同志

在今天，我们记住
这一切牺牲，一切痛苦，一切战争
只为的是——
　　团结、持久、胜利！

　　七月诗人的这种全中国的视野，他们对于社会的强烈使命感不以牺牲诗美创造为代价。相反，他们在这种社会参与中创造了第一流的诗歌。艾青说过，"一首诗的胜利，不仅是那诗所表现的思想的胜利，同时也是那诗的美学的胜利"。七月诗人以持久坚持的精神团结了多数的诗人，通过园地的开拓形成了新诗史上势力雄厚、实绩卓著、影响深远的诗歌流派。他们的功绩通过从《七月》到《希望》的全过程已经得到显示。
　　他们的贡献也不仅仅表现在这种创造的实绩，也许更具现实意义的倒在于他们对20年代后期以来诗人与社会、诗歌与意识形态关系的纠缠不清作了有效的清理和调整。他们这种全身心地投入于民族解放抗争的热情体现了理想情致的发扬,他们对雪地里的炊烟的怀想,对于遥远的母爱的牵念,以及冬天里对于太阳温暖的期望等等都是浪漫情调的发扬。但是,他们内心深处的忧愁,他们对于苦难的感受,以及血火战斗中的激情的表达,却又充满了素朴和实在的现实美。尽管他们自称为现实主义的信仰者,但事实却并不完全如此,在他们的诗中有强烈的浪漫诗情有充满青春活力的争取精神,又有行走在泥泞和血污的大地的坚定的脚印。他们宣称反对空洞的狂言,他们做到了,他们那种质朴的简约的形象及语言为中国新诗吹来一股清凉的风。

他们以民众战斗的一员而自豪,他们的求实精神表现在他们参加实际工作的忘我热情上。但这一群又是非常热诚的新诗艺术的追求者和实践者。他们创造了一种清新明洁质朴而单纯的诗风,新诗的灵动、潇洒、活泼、健康的语言在他们手中形成了一股强大的力量。在他们之中艾青作为一个典型,使他能够和五四新诗诞生以来那些辉煌星辰一起放射着光明。

在新诗历史上,诗人们总是在社会层面与艺术层面,在实用和功利价值与审美价值,在投身社会改造争取社会进步与推进艺术建设这两方面徘徊犹疑。中国由于社会矛盾重重,内忧外患踵接,它总是理直气壮地要求艺术为它作某些放弃,而艺术却要自我保卫。这种利益的冲撞造成了新文学运动久远的艰难的命题,甚至在一些时候酿成了文学的苦难。"七月"一派诗人尽管生当危世,却又是令人羡慕的幸运者。他们为时代所召唤而投入,投入之后又能自由地进行诗的创造和建设,他们在这种艰难困苦的境遇中创造了属于这个时代而又充分发挥了个人创造性的诗的辉煌。

第十章　暗流涌出地表

一、现代精神的潜在形态。沉睡火山的岩浆。

中国新诗是应社会从古典走向现代的命运所要求的一种文学产物，它从一开始就担负了促进、改造中国诗现代化的使命。这种诗的现代化在中国遇到了无所不在的阻力。中国诗是臻于极致的艺术品类，它有极深厚的古典传统。自古迄今的一整套艺术规范使它无须外求，它由历史形成的权威感以及因自足自满而具有的排他性，使他们以近于敌视的态度对待来自他方的哪怕一点点试图改变或影响传统的意愿。它把这一切视为异端。当然，它的存在也因而成为中国现代诗运动的天敌。

中国现代诗要求以建设的态度完善自身，它的基于艺术发展自身动力的纯诗化主张，同样遇到了强大的社会阻力。近代以来的中国苦难的郁积，要求艺术和诗为解脱这一郁积作出积极贡献。社会要求于诗的，是成为它的代言，为社会的进步而宣传、呼号。频频的社会动荡，加上政治意愿的日益强化，造成了艺术的诗生存困难。从五四初期的诗歌启蒙，为人生、为问题的文学和诗，很快就超越新月派的浪漫抒情和韵律讲求而进入左联诗歌运动。从中国诗歌会到抗日战争，中国新诗为配合社会的多种多样要求而疲于奔命。

传统的和社会的双重压力造成了中国现代诗的生存危机。但由于中国新诗现代本质的约定，无论它的生计如何艰危，它总要在这个历史和现实的灭绝中求生存。从象征主义在中国露面之日起,在中国对于现代主义的质疑、谴责及批判几乎无休无止,抗战烽烟的炽起使现代诗歌运动处境更为尴尬,于是有了自然的消匿。但它的精神却在艾青、田间、绿原、鲁藜、冀汸、彭燕郊等一批诗人的作品里保存了下来。艾青的艺术追求是现代的,田间也与外国的现代诗保持了内在的精神联系,他们在现代艺术与现实生活之间的有效调整,缓和了传统对于异质艺术的尖锐矛盾。他们的诗由于锲入社会并传达了时代声音而放松了传统力量的警觉,他们机巧地适应了复杂的生存环境。

　　调整的结果当然以现代性对于传统性的某种让步作为交换的条件,诗歌的社会意识的强化包容了艺术追求的独立精神。现代倾向当然只能是一种潜在的和次要的质而被强烈的社会性所蕴涵。所以,抗战阶段的救亡抗争的声音的高扬,并不是现代主义死亡的丧钟。甚至也不意味着中国新诗由所谓现实主义统领的单一模式的形成。这种单一模式的确在随后不久的事实中得到了贯彻,但至少抗战那一阶段并没有。那时还缺少足以影响诗歌运动的行政的权威,也缺少以这种权威化为背景的理论的提倡。因而它具有那样的魄力和气度包容隐藏在时尚内的现代倾向,而不至使之绝迹。

　　中国诗的现代精神成为一种潜在的形态,以地下河的方式在主流诗歌的航道下方暗暗且缓缓地流动。这就是我们对1937年以后至20世纪40年代初期中国现代诗运动情势的一种估计。尽管中国现代诗的命运多蹇,但它却有惊人的活力。因为它们的运行符合了世界艺术史的发展规律,故是不可逆反的。活力在于现代诗自身,现代精神和现代审美创造的要求好比是沉睡火山下的岩浆,表面上的沉寂却掩盖了高热高温以及奔突喷射的冲动。

　　在胡风倡导的投身斗争的诗风狂飙般滚过中国诗歌天穹的

时候,现代诗也以它自有的方式悄悄地行进。地表是一种激进热情的声音,地层下面却是悄然而有力的运行,至少在当日它展现了一种对于主流诗歌补充的一种非主流的存在方式。那个时代毕竟是宽容的,它还不曾严峻到后来那样的拘执和专横,因为匆忙的时代为求生存而缺少闲暇,因为需要全力应付危亡的可能而缺少在意识形态施加的力量。

二、现代诗再度滋荣的特殊环境及其特殊条件条件。

现代主义文学在五四新文学鼎盛之时即被介绍到中国。在新诗中,经过李金发、戴望舒等人的倾心以求,打下了坚实的基础。这是 40 年代初期现代诗运动在特殊的时空中萌发的大的背景。但一个艺术现象的生成也需要特殊的条件,在一段时间内形成一种拉力,形成一种倾斜。不然的话,以当日的大的社会艺术环境而言,出现的很可能是另一种艺术景观,而并非我们现今所看到的局面。

因为当日那种极大夸张和宣扬民间初始形式和趣味的本土化的氛围于现代诗的滋荣并不有利。当时的西南联大是中国新诗在大后方的一个新的聚结的中心。那里集合了一批优秀的学者和青年学生,他们在充满民主自由精神的学院内,接触到有关现代诗的最新的信息。

由于战争的日益迫紧,战区的日益扩大,当时国内几所颇负盛名的大学:北京大学、清华大学和南开大学由京津迁往昆明,组成西南联合大学。中国新诗的一些有力的推进者闻一多、朱自清、冯至、卞之琳、废名都在这个学校任教授。他们把自由艺术的思想和风气带到了这个校园并与当日那种蓬勃兴起的校园民主运动相结合,形成了一种对学术和文学艺术都非常有利的充满生命力的小环境——尽管那时广大土地上充满了饿殍、硝烟和流血。

西南联大的校风继承了北京大学等校的优良传统。学术上的兼收并蓄的博大精神与艺术上自由竞争、多元并存的追求蔚为风气。一方面,因为总的战争形势的影响和国内政治的腐败,在艺术追求上多倾心于民主进步,当日闻一多、朱自清在新诗方面都对艾青、田间的作品给予高度评价即是证明。但这种倾向并没有改变这些学校的传统的精神,因而也不会产生如同往后出现的那种单一选择的偏颇。总的气氛是开放的和多元的。闻一多说过:"我以为诗是应该自由发展的,什么形式什么内容的诗我们都要。我们设想我们的选本是一个治病的药方,那末里面可以有李白、杜甫、陶渊明、苏东坡、歌德、济慈、莎士比亚;我们可以假想李白是一味大黄吧,陶渊明是一味甘草吧,他们都有用,我们只要适当地配合起来,这个药方是可以治病的。"(《诗与批评》,《闻一多全集》,第三卷第 571 页)闻一多这话说在 1944 年。正是西南联大诗运活跃之时,他的具有包容性的思想代表了当时迷漫整个校园的那种多向选择的氛围。

当时西南联大对于新诗现代性的追求并没有为战争环境所影响。联大是一个非常有趣的地方,那里的自由、民主的空气使对于现实生活的激进的态度和纯粹的学术的传播和研究保持了平等的平静而并存不悖的势态。在为民主政治而激烈呐喊的同时,校园里也有非常专注的对于现代艺术和现代精神的膜拜。联大不仅是宽广的和博大的,而且也是敏感的和新锐的。就现代诗而言,它大体也保持与世界总的潮流相一致的,甚至是同步的关注,尽管它当时僻处中国大西南的一隅。王佐良在一篇文章中记述了当日西南联大青年诗人们对于西方知识渴求的情景:

> 联大的屋顶是低的,学者们的外表褴褛,有一些人形同流民,然而却一直有着那点对于心智上事物的兴奋。在战

争的初期,图书馆比后来的更小,然而仅有的几本书,尤其是从国外刚运来的珍宝似的新书,是用着一种无礼貌的饥饿吞下了的。这些书现在大概还躺在昆明师院的书架上吧,最后,纸边都卷如狗耳,到处都皱叠了,而且往往失去了封面。但是这些联大的年青诗人并没有白读了他们的艾略特与奥登。也许西方会吃惊地感到它对于文化东方的无知,以及这无知的可耻,当我们告诉它,如何地带着怎样的狂热,以怎样梦寐的眼睛,有人在遥远的中国读着这两个诗人。在许多下午,饮着普通的中国茶,置身于乡下来的农民和小商人的嘈杂之中,这些年青作家迫切地热烈地讨论着技术的细节,高声地辩论有时深入夜晚,那时候,他们离开小茶馆,而围着校园一圈又一圈地激动地不知休止地走着。

——《一个中国诗人》,载伦敦 LIFE AND LETTERS,1946

物质上的极度贫乏,精神上的强大饥渴,由于吞噬而变得极大丰富,这便是当日的西南联大。

那时西南联大聘请了英国威廉·燕卜荪到该校任教。燕卜荪讲授的《当代英诗》,从霍甫金斯一直讲到奥登,他的讲授影响了中国最年青一代诗人倾向于现代诗的创造和研究。对此王佐良回忆说,"我们对他所讲的不甚了然,他绝口不谈的自己的诗更是我们看不懂的。但是无形之中我们在吸收着一种新的诗,这对于沉浸在浪漫主义诗歌中的年轻人,倒是一剂对症的良药","当时我们都喜欢艾略特——除了《荒原》等诗,他的文论和他所主编的《标准》季刊也对我们有影响。但是我们更喜欢奥登。原因是他的诗好懂,他的那些掺和了大学才气和当代敏感的警句更容易欣赏,何况我们又知道,他在政治上不同于艾略特,是一个左派,曾在西班牙内战战场上开过救护车,还来过中国抗日战场,写下了若干首颇令我们心折的十四行诗。这一切肇源于燕卜荪。是他第一个让我们读《西班牙，1937》这首诗的"。(《穆旦：由来与归宿》，见《一个民族已经起来》，江苏人民出版社)关于这个时期西南联大受到的现代诗的影响，袁可嘉也论述说，当一批青年诗人"在30年代末40年代初在昆明西南联大开始创作的时候，他们既受到前辈诗人们的影响，又受到西方现代派诗人里尔克、叶芝、艾略特和奥登等人的熏陶。联大校园内的空气是活跃而自由的。青年诗人们既读卞之琳的《十年诗草》和冯至的《十四行集》，也看意象派诗选和奥登的《战场行》。他们有的参加诗社，也办壁报，不少新作在当地的《文聚》杂志以及桂林的《明日文艺》、香港大公报副刊等报刊上发表。闻一多先生在《现代诗钞》中收了他们的作品，更是对他们的极大鼓舞。英国著名批评家和诗人燕卜荪教授在当时所发挥的影响当然是必须给以充分估计的。现在看来，那一场诗歌界的新思潮好像是很自然地形成的，似乎也没有提出新理论或标榜什么新流派。但就在这个时期(40年代前半叶)，穆旦已写出相当成熟的作品，如上面提到的《赞美》、《春》和《诗八首》等，杜运燮和郑敏也发表了他们各自的力作，如《滇缅公路》、《追物价的人》、《月》、《夜》以及《金黄的稻束》、《寂寞》、《树》等，这一诗潮的重要作品可以说已经出现了"。(《诗人穆旦的位置》，同上书)。

　　西南联大当日的氛围就是如此。这里保持了三个学校深厚凝重的学术传统，又有着充满了探索精神的对于最新学术潮流、艺术风气的吸收与创造。联大的教授和学生身处民主堡垒与文化集结的校园之中，一方面表现了学者和知识分子对于专业知识的尊重，一方面又充满活力地向着新鲜的事物进取。闻一多先生在西南联大教学期间潜心研究中国古典文学，他关于神话、屈原、《楚辞》、庄子等研究的重要著作均完成在这个时期，因为日以继夜地伏案工作，闻一多很少下楼，同事们便给他住的楼起了外号叫"何仿一下楼"，闻一多也得到"何仿一下楼主人"的雅称。但闻一多的另一面却是忘情地投入。以新诗运动为例,闻一多在西南联大的学生诗歌活动中是备受爱戴的导师,一些回忆录记载了1944年4月9日闻一多参加西南联大新诗社活动的详情。那日闻一多和大家一起聚餐,而后在郊野的草坪上席地而坐,朗诵、交流诗艺,最后是闻一多的即席讲演。显然他此时专注于古典的考研,还是一如既往地教育学生面对现实。闻一多又一次批判了中国传统的"诗教"。他否定温柔敦厚,认为今天的诗人不应该对现实冷淡旁观,应该站在人民的前面,喊出人民所要喊的,领导人民向前走。他一反在古典考据面前那种理性和冷静,激烈地反对世故的生活态度:"我们的新诗社,应该是'新'的诗社,创新的诗社。不仅要写形式上是新的诗,更要写内容也是新的诗。"这就是当日的兼容并包的、深厚而又开放的西南联大的校园。

三、从浪漫的抒情走向现代性。
一批现代经典的出现。

冯至也是这个校园中的丰富的一位,当风暴来袭时,他也有不宁激荡的诗情,著名的《招魂》写于1945年:

"死者,你们什么时候回来?"
我们从来没有离开这里。
"死者,你们怎么走不出来?"
我们在这里,你们不要悲哀,
我们在这里,你们抬起头来——

哪一个爱正义者的心上没有我们?
哪一个爱自由者的脑里忘却我们?
哪一个爱光明者的眼前看不见我们?

你们不要呼喊我们出来,
我们从来没有离开你们,
咱们合在一起呼唤吧——

"正义,快快地到来!
自由,快快地到来!
光明,快快地到来!"

冯至在这里表现了极大的对于现实的关注和投入的热情。是当日的那种严酷的环境唤起了诗人的另一个层面的品格,而在40年代的更多一些时间中,可以说是在西南联大教学和研究的大部分平日的生涯里,冯至这位从20年代便负盛名的抒情诗人更多的时间是沉浸在纯诗的现代冥思之中的。标志着他第二个诗创造时期的《十四行诗》便诞生在这一个阶段。冯至这样叙述这部证实他由富有古典意趣的浪漫诗人向着现代性新诗挺进的诗集的创作背景——

一九四一年我住在昆明附近的一座山里,每星期要进城两次,十五里的路程,走去走回,是很好的散步。一人在山径上,田埂间,总不免要看,要想,看的好像比往日看的格外多,想的也比往日想的格外丰富。那时,我早已不惯于写诗了,——从一九三〇年到一九四〇年十年内我写的诗总计也不过十来首,——但是有一次,在一个冬天的下午,望着几架银色的飞机在蓝得像结晶体一般的天空里飞翔,想到古人的鹏鸟梦,我就随着脚步的节奏,信口说出一首有韵的诗,回家写在纸上,正巧是一首变体的十四行。

——《十四行集》序

一个偶然的开端,对于现代诗的运行而言,可能便是不偶然的。中国新诗的现代主义萌芽在30年代业已播种入土。其间出现过一个小小的繁荣期,但很快便被现实的浓重阴影的笼罩所窒息。但埋藏地下的未曾发芽的种子便会在适当的时间适当的条件下重新萌发。抗战时期昆明这座城市和西南联大有着浓郁的学术研究和艺术创造的校园,特别是当日在那里集中中外有成就的现代诗人和年青而渴望了解世界现代诗潮的大学生,恰好是现代诗如冯至的十四行诗萌芽的适当环境。

在冯至的当日,的确没有明确的要引进十四行诗的形式与中国新诗的意识,但那里的氛围显然影响并鼓励了他,至少在他来说不会有什么畏惧异端或其他顾虑。那时的自由和民主的空气给这种大胆的艺术实践以勇气。冯至说:"我用这种形式,只因为这形式帮助了我。正如李广田在论《十四行诗》时所说的:'由于它的层层上升而又下降,渐渐集中而又解开,以及它的错综而又整齐,它的韵法之穿来而又拂去',它正宜于表现我要表现的事物;它不曾限制了我活动的思想,而是把我的思想接过来,给一个适当的安排。"(《十四行集》序)

从 30 年代后期开始,因为时势的艰危,相当部分的中国新诗迅速地意识形态化。虽然那时要求诗歌的切入时事,可以说是合理的,但不少诗歌采取的直接切入的方式却是成了非艺术的倾向。有一种见解认为若是诗歌表现出对社会的关注,只能是这样直接的方式。由此导致对那种坚持诗学原则的非直接方式创造的贬抑。

《十四行集》断然不采取上述价值选择。它仍然保持了诗歌对于心灵空间的广泛占领,而且它坚持不承认对于社会的联系和关切只能有一种方式。当周围满足于以诗直接喊出富有意义的内涵时,冯至采用的是纯粹属于自己的表达方式。细心的阅读便会发现诗人对于社会的关注是热忱的,只是他通过自己的视角和自己的声音,而不是当时流行的方式。

《我们来到郊外》的诗情生发于昆明的空袭警报。人们听到警报纷纷跑向郊外:"像不同的河水融成一片大海。"诗人把握到的意象是河水和海水的汇集和分流,借以暗示社会的一种存在状态。当空袭来临,"同样的警醒"和"同样的运命"使不同的"河水"流成了"大海"。在这种汇集的过程中,平日里的种种差异都消失了,体现出绝大的认同。诗人显然被这种汇集和差别的消弭所感动,于是有了如下的祈愿——

> 要爱惜这个警醒,
> 要爱惜这个运命,
> 不要到危险过去,
> 那些分歧的街衢
> 又把我们吸回,
> 海水分成河水。

这里有时代背景的烘托,又有社会思考的投影。重要的是它的笔能不直接表现现实生活的画面,也不试图在表面化的图像中显现诗人的品质。这里体现的诗对于社会的关照是隐蔽的和深层的,它是一束折射的光。诗人希望不仅是在命运的危难到来时,人们会走在一起,而且期待着在另外一些更多的时候和境遇中,那河水依然可以汇集而成为海水——因社会划分而导致的人间的隔阂将因此而得到弭平。

另一首诗《给一个战士》也有这样的精神折光。它写的也是一种差异:长年在生死边缘生长的兵士,与他回来看到的"堕落的城"构成的反差,使他变成了"古代的英雄"。还是英雄的悲剧。他于是在周围的愚蠢之中"归终成为一只断线的纸鸢"——这种孤零感造成了社会的大悲哀。

诗人把巨大的慰藉和尊敬给予了这位兵士,不要埋怨这个命运,"你超越了他们";还因为是断了线的纸鸢,于是,那丑恶的一切已不能维系住你飞向旷远。这诗意显示出某种自慰的无力

（这原是属于诗人可从属的那个社会阶层的弱点），但是这种抚慰却显得博大而崇高。

我们可以从冯至这种看来淡远的诗情中，寻觅到他的热情。这些诗都是那个时代的特殊环境的折射，它不仅富有时代感而且比那些表面喧嚣的作品具有更为沉郁的思考。他用的是轻淡的文字，但通过这些文字却传达出关于社会的深刻焦虑。这是远非那些貌似豪壮的号召所可比拟的现实深刻性，它当然与时代的脉搏共同跳动而不会偏离。

在那样的时代和那样的习尚的包围中，冯至的艺术追求展示这位诗人的独立操守。他不作那种过眼烟云的作品，他的作品即使如上述的《我们来到郊外》、《给一个战士》之具有深厚的时代氛围和感触，也不作表面层次的宣泄和图解——同样是表现时代的精神，却拥有更深的忧患。

从这个意义上说，冯至是一位大诗人。这不是就数量而言，而是就作品的品质加以衡量的结果。这位诗人能够冲破世俗观念的重围，驾驭他的题材（这种题材是别人均能把握的）到达别人难以到达的境界。他思考的是排斥了短暂功利考虑的永恒的领域。如前引，也许别人在表现空袭警报时想的是控诉敌人的暴行，而冯至却到达了人群应该如何彼此了解和融合的深度。

在抗战的后方，在贫瘠的战乱的平凡生活中，冯至拥有的是充满哲学光辉的精神世界。他深入其中从无数平凡和琐碎中体味那人生永恒意味的命题。他给人的不是短暂的满足而是长久的丰富。例如《看这一队队的驮马》，它们驮来了远方的货物，也带来一些尘沙和喧哗。诗人从这些单纯的画面想到的，是一种超越性的思考——

> 我们走过无数的山水，
> 随时占有，随时又放弃，

仿佛鸟飞翔在空中。
它随时都管领太空,
随时都感到一无所有。

他问:"什么是我们的实在?/我们从远方把什么带来?/从面前把什么带走。"我们还是这样搬过来又搬过去地忙碌我们的一生,其实我们如鸟是什么也不占领的。人生不过是一个过程。如果我们把这一简单的存在参透,那么一切的烦忧亦将不存。

在一个狂风夹带暴雨的夜晚,诗人感到了孤单。在小小的茅屋里,即使是那些亲切的用具也都有各自的心事和向往:"它们都像风雨中的飞鸟各自东西。"我们仿佛不能自主,在这样的夜晚,"我们听着狂风里的暴雨"。无限的自然力摧毁了人的自信:"只剩下这点微弱的灯红/在证实我们生命的暂住。"诗人写的也是这种短暂与永恒的神秘。

在那个时代,能够突破偏见而把诗的触角透过事物的表层,伸向这种生命存在奥秘之思考的,当然是一位智者和勇者。冯至选择了十四行这种限定极严的体式,恰好符合了他把深邃的思想表现得极其简练概括的艺术追求。冯至说:"它正宜于表现我要表现的事物;它不曾限制了我活动的思想,而是把我的思想接过来,给一个适当的安排。"(《十四行集》序)

三十多年后他回忆那些作品,感到了某种遗憾。他在《冯至诗选》序中说:"对于诗中歌咏的几个人物,有的评价并不恰当,尤其是对于鲁迅和杜甫,没有表达出他们伟大的精神。"应当说,以短短的十数行而达到恰当评价或表达其伟大精神本来就很难,冯至现在所做的,已经充分体现他的优长之处。这种优长即指如下两端:一是他能以大题目作"小"诗,如《蔡元培》、《鲁迅》、《杜甫》等;一是他能以小题目作"大"诗,如《我们天天走着一条小路》、《别离》等。

即以他自己不满意的《鲁迅》、《杜甫》为例。在鲁迅丰富的一生中,诗人紧紧握住鲁迅无数幻灭中的不曾消沉,以及他望见一线光明而总是被乌云遮盖的命运咏唱,应该是切及这位伟大作家的悲剧命运的实际的。《杜甫》讲这位诗人"不断地唱着哀歌/为了人间壮美的沦亡","你的贫穷在闪烁发光/像一件圣者的烂衣裳",都能展示杜甫的博大丰富。

在写人物的诗中,《画家凡·高》也许最为成功。此诗通篇由凡·高的画意组成,起首是"你的热情到处燃起火",燃烧的向日葵,燃烧的扁柏到处是火焰在呼啸。映彻那火焰的是贫穷的房屋内冰块般的贫穷的剥土豆的人。冰块和火焰造成的反差,展现了画家的人道精神——"这中间你画了吊桥,/画了轻盈的船:你可要/把些不幸者迎接过来?"

把一个伟大人物的一生浓缩在短短的十四行中,这便是把博大写成精练,不求周全只求能实现那光辉。冯至达到了这个目的。另一部分诗是通过一些小的生活画面概括出一个巨大的命题。这方面的作品如《原野的小路》、《我们站立在高高的山巅》,都把一些具体的感受引向绵渺、深邃。典型的是《几只初生的小狗》,那是一幅很平常的小画面;连天阴雨之后的初晴,小狗的母亲把小狗一只一只地衔到阳光里,日落了再一个个衔回去。诗人说:

> 你们不会有记忆,
> 但是这一次的经验
> 会融入将来的吠声,
> 你们在深夜吠出光明。

这也是通过小命题作大诗的成功一例。

冯至这些作品给人最大的启示是,他的大视野和大胸怀能使每一个平凡具体的场面散发出极大的精神能量来。不仅不是就事论事,也不单是借题发挥,而是通过联想和想象把具体的意

象导引入一个大的境界中去。关于威尼斯人们已谈了很多,但似乎还没有像冯至在《威尼斯》中那样表达过:

> 我永远不会忘记
> 西方的那座水城,
> 它是个人世的象征,
> 千百个寂寞的集体。
>
> 一个寂寞是一座岛,
> 一座座都结成朋友。
> 当你向我拉一拉手,
> 便像一座水上的桥;
>
> 当你向我笑一笑,
> 便像是对面岛上
> 忽然开了一扇楼窗。
>
> 只担心夜深静悄,
> 楼上的窗儿关闭,
> 桥上也断了人迹。

流行的风光抒情与这首诗无干,他还是就一个具体的图景抽象为一种严肃的人生思考。表面的意象是威尼斯,它由岛、桥、楼、窗等组合地显示。潜深的意象是人生社会,每一个人是一座岛,岛意味着孤独和寂寞。与此相关的是桥伸出的交流的手,楼窗的开启是人际的微笑,当桥和窗出现时,人类的孤独感便消失了。威尼斯是人生的象征:人类社会是集体的岛,它是寂寞和孤独的群。诗人希望人与人发生同情和互助,于是便有桥和楼窗的召唤。最后的"担心"体现了他的人道精神。

避开意识化的直接浸漫,拒绝以诗肤浅地描摹社会人生,不管社会风尚如何的影响,径直把诗的使命升至至纯至真的境界。冯至40年代以《十四行集》为代表的诗作,展示的是一种信念和品质。他未曾脱离那个环境,而且与那个环境以及痛苦中挣扎和期待的民众共命运,他当然表达那种忧患和苦难。但是,诗人却把那种关切提炼到最深层、最本原的所在。他寻求一种诗的纪念,这种纪念是"与生命深切关联的"。

现代诗在昆明西南联大重新兴起的信号,应该是冯至的十四行诗的出现。他写这组诗时是40年代的第一年,当日的诗界正在被救亡的呼号和民族化大众化的倡导所激动。也就是在大后方的某一些角落,如同昆明的西南联大这样一些地方,在那里,现代诗的追求仍然坚持着向世界认同和开放的姿态。正是有了这样一些学识深厚、视野宏阔、观念开放的倡导者如闻一多、朱自清、特别是冯至的创造影响了整整一代人。是他们唤起了处于休眠状态的新诗的现代意识。有一批既接受了五四新诗传统又接受西方现代主义诗歌滋养的青年诗人,以西南联大的校园为起点,开始了特殊环境中的新的现代诗潮流。

在当时几乎是涵盖全部诗创作的充满浪漫余绪的写实风气,突然涌现出类似以下所引的这样长篇的《诗》(王佐良)其中那样的表达方式,带给人们以清新奇异的感受,它证实30年代末曾泯灭的现代诗的影响以及它的顽强的生命力——

> 什么人挥着手,挥着绿色的光?
> 河水又一下流动,春天又一下
> 闪动,我们的又一下转动,
> 生命,车轮,树叶的灵魂,
> 孩子的啼哭,一点愚笨的欲望,
> 香气,女人的绸巾,反叛的
> 企图,你,我,都一下转动。

但我们变老,我们变老,
大地苏醒一百次,也死去一百次。

时间在绿色里尾追河水,
时间在无声的停止里却又
凝结,滞在我们的手上,成了
不朽的同谋者。我们都厚重,
如小镇上绅士的脸,
但我们却又落难在敏感的
都市,真实而又不真实的
都市。

王佐良是西南联大外语系的学生,他和穆旦是同学,艾略特和奥登的诗是他们共同的喜欢。王佐良在这些诗句中接触到当时的诗作很少涉及的人们内在的感受,人在静默中感觉到生命的流动和无时不在的衰老;他对于现代都市的那种真实而又不真实的把握都是独特的。闻一多的《现代诗钞》收录了这首长篇的片断。这本《现代诗钞》体现作为教授的闻一多当时所具有的现代诗的选择的热情。在这部诗集中,他除了王佐良,还收录了当时的联大学生杨周翰、杜运燮、穆旦、罗寄一等的现代诗,当时联大学生中诗写得好的还有郑敏、周珏良等,都是当时崭露头角,在后来形成现代主义火种在40年代大陆的传播者。

穆旦是40年代出现的这一群中具有代表性的一位诗人,他出版诗集有《探险队》(1945)、《穆旦诗集(1939—1945)》、《旗》(1948)以及《穆旦诗选》(1986)。他对于现代诗的成功实践成为李金发、戴望舒、纪弦之后最年青的现代诗人。他们作品表达了现代诗的存在并推进了现代诗的发展。穆旦的诗有着浓厚的西方情调,但表达的却是中国的现实和中国的思考。

穆旦的诗如同他的诗集《旗》所表示的那样,他是40年代重新萌发的中国现代诗的一面旗帜。正如巫宁坤在他的怀念文章最后所写的那样:"才华横溢的诗人,仿佛一面旗,如同他的名诗《旗》所歌唱的光辉旗帜一样,在腥风血雨中,在和风丽日中,永远飘扬。""是大家的心,可是比大家聪明,带着清晨来,随黑夜而受苦,你最会说出自由的欢欣。"穆旦诗中的哲思,他对生命和现实的感受方式,体现出现代主义诗风的深刻影响,但他诗的内涵却属于这片土地。西方方式和本土精神在穆旦诗中有着奇妙的结合,在他的深刻西化的语言排列之中,我们可以鲜明感受到他对自己的土地和人民所拥有的焦灼和激情。穆旦诗的晦涩和冷是它的表象,他通过曲折迂回的方式所传达的却是热烈的关注:

> 一样的是这悠久的年代的风,
> 一样的是从这倾圮的屋檐下散开的
> 无尽的呻吟和寒冷。
> 它歌唱在一片枯槁的树顶上,
> 它吹过了荒芜的沼泽、芦苇和虫鸣,
> 一样的是这飞过的乌鸦的声音。
> 当我走过,站在路上踟蹰,
> 我踟蹰着为了多年耻辱的历史
> 仍在这广大的山河中等待,
> 等待着,我们无言的痛苦是太多了
> 然而,一个民族已经起来,
> 然而,一个民族已经起来。

四、中国"狼孩"的命运。冲出重围的勇者。

穆旦在这首题为《赞美》的诗中,表现了对于民族历史的苦难的记忆,他展现了这土地所拥有的枯槁、倾圮、荒芜、呻吟和寒冷。一切都是阴沉的,但一切又是沸腾着诗人的爱心和激情的。这么多的中国的意象涌入穆旦的诗中,他的现代意味的传达并不使我们感到陌生。相反,却有一种摒弃了轻浮的乐观的那种穆旦式的沉思的凝重感。穆旦给人的启示在于,他打破了一种神话,以为表达中国必须用中国的方式,表达民众必须用民众的方式,这种对于民间方式彻底臣服的形式主义倾向被他的创作所破坏。对比那些表象的模拟、毫无创造性的形式的征用,穆旦的诗所展现的中国的深沉,让人的灵魂受到震撼。《在寒冷的腊月的夜里》表现了中国无边无际荒凉的覆盖,那种巨大的悲哀的传达如同寒天的风摇动所有中国人的心灵:

> 在寒冷的腊月的夜里,风扫着北方的平原,
> 北方的田野是枯干的,大麦和谷子已经推进了村庄,
> 岁月尽竭了,牲口憩息了,村外的小河冻结了,
> 在古老的路上,在田野的纵横里闪着一盏灯光,
> 　　一副厚重的、多纹的脸,
> 　　他想什么? 他做什么?
> 在这亲切的,为吱咽的轮子压死的路上?
>
> 风向东吹、风向南吹,风在低矮的小街上回旋,
> 木格的窗纸堆着沙土,我们在泥草的屋顶下安眠。
> 谁家的儿郎吓哭了,哇—呜—呜—从屋顶传过屋顶,
> 他就要长大了,渐渐和我们一样地躺下,一样地打鼾,
> 　　从屋顶传过屋顶,风
> 　　这样大,岁月这样悠久
> 我们不能够听见,我们不能够听见。
>
> 火熄了么? 红的炭火拨灭了么? 一个声音说,
> 我们的祖先是已经睡了,睡在离我们不远的地方,

所有的故事已经讲完了,只剩下灰烬的遗留,
在我们没有安慰的梦里,在他们走来又走去以后,
在门口,那些用旧了的镰刀,
锄头,牛轭,石磨,大车,
静静地,正承接雪花的飘落。

这里没有意识形态的浸漫,是一种纯净的带有极厚重的泥土味的对于中国旷远生命的叹息。穆旦用纯粹西方的方式传达了纯粹的中国风情,他没有表面地渲染苦难,而是潜深地把握属于中国的古老的悲凉。王佐良在穆旦刚刚出现而极少有人了解的情况下,向英国文化界作了介绍。他的《一个中国诗人》成为研究和介绍穆旦的最初的文字。在那里王佐良以深刻的分析托出了这位当时鲜为人知的青年诗人。他第一次揭示出穆旦对于意识形态的超越,这是穆旦"显得与众不同"的地方。他把穆旦和中国大多数作家作了比较:"除了几闪鲁迅的凶狠的刺人的机智和几个零碎的悲愤的喊叫,大多数中国作家是冷淡的。倒并不是因为他们太飘逸。事实上,没有别的一群作家比他们更接近土壤,而是因为在拥抱了一个现实的方案和策略的政治意识闷死了同情心。"论者的深刻在于发现诗人那种未曾闷死的同情心在他那些不具浅薄的意识形态的话语背后的"更深入,更钻进根底","他总给人那么一点肉体的感觉,这感觉所以存在是因为他不仅用头脑思想,他还'用肉体思想'。他们五官锐利如刀"。

在穆旦的诗中,中国风情和西方方式,现实的苦难与历史的沉压,活生生的画面与对于人的、民族的生存状态,生命的最内在的感受和把握有着非常熨帖的融汇。穆旦创造了一种新的可能性,以刺刀般的尖利刺入历史的深层,造出了表面冷淡的内在爆发力:

但是穆旦的真正的谜却是:他一方面最善于表达中国知

识分子的受折磨而又折磨人的心情,另一方面他的最好的品质却全然是非中国的。在别的中国诗人是模糊而像羽毛样轻的地点,他确实,而且几乎是拍着桌子说话。在普通的单薄之中,他的组织和联想有着近于冒犯别人了。这一点也许可以解释他为什么很少读者,而且无人赞誉。然而他的在这里的成就也是属于文字的。现代中国作家所遭遇主要是表达方式的选择。旧的文体是废弃了,但是它的辞藻却逃了过来压在新的作品之上。穆旦的胜利却在他对于古代经典的彻底的无知。甚至于他的奇幻都是新式的。那些不灵活的中国字在他的手里给揉着、操纵着。它们给暴露在新的严厉和新的气候面前。他有许多人家想不到的排列和组合。

——王佐良:《一个中国诗人》,1946

冲出了重围的穆旦成为中国知识分子中的勇者。因为他有对于传统方式的果决的反叛(所谓的"彻底的无知"),因而他拥有了一份孤寂。穆旦以现代的目光触及中国的古老所迸发出来的奇幻。由于他掌握了一套新的符码以及这些符码的组合,现代的阳光冲破那茅屋的草顶发出的星星点点的明亮,那烟熏的屋梁和檐前的积雪,透过那缝隙吹进来的风,带着大平原的彻骨的寒意。

穆旦造出的世界有别于整整几代中国诗人的写作。当然,他后来的苦难和不幸也是由此而来的。他的表达太不符合传统的规范了,惯性的思维和模式化的标准不能容忍像他这样的异端。中国有充分的理由吞噬这样的"狼孩",尽管他的确是土生土长的中国人,是真诚而拥有良知的中国知识者。但是习惯不见容于他,他除了受难和死亡几乎无路可走。

在50年代中期的政治斗争中,穆旦受到从未有过的心灵风暴的袭击。一方面是由于所谓社会解冻的百花时代迷惑了他,使他面对时代和个人有了一份激情。他同时拥有两个自我,一个要求新生的自我,一个需要埋藏的自我。两个自我在预告了希望的时代里开始冲突。一个自我在温暖的日光中"欣然走出自己",另一个自我"冷漠地只和我避开";一个自我举手宣誓,"洪水淹没了孤寂的岛屿",一个自我连"微笑都那么寒伧"。穆旦为旧日的"小资产阶级"的自我写了《葬歌》,他说:"安息吧,让我以欢乐为祭。"穆旦的欢乐的激情,仍然遭到误解和拒绝。他的苦难仅仅在于他的语言和表达方式有悖于流行的方式。开始是批判,后来是惩罚,他从腿到心脏都受到伤害,当然这一切都与心灵的重压有关。

穆旦是在凭借大众和民族的名义下复古潮涌之中的一座未曾淹没的岛屿。从那些汹涌的汪洋望去,他是孤寂的。这是由于他可以从世界观和立场上否定自我,而在艺术信仰上他却有顽健的坚持。这种坚持的背后有稳定的对于新诗现代性的信念。他在美学信仰上不想改变自己,这就造成了他的悲剧。这对于40年代前期像一颗新星那样初升的诗人,他当然不会预料到随后发生的悲剧。倒是他写于1976年成为绝响的《停电之后》的那支蜡烛很像是他为自己写的诗谶:

> 太阳最好,但是它下沉了,
> 拧开电灯,工作照常进行。
> 我们还以为从此驱走夜,
> 暗暗感谢我们的文明。
> 可是突然,黑暗击败一切,
> 美好的世界从此消失灭踪。
> 但我点起小小的蜡烛,
> 把我的室内又照得通明:
> 继续工作也毫不气馁,
> 只是对太阳加倍地憧憬。

> 次日睁开眼,白日更辉煌,
> 小小的蜡台还摆在桌上。
> 我细看它,不但耗尽了油,
> 而且残流的泪挂在两旁:
> 这时我才想起,原来一夜间,
> 有许多阵风都要它抵挡。
> 于是我感激地把它拿开,
> 默念这可敬的小小坟场。

他就是这样一支在没有太阳也没有电灯的夜里放出光明并抵挡寒风的蜡烛。穆旦当然不是唯一的这样一支蜡烛。在那样的停电之夜点燃微弱的现代光芒的还有穆旦的朋友们——除了以同样热情坚持中国新诗现代进程的他的师辈,还有他的朋友们——主要是后来被称为"九叶派"的诗人们。

如今探究造成穆旦和他的朋友们的悲剧命运的,其原因与其说是政治的,不如说是艺术的。艺术追求的与大时代的氛围的不协调甚至造成冲撞,是这一切苦难性的结局的导因。人们注意到穆旦译普希金、拜伦的诗时文字均流畅可读,而他的诗却颇为艰涩难懂。可见不是由于他遣词造句方面有问题,主要是他对诗的内涵及表现有自己独到的见解。他追求"生活现代化",他的诗致力展现心灵的搏斗和深层的带有哲学意味的开掘,他注意抽象思辨和具象描写的结合,从而使思想知觉化。并在表现形式上他也有倾斜的意向,如使用比喻、意象的奇警,以及诗思的跳荡、文字的节省,等等。当然最根本的是风格上的追求欧化。

对此穆旦自己是清楚的,他不怎么多考虑中国古典诗词的继承问题。他也知道,有的读者对文字欧化有意见。他曾经谈过他的想法:为了准确地表达作为现代中国知识分子的复杂思想感情,他不能不动用较多的现代词汇和句法,以及现代社会生活的比喻,由于中国社会在向现代工业社会转变,人的思想增加了许多新的概念。他认为"现代人的许多思想情感用农业社会的传统语言来表达是不够的"。(见杜运燮《穆旦诗选》后记)从这些叙述可以看出,在穆旦的创作中,有些体现在风格上的如语言意象欧化特点并不是他的失误,而是他刻意追求的结果。他把知性引入诗中,他为思想知觉化以表现现代知识分子的充满坚强和矛盾的立体化的情绪感觉所作出的努力,他以近于孤立的异端的存在,为风靡大地的陈旧氛围透进些许现代空气的努力,作为一支燃尽的蜡烛而凝结的苦难和死亡的血泪,无疑有着重大的历史的价值。中国新诗的现代运动将永远"默念这可敬的小小坟场"。

五、新诗暗流的泉眼。艺术火种的蔓延。

在穆旦的周围有他的朋友,这一群的形成与当时僻处昆明的这所简陋的校园有关,那里是40年代中、后期现代诗暗流涌出地表的一个泉眼。当日如饥似渴地摸向叶芝、艾略特和奥登的那一代人,他们一边写着现代的中国诗,一边没忘了那漫天烽火中的苦难的土地。他们中的一些人穿起了黄色的军服,踏上远征的路途。他们的名字如今被镌刻在竖立在一座碑石上面。这块由西南联大中文系教授罗庸撰文、文学院长冯友兰书写、中文系教授闻一多篆刻的巍峨碑石,如今正宁静地站立在北京西郊燕园的一块草坪中。它记载了这批现代"艺术"的信徒同时也作为爱国者的存在。联大的一位学生,穆旦的诗友杜运燮的《滇缅公路》记载了当日的热血青年对于现实的关切,他们不曾遗忘:

歌唱呵,你们,就要自由的人民
路给我们希望与幸福,而就是他们
(还带给沉重的枷锁而任人播弄)

> 给我们明朗的信念,光明闪烁在眼前。
> 我们都记得无知而勇敢的牺牲,
> 永在阴谋剥削而支持享受的一群,
> 与一种新的声音在响,一个新世界在到来。

这首诗被闻一多收进了他的《现代诗钞》。杜运燮这首诗仍然说明着联大这一群的特殊追求,他们摒弃陈旧的语言和意象,因而被视为艺术的异端,但他们拥抱中国的现实以及表达对于大众苦难的同情却与异端的批判者认同。

艺术的火种就是这样的神奇,也许杜运燮自己也难以料想到,他如同那些现代诗的弄潮儿那样结束了"现实"弃儿身份之后的第一次发声,依然不能消沉——他的那种异端的"蓝痣"。本世纪80年代第一年,杜运燮感受到了一个时代的结束另一个时代的开始,禁不住要用他那久不歌唱的喉咙喊出了清新爽朗的秋天的声音:

> 连鸽哨也发出成熟的音调,
> 过去了,那阵雨喧闹的夏季。
> 不再想那严峻的闷热的考验,
> 危险游泳中的细节回忆。
>
> 经历过春天萌芽的破土,
> 幼叶成长中的扭曲和受伤,
> 这些枝条在烈日下也狂热过,
> 差点在雨夜中迷失方向。

这首题为《秋》的诗作歌唱"平易的天空没有浮云"的现在:山川明净,视野开阔,是"智慧、感情都成熟的季节"。但也就是这样一首同样"平易"的诗,却招来不同凡响的反应。一篇题为《令人气闷的"朦胧"》的文章责难诗人在表现手法上的"深奥难懂":"开头一句就叫人捉摸不透。初打鸣的小公鸡可能发出不成熟的音调,大公鸡的声调就成熟了。可鸽哨是一种发声的器具,它的声调很难有什么成熟与不成熟之分。天空用'平易'来形容,是很希奇的。……"也许令人气闷的不是这首诗的"朦胧",而是发出这种指责的竟是一个本身就是写诗的人。

一切都是注定的。因为中国新诗在平庸的浸漫中历时过久。虚张的情感或说教和直叙其事成为定局。人们认为是诗的事物都必须如此。人们对哪怕是一丁点隐喻、暗示或间接抒情的方式都不能理解,因而也不能容忍。他们把40年代就开始写诗,而且就开始写比《秋》的表现手法更为现代的诗的杜运燮,看成是"古怪"。这事实本来就荒唐和充满喜剧性,但中国就是不断上演着这样的喜剧。中国现代诗的命运,几乎就是希腊神话中的西绪弗斯的命运。

六、海啸之前的风帆。
严肃时代的严肃星辰。

但诗人们毕竟选择了40年代。本世纪第四个十年刚刚开始的时候,中国西北高原荒凉的山脊和窑洞传来一种有力的信息。那信息强化了30年代以来的文学追求,许多关于中国社会进步的理想与关于文学新的指导的结合,形成了当日几乎不可抗衡的时尚。它给中国文学、艺术和诗的影响的深远性在此后的数十年直至本世纪的最后年代都可以看到。它决定了中国文艺必须通过长途的曲折和坎坷方能到达一种自由的和灵动的状态。这是中国文艺也是中国新诗不可回避的命运。但不论如何,中国有志于现代诗的繁盛的人毕竟选择了40年代。

他们也许预感到了某种隐约闪现在前方的危厄。他们意识到可能没顶的陷坍,但他们还是在海啸来到之前扯起了风帆。在苦难与苦难的连接处,在炮声与炮声的间隙里,在一个长夜和另一个长夜的漫漫黑暗中有那么一个间隙,那里有片刻的停顿,那里有熹微的光亮,那宁静和光闪即使是顷刻的,对于追逐者来说也是千载的期待和欢喜。

40年代初期那围绕着城市小巷和郊外草地走了一圈又一圈,那些物质极贫乏而精神却在海绵般汲取的那班倾心于现代诗、现代艺术和现代哲学的青春悬妙的年轻人,他们先后回到了上海、天津或是北京这些大都市。有的则远涉重洋来到芝加哥、伦敦或是纽约。而后他们又赶在40年代将要结束的那个关键的转折时期先后回到了那个历经苦难而又在苦苦追寻光明、和平和幸福的土地上。他们的期企是热烈的和真挚的,他们几乎异口同声地呼唤着中国大地上的春天。这是辛笛的《春天这就来》:

　　春天这就来
　　冬天你走不走去?

　　春风
　　吹在大太阳的麦田里
　　吹醒了我的国家,我的人民
　　一蓝布袄子的温暖
　　一蓝布袄子的光明
　　而和平,和平
　　就该永远冻结在
　　阴黑无底的鼠穴里?

这一个间隙对他们来说非常可贵,这是又一个充满了痛苦而充满了希望的年代。这种矛盾和游移不定的现实,有追求又惧怕失去可能的难以把握的机会反而充实了他们的诗情。光明与黑暗际会时节的天空是奇幻的,此时此际人们的心境和情绪也是丰富的。时间终于给他们以机会,前一个时期的经历积蕴和求索给了在一个当硝烟和哭喊还在远处的机缘爆发了新的诗情。这一群现代艺术的笃信者,他们是中国社会的文化精英,他们对于中国的奉献只能是这样一片虚幻的领域。

在抗日战争结束和解放战争爆发之间有一段喘息,人们庆幸余生尚存又憧憬未来,大都市的节奏重新唤起了现代意识,复苏的心灵渴望建构一个繁复的内在世界。艺术的积习是如此的顽强,即使是冻土,那土层下受到压抑的萌芽也要生发。此刻我们要把握和描写的是在这样一个短暂的际会里,中国现代诗有力的挣扎和显示。事后的回忆记载了那一段时间中国现代诗萌发的有利机会。郑敏在《诗人与矛盾》一文中回忆说:

> 四十年代由于中国教育在中国与世界文化交流方面起了重要的桥梁作用,大学里的诗歌课、翻译课、诗人,教授作的创作实践对不少诗歌爱好者起了好作用,使他们渴望将中国新诗发展向20世纪中期推进,而不是停留在19世纪的传统里。当时的香港、天津《大公报》副刊、《益世报》副刊,上海的《诗创造》、《中国新诗》及巴金先生主编的《文学丛刊》给这种新诗创造实践以大力支持。

郑敏结合穆旦的诗现象,对此总结说,这些诗歌在美学实践方面所具有的20世纪的特点,他们必然在本质上属于中国20世纪现代主义诗歌实践而不同于当日已经被中国读者所熟悉的浪漫主义或狭义的写实主义的传统,他们的诗带给中国读者的陌生化的强刺激则是必然的。袁可嘉在《诗人穆旦的位置》一文中也描述了这一时期的中国现代诗的生存环境:

> 一九四六年,西南联大师生复员回到北平和天津。当时天津大公报的《星期文艺》(先后由沈从文、朱光潜、冯至先生主编,最后半年由我收场)、天津益世报的《文学周刊》

（沈从文主编）、商务印书馆的《文学杂志》(朱光潜主编)和北平《经世日报》的文学副刊（先由杨振声先生后由我主持编务）经常刊出这群诗人的作品。我是迟到者，只是在这个时候（一九四六年秋天）才开始在"新诗现代化"的口号下评论穆旦、杜运燮、郑敏的诗作，试图从理论批评方面对新诗潮做些说明。与此同时，上海方面以《诗创造》、《中国新诗》为中心，辛笛、杭约赫、陈敬容、唐祈、唐湜等诗友也在理论、创作和评介方面做出了基本方向一致的重大努力，而在一九四七、一九四八年他们与北方四位年轻诗人取得了合作，扩大了影响，然后是三十三年的停顿。

在"三十三年的停顿"之前是一条涌出地表的现代诗的激流的奔涌。他们的喧哗是短暂的，这个短暂却是闪光的，闪光之后，他们又消失，又重新成为地下河。

《诗创造》的出现比《中国新诗》要早，当《中国新诗》于1948年6月在上海以《时间与旗》为题出版第一集的时候，《诗创造》已经出到了第十二期。这两个刊物的编者有交叉，例如筹办《中国新诗》的杭约赫同时也就是《诗创造》的编者。这两个刊物的倾向是一致的，不过是《诗创造》的现代倾向并不明显，它有更为宽泛的作者群。也许是感到了推进的必要，于是在《中国新诗》的旗帜之下作了更为明确的、更为前进的集结。这种集结也许就是袁可嘉所说的南北方青年诗人在1947、1948年的合作。可以说，要是没有这次集结，那么，40年代诗人对于中国新诗现代化的要求便不会留下如今这样深刻的印象。

那个开始是严肃得近于神圣的1948年的夏季。在上海出版的两个诗刊不约而同地出现了"严肃"的字样，也许不是耦合。《中国新诗》第一集有一篇代序：《我们呼唤》，这是一篇融汇了现代艺术精神但又充满了中国本土现时的情绪、意念的诗一般的宣告：

我们面对着的是一个严肃的时辰。

我们原先生活着的充满了腐朽气息的房屋在动摇,我们原先生活着的阴暗沉滞的时间在崩溃,刷得白白的墙壁在轰轰地坍倒,披着雕花与塑像的图案的栋梁在大声地倾折;几千万年来在地下郁郁地生长的火焰冲出传统的泥层了,它在大笑着,咀嚼着一个世界,也为这一个世界吐出圣洁的光。

到处有历史的巨雷似的呼唤:到旷野去,到人民的搏斗里去,到诚挚的生活里去,它以它的光叫我们知道:只有在历史的光耀里才有人的光耀,人的存在只因为他的严肃的工作,人的存在只因为他的自我牺牲——在生活里也在文艺与诗的创作里。

我们是一群从心里热爱这个世界的人,我们渴望能拥抱历史的生活,在伟大的历史的光耀里奉献我们渺小的工作,我们都是人民生活里的一员,我们渴望能虔敬地拥抱真实的生活,从自觉的沉思里发出恳切的祈祷、呼唤并响应时代的声音。

……

我们面对着的也是一份严肃的工作。

我们现在是站在旷野上感受风云的变化。我们必须以血肉似的感情抒说我们的思想的探索。我们应该把握整个时代的声音在心里化为一片严肃,严肃地思想一切,首先思想自己,思想自己与一切历史生活的严肃的关联。一切庞大的繁复的历史景色使我们不能不学习坚忍的挣扎,在中心挣扎,也向前突破,对生活也对诗艺术作不断的搏斗。我们的工作要求一份真诚的原则,毅然不动的塑像似的凝聚,也要求一个分量恰当又正确无误的全面的把握,我们应该有一份浑然的人的时代的风格与历史的超越的目光,也应该允许有各自贴切的个人的突出与沉潜的深入的个人的投掷。我们首先要求在历史的河流里形成自己的人的风度,也即在艺术的创造里形成诗的风格,而我们必须进一步要求在个人光耀之上创造一片无我的光耀——一个真实世界处处息息相通,心心相印,一个圣洁的大欢跃,一份严肃的工作,新人类早晨的辛勤的耕耘。

这个"呼唤"强调的是沉厚的历史把握,把个人的感受置于历史的涌动之中,严肃地面对大的历史背景和历史氛围,通过他们称为的"个人的投掷"获得历史感。在这个宏大的衬托和基础之上形成诗的个人风格,再向着一个息息相通的真实世界进逼,使自己的艺术创造能够最终到达一种"圣洁的大欢跃"的境界。这一群诗人的思维和语言与同日流行的全然有异,他们避免那种用滥了的没有生命力的表现方式,他们期待着经过个人的努力获得融汇了个人独特性和穿透时代历史表层的一个深沉的凝聚,他们的思考和创造因而也就显得格外的严肃。

这年6月与《中国新诗》第一集同时出版的《诗创造》第12号为诗论专号。这期的集名叫《严肃的星辰们》,这是唐湜一个长篇综合评论文章的名称。在这篇文字中他惊叹在短短的时间内又有一批"严肃的星辰出现在诗的天宇上",他先后论述了唐祈的《诗第一册》、莫洛的《渡运河》、陈敬容的《交响集》、杭约赫的《火烧的城》。唐湜的理论批评在当日就以文采灿烂和内容的丰博宏大,气势的排宕恣肆而成为一颗明亮的星辰。在他的文字中流动着他动人的现代艺术观念与审美意趣。他认为文学里面的好诗,潜伏在字里行间的流质永远不能被人啜干,好诗的理解与感受或二者的凝合永远也不会完全,甚至连诗人自己也只能抓住物象的一环,结合着自己的生命力无意识地掷出他的意象:"全般是永远流变的,因而也是万古常新的,没有人在同一条河里洗过两次浴,不朽的艺术生命的跃动正如这河里的水流。"

唐湜所表达的在今天看来也是前锋的和新锐的诗观。在这篇气势雄大的论文的最后,唐湜的结句几乎就是对于《中国新诗》发刊词的有意的呼应:"这是一个严肃的历史时代,它要求一切属于这时代的严肃的声音。这时代也不能有天真的乐观与原始的单纯,因而我们不能接受那些可怜愚蠢的作伪。严肃应该是一种信心的坚定与真挚的坚持,它不能与色厉内荏的心口不一的并肩而立,它亦不能与市侩的功利主义,低级的趣味主义并肩而立。一般出发于特殊,也归结于特殊,因而必须通过个人的特殊真挚气质,个人特殊的生活风格,历史才能留下深沉的足音。没有个人的人性的光彩,历史的映现是不可思议的。艺术并不是历史本身。它不必一定叙述浮薄的事实与表象的生活,它只要求在更高的本质上表现一时代的精神风格。"

七、"空隙"给予的机缘。严肃的抗争。

这样,由于一些受到中外现代诗观念滋养而涌现的一群年轻诗人的参与和推动,在 40 年代中最后几年,中国现代诗在一个特殊的历史空隙中有了一次尽情的表现。这一群人共同地感受到了与大时代联系而产生的历史纵深感。他们尽管分处南北,但心气相投,目标一致,因而发出的也是同样一个严肃的声音:严肃的时代、严肃的追求、严肃的坚持、严肃的创造。他们是有所摒弃,有所抗争,并非漫无目的。就诗学层面而言,市侩主义的追求时髦,人云亦云的随波逐流,浅薄轻浮的表面喧呼正是新诗内部腐蚀和戕害。他们在这样的时辰,面对的是双重的压力,一方面是那些应运而生的媚俗的脱离现实沉重的趋向;一方面则是用霸权的姿态和话语进行的排他性意图。这正是当日现代诗推进者所共同感受到的非严肃性的现实。

从 1947 年 11 月出版的《诗创造》第五期《箭在弦上》的"编全小记"中,我们可以感受到当日严肃的努力和追求所拥有的那份艰难:"批评绝不是谩骂,批评一个作家得从他本身底发展的过程和他所给予他底群众的影响上去比较他底优劣的,应该顾及他所处的环境,他的生活情形和他底所属的阶层,给他以善意的诚恳的推动和鼓励。像那种扮着一副尊严到近于狰狞的革命的进步的姿态的论客们,对于真正的敌人却熟视无睹,对于那些严肃地不息地写作着的朋友们却求全责备,吹毛求疵,抓住一点似是而非的缺陷,随便给人戴一顶帽子,喊打喊杀,给以比对付死敌还要恶毒数倍的打击,只是想在这些人头上竖起自己这一宗这一派的帽子,叫天底下所有写小说的,写剧本的,写诗的和搞理论的向他看齐,都变成他所规定的那一个模样,这种恶劣的风气,倒是大家应该来克服的。"编者的这一番话是由一位论者在极漂亮的"这样的时代,尤其是她所要求于民主歌手的,是进军的鼓声,不是低鸣;是冲锋的号角,不是呻吟"的言辞的狂轰滥炸引发的。在此后的年月中,人们对于这种说话的姿态和心理均已十分熟悉,可在当时,在那些受到现代精神洗礼的对于民众的苦难和艺术的神圣同样敬悚的作为受到了文化教养的诗人来说,都是无以言说的沉重。

他们就是在这样的历史性狂浪到来之前,坚持了他们的一份严肃精神,发出源于他们也源于时代的呼唤和宣告,与唐湜的《严肃的星辰们》同期发表的,还有默弓写的《真诚的声音》。这篇文章论述了当日的三位新进的诗人:郑敏、穆旦、杜运燮。值得注意的是该文中通过这些对于具体诗人的论述而传达的现代诗观:"现在是一个复杂的时代,无论在政治、文化以及人们的生活上,思想上,和感情上,作为一个现代人,总不可能怎么样单纯。而诗,这文学的精华,更不可能单纯到仅仅叫喊一阵,或高唱一阵,或啼哭一阵,或怒骂一阵,或呻吟一阵。那么要怎么样?我们姑且概括地说:要这一切的综合。""所谓诗的现代性(modernity),据我个人的理解,强调对于现代诸般现象的深刻而实在的感受:无论是诉诸听觉的、视觉的、内在的和外在生活的。"我们从这些温和、沉着的语言中不难看到这批现代诗潮的坚定实践者,因尖刻强悍的艺术偏见挤压而发出的抗争意识。他们主张通过生发于现世生活的纷扰和苦痛的诗美的沉淀,使现代人可感受到的一切化为一种综合的艺术结晶呈现出来,他们以微弱的力量反抗那迷没于空间的艺术暴力,他们又通过自身锲而不舍的追求实现自己的审美理想。他们对于单调、整齐、划一的艺术规范怀有极敏感的警觉性,他们在那个时候便觉醒到对于现代生活的任何简单的理解和把握都是畸形的和变态的。他们致力于通过综合了听觉和视觉、内在和外在的现代人的和现代社会的复杂性来抵抗对于实际可能性的简单化和脸谱化的艺术施暴。

由于这样一些明确的和敏锐的艺术觉悟,使他们的创作呈现出充分不同于用褊狭心理调制而成的一般性的艺术喧呼。他们从语言、意象、形式和情调都为30年代以降的中国新诗提供了全新的景观和风情。这里是郑敏的《最后的晚祷》,是《中国新诗》第一集的开篇之作:

人们被枪声惊醒,发现世界在重复它的愚蠢
那幅记载着爱与罪恶的画又在这绿草上复活,耶稣
这一次他没有分给面包,却将手举起
放在额上:宽恕,犹大,是他分得耶稣的最后宽恕

圣河与圣河汇合,然而我们的灵魂里却汇合着神性
与魔鬼,甘地,他的归属是两条圣水的交点,回忆
那漫长的奋斗,他的起点却是这样谦卑,在这里
就在你的脸上,那一片产生了约翰与犹大的国土上。

是我们的爱哺育了他。是我们的恨击倒了他,

> 同一块土地哺育了慈悲,又孕育了仇恨,孕育了圆寂
> 又孕育了斗争,呵,最光辉最黑暗的印度,人性的象征。
>
> 她先加给我们光荣,又掷给我们耻辱,暴力终于使
> 一座顽强的火山沉寂了,纵然死去,他是农夫早已
> 在心灵的泥土里布下种子,那总有长成绿苗的一日。

这位女诗人当日通过这一结构完整而充满庄严气氛的十四行所传达的是一种非直接的,也非单纯的融汇了感性与知性,文学与哲学,生命、世界与实际人生的综合画面。善与恶,信任与背叛。谦卑与崇高,理智与愚昧的交汇,使一首短诗拥有了深刻、沉郁而丰满的肉体。

出现在1948年夏季的这一首诗,不可能没有现实光影的投入与折射,但它却一反延续甚久的直接喊叫的风气而追求一种蕴涵而曲折的表达。光辉而黑暗的印度,神圣而卑微的甘地。我们用爱哺育了罪恶,我们用恨把所哺育的击倒,那两条圣水的汇合处,涌流出甘地和耶稣。女诗人提供给我们的是一座辉煌的立体的宫殿,而她却吝啬得只肯付出十四行的篇幅。仅此一例可以证明,当日这批严肃星辰的出现,给我们这个相当长时间里迷漫着单调乏味和空洞喧嚣风气的诗坛透进了一阵清凉的风。

与《最后的晚祷》同时出现的还有唐祈的《时间与旗》。这首长诗把宏大的气势与深广的内蕴,把现实的感悟与历史的纵思做了高度的衔接,于是出现了对当日诗坛而言是气象一新的内涵博大而又坚实有力的诗篇:

> 你听见钟响吗?
> 光线中震荡的,黑暗中震荡的,时常萦回在
> 这个空间前前后后

> 它把白日带走,黑夜带走,不是形象的
> 虚构,看,一片薄光中
> 日和夜在交替,耸立在上海市中心的高岗
> 资本社会的光阴,撒下来,
> 撒下一把针尖投向人们的海
> 生活以外谁支配每一座
> 屋与屋,窗口与窗口
> 精神世界最后的沉思像是哀愁的手
> 人们忍受过多的现实
> 有时并不能立刻想出意义。
> 冷风中一个个吹去的
> 希望,花朵般灿烂地枯萎,纸片般地
> 扯碎了又被吹回来的那常是
> 时间,回应着那声钟的遗忘
> 过饶时间留在这里,这里
> 不完全是过去,现在也在内膨胀,
> 又常是将来,包容了一切
> 无论欢乐与分裂,阴谋和求援

把诗从那种浮表的就事论事的状态中解脱出来,赋予诗以更多的抽象的不概括的意义,是这一群立意于将现代意识引入诗中的人们的有力的贡献。本世纪40年代中后期,有那么一些如同昙花开放般的现代诗的重新灿烂,在中国新诗历史上的确构成了瞬间辉煌的记忆。人们沉醉于这个短暂的创造愉悦之中,忘记了四周正在迷漫开来的浑浊和轻飘的混合氛围。谁也难以预断将有怎样的一个未来,他们只是忘记了时间和空间地专注于他们所认定的严肃工作及其考验:"我们必须有所挣扎,有所突破,有所吸收,也有所完成。""历史的考验是无情的,也是悲壮的,只有通过一切艰苦的生活考验,通过一切可怕与绝望的

窒息，我们的生长才能真是坚定不移的，我们所有的不是单调沉滞的时代；从生活到艺术的风格，一切走向繁复的矛盾交错的统一，一个超越的浑然的大和合，只有它经得起一切考验，因为它自己正是这一切试验的成果。"(《我们呼唤》,《中国新诗》第一集)

这一群，即闪烁在宽泛的40年代天宇上的最后的这一群星辰，他们在那样一个风云际会的年代所呼唤的，所追求的对于单调沉滞的排拒，对于繁富和矛盾交错的统一的追求，以及对于"大和合"的欢乐的期盼应当是合理的——它符合现代艺术的趋势而与世界诗潮相应和。

但对于中国而言，他们只能是一个幻想型的彗星般的闪光。就在他们呼唤艺术的繁复的时刻，隆隆的炮声已经自遥远的北方平原滚动，烽烟散落之后，行进的脚步声已经沿着津浦线和大运河的两旁排山倒海般地向华东和华南。中国的历史即将掀开新的一页，中国的艺术，文学和诗歌也将有一个新的起始。当然，扫过天边的彗星的光亮对于浩瀚而又漫长的历史而言，那光亮的微不足道犹如大戈壁狂风沙中的一点火星。对于卖火柴的女孩来说，那可能是如花梦境中的温暖的乐园，而历史的足迹却粗暴得足以忽略那一切的欢乐、痛苦、憧憬和梦想，而不论这些人们是如何的执著与坚定。

第十一章　历史大转折的预示

一、小农汪洋中浮起的岛屿。
现代诗的现实困境。

中国新诗的现代化追求步履维艰,它与中国诗传统有关,也与中国诗歌接受与诗歌市场有关。在中国新诗的发展过程中,审美的历史惯性是不可忽视的强大存在。它可以成为一种超稳定的因素排斥在它认为的诗的异质的侵入。对于中国新诗来说,尽管现代化是它的生成的基本要素,但却在传统诗学和传统审美习惯的压力下成为外在的原因。新诗的现代性并不是当然的成分,它的存在需要坚持不懈的奋斗。

当然,中国近代以来的国运也影响了新诗的发展,这方面的论述在以往的每一章中几乎都曾涉及。在现在开始的这一章中,我们将把视点转向中国的社会构成。在这个几千年来一直是农业的社会里,以农立国的格局和农本思想对文学和诗的影响无比深刻。中国可以看做是一个其大无比的农村,它有像上海这样的大都市,但在农村的汪洋大海中这些都市一无例外地会成为星散的孤岛而被潮流淹没。在这样的构成中,社会的主体成分农民的意识和情趣不能不施加它们无所不在的浸润,对于中国新诗,情况也是如此。

面对这样的接受对象,中国新诗的处境十分尴尬。五四诞生的新诗尽管前驱者为此惮尽心力,但它并没有走向中国社会的基本人群。农民对它的拒绝和无知也许竟是事实。作为整体的新诗尚且如此,那么不断追求的现代意识和现代审美的结合的诗的现代化进程,它的处境简直可以形容为悲剧的。诗的现代性和现代化倾向属于城市、城市知识分子,而与农民格格不入。我们的事实是在新诗的运行中几乎现代主义潮流的兴起和繁荣都与都市以及都市的知识者特别是受到西方文化洗礼的知识者有关。现代诗的市场只是我们描写的那些散落于汹涌海浪中的星星点点的岛屿和礁石有关,而与广袤无垠的黄土地几乎无涉。这是中国现代诗的让人惊悚的恒久命题。

早在西南联大校园的一群借助那校园特有的条件和气氛掀动诗的现代潮流的时候,一个更大的意图直接接续了30年代开始的努力,开展了集大成的文学和诗的大众化的倡导。时间是40年代初期。当冯至在昆明郊野的山道构思并陆续吐出充满哲思和学院气息的抒情的十四行诗章的时候,那些受到闻一多、朱自清、卞之琳以及艾略特、叶芝、奥登等的熏陶的年轻诗人,激起了重新创造中国现代诗的又一个繁荣期的时候,在中国西北部贫瘠的一个山脚下,那里正在以更为雄大的气势发动起一个震撼整个中国的新的文学运动。这个运动与当日正在开展并迅速推进的社会革命紧密相连且目标一致。它们的出现促成了五四新文化革命之后又一个诗和文学转型的历史时代。

二、向着社会现实的调整。
风暴袭击下的秩序。

成为这个新的文学运动的精神内核的是社会功利的动机。它要求把诗和文艺向着中国社会和现时战事的主体力量作出巨大的调整。这次调整是驱使诗歌等艺术形式与中国广大的农民大众的艺术传统、审美趣味、欣赏习俗的切近。它对于以知识分子的素养志趣为目标的努力是一次彻底的拒绝。

"高级的作品比较细致,因此也比较难于生产,并且往往难于在目前广大人民群众中迅速流传。现在工农兵面前的问题是他们还在和敌人们残酷的流血斗争,而他们由于长时期的封建阶级和资产阶级的统治,不识字,无文化,所以他们迫切要求一个普遍的启蒙运动,迫切要求得到他们急需的和容易接受的文化知识和文艺作品"。为了适应无文化或少文化的社会阶层的精神需求,在诗歌创作的领域中强调用歌谣、快板、数来宝、说唱等民间初始形态作为诗歌范式,成为当时最基本的文学改造的动力和要求。

实际的社会效益的考虑使民间形式的地位得到空前的重视和强调。有一篇讲话说:"我看过一篇旧秧歌剧,叫做《杨二舍化缘》,那里面对于爱情描写的细腻与大胆,简直可以与莎士比亚的《罗密欧与朱丽叶》相媲美,使人不能不惊叹于中国民间艺术的伟大与丰富。"(周扬:《表现新的群众的时代》)

同时,这种倡导鲜明批判此前对于西方艺术崇拜的倾向,舆论总在比较中揭示那些文艺传统的软弱和局限。一篇文章说:"在抗战初期,延安也曾创作并演出过一个叫做《农村曲》的歌舞剧,那也曾受到当时的观众的欢迎,但凭我的记忆来说,那还是比较软弱无力的。不但这个《农村曲》,就是西欧的一部分精致的细腻的作曲家的作品,在我做了我们秧歌的听众之后,我也觉得它们是软弱无力的。它们只适宜于演奏在客厅、地毯、绸衣、贵妇人与情话之间。比起烈火样的、暴风雨一样的群众艺术、斗争艺术,它们是如何逊色的。"(何其芳:《关于艺术群众化问题》)

巨大的精神风暴冲击着原先的创作秩序,一些诗人开始改变自身,他们以否定以往的创作倾向来调整诗与接受对象之间的疏离的关系。诗人们为自己过去的作品感到愧怍,他们希望以新的语言风格出现,而使读者忘记他们昔日的形象。以何其芳的诗为例,30年代的《预言》、40年代的《夜歌》,这些代表作都受到他自己的批判。这些批判的实绩着眼于揭示他与大众欣赏习惯和欣赏趣味的距离。何其芳是由不断地自责自悔中完成了他对时代和读者的"回答"的。写于本世纪50年代初期的迟到而难忘的那首诗,是何其芳对时代、民众和自己的完全不能令人满意的矛盾重重的《回答》。特别引人注目的是他的这一"新"的回答并不"新",仍然是"旧"语言、"旧"格式,"旧"情感的大集聚。也许仅有的价值就在于那首诗中的痛苦和烦忧,真切地表达了中国诗人和中国知识分子在这个历史大转折到来前后的疑惧和困惑:

> 从什么地方吹来的奇异的风,
> 吹得我的船帆不停地颤动:
> 我的心就是这样被鼓动着,
> 它感到甜蜜,又有些惊恐。
> ……
> 我的翅膀是这样沉重,
> 像是尘土,又像有什么悲恸,
> 压得我只能在地上行走
> 我也要努力飞腾上天空。

从那以后,中国诗人一直承受着极大的心理重压:一方面是对艺术创造及其推进的虔诚,一方面却是阅读对象(通常称作服务对象)的确认,以及通过必要的实践证实对这一对象的忠实。这两个方面都存在道德和信念的巨大的价值判断的矛盾和差异。诗人们顾此失彼,当他们进入创作状态时往往无所适从,他们经常地处于失语状态。长久的失语造就的是沉默和无闻或者变态。

三、乡村情结与都市记忆。
中国新诗的历史性命运。

不发达的城市被强大而辽阔的乡村所吞噬,这是典型的中国画的浩莽图像。受到鼓励的乡村文化与萌生在现代都市的诗和文学的现代性相比较,同样是巨大的存在对于微弱现象的征服和吞并。中国新诗的现代潮流并不是植根于中国本土的广大农民的要求和召唤,它仅仅属于对于现代工业极其敏感的知识分子的热情和冲动。那时中国广大的从事劳动的人,他们不但不理解现代诗,甚至也极少接触新诗,那是一个似与他们不相干的陌生的世界。在他们那里,一个稳定而永恒的诗歌王国,仍然是由山歌、民谣、小唱,花儿及对歌所组成,甚至在背后还站立着庞大的古典诗词。这些诗词通过村塾先生的介绍进入了粗通文化的民众中,有的则进一步通俗化而与民歌小唱会流。这个混合的诗歌王国的顽强的存在,足以使知识阶层的现代诗学,诗观感到自己的微薄。而现在,关于文艺的进一步通俗化和普及化的倡导因权威性的介入而晋升到近于神圣的位置,这种改变使所有人都无法回避而必须直接面对它:要么放弃传统的习性适应它,要么就付出孤独和寂寞的代价。

诗歌的改造要比其他门类更为艰巨一些,因为诗本来就是极精致的一种文学样式,它的争取和到达都以无数诗人经历长时间的艺术实践和积累才取得的。而且中国诗的传统又非常深厚。中国新诗的建立经历了复杂而曲折的过程,它以艺术现代化为自己的起点,基本上按照西方诗歌的样式建立起自己的规模,此后,二三十年中又有多次引进、借鉴外国现代诗的热潮的冲击。新诗较之其他文类的确是"新"的,唯其新,故从已到达的程度上退回到原先的出发点或接近那个出发点,就有了一定的难度。尽管在中国广大的农村那里基本上还是民歌和古诗的世界,但新诗毕竟是作为新诗人的知识分子写的,要求来一个逆向的调整,重新确定一种形式,建立一个价值标准,不啻于一个类似重建秩序的工程。它对于新诗人——特别是那些具有现代意识的新诗人——是一个难以迈越的关隘。

延安发表讲话的第二年,一份关于执行讲话的决定发到了各个地区,这份决定也许没有意识到诗歌这样门类的难度,但还是强调了较为易行的部门的实践指导。"由于根据地的战争环境与农村环境,文艺工作各部分中以戏剧工作与新闻通讯工作为最有发展的必要与可能。其他部门的工作虽不能放弃或忽视,但一般的应以这两项工作为中心。内容反映人民感情意志,形式易演易懂的话剧与歌剧(这是融戏剧、文学、音乐、舞蹈甚至美术于一炉的艺术形式,包括各种新旧形式与地方形式)已经证明是今天动员与教育群众坚持抗战发展生产的有力武器,应该在各地方与部队中普遍发展。"决议指出应该停止演出"与战争完全无关的大型话剧。"(《中共中央宣传部关于执行党的文艺政策的决定》)除了考虑到接受者的兴趣而在形式方面有一种往浅俗方面的调整的意愿,其本质性的核心还是希望文艺对实际有助益。因而,透过形式我们不难看到,真正的意图,在内容的革新。

强调真人真事入文以及强调文学的记叙性,都是这种本质意愿的展现。"主题是确定的:文艺工作者应当而且只能写与工农兵群众的斗争有关的主题。文艺工作者所熟悉、所感到兴味的事物必须与工农兵所熟悉、所感到兴味的事物相一致","写真人真事,是文艺座谈会以后文艺创作上的一个新现象,是文艺工作者走向工农兵,工农兵走向文艺的良好途径","真人真事,有模特儿,比较容易表现。而且本地的人物事件,大家熟悉,感到亲切,因而也易于收到教育的效果"。(周扬:《谈文艺问题》)

兴致勃勃的中国新诗遇到了麻烦。面对这一切指令性的指导,它必须把诗的思维向度作一番有违于常的错动。例如诗的抒情性与写实甚至真人真事的强调;例如诗人自我情感世界的阐发与讲述他人的故事的号召;这些,都是致命的题目。秧歌剧把说唱文学和舞蹈、戏剧落实到那个高原地带的民间原始艺术的形式上来,它的成功使政界和文艺界都无比兴奋:"延安春节秧歌把新年变成群众的艺术节了,真是闹得热火朝天。""这些秧歌并不是哪一个人创造的,而是一种完全的集体创作。参加创作的不仅有诗人、作家、戏剧家、音乐工作者、行政工作者、知识分子、学生,这一回特别值得注意的是工人、农民、士兵、店员也参加了。"(周扬:《表现新的群众的时代》)因此,麻烦的还不只上述,还有个人本位的创作与群体性的创作!

有一位写诗的人跑到集体创作的歌剧中去,他取得了成功。他的成功是否意味着诗人必须改变或放弃自己的工作呢?有一位小说家,他本身就是农民,他的一系列关于农民的小说也引起了轰动,舆论认为,这是贯彻那个讲话的最忠实的一个行动。而诗却是迟迟的,当其他若干文艺形式不断有了新的兴奋和新的轰动的时候,诗的近于麻木的沉寂却引发了人们的不安。

时候到了1945年的年底(这时距离那个讲话的出现已是三年半以后的事了),出现了一篇李季写的长诗《王贵与李香香》,它的出现使整个舆论界如释重负。有了这首诗,紧张的情绪好不容易方才有了一个松弛。有篇关于这首诗的重要文章,证实了这种"悬挂"的情绪。那是陆定一的《读了一首诗》。他回顾了这三年多的文艺改造的进程:"自从文艺座谈会以来,首先表现出成绩来的是戏剧。那年就有新式的秧歌出场了。《兄妹开荒》现在已经传遍全国。新的戏剧运动范围非常广大,改良的评剧出现了,新式的歌剧《白毛女》出现了。这方面的收获最大、最丰富。戏剧真正回到了人民大众里面去了。其次跟着而来的,是木刻。这方面革除了外国气派,采取了中国气派,也有很好的成绩。现在解放区的木刻,代表了中国,在全世界有了地位。来得更晚的,是小说和说书,这是一两年间才有的。小说里面,如《李有才板话》、《吕梁英雄传》、《抗日英雄洋铁桶》、《李勇大摆地雷阵》等,获得广大的读者,并在小说领域里展开了新的一页。在说书方面,有韩起祥编的许多本子,显出民间艺人惊人的天才。"陆文回顾了这些之后,谈到了诗:

> 比较来得更迟的,就是诗了。《王贵与李香香》,就是这样的新诗。用丰富的民间语汇来作诗,内容形式都好的,在外边有袁水拍先生,现在我们这里也有了。

那时的肯定如同我们在前边指出的那样,注重群众形式和语汇的利用,更注重通过这些达到的意识形态的宣传效益。前面引用的那篇文章把《王贵与李香香》的出现放置在文化斗争的视野之中:"文艺运动突破一重重关,猛晋不已,出现了新的一套,出现了一批新的人物。每一次这样的胜利,都表示了新民主主义文艺运动对封建的买办的反动的文艺运动的胜利。新的文化在一个一个地夺取旧文化的堡垒。反动的文艺,因为它有'民族形式',虽然内容反动极了,但在人民之中据有地盘,毒害人民。革命的文艺如果不学会自己的民族形式,即劳动人民所喜闻乐见的形式,哪怕内容很好,也不可能在几万万人的头脑里把旧文艺的影响打倒、肃清。"郭沫若也表示了同样的观点:"形式固然是重要的,但更重要的是人民意识。这个意识的获得不必限于解放区,然而学习这样的形式却必须限于人民意识的获得。"(《〈王贵与李香香〉序》)

四、新诗转型的纪念碑。大转折的预示。

《王贵与李香香》的出现成为中国新诗时代转型的纪念碑式的作品。它所表现的内容,强化了30年代以来关于革命诗歌的倡导，而且改变原先的空泛抽象而拥有了充实的人物、事件和思想。它的关于人民翻身的"史诗"式的记载，实现了关于文艺通过自己的方式装填进去丰富的艰苦获得和胜利欢欣的情节要求。它改变了诗的单纯抒情性，也改变了诗的情绪化和抽象性，它使诗成为较纯粹的故事的叙说，成为革命道理的说明和证实。它们浓厚的意识形态的因素应合了行政的召唤。

除了意识形态方面的成就，《王贵与李香香》在艺术形式上也有它的历史性意义：传统民间形式的直接运用和它的与内容变革的契合。《王贵与李香香》的格式来自陕北民间歌唱的顺天游，李季在创作这部长诗之前，曾经收集整理过这一民间歌谣计二千余首，他对这一形式十分熟悉。钟敬文的《谈王贵与李香香》分析了李季创作不是一般的仿作民谣，进而肯定了它的独特的意义："他的作品，和本格的民谣血脉相通，骨肉相联。他的创作意识就是人民的创作意识。严格地说，他不是仿作者，他是道地的民谣作者。"与此同时，他也指出了这部长诗的先天性矛盾，即他认为顺天游诗体上的即兴抒情特点与李季长诗长篇叙事的使命的不适应——这种可能性方面勉力而行造成了整个长诗不完整性和破碎、支离的印象。但若从另一个角度考察，也可得出与这种不同的价值判断，即李季的开创性意义在于，他使原先较为注重而且擅长于即兴抒情的二行短章结构的顺天游大大地拓展了它的内涵可容性，使之连续缝缀而成为宏大的叙事性的史诗结构。

一个强力的时代诱惑着诗神走艰险的甚至是背逆的路。历史的推进不容你犹豫，一种投入的热情促使诗人为此而奉献，甚至必要的诗美牺牲。特殊的年代和艰苦的环境，依靠激情为未必澄澈的事物镀上了黄金的光环。如上引把秧歌剧《杨二舍化缘》比拟为《罗密欧与朱丽叶》一样。在这里，民间文学和民俗学教授也可以以一首长诗而想象到属于当今时代的《伊利亚特》和

《奥德赛》。这原是非常自然的事。每当历史重大转折的时刻,人们易于乐观也易于为想象的目标竭尽心力而追寻幻想实现的可能。

对于现实的诗创作而言,它在巨大的潮流面前没有其他的选择,唯一的可能便是立即放弃和停止继续向着西方现代诗的滑行而把缰绳收紧,使狂奔的马匹返回到本土文化和民间诗歌的氛围中来。唯一可选择道路只能是《白毛女》和《王贵与李香香》所揭示的通往民间的路。要是我们把此刻由李季提供的诗句和大体诞生在同一时期的冯至的《十四行集》或是卞之琳、穆旦、辛笛、陈敬容的作品加以比较,便可看出两种反向的追求所表示出的巨大差异。这里是王贵和李香香表示爱情的对话,完全的民间情调和风尚,展示其向着欧化倾向滑动的现代诗的不可忽视的挑战性:

"受苦一天不瞌睡,
合不着眼睛我想妹妹。"
停下脚步定一定神,
洼洼里声小像弹琴:
"山丹丹花来洼洼开,
有那些心思慢慢来。"
"大路畔上的灵芝草,
谁也没有妹妹好!"
"马里头挑马不一般高,
人里头挑人就数哥哥好!"
"樱桃小口糯米牙,
巧口口谈些哄人话,
交上个有钱的花钱常不断,
为啥要跟我这个揽工的受可怜!"
"烟锅锅点灯来炕炕明,

酒盅盅量米不嫌哥哥穷。
妹妹生来就爱庄稼汉,
实心实意赛过银钱。"

五、时代推进的艺术逆反。
　传统审美的回归。

　　李季的长诗对于当日那种原则性的文艺指导是一种实践可能的典型提供。它刚好充填了当日感到焦虑的理论证实的空缺,因而它就无可怀疑地被推举为一种典范,并且在一个迅疾的推广中成为一种模式。自李季的《王贵与李香香》出现之后,当日诗坛的风气为之一变。这种变化大体体现在:一、向着民歌形式和民间格调的归宿,而基本断绝了与西方现代诗的联系,并且中断了40年代初期以来的现代进程;二、从诗的抒情性品格大幅度转向,从根据地到大后方,不约而同地(也许是意义各有差异地)呼吁诗的叙事性和戏剧性,要求把诗作得不像传统的诗,而更像小说和戏剧,即是使诗拥有更多的具体性;三、与此相关,则具体为诗的抒情主体的个人性的消失,代替它的是作为群体性的即故事叙述者的集体形象。诗人主体的实现或带有个性特征的抒情被判断为个人主义的,而集体主义的"我们"则受到极高的推崇;四、由于民谣小曲成为新诗的新形象,自然地助长了民谣风的甚至古典风的格律化倾向。抗战爆发后掀起的由胡风的《七月》所倡导,并由艾青和田间创作促成并完善的自由体诗的大潮也随之走向衰微。自此而后,持续推进的是以传统的说唱方式为模式的旧式格律诗或准格律诗的漫长的浸淫。

　　40年代后期以中国人民文艺丛书面目推出的几本诗集,大体荟萃了当日的典型作品,如《东方红》、《佃户林》、《圈套》等。这些作品从不同侧面体现了历史转折期的诗歌巨变。当然,继

《王贵与李香香》之后最重要的作品,当推田间的《赶车传》(第一部)和阮章竞的《漳河水》以及张志民的《王九诉苦》、《死不着》等记载了历史重大变化的诗篇。

《漳河水》出现得较晚,它写作完成于1949年的年末,发表和出版则已进入50年代。这些作品有很强的记叙性,展现了那个时代最为激动人心的一些民众经过抗争而改变了自身命运的故事:大体都是经过对于受苦经历的描绘而最后到达一种光明境界的故事性的叙述和描写,而使用的形式和追求的风格,则无一例外地都是民间的传统的表达方式。

这是一个阶级的和民族的情绪高扬的时代,诗歌以它为大众习惯的方式和内容的实践,赢得了实际的评价和推崇。整个的新诗创作界被这种风尚所涵盖。长篇的叙事诗盛行讲述一个首尾连贯而情节曲折但大体总是受苦、觉悟、抗争、受难,最后是苦尽甘来的胜利的故事。而短篇的诗歌也力求把篇幅拉长,也向着"讲故事"的同一方向逼近。先以短篇为例,严辰的《新婚》写一对受苦农民小拴和黑妮子结婚的故事。较之当日流行的长篇巨制,是规模比较短小的诗作。全诗四段总共约二百五十余行。第一段描写新婚喜气和排场,描写细节如同流行小说,用的是说唱的格式:

> 一盏油灯放红光,
> 满屋子照得通通亮。
> 多少年来没点过灯,
> 今夜的火花耀眼睛。
> 红漆的立橱红漆的柜,
> 一种种的颜色配成对。
> 栀子花开顺情栽,
> 迎门桌子顺情摆。
> 桌上立着一面镜,

两边两个大花瓶。

这是这个婚礼的开始场面的描写,从外屋的描写到内屋炕上的被子以及对联,接着才出现这新婚的男女主人。又是一番对他们容颜、装扮的形容和描写。例如对新婚娘子的形容:"黑妮子长得好端正,乌溜溜的眼睛像两盏灯。粉红裤子粉红衫,浑身上下好打扮。"而后,又有对于婚宴的详尽描写。至此,本来近五十行的描写对于精练的诗来说已够铺张奢侈,但却仅仅是这首"短"诗的开篇。第二段写新婚男主人的家史和个人经历,从父母的受苦难到个人的受苦难,一切又都对比着财主家的剥削和豪富来写:"十八年长活十八年的罪,数不尽的折磨吐不尽的老苦水!"近百行;第三段写黑妮子,又是她一家的家世以及她的苦难的际遇:母亲连生三个女子无法养活,想把她活埋而不忍,直到"四岁五岁没穿过裤",又是父母的极度困苦,又是老财的极度压迫,无法活下去,把黑妮子送进了尼姑庵,又近百行;第四段写大团圆的圆满结局:"天上玉女配金童,解放了的尼姑配长工","太阳出来满天红,多谢做媒的恩人毛泽东。"整个的格式与《王贵与李香香》略同,虽然两行一节未曾隔开,但却是顺天游的缝缀和连写,由此可见当日渐趋一致的诗歌风尚。

如这首《新婚》一类的作品出现了一批又一批。如《弹唱小王五》(刘衍洲)也是痛说家史,歌颂苦尽甘来的模式,也是二百余行的"短"篇。而且也是源自顺天游的两行一节押韵,各节换韵的模式。值得注意的是诗题标明"弹唱",说明它不是承袭了顺天游的民间抒情传统,而且明显地加强了民间说书弹唱的因素。抒情小曲被改造为叙述型文学样式,而又促使其与民间说唱艺术的融汇、合流,这说明中国新诗正在急速地向着本土化回归的大趋势。

李季推出的长诗造成了中国新诗历史发展中少有的轰动。虽然他产生于中国西北边远又贫瘠的地区,陕北的盐池县。但却在当时是非法的状态下传递到中国南部的广大地区。人们从这样的艺术作品联系到产生它的那个"山那边"的令人向往的天地。除了艺术自身提供让人耳目一新的刺激之外,又凭空地增添了信念和憧憬的激情的因素。这部充满陕北风土情调的长诗,仿佛挟带着那片土地的晴朗的天空和挣脱苦难的欢欣,带给人们以额外的安慰。它在中国南部大地的流传是经过香港转递的,当时在香港的一批文学名人都为它写了评介文章。

特殊的环境、特殊的氛围、特殊的际遇,给了这首诗歌以特殊的影响。它不仅是艺术改造和艺术更新的信息,而且是新理想、新生活、新时代的信息。当然代表这信息的还有一批其他样式的文艺作品例如赵树理的小说,以及从陕北年画等取得营养的木刻以及从秧歌取得启示的《兄妹开荒》,以及大型歌剧《白毛女》、《赤叶河》、《血泪仇》等。但就诗而言,人们面对《王贵与李香香》的激情并由此引发的经典意识是与整个的时代相联结的一个文化现象。

六、完成的诗歌和完成的时代。

诗风的转移因一个号召引起,它的成为一种秩序因一个经典的出现引起。以《王贵与李香香》为开始,加上《赶车传》(田间)、《圈套》(阮章竞)以及张志民的《死不着》和《王九诉苦》等作品的陆续完成,中国新诗自"五四"以来的面向世界的现代诗进程至此开始了一个为期不短的停顿。新诗在 40 年代的最后几年以急猛的姿态向着原先的传统接近和回归。这一方面是艺术自身积累造成的必然,主要是,30 年代中后期以来革命诗歌的充分发展,大众化的提倡与工农兵方向的结合,形成了这一时期新诗发展的完整的概念:即内容上的写实性导向叙事职能的转移。形式上的民族化导向以民歌甚至古典诗为参照的单字尾咏唱调式的转移。上述动因大体造成了从自由体向着传统格律形式的回归式的衍变。

这种完整的诗的概念的形成与一个社会形态的形成是巧合的相互印证。它客观上证实了中国新诗从它发端之日起伴随着历史的曲折进程而始终与中国社会的盛衰忧戚共脉搏的事实。在新诗的艺术发展和歧变中，始终保留着中国社会和意识形态所给予的深深的刻痕，它自然地显示出中国社会的特殊情势所给予艺术创造和艺术变革的压力，这是决定中国诗的命运的最主要和最基本的力量。

诗歌艺术当然有它自身艺术规律所造成的潜态的运转，但在中国这个特殊的社会人文环境里，这种运转所能生发的效能是短暂的、次要的和微弱的。它只能在某种社会转变的空隙中偶尔地闪射出它转瞬即逝的光芒，而很快就为社会性的氛围所并吞。而后又是无边际和无遮拦的民间和传统文化习俗的涵盖。向40年代的告别既是社会转型的一个开始，又是一个结束。对于中国新诗的发展来说，大体保持了与社会发展同步的状态，即以40年代的结束为标志结束了新诗自30年代以来大众化递变所造成的大趋势，以完整而明确的秩序宣告了对诗歌民间审美目标的确定。50年代开始的是完全不同于以往的诗歌生态。所以即使就诗而言，它也是一个划时代的开始。

这个开始同样选择了一部典型作品作为宣告，这就是阮章竞的长诗《漳河水》的出现。《漳河水》是一部跨时代的作品，既是作为总结，又是作为发端，它在中国新诗史上是一座联结两个时代的桥梁。《漳河水》1950年9月上海新华书店版的文末注有"一九四九年三月二十六日初稿完成于卧虎坡，一九四九年十二月改写完于北京"。它的写作和定稿完成了一个由乡村而城市的完整过程，也标志着一个由战乱生活的结束和另一种生活展开的完整过程。《漳河水》选择在这个40、50年代交替的时刻出现，是有象征意义的，这就是诗的形式的对于50年代的召唤。

无论从哪个意义上看,它总是一个召唤:

　　　　漳河水,九十九道弯,
　　　　层层树,重重山,
　　　　层层绿树重重雾,
　　　　重重高山云断路。

　　　　清晨天,云霞红艳艳,
　　　　艳艳红天掉在河里面,
　　　　漳水染成桃花片,
　　　　唱一道小曲过漳河沿。

　　一方面是更加秩序化了,把先天那种不肯定的追求和试验通过一首诗把那一切确定下来。《漳河水》的出现完成了这样的工作。有一个李季创造的开始,又有一个阮章竞创造的完成,它对于40年代以来的号召及其实践的确展示了一个完整的秩序化的全过程。另一方面则是更加艺术化了,艺术的意义当然是在当日总追求所启示的范畴限定之内,也就是在民间化和传统化的意义上说的。艺术化的体现的是更为考究和更为细腻,要是说《王贵与李香香》还保留了更多的原始的未经打磨的粗糙(有的诗句更是民歌现成句子的直接引用),那么,到了《漳河水》,它的精微和圆润剔透则是玲珑宝玉之于山间开采的璞石了。

　　也许不同的作者不好类比,若是以同一个作者前后期的作品加以比较,则无疑有很强的说服力。《圈套》是阮章竞写于1947年的作品,它的开篇:"槐树槐,黄河边槐树台,村子不满八十户,东头住的净老财。阔绰好户四五家,头户阎王杨道怀。"这个开篇与我们前面引用的那个名为《漳河小曲》的开篇相比,说明虽然时间只过了两年,可是人们对于业已确定了目标和方向的诗的艺术美的追求,是进入了一个要求华美精细的更高的层次。

阮章竞在长诗的小序中说明他的《漳河水》是听到漳河边上"山坡树林间传出歌声"把"这些片片断断的歌儿"串联成现在这个样子的:

> 这篇东西,是由当地许多民间歌谣凑成的,代表这些歌儿的总的形式叫什么呢?每个词儿都注明采用是什么调儿吧,如《开花调》、《刮野鬼》、《梧桐树》、《绣荷包》、《打寒虫》、《大将》、《一铺滩滩杨树根》,还有好多失名的。可是这些歌谣又因人因村唱得不尽相同,我所听过的《开花调》就有五六种,据当地同志说还要多;而且也不能说明曲调的总的形式。……说是山歌,在北方很少听说这两个字,说是快板,快板是"说"的不是"唱"的;说是"诗",群众叫"念",用文人的说法是"朗诵",现在这东西分明是唱的,"乐歌"、"乐曲"、"乐章",太文雅,"合唱"、"大合唱",更是胡诌;"牧歌",洋来洋去;"夜曲"、"夜歌"也不对,人家常常在白天唱的。

这里是文体的疑惑,或者叫做文体的两难或尴尬,但最后还是定位在民间谣曲上。诗人说:"有一天,碰见两个牧童在河边饮羊,嘴里也哼着这些歌儿。我问他们唱的是什么?回答是'小曲'。故把这许多曲调总名叫'漳河小曲'"。诗人这一番对于这部长诗性质的考订很有意义,他在诸多概念的犹豫中逐一地排除了西方的和知识分子的趣味和情调,而最后确定为民间的谣曲的性质。从40年代初期开始的中国新诗的反归传统的实践,到了《漳河水》的出现,可说是取得了一个结局,它当然把以往的不确定因素加以排除了。

其实《漳河水》的价值远不止是在文体上的对于民间的确认之上,它的构成之中其实包含当日不曾明确,但却确实存在的对于古典诗词的渗透和复归中。较之前此如《王贵与李香香》等作品,这是《漳河水》给予中国诗界的最主要的信息。也许诗人当日未曾意识到这个因素的存在,也许他当日还不便明确指示这一点,但事实却宣告了它是不容置疑的存在。开头引用的那一节《漳河小曲》让我们想起宋词或元人的小令。其他如《漳水谣》:"漳河水,九十九道弯,漳水流出太行山。写成诗,刻成歌,回头再来教漳河";《牧羊小曲》:"桃花坞,长青树,两岸踏成康庄路",都有极明显的传统五、七言的韵味和节奏,从根底上看它更像是取法于古代的诗词传统而与民间初始的歌谣影响拉长一段距离。

中国40年代的战争的走向是自北向南,从荒漠推衍到气温适度、水草丰茂的所在。中国新诗的背景,也从强悍高亢的塞外谣曲转向太行山脉漳河一带人文景观较为繁盛的所在。这不期然地使当日这些新诗逐渐从原始的粗放状态向着温婉缠柔而接近于南方风情的转移。从塞北高原的放歌到婉约的宋词风韵,我们不难从《漳河水》的那些开篇小曲中得到证实。更重要的是,《漳河水》创作已经超越了单纯的民歌的模仿和引进,而把它的视野和领域大胆地推向了中国古代的诗、词、曲、令这些传统的古典形态。其实《漳河水》给人的最为深刻的启示却是在于:诗歌至此已臻于俗化的至境而逐渐向着更为精微的雅歌的方向逼进。

民歌和古典诗歌借助于新诗躯体的合流不仅是自然的,而且是必然的。在中国诗歌的历史生成中,历代的诗人和诗论都注意到文人的诗都源起于民间的诗,一代一代民间歌谣影响了也滋润了文人诗的创作。中国古代诗人都会自然地崇奉《诗经》为创作的源泉便是一种证实。民歌和古典诗词不仅在生成方面是一个源泉的流水,而且分析它们的体式结构,它们也是同构的。诗经以后,从楚辞开始,中国诗的基本句法结构是单字作结,形成了咏叹调式的三字尾结构。这不论是民歌还是古典诗词都是相同的,它们在语言形式上有着密切的亲缘关系。

《漳河水》的出现有多层的意义。首先是它完成了诗的革命性、社会性和民间风格的高度结合和统一；其次是它完全来源于初始形式的由粗糙向着精细、由俗向雅的结合和浑成；第三点，也是最重要的一点，那就是它拓宽了中国诗的取法于"群众喜闻乐见"的审美意趣，而把诗的触觉延伸到原先新诗革命的对立物古典诗词方面。《漳河水》虽然口口声声论证了它与太行山区民间谣曲的源流关系，不论它是否讳莫如深，但它的确是在当日严格意义的新诗向着民间的改造过程中引进了、渗透了中国古典诗歌的意境、趣味、韵调、节奏和语言。它不仅是预告了，而且是实现了新诗对于古典诗歌和民歌传统的皈依。

《漳河水》所开辟的通道比50年代后期正式提出的新诗必须在民歌和古典诗歌的基础上发展的方向性指导提早了近十年。从这个意义看，它的确是一个新的诗时代的预告——"漳河水，九十九道弯，满天云雾风吹散。桃花坞，杨柳树，紫金英踏上了新道路。"这冲破云雾笼罩而展现出来的"新道路"不仅属于长诗的主人公，而且也属于中国新诗。中国新诗踏进50年代以后所发生的一切曲折、坎坷和改造、革新，都与源起于30年代，成熟于40年代的倡导和积累有关，正是这个大转折的历史性年代所蕴有的丰富、复杂和矛盾造成了往后数十年的悲苦和欢欣。这一切，当然是《20世纪中国诗潮》随后几本书的任务，我们的论证无疑要在那些篇章中充分地展示。

七、统一化的最初努力。未来诗歌大一统秩序的萌芽。

40年代的结束又是一个大的开始，艺术和诗歌的生态由于整个中国社会情势的发生巨变而开始了一个新纪元。"五四"开始之后的那种充分个性化的自由竞争和自由创造因而不免又有些驳杂与纷纭的程序宣告了终结。从40年代初期开始的对于文艺的一致性的号召,以及由这样的号召所形成的一致性响应和实践,启示了和决定了中国诗歌在未来年代的发展模式。

40年代以来,文艺和诗在中国北部艰苦地区的开掘和发展,它因与民众争取新生活抗争的结合而拥有奇异的魅力。如同前述,中国的新文艺进入40年代中期为等待一种新的诗歌而表现出来的焦灼,由于李季的卓有成效的推出而感到欣慰。《王贵与李香香》的经验提出要确定一个生活的据点,而后以普通工作人员甚至是忘掉自身身份(更不是以知识分子或诗人的身份)成为那个生活环境的一员。忘记自己的个性而在民众通常生活中取得与那些人共有的群体意识和普遍性情感和语言而投入创作实践。从表现生活的内容看,它是以描写过程的方式揭示受苦的民众如何通过有组织有领导的战争,经过苦难和曲折最终赢得了胜利和尊严,从而改变了世代属于奴隶命运的传说和故事。它对于诗的个人性和抒情性有一番根本性的更改,它强化了诗的戏剧性而推动诗向着叙事文学的领域接近,甚至诸多经典性的作品已经成为叙事文学族类的一个新成员。

再就是诗的形式方面的推进,民间的歌谣小曲受到崇高的重视,新诗被倡导必须以此为模式改造它的非民族化和非群众化现象,在民众喜闻乐见的前提下,让诗以通俗的和充分民谣风的方式进入普通的人群。于是新诗改变了长期以来的贵族化的和西方化的现象继续以引进、模仿和渗透民间初始形式为自己不竭努力不断前进的目标。当然,最后的也是最重要的,这一切努力都以诗和文学是否有用于或服务于社会改造和社会前进的大目标为前提。诗必须是整个社会目标的一个部门,诗必须为这个目标的到达和实现而自觉地配合和行动。诗不能是个人的,诗也不是个人灵感的产物;诗的群体代表的特点必须以个性的消泯为代价。

当40年代结束的时候,诗在未来时空的发展模式已经出现在曙光微明的天宇上。人们在欢庆旧时代的结束的同时,以迎接新的生活秩序的同样热情迎接了新的艺术秩序。在那时,诗向着某一种倡导的模式认同虽然由于有那种倡导,但从整体的情绪来看,当日的实践是自觉的。相当普遍的现象是,人们为自己的作品中保留了"旧"面目和"旧"情调为耻辱,他们几乎是以自然而然的态度迎接了对于艺术生态是极端不利的艺术一体化的号召和贯彻。因为这种一体化的意图是与新生活一起降临的,接受者理所当然地以天真的态度承认了它的合理性。未来对于当日处于昂奋的缪斯的信徒来说是个未知数,但它们无疑窥见了那流动在云海之上的"艳艳红天"。在那些通体澄澈的耀眼红光的照射之下,人们不会联想到阴影。未来当然是一个又一个永远晴朗的天气,不会想到霜雪和阴霾,也不会想到曲折和坎坷。"千里的雷声万里的闪","太阳出来一股劲地红,"时代的激情和欢乐的诗意所造出的高度统一的氛围,使人们断然拒绝忧心的联想,当然更拒绝苦难。

一九九二年十二月三十一日完稿于北京畅春园

附录:都市记忆与乡村情结

王光明 谢冕

虽然1949年至1976年的中国新诗,是否形成了诗歌意义的思潮,是一个有待详细论考的问题。但是,当1949年7月,原来分别活动在"国统区"和"解放区"的两个文艺区域的代表,由于战争即将结束,国家就要统一,新政权即将诞生,来到文化古都北平的"中华全国文学艺术工作者代表大会"会场,包括几十名诗人在内的六百五十名代表,似乎都认为自己在迎接一个新的社会的同时,也将迎来一个文学艺术发展的新的时代。由此推衍开来,中国新诗也因而开始了一个新的时期。这时期中国新诗所具有的复杂性,至少并不比以前的那一发展阶段更为简单。

无论在何种意义上,这个被形容为大团结、大会师的第一次文代会,既是一个结束,也是一个开始。不过,对于半个世纪都在黑暗中苦斗和挣扎,寻求国家富强和现代文明,不断希望有一个美好的未来的中国文化人来说,他们显然更愿意相信这是中国新文学发展的一个新起点。大会筹委会主任、参加过中国新诗奠基的诗人郭沫若在1949年6月27日宣布会议的方针和任务时说:

> 这次大会在人民解放军即将获得全面胜利的伟大时期中召开,这是中国文学艺术工作者,是富有历史意义的空前盛大的会议。……全国不同地区,不同工作部门,不同艺术作风的代表们聚集一堂,举行这一个空前盛大与空前团结

大会，主要的目的便是要总结我们彼此的经验，交换我们彼此的意见，接受我们彼此的批评，砥砺我们彼此的学习，以共同确定今后全国文艺工作的方针与任务，成立一个新的全国性的组织。

这次文代会是全国文艺界会师、团结的象征，也是对话、交流的象征。来自乡村的和来自城市的，来自战场的和来自后方的，年长的和年轻的文艺家和诗人们，都因国家的统一，抱着建设和发展中国文艺事业的心愿，走到一起来了，具有象征意义的是，会址就设在五四新文学的发祥地北平。人们没有理由不希望通过总结、交流和对话，通过适当的组织形式，梳理和整合中国新文学和新诗运动的经验，形成整体与系统的力量，创造文学艺术的良好前景。

一、城市新声的喉舌

中国的现代文学又称为中国新文学，它的性质一直存在着争论。但"现代"与"新"的本身，意味着它不是传统文学的延伸，而是传统的变革与改造。尽管在许多方面，仍然与传统发生关联，但中国现代文学究竟不是任何一种传统文学的复兴。现代这个词语反映着一种不同与传统农业社会的意识和价值观，它指向当今世界。"自晚清以来，日益面向当前的思想（以区别于过去面向经典儒学的总趋势）无论从字面上还是从比喻的意义上讲，都充满着'新'内容：从1898年的'维新'运动到梁启超的'新民'概念，到具体表示五四的新青年、新文化和新文学，新这一形容词几乎伴随着所有的社会和知识界的运动，使中国摆脱昔日的桎梏，从而成为一个'现代'国家。因此，'现代性'在中国不仅意味着对当前的专注，而且也意味着放眼全球求索'新意'，从西方求索'新奇'。于是，这一新的现代性概念在中国似乎在不同程度上继承了西方'资产阶级'现代性的若干成熟的观点：进化论和进步的思想，历史向前发展的实证主义信念，相信科学技术裨益的可能性以及在广阔的人道主义范围内所界定的自由、民主的理想。"也许现代性的内容和"继承"的东西要复杂得多，而且在很大程度上被中国化了，但在由过去为传统的价值观负责，转向现实出路的寻找，"放眼全球求索'新意'"这一点上，似乎确是中国现代文学发生和演变的重要因素。

这与近代以来中国城市的发展有密切的关系。胡风曾经指出，"以市民为盟主的中国人民大多底五四文学革命运动，正是市民社会突起了以后的、累积了几百年的、世界进步文艺传统底一个新拓的支流。那不是笼统的'西欧'文艺，而是：在民主要求的观点上，和封建传统反抗的各种倾向的现实主义（以及浪漫主义）文艺；在民族解放的底点上，争取独立解放的弱小民族文艺；在肯定劳动人民底观点上，想挣脱工钱奴隶底命运的、自然产生的新兴文艺"。他还说，中国新文学是基于"民主革命的实践要求"，接受了"西方进步文艺"的"思想、方法、形式"，从而"获得了和封建文艺截然异质的、崭新的姿态"的文艺。这种观点在20、30年代以及40年代初"民族形式"的讨论中，是一个重要意见，应该重新引起重视。城市模式是现代化的温床，它是通向现代的唯一通道。城市，唤醒了我们对于封闭的、不流动的、死气沉沉的乡村社会的意识（在鲁迅的心目中，它是封建文化"黑屋"的基础）；正处在发展初期、上升的城市原也是一头生机勃勃、骚动不宁的怪兽，给人们提供了选择、自由、个性发展、冒险和创造的机会；城市还是流动的象征，与长世统治的、教化性的乡村社会凝滞不动的景象形成了鲜明的对照。因此城市成了中国现代文化思潮的策源地和中心，20世纪20、30年代大量有文化、有抱负的青年都纷纷从乡村涌入各个大城市，特别是北京和上海。

当然，城市的风景非常复杂，它交织着光明和黑暗，它的另一面是欺压。伪善、功利主义、弱肉强食,是人间一切罪恶的渊源。中国当时的城市更加复杂,在历史上它一直处在广大农村社会的包围之中,充满着乡村情调;现代又长期具有半殖民地的性质;加之进入20世纪之后,以城市生活为中心的西方资本主义社会已愈来愈明显地暴露出种种弊端;这样,现代中国知识分子对城市必然抱着十分复杂的心理。因此,与其说五四文学革命是以市民为"盟主",不如说19世纪末、20世纪初中国城市的迅速而畸形的发展,培植着敏感的知识分子一种反抗传统、寻求新路的激情,滋生了一种面向当前的价值观。这种价值观在大致上可归结为一种以人道主义为核心的自由和民主思想。

在新文学的第一个十年,文学的各个门类都有疏离乡村社会的城市取向,无论是主观色彩极强的自传体小说的风行,还是"所表现的个性,比以前任何散文都来得强"的散文,都表现出异质于传统乡村社会的价值观。新诗,更是这种城市新声的现代喉舌,不仅像小说、散文一样呼应了带有西方19世纪人本主义色彩的文学思潮,还与20世纪的现代主义文学保持着独特的联系。尽管诗人们还不易一下子以城市生活作为内容、意象的主要来源和背景,支配自己的想象力,尽管初期的白话诗"还带着缠脚时代的血腥气",但新诗比别的文学形式更彻底地体现了务去陈言地冲动,挣脱旧镣铐的决心,表现新经验的愿望。胡适自誓"三年之内专作白话诗词",从语言和形式下手,首先在诗的革命取得了实绩,开创了最切近个性自由的自由体诗歌形式。到了郭沫若的《女神》,则不独在诗体上体现了诗歌经验和想象的更新,他的诗聚集了许多现代城市社会的意象,以博大的视野和喧嚣的律动展示了时代和个人的活力。而鲁迅,则以如熔化的金属,无法定形的散文诗形式,把现代经验的恐怖和渴望汇集在《野草》中,在意识与潜意识的交织中,展现了孤独的个体面对现代世界的内心风暴。更不用提徐志摩表现爱与美、闻一多以强烈嘲讽来宣示内心激愤,以及从李金发到戴望舒的象征派和现代诗派了,即使从文学研究会诸诗人到艾青发展过来的现实主义诗歌,也是以城市知识分子的心态和眼光来表现现实人生的。例如最能代表现实主义诗歌实绩的艾青,农村社会培养了他对土地的深情,但这深情从根本上转化成了对于苦难土地的悲愤。因为另一方面他也被现代文明所养育,"知道了在这世界上有更好的思想"。

自1937年抗日战争爆发后,由于以农村为根据地的共产党力量的发展,以沿海城市为经济基地的国民党政权也转移到内地。许多作家、诗人都离开都市,投奔了延安的政权或来到了国民党统治的大后方。在民族生存问题压倒一切,民族主义情绪高涨的时代条件下,诗人一度放弃了城市现代主义的实验,诗歌在总体上也出现了一种面向乡村化的趋势。它最醒目的现象,是五四以来城市知识分子的个人意识,在一种新的意识形态的影响下,变成了阶级的群体意识。农村生活和阶级斗争故事的描述,代替了城市知识分子个人感受的抒写;艺术从先前的放眼全球吸取新意,转向了面向本土乡村的民歌和小调的模式。这就是以《王贵与李香香》为代表的解放区新民歌创作,具有内容上的政治性和形式、语言上的乡村化特点。这种民歌体新诗受到了获得新生活的民众的欢迎,发展而为一种新的创作潮流,甚至对生活在另一地域的都市社会的诗人也产生了影响,出现了《马凡陀的山歌》这样通俗风格的城市歌谣。《马凡陀的山歌》以国民党政权崩溃前夕都市社会的混乱为背景,以嘲讽的调子唱着兴奋的葬歌。它的题材和意象是城市的,但描写的是社会问题,不涉及城市知识分子的心灵世界,无论抒写观点,还是形式根源,都只是解放区新民歌的一种移植和变奏,因此属于同一种创作潮流。这种创作潮流的出现,与战争带来的城市凋敝、乡村活跃的历史环境和意识形态权威话语的形成密切相关。

但即是在城市越来越成为乡村包围的"孤岛"的情势下，受城市文明之光照耀的独立、自由的新诗，仍然保持着健康发展的势头。"七月派"的诗人们面对民族和国家的深重苦难，接受了进步意识形态的影响，但他们和诗人与理论家胡风一样，不主张以客观来消灭主观，保持了自己思想与艺术探求的独立性，他们把艾青作为自己的老师，奉行独创的、追求诗质的原则，将诗所体现的美学上面的斗争和人所意识到的社会责任感统一起来，以朴素、自然、明朗的真诚的歌唱，推进了自由体新诗的发展。"七月派"是一支现实主义的诗歌流派，面对现代中国城乡之间社会、经济和政治的两极分化，面对生活方式和美学趣味的传统与现代性的冲突，它坚持了城市知识分子的价值立场，它接受了主流意识形态的影响但没有处于被支配的地位，它发现新诗前进中的一些问题之后，不是简单倒向传统和顺应大众，而是继续开拓，这是"七月派"和新民歌创作潮流最本质的区别。

"七月诗派"的作品在城市知识分子的自我价值意识的着重和展开方面体现了其城市性，而内地大学院墙里成长的以"九叶"诗人为代表的诗歌创作，则在诗歌本体的自觉意识方面，和世界以城市为主要艺术源泉和背景的文学，保持了最近距离的中国风格的联系。不同于解放区高度的意识形态化和单项的农村民族主义的新民歌，他们不为抽象的理念和外在的生活表象所吸引，努力用"身体的感官去思想"，从自我的知觉抓握出发经由想象的再造现实诗歌自身的完成；他们像他们的前辈诗人郭沫若、戴望舒、艾青那样，继续向全球求索新意，召唤来了体现本世纪文化精神的里尔克、艾略特、奥登的诗歌艺术，将其融化在40年代民族与个人的精神历程和历史过程的感觉想象中，以诗情和诗意统一的崭新风貌，宣告在政治、经济、文化重心从城市转向乡村民族主义的情况下，中国新诗并没有放弃城市精神的价值意识和想象风格，相反，通过"九叶派"诗人的努力，它在诗歌意识的现代化进程中,又前进了一大步。

这就是迈入统一的新的国家门槛之前的40年代中国新诗:来自解放区和国统区两个区域,分成新民歌派、现实主义诗派、现代主义诗派三种诗歌思潮。他们诞生和发展在民族危亡、国土分裂、思想文化隔离的历史环境中,彼此都积累了丰富的艺术经验,又带着不少问题和局限,但当时缺少对话、交流、冲撞的可能,如今能够在五四新文化运动的发祥地北平相聚,在有相当代表性的"文代会"上"总结我们彼此的经验,交换我们彼此的意见,接受我们彼此的批评,砥砺我们彼此的学习",讨论繁荣发展中国文艺的方针与任务,自有一份难言的欣慰和兴奋。中国的现代知识分子,面对鸦片战争以来的屈辱和混乱,天天都希望社会的改变和生活的改变,盼望有报效国家、展开事业的机会。开天辟地的年代,人们都怀着新奇和兴奋感,迎接着即将到来的日子,中国诗人更是如此。

二、都市里的乡村情结

1949年7月2日,全国第一次文代会正式开幕,郭沫若任总主席,茅盾、周扬为副总主席。经过当时不可缺少的诸如致开幕词、报告筹备经过和各党政团体的致贺、讲话之后,第二天由郭沫若作题为《为建设新中国的人民文艺而奋斗》的总报告。这个报告站在中国革命的性质决定了中国新文化和新文艺的性质这一理论制高点上,论述了"五四"以来新文艺的"新",他认为:"五四运动以后的新文化已经不是过时的旧民主主义文化,而是无产阶级领导的人民大众反帝反封建的新民主主义的文化;五四运动以后的新文艺已经不是过时的旧民主主义的文艺,而是无产阶级领导的人民大众反帝反封建的新民主主义的文艺。这就是五四以来的新文艺的新的地方。"这样单向的政治意识形态的视点,自然得出不少在今天看来相当笼统、简单化的结论。例如，他把现代文学三十年文艺思想的论争，归结为"代表软弱的自由资产阶级的所谓为艺术而艺术的路线"，与"代表无产阶级和其他革命人民的为人民而艺术的路线"的斗争；把艺术的自由选择与探寻、理论和艺术思想的分歧，看成是非分出胜负成败的斗争。有趣的是，在文代会开幕那天，郭沫若还在《人民日报》发表了一篇题为《向军事战线看齐！》的文章，主张"拿笔的军队，必须向拿枪的军队看齐！"虽然这是一种比喻，但取比的角度令人深思。

中国现代化的进程一直非常艰难缓慢，作为现代化的深层机制的文化结构的调整更是步履维艰。半个多世纪以来内忧外患的处境，把大部分人的目光都引到了如何摆脱无活力的政治定式方面，并总是通过政治的最高手段（即军事斗争）来最后解决问题。战争的硝烟遮蔽了现代进程的许多重要课题。既由于许多大都市的沦陷，也由于社会和政治的责任感，以及新农村政治和军事势力的发展，乡村社会的吸引力远远超过了20、30年代的城市。从20年代和30年代初城市之光对农村的"蚕食"到后来乡村力量对城市的"包围"，既表现了中国走向现代生活过程中必须严峻面对的问题，也暴露出"五四"新文化运动本身的局限。但是，这几乎是一种"势"，一种历史的宿命，对此我们是无权也无须言说的。

社会发展中城市关系的这种逆向变化，通过意识形态的直接影响，明显地反映在第一次文代会的报告和发言中。在编第一个十年的《中国新文学大系》的时候，各卷的编者根据第一个十年文学发展的特点，着眼点都放在正在进行的科学精神、民主思想和表现个性方面，而在文代会上，报告和发言几乎都集中在政治作用、服务对象和作家思想改造的问题上。曾经在《中国新文学大系·小说一集导言》那样丰富地梳理过文学研究会诸作家的小说创作现象的茅盾，在他作题为《在反动派压迫下斗争和发展的革命文艺》的报告时,对于1937年到解放前夕国统区的文艺创作,主要关心的已不再是其现象的丰富性和人生和艺术的意义,而是立足于"说明它(指文艺)是怎样配合着政治形势的发展而进行斗争的"。这篇报告所肯定的都是政治上有宣传、战斗作用的作品,褒扬的是"打破了五四传统形式的限制而力求向民族形式和大众化的方向发展"的倾向;而对虽然起了进步作用,但存在"低回感伤的情绪、黯淡无力的思想"。以及以"纯文艺的高贵气派来骗取读者"的作品,则一律视之为不健康的创作,一律深究其小资产阶级、资产阶级的思想根源。而在谈到相关的40年代文艺思想论争时,也是完全站在文艺的政治性和大众化的立场,认为"小资产阶级的思想及其文艺形式"是"最大障碍";他说:离开了现实的政治斗争任务,无论形象化也好,典型也好,语言的丰富也好,生命力也好,主观意志也好,"不过从另一方面引导向否认艺术的政治性的为艺术而艺术的倾向",不过是"游离于群众生活以外的小资产阶级的幻想"而已。茅盾所作的这篇报告,实际上是一篇十年国统区文艺运动的反省和检讨词。

实际的情形当然不会这样简单,国统区作家的文艺创作,固然以越来越强的政治斗争倾向性反映了中国作家在一个时代的意识形态进程,但是,其更深的根源,不能归结为政党意识形态的推动,而是深深地植根在市民社会的崛起和知识分子感时忧国的精神焦虑之中。正是城市社会势力的不断累积,以及表现在精神层面上的城市文明要求(如对个人权利的意识和追求,自由结社、自由办报等),推进了封建王朝的陷落,并一直摇动着国民党的专制统治,这是一。第二,生活在国统区的知识分子和作家,基于他们对民族前途的执著关心和当时严峻的时代境遇,他们的文化斗争虽然有政治上的反抗性,但显然,作为一种文化上的反抗,许多人站立的是自由知识分子的价值意识和立场,他们文艺创作的意义和价值,不是急功近利的意识形态尺度所能丈量的。这些,有了四十几年的时间距离之后,我们是越来越分明了。

其实,无论总报告的牵强比附也好,茅盾对国统区十年文艺沉闷、滞重的报告相反,周扬所作的以《新的人民的文艺》为题的解放区文艺运动的报告,充满着骄傲和自豪,他不仅全盘肯定解放区文艺"充满着生命力",显示了"伟大的开始",而且宣称以鲁迅为首的五四新文学"先驱者们的理想开始实现了"。他断言,解放区文艺"以自己的全部经验证明了这个方向的完全正确,深信除此之外再没有第二个方向了,如果有,那就是错误的方向"。那么,它的具体特征是什么呢?周扬把它概括为"新的主题、新的人物、新的语言、形式"。所谓"新的主题",就是"民族的、阶级的斗争和劳动生产成为作品中压倒一切的主题,工农兵群众在作品中如在社会中一样取得了真正主人公的地位。知识分子一般的是作为整个人民解放事业中各方面的工作干部、作为与体力劳动者相结合的脑力劳动者被描写着"。所谓"新的人物",就是"在中国共产党领导之下,奋斗了二十多年,在政治上已有了高度的觉悟性、组织性"的工农兵群众。周扬在报告中认为:"中国新文化运动的最伟大的启蒙者鲁迅曾经痛的鞭挞了我们民族的所谓'国民性',这种'国民性'正是帝国主义、封建主义在中国长期统治在人民身上造成的一种精神状态。……现在中国人民经过了三十年的斗争,已经开始挣脱了帝国主义、封建主义所加在我们身上的精神枷锁,发展了中国民族固有的勤劳勇敢及其他一切的优良品性,新的国民性正在形成之中。……我们不应夸大人民的缺点,比起他们在战争与生产中的伟大贡献来,他们的缺点甚至是不算什么的,我们应当更多地在人民身上看到新的光明。这是我们所处的这个新的群众的时代不同于过去一切的时代的特点,也是新的人民的文艺不同于过去一切文艺的特点。"所谓"新的语言、形式","重要特色之一是它的语言做到了相当大众化的程度。……另一个重要特点之一,就是和自己民族的、特别是民间的文艺传统保持了密切的血肉关系。"

这的确是一种"新的人民的文艺",许多方面不同于"五四"的新文艺。五四的新文艺的"新",是相对于传统文艺的"旧",是在"铁屋"中觉醒了的城市知识分子,站在近代文明的立场,批判旧思想、旧道德,立足于国民灵魂的改造,企图通过文化革新影响健全民族性格的形成的文艺。它的创作主体是在世界近现代文明重染下,做着富强维新梦的知识分子;他们往往以先觉者的个人意识参照被描写的生活和现实,既指向外部生活也指向内心的经验与情感;它的形成是参照了世界近现代文学形式,依据个人意识的表达需要转化了的非常灵活的形式;在语言上,则主要是在白话基础上,杂糅了仍有活力的古代文言辞汇和某些西洋语法的"古今并包、中西合璧"的书面体语言。与传统的旧文学相比,五四新文学最大的特点是内容、美感面貌的现代性和艺术风格的个人化。而解放区的新文艺,按照周扬的报告,则是对五四新文艺进行再革命与再改造,"真正与广大工农兵群众相结合"的文艺。它"由专业文艺工作者的活动与工农兵群众业余的文艺活动两方面构成",虽然专业文艺工作者仍然是知识分子,但"在思想、情感、作风各方面都有了根本的改变,他们已经相当地工农化了"。其他的一切,主题、对象、形式和语言,如前叙述都以工农兵群众(大众化)和民族性为参照指数。

解放区面向农村社会的大众化革命文艺实践,是新文学在40年代的一种丰富。但是,肯定这一切并不意味着先进的城市知识分子必须放弃自己的个人意识,接受传统农业社会的价值体系,也不意味着"打破了"五四"传统形式的限制而力求向民族形式和大众化的方向发展"就是文学的唯一前途。至于认为改造国民灵魂的工程已经完成,"新的国民性"正在形成,"他们的缺点甚至不算什么"等看法,与社会的实际状况与作家的真实经验更加不符。然而,这种文艺潮流在会上被尊为新文学继续向前发展的唯一范式,整个文代会上笼罩着经过意识形态改装的农民文化气氛。翻阅《中华全国文学艺术工作者代表大会纪念文集》,无论是报告、专题发言,或是发在当时报刊上的"纪念文录",不难感受到这种气氛笼罩一切的气势。

现在吸引我们的不是历史本身,而是这种历史气氛和文艺形态所显示的乡村性文化精神特征。我们惊讶于否定之否定的迅速,但是我们不想简单将此归结于权力话语的"施暴"。在中国文化从传统走向现代的曲折迂回的历史形成中,虽然有许多偶然、个别的因素在起作用,然而城市社会发展和缓慢极其先天不足却始终是最根本的症结。处在历史转型中,缺乏自主和自治力的中国都市社会无法帮助它的知识分子以健全的理性支撑起一个新的价值大厦,加上西方资本主义的发展已暴露出城市现代文明的诸多弊端,处在旧的已经死亡,新的无力出生的境况中,一般的知识分子很难在现代事业格式中真正到位。于是往往从反抗黑暗政治定式的需要出发,不是从根本关怀和时代的深刻把握中吸取前进的动力,而是认同和附着在一种新的对抗势力,在其中消失了自己的个人意识,以至违背了自己的初衷也浑然不觉。事实上是,许多"五四"文化氛围中起步的作家,不只被新的乡村文化气氛所影响,而且成了这种文化气氛和理论观点直接的推动者和塑造者。中国新文学自它在西方近、现代文学影响下成型以来,在中国与世界、传统与现代、乡村与城市的紧张冲突中,愈来愈向本土农村文化认同的现象,从一个侧面非常深刻地反映了落后民族在世界现代思想文化思潮冲击下的内心焦虑和精神失调,由此也可以重新反思五四新文化运动本身的问题。

第一次文代会上表现出来的具有明显农村价值感和民族(大众)色彩的理论,可以命名为新农村民族主义的文艺理论。

它的悠久的历史传统,是在特殊的时代境遇中接受了新的意识形态的影响,经过一段时期具体的文艺实践后形成的,现在经过第一次文代会各个角度的论证,宣告了理论上的确立,带有文艺立法的意义。这种文艺理论,经由新成立的实质上同样缺乏现代社团民主自治性的全国文联和各协会(这是第一次文代会的另一项重要的成果)的组织贯彻实施,紧紧伴随了新政权成立之后近三十年的文艺行程。它是中国新传统主义诗歌思潮的主要思想来源和理论背景。

《新世纪的太阳》书后

我不愿将此书视为传统意义的学术专著,它只是一种散漫的随想。这几年我逐渐觉悟到:我们根本无法穷尽世界,也根本无法进逼历史,甚至连较为全面充裕的描写和叙述都难做到。在这匹其大无比的象面前,我们只是笨手笨脚而又愚蠢地自信的盲人。我们所能做的,就是触及我们可能触及的那一点,由这一点生发出我们的想象和判断。我们只能是表现自己的所知、所感和所欲。

历史本身不会说话,我们所看到的历史只是后人按照他的意愿的叙述。但是,这种叙述又不能是完全的随心所欲,它需要有曾经发生的事实的依凭。需要强调的是,我们显然不能因为这一点而不怀疑历史的真确性——作为后人的叙述方式的历史是并不真确的。那么,我现在所从事的也只能是对于曾经发生过的事件的仅仅属于个人的解释和评价。

做这件事时我内心充满了愉快。因为我自信我已经从某种已成定见的牢笼中获得了自由。我终于能够按照自己的意愿去做一件事而不管别人如何的议论了。这个世界充满了议论。我现在就在议论我们的前人和同代人。我的同代人和更多的后来者已经和将要议论我。人们往往因为畏惧这种议论而畏惧实行自己的意愿,他们也因而自觉自愿地告别了他们理应拥有的自由。

我预知人们将会这样那样地议论我的工作。对于世间的毁誉我已不置于心,我只愿按照自己的意思做我想做的事。想通了这一点，我内心的确充满愉悦之感。

现在从事的这本书的写作，始于某日的一个突如其来的冲动。前代两位极富才情的诗人短暂的生命，引发了我的某种联想。当日就开始写本书那些最初的文字。我无意于作精密的史实考订，也许我将因史实征引的不确而贻误他人，对此我只能遗憾地抱怨。我写得很快，我只是凭着那种感觉和印象自由地写下去。但我的时间被诸多琐事剥夺净尽，我终于被迫停笔。

吕伯平是义务充当我的助手的青年朋友，他用文字处理机及时地打印我杂乱无章的原稿并输入软盘。但由于我无可奈何的停顿，他也只好停机待命。这一停就是好几个月。我不满于这个处境。使我摆脱困境而终于把这件旷日持久的工作勉强完成的，除了吕伯平之外，我还要提到我的博士生李杨和时代文艺出版社的胡卓识，他们为我主持的20世纪中国文学丛书做了很多具体的组织、编辑、阅稿工作，并且还是促使我下决心完成本书写作的有力的监督者。

他们以几乎不容讨论的坚定，要求我把这本难产的书稿列入丛书，我勉强地同意了。在一次即将发出征订的前夜，又是他们动议把《新世纪的太阳》列入第一批发稿计划。我以一念之差而没有坚持反对的立场。确知征单发出后，我便开始后悔。因为我依然没有可能的时间投入这一紧迫的写作——我至多只能有一个月的时间要完成十万余字的篇章。

这就是我在这个初冬时节离开北京的喧嚣而躲到东南海滨一角的原因。这里将近十日的工作，补偿了我在北京数年的拖欠。在这里，由于朋友们的帮助，我完成了预定要做的事。我欣喜于在这不长的时间内居然能够有这样的收获。同时我不无遗憾地想到：要是在我居住的北京也能如此，那该是多么幸运的人生！然而，我没有，我也不能。我几乎无法拒绝我在那座人声喧杂的城市里的繁冗和琐屑。

厦门即使在这样冬季来临的时节也有碧绿的树、鲜丽的花，也有温柔的海浪和风。明天我终于要离开这里了，我把这座花园城市的温情永远保留在心的一角。

书名《新世纪的太阳》不很切题，也许只是为了新鲜上口。要是勉强加以解释，即我认为诞生自本世纪最初那几年的中国新诗，它所展现的新鲜和活力，它对于旧诗的抗争和战胜，可以喻之为20世纪送给中国人的一颗新太阳。现在回顾本世纪之初，许多的纷争和激动都成了过眼烟云，唯有文化和文学的革新和创造，倒能够为世纪的回望留下一些模糊的记忆。从这点看，二十世纪的太阳在我们的记忆中总是新鲜的，尽管此刻它已是满目苍茫的黄昏景象了。

其实本书副题"20世纪中国诗潮"应是正题。它体现我的总的目标。《新世纪的太阳》只是这个正题的其中一本书，我还要写若干本，计划每本都有一个不同的书名。它们将作为一本独立的书而存在。几本书凑起来便成了整体的"20世纪中国诗潮"系列。我希望能够愉快地接近我为自己设计的目标。

一九九二年十一月十一日于厦门美仁新村

《新世纪的太阳》新版后记*

  书能够再版说明读者还记得它,这对作者来说是莫大的欣慰。关于这本书的写作,我在初版的"书后"已有说明,但那也是将近二十年前的事了。记得当年,我和朋友以及学生们聚在一起切磋学业,营造了一个相当融洽的学术环境,我们毫无拘束地研讨、论争、促进了彼此的学识,增强了彼此的友谊。那情景对比目下的匆忙和喧嚣,仿佛已是隔世。

  我对于新诗的思考,从 70 年代末到整个 80 年代,基本上是在反思历史,是在对新诗作整体的回顾。那是一次又一次刻骨铭心的经历。到了二十世纪九十年代写这本《新世纪的太阳》时,我已经开始调整自己的学术思路,把重点放在对于规律的认识和总结上。也是从这时开始,我挣脱了一切的心理障碍,开始了自以为是的、无拘束的、快乐的思考和写作。

  我对于新诗和新文学的较为全面的认识,也始于此时。到了最近主编《中国新文学大系》的最后一辑的《诗卷》,以及主持北京大学中国新诗研究所的《中国新诗总系》的工作时,我深感自己的认识已是相当的稳定了。

  就我本人来说,我对于新文学和新诗的贡献是微弱的。但可以庆幸并引为骄傲的是,当年应我和李杨之邀加盟这一套《20世纪中国文学丛书》写作的诸位作者,目下都已是影响中国学界

---

* 《新世纪的太阳》2009 年 11 月由中国人民大学出版社重新出版,此文为新版后记。据此编入。

的中坚力量了。为此我心中充满了喜悦。

感谢中国人民大学出版社,也感谢本书的责编刘汀先生,感谢他们的慷慨和辛劳。

2009年1月15日于北京大学

1994

从诗体革命到诗学革命*

一、传统和现代：夹缝中的中国新诗

中国新诗是中国要求结束近代社会而走向现代社会的大背景下应运而生的文学现象。当日促成这一划时代创造的灵感，主要来自改造社会的激情。新文学的前驱者有感于古典形式与现代潮流的格格不入，起而倡导新诗革命。这正如胡适所说："形式上的束缚，使精神不能自由发展，使良好的内容不能充分表现"，又说："若想有一种新内容和新精神，不能不先打破那些束缚精神的枷锁镣铐"（《谈新诗》）。他们要打破的"束缚精神的枷锁镣铐"，就是包括中国古典诗在内的中国旧文学，这就逼使新诗一开始就充当了"弑父"的角色。

源远流长的中国传统诗以它的博大精湛而拥有巨大的威慑力。所有的挑战者在它面前都无法摆脱弱者的处境，此种处境激使那些试图超越它的新力采取更为极端的姿态。新诗是中国古典诗歌迄今为止遇到的最韧性的反抗者。它是在"打倒孔家店"的总体氛围中，从事它的破坏旧诗、建设新诗的大工程的。人们都清楚，作为中国诗的一种新体式而试图彻底否定原有的诗的历史规范，其出路只能是向外国诗寻找内容和形式的借鉴。新诗的一批最早的实验者，大抵都是这样一些盗火的普罗米修斯。由此可知，新诗创立的历史，乃是由批判历史和借鉴西方两

---

* 此文刊于1994年2月《诗探索》1994年第1期。据此编入。

个内容所构成。

关于新诗和外国诗的关系,许多前辈都曾论及。康白情讲新诗是由于"日本英格兰美利加底'自由诗'输入中国而中国的留洋学生也不能不有些受了他们底感化。……由惊喜而模仿,由摹仿而创造"(《新诗的我见》)。梁实秋讲:"我一向以为新文学运动的最大成因,便是外国文学的影响;新诗,实际就是中文写的外国诗"(《新诗的格调及其它》),朱自清也指出新诗运动"最大的影响是外国的影响"(《中国新文学大系·诗集·导言》)。这些判断无疑都符合事实。由此也证实了新诗的悲剧命运,即新诗在把自己置身于与旧诗势不两立的立场同时,又义无反顾地向着西方认同。这就使它一开始就扮演了中国传统诗学的叛逆者和异端的角色。

毋庸置疑,作为中国诗的现代繁衍,新诗不论其在形式和内涵,气质和韵致上与古典诗有多大差异,它想摆脱而事实上都不可能摆脱历史传统的无所不在的笼罩。这种影响可以说是营养的滋润,也可以说是因袭的羁束,它的价值可能是正负面的掺和而不是简单的排斥和否定所能消除的。这样,由新文学革命一代前驱满腔激情所创造出来这个诞生于"五四"新文化运动摇篮中的新生儿,从它初生之日起就在传统和现代的两个坚固板块的夹缝之中喘息和挣扎着。命运把它置身于一个非常尴尬的两难处境。随后人们看到的新诗现代化历程中种种不幸,在它发展过程中的悲剧命运,正是这种与生俱来的潜因所决定。

二、冲决重围的第一道裂缝

新诗从无到有的奋斗选择诗体革命为其发端,并以此证实它的存在。这是新诗创造者明智的决断。清末"诗界革命"的未有成果,其根本原因在于未曾别创新格,而是把生活吞活剥的新词汇和外来语夹杂在旧形式中。瓶子是旧的,酒也未曾新。新诗人不同,他们的革命性体现在他们对旧形式的"绝望"上。郭沫若《女神之再生》中的诗句——

> 新造的葡萄酒浆
> 不能盛在那旧了的皮囊
> 为容受你们的新热,新光,
> 我要去创造个新鲜的太阳!

正可以借用以形容新诗缔造的工作。那是一个彻底抛弃"旧皮囊"而创造新鲜太阳的伟大工程。

　　胡适十分自信,他认定:"历史上的文学革命全是文学工具的革命","中国今日需要的文学革命是用白话代替古文的革命,是用活的工具替代死的工具的革命"(《逼上梁山》)。具体说到新诗,则是不妥协地倡导一场以白话代替文言的创立新格的白话新诗运动。五四新诗的实践决心把古往今来文学革命"文的形式"即语言、文字、文体大解放的普遍规律运用到诗体解放上来。他们坚定地主张以最简单的一种接近民间口语的白话诗体来替代数千年不曾间断的以文言为工具的古典诗体。他们深切地感受到了传统诗体对于现代人意识情感传达的压迫,决心冲破这一千年的形式牢笼。

　　决心与智慧的结合造出了劈破千年黑暗的第一道电闪,这就是中国诗史上的第一次彻底的和不妥协的诗体大解放。先驱者体认到这一坚冰突破的重大战略意义:"因为有了这一层诗体的解放,所以丰富的材料,精密的观察,高深的理想,复杂的感情,方才能跑到诗里去"(胡适:《谈新诗》)。胡适把这种诗体解放的工作,看得比当日发生的包括政治在内的一切事件都重要。

　　事实确也如此,要是没有当日新诗倡导者这一满含激情而又充分明智的举措,中国的诗歌可能至今会在既与平民的口语相脱节也与现代人的思维情感相脱节的古典的暗夜中徘徊并受到窒息。可以说,新诗的试验成功激活了整个新文学运动的血脉,使"五四"新文学的实践增强了胜利的自信心,并由此获得了这一划时代创举有可能实现的总体概念。

"五四"是一个有着强烈的浪漫情致又有着明确的目的感的时代。新诗的创造集中地展现了这一时代的既善于幻想又善于实行的时代风格。新诗的最初一批设计者,既是在创新激情的支配下,又以坚韧的实践精神,选取中国文学中历史最久远、传统最深厚的古典诗作为突破口。

新诗的试验一开始就选取一条最艰苦也最担风险的道路。它以几乎是赤手空拳的弱势,面对的是难以撼动的庞然大物。这不是因为挑战者富于冒险精神,而在于他们深知,新文学革命若不能在诗这一领域取胜,这个不敢占领的空隙,便会是一个巨大危机的深渊。整个的新文学运动将由于新诗的失败而宣告失败。而一旦白话新诗以自立的姿态取代古典诗词,那么一切对于新文学动动的怀疑观望均将冰释于事实。

所谓诗体解放,即指放弃旧诗的体式而创造并采用新诗的体式。这种别创新体的工作,集中在当日的留学生中。朱自清在《中国新文学大系·诗集·导言》中多次提到"一支异军突起于日本留学界中","留法的李金发氏又是一支异军"。"异军"一词道出了异端的性质。这说明新诗的创立过程,是不断扬弃和否定古典诗的审美品质的"异质侵入"的历史。这一历史过程是艰苦的,也是悲剧性的,是一次想要冲破传统理想而又不能不被传统所包围的冲决重围的悲壮和苦难的过程。

幸而,中国新诗史上具有划时代意义的诗体解放取得了成就。中国新诗终于走完了从"裹脚"到"放大脚",再回到天足的血泪的经历。这只要回溯一下胡适在多篇文章中写他们一代人如何为摆脱古典"词调"的纠缠所作的奋斗便可知其艰苦。新诗终于在这种艰苦中由幼稚而大胆的"尝试",到卓然自立。以多风格、多流派的纷呈杂现从而造成的一代辉煌,由此宣告了诗体革命的成功。这种成功之所以是划时代的,乃是由于在中国古典诗的完美成熟的对面,耸立起另一种诗体,这种诗体以新奇而陌生的接近民间口语的方式堂堂正正地站在了金碧辉煌的传统面前。只要这种"不像诗"的诗站在了那里,中国诗史便翻开了新的一页。这一页明白无误地书写着史无前例的诗体解放的胜利。

当然,从设计、草创到成立,新诗体试验的时间是太短了,经历了"把诗做得不像诗"到自由体式的初步完成;由对于散漫明白的弊端的纠正到新诗格律体的出现;由格律的板滞而复归于自由;如此往复正说明了中国新诗长途跋涉的困苦卓绝。尽管当日那种极端而简单的取消古典诗的梦想未能实现,但毕竟作为诗的新体已成为不可抑制的涌流,翻开了中国千年诗史的新页。

三、新的命题:现代诗学的建设

走过并不完满的决定性的诗体革命阶段,对于中国新诗的建设而言,这仅仅是全过程的一个开端。一种新的体式在新诗革命中的创立,不等于建设的成功,尽管这种创立为未来的建设提供了前提和基础。显然,清理场地和打基础的工作并不等于建设。这就涉及与诗体革命相关联的另一个概念:诗学革命。尽管它们在逻辑上是种属概念,但一部新诗史的成熟和完善却不能为诗体建设的形成所证实。一个新的形式规范的出现仅仅昭告着一个长途跋涉的开始。中国古典诗学在它漫长的历史中,由无以数计的诗人的实践,积累了极丰盛的艺术经验,它已形成了自身一整套诗学规范。而新诗却是两手空空。新诗具有它的独立形态之后的当务之急便是形成一套与这一种新的形态相适应的诗学建构。

中国诗的现代化受到社会现代化前景的诱发。前已述及，新诗的建立受到中国社会改造的理想之光的烛照，新诗美学建构只能在现代性的涵盖下，以能够传达现代人的审美需要以及融有一种现代审美内涵的思维方式、艺术方式和价值判断等。告别古典，走向现代，是这一诗学运作的基本思想。中国诗史更为艰难的一页是现代诗学的提出和建立。这是新诗运动向着深层的发展的标志。唯有完成现代诗学对于古典诗学的战胜，中国新诗才能完体独立地站在几千年诗史中而不会被历史淘汰。

中国新诗的历史有各种各样的写法，若是就新诗的有别于古典诗的角度予以最简洁的描述，大体可归结为从诗体革命到诗学革命这一完整的过程。尽管广义地看诗体的概念涵括在诗学之中，但出于我们对新诗特有形态的重视，把诗体从诗学总概念中剥离出来予以单独的描写，则更易于澄明史实。

我们注意到，中国新诗完成以白话为工具的诗体革命之后，由于中国社会的特殊环境，新诗创作迅速地转向意识形态化。这一意识形态化的过程极大地干扰现代诗学的建设。社会功利的浸淫，使新诗创作理论实践偏离了纯正诗学的轨道。特别是肤浅的阶级分析观念的运用，使诗的价值判断中偏执地排斥现代性。由于这种排斥的顽固性和长期性，使现代诗学建设充满了困厄和险阻。这主要是传统因袭的对于现代性的抗拒，当然也有前述社会环境的影响。

中国诗的历史发展极为复杂。"五四"运动建立起来的中国新诗也承继了这种复杂性。古典的"阴云"驱之不散是其中主要的因素。但新诗自身由于草创期的"饥不择食"也与生俱来地拥有了繁复和驳杂的特点。浪漫派的影响，写实派的影响，象征派的影响，现代和后现代的影响，以及中国自身的民间歌谣和民间其它形式的影响等，这种种因素或先或后地渗入初生的中国新诗，这造成了丰富，却也造出了纷呈杂现中的无所适从。

新诗既然是肩负传达现代社会脉搏并以促进和实现社会现代进程为目标的艺术方式,因而,在新诗的诗学争取中,就突出呈现出它与现代思潮的亲缘联系。引进现代哲学美学意识以充填新诗理论研究和批评中的匮乏,不断丰富自身以抵制无孔不入的因袭的侵蚀,从而建筑起崭新而完整的中国现代诗学,已成为决定新诗存亡隆衰之命运的不可分离的策略。

四、曲折而艰难的行进

新诗建立以来,集中精力于对旧的破坏,极力摆脱因循习性的影响,因而对自身的建设很少顾及。至于对促进新诗向着世界性的现代潮流认同的诗学理论的构筑方面的努力更是微乎其微。梁实秋早年就对此有过批评:"新诗运动最早的几年,大家注重是'白话',不是'诗'。大家努力的是如何摆脱旧诗的藩篱,而不是如何建设诗的根基"(《新诗的格调及其它》)。对艺术建设的忽视,加以环境的动荡以及保守力量巨大,使现代诗学的建设受到影响。但数十年来诗人和诗评界对此却进行了不懈的努力。

首先应该提到新月以后从象征派到现代派的努力,这是中国现代诗学的初潮现象。那时主张现代倾向的代表诗人如李金发、戴望舒等,他们对中国现代诗学的贡献不可忽视。他们的奋斗表现了前驱者的智慧和勇敢。李金发曾说,他的诗"是个人灵感的纪录表,是个人陶醉后引吭高歌"。他这样标榜的诗的个人主义,强调诗的个人性和独立的诗学品格,的确充满了叛逆精神和异端色彩。戴望舒的《望舒诗论》,梁宗岱的《象征主义》,孙作云的《"现代派"诗》都是早期现代诗学的有影响的著述。

40年代是中国乡土诗观鼎盛的时代,在乡土诗的汪洋大海中,隐约浮现出若干现代诗学的孤岛。这便是从40年代初期的西南联大到《中国新诗》以及后来被称为"九叶诗派"的一批受到外国影响的诗人和批评家倡导现代诗的实践。滔开的排浪时时冲激这些小岛。这些受到冯至、闻一多、朱自清、卞之琳等前辈支持的,以穆旦、王佐良、郑敏、陈敬容、唐湜等的创作和批评所充实的现代诗学的实践,尽管处境艰危,却也为中国新诗史留下了悲凉的一页。

此后,中国大陆的现代诗式微的时期,台湾海峡的另一边兴起的现代诗运动,纠正了中国诗运的失衡。50年代以纪弦为旗手的现代诗运动,是中国新诗现代化进程最值得纪念的一页。纪弦把大陆现代诗的火种带到了那里,燃起了熊熊大火,引爆了历时很久范围很大的论争。纪弦的现代派提出"领导新诗的再革命,推行新诗的现代化"的口号,直接地延展了"五四"新诗运动的现代精神,又是对诗体革命完成之后的诗学革命的强调和确认,推行新诗现代化的提法则是针对新诗所面临的非现代化倾向的威胁而言。由纪弦发动的现代诗运动的成果,对于现代倾向的强调团结了大批有影响的诗人,从而促成了现在还拥有实力的"现代"、"蓝星"、"创世纪"三大诗派鼎足而立的局面。

中国大陆在结束"文革"动乱之后,以朦胧诗的崛起为燃点,引爆了一个以现代主义为中心的文学运动。这一运动是长年压抑的岩浆爆喷,一些民办刊物显示了诗坛新力的敏感和才气。从这些园地走来一批传统诗学的挑战者。理论界支持了这一挑战。朦胧诗及其支持者虽然因此受到打击,但现代诗学却在打击中壮大起来。

回顾自80年代以迄于今,朦胧诗讨论及论争,令人感慨系之的是这些讨论并不是以中国新诗已经获有的现代诗的建设为基础,而是以零为起点的循环。80年代的朦胧诗运动体现了中国现代诗的历史性延展。不论是诗的内涵的历史深度和社会承载,诗的技艺呈示出成熟性和目的感以及对于非诗压制的抗争等方面,都具有了新的时代的品质,但诗学的讨论却是一个从零开始的低水准。人们围绕着与现代诗一同产生的诗的懂与不懂,大我与小我等等陈旧而幼稚的命题喋喋不休。更有甚者,随后的讨论,由不同观念对峙,故态复萌地转向了政治批判。那些缺乏共同语言的交锋,效果往往是南辕北辙。幸而由于顽强的抗争,那些传统因袭才不至于把初生的幼芽掐死。

中国诗歌理论界从社会历史动乱中过来,有着总体上匡正历史谬误的热情。但未曾料及的是迅即卷入一场猝不及防且又是故态复萌的意识形态的笼罩,理论界在长期的窒息中本来就不多的建设诗学体系的心理准备,如今又被迫地卷入了一场无谓的纠缠。

我们认识到,对于中国有着因袭重负的消费者,唯一的办法是从诗学观念上进行更新的取代。对于中国读者和批评家来说,他们始终同时面对两种对立的诗观和同时享受两种矛盾的诗美。中国古典诗学对于他们是一种自然的承传,而现代诗学对于他们却是陌生的天外来客。从情感的紊系和欣赏的习惯上说,前者对于他们具有天然亲近感,而对于后者则是先入为入的排斥和拒绝。

要改变这一状况,使我们今后不再重复从零开始的噩梦,我们所能做的,只能是巩固现代诗在中国文学中的地位,加强现代诗学的建设,以便从根本上提高中国诗人、批评家和中国诗读者的理解、阅读、欣赏水平。现代诗自身的幼稚和生存的困难,以及对于理论建设未能有更多的关注和投入,造成了某种占领的真空,以至于时至今日,对于中国广大诗歌接受者而言,现代诗学还是一个生疏和奇怪的题目。

作为中国新诗运动自诗体革命到诗学革命的接力者,我们如今面对着庄严的历史性使命:即结束那些无谓的论争,集中力量于诗的理论批评以及现代诗学的建设。一种前瞻的而不是退守的;系统的而不是零碎的;紧密结合于中国现代诗的创作实践的而不是对于外来理论生涩拼凑的诗学视野的展开,是我们所期待的。这种视野。可以在诗学中,也可以在具体的批评中存在。对于批评界来说,满足于空洞无物而缺乏理论深度的议论是可怕的习惯。一种缜密而科学的态度与宏大气势与美文风格的结合,则是我们对理论的期待。

悼念吴组缃先生[*]

吴组缃先生原先住在镜春园八十二号。那是一座清雅的中式庭院。灰砖青瓦，垂花门上爬满藤萝，院内植有花木，竹影森然。

50年代一个槐花飘香的下午，我送一篇关于冰心的学年论文请先生批评。这是我第一次在课堂之外和先生相处。他给我的印象是严格得有点严厉，他不轻易赞许一个年轻人。

后来，开始了动荡的岁月，吴先生的生活和工作也在这样的岁月里动荡着。吴先生原先接待我们的书房被挤去了；接着，吴先生原先的房子也住不成了……总之，那是很痛苦也很漫长的岁月。

我知道吴组缃是同情劳苦者的进步作家；知道他早年做冯玉祥先生老师时影响了冯将军积极抗日；也知道中国解放后吴先生信仰了马克思主义。吴先生是不断追求进步的，但他却在漫长的岁月中不断受到打击。

这当然与那年月总的风气有关，却也多半由于先生的"直言"。1957年的"反右"，吴先生也受到打击，他艰难地过来了，但他还是"直言"批评当时的对知识分子的政策是"打一下屁股给一颗糖吃"。那时"鸣放"的号召已过，正是实现"阴谋"之时，闻者心惊，吓出一身汗！"文革"先生和师母也历经坎坷，好不容易熬过来了，但吴先生依然不放过哪怕绝无仅有的机会"直言"。

---

[*] 此文初刊1994年2月18日《中国青年报》。据此编入。

他在会上抨击"文革"造成了知识和文明的"不毛之地"。那时并不是如今的改革开放的大好形势,还是一个言必称伟大英明的时代,闻者亦禁不住要为吴先生的处境忧虑。

但吴先生依然步履从容,依然慢悠悠地往他的烟斗里装烟丝。他还是不走样地侃侃而谈,带着机锋,却从不激昂。难道吴先生不知道这些言论的后果么?但先生显然并不想改变什么,我们北大的老师们大体都是这样一些"固执"的人。这与其说是性格,不如说是一种生活方式,一种人格的坚定。

吴先生是一位清高的知识分子,他的工作只是写作和教书,可以说除此之外他并不需要,甚至也不关心什么。他和老舍先生私交之深是大家都知道的,他还曾托人赠我一套老舍先生的《四世同堂》,但我却亲自聆听过吴先生对这位老朋友的公正而尖锐的评价。吴先生认为即使是老舍先生这样杰出的人物也不应"神化"。至于我,作为吴先生的一位并非"嫡传"的学生,在我过了五十岁之后也还有幸让吴先生批评得好久都不自在。吴先生是眼里容不得半点灰尘的人,他的耿介与他的澹泊构成他奇特的魅力。

但他却是心胸博大而有包容性的人。在一次文学会议上,我听到吴先生关于现代意识和文学现代性的精彩发言,他严厉批评了复古倾向。他的发言甚至遭到一位三十年的老朋友的"驳斥"。吴先生鲜明地站在文学探索者一边。还有一次,在一次开往八宝山的车上,我、王瑶先生和吴组缃先生同座,王先生感慨说,如今好多文章他都读不懂了,吴先生很洒脱地告诉他,"看不懂你就不看好了。"

50年代我们这些北大中文系的学生是很幸运的。那时,那些博学的老师们正当盛年,他们的学问人生也处于高峰状态。我们的许多基础课都是这些老师亲自讲授,游国恩先生讲《诗经》、《楚辞》;林庚先生讲唐诗;王力先生讲汉语诗律学;王瑶先生讲现代文学……那时吴先生给我们讲宋元明清这段文学史,后来又给我们讲《红楼梦》专题课。

吴先生讲《红楼梦》和别人不同,因为他既是教授又是作家。因此他讲得既有对于社会历史和文化环境的背景介绍,又有严格的史实的征引和证实,这些均与融个人创作经验于其中的论析结合,举凡从构思,情节乃至个性化的人物语言等等,他都有新颖独特的分析。

我最后一次看吴先生,是他在北医三院的病榻上。吴先生已经不会说话了,他正艰难地也是最后一次地与死亡搏斗。我感到痛苦,因为我心中的吴先生是不能和死亡联系在一起的。就是去年,我和北京作协的朋友们一起向吴先生庆贺八十五岁生日,那正是吴先生经历一次大的手术后胜利归来。他对生命充满信心。他给我们讲"歪墙不倒"的道理。他自喻"歪墙"因为在他的兄弟中,唯有他体质较弱却活得最长。

那次谈话已成了永久的纪念。那时我感到吴先生对人生有一种彻悟的透明。他讲每个人的存在都只是一次偶然,那只是一次千万个精子与卵子的偶然中的结合,但形成生命的这个结合体却是幸运的胜利者。吴先生这番话是参透生命奥秘之后发出的。我想,他的意思是长者对我们的劝勉;每个人都不必把这种"偶然"的获得和失去看得过重,但每个人又应当十分珍惜这种"偶然"的胜利而要把它发挥到极致。

现在,吴先生已经不在了,我再一次感到了生命的如芦苇般脆弱。吴先生执著而勤勉地度过了他的一生,但他还有很多事来不及做。八十岁以后,吴先生曾立志要写一部《吴批红楼梦》。但死亡的钟声却无情地敲响了。留给我们的却是永远的遗憾。

冯至先生对中国新诗建设的贡献*
——冯至先生周年祭

冯至先生写《昨日之歌》和《北游及其他》两部诗集是在20年代末。1929年以后至1941年以前大约十年的时间,先生极少写诗。先生在1955年《冯至诗文选集》序言也说,这段时间"写作非常稀少"。直到1941年以《十四行集》的写作结束了这种状态,也开始了先生作为诗人的一生中辉煌的新时期。

30年代以前,冯至先生的诗歌创作对中国新诗的建设做出了他人无法替代的贡献。在抒情诗的创作方面,它使冯先生列身于"五四"以来最优秀的抒情诗人的行列,这种荣誉一直可以保留到今天。冯先生的诗之所以能够得到包括鲁迅先生在内的新文化界毫无异议的高度评价是有原因的。"五四"开始的中国新诗,带着草创期的简单、粗糙、浅白以及互相仿效的痕迹。冯至先生一开始就以成熟的姿态、以鲜明的个人风格出现在中国诗坛。他的诗没有初期白话诗那种语言空疏结构散漫的毛病,意象的密集、诗句的凝炼、章法的谨严,都造出了当日中国诗界的新生面。

中国新文学初始阶段,一直存在着为人生还是为艺术的理论和实践的困惑。冯至先生的抒情诗创作弥合了二者的裂缝,他不满足于罗列和堆积社会生活的表象,而把深层的社会问题作简单的排列处理;也没有当日另一类诗人那样追求和标榜纯

---

* 此文初刊《北京大学学报》1994年第4期。据此编入。

艺术的时髦,使自己的作品脱离现实的人生和真实的情感,而流于技巧、辞藻的炫耀。冯先生出手不凡,他赋予深刻的人生体悟以完熟精美的艺术形式,使得困扰中国新文学的老问题在他的创作实践中得以消解。冯至先生的创作,结束了早期抒情诗的犹豫彷徨状态,而走上了坚定的纯粹诗学的道路。从这点看,说冯先生是中国最好的抒情诗人是恰当的和无可置疑的。

在叙事诗的创作方面,冯至的功绩甚至超过了一向受到赞誉的抒情诗。中国新诗的最初阶段,抒情诗非常发达而叙事诗则很不发达。先生是最早致力于写叙事诗而且是写出了可以保留下来的最好的叙事诗的诗人。朱自清在新文学大系诗集中选了他三首叙事诗:《吹箫人》、《帷幔》、《蚕马》,共三百余行。这在新诗发凡的年代、特别是在这本经典式的选本中是绝无仅有的。朱先生还在这本诗选的"诗话"中,仅仅用一句话评价冯先生的诗创作,这就是"叙事诗堪称独步",可见冯至的叙事诗在朱自清心目中的重要地位。由此也可看出作为选家的朱自清敏锐而透辟的审美眼光。

上述三首叙事诗是冯至先生连续三年的创作。《吹箫人》写于1923年,《帷幔》写于1924年,《蚕马》写于1925年,三首诗讲的都是关于爱情的奇特而神秘的故事。两个吹箫人因箫而相爱,因爱的受阻而病,他们各自毁箫为药而救活对方的生命。最后,剩下的是两个失去了箫的吹箫人。这是一个悲惨的故事。《帷幔》的故事与此相类:一位少女为逃避强迫的婚事而出家,一位牧童的笛声唤起了她的生机,她由那笛声的启示而编织"人间的愿望"于帷幔之上。但故事的结局依然不幸:"一个牧童剃度在对方的僧院,尼庵内焚化了这年少的尼姑"。《蚕马》讲的是一个充满神话色彩的、奇异的也是同样悲哀的故事。这故事出自《搜神记》,本身具有奇幻怪诞的气氛,冯至先生将这题材作了现代的处理,使之成为中国新叙事诗与传统题材接轨、并取得独立地位的标志。

冯至先生这些叙事诗与当日以及随后出现的成为模式的叙事诗不同,它并不热衷于讲述生活中实有的事。它摆脱了中国诗歌很难摆脱的急功近利的眼光。它通过以炫目冷艳的色彩包裹的不同凡响的故事,使人们在那些看似怪异却能唤起人之常情的叙说中受到心灵的震慑。冯至的叙事诗创作,一开始就达到了超乎当日一般水平的高度。这种高度并不以是否描述了或解决了生活中的实事为目标、当然更没有后来形成惰性的堆积素材和冗长而琐屑地罗列过程以为非如此不足为叙事诗的弊端。

冯至的这些叙事诗,每首总在百行上下,以罕见的精炼而包容了丰富的内涵。它们的超凡脱俗之处,在于所有的内容都指向永恒的思考:人与物、爱情与生命、这边的圆满伴随着那边的缺憾,当一个人获得生机而另一个人又无奈地面对着死亡。于是,箫只能是二缺一的,帷幔则永远留下了无法弥补的一角。冯先生的诗,以它的奇幻和瑰丽传达的是一个长长的、深深的人生悲剧感。哲学和美学的综合,构成了一个至今无法企及的诗美的高峰。当然,就结构的谨严、章法的整饬、语言的精美而言,这些作品历经七十年的检验也仍然不减其典范的价值。

冯先生对诗的严肃敬悚之心,使他在擅长的叙事诗创作实践方面也下笔慎重。但在天翻地覆的50年代,他还是写下了著名的《韩波砍柴》、《人皮鼓》等篇什。《韩波砍柴》这首诗在冯先生自50年代至90年代四十余年间堪称是最好的一篇诗作。这证明即使在这样一个创作自由极受干扰的年代,冯至先生杰出的叙事诗才能也能在艰难的环境中游刃有余地焕发出独特的光彩。

冯先生在《韩波砍柴》中把现实生活的故事处理为充满民间传说色彩的奇篇。受苦一生的人韩波,死后仍然穷得<u>一丝</u>不挂,他只能在夜深人静时出来砍柴:

年年在他的死日,
后半夜总有月光,
给他照着深山,
像在白天一样。

我们这里的春雨,
一下就是一个月,
只有在这时候,
雨为他停上半夜。

语言的清丽,节奏的明洁,保持了与40年代初期诗风的接续。在这里,先生从受到进步世界观的影响而拥有的阶级观念出发,却造出了他一贯的同情、友爱的人性光辉。

冯至先生为中国新诗贡献了他在抒情和叙事两个方面的实绩之后,有了一个不算短暂的停顿。只是在40年代初期由于《十四行集》的写作和出版,才结束了长时间的缄默。《十四行集》总共二十七首,这是先生在1941年一年之内完成的。以创作态度极为谨严认真的先生,像这密集的多产状态在他漫长的创作生涯中是相当罕见的。

关于这部不厚却极有分量的诗集,许多评家已先后发表过卓越的见解。在这里,我只想强调指出,这一批取法商籁体的新诗的推出,对冯至本人乃至整个的中国诗歌,都标志着从古典抒情方式的进一步跨出,而把中国新诗的艺术建设放置在更加疏离中国传统背景的现代氛围之中。《十四行集》显示了冯至先生艺术实践的前卫立场。他在沟通中国和西方,融汇中国知识分子传统心态与面向西方现代哲学、诗学的现代立场方面,走出了更为坚定、也更为成熟的一步。

这部诗集的写作之所以采取十四行的方式,我完全同意冯先生自己说的,"并没有想把这个形式移植到中国来的用意,纯然是为了自己的方便。"但是,冯先生竟很完整地用外来的形式表现了中国的内容,而且他做得是如此的自然、集中而系统。需要强调的是,这样勇敢而大胆的迈出,是在民间和传统的艺术形式受到夸张式的提倡的年代,这除了充分说明冯先生的毅力和坚定,还显示当日西南联大的自由开放的环境和氛围。在中国,一种艺术实践的畅通而不受大的阻碍,往往与它的生存空间的进步和宽容有关。

借此机会,我还想就涉及《十四行集》和冯至先生的接触,谈谈我对先生的人格文章的一些认识。记得是50年代末的某一日,有人捎话说西语系的冯至教授约你去谈谈。我高兴而又紧张地来到燕东园冯先生家。那天是冯先生要听取我对新诗的一些看法。谈话的具体内容我忘记了,但有一点却印象深刻。那就是当我谈及冯先生的十四行诗时,谈到我认为这是先生写得最好的诗,并询问为何先生自己未把它收入当时由人民文学出版社出版的《冯至诗文选集》?

先生听了我的话,既不表示同意,又不表示不同意,只是微笑地沉默着。这使我对先生产生了很长久的误解。直到这次为纪念先生逝世一周年,重新阅读这本1957年出版的选集,书前的作者自序中赫然写着这样一段话:

> 由于八、九年的间隔,选集里的诗文也就形成两类:一类是1930年以前的,其中除了一篇散文外,都是诗,诗里抒写的是狭窄的情感、个人的哀愁;如果说它们还有些许意义,那就是从这里边还看得出"五四"以后一部分青年的苦闷;另一类是1939年以后的,其中主要是散文,只有两首诗,内容比较扩大了,但自己的认识不够,有时流于主观,反映现实,也就受了很大的限制。尤其是1941年以后写的二十七首"十四行诗",受西方资产阶级文艺影响很深,内容与形式却矫揉造作,所以这里一首也没有选。

我当日是多么粗心，竟没有读过这段文字。因而也不了解冯先生当时正在认真而痛苦地否定和批判自己的过去。既然如此，以律己极严而又对后辈极宽厚且身处深刻的思想矛盾境遇中的先生，面对我的鲁莽和无知，他该用什么样的话来回答我呢？他当然只能无言！我因对先生的误解而愧疚至今！

事情过了数十年。直至1988年，我和冯先生一起受聘担任全国新诗评奖的评委。我和先生在北纬饭店朝夕相处，我重新谈到我对先生十四行诗的认识，并告诉他，我在《中国新诗萃》40年代那一卷中以最高入选三首的规格选了先生的《招魂》和二首十四行诗。先生听了十分高兴。会议结束之前，先生欣然命笔为我题写：

> 给我狭窄的心
> 一个大的宇宙

题款是"谢冕选家"。我想，这是先生对《十四行集》也是对我的工作的肯定。先生以一幅题诗冰释了我数十年的心病，这也使我感慨良深：作为一位对社会、对艺术、对自己都十分严肃认真的学者和诗人，面对自己挚爱的精神产品的评价，在肯定、否定、再肯定之间的游移，竟然花费了半个多世纪的时光！

1994年2月22日于北京大学

诗学建构的突破性尝试*

本世纪 80 年代中国结束了长期的社会动乱,现代诗以崭新面目的崛起,创作的丰富,论辩的频繁,促进了思考的深入,为中国现代诗学的长足发展提供了新的契机和可能性。十余年来,国内出版的诗的理论著述,特别是研讨诗歌技巧的书日渐增多,但这类书仍多局限于修辞层面上的各种诗歌现象的归纳,多半满足于描述而仍然缺乏系统性的宏观综合。这本由何锐、翟大炳合著的《现代诗技巧导论》则明确地发出了突破性尝试的信号,它并不着重于对诗歌作一般性的技巧描述,而是首先抓住诗歌技巧的内在生成原因作整体性的鸟瞰。即认为诗歌是一种生命意志的表现。由于"自意识"的作用,人就有了对各种欲望的追求,随之也就带来了无尽的喜悦与烦恼。这种由生命的欲求所引发的冲动性,必然要求适当形式的传达。传达就关涉到技巧,即诗人为达到创作的最佳目的所采用的合乎美的规律的操作技能。本书作者对技巧的研究立足于宏观考察,认为虽然诗歌中的技巧可以作多种多样的选择,但不外是两方面的建构:其一为历时性的语序轴,它是一种换喻,在诗歌中,是实在主体和其毗连性的代用词之间的替换,它是序列的,相继的,线性的发展过程,强调的是语序和约定俗成。另一建构为共时性的联想轴,它是一种隐喻形式,是以诗中的主体和其它比喻式代用词之

---

* 此文为何锐、翟大炳著《现代诗技巧导论》的序言。初刊 1994 年 3 月 30 日《贵州日报》,又刊《南方文坛》1998 年第 1 期。据《贵州日报》编入。

间因相似或类比进行联接的。它们之间是并存的垂直关系。这种建构强调了联想和反秩序,反约定俗成。显然,该书更为重视联想轴,但也并不因此而排斥语序轴。作者认为,结构主义诗论家的理论基础就建立在对语序轴所体现出来的秩序分析上。按这种建构写诗,需经由一个词义、句法到位后的完整的语义推导过程,写出来的作品,自有其存在的价值。但由于结构主义过分强调了语言秩序和结构功能,就必然忽略了作为创作主体的诗人的主观能动性。诗人不是结构秩序的奴隶。如果他们仅仅是装配的工匠,不断地因袭前人,那么他们的创作充其量只能是一种技艺,而不是技巧。诗人们理所当然地更专注于创作中的联想轴的建构。从语言角度说,联想轴着眼于对语言的超越,而对语言的超越,是一种"两难"境地。语言的概括性不可能穷尽生活中的一切事物,尤其是面对情感世界,更显得无能为力。它只能是"言不尽意"。可是这"言不尽意"也只能用语言将其表现出来。这是一个悖论,即认定语言是"言不尽意",但又偏偏要用语言本身来证明这个定论。如何走出这个怪圈,是古今中外诗人共同拥有的尴尬。

由于诗人为实现对语言的超越,扩大表现力,他们不仅要破坏正常的语言结构功能,而且还要对原有语意进行颠覆,它的确会给只有日常体验和遵循常见的语义逻辑的读者带来一个懂与不懂的问题,但这显然不能作为判断诗的优劣的尺度。诗人总是为自己寻找新的表现手段,他不断地为自己设立新的规则,这工作实质犹如康定斯基所认为的主体的人要为客体赋予形式,通过知性为自然立法。可是,当诗人制定一个新规则时,心态总是复杂的。一方面他为自己的创造性劳动而欣喜,而同时又担心广大读者对他的创作不认知,即所谓"不懂",因此,诗人总是主动向读者倾斜,而读者又力争成为瑞恰兹所说的"合格的读者",在这种情势下,规则就会向大众化转化。

社会承认对诗人是一大幸事,但同时又令他忧虑,"一方面他给诗人带来荣誉,一方面却使诗人的天才创造渐次淹没于传统和习俗之中,变成公式与教条,成为新一代艺术家反叛和斗争的对象。"于是那种富于独创性的诗人又开始了新规则创造的艰难历程。这种情形就是康定斯基所比喻的:"精神生活可以用一个巨大的锐角三角形来表示,并将它用水平线分割成不等的若干部分,顶上为最窄小的部分,越低的部分越宽,面积越大。"他的意思是说有创见的艺术家位于三角形的顶端,艺术的欣赏者和接受者则处于三角形底部。由于他们之间存在着大的距离,艺术家往往为此苦恼:"三角形的顶端经常站着一个人,他欢快的眼光是他内心忧伤的标记,甚至那些在感情上和他最接近的人也不能理解他,人们愤怒地骂他是骗子、疯子。贝多芬生前就是这么一个挺立着受尽辱骂的孤独者。"创新意识强烈的诗人同样如此,他们既要向读者靠拢,又肩负着引导读者认识不断变化着的新世界的责任。他只能是在一个时间从三角形顶端走向底部,而另一个时间里又开始攀登另一座三角形的顶端。如此反复,形成螺旋式上升。可以说,对这种创造与欣赏的相互状态的描述是这部专著基本的命题。该书作者创造性地将此种状态命名为"精神三角形效应"。从诗的传播与流传的角度看,诗人的上帝是读者,但从诗人对于鉴赏者的审美导引看,说诗人是读者的"上帝"也未尝不可。在这时,诗人由于艺术的先锋意识而扮演了先知的角色,他是引领凡人走向西奈的摩西。

理论的宏观视角和气势造成了本书的突出优点,但该书并未忽视对诗技巧的微观考察。对现代诗技巧的侧重点,诸如意象、隐喻、象征、反讽、悖谬、荒诞、音义对位、陌生化、生活还原等均予以关注。但作者更主张这处微观必须是宏观背景下的发现,群岛的每一座小岛都可以是美的,但如果将这座小岛放在群岛的背景下观赏,则不仅是美的,而且更有生气。

作为一部后出的谈诗技巧的专著,这本书的创新意识比较明显。但也应当看到,由于作者的论述是在"两难"中的选择,就不可能尽如人意。从纯理论角度看,会认为该书理论不够周密严谨,不无疏漏之处。如从纯印象式评论说,它引经据典确乎多了些,显然又过分理论化了。但创新与墨守成规总是不应等量齐观的。创新中的失误,如同一位受了伤的极地探险者,而四平八稳的守旧,充其量也只能是一个蹒跚而行的侏儒。

化为文学作品的《英儿》*

顾城悲剧令我震惊，我一时无以言对。除了回答一次来自远方的电话采访之外，我保持了沉默。顾城、谢烨、英儿都是我的年轻朋友，英儿更是我的学生，我对他们了解甚多。我失语，是因为我痛苦至深。对顾、谢以这样的方式告别人世，我极为遗憾。谢烨是外表和内心都非常美好的女性，我对她充满怀念。不论有多少原因导致这样的悲剧发生，我无法掩饰对顾城这一行为的厌恶，我当然谴责他疯狂式的残忍。

《英儿》是一部文学作品，是批评家应当严肃面对的文本。我们此刻进行的不是社会评论或道德审判，我们从事的文学批评有自己的任务和要求。但是《英儿》的非虚构性质以及真实人物事件进入作品，使我们的工作受到了非文学的干扰。我们的批评活动一开始就陷入困境。我们现今的任务是剥离那些真实事件对于文本的纠缠，使文学批评的独立品格得以维持，尽管这样做起来有相当的难度，这甚至包括了阅读心理。

《英儿》无疑是一部为中国当代文学带来新意的作品。它的坦露和真率使人观感一新——我们的文学被伪饰浸淫已久，我们不能不以严肃的态度面对该书作者自己选择的生活方式和自以为是的情感性质的追求、纯真的陶醉和邪恶的嬉戏集于一身，这作品不顾世间毁誉的率性而为。使人感受到作者创作拥有的自由心态和独立精神。情欲的吸引和满足在这里被表现得潇洒

---

* 此文初刊《小说评论》1994年第3期。据此编入。

而自然。对比这一时期同时出现的一两本引起轰动的作品,《英儿》在有关性爱的描写上是显得更有审美价值,尽管人们有充足的理由怀疑激流岛上这种三角性爱的合理性。

迄今为止,我们在中国文学作品中所看到的主人公的爱情纠葛大体都是虚构的和被装饰的,它们有极大的"假想"和"造化"的成分。但《英儿》却在相当程度上是真实的和自然的。也许在描写三人的灵肉关系时,雷这个重要人物的内心矛盾甚至痛苦受到有意的忽视甚至掩饰,但《英儿》仍然以其"非编造"的特性而赢得读者的信赖。这部小说的"实有性"的文学品位的和谐结合,达到一定的高度。现实故事的发展和作品情节的演进甚至是互相所证的,令人惊骇的是,事后发生的事件预言般地时时在作品中浮现。死亡和悲剧仿佛是预设而最终付诸实现的。

顾城的"女儿园"有可能是杜撰的,当然也是不真实的。他的"天国"仍然充满世俗气并不高雅。他幻想身边两个女人的亲密相处以及恨自己不是女儿身,都让人感觉到某种变异和倒错,终究是有异于常的。也许竟是在这一点上,《英儿》作者的实践无意中为文学创作作出了某种"添加"。

顾城对诗的贡献已为批评界所共认,他的绘画和小说能力对于大陆读者都是初识。小说结构的散文式的组合,叙述语言的优美而诗意,这些特点构成了《英儿》独特的风格。

消隐了的桨声灯影*

　　五十年代我访问南京时,听说秦淮河已变成臭水沟。我怕那事实污了我心中的六朝金粉,没有勇气去看。后来,听说南京市政当局终于修复了秦淮河,欣喜之余,总想找个机会去圆这个秦淮之梦。但机会没有到来。这一相隔数十年的阔别,竟把当年的满头青丝变成了苍苍茫茫的一堆乱雪。

　　秦淮画舫录中有过纸醉金迷的梦影,但那里也保留了一些江山易帜时刻表现出惊人气节的奇女子。这些才情并茂的女子,以舞衫歌扇的千种风情而赢得艳名。而她们在社稷危难之际表现出来的勇气、胆识、壮烈、和果决,却令普天下的男人为之愧赧。更不论当日环绕在她们舞裙周围的号称文坛魁首的那些显赫人物的尴尬和卑琐了。

　　一出《桃花扇》演出了数百年来人们为之荡气回肠的正气歌。这虽是遥远的故事,但却牵萦着人们深深的思念。我曾给一位南京的友人写信说:重访南京的愿望之所以如此强烈,不仅是要追寻那里留下的青春和爱情的足迹,同时也是为了向那些身份卑微而心灵崇高的女性致敬。

　　阔别三十七年后,我终于来到南京,终于拜访了秦淮河,拜访了重修的香君故居。媚香楼的匾额当然是新刻的。那里的摆设是否有据却也难说。作为初访者的第一个印象,只觉得那里的世俗气息与我们从孔尚任的剧本中所感受到的雅致相去甚

---

* 此文收入《心中的风景》。据此编入。

远。秦淮河、夫子庙一带,桃叶渡、乌衣巷皆昔时文物鼎盛之地,有浓郁的历史文化氛围。香君故里既已修复,当以《桃花扇》旧事和背景为主干方是。这将使历史和文学、旅游和文化得到融汇。但是,在今日的媚香楼,我却没有找到一把哪怕是小小的点染着那女子碧血丹心的扇子!这即使是从商业的眼光来看,乃是缺乏文化知识造成的"疏忽"。

文人有积习,每到一处总喜欢寻找那些名家笔下的有关遗迹,不管是真是假,是纪实,是虚构。这次来到秦淮河,当然要找朱自清和俞平伯两位先生笔下的桨声灯影了。我记得当年秦淮画舫的典丽,小游艇雅致的窗格,以及每船都有的迷人的灯影。我记得那河上的夜雾和朦胧的月色,也记得灯火阑珊之时的那份清寂。河上的萧鼓歌吹,那橹声点染的悠长,无时不在唤起追寻的热情。

这番金陵访旧,除了前述的满怀对那几位女性的敬意,便是要圆这桨声灯影的梦了。那夜与南京学界友人欢聚"秦淮人家",二楼整座大厅悬挂着江南灯彩,很能显示出六朝古都的繁盛。饭店服务开场的歌舞也真淳雅朴,一扫那种职业演员的匠气和矫情。趁着夜幕初降,坐上游艇,想领略秦淮的清绝。迎面而来的却是五光十色的灯火和嘈杂的乐声。与想象中的秦淮风光全然异趣的喧哗,冲激着彩色喷泉的电光,这种现代声光技术激发的现代热情,一时间把秦淮河的远古情调扫荡得无影无踪。

我们乘坐的那些游艇,原来是为喷泉而设。它不走远,它只是面向着电光在那里左右移动着。乐声停止,看客也纷纷离席。接着又一轮卖票,又一轮看客入席。"游艇"(姑且叫它游艇吧)于是也离岸,再卖钱,再如此的不走远,只向着那"喷泉"左右游动。

东关头呢,东关头沿岸断续的歌声呢?利涉桥呢,大中桥呢,大中桥边的疏林淡月呢?在朱自清的散文中,我看到了"黄而有晕"的灯火,再繁星交错的光雾中摇曳的"杨柳的柔条",盈盈地升上柳梢的月亮,如梦似幻的轻幽的歌吹,如今,隐失在现代的华靡之中了!炫奇、刺激、肤浅的陶醉,唯一缺失的是自古而今的文化上、审美上、情感上的夜秦淮。

　　我寻找与这座古城相和谐的秦淮,与秦淮相和谐的桨声灯影。而此刻,我却意外地邂逅了在世界任何地方,在香港的尖沙咀,在新加坡的圣淘沙,在纽约的百老汇都能看到的喧哗和繁盛,而独独失去了旧日秦淮的那韵味、那情趣、那一份潇洒和飘逸!

1994 年 7 月 24 日

维多利亚海滨绿意[*]

  现在我站在九龙半岛的最南端,身边是古老的原九广铁路起点站的钟楼,以及近年新建的香港文化中心。这是一个庞大的建筑群,集中显示了香港要在商贸以外的领域中发挥更大作用的宏大意愿。

  温柔的维多利亚港在我面前展开它的一片蔚蓝。它被香港最繁华地段的中环、金钟、湾仔和铜锣湾所拥抱。从上环逶迤向着北角,仿佛是半个月牙簇拥着一片软缎似的碧波。香港是飘满花香的港湾,这个南中国海中的宝石一般的岛屿,整个的就飘散着这种柔柔的、软软的、轻轻淡淡的亚热带情调。

  这里的雨是轻轻地洒,风是轻轻地吹。暖雨薰风加上南海辐射过来的阳光的照晒,楼群仿佛就是一阵春雨过后冒出地表的竹笋,竞相向着业已相当拥挤的天空。

  我住在香港的这段日子,正是暑热而多飓风的季节。偶尔有豪雨喧哗,也偶尔有台风袭击。香港对此作出了不免夸张的反应:海边升起了风球,电视台不断报告风力的等级,轮渡也停了。这给外来的客人以局势严重的印象,其实,对于习惯了西伯利亚寒流和蒙古戈壁刮来的风沙的人来说,香港所大声喧嚷的风情雨意是有点大惊小怪。香港是太习惯于舒适的环境了。

  香港这片楼群的森林就在这样温湿气候的抚摸下,拔节有声地向着天空伸展。这些高楼把太阳遮蔽了,也把月亮吞食了。

---

[*] 此文刊于 1994 年 8 月 2 日《扬子日报》。据此编入。

但香港人怀想大自然的景色,他们把前面提到的那座文化中心里最大的菜馆取名映月楼。我来到此间的那个夜晚,香港友人招宴映月楼。那晚虽是晴天,依然望不见月色,当然也无从领略海水映月的美景——地面和空中的灯光太亮了。这样的名称当然表达了香港人对于自然的渴望和向往。

在我们以往的知识中,认为都市的繁荣和社会的发达必须以牺牲自然生态为代价。但香港的现实已改变了这种看法,它证实,社会的文明程度决定了社会对于自然的保护和尊重可能到达的程度。香港岛面对九龙这一面海滨,自北往南是一个斜坡。由此渐行而海拔渐高,至太平山为港岛制高点。那些坡地和山巅如今也到处都是拔地而起的楼群。但即使如此,在峰峦和沟谷间,却依然披带着南国不凋的葱绿。

从尖沙咀眺望香港岛,你会由衷赞叹人类的伟力。一方面,人类在这里不遗余力地保留上帝的创造:这里的海滩洁净,这里的花木葱茏,这里的绿草如茵。另一方面,他们又试图再造一个世界,以代替上帝所给予的,他们用自己的大脑和双手果然创造了一个新世界:这是用钢材、水泥、电力和电子技术造出来的。人类在建设物质财富方面表现出非常卓越的才能,以及咄咄逼人的气势。这物质世界无穷尽地占领,仿佛要把大自然逼迫到无法生存的所在。如同现在香港所从事的那样,楼群和建筑物可说是见缝插针般地蔓延着。

但自然世界并没有在物质世界面前退却。上帝和人类在这里神奇地保持了和谐。在号称水泥沙漠的香港,能够发现满目可见的绿洲实在是一个意外。在中文大学和岭南学院,甚至是处于市中心的香港大学,这里的学府都笼罩着绿荫。在中环,号称香港华尔街的银行区,集中了全世界最显赫的巨贾豪商,但这里的街树依然绿着,草地依然绿着。香港动植园赫然在闹市一角制造一片绿色的静谧。在摩天大楼的间隙,点缀着绿色的皇后像广场、纪念花园和遮打花园。

在香港,看不到在别处触目可见的情景,那些开发区和旅游点的建立,都无例外地伴随着绿色的毁灭。往往是扼杀稻田和砍伐树林,在那些地方,人类每向前一步,就多了一分上帝的死亡,人和上帝的战争没有终止之日。

"水果刀"的祝福*
——香港印象之一

　　这世界不声不响地又有新的变化。这边是中银大厦,据说是港岛最高的建筑物。建筑家贝聿铭把它设计成中国古代刀币的造型。从世俗的眼光看,它像一把水果刀。刀币是金融实力的象征,而水果刀则是消费的象征。不论怎么说,水果刀要比刺刀好。感谢上帝,毕竟赐给这一方土地以和平和财富。人们至少从形象上唾弃了战争和暴力的阴影。

　　从这里把视线东移,即是湾仔。这里又有一座崭新的高楼拔地而起。中环广场是一座矗立云霄的方锥形湖蓝色庞然大物。它在香港白炽的灯光下肃穆而典雅。这是又一个炫耀财富的造型。这里有不可数计的价值连城的珠宝,全世界最华丽的夜礼服和最昂贵的领带都有人问津。

　　香港是富有的,又是丰富多彩的。走在香港人头攒动的街头,你很难看到两个人的服装是相同的。自由、潇洒、匆忙而无拘束,效率在这里体现一种温情,这是这里的常态。这里看不到慵懒和喧嚣,而这里的社会依然是中国人的社会。

　　是的,几乎每天都有车祸或火警的报道,银行的劫案以及荷枪实弹的守卫,看了也让人心惊。但这里的治理却是井然有序的。同样是中国人的社会,这里却没有中国人社会那样的"常态"。在内地,吐痰要罚款大约只有北京或另外一些大城市在实行,而实行的

---

　　* 此文刊于1994年8月6日《济南日报》。据此收入。

城市中也只有个别的地段(如北京的王府井或北京站)在实行。而在广大的领土内吐痰是绝对自由的,而且也从未认真地罚过,而在整个的香港,我找不到一个禁止随地吐痰的标语,谁要敢于在明洁如镜的地面或草坪吐上一口痰,得有非凡的勇敢才行。

局外人论及香港,总以为金钱社会物欲横流,拜金纵欲之外别无是处,实则不然。这里保存的传统文明礼仪,较之中国其他地方要多,传统的中国文明,加上西方的现代文明、中庸谦和、怀柔兼容,加上西方式的民主、法制、廉政等观念,造成了中西合璧融会贯通的文化奇观。

香港不仅有物质的富庶,更有精神的富庶。这个社会的秩序和宽容,赋予它以活力。信仰、言论、生活方式的自由与人的行为受到法的规范制约的结合,是这里社会庞杂纷繁而又有良好秩序的秘诀。人的需要从多种渠道得到满足,其前提当然是普遍的富裕。其次,社会诱导多余的能量和精力得到宣泄,赛马、六合彩、多种多样的娱乐,都是一种发散。香港影院片分三级,儿童不宜或成人专场均有区别。街头报摊,凡涉及三级暴露者,有明显包装。它处处表现一种规范的游戏精神,使社会得到平衡。

尖沙咀香港文化中心的建筑群,以柔和的浅橙色光晕,映衬着维多利亚的湛蓝,而与中环一带如丛林、如群峰、如飞瀑、如奔雷的楼宇车流相对应。一边是碧海瑶台,一边是声光雷电。香港是一种综合,仿佛也是一种挑战,人类的精神需要向着物质丰裕的挑战,理想向着现实的挑战。

从尖沙咀眺望香港岛,轮渡和直升机穿梭往返,海底隧道更是驰光追电,都市的嘈杂却奇迹般地消失了。它超越都市喧哗之后的宁静,给人以良好的启示;并不是所有的华人聚居的地方都肮脏和喧嚣,中国人的社会也有不需要"吐痰罚款"的标语的,在香港的金碧辉煌和珠光宝气的背后,我注目于湖蓝的中银大厦那把水果刀带给中国人的祝福。

中国现代小说流派演进的历史描述*
——王才路《中国现代小说流派史》序

中国现代小说史的研究,近年来有了长足的进步。这方面的著作也日见增多。但从流派归纳的角度进行文体史总结的尚不多见。王才路这本《中国现代小说流派史》在这方面作出了贡献,因而值得祝贺!

这本专著从五四初期的人生派开卷,以解放区小说流派结束,前后十几章。每章写一流派,在对小说史诸流派的论述中,暗示出小说史的发展和递变。每章除正题外,又辅以概括性极强的副题。如普罗小说的题目下面辅以"革命与文学相激荡的时代旋风";浪漫抒情小说辅以"诉说'自我'的情绪世界";京派小说辅以"潜心于清澈空灵的文学园地"等等,不仅纲目明晰,而且每章的特定内涵也得到提示,这不仅体现了作者建立体系的意图,而且显示出作者对事象进行独立概括的能力。

从章节的安排看,叙述的进行井然有序,而且注意吸收最近十多年来中国学术界的研究成果,因而有别于新时期以前那种拘谨而陈旧的叙述方式,具有相当的新鲜感。如对京派小说、新感觉派小说等,均使人读后感到有新知识的获益。其中如对东北作家群的论述,涉及萧军、萧红、舒群、白朗、罗烽、端森蕻良、骆宾基、马加,以及其他著作很少提到的梁山丁、金啸、姜椿芳、李辉英等。作者在论述中评价了东北这一群作家的地域特色和时

---

* 此文刊于《烟台大学学报》1995年第2期。据此编入。

代风貌,从题材的开掘到独特的艺术风格对中国新文学的贡献。这些,都一定程度地体现出作者的开创性。作者并没有忽略四十年代初期中国解放区那一部分作家的创作,并以专章加以论述。那一批作家的创作受到《在延安文艺座谈会上的讲话》的直接影响,展出了现实主义和革命文学传统在当时阶段的新形态,而且对五十年代中国大陆文学有重大而深远的影响,论述的恳切中发露出新鲜的见解。

以流派划分的系列来写现代小说史,作家群落以及创作思想和艺术风格的共同点是突出了,但也易于造成历史线索的模糊乃至中断或零散的现象。因而,在以艺术流派为纲领的著作中如何维护并突出史的线索是一个重要的问题。王才路的这本著作注意到这个问题并有个妥善的处理,例如他在流派和作家群就不再是互不并联的零散论述,也不是一种随意的拼接,而是呈现了它的整体性。以第二章乡土小说为例,作者认为现代乡土小说的出现并不是某一社团自觉提倡的结果,而"主要是早期以问题小说为突出代表的现实主义内在发展要求及其所提供的艺术趋势所使然。"这样的论析,就把乡土小说与问题小说,以及它们的现实主义传统联系了起来。原先看来互不相关的艺术流派之间就有了一根潜在并相互串接的线索。

仅仅指出这一点还不够,这本著作还致力于对这些潜在联系的具体论证,有了论点和材料的说明,它的结论就显得充实而可信。再以上述的乡土小说为例,作者在指明乡土小说与问题小说的内在联系之后,就着手论证它们之间的消长递变的演讲过程。首先是对于作为乡土小说前身的现实主义创作状态的分析。作者认为在"问题小说"阶段,作家为了达到一种目标,那些作品"甚至主观地虚构一个故事来表现某个问题。"他甚至追溯这倾向的病根在于它还保留了某些"为人生"作品的"幼稚"和"蒙昧","程度不同的还保留有晚清时代把小说当作工具的艺术痕迹。"这些带有"为人生"倾向的作家,因不满当时的狭小生活而转向广大社会,他们的写作兴趣"也便自然地趋向于熟悉的生活题材",从而顺利地由此进入"乡土"。作者在论述了此种转移之后得出结论说:"现代乡土小说的兴起和发展,遂成为中国早期现实主义小说发展的一种历史必然",这就把问题引向了纵深。

我们见到过一些给作家排座次以及拼盘式地割裂历史联系的文学史。那些著作的突出之处就是肢解历史而让人在原应是完整的历史空间推出一堆互不关联的"杂碎"。我们希望不论从何种角度,以何种方法描写历史,都应当向读者传导出历史的复杂存在及其关系来。王才路的这本专著很大程度地表现了这样的特点。这当然取决于作者所拥有的较为扎实全面的历史知识,也由于作者拥有把握和总结文学知识的积累,至关重要的还在于作者有一种开阔宏大的学术视野。

这本著作涉及到以往文学史有意地遗忘或忽视的文学流派和文学现象,作者在这方面的工作体现了对研究领域的拓展。东北作家群的描述是其中一项,七月派小说也是其中一项。更引人注意的是后期浪漫派那一章。这一章所叙述的内容,在以往此类著作中几乎是一片空白。这近于是拓荒的工作。它对无名氏、徐訏作品的评介,展开了对于广大读者来说是一片神奇而陌生的艺术天空。但这章关于后期浪漫派的叙述,其内容应再广泛些,除无名氏、徐訏之外似乎还应有更多的涉及。这类例子在关于社会剖析小说那一章中也有所表现。涉及的作家仅限于熟知的那几位,而未为人知的则较少发掘。

王才路为人诚恳笃实,做学问也勤奋扎实,而且具有很强的学术组织能力。在北大访学做我的访问学者,学习、研究成绩斐然。此外,还协助我做了很多工作。这次出版的这本著作,更是他学术研究中的新成果。年青学者的这种创造热情及实绩令人感奋。我寄希望于他的,是在不断的进取中,收获更丰硕的成果。

一九九四年十月一日于北京大学　畅春园

诗歌精品点评:埋葬了的爱情*

那时我们爱得正苦
常常一同到城外沙丘中漫步
她用手拢起了一个小小坟茔
插上几根枯草,说:
这里埋葬了我们的爱情

第二天我独自来到这里
想把那座小沙堆移回家中
但什么也没有了
秋风在夜间已把它削平

第二年我又去凭吊
沙坡上雨水纵横,像她的泪痕
而沙地里已钻出几粒草芽
远远望去微微泛青
这不是枯草又发了芽
这是我们埋在地下的爱情
生了根

---

* 此文刊于《诗探索》1994年第4期。据此编入。《埋葬了的爱情》,苏金伞作,载《诗刊》1993年第1期。

作者注：几十年前的秋天，姑娘约我到一个小县城的郊外。秋风阵阵。因为当时我出于羞怯没有亲她，一直遗恨至今！只能在暮乡的黄昏默默回想多年以前的爱情。

86岁作于1992年5月27日

古今第一等文字是无遮拦、不作假、率性而为、发自真心。这里当然也有技巧，无技巧便不是文学，但这样的诗文往往超凡脱俗，不用形容。技巧到了纯熟之处，全把那一切面关隐到背后去了。大凡年轻气盛，往往藏不住自己的才华机智；及至年事渐长，参透人生枝枝节节，托出的却是那份澄彻空明，这时，技巧于它便成了多余。读那些文坛大师老年作品或与他们交谈，都有一种凝丰富于平淡，寓深刻于自然的魅力，他们无需炫耀，也不用夸饰，却端的是炉火纯青的境界。

苏金伞这首《埋葬了的爱情》，是在暮年回忆青春期的爱情往事，袒露、挚真、朴素而全无斧凿痕迹。全诗三段，首段写二人郊外约会，她手拢沙堆作了一个爱的墓茔；第二段写次日他一人独往，风吹平了沙堆；第三段写次年又是一人独往凭吊遗踪，枯草发芽，埋葬的爱情已在地下生根。以平淡写刻骨铭心，愈是不用形容，便愈见深郁强烈。世间无数花前月下、男欢女爱，却不如这平常说来的震撼人心。

诗后作者附注更是一段不可忽视的奇文字，我以为其意义甚至胜过诗的正文。"当时我出于羞怯而没有亲她，一直遗恨至今！只能在暮年的黄昏默默回想多年以前的爱情。"这是一种童稚般的纯真！最动情处，便是最坦率处。因为当年的羞涩而铸成了终身的遗憾。这种失之交臂，却是无可补偿的天老地荒的哀痛！

人生无常，沧海桑田，诗人钟情一生的女子也许已不在人世，即使健在，也许竟已忘却。但当一切都不在的时候，唯有那一缕亘古不绝的情思,却缠绕着、牵萦着那未曾老去的诗心。对于不能如愿的爱情的思念,伴随着那最后一会未能拥吻的遗憾,经数十年风雨以至于今。

诗人写此诗时已 86 岁高龄。这样的年龄,往往是无牵无挂、不忧不喜,但却为青春年代的一段情、一个吻而在人生的黄昏时分独自默默地痛苦着。这样的文字诗史上有、但也不多,也许可与比拟的是陆游的《沈园》二章——

城上斜阳画角哀,沈园非是旧池台;
伤心桥下青波绿,曾是惊鸿照影来。

梦断香消四十年,沈园柳老不吹绵。
此身行作稽山土,犹吊遗踪一泫然!

写这诗的陆游也是晚年,沈园伤心处,唐琬已不在,存在的却是荒园斜阳里的永远的遗憾和思念!

人的一生可以写很多诗,但这样的诗却不能多写。说得极端些,人一生写很多诗而未必留传,而这样的诗只要一首便能留传,因为它把一生的哀痛浓缩在短短的诗章之中了。像苏金伞《埋葬了的爱情》这样的诗,看似平淡无技巧,一般人却写不成,因为它们的浑朴天成之中凝聚了毕生的艺术经验。

从生命为之悸动不宁的极处直接切入,不曲折、不迂回,甚至也无需含蓄或婉转,活脱脱地托出那颗真心来。眼下流行的那类爱情诗,轻轻浅浅,缠缠绵绵,娇态百种,悲情万状,与苏先生这首诗相形之下,孰高孰低,读者定有明察。

凝聚了学术精神和艺术才智的再创造*

我和陶尔夫先生50年代前期就读于北大,相识于燕园,受业于同师。作为他的学弟和老友,我每每为他的学术研究的成果而获得欢喜。现在,他的又一部新著《宋词今译》即将出片,姑为其序。

译诗极难,这是由于诗在意思的传达与语言的运用方面有一种超乎寻常的要求。诗的精妙的造意与不可言说的韵致,借助诗人对于特定语言的掌握生发出无尽的魅力,二者几乎是不可拆卸的。而译诗意味着语言与诗意的链环的解脱,其结果是由那一特定语言形式造成的特定思想艺术意蕴受到了损害乃至破坏。优秀的译者尽管可以妙手回春,但造就却往往是有别于原诗的另一番景象。朱生豪译莎士比亚,可谓译诗的极境,我们只能从那些美妙的中文所创造的境界追想莎士比亚借助英语构筑的诗意世界;而要领略那世界的奇妙风光,却非要直接阅读莎翁原著不可。

基于此,人们常感慨"诗不可译"。的确,尽管语言的转换是可能的,但是由那一语言创造出来的那种意蕴,那种只能如此的神采与魅力却是不可重复的。因此,即便是语言转换的神手,在诗意与诗情的原来状态的传达方面,他们甚至也是束手无策的。

译诗的人殚尽心力,却往往事倍而功半。但在这条艰难险

---

* 本文为陶尔夫著《宋词今译》的序言,初刊于《求是学刊》1994年第6期。据此编入。

阴的路上，依然有前赴后继的勇者。这一方面是由理解而产生责任，另一方面也因而有成功的鼓舞而生长再创造的热情。因而，"诗不可译"是问题的一面，而"佳诗必译"又是问题的另一面。译诗是一种传导。译者则是在难以逾越的江河两岸架桥的使者。译者同时也是创造者。好的译者凭着他的独特领悟和新的创造，能使人们在接受原诗甚至忘记原诗的同时，认定他的译诗是一首全新的诗。这方面的例子如中译裴多菲的《爱情与自由》，中国旧体诗的传统表达方式，使它具有了浓厚的"中国味"。当然，也应承认，这种获得也是以舍弃（至少是部分舍弃）匈牙利原文的特殊风味为代价的。

不论译者如何忠诚于原文，如何在"信、达、雅"诸方面克尽已责，但这种语言隔绝依然亘古不变。所以，我们面对这种在两种语言之间所进行的近于悲壮的搏斗充满了敬意。

诗的翻译的障碍不仅存在于不同的语言间，甚至也存在于同一语言的不同体式间。中国古典诗是用文言文写的，它的构成要恪守古汉语的很多规范，从词汇、韵律到形象、比兴等都有自己的律则。由文言的古典诗词译成白话的现代诗歌，尽管同属一种语言，这种转换的达于佳妙，却也是难于登天！

中国古典诗今译之难，除了存在着"诗不可译"的普遍化问题之外，更有它的特殊性。中国古典诗在漫长的历史发展中成为文学中无可企及的高峰。它因集中了中国文化艺术最精粹的经验而成了足以代表那个时代文明的象征，如我们通常讲的楚辞、唐诗、宋词、元曲便是。

即使是谙熟中文规律的诗译者，面对如唐诗、宋词这样的经典，而敢于以白话对它实行"改写"，可以说是一种勇敢的冒险。陶尔夫先生就是无数这样的勇者中的一位。他会写一手非常好的新诗，他有诗歌创作的经验。北大毕业之后，他长期进行中国古典文学的教学和研究，于宋词造诣尤深。这次他以诗人而兼学者的身份，从事宋词今译这样的艰巨工作，应当说，较之他人有了更为优长充裕的准备条件。

因为他熟知中国古代文学的历史，才能从历史、社会、文化、艺术的广阔背景上，发掘他所面对的那些作品的价值并确定它们的位置。译者拥有的新诗创作的实践经验，又为他所把握的宋词的艺术重现提供了表达上的保证。上述二者的结合使他在宋词今译这种再创造的过程中，以非常不同的方式逼进原作文本而进行再创造，再现宋词神采而又赋予它新的存在形态。

《宋词今译》收100余家词300余首。书中除原词及译诗外，尚有关于作者的简赅准确的生平介绍，有关的注释以及译者说明。译者的文笔优美洗炼，有些译诗达意而传神。如对贺铸的《青玉案》（"月台花谢"）、张先的《天仙子》（"重重帘幕密遮灯"）等的译诗就是如此。这不但表明了译者的译诗是理解与经验的完美融合，而且说明，译者的译诗，既传达了宋人的神韵，又完成了由旧而新的转换，其过程的充分创造性的。

学者的品格在这本译诗集里也有充分的展示。每首词前列的作者介绍、注释、说明，都有很高的学术价值。中国古代的诗人词家，多有道路坎坷，经历复杂，宦海沉浮，襟抱难开者。而译者对入选词人的生平介绍不仅言简意赅，而且对他们经历的曲折性和复杂性的把握，往往也准确可信，重点突出。

此外，作者还通过每篇的"说明"，强调地传达出他作为学者的理性思考和诗人的艺术眼光。如他面对王禹偁仅存的一首词，评价说："宋初词坛多为风月留连、娱宾遣兴之作，即使含有伤时感怀的内容，风格也大都雍容典雅，柔靡无力。本篇即事即目，寓情于景，格调深沉，别具一格。无论就思想内容还是就艺术风格而言，这首词都可称得上是掀开两宋词坛帷幕的重要词篇。"像这样的文字只能出现在能够宏阔把握和统揽全局的史家笔下，并且因而使《宋词今译》不仅富于艺术性，而且具有学术性。

　　"说明"除了确定所译某词在文学史上的地位并阐释其影响之外,还能对它的艺术成就作出恰当的评估。如评柳永的名篇《雨霖铃》说:"这是一首慢诗,比之前面入选之小令篇幅明显加长,作者可以在词里交待一个完整的离别过程,使全篇首尾联惯,组织细密,层次清楚,浑然天成。"他如对苏轼的名篇《水调歌头》的说明也是如此。这些简要的评述中所透出的判断和评价,体现了作者学术积蕴之深和学术眼光之慧。

　　《宋词今译》是一本全面的、有分量的和有特色的名家名篇集萃,又是一本凝聚了译者严肃的学术精神和闪光的艺术才智的新的创造。陶尔夫先生历经数年,辛勤劳作,敬业安贫,终于在其他成果之后,又有了这样的丰硕成果。他的工作将为古诗今译提供有益的启示。

从尖沙咀眺望香港岛[*]

现在我站在九龙半岛的最南端,身边是古老的原九广铁路起点站的钟楼,以及近年新建的香港文化中心。这是一个庞大的建筑群,集中显示了香港要在经济以外的领域中发挥更大威力的咄咄逼人的气势。

温柔的维多利亚港在我的面前展开它的一片蔚蓝。它被香港最繁华地段中环、湾仔和铜锣湾所拥抱。香港的高楼把太阳遮蔽了,也把月亮吞食了,但香港人怀想大自然的景色,他们把文化中心里的一座最大的粤菜馆取名映月楼。我来到此间的那个夜晚是晴天,依然看不见月色,因为地面和空中的灯光太亮了。

从尖沙咀看香港岛,你会由衷赞叹人类的伟力。人类在这里取消了上帝创造的世界:太阳、星星、月亮、沙滩以至树木。他们用自己的大脑和双手另外创造了一个新的世界。这是智能和才力的世界。这世界是用钢材、水泥、电力和电子技术造出来的。

这次访问香港,距离上次才四、五年的光景,这世界不声不响地又有了新的变化。这边是中银大厦,据说是港岛最高的建筑物。建筑家贝聿铭把它设计成中国古代刀币的造型。从世俗的眼光看,它像一把水果刀。刀币是金融实力的象征,而水果刀则是消费的象征。不论怎么说,水果刀要比刺刀好。感谢上帝,

---

[*] 此文刊于 1994 年 12 月 1 日《惠州日报》。据此编入。

毕竟赐给这一方土地以和平和财富。人们至少从形象上唾弃了战争和暴力的阴影。

从这里把视线东移，那是湾仔，又是一座崭新的建筑拔地而起。中环广场是一座矗立云霄的方锥形的湖蓝色庞然大物。它在香港白炽的灯光照耀下肃穆而典雅。这是又一个炫耀财富的造型。毫无疑问，香港是繁荣发达的社会，这里有难以计数的价值连城的珠宝首饰，全世界最华丽的夜礼服和最昂贵的领带都有人光顾。这里又是丰富而多样的社会。走在香港人头攒动的街头，你很难看到有两个人的服装是相同的，自由、潇洒、匆忙而无拘无束是这里的常态。

是的，几乎每天都有车祸或火警的报道，银行的劫案以及荷枪实弹的守卫，看了也使人发悚。但这是一个开放的社会。香港街道窄狭，车辆多而车行速，不能不出车祸，也没有任何一次车祸能逃脱新闻的曝光。新闻已成为促进社会良性循环和公众监督的积极因素。

电视屏幕上每天都出现纠纷、抗议、议员的接待和亲自访问调解以及记者对一些事件的调查和述评的消息。报纸更是如此。公务员制度的改革、征地、巴士加价，在一些人看来不免"琐屑"，新闻记者却不厌其详。表面看来是问题成堆，其实是问题没有隐匿，更没有堆积。这社会不断创造着、积蓄着能量，同时又不断释放它。

局外人或走马观花者论及香港，总以为金钱社会物欲横流，拜金纵欲之外别无长处，实则未然。这里不仅保存着千年文明礼仪的传统，而且保存得相当好。传统的中国文明，加上西方的现代文明、中庸调和、怀柔兼容和西方式的民主、人权、法制、廉政等等观念，造成了中西合璧融会贯通的文化奇观。

香港不仅有物质的富庶，更有精神的富庶。信仰、言论、生活方式非常自由，但人的行为却受到具体而细致的规约，必须严格限制在法律允许的范围内。人的需要从多种渠道得到满足。赛马、六合彩都是消解和宣泄社会注意力的途径和方式。六合彩的决出和公布都通过电视屏幕，没有隐蔽和"保密"。那标着数码的球体被电流振荡之后，一个一个自动的旋转、跃动、升腾、沉陷，最后显示出中奖的数字，没有任何一只手能够操纵它。电影院影片分三级，儿童不宜或成人专场均有区别。街头报摊，凡涉及三级暴露者，也有明显的包装。总之，它处处表现一种规范的游戏精神，满足人们的方方面面，使社会能够通过有效的宣泄和释放，达到某种平衡。

尖沙咀香港文化中心的建筑群，以柔和的浅橙色光晕映衬着维多利亚平静的波纹，与对岸中环一带如森林、如群峦、如飞瀑、如奔雷的楼宇车流相对。一边是碧海瑶台，一边是声光雷电。香港是一种综合，仿佛也是一种挑战，人类的精神需要向着物质丰裕的挑战。

从尖沙咀眺望香港岛，轮渡和直升飞机穿梭往返，海底隧道更是弛雷飞电，都市的喧嚣和嘈杂却奇迹般地消失了。那云气氤氲里的幢幢楼影，向我们作出了明确的昭示：这并不是一个只讲享受不讲服务，只讲获取不讲爱心的社会。

1995

学科建设的总体问题：历史性、现代性、时间性、正统性[*]

中国当代文学是一门不断行进的学科。它以无限的创造和补充而构成它的动态特征。对当代文学的研究是一种不断的追踪，需要的是投入的精神，等待那些丰富生动的文学现象成为"历史"再对它进行"冷静"的"总结"的研究方式，显然不适合这一学科的特点。当代文学的研究当然需要科学的精神，但书斋式的埋头于资料的整理，可能会以失去足以珍惜的生动性为代价。

对于从事当代文学研究的人来说，敏锐地捕捉和观察那些在创作和理论运行中闪现的特征，在对这些特征归纳和提炼的过程中，关注文学的趋势和走向的能力至关重要。

材料的堆积和信息的泛滥已构成对当代文学研究的重大威胁。对于这一学科建设来说，资料积累的概念有它特定的内涵。概而言之，对于资料的淘汰也许较积累更为重要。从事当代文学研究的人，必须具备从纷繁的资料中判断价值和择取精华的识别能力。历史记住的是有意义的东西而不是相反。

当代文学研究与即时的批评关系密切，生动而敏感的、甚至带有某种即兴特点的"粗糙"的批评成为这一学科的合理内容。发现、开拓、甚至具有某种预见性是从事这一学科研究工作的重要品质。这些研究者注视着文学运行中的"异端的创造"，建设

---

[*] 此文刊于《上海文学》1995年2月号。据此编入。

的精神使他们乐于发现并推进那些探索和试验的实践。当代文学认定,文学的发展有赖于新异乃至怪诞之物的不断的补充。在这里,现论勇气和开拓的眼光显得比什么都重要。

当前我们的研究匮乏历史感。大家都在追逐新潮,却表现了对于历史的冷漠甚至无知。所以这二三年我一直在强调阅读和熟悉过去的作品,包括"文革"的和"大跃进"的。在这一点上,我宁愿蒙受"保守"的谴责。

当代文学有它的来源,在它的涌动中汇入了杂质甚至污秽,这却恰恰构成了它的丰富。前面谈到淘汰和择取,但有些"资料"显然不能因政治的癫狂而贬抑或否定它们文学的、社会的和史料的价值。特别是中国当代文学,它和社会意识形态的紧密联系,使它离开社会历史几乎得不到解释。

维也纳的"金戒指"[*]

自从那次访问维也纳，距今已八年多了。八年来，我只写过短短的两篇文章，记述我初访这座世界名城的感想，而且两文相隔的时间也长。我不喜欢写浮光掠影的猎奇式的文字，到过一些地方极少留下笔墨。关于这座城市我竟写了两篇，这已有点例外了，但我似乎依然有话要说，我一直想着那座城市的魅力：它无疑是现代西方文明的结晶，但又古老，而古老中又透出青春之气。这是一座毫无龙钟之态的充盈着活力的历史名都。

想起维也纳，就想起它保存完好的古建筑，这种对于各种艺术风格充满敬意的维护和修缮，表现出奥地利的坚定和自信。说德语的民族都有一种沉稳厚重感，它有主见，不会轻易地迎合什么或改变什么。每次想起维也纳，想起它的这种对于自己文化传统的珍惜和尊重，我就会痛苦地想起我们曾经（甚至现在依然）是多么轻率地对待我们自有的丰富，而又是多么浅薄地趋同于流行的时尚。

我们在地下有那么多的埋藏，在地面又有那么多的堆积，可是，这个古老的民族却往往在自己的拥有面前举止失措。一方面，我们不遗余力地拆毁、捣碎包括古都北京这样经营了几个世纪的庞大的城墙，从外城到内城，从巍峨的城门到金碧辉煌的牌楼，一无例外地拆个精光；另一方面，我们又乐此不疲地、兴致勃勃地制造假古董，从西游宫到封神宫，从"狮子楼"到三国城，以

---

[*] 此文初刊 1996 年 2 月 28 日香港《大公报》。据此编入。

及随处都可以营造的连曹雪芹也没有说清在哪里的"大观园"。电视里演什么,地面上就造什么,这几乎已是一种流行病了,近年兴起的那些几乎泛滥成灾而又制作粗俗的"微缩景观"——那些卖地为商的小农们看着白花花的银子流水般涌来,颇为得意!我曾经在一家新开张的玩具般摆开各种"假洋古董"的"××公园"入场口被一个"得意"而有些忘形的彪形大汉推搡过!这说起来有些恶心,我只是暗暗下了决心:今生今世再也不进这家"公园"的门!

还是把话扯回到真正国产的假古董上来。单说以《西游记》为题的西游宫吧!全中国究竟有多少家雨后春笋般拔地而起,却是未曾统计过。它的出现显然不是由于对吴承恩的巨著《西游记》的重视。《西游记》存在了数百年,为什么数百年间也没有想起给唐僧或猪八戒建立纪念馆?只是由于电视连续剧《西游记》的开播,猛然让人想起原来我们还有过这么有趣的故事可以赚钱,于是一下子就陆续上马造起了"西游宫"。可是,那些粗糙的建筑,那拙劣的泥巴或水泥捏成的"雕塑",那些"鼓乐齐鸣"的恶俗的招揽,都让人想到要不是这些中国人一下子变成了"弱智者",便是他们哪一方面的神经系统出了毛病。

由维也纳的保护旧建筑,联想到维也纳的保护有轨电车更是让人感慨。游维也纳能够坐上一趟有轨电车,在电车有节奏的行进中,领略沿线"建筑博物馆"如画轴般展开,那真是一次精神和文化上的享受。在奥地利这样发达的欧洲国家。像有轨电车这样陈旧的交通工具怎么会得到保护并生存了下来,这真是一个耐人寻味的问题。而事实却不仅是保存,维也纳因有轨电车这一称为"金戒指"的内环线,而成为这座城市的骄傲和象征。为此,它吸引了源源不断的客人。

世界上的城市我走得不多,我只知道香港也是保留了有轨电车的一个国际性大都会。香港作为国际金融、贸易的中心之一，它的交通实现了全面的和立体的现代化。但是，就在陆海空风掣电闪的奔驰中，居然保存了有轨电车这个慢吞吞的"老者"。尤为令人惊异的是，有轨电车穿行的竟是香港最繁华的黄金地段，其中包括中环、金钟、湾仔、铜锣湾这些堪称全港最忙碌、最多彩、也最富有的地区。当双层电车敲打着铃声行进在被称为香港的华尔街的德辅道、金钟道和英皇道摩天大厦的密林中，那种现代与传统的完美融合造出的和谐真让人叹为观止。

在香港居住的一段时间，我有充裕的时间可以游览海洋公园等旅游热点，但我不会，也不愿，我若有闲暇便去乘坐有轨电车，而且总是登上电车的上楼前端，取"古老"的角度看现代文明的丛林疯狂地耸起。香港的有轨票价极为低廉，上车投币一元二角，便可乘坐全程，"一元二角"在港人的概念里连几棵小葱花都买不到；而"全程"又是什么概念，它意味着你可以从港岛东北端的筲箕湾一直乘坐到西南端的坚尼地城，行程约七十五分钟，沿途经过的都是香港最热闹的街区，包括蔚蓝色的维多利亚海湾。在香港的日子，我把这种近乎免费的漫游当做最好的休闲活动。

北京原先是有这种电车的。记得50年代初到北京，有轨电车还是主要的交通工具。后来，大约是"大跃进"起来了，就如同反对一切旧物那样，一如既往而又义无反顾地把那路轨刨了！据说，城市因此就变得现代化了，也因此就赶上发达社会了。而不幸的是，维也纳和香港（肯定还有别的重要的城市）依然保留了那"落后"的有轨电车。北京则是被刨得连一点痕迹都不留了。当然，我们据说也因此告别了"落后"

近来的心境变得有些"怀旧"起来。由此总是想，要是北京城里如今也还保留着有轨电车，要是这北京城也保留着旧城墙和城门楼，我们也花上一元或不到一元的车资，从西直门那高大得让人震撼的门楼下登车一路打着叮叮当当的铃，摇晃着穿过西四牌楼、西单牌楼,穿过正阳门的箭楼直抵天桥,一路上谈不尽古典的辉煌,看不尽醇厚的悠远,会是何等惊人的风情!然而,中国到底是把有轨电车给消灭了。而在世界别的一些并不比中国和北京落后的国家和城市,有轨电车正在成为一种不可多得的奇异街景,吸引着现代人审美的目光。

  但是,更糟糕的是,中国在毁灭真古董的同时,还在不断地制造假古董。

1995 年 3 月 30 日于北京

追求和期待*

中国当代文学这一学科以 40 年代的结束作为它的起点，既取决于社会形态移易的因素，亦有文学发展内在规律所使然。进入 50 年代以后产生于同一文化母体的中国文学，开始以大陆和台湾两大板块的方式在不同的社会环境中，按照各不相同的意识形态的要求，并接受来自不同层面外来影响而自成体系地向前推进。这造成某种隔绝和对话的艰难，但却也因而酿造和积蕴了丰富。例如，中国文学因农民文化及其审美情趣的提倡而拥有了赵树理类型的植根于乡村土层的本色的农民作家；也有如白先勇那样出身官宦名门而又感慨于身世飘零的、既接受中国传统又有丰博的西方文化素养的知识型作家。又例如，50 年代席卷台岛的以纪弦为旗帜的诗界"现代派"运动发生的同时，在大陆则有与前者完全相悖的关于诗歌必须在古典诗歌和民歌的基础上发展的指令。这异趣共生的文学奇观几乎随时都在发生。

中国当代文学就在这样错综复杂的文化语境中冲突、激荡、交叉、对立，由互渗互补而指归于融汇。像这样的局面在新文学的历史上还不曾有过。加上在中国大陆数十年来政治运动不断，其影响深深决定并改变了当代文学的性质和命运。这些文学的和非文学的事实，增加了这一学科研究的难度，却也造成中国文学前所未有的丰富。把动荡时代和艰难时势给予文学的

---

* 此文刊于《天津社会科学》1995 年第 2 期。据此编入。

这一切繁复的叠加，以文学史的方式加以描写，是海峡两岸学术同行共有的使命。近年来随着两岸交流和了解的增进，旨在超越意识形态的限定并在大中国的视野下，既是综合的又是比较的中国当代文学研究，正急迫地期待我们去实现。从这个意义上说，现今的几乎所有的中国当代文学史都只是分割的"半部"而不是完整的"一部"。这种遗憾也许在我们这一代人手中能够得以补偿。

中国当代文学如今成了可以无限地向前延伸的学科。也许它的某些组成亟待在现代文学史中得到接纳，而在这愿望未能实现之前，则中国文学的发展有多长，"中国当代文学"的历史亦将有多长。这局面甚不合理，而且带来了研究的难度，使当代文学学科面临双重使命的困窘；一方面，它面对的是对于已拥有的四十余年文学历史的归纳、总结和清理；一方面，它还必须面对源源不断地出现的作家、作品和纷繁驳杂的文学现象。当代文学学科面临的是静态的学术研究和动态的现状跟踪的结合，文学史、思潮论和文学批评的结合这些双重乃至多重职能的逼迫。这种逼迫成了当代文学学科的宿命和不解的难题。

中国文学一旦结束禁锢和封闭，便如决堤之水汪洋恣肆。新作家在涌现，新作品在堆积，各种出版物铺天盖地。在当代文学学科，不仅面临对于历史的整理和重读的重大课题，同时还面对资料鉴别、剔除和积累、提炼的沉重负荷。对于历史经验的沉思和对于当前现象的动态归纳，足以使任何精力旺盛的学者和批评家心力交瘁。如何全面地把握历史和现实，如何在纷至沓来的复杂现象面前开掘提取那些富有意义的典型事件而排除非典型的权变，这对于从事此一专业的人是一种特殊本领的考验。学者的冷静缜密与批评家的热情锐敏；科学的周密与参与的激情；宏观的整体把握与对于文学潮流涌动的追踪与捕捉的综合品质，正成为对于从事这一学科研究者才能的某种期待。

中国当代文学这一学科在五六十年代的高等教育中，只是作为中国现代文学的附录部分而未予独立。在丰富而成熟的现代经典之林中，当日的当代文学呈现出明显的弱势，从那时起，当代文学研究作为一种学术门类便受到轻忽。"文革"后，这一学科在一些高校率先从现代文学中分立出来，于是开始独立学科形态的建设。在当代作家、批评家以及学者的多方面努力下，中国当代文学研究获得了显著的成果。在这样的局势下，旧日那种"当代"只是"现代"的补充或附庸的观念显然是不适应了。

文学创作的品类、风格的走向丰富多彩，从内容到形式的广泛而多样的实验，文学批评观念和方法的不断更新。进入新的历史时期的意识形态的挤压逐渐消解，反归自身的文学迅即为改变以往的单一模式而实现文学的多元格局。独立的心态，创新和变革的激情，把中国当代文学的成就推到了一个不容忽视的高度。但是，一些定型的观念依然漠视这一事实。这就要求从事当代文学研究的人，以严格的律己精神和充沛的敬业精神修正并弥补已察觉的缺憾，为建设更为理想的中国当代文学研究秩序而尽力。

我读《江口风流》*

这是一本杜绝了炫耀新奇、罗列铺排的、不同于众的文字。它以记载现实的社会转型为自己的目标,但却把叙述放在非常深厚的历史背景中。作家关注的是社会生活在当今时代的改变,而观察的触角却伸向了往昔的岁月,涉及文化、经济、民俗风情,甚至民众习性等的旷远幽深的所在。这不是一般的宣传先进的书,虽然它为自己确定了明确的接近于此的写作目标。它注重观察,从一切可能的方面探讨生活在此时此地发生巨变的缘由,不仅是经济的,还是文化的。

陈章汉文笔的生动优美无可置疑。特别是他的口语化的叙述风格,那种拒绝了浮华后聊天式的侃侃而论,更给人以亲切感。这本书的宏博开阔让人耳目一新:兴化平原锦绣乡土的地理风貌和人文环境,历史上空的苍茫烟云,它的辉煌或痛苦的记忆,以及现今正在发生的一切的焦虑和激情,作家向人们展开的是一幅幅具体而真实的多层面的立体画图。这里没有空泛的装饰,没有虚妄的哗众取宠的形容,而是切实可靠的历史和现实材料的搜集、整理和阐释。作家还非常重视亲历的观察和思考,他与自己表现对象的真实的交往。来自直接观察的第一手印象的描写,自然地消除了读者对于"先进事物"的疑虑,并赢得他们的信任。

读《江口风流》,人们不再担心会受到无处不在的广告和宣传意图的污染,它有效地杜绝了满目可见的"表扬先进"的弊端。陈章汉

---

* 《江口风流》,陈章汉著,作家出版社1995年版。据文稿编入。

的好处是他的"如实道来"。他不回避现实的种种矛盾和冲突。沉重的文化心理负荷以及世袭的墨守成规的秉性，都在作家的笔下无保留地得到呈示。陈章汉向人展现的是江口这个地区的喧腾前进的足音，他却首先让我们体察民众和社会的积重和惰性——生活每挪动一步都伴随着苦痛，这是该书最让人怦然心动的地方。他正是通过这些表现了新生活和新思维的展开和战胜。

作家作为一个参与者，他把个人的认识和体察放在一种和读者，和他所表现、描写的对象平等的位置上。他注重亲身的"经历"，在这种经历中纠正和完善自己的见解。他没有全知式的表述，也拒绝教诲。他甚至不掩饰自己的困惑和疑问。他的这分诚实，对于读者乃是一种阅读的征服。以第十一章"村改大阵痛"为例，作家全面引用材料，没有回避激烈的矛盾和冲突。人们从他的实在的叙述中，可以看到中国古旧社会改造的艰难：领导者的决心建立在必要性上，某些民众的抵抗也有自己的理由，事件的纠缠和展开有着充分的可理解性。这是和平年代因变革而激化的冲突，读来满纸雷鸣电闪，但江口镇的干部们依然坚定、沉着、有条不紊地进行着他们的事业。

入江口，他怀有警觉，他甚至有意地和他的采访对象保持某种距离。但在访问的深入过程中，他接近并感知了笔下人物的精神境界和性格魅力，只是在全书的最后，作家才概述了对他的作品主人公的总体印象。这种概述因为是基于从保持距离到无距离的合理的过程，因此是非常有力的。

作者讲王天全，"他不是为有人写书而活，同样不是为这书写得更好而去死。他是属于真实的生活本身"。我们此刻看到的作家也如此，他不是为写书而走进生活，他只是忠实于并且确认自己也"属于真实的生活本身"。

1995年7月29日于北京

重读《东阳江》*

蔡根林的《东阳江》是一首朴素的诗。诗人用纯真的心感受那朴素的风景；那里的沙滩和"愈到江心愈绿的江水"，无忧虑的童年的嬉戏，以及对于逝去的童年的怀想，造成了这诗单纯而明净的风格。《东阳江》通篇散发着那种率真的自然和不加修饰的纯粹感。这里看不到刻意做诗的痕迹，它只是沉浸在那令人陶醉的自然景色中，它不想惊动别人。读这诗，让人陷入一种梦也似的沉迷状态。对于自然的热爱和对于乡情的专注，是这诗的精神所在。

但以为《东阳江》不讲技巧则是误解。只不过，它自然得让你觉察不到艺术性的讲究。要是说，"江面摇动了细碎的波纹"，那"摇动"有一种让你看不出来的用心，那么，"星星在江心叮当地碰撞"，却是一种看似平淡却奇兀的笔墨了。星星本在天上，这里说是"在江心"，讲的是江水至清，是星汉摇曳的倒影。由于江波摇荡，故倒影中的星光也摇荡，于是有了"碰撞"的感觉。碰撞倒也罢了，却又是"叮当地"且有了声响。这都别有考究。那星星是金色的，金色转化为金属，金属的碰撞自然有了响声。从天上而为江中倒影，由倒影的视觉效果而转为固体的感受，再由此生发出听觉效果。这短短一行诗，用的是多层次的感觉转移。数十年后新诗潮中被广泛谈论的通感，那时在蔡诗中已经有了成熟的运用，而这一切都是在自然而然的状态中进行的。

---

* 此文刊于1995年9月《名作欣赏》1995年第5期。据此编入。

这种不事声张的自然而然,甚至出现在诗中那些颇具戏剧性的激烈的情节中。东阳江并不是一味地安详,它也有爆发和怒吼的时刻。当村庄变成孤岛,当洪水吞噬家畜,当东阳江失去平静的紧张时候,诗人却在这一片喧嚣中意外地安排下这样的场面:"娶亲的花轿歇在村口,新娘子在轿内打瞌睡。"这种"闹中取静",这种惶乱之中的"从容不迫",这种充满机趣的幽默,表达了诗人超然的智慧。

但《东阳江》最让人倾心的依然是它那不造作,不喧嚣的自然率真。它杜绝矫情,只是平静地讲出记忆中的风景。作者的创作心态正常,他没有通常写作的那种紧张和焦灼,不是斤斤计较于艺术得失,也不是时时萦怀于对读者的教化,它只是顺其自然地,甚至看来有点随意地一路说去。像这样的句子——

> 我多么想来看看你手臂一样的
> 新建的堤坝,眼睛一样明亮的孔桥;
> 看看成群的打鱼的童年的伙伴,
> 成堆的织网的弟媳和嫂嫂。

新建的堤坝一定很动人,再动人的也就是"手臂一样"的形容;新建的孔桥一定很壮观,再壮观也就是"眼睛一样明亮"的描写。对于习惯了花花绿绿的叠床架屋的装饰的读者,这种粗服乱头的本色倒给人以自然平实的愉悦。

五十年代的诗已经充斥了相当多的意识形态话语,加以非文学的功利动机,都使诗歌受到了严重的污染。《东阳江》正是这个时代的作品,但是却意外地保持了难得的洁净。也许正是由于这种普遍污染年代里的意外的洁净,这样的诗及其作者便应"理所当然"地受到打击。《东阳江》的创作出于至情,它只是在清清淡淡之中传达那一缕缕乡情。仅仅是因为这些,它和它的作者便遭到厄运,由此可见那时代有多么严酷。

浙江中部那一片丘陵地带，江河纵横，林木丰茂。它造出一片江南锦绣，也造出了几代最有才华的诗人。蔡根林就是从那里走出来的，他没来得及成为诗人便被湮没。但一曲《东阳江》却让人记住了他。这是蔡根林不幸平生中的一点安慰。有的人写了许多诗，人们却没把他记住；有的人只写了一首诗或几首诗，人们便把他记住了。都说岁月无情，而我在将近四十年过后的今天重读此诗，除了惊叹时间的公正之外，几乎说不出任何的话来。

一篇永不忘却的课文*

半个世纪过去了,我依然感激儿时小学语文课本里的一篇课文,感激它给予我的精神恩惠。那是一篇押韵的歌谣体的文字。记得当年,在简陋的教室里,在童稚的齐声朗读中,不知自何处涌出一股清泉,温柔地、却又是强大地震撼并滋润着幼小的心灵。所有的小学时代的课文,如今都模糊了。独独留下这一篇,铁打铜铸似地永立于心的深处。那真是刀般的镌刻,火般的灼烙。在那平淡无奇、通俗流畅的回旋中,我无声地获得了情操的陶冶、品格的升华。

记得课文的篇名是《瞎子先生》。那时小学课文均不署作者姓名,我疏懒,没能查看资料,所以到今不知此文为何人所作。不过,从文章的内容和写作风格看,很接近陶行知先生那一路文风。文中有些片段,我至今尚能记诵:"雨后天放晴,瞎子先生往外行,手拿竹杆来问路,敲敲点点不留停……"。说的是雨中泥泞,一位双目失明者外出不慎滑倒于中途。文章是呼吁人们相助还是记述了有人相助,就记不得了。这是一篇关于残疾者的无援而召唤友爱与同情的故事,它明确呼吁社会公众对他们的爱心。

互助、友爱、特别是对那些生有缺陷而需援助者的那一缕博大的温情,数十年来一直流淌在我的记忆中。这种博爱精神,以及诚实、守信、对长者的孝敬等那些基本的品德要求,连同对大

---

* 此文刊于1995年10月《中国残疾人》1995年第10期。据此编入。

自然(春天的野花和燕子,清澈的溪水,还有来自山谷的风)的热爱之心,成了深切的童年的滋润。

许多喧腾的宣讲和训诲如今都成了过眼烟云,留下来也就是这样一篇课文,以及上述那些"微不足道"的东西。随着年月的推移,当时觉得重要的人事都变得不重要了,唯有这样一篇并非完好的文字给予我的震撼却久而弥坚。我的眼前总是出现那个我未曾谋面却铭记于心的不幸的人的身影。他独自蹒跚在雨后的泥淖中,跌倒、挣扎着站立、再前行……孤独的无援的苦痛,爱心温馨的希冀,那身影给苍茫的人生投射出浅淡的激情的火花。在广袤的人世间,有许多的喧哗和热烈,有许多的惊扰和不宁,但那一切很少能够保持这般久远,只是那篇启悟性情的韵文,始终悄悄地占领着心灵庄严的一隅,伟大且无垠。

人生而平等,作为生命它理应享有一切相同的权利和机会。人不因肤色、种族、宗教或其它的不同而遭歧视和压迫,这应当说是人类进入近代以来最伟大的文明成果。但现实的人间往往缺乏完美,例如,我们知道叶子是绿的,花是红的,天空和海水蓝而透明,我们幼小时知道母亲的眼睛慈蔼而温存,我们成年后知道所爱者飘飞的裙裾多采又多情,而这并非人人所能有。对于另一些人,他们只能拥有旷古的幽暗,以及幽暗里无边无际的孤寂。他们生而不幸。那些生来就有缺陷的人,冥冥之中诉说着造物者的不公,他们与生俱来的乃是无情的剥夺,剥夺视听、剥夺言说、甚至剥夺行动。正如当日我在小学课本中认识的这位"瞎子先生",他是千千万万不幸者中的一位,他就这样不停地倾跌着和挣扎着,在崎岖的充满泥浆和污浊的人生长途之中,无援而又孤寂。

这永远摸索着前行并不断倾倒的身影,它总是呼唤着和祈求着助他涉过他无法视及的不平和阻扼。而我们这些身心健全者所能做的,只是此时此刻这般的空言和慨叹,却把那无际的艰难留与无援的孤苦。然而爱心与同情无价。尽管人人未必都有机会与能力施惠于那些不幸者,但平等与尊重的观念却如清风朗月,人人有心即能拥有。这星星点点的光亮也许不能驱走那永恒的幽暗,却可能给我们生活的这只小小星球增添些许温情。当人人都在心的深处点燃那一点点如萤光、如烛火的明亮,并以那微茫的温馨照临无际的黑暗,这世界则因此会变得充实而丰富。麻木而冷酷的世间,我们祈愿这样一些"微不足道"的精神不至泯灭,从而为如今变得麻木而冷酷的世间保留一方同情和爱心的净土。

值得纪念的一个事件*

近期发生的围绕着文学的人文精神、道德、理想的一系列讨论,其中包括了被称为"二王之争"即涉及以王彬彬和王蒙为中心议题的思想文化论争,吸引了很多人的关注,已成为进入 90 年代以来中国文学最值得纪念的一个事件。

之所以说是"最值得纪念的",是由于这一次范围广泛的讨论,以它不具备任何权力加入或干预的色彩,以它纯粹的民间自发性而成为至少半个世纪以来中国文学实践中的绝无仅有。了解中国当代文学历史的人都会珍惜这样一种民主性的萌芽。这表明文学正在以自行其是的方式表达自身的思考和愿望、不满和焦虑。文学从来也没有像今天这样只听命于自己而不必听命于他人。

也许人们会为这次讨论的随意性、"无章法"、缺乏规范而深感遗憾。毫无疑问,这些问题都是存在的。但问题仅仅在于,这一切对于中国缺乏经验的人们是那么陌生,不论年轻的还是年长的,他们未曾经历的一切已经使他们手足无措、不知如何行事。在他们的经验中,居高临下或出言不逊乃是一种"常态"。从来没有经历过的平等使他们一旦行事便是"不平等";从来没有受到的言论行为一旦自由言论,亦不知如何尊重他人。于是我们看到的当前发生的这一场论争便是这样的场面:有时缺乏礼貌甚而恶语相向,有时缺乏学理而以偏概全,总之,表现为某

---

* 此文刊于 1995 年 11 月《文艺争鸣》1995 年第 6 期。据此编入。

种素养或仪表的缺憾。

也许,人们还为讨论涉及问题的驳杂和紊乱而头疼,这当然也应归咎于讨论的"无组织"。这种"无组织"状态正是中国文学曾有而未能实现的梦想,因而一经出现,虽窘态毕露却也不失"奇迹"。当前的中国正是这样,它的一切问题和弊端,都是由于它的这种初始性。

但重要的是,那种基于文学之外的需要而随意役使文学的"统一号令"已经消失。而且,更为令人鼓舞的还在于,即使重复那种驱遣的意图而人们几乎可以做到"忽略"它的存在。最近十余年的事实证明了这点曾经多次发生过重新指令文学的意愿或行动,往往以未能奏效或未能持久而告终。当然,如同80年代伴随着文学解放而孳生的负面效应曾经损害文学创作的健康那样,当前文艺论争中的欠缺冷静甚至粗暴,以及非学理倾向也损害了论争的声誉。但不论有多少弊端,文学的创作和理论所展现的无拘束状态,依然是当今文学最动人的景观。

中国文学的新时期以对于文化专制主义的清算为发端,自70年代末以至整个80年代充盈着一种批判和创造的激情。这时期的文学的确展开了五四以来的新生面。由此上溯至20世纪20年代,中国新文学不论经历了何种曲折,发生了何等蜕变,但布下新文学种子的那注血脉始终不曾断流——不论人们把这概括为"启蒙"或是"救亡"或是其它什么——总凝聚着文学对于社会和公众的关注和承诺。由于近百年国运多艰,中国作家的这种使命意识便融入了浓重的忧患,还造成了新文学传统的悲凉和感伤的基色。这还仅就新文学传统而言,至于源远流长的古典文学,其中蕴含历代文人的对于社稷生民的咨嗟兴叹,更有无可比拟的动人的丰富。

这种回顾与对比加深了人们对90年代以远文学的异变的印象:作家精神贫乏症的流行引起人们普遍的忧虑。尤为令人不安的是,愈来愈多的作家对此视若无睹或安之若素。文学在更多的场合变成了委琐、庸常、甚而无聊的文字堆积,以及可以无限延续的绕口令或"侃大山"。当前文学由于顺应社会前进的潮流而获得公认的成就,但文学挣脱羁绊之后的放纵,使平面化和无深度倾向得以无节制漫延。这种事实同样引起了范围广泛的关切。这正是上述那些自发的和非组织的论争产生的大背景。

这种论争的引发基于如下的考虑:当文学拥有相当自由的时候,文学同时也拥有了重大缺失的遗憾。面对文学这种水份充足的"疯长",人们不免生出如下的质疑:在漫无边际的"欲望"之中,是否少了些责任;在即目可见的"俗世"里,是否少了些纯粹;在无处不有的"轻松"中,是否少了些凝重……总之,当文学不再承诺什么的时候,它最后一抹理想光晕的消失是否正常?文学拥有了一切,而独独拒绝意义和深度,这究竟是为了什么?

在这些提问的背后,的确表现出某种焦虑。在价值和观念变得多元的时代,人们几乎对一切都表现出宽容,而独独排拒对于文学来说可能意味着生命的东西,这对文学说来乃是严重的缺失。所以提问的背后表明的只是对受到疏忽的价值观一种自然而然的关切——而这种价值观在中国文人写作中有着屈原以远非常久远的历史——一种关切的合理性和必要性理应受到尊重,它与"话语霸权"的重建或指涉无关。

文学的事情虽涉及宽泛,但对文学规律性的体认,置身其中的人最清楚。所以,从根本看,文学的"自负其责"乃是正常的秩序。在以往,局外人对文学指令过多,甚而越俎代疱,这造成了对文学的危害已为人所共识。因此,当前的这种秩序有点紊乱或欹斜的现象,正是获得初步自由的文学行使自身权力的一种有缺陷的姿态。人们因此将格外珍惜这种看来不免幼稚、粗糙、有时还有点情绪化的初始状态。

诗人的职业[*]
——在北京大学《罗门、蓉子文学创作座谈会》上的发言

在社会的各种分工中,诗人的工作是创造完美。这是诗人的荣幸,却也是诗人的不幸。因为诗人面对的是愈来愈不完美的世界。世界无情地展出它真实的面容,那就是残缺和破损。而诗人的使命却是通过幻想和想象创造一个有别于此的世界。

也许就是这样一个世界,却成为不完美的现实世界的一个完美的补充。一切曾经存在的东西都会消失,而唯有诗人创造的"不存在"却成为永恒。这就是李白说的:

屈平词赋悬日月,
楚王台榭空山丘。

从这个意义讲,这就是诗人的幸运,至少他比帝王幸运。

今天到会并且将被我们谈论的一位诗人深知这一点,他用智慧的诗句概括了诗人的这种光荣与悲哀——《完美是一种豪华的寂寞》(罗门):

你是一种无限的时空
就不能不让短暂
走出去
永恒走进来

---

[*] 此文刊于《香港文学》1996年5月号。据此编入。

> 你是完美
> 就得因完美
> 永远守在那份
> 豪华的寂寞

世界很热闹,而诗却永远寂寞。深刻的诗人知道这一点。他们的心灵深处潜伏着旷古的忧患与悲怆。他们知道他们的职业有点像神话中的那个不断推石上山的人。但他们对此却不改痴心。

今天在座的另一位也是我们要加以谈论的诗人,表达了她对这种悲剧命运的理解:

> 这是一出未完成什么的悲剧
> 当一切已然如此坚牢地缚住我
> 我真怕这过重的负荷使我裂碎
> 而我固有的完美会磨损
> ——蓉子:《梦的荒原》

她还说:

> 正如我未见完美——
> 在高高低低的海上有很多呕吐
> 而梦在海深处却难以企及
> ——《旱夏之歌》

不可企及的怅惘,完美受到碎裂的忧虑,这一切,不仅未能阻拦诗人义无反顾的追逐,恰恰相反,愈是感到"不可企及"便愈要以百倍的热诚去实现"海深处的梦"。

当世界呈现出某种缺失时,诗人用辛苦的劳作去弥补和完善它;当灵魂感到悬置或失落时,诗人用坚定的寻求去抚慰它。在失望甚至绝望处生起希望,在不可能处争取实现。也许世上的聪明人会嘲笑诗人的愚顽,而真诚的诗人却心甘情愿地走着这一条也许永远不能到达的路——

> 在贝多芬的乐音里
> 有一条永远的路
> 让鸟能飞回刚展翅的地方
> 花能开回刚开放的地方
> 河能流回刚流动的地方
> 人真的回到人那里去
> ——罗门:《有一条永远的路》

这条永远的路谁都不曾见到,然而,谁都相信它存在着,而且上面连着一代又一代的人。诗人的职业不在别处,就在这里,他描写并指点人们去走这条永远的路。昨天晚上我对诗人罗门和蓉子说,要是连这一点都不能守住,人们还要诗人干什么。他们认同了我的看法,我为此深感欣慰。

1995年12月6日于北京大学

诗歌的困境和消费化倾向[*]

一、合理的和受怀疑的新诗潮

后新时期诗歌是新时期诗歌的承继和延伸,这主要是指它在创作思想上的反主流和反权威的姿态,以及在艺术选择上的开放性和自由精神。当然,后新时期诗歌也是以此为前提,实现了创作方式和审美追求的对于前者的全面批判和消解的新的诗歌发展阶段。

中国诗歌以"文革"结束为标志,开始了新诗发展的历史新时期。这一时期的诗歌构成并不是单一的,大体上看,一批三四十年代开始创作的诗人仍然继续创作,五六十年代开始创作的诗人成为了当日诗歌的主流现象,他们创造的归来者的形象,代表了感伤时代的诗美造型。但从审美变革的总趋势看,被指称为朦胧诗的新诗潮,则是与新时期社会发展共时性的诗歌潮流。甚至可以这么认为,最能代表中国社会开放时代艺术精神的,是与这一时期同步发展的新诗潮。

新诗潮的涌出地表,掀起了轩然大波。其基本动因是由于这一新的诗歌形态对于传统的诗歌构成了从内容到形式、从价值标准到审美方式的全面的挑战。对于颂歌方式的否定,诗歌在表现时代精神方面的批判性,以及诗歌表达方面的现代倾向,构成了新诗潮总体上的异端色彩。对于广大读者和批评家来

---

[*] 此文收入与张颐武合著的《大转型》,为该书第十章。据此编入。

说,传统的解读方式在这里遇到了麻烦,新诗潮在欣赏惰性面前变成不可知的"古怪"。反叛造成了反感,差异爆发了论争,中国新诗在传统与现代、固守与变革的驳难中开始了五四以来另一次艺术开放的新时期。

在新诗潮与传统诗潮之间,诗歌在传达时代生活的真实方面有更多的共同语言,它们都希望诗歌能为时代代言,传统的匡时济世也是文化一致的价值标准。不同的是,传统诗潮通常以"我们"或虽然是"我"但并不具个人性的抒情主人公的形象完成诗的使命,而新诗潮则突出地具有"个人代言"的性质,这差别在当时即所谓"大我"与"小我"之争。其次,传统诗潮对于社会的关怀一般采取直接的方式,以颂歌的方式表达肯定,以战歌的方式表达批判、斗争或否定;新诗潮摒弃这种简单、直接的非此即彼的方式,强调个人化的对于历史现实的关照和投射,以往的政治传声筒代之以更多的心灵独语,即群体性具有了更多的个人色彩。还有一点,几乎是最主要的,处身于五六十年代的传统诗潮由于受到社会意识形态的强大辐射,诗对于素材的处理均采取阶级论,而新诗潮则强调人的精神,人性精神和人道主义思想代替了前者有效地更新了中国新诗的内涵,使之与五四强调的"人的文学"相接应。

当然,最富革命性的变化是在艺术方式上,它从意象派那里引进了意象的营造和组合,广泛地借助象征的手段暗示意图,而不是如同往常那样通过直接抒情或叙事的方式表达作者的态度和立场。意象化的最大特点是隐藏事象和情感,阅读者只能借助那些暗示来"猜"诗人究竟想说什么。而且,由于繁复的意象构筑造出的多义性,形成这类诗整体的朦胧感。这就使受到传统方式训练的读者和批评家感到困惑。这种困惑用最浅显的话来说,就是过去明白易懂的诗如今变得难以解读了。这就是围绕新诗潮出现而展开的"懂"与"不懂"论争的根源。

新诗潮诗人在对世界发出"我不相信"一类的质疑的同时，扮演的是从觉悟者到先知的角色，他们自觉承担的公民使命意识，使他们不自觉地在"没有英雄的年代"充当英雄和救世主。同时，他们在反抗传统诗歌艺术上严重退化和僵硬的同时，由于极端推进意象化而无意间促进了新的艺术模式的出现。从内容到形式的脱离普通人的生活和审美，使新诗潮的成熟宣告着艺术的极限。新诗潮在创造了一代新的诗风的同时也面临着对于创造了新的艺术极限的怀疑和挑战。

80年代中期，如同当日对于"文革"时期以及"文革"前的诗歌秩序的怀疑那样，新诗潮被放置在新的受怀疑的位置上，进行这种怀疑的是受到新诗潮影响和哺育的新一代诗人。朦胧诗的高潮尚未过去，已经有人开始对此投以揶揄的目光，这些人不是原先批判"古怪诗"的那些人，而是接受"古怪诗"的哺育并以更"古怪"的面目出现的新的挑战者。他们嘲笑新诗潮在艺术上开始显露的程式化。这里有一首《致诗人》（王小龙）——

我们的时代需要冷静
随便走过哪个马路拐角都一样
准会碰上一个诗人
站下来一起赞美一片树叶
已经被十八个诗人赞美旧了的树叶
……
可以往回走了
顺路到意象药铺转转
称一两星星和三钱紫罗兰
半斤麦穗或者黄铃木
准备熬一锅诗当作夜点
然后去浴池游泳
地中海热浪翻滚

>一切想象的条件都不缺少
>诗人就产生

写这首诗的诗人,早在1982年就开始怀疑对于朦胧诗经典性的摹仿,并且那时就公开批评朦胧诗生命所系的意象化:"'意象'!真让人讨厌,那些混乱的、可以无限罗列下去的'意象',仅仅是为了证实一句话甚至是废话。假如60年前新诗的标志是白话文,那么今天应该再一次提出:新诗必须是白话文的新诗。再也不能容忍那些标签似的术语,褪色的成语,堆砌铺张的形象,和充满书卷气、脂粉气的诗。"(王小龙:《远帆》)

二、新生代的挑战与后新诗潮

1986年《中国》第三期刊出牛汉的"读稿随想"——《诗的新生代》,其中论及他所感受到的新潮诗歌默默发生的变化。

>近一年来,我顿悟地发现了成百位新生代的诗人,还来不及一个一个地仔细欣赏,仿佛望见了壮丽的群雕,他们的诗搏动着一个心灵世界。这里没有因袭的负担,没有伤疤的阴翳和沉重的血泪的沉淀,没有瞳孔内的恍惚和疑虑,没有自卫性的朦胧的铠甲……没有他们认为的上代诗人那种对于世界的不信任感和忧虑感,诗的不羁情绪有了广阔的空间……

牛汉敏感捕捉到另一种诗并在原来的基础上萌生,他感受到两类诗人在心态上的互异。当然,在当时他还来不及对这一现象作理论上的归纳。牛汉所指"新生代"即随后概括的"后朦胧"、"后崛起"、"后新诗潮"。同一年,即1986年9月30日《深圳青年报》发表了该报将与《诗歌报》于当年10月隆重推出"现代诗群体大展"的消息:

"朦胧诗"高峰之后的解体,又是酝酿和已经浮荡起又一次新的艺术诘难。诗毫无犹豫地走向民间,走向青年。作为整个艺术最敏感的触角,数年来,它曾领众艺术之先,高扬并饮弹。目前,"后崛起"的诗流,仍是整个辽阔国土探索艺术的第一只公鸡。

要求公众和社会给予庄严认识的人,早已漫山遍野而起。权威们无法通过自省懂得并接受上述事实。诗的位置将由诗与诗人共建。1986——在这个被称为"无法拒绝的年代",全国2000多家诗社和十倍百倍于此数字的自谓诗人,以成千上万的诗集、诗报、诗刊与传统实行着断裂,将80年代中期的新诗推向了迷漫的新空间,也将艺术探索与公众准则的反差推向了一个新的潮头。

由徐敬亚起草的这些话,可以看做是后新时期诗歌酝酿和诞生的宣言。尽管如前所述,早在1986年之前就有了对于新诗潮的尖锐的质疑,但作为一个新的诗歌的时期,有一种明确的宣言或号召,并有了更多、更实际的创作的响应构成一个明确的分界线的,却是以这个宣告为始端。

1986年现代诗群体大展直接促进了后新诗潮的形成和凝聚。由《诗歌报》和《深圳青年报》发起的这一诗歌攻势,使原先对新诗潮感到不满但又无法表达的力量找到了爆喷的火山口。这一诗歌展出的主要策划者徐敬亚注意到了中国新诗潮前后两个时期质的差异性,他强调指出后者对于前者的批判性和超越性。"把极端的事物推向极端的办法就是从另一个角度反对它。崇高和庄严必须用非崇高和非庄严来否定——'反英雄'和'反意象'就成为后崛起诗群的两大标志。""历史决定了朦胧诗的批判意识和英雄主义倾向,这无疑是含有贵族气味儿的。当社会的整体式精神高潮消退,它就离普通中国人的实际生存越来越远"①

这些论述的要义是,新诗潮的崇高感以及它对历史的承诺具有超乎平民的贵族化倾向,因而,内涵上的反英雄与艺术上的反意象就成为更加贴近普通人生存状态的要求,这就确定了后新诗潮对于前者的批判性的意义和价值。

当然,在中国大陆这一具体的人文环境中,一切的文学艺术现象先天地注定了不能与它所存在的社会(包括政治、经济、文化、特别是政治)无关。社会极端重视精神领域对它取何种态度,精神的生产和创造也仰仗社会对它的庇护,至少不至于伤害。从新诗潮到后新诗潮,新诗对于传统的反抗,以及新诗自身的艺术变革,始终都在社会行政干预的严密关注下。

三、后新时期诗歌与中国社会

在我们的表述中,文学的新时期与社会的新时期是共时性的现象,因为有了社会的新时期,才产生和推进了文学的新时期。可以说,社会形态决定了文学形态、新时期文学所具有的一切特征,不可能产生在"文革"中和"十七年"。当新时期的社会转型开始的时候,是以"朦胧诗"为主要形式的新诗潮宣告了文学新时期的到来。当然,对新诗潮的批判和围攻代表了社会因袭力量对新潮的敌意,而它最终的无言认可乃是察觉到这一艺术变革的实质与社会变革的要求的一致性。一个渴望开放和对话的社会,必然要求与之相适应的充满现代精神的相对自由的文学。

80年代中期以后,直至80年代终结,中国社会有了急速的变化,理想和信仰的崩坍,传统道德和价值观的解体,物欲的膨

---

① 《中国现代主义诗群大观》,同济大学出版社,1988年第1版,第3页。

胀,机会和可能性的增多,直接促进了群体性消解和个体性勃兴的时代特征。80年代末某些社会震撼造成了理念和心灵的巨创,公众心理普遍产生灰色颓废倾向,享乐、消遣、避隐,凡此等等表现在诗美上,有了让人震惊的转化,反英雄和平民化,反意象和平面化,反崇高和进俗化,这些因素综合而为后新诗潮的基本精神。从这个意义上看,后新诗潮既是后新时期文学的前锋,又是后新时期社会的精神投影。它依赖于、最后也说明于决定它的实质的社会特定阶段:后新时期。

后新时期给予文学的性质规定,其基本动因是社会的迅疾走向市场化。工业社会和后工业社会的一切动人景观一时间涌入了原先是农业社会和半封建半殖民地社会的中国大陆,高科技带来的信息革命,开放格局下的华洋杂处,以及影视业对于纯文学的冲击,即目可见的快餐食品和快餐文化整体性地影响了后新时期诗歌的创作实践。创作并不是贵族的专权,创作乃是平民的随意行为,创作也受到商品社会的制约,一首题为《构成》(伊沙)的诗无意间揭示了这一时期的创作状态,诗,原来是这样被"构成"的——

> 医院里送来急诊的病人
> 他的身上带有可疑的枪伤
> 这仿佛是
> 过去年代的往事　或者
> 某个电影中的一幕
> 今天我无端想起
> 并把它弄成了诗

值得注意的是,这情节是近于"某个电影中的一幕",因此,便具有了这时代属于"诗"的那个品质。更值得注意听他用了"无端"和"弄"两个词,都说明这种生产是无须认真的,"弄"比通常说的"作"更具有随意性。

四、诗人之死与现代性焦虑

80年代最后一个春天的某一日,来自北京大学的诗人海子在山海关卧轨自杀。海子之死仿佛是一个悲哀的预言。作为新生代的一位代表诗人,他的死既是他与他所萦心的村庄、麦地的永诀,也是他在现代社会浓重阴影下一颗理想诗心的被放逐。他的友人苇岸在《海子死了》一文中谈到3月21即距离海子死前五天他们最后一次见面的情景——

你向我讲起你新近的诗剧,你为无处上演它们而悲叹惋惜。你随意翻看我的笔记,看到那则火是逆风而行的发现,你想起这次在安徽家乡对夜的观察,夜色不是降下,而是从大地涌起。你长久地盯着一个个像是相继出来敲钟的星星。你从书架抽出《斯特林堡戏剧选》、《红房间》和张承志的《金牧场》,你向我找考利的《流放者的归来》,你在看哈里·克罗斯比的自杀,看他怎样用自杀对他所蔑视的世界做最高姿态的挑战。

要是说,海子在他短暂一生的最后一个行动是一种面对威逼的"最高姿态的挑战"。那么,手中全无武器而只能"以死抗争",对于现代诗人来说的确是一种绝望的悲哀。紧接着,同年5月,海子的好友也是来自北京大学的诗人骆一禾,在收拾了同伴的尸体,夜以继日地编完海子遗作之后,坐在周围布满火焰激情的地上,再也没有站起。关于他的诗,西川在其文章《怀念》中说过如下的话:

一禾之死看似偶然,而其实与他所从事的事业有着深刻的内在联系。一个以诗歌为装饰或游戏的人,不可能像他那样切实体味到"诗歌的深渊"。在那个巨大的深渊里,这个勇敢的人搏击、翱翔,尽管有时恐惧,有时感到孤独,但最终不畏天忌,说出了他所知道的有关形而上的上帝的秘密,表现出为人的正直,并为此付出代价。

继海子、骆一禾亡后不久,又有戈麦投河自杀的事件,戈麦也是来自北京大学的诗人,他更年轻,1991年9月死时才23岁。他是留下了《关于死亡的札记》这绝笔后从容走向死亡的,在那里死亡仿佛是永恒的梦呓——

　　死亡在最终的形象上展现给我们的
　　是一只曲颈瓶上的开口,它的深度无限
　　但它却能用一根教鞭反复讲述
　　梦是怎样存在于一个奇妙的三角形的中央

连续的死亡造成了震撼。这情景与新诗潮崛起之时是何等不同,那时是以激情谈论新生和再造,而今却无情地面对死亡。现实的窘迫和焦躁与对于永恒悲剧的思考一旦衔接,这种浓重的危机感便把诗人推到了极地的深渊。在10年前,诗中萌醒的现代性曾是与希望、理想与抗争相关联的命题,现实的感遇与艺术的新鲜感的结合,化为当日充满生机的批判激情,10年后,在日近紧逼的世纪落日与混杂的商业社会旋转中,现代性的迷失对于像海子这样对诗抱有理想的诗人是致命的一击。

从海子到戈麦,新生代中掀起的死亡的黑色旋风(也许还包括发生在此后的顾城和谢烨的暴烈的悲剧,也许还包括先他们而去的蝌蚪的死去)。不论这些死亡有着怎样的个人的、爱情的、生存的原因,但现代社会所拥有的无所不在的压力,无疑是所有诗人之死的遥远的背景。有一首发表在1993年3期《天涯》上题为《活着,还是死去》(吕松泉)的诗,以明白的语言对此作了解释——

　　活着,还是死去,哈姆雷特?

假如我不能从事我所渴望的
假如我不能拒绝我所讨厌的
假如我对我祖国的爱情
因为什么理由就要被宣判死刑
假如我的命运不能由我自己来决定
假如我永远不能挣断那些可恨的绳索
假如我永远没有自我的空间
那么活着还是死去？哈姆雷特
……
也许是我疯了？我疯了所以我死了？
也许死亡都只是暂时的死亡
也许我们都已被注定了道路，注定了死亡
那么活着，还是死去，哈姆雷特？

  这首诗传达了生与死的临界的困惑，涉及社会和现实对于生存的压力。年轻诗人的厌世轻生，这现象的背景十分复杂，当然其中最为重要的因素来自诗人自身。诗人的死亡"象征着某种绝对精神和终极价值的死亡"，"一种深刻的危机早已潜伏在我们所驻足的这个时代，而海子的死把对这种危机的体验和自觉推向极致。从此，生存的危机感更加明朗化了。"[①]

  现代社会所展开的欲望和邪念的冲积，精神的空虚和理想的失落，加上对于诗人而言的物质的贫困，这一切构成了对于追求纯粹诗性的近于毁灭的打击。愈是向着现代文明挺进，这种现代性对于崇尚纯粹诗性的灵魂却意味着无路可走的绝境。

  对于这样一些"厌世者"的行为意义，也许他们的同代人认识得最为近切，他们几乎一致地确认死亡几乎是难以避免的。戈麦的友人西渡在诗集《彗星》跋写道："他以死亡最终战胜了不

[①] 《文学评论》，1989年第4期，第78页。

健全的人性","他追求绝对的完美。他不能容忍妥协。"徐汇在《戈麦》中认为:"他心灵的苍老是周围环境造成的;那种万马齐喑的岑寂,阴冷刻板的文艺风尚,尘世间永无终止的党同伐异都给他纯洁的心头罩上了阴影。尔后,这些像毒汁一样弥漫开来。"陈东东在《丧失了歌唱和倾听》一文中谈到海子和骆一禾之死:"当一个扼断了自己的歌喉,另一个也已经不能倾听,当优异的嗓子沉默以后,聒噪和尖叫又毁坏了耳朵。由于这两个诗人的死,我们丧失了最为真诚的歌唱和倾听。"

五、纯诗的困境与流行时尚的成功

当那些诗歌纯粹性的追求陷于死亡的极地而难以自救的时节,由80年代消费文化的热潮所带动,一股追求时尚的风气,趁着社会痛苦的间隙机巧地占领了从新诗潮到后新诗潮形成的"黄金地段"时空。这种"乘虚而入"形成了流行诗对于新诗潮的暂时替代。这种替代是,80年代结束的悲凉时代的一大诗歌景观。

中国新诗潮从它诞生之日起就受到非诗的行政和权力的干扰。尽管熟知诗歌内情的人都明白,这一诗潮在时代反思和思想批判的外壳之下,真正生长着的是艺术的革新和叛逆精神,但那些谙熟于意识形态运作的习性,使那些谴责者不愿走艺术批判的道路,而总是对它进行政治性的联系。这种急功近利态度使他们在新诗潮的艺术反叛这一实质性把握陷入盲视。80年代最后一年的事件鼓励了原已式微的思维惰性,政治批判的再度兴起使新诗潮重受挫折,那些诗歌流行方式便得到机会实行得心应手的占领。

这种诗歌沿袭台湾社会消费文学的风气(在那样的社会里这并非全部,起决定性影响的依然是由严肃诗人写作的新诗,但流行诗歌占领了商业性地盘却也是事实),以轻浅柔靡的风格取悦一部分文化程度不高的消费者。这些消费对象或因现实的迷茫需要精神抚慰,或因青春期的烦闷郁积需要宣泄,流行诗歌极大程度地满足了多种需求。

流行诗充盈着流行色调,具有丰富的迎合市场口味的特点。甜蜜而略带感伤但又不流于"低沉"却给人希望的抒情,少女情窦初开的朦胧的爱情梦幻,加上轻轻淡淡的哀愁以及关于痛苦、迷惘或奋斗追求之类的浅薄哲理,构成了满足未成年人和一定文化程度的读者的精神抚慰的情感世界。

在特定的历史时期,例如政治和社会产生危机的时刻,这种抚慰能够弥补那危机造成的精神空缺,加上它并不造成社会导向的歧误,甜蜜的微笑和感伤的低吟能够使人忘却现实的严酷,社会行政部门对此种文艺和诗达成了高和谐的谅解和默契。进入90年代之后一时间卷起的消费诗歌热潮,以及个别流行诗歌的代表人物的出现以及这种出现受到官方传媒、出版、发行诸方面的推重,正是新诗潮落潮、后新诗潮又面临困厄这一特殊时期给予的机遇。

但从总的社会背景来考察,在商业社会中具有商品品质的消费文化产品的畅行无阻乃是一种必然。这些产品的流通适应了人们的消费欲望。它和软饮料、周末刊、卡拉OK、流行音乐、肥皂剧等等,与这一社会形态是一种水乳交融的和谐状态。而纯文学或纯诗的种种追求却表现为不合时宜。

后现代性:无边的陷阱[*]

后现代主义是个复杂而含混的概念。一般认为,它是资本高度发达的后工业社会的产物,它因反对和批判现代主义而存在。后现代主义宣告了西方思想方化的巨大转折,它以反抗传统和解构秩序为基本目标。哈桑把不确定性和内在性确认为后现代主义的两大中心原则。除此之外,削平深度模式、零散化和拒绝阐释也都是后现代主义的基本表征。

中国是个不发达的社会,它缺乏生成后现代主义的基本触媒。但中国又是一个非常特殊的社会,这个社会的历史因袭和冲破这种因袭的愿望,使它对西方的一切新潮怀有急切的功利观念,引进并为我所用,哪怕是误读,但只要有用即能接受。这种对一切潮流饥不择食的心态也表现在后现代主义上。

当前的中国社会以迅疾步伐迈入商品社会。消费观念的更新,传统意识的淡化,洲际交往的频繁,以及传播手段的高科技化,使中国有可能改变以往的与世隔绝状态,而在文化上与西方取得同步性。这样,在中国文学中后现代主义因素的渗透和引入就是自然而然的。这里存在着与西方本样的后现代主义的异趣,却也存在着更多的共同点。这个长期动乱的社会一旦享有了现代文明的洗礼,它在改变先前格格不入的姿态方面也许比其他社会都要积极也都要缺少障碍。这里有切实的功利的诱使,也有受压抑的心理获得释放后的无羁,也有陌生感的吸引,

---

* 此文收入与张颐武合著的《大转型》,为该书第十二章的第五节。据此编入。

总之,中国获得后现代意识并不是一件困难的事。

诗歌的进入后新时期,其主要标志是后新诗潮对于新诗潮的质疑并试图否定前者的意义和价值。这种否定的意向,是艺术思潮上后现代主义对于现代主义的挑战所带来的。一些新生代诗人对于北岛及其同代人的重新评估,表现出强烈的消解意义和平面化、无深度的后现代倾向。标志着后新时期诗歌发端的两报现代诗大展,从策划到运作,从宣言到创作,已经充分展示了商品文化的品格,以及充分的广告效应。它的确展现出对以北京为中心的朦胧诗新秩序的解构,它推进了诗歌的零散化、平面化以及边缘化的进程。

中国的后现代诗歌一出现就天生地染上了它的异国同行的满不在乎和口出狂言。莽汉主义说,它的"最大愿望就是要翻山越岭,用汉字拆掉汉字,要大口大口吃掉喜马山"(李亚伟:《流浪途中的"莽汉主义"》)。非非主义则宣称要"终止五大价值系统","取消原罪","取消仁","取消道","打碎古希腊瓷瓶"以及"捣毁因果之轮",它要"清除反义词"和"清除价值词","将所有那些价值名词,诸如:导师 勇士 智者 首长 天赋 才华 荡妇 老师 哲人 名胜 美景 大师……等等,从语言中清除出去!"最后它宣告"反价值便是要打碎构成你们现实存在的价值模型,把你们从这个假定中解救出来。现在你们是价值人,戴着厚厚的价值面具,只要你们敢于把它揭下来,形象便开始变化,你们便会明白我所做的和你们应该做的是什么了。"(周伦佑:《反价值:意义的重建》)

在这些先知般的宣道言辞的背后,是他们自己也不知道该如何实行的破坏欲。这与新诗潮那些代表诗人不同,那些人目睹过破坏,伤心惨痛于那种破坏,例如梁小斌《雪白的墙》所呼吁的便是这种恶行的制止。新诗潮诗人有一种建立秩序的渴望,他们为这个理想而在没有英雄的年代里充当英雄,他们以人性和人道精神启蒙于文学和社会。但是后新诗潮那里充斥着破坏秩序和取消价值的欲望,这种价值的消解与前者价值的重建构成了鲜明的反差。

后现代不曾、似乎也不期望建立什么,但他们的确期望破坏一种由主流、正统和权威建立的诗歌秩序。他们以粗暴甚至恶俗的语言亵渎神圣,这多半与这些诗人处身不受承认的边缘化身份和处境有关,诗与诗人的非中心位置引发了愤懑的宣泄。"'权力'的丧失和'角色'的缺席使他们别无选择——他们只能在诗歌中,在既定语言秩序中造反。……这种'造反'的姿态和精神不但隐喻了一种颠覆解构性的'后现代'精神,而且这种造反必以失败告终的宿命,更使他们在那以后呈现出精神上的极度'真空'和'耗尽'的状态。"①

这是一批崇尚行动的愤世嫉俗的"诗人"。李亚伟描述了一伙"莽汉"如何流浪、酗酒、打架、玩女人,他强调这样的莽汉行为是"作为诗人的莽汉们最真诚的诗"。但其基本目标仍是对传统的诗歌语言的不信任感:"诗人们撑不上诗歌,他看见脚下的路老是绊脚,低头发现那是现代汉语,上面垃圾太多,但他仍不停地走,自己也成了垃圾。"尽管如此,他们还是"为了诗歌革命的胜利而不断成为无法无天的语言新手"(《流浪途中的"莽汉主义"》)。于坚则在否定传统理想化和政治化的诗歌秩序的同时,提出"重建"一种诗歌精神,这种精神实质在于把诗转移到突出个体生命上来。他强调诗歌精神已经不在那些英雄式的传奇冒险、史诗诗歌的人生阅历、流血斗争之中,诗歌已经到达"丑的"和"非诗的"普通人平淡无奇的生活,这种诗"拒绝凭借那些在传统观念上所谓'美好的东西'来掩饰个人生存状态的真相的自觉"(《诗歌精神的重建》)。也许后现代精神的无中心和非原则

---

① 《诗探索》第 14 辑,第 126 页。

化与"重建"无关,然而,在这种"中国式的"后现代诗中人们依然可以看到这种以新的精神代替旧的原则的"重建"意图。

后现代性在诗中的突出表现是它与传统的观念及形式的抗衡,以无可顾虑的态度对待习以为常的神圣。伊沙宣称"饿死诗人"的时代正在到来。他把自己的诗集题名《饿死诗人》,这本身就表现出与传统决绝的不妥协的立场:"从来就没有一个文学主宰的时代。凭什么非要有一个文学主宰的时代?""这时代给我们压力,'压'掉的更多是坏的东西,遗老遗少们在感叹和怀恋……"。他的"饿死诗人"可以作各种理解,包括"传统"的诗人正在或必须"饿死";也包括那些理应被"饿死"的诗人而仍然以"饿死"命名写着他们的充满挑战性的诗篇。"经典"被"饿死"了而非经典却活了下来。

后现代诗毫不含糊地反对象征和隐喻,这是他们与新诗潮决裂的根本点,他们追求平面化和无深度,当然也断然排斥关于意义的处心积虑和营构。对于他们来说,目的是没有的,要说诗意也就在平常的过程之中。路东之把他的诗集叫做《情况》。这情况要而言之就是没有目的的流浪式漫游。"我无情可抒也不想嚎叫",这诗集的名字就表明了他们既跨越浪漫的抒情时代,也跨越垮掉愤激的嚎叫时代。无聊就是生活,路东之的《情况》组诗从之一到之十五,讲的都是这样无聊的"无情况"。如其中第二首这样写:

  足有半夜三更
  台灯呆在桌上
  我呆在桌旁
  还有钢笔眼镜
  大家都很无聊
  门外有风
  窗外有雨

> 风雨都在外面
> 屋中只有寂寞

第一首则是对于"九月二十号"这一日访友的"记载"。先要找何芳,走了几步,觉得不如去找刘义;又变了方向找魏闵,快到了又感到该找何达,所有的人名都只是符号和泛指:

> 拐弯进了另外一条胡同
> 胡同走到尽头
> 才发现已经离家很近
> 正好顺路回家

这些诗除了传达那种"无情况"的"无聊"之外我们既看不到意义,也看不到目的,唯有过程,无数复杂的和纠缠的事物,只剩下这样简单的过程。更似乎在展示常人生活的本真的无目的性,从出发到回归只是一个过程,这过程很可能就是毫无意义的转圈。这是对英雄主义乃至是对个性主义的无情消解,所有的人都是这样的千篇一律,意义并不存在。而且诗人在他的对象面前采取的态度没有了以往的激情,甚至也绝不投入,只是无动于衷的和冷漠的,即所谓以物观人或以物观物的"零度状态"。一切似乎均与我无关,我也与周围的一切无关,一切都是"远离"的和不相干的。如陈东东的那首题为《远离》的诗所说的那样:

> 远离橙子树林
> 远离月光下的橙子树林
> 远离有两只蓝鸟飞过的橙子树林
> 也远离被一片涛声拍打的橙子树林

不仅是世界如此,看自身也没有明确的和现代诗人那样非常强调的"主体性",仿佛是另一人或另一物在看"我"。京不特写《京特先生》,就是自己在看叫做"京特先生"的"那个人":"京特先生穿着红色和灰色的衣服,京特先生在你面前走来走去","京特先生无话可说,在这个夜晚京特先生变成了一只蝙蝠"。

诗人把关怀降到零度,也把情感降到零度,他着意于割断一切的关联,而且把那无关联的一切描写为冷漠的风景。梁晓明的《各人》就是这样一幅在现世随处可见的"风景",他那单调的重复传达出处身现代商业社会的人际冷漠和无聊:

> 你和我各人各拿各人的杯子
> 我们各人喝各人的茶
> 我们微笑相互
> 点头很高雅
> 我们很卫生
> 各人说各人的事情
> 各人数各人的手指
> 各人发表意见
> 各人带走意见
> 最后
> 我们各人各走各的路

这样的无动于衷体现出后现代的放逐自我和放逐他人。不仅他人是坟墓,自身也是坟墓。世界本来充满了敌意,这里的秩序是你死我活,因此死亡并不值得大惊小怪。京不特看到"京特先生""在梦中将你捏死","京特先生的癌症没有治好,死于1986年3月7日"。这是自我分裂和自我诅咒。还有,对公众的悲剧和灾难连最后的同情心也降为零度。尚仲敏写《四月份交通事故》,那些曾经是血肉生命的,如今变成了统计数字,从而把传统的写实主义或感伤主义剩余下来的一点点痕迹也抹得干干净净:四月份交通事故使一些人丧生,抽雪茄而身材短胖的交通局长倒剪双手独自念叨——

> 伤128,亡23,总件数……
> 总件数呢？他高声问道
> 而秘书小王上街去了
> 而一些人死了
> 就那么轰隆一响
> 不,也许只是唏嘘一声
> 这些人死了
> 而交通局长照例抽雪茄
> 照例不喝水
> 照例倒剪双手,独自念叨
> 伤128,亡23,总件数呢
> 而秘书小王照例上街
> 而我照例朝事故公告
> 默默地望一会儿
> 哼着小调回家

生命的价值在物质高度发达的现代都市化为了空无,人们习以为常,对死亡熟视无睹,如"各人"依然喝"各人"杯中的茶一样,主管交通的局长依然倒背双手抽他的雪茄。人在物质的挤压下转化为物,为非人,人具有的区别于其他生物的情感也转化为零。人们在后现代诗中看到的那种可怕的近于残忍的冷漠,其实是这一路诗的称为物的叙述的特殊追求的一种实现。这种追求在有的场合被叫做"零度抒情"或"冷抒情"。

诗既与时代、公众、生命无关,与情感也与象征、隐喻无关,那么唯一剩下的便是语言。基于此,后现代诗倡导一种"诗到语言为止"的说法。前面我们曾提到后新诗潮的诗人对语言的不信任和觉醒,如今他们在消解了意义之后自己面对语言充满了游戏精神。他们在反对整体感和连贯性的前提下随意地捏弄语言这个面团。切割、肢解,充满快意地颠倒顺序和错乱语法关系,呈现出来的是一连串含混不清的梦呓。《使用杯子》(理墨)便是这样充满了游戏精神;"一只装满东西的杯子/不再是杯子/一只不能装东西的杯子/也不再是杯子/没有语言和心事/不充满智慧/一只真正的杯子"。

　　后现代诗声称要清除语言的污垢,使语言透明化,即所谓的语言还原。他们讲"捣毁语言的板结性","诗人可将词不当作词来使用,必须捣毁语义的线性、网络性的运算功能。"(周伦佑、蓝马:《非非主义诗歌方法》)

散文:沉寂过后的萌动[*]

一、稳固的静态

走出"文革"的中国文学,在新的历史时期里,几种重要的文学样式乃至诸多的艺术品类都演出了许多寻求艺术嬗变的活剧。首先是诗歌,以"朦胧诗"为发端,掀起了一场打破大一统的艺术模式的变革,在10年的时间里,层出不穷的创新的实践,完全改变了中国当代诗的固有秩序,其影响早已超出了诗歌而造出了全局性的震撼。再就是小说,自从80年代初期天边飞起那几只"美丽的风筝",在"现代派"的诱引下,小说从内容到形式的大跨度推进,自"伤痕"、"反思"而"寻根",自"新写实"、"新历史"而"新状态",它的变革旧有规范的努力,已使它成为最引人注意的文学现象。

在被称为新时期的文学艺术转型的时代,由于束缚文艺创作、批评的障碍的排除,摆脱了思想和艺术禁锢的文艺,得以无拘束地接受来自多方面的影响,特别是来自西方的现代主义和后现代主义的影响。中国自电影、绘画、音乐,乃至舞蹈和雕塑各个方面在不同层次上,都以新进的姿态引入了许多促使艺术发生新质的变革,从而充实和激活了整个文艺新格局。

中国新时期文学充溢着创造和革新的激情而总体展现出无拘束的、幻想的和好奇而不断向着前方追求的动态性。这种艺

---

[*] 此文收入与张颐武合著的《大转型》,为该书第十三章。据此编入。

术生态与"文革"时期乃至"文革"前的停滞、拘谨、固执而丧失创造力的静态性形成了鲜明的反差。在这样总的时代气氛的对照下,这一时期的散文是一个非常特殊的例外。散文对于新时期普遍弥漫着的狂热而骚动不宁的情绪,保持着一种近于警惕的冷静。外界的喧呼在它的隔音层中受到了筛滤,这是对于变革和创新的"无动于衷",格外地引人注目。

当诗歌和小说感受到新时期的光影而普遍地展现出改变固有秩序的热情时,在散文这领域里却是什么都未曾发生过的淡漠和平静。这样说倒不是认为散文未曾感应到新时期的召唤,恰恰相反,新时期的散文创作也许是最先从"文革"摧残中起步的一种文体。那时天空的阴霾刚刚消散,人们被严寒冻僵的嘴唇和手指还不习惯于自由地歌唱和写作,散文是当代作家最熟悉也最感到平易的文体,散文理所当然地最先充当了讴歌新时代降临的文学手段。

在"文革"前最富影响力的散文作家之一的刘白羽,以极大的热情重新开始了他的散文创作。他在1978年11月出版的散文集《红色的十月》的《后记》中,传达了当年散文重新起步的情状:"《红色的十月》一书,在我的文学生活中标志着一个新的起点。我于1936年春发表第一个短篇以后,不论在什么情况下,都进行写作,没有停顿。只有过去这十多年,我完完全全与文学绝缘了,运笔如椽,十分生疏,实在也没有什么创作的愿望。但伟大的现实展现了光辉灿烂的一页,一种由衷之情推动着我,有情可抒,有言要发。"这一段话传达了一代散文作家所感知的时代使命,他们在长久被迫停笔之后的重新写作,是由于时势的推动,按照固有艺术方式的接续和延伸,当时并没有任何艺术变革的概念。

"文革"结束后的写作以欢呼胜利为起点。胜利的缔造者依然是伟大和英明,于是传统的颂歌主题和颂歌方式也没有改变。

随"文革"终结而来的当日文学艺术的两大基本主题:歌颂老一辈,控诉"四人帮",散文对此是实践最早也最有力的一个文学品类。在刘白羽这本集子里就有《红色的十月》、《红太阳颂》、《伟大创业者》、《延河水流不尽》、《巍巍太行山》诸篇,无一例外地都是颂歌的内容。作者自述,"我一旦认识了为工农兵服务这一革命文学真理之后,我确认延安文艺座谈会给了我第一次文学生命,那么,现在,党又给了我第二次文学生命。"创作的动机和心态一如既往,创作的方式和表达也一如既往:

> 黎明,东方闪耀出一片红霞。我仰望辽阔长空,这时就像有一道怒涛奔腾而过,千万朵浪花,激起澎湃的心,……我深沉地思索着:在人类历史上有过多少震撼人心的时日啊!一个人一生能经历这样一个时日就非常幸福了;而我们生长在毛泽东时代的人,却经历了多少令人难忘的时刻呀!

这样的内容和表达方式,与这位作者的名篇《日出》、《长江三日》等相比并没有大的改变,尽管从写作时间上看它们相隔已达20年之久。自然景观而充之以现实理念,最终以实现对于现实政治的肯定,是这些散文始终一贯的追求。在《日出》中,作者从日出的奇丽景色最后上升归结为:"我深切感到这个光彩夺目的黎明,正是新中国瑰丽的景象;我忘掉了为这一次看到日出奇景而高兴、而喜悦,我却进入一种庄严的思索,我在体会着'我们是早上六点钟的太阳'这一句诗那最优美、最深刻的含意。"《长江三日》也有日出日落的描写,但也都无例外加之以现实政治的比附,诸如:"这时一种庄严而又美好的情感充溢我的心灵,我觉得这是我所经历的大时代突然一下集中地体现在这奔腾的长江之上";"心中升起一种庄严的情感,看一看!我们创造的新世界有多么灿烂吧!"等等。

习惯性的主题和习惯性的传达，构成了新时期开始时散文创作的常态。政治动乱的结束，在那些岁月里以不同名目而宣告消失的人们，带着身心的伤痕从深渊的流放中归来，他们作为幸存者追怀那些不再回来的人。这时期追念死者的悲情散文大量涌现，如孙犁所作《伙伴的回忆》、《悼画家马达》、《谈赵树理》以及丁宁的《幽燕诗魂》、《岱宗青青》、《人有尽时曲未终》等，其内容大抵忆旧怀人，其形式大抵即事抒情，作家在从事这一工作时自然而然，因为是从来如此，倒也没有涉及艺术变革的想象。

散文的主题基本是稳定的。虽也有演进，但它的行动的微弱使人们几乎难以辨察。例如，那种对于逝去的人的悼念散文，开始时仅限于政治性的人物，如对周恩来、毛泽东，后来则有其他人物，总是以他们代表革命性而对照对他们施加迫害的人的非正义。后来这主题自然地趋于平常化。随着政治批判激情逐渐淡远，文学中人性立场逐渐得到显现，这类散文也由伟人转向平民。巴金的《怀念萧珊》便是一个代表，此文写于1979年1月，从时序看，略晚于刘白羽的《红色的十月》。可以看出，时间的推移带给散文的可能有的渐变过程。随后，他的散文涉及了对赵丹、黎烈文、顾均正、方令孺这样一些文人朋友的追怀，巴金的这些散文写作，多半见之于《随想录》。《随想录》虽是着眼于以平常心对异常年代的批判反思，但它所怀念并寄以哀思的大都是平常人和平常事。所以，它是平民化对于意识形态化的超越。

《随想录》为中国当代散文带来了新的气象，这就是它把表现内容大幅度地推向了个人心灵，以往直接面对的时代社会变成了抒情叙事的背景。巴金特别致力于经历大动乱后通过诸多通常性的人事反思自身。他认为个人的行为不能泰然置身于物外，不能认为个人与时代无关。一个野性泛滥的时代悲剧要是离开个人悲剧性的参与是无法想象的，巴金的《随想录》是中国当今知识者的心灵忏悔录。巴金的努力无意间打破了形成大一统的颂歌模式。

但就中国散文创作的总体形势来看，巴金所致力的很大程度上乃属于先觉的个人性行为，他的努力和倡导并没有总体上改变中国散文的传统格局。"全民共忏悔"的致力难以达到共识，散文在很大范围中依然受命于社会功利的动机。但巴金却在此时此地成为中国散文变革的前驱。他的力作《小狗包弟》是写他们家的一只小狗可悲命运的。在人人自危的年代，人自身尚且旦夕难保，又如何可能保护一只小狗的生命？他们一家为包弟的去留伤尽脑筋，"十多天来我就睡不好觉"，"我们最后决定把包弟送到医院去，交给我的大妹妹去办"。这就暗中宣判了包弟的死刑。最后，这位五四以来最重要的作家，作为一位终身为保全人性和人道精神而无畏抗争的作家，写下了如下一些摧肝裂肺的文字：那些夜晚不曾安宁，他送走包弟之后更感心情沉重——

在我眼前出现的不是摇头摆尾、连连作揖的小狗，而是躺在解剖桌上给割开肚皮的包弟。我再往下想，不仅是小狗包弟，连我自己也在受解剖。不能保护条小狗，我感到羞耻；为了想保全自己，我把包弟送上解剖桌上，我瞧不起自己，我不能原谅自己！我就这样可耻地开始了十年浩劫中逆来顺受的苦难生活。

从为受委托和被摊派的任务服务，到涉及个人命运和普通人的内心世界的揭示；从普泛的虚假性的讴歌，深入到对动荡年代造成的苦难揭露、控诉和反思乃至自责，我们不难发现散文在历史新时期开始时的进步的脉动。但这种脉动是并不强烈的，它甚至也不曾成为这一文体的自觉意识，更不曾如同诗和小说那般形成为延续性的新潮迭涌的猛烈冲激。

二、冲破模式的震荡

新时期肇始散文受到最强的一次震荡,是徐迟系列报告文学的发表。报告文学属于广义的散文,但还不是纯粹性的散文,它有很强的时事报道的因素。徐迟这一时期的报告文学的创作,也是从有感于时事这一点进入的。他在讲此类散文写作时说过,"我们是一面镜子,是一面能动的镜子,就是要反映我们国家我们人民群众沸腾的战斗生活。"(《关于报告文学问题》)可见当日《哥德巴赫猜想》等系列文章依然是固有激情的传达,它们造成轰动主要是由于所传达的内容与公众的关注产生了和谐的共鸣。

但是作为优秀的诗人和散文家的徐迟,显然使上述两类文体中最重要的抒情品质在报告文学中得到传扬。这在当日因禁锢而造成的文学性贫乏以致灭绝的年代,自然带给读者以兴奋和激动。"这些是空谷幽兰、高寒杜鹃、老林中的人参、冰山上的雪莲、绝顶上的灵芝、抽象思维的牡丹",他用一连串美丽的形象来象征那神奇而又枯燥的数学公式,这是《哥德巴赫猜想》,篇帙之中随处可见这样美妙的文字,再如:

> 且让我们这样稍稍窥视一下彼岸彼土。那里似有美丽多姿的白鹤在飞翔舞蹈。你看那玉羽雪白,雪白得不沾一点尘土;而鹤顶鲜红,而且鹤眼也是鲜红的。它踯躅徘徊,一飞千里。还有乐园鸟飞翔,有鸾凤和鸣,姣妙、娟丽、变态而穷。在深邃的数学领域里,既散魂而荡目,迷不知其所之。

徐迟不仅恢复了散文的抒情性,更重要的,他在理想精神和批判精神的驱使下,恢复了作家的自由写作的姿态。在他收入《哥德巴赫猜想》这部题称"献给1978年全国科学大会"的报告文学集中，随处可见作家那种才情焕发的随心所欲的文字表达。徐迟的创作很大程度上受羁约于当日普遍的意识形态热情，但由此却自然地流露出长久精神压抑之后的形诸文字的心灵解放的活泼灵动。他在那些看似平板乏味的自然科学领域中发现和开掘诗性，他赋予那一切概念性和逻辑性的事物以鲜明的形象。徐迟的工作恢复了作为文学的本质属性，人们在这种有效的努力之中重新生发出对于文学的信心。但是，如同巴金对于"文革"动乱的自责并没有成为当日散文思想内涵的普遍原则一样，徐迟在报告文学中恢复文学性以及作家在此中所拥有的艺术创作的自我解放，也不曾成为一种普遍认同的潮流。

依然故我的散文，一如既往地充满了传统的对于文体的自足感。"文革"结束，随着被称为第二次思想解放的高潮过去，当小说和诗歌仍然置身艺术新潮试验的狂热之中，散文在一阵怀旧的感伤之后，很快就恢复了素有的平静。获得一定自由的散文作家，几乎毫不犹豫地重新开始了传统的运作：遗址的凭吊，山水的寄兴，温情的传递，以及随着国际交往的频繁，猎奇式的异域风情的绍介也日益增多。作为一种重要的文体，它的确摆脱了意识形态的羁绊，以轻松而蕴藉的姿态，实行了广泛题材的覆盖。

但这一阶段散文的确没有带给读者以从内涵到形式的文体变革的震撼的感受。究其原因，应追溯到散文这一文体在中国文学中的特殊地位。古代中国文章按韵散分两大类，散文涵盖了举凡韵文之外的所有文章体式。用散文形式作出的文章，主要还不是涉及纯文学的，大量的是与政治、社交、科举等重要的社会活动相关联。周作人曾经精辟地指出过，因为散文的这种处境，那些属于纯文学的品类便发达不起来，"唐宋文人也作过些性灵流露的散文，只是大都自认为文章游戏，到了要做正经文章时便又照着规矩去做古文。"（《杂拌儿·跋》）正统的散文地位的重要促进了散文各文体的发达和完善,出现了诸如先秦诸子、唐宋八大家等等文章范式。散文发展的极致也形成了阻碍这一文类发展的模式化,特别是阻碍了纯文学散文的自由发展。这种模式代代相传、陈陈相因,在经典阴影的笼罩下任何创新企图都显得步履维艰。

五四开始的白话散文的确展开了散文发展的一代辉煌。那时名家蜂起,而且创作也不拘一格。各自个性化的写作,绝少彼此的抄袭模仿,多少显现出那代人自由创造的时代风韵。50年代以后,群体革命意识的张扬,个人化的抒情方式和立场,事实上都受到极大的抑制。匆匆忙忙的年代,在意识形态化的社会体制里,就连传统的关于个人境遇、山水流连、书香茶韵的闲章杂品也成为禁忌。在这样的总氛围中,被称为最灵活的散文,理所当然地丧失了它的素有特性。

50年代急风暴雨式的阶级斗争高潮过去之后,在更猛烈的"革命风暴"到来之前,有一个因严重的全民性饥饿而造成的短暂的缓冲期。这一缓冲期给当时紧张而疲惫的中国文学造出了相对宽松的环境,散文在60年代初期的"小繁荣"便由此形成。曹靖华的《忆当年·穿着细事且莫等闲看》、吴伯箫的《记一辆纺车》均作于此时。这些文章与前此的僵硬略有不同,大抵从一些小事入手,寄托着严肃的意思,文章是相对活泼了,在艺术表达上也较前相对地考究。对当代散文产生重大影响的杨朔、秦牧、刘白羽等几个大家的创作,成为这一散文繁荣期的重要景观。对这一繁荣景象作出反应的是当时极少发表见解但又始终关怀散文创作的川岛。他发表于《文艺报》的《漫谈一九六一年的散文》成为这一时期散文发展的最重要的文献。川岛在文章的开头说:"我要是说:在过去的1961年中,我们文艺园地是散文的收成最好。您听了也许以为这是我的偏爱,将信将疑。如果我说:去年散文的收成极好。这该是我们大家有目共睹的事实,无

可置疑的了。"（见《文艺报》1962年5—6期）

　　但是，无可回避的事实是，随着这种成就而来的是新的规范的形成。创造力受到约束的时代，人们易于视某些成功的例子为神圣，因为自身创造潜能的压抑而趋向仿效。抒情散文方面，由具体景象的描写而到达某一方面固定化的理想升华，通过这种升华传达出先前以概念方式表述的政治性内容，是形成于当日而影响以迄于今的抒情范式。这只要阅读杨朔的那些散文代表作，如《茶花赋》、《荔枝蜜》、《雪浪花》、《杏花雨》等，便可觉察出那些缤纷万象的表面下面的"定向抒情"的模式化事实。诸如《茶花赋》的结尾："一个念头忽然跳进我的脑子，我得到一幅画的构思。如果用最浓最艳的朱红，画一大朵含露乍开的童子面茶花，岂不正可以象征着祖国的面貌"；《杏花雨》的结尾："如果樱花可以象征日本人民，这风雨中开放的樱花，才是日本人民的象征"；《荔枝蜜》的结尾："透过荔枝树林，我沉吟地望着远远的田野，那儿还有农民立在水田里……他们正用劳动建设自己的生活，实际也是在酿蜜"；《雪浪花》的结尾："我觉得，老泰山恰似一点浪花，跟无数浪花集到一起，形成这个时代的大浪潮，激扬飞溅，早已把旧日的江山变了个样儿，正在勤勤恳恳地塑造着人民的江山。"这些现象的形成，与其归咎于始作俑者或自觉模仿者，无宁说是时代所使然。

　　如今我们反顾这些当日促成散文显示成就的作家，因为拉开了时空的间距，有可能较为客观地评说他们的贡献和局限。以杨朔为例，他在那个排斥诗意的年代把诗引入散文，而且能从自身的条件出发，在抒情渲染的同时，在散文中加重了小说式的人物情节的安排与点缀，他的劳作给当日沉闷的散文界注入了鲜活的精神。但正如评家指出的，"杨朔散文致命的弱点恰在于'自我'的淡化，'主体意识'的隐蔽。他在认真地'改造'自己的同时也在痛苦地'消融'自己。"（刘锡庆、蔡渝嘉：《当代艺术散文精选·序》)就是说,尽管杨朔散文的创作提供了新鲜的风格,但传达的情感内涵却是缺失了自我意识的普泛性。

整个的时代精神要求于文学和散文的是教育和鼓舞的工具性能的发挥,因此,散文不论在写什么和怎么写,都不能不负载着繁重的群体理想而摒弃情感和风格的个人化倾向。秦牧的散文来源于周作人、梁实秋一路,但在知识性的堆积中急于表达的是某种未曾明白道出的理念,而独独少了前辈散文家那种自由随意的洒脱心态。他的知识趣味的陈述的确装扮了沉闷时代的生动,但在表面的轻松之下却有着潜藏的使命负载的沉重和紧张。刘白羽这时期的散文也挟带着那年代无以摆脱的限制性,空泛的议论过多,表面看意在表现个性,究其实却始终指向共约的情感意愿:出于个人对风物的感念而最终归于共有的阶级意识。

"文革"的旋风彻底摧毁了60年代初期短暂的文学繁荣局面,包括了即使是陈陈相因的那几种文学统一化的模式。漫长的文学沙化的十年过后,人们以怀旧的心情拼力修复的依然是留有记忆的昔日的艺术规范。诗和小说在新潮涌现之前是如此,而散文则几乎是未有改变的从来如此。中国古代散文的丰富传统,加上当代艺术范式的影响,构成了中国散文从来如此的自满自足,这一切,再加上缺乏自由度和想象力的人文环境,散文的封固与超常稳定状态便是由此形成的。

历史的积重和审美的惯性构成了散文创新发展的障碍。因此,在历史产生巨大转折的七八十年代之交,散文所能做的,便是以旧有的方式装填和承载随时代发展带来的新的意识形态内容。当它以饱含激情的方式对社会作出批判和承诺时,它所拥有的观念和方式依然是不曾改变的传统的观念和方式。特别是在艺术传达上,人们几乎想不到除此之外还可能有什么别的选择。

在新时期到来之前，除去"文革"十年的极度混乱，当代散文也间或表达了对这种沉寂的不满。艾青写于50年代的《养花人的梦》就表达了对百花园中只有一种花的畸形爱好的不满。在漫长的岁月流逝中，也有若干新鲜艺术的诗意的闪光，例如韩少华的名篇《序曲》、何为的名篇《第二次考试》都是。但无可讳言，整个的散文王国的秩序是超稳定的和缺少动感的。

三、平静的挑战

散文这种比别的文体"慢半拍"的沉寂状况，是由散文以外的作家打破的。在新时期沸沸扬扬的文体变革中，纹丝未动的散文的"看客"的身份，终于因突如其来的"闯入者"而有了改变。小说家张洁是新时期在小说创作方面充溢着创新精神的一位，从《从森林里来的孩子》到《爱，是不能忘记的》，她为新时期的文学界带来了一阵又一阵新鲜的风景。当她在小说创作方面获得了自有的价值，游刃有余的创造力使她终于有机会在散文方面显示她的奇思异想。

1979年岁末，张洁在《光明日报》发表散文《拣麦穗》。这是一篇大显异趣的文字。"在农村长大的姑娘，谁不熟悉拣麦穗的事呢？"文章这样开头，可不是习常人所共知的那样展开。在以往，在通常的散文习惯上，这样的开头总是田园野趣伴随着往事的回想，总是传达一种身在都市怀想乡村生活的诗意的眷恋。张洁不是。她甚至没有沿着"月残星疏的清晨，挎着一个空荡荡的篮子，顺着田埂上的小路去拣麦穗的时候，她想的是什么呢"的思路连下去。她甚至也不想在传统的农村女儿幻想幸福而不幸往往伴随她们一生的传统主题下展开她的思路。

大雁也拣麦穗，她拣麦穗也为了"备嫁妆"。当她被大人问要嫁给谁时，她无端地想起那个卖灶糖的老汉，她说，"我要嫁给那个卖灶糖的老汉"为的是要"天天吃灶糖"。那老汉的确老了——

  他脸上的皱纹一道挨着一道,顺着眉毛弯向两个太阳穴,又顺着腮帮弯向嘴角。那些皱纹给他的脸上增添了许多慈祥的笑意。当他挑着担子赶路的时候,他那剃得像半个葫芦样的脑勺上的长长的白发,便随着颤悠的扁担一同忽闪着。

  话传到老汉那里,老汉笑了。"娃呀,你太小哩";"你等我长大嘛","不等你长大,我可该进土啦";"你别死呀,等着我长大";"我等你长大"。此后,老头每次过这里,总没忘了给他的"小媳妇"一块灶糖,一把红枣。大雁也认真,偷偷地缝了一个"皱皱巴巴""倒像个猪肚子"的烟荷包,要在出嫁的时候"送给我男人"。

  我渐渐地长大了,到了知道认真拣麦穗的年龄了,懂得了我说的都是让人害臊的话了。卖灶糖的老汉也不再开那玩笑——叫我是他的小媳妇。不过,他还是常常带些小礼物给我。我知道,他真的疼我呢。

  我不明白为什么,我倒真是越来越依恋他,每逢他经过我们村子,我都会送他好远。我站在土坎上,看着他的背影渐渐地消失在山坳坳里。

  年复一年,我看得出来,他的背更弯了,步履也更加蹒跚了。这时,我真的担心了,担心他早晚有一天会死去。

  大雁这个贪吃灶糖的小女孩子,终于有等不到老汉再来的那一天,她为此伤心地哭过。这散文当初发表随着一阵哗然的议论,这是由于在散文中从来还不曾有这样的题材和这样的对于题材的处理。传统的故乡和童年的回忆受到了忽略,一般的关于蒙昧的爱情幻想受到了摒弃。在这里,"异端"呈现出从来没有的高雅,在令人忍俊不禁的童稚的真趣中,透过那默默流动的人性的温馨,最后归结于沉重的悲凉。岁月匆匆,忧患悄然降临,当女孩懂得害臊的时候,那老人却不得不消失。

一篇奇文,打破了散文的平静。它让人们发现,除了人们所熟知的从来如此的散文,还有如今这样并非从来如此的散文。它给予整个散文界的启示是,在这个充分个人化的、无拘无束的自由世界里,唯有超越从来如此的模仿和雷同,才可能有散文的新意。《拣麦穗》在当代散文中的重要性,当然不仅由于它没有按照通常的写法,也许更重要的是,作为新时期散文的开始,它与那个解放的、人性再启蒙的时代精神的自然契合,以及挣脱传统羁束的自由精神。在"老"散文遍地都是的时代,人们似乎忘记了这个文体与新的现实生活的内在联系。现今人们尚在感叹的散文的"老人文体",其症结即在于传统的观念和方式对于任何以新观念方式引入与尝试的挤压和排斥。

说是"老人文体",并非指作者的年龄。有不少的年轻作家写"老"散文,也有前辈作家的笔下,却源源不断地涌出"新"散文。新作者写"老"散文是散文凝滞状态的极好说明。仿佛是某种遗传,这些作者一起步就似乎得到"真传",他们写花鸟虫鱼,写山水烟云,那一份闲散情致,可以超越30年代而逼近晚明小品。这状况一直延续至今日,它构成新时期散文这一文体有异于其他文体的异常的平静氛围。当然,中国散文作家的这种状态(主要是稳定的闲适的遗传)有艺术精神的自然承传,有传统文人心态的潜在影响,也有作家对于现实处境的复杂的处理和选择,是不可简单予以判断的。

中国作家生活在深厚的传统滋润之中,在诗和小说文体中,传统的影响因为新的文体较之传统的文体有较大的变革而表现为间接性,而在散文,新旧文体的间隔几乎只在于文言与白话的转换,他们之间的承接是直接的。在今人与明人之间,散文这一文体内涵与技法的继承与吸收有着不受隔绝的直接性。因此,要是不存在对于这种无所不在的丰富的诱惑的警惕,不论是多么年轻的作者,都难以摆脱这种笼罩。

在散文的领域,对于现代性的争取格外注重作家的刻意而为的自觉性。而这的确是不以年龄为界的。在散文创作中,除了《拣麦穗》之外,还应当提到另一篇文字,这就是老作家严文井的《啊,你盼望的那个原野》。此文发表于《人民文学》1983年第10期,比《拣麦穗》出现得晚了几年,恰好说明散文前进步子的艰难:这种进步是以缓慢的推移为基本形态的。

《啊,你盼望的那个原野》是一篇"说不清楚"的散文。传统的表达方式在这里消失了,通篇是一种"紊乱"的、断续的、朦胧的内心独白。有一位"倾听者",但却是始终未曾出现的"不明身份"者。可以看出它是在追悼,但是绝无寻常可见的那种对于逝者思念的表达方式,它甚至与悲哀和感伤这些形容都无关联,这是按照零乱的思绪进行的心理表达。它的这种表达与当日小说界的"意识流"和当日诗界的"朦胧性"有些近似。但问题在于,在当日那些文体已形成潮流的艺术大变革中,散文却是近于绝无仅有的一个例外。

如同《拣麦穗》一样,《啊,你盼望的那个原野》也是一篇奇文。文章是打破时空的跳跃,它的叙述也打破了连贯,组织的方式是"即兴"的随意。"看看你的画像,我忽然想起要举行一次悄悄的祭奠。我举起了一个玻璃杯,它是空的",文章就这么开始了。"那是50多年前的一个夜晚。记不清是一个什么样的夜晚,但那的确是一个夜晚。那个城市灯光很少,街巷里黑色连成一片",在这样的叙述中,除了"50多年前"有确定性,其余都是模糊的、不确定的,传统的散文方式在这里中断。

一片黄色的木叶在旋转着飘飘而下,落在我的面前。也许这就是他,他失落在我的面前。我张口呼喊。然而我听不见自己的声音。一片寂静。难道我也失落了?我又失落在谁的面前?

如果真有那么一个人,我很想看见他。只有一阵短促的林鸟嘶鸣,有些凄厉,随即消失。那不能算回答。

那飘忽不定的是几个模糊的光圈,颜色惨白。那一定是失落到这儿的太阳。

从失落的他或我到失落的太阳,这种叙述方式是跳动的和不连贯的,它由奇特的意象所串接,但这种串接又是非程序的。我们可以肯定这文章是在怀念"你",文中若干不确定其何时何地的场面是涉及我与"你"有过的共同的经历,但是,除了那些依稀可辨的易时易地的原野、沼泽和山林,一切的具体性都被推到场景的后面。在小说或诗中人物、情节或情感的抽象化已经成为潮流的时候,散文如严文井这样的按照作者内在的心理活动的无序状态做成的文字却依然是一个特例。中国新潮文学显然非常重视散文的这种微弱的突破,李陀和冯骥才于1985年主编的《当代短篇小说43篇》是一次小说先锋性探索作品的集结,该书用严文井的这篇散文为序便是它的重要性的很好说明。

四、"老人文体"的辨识

在新时期的散文中,除严文井外,还有几位年长的前辈散文家,他们的作品给沉寂的散文界带来了新鲜的空气。早年毕业于北京大学、后来长期从事编辑工作的张中行,可算是散文中的一位奇人。他的文字隽永而本色,人生、学识的深厚积蕴在他笔下化为充分自由的侃侃而谈;毫不矫饰的自然平实之中隐约透露潇洒人生的睿智。试录近作《奇人奇迹——且说王世襄先生》(载《书与人》1994年6期)中的一段:

王先生的所治是中国旧有的,可是在国学里几乎没有地位。说几乎,是因为过去也有名为《毛诗草木鸟兽虫鱼疏》、《天工开物》的书,专看名色,王先生的獾狗、蛐蛐可以插入前者,明式家具可以插入后者,那就也成为国学。其实不是这么回事,盖古人讲草木虫鱼,意在治经,讲器物制法,意在致用,王先生不然不然,借用世俗的评语,是"研究玩的",古人是不想也不敢这样的。

这篇随笔(属于我们所论散文的范围)洋洋洒洒写了七千余字,说的是王世襄,却活活画出了张中行。王先生的博而杂、广而专,恰恰也是张先生的自况。张中行开篇讲,很久就想认识王先生了,只是对结识名人怀有戒心,可见张是引王以为同侪的。以上引那段文字为例,可以看出张中行不仅博学多才而且思想的不拘一格和对于传统的态度完全有别于旧文人的习气。

北京大学的金克木先生新时期以来是散文界最引人注目的一位"崛起者"。金克木早年是位诗人,后来成为东方文学专家,他的散文创作鲜为人知。直至新时期到来,在散文的平静之中,他的创作进入盛期。金克木是以诗人的灵动智慧和学者的卓学博识而进入散文世界的,他的散文以浓厚的文化品性而自成一格。《科学艺术丛谈》(1986)和《文化猎疑》(1991)两书在散文中引进了科学文化的内涵,而在科学小品中渗透着诗性的光耀。当然,最重要的一本散文著作是1992年出版的《金克木小品》。其中绝大多数作品均作于80年代后半期以至90年代,这时作者已是80岁上下的人了,但笔力之雄健,思路之活泼足以令无数年轻作者心折。

金克木《燕啄春泥》一组小品谈的都是把自然科学的原理用于人文学科的内容,一方面显示了作者的为学者的博学,一方面当他将二者加以联系的时候,又显示出作为作家的聪慧灵动。例如他在"高与低"的题目下谈《笛卡儿的死》,文字生动平易,而所涉及内容都精辟透彻,文章短不过数百字,全文如次——

17世纪笛卡儿是数学家兼哲学家。他提出"我思故我在",以怀疑论摧毁了神学的思想根基,成为欧洲近代思想的开山祖师,但又以二元论遮掩。他听到伽利略受迫害就不敢发表自己讲到太阳中心说的著作。他受那位著名的瑞典女王克利斯蒂娜之聘,1649年10月到瑞典,不敢违抗女王的清晨五时讲课的规定,每晨在寒风中奔波,次年2月得肺炎去世。笛卡儿和培根一样,哲学思想最反传统,但反抗现实权威却无勇气。培根是和笛卡儿并列的另一位开山祖师。他提出"知识就是力量",反对经院哲学的教条主义,要求打破"偶像",自己却做大法官而以被控受贿而罢官,成为著作家。这样看来,高和低并存于一人之身不是什么稀罕事。魔鬼撒旦不是也在上帝的乐园里吗?若不然,他又怎能诱惑亚当、夏娃呢?

金克木以学者写散文,借散文体式的活泼自由化学术性的严肃为机趣是他的一大贡献。以《文学史三题》为例,其中《现代中国文学》从钱艺博《现代中国文学史》的重新出版讲起,指出钱著"只讲今中之古固然是旧的正统观念作祟",但认为"只讲'鲁、郭、茅',到80年代才加上'老、巴、曹',补进'艾、丁、赵',难道不是另一种正统思想作怪吗?"他在列举若干非正统的文学现象之后指出:"若真以为文学是民族心声和时代反映,那么,只看局部,不顾其余,宣扬正统,抹杀旁支,如何能见全貌而考察整个国家人民的素质和心态呢?"这样随想式的发挥,避开了学术论文的严肃枯燥,使这些充满智性的论析得到生动的表达,是此类散文随笔的优长之处。金克木的这类散文写得精彩的有《"五四"一疑》、《两个七十周年的联想》等。

从张中行到金克木,值得提及的还有季羡林和萧乾,他们的散文通过丰富的人生体验,传达的是刚正的不作阿谀迎合的思考。这些散文显示出一代知识分子拒绝媚俗的情志。青春活泼的姿态不因年事之高而显出衰落,反之,倒是愈老而思维愈为不拘。其鲜明例子,如季羡林的《怀念西府海棠》,这是一篇奇特的悼文,它为北大燕园两棵无辜被伐的西府海棠而作:"在这风和日丽的三月,我站在这里,浮想联翩,怅望晴空,眼睛里流满了泪水。"作者写了这最后一句,意犹未尽,又在文末附记了如下的字句:"1987.7.26。写于上海华东师范大学专家招待所。行装甫卸,倦意犹存。在京构思多日的这篇短文,忽然躁动于心中,于是悚然而起,援笔立就,如有天助,心中甚喜。"

萧乾的《天体》是近作,发表于《作品》1994年第6期。《天体》是谈人的裸体之美的,其中夹杂着中国文革期间有趣而悲哀的故事,以及作者在国外旅行的亲闻目睹,行文自然,藐视"法度",思路潇洒而活泼,充满了"异端"色彩,完全没有散文中沿袭已久至今不衰的那种"老态"。

中国散文的缺乏新意,根本问题不在于散文的技艺,而在于它受传统士大夫情趣的浸淫过久,那种积习和风气对于中国文人是一种顽固的诱惑和传染。与世无涉的雅兴,面对风月的长吁短叹,自作多情的顾影自怜,轻轻浅浅的喜悦和悲哀,散文在这些作家手中如前朝遗老之摩挲古玩。那些散文虽为今人所作但却老气横秋,不具人间烟火气。这是中国当今散文的痼疾,它最后地驱走了这一文体所应当具有的生机与活力。

五、女性聪颖的创造

当代散文平静地跨过了激荡多变的文学新时期,其间虽有如上所述的几点光亮,但从文学变革时代的视角看,整体的滞后于中国文学的其化文类却是不容忽视的事实。当80年代下半期新时期文学基于时代和文学发展的主客观原因而进入这一时代文学的前后两种形态的交替时,人们终于有可能窥见迟到的散文变革的某些微弱的预示。

急风暴雨式的激烈的年代为男人建立功业铺设了基础。而相对和平的时期却为人们展示细微的观察,把握丰富的内心世界,抒写纯粹个人化的情感创造了适宜的文学环境,这为女性施展才华提供了机缘。进入后新时期,散文创作在一批女性作家那里出现了新的契机。最初传递此种信息的是唐敏的《女孩子的花》(1986):当我想要一个"独生子女",就以水仙花球作为占卜,希望开的是女孩子的花。当女孩子的花如愿开放的时候,某日停电——

是水仙花倒在蜡烛上,把火压灭了。是那支抽得最高的花茎倒在蜡烛上。和梦中的花一样,她们自尽了。……我吓得好久回不过神来。这就是女孩子的花,刀一样的花。在世上可以做许多错事,但绝不能做伤害女孩子的事。

《当代艺术散文精选》的编者高度评价唐敏的这篇散文,他们在"略评"中抑制不住由衷的赞美:"的确是光彩照人,出手不凡。她有一种将自己内心深层微妙、复杂的情感世界和隐秘思索给予细腻传神描绘的过人才能。"编者指出:"这篇文章代表了新时期散文向人性深层挺进的发展趋向"。

以唐敏的这一文章为先导,的确是次第地开放了散文的"女孩子的花"。这些花装点了对比之下不免显得沉寂的新时期散文创作实际,并由此开启了通往后新时期散文的繁盛期。女性以其细腻的体察、温柔的心境、缠绵的情感、丰富的内心语言,传达着内向性的人生图景,特别是涉及女性特有的那种生命的感悟。她们在表达爱情和性爱乃至生育等等方面创造了男性无以企及的独特性。楼肇明对女性散文的突现作过高度评价:"当代女性散文在女性主题的深度上,女性自主意识的觉醒和女性命运的关切上,在散文艺术作为一种感性艺术的创造力上,在女性思维模式的发展和丰富上,均有了异于前辈乃至超过前辈女作家之处。"(《文化接轨的航程》)

曹明华在80年代后期先后出版了《一个女大学生的手记》和《一位现代女性的灵魂独白》,并成为畅销书。她的出现给散文注入一剂兴奋剂,引发了一番热闹。老愚把曹明华的出现视为散文的"明显的变革":"她是内向的,是人对自身的逼近和深入,对潜意识的开放,对恍惚、瞬间状态的描述,使她的作品从根本上震撼了理性的座基,内心空间的展开,使人从平面走向立体,她对确定无疑的东西的追究,引发了一系列人们忽视或不敢正视的结论。"(《散文作为一个问题》)

这原不是曹明华一人,而是总体的女性散文家的功绩开启了中国当代散文的新生面。她们无所畏惧地袒露从未受到遮蔽的那一个世界,把其间全部的复杂的纠缠,乱麻似的情感之网向人们诗意地展开,人们于是重新发现了一片神奇的陌生的国土和天空。"不知道你在哪里,有话对你说",但终究却"还不知道你到底是谁",这是韩小蕙《有话对你说》的立意。她展开的是一个难以表达的朦胧的心灵世界。她的叙述涉及了现代女性敏感的心灵世界。当喧嚣的周遭令人厌倦,人们往往向往远离这种喧嚣,而一旦发现自身远离他人,只剩下"茕茕孑立的我自己"时,却又是"内心里立即被极度的恐惧重压失衡,凄凉地呼喊着你,求你来救我。"渴望孤独却又畏惧孤独,以及在孤立无援时近于绝望的吁求,这就是现代人的生存。

蝌蚪是一位美丽而娴静的女性,她的悲哀而激烈的死亡至今尚给人以震撼。我们从她的散文的一角也许可以寻觅到那种死亡的遥远的背影。《家·夜·太阳》是一位内心丰富而又寂寞的青年女性的私语——她也许找不到倾听者,她只是向自己倾诉:"月亮很淡,若有若无,像梦。他不回家,你正可以独自面对自己。你审视自己,镜子里的这个人很美。你替她仔细想了想,她什么都不缺,想做的事总能做到。她对自己满怀信心,认为自己可以活得很好。至于她的丈夫怎么样,那是他自己的事,无须为他烦恼。"另一位女人为蝌蚪的死亡真诚地惋惜:"看看屋子外边,一切如旧,天还是那么蓝,街上还是那么热闹。可一天之间,这世界上就失去了一个最光彩的女人。"(周琳:《蝌蚪》)

　　与生命的真实状态(包括它的复杂、多变、温柔和残酷)相联系的散文原来是这样地动人心弦,这是人们以往所不敢奢望的。我们读张辛欣的《女为悦己者容》,简直会被她那梦一般的内心隐秘的期望与吁求所激动,它无情地以她的文笔宣告了与以往弥漫在散文之中的造作和矫情的决绝:

　　　　我非常希望能为我所喜爱的人穿得漂亮,而且,我甚至希望,一直希望,那是唯一为我所爱的人,为我买的!……和谁在新鲜、易变的绿中间穿得漂亮地走一走呢?一年,二年,一遍一遍的绿,怀着不同的想象、始终如一,同样地,我要对你说:谢谢,谢谢你留下的这句话……

　　　　谢谢你!告诉我你还在着!比起不打招呼的负心人,单单这一声招呼,已值得千恩万谢!

　　　　我宁愿你是走开了,走远了,也不愿你是在这个世界上突然消失,

　　　　那,我将在整个春天,整个夏天,很多年很多年,

　　　　为你,穿着

　　　　丧服。

　　想念着你而又宁愿着你的走离,假若走离而又不愿消失,倘若真的消失了,那我将长久地为你服丧,这是何等刻骨铭心的不忘呵!女作家借穿着装饰自身而赢得喜悦入手,最终到达的是对于永恒情爱的倾心。这文章充分证实,散文在这批女作家那里,不仅是获得了自我和个性,而且是进入了坦诚的、复杂的、隐秘的内心。

　　写这样散文的有许多女性,她们性别的眼光为散文带来了

引人的东西。一般讲,女性作家的性别意识较男人为强。男人多半不重视文字中传达的性别理念,当然,他们面对异性却又是另一番景象了。但女性不同,女性懂得欣赏自己也乐于让人欣赏,或者如铁凝在《女性之一种》中表达的那样,"'享受'一词令我想起'欣赏'一词,欣赏自己的过程也是一种享受自己的过程。"这种自我享受或自我抚摸,多半发生在女人那里,形诸文字,便成了非常动人的风景。

黑孩的《初恋》,面对一个成熟女性心目中的未成熟男性的种种有一种洞察一切的穿透力。她熟悉而又新异地面对她所喜悦的异性:"男孩子美丽极了。美丽的男孩子向我弹过一丝淡远的微笑。刹那间,我被这微笑的美震得心都摇荡起来。"面对男孩子对她表达的痛苦,她也有一种成熟经验的彻悟:"这是一种简单极了的无色的快乐。然而,我的内心突然奔腾出一股异常沉静的对自身的痛苦和厌恶。无论如何,对于纯洁美丽的女孩子来说,我就要使他有所抱恨,有所遗憾了,像他那样的男孩子,自此就坠落在我的掌握之中,他没有办法,他什么也不知道,只有我知道。男孩子永远无法理解一种简单极了的无形的邪恶。"

女人的情趣和女人的视野丰富了散文,使散文在疏远了无我的凝固之后,不仅获得了表达个性的自由,而且获得了性别的眼光带来的丰盛。"在性角色上,黄一鸾、周佩红、筱敏是纯女人式的;赵玫是用男人的眼光审视男人和女人;黑孩用男人的眼光看自己;胡晓梦是用男人的眼光看女人"(老愚:《散文作为一个问题》),单就这样一种并不完备的叙述,我们便得知散文在静悄悄之中已经到达一个新的境界。

六、开掘强硬之美

当一批充满才气和灵气的女作家用散文抒写她们断断续续的昔日和今日的梦幻心境的时候——她们做梦的姿态和委婉缠

绵的颠三倒四的梦话,开拓着散文崭新的疆界,她们创造了与现实生活并无直接干系的空灵——散文同时展开了另一个层面的风景,一批散文作家在后新时期文学普遍失去历史记忆和现实关怀的潮流中进行了反向的追寻。

80年代中期,几乎在中国文学沉浸在新时期的节日狂欢之中的时候,张承志只身一人朝圣般来到西北荒原中的贫穷村庄。在他告别那块圣地的时候,他写下了一篇悲壮的文字《告别西海固》:"西海固,若不是因为你,我怎么可能完成蜕变,我怎么可能冲决寄生的学术和虚伪的文章。"张承志在那时便以反抗的姿态背对着中国喧嚣而激情的文学界:

> 在1984年冬日的西海固深处,我远远地离开了中国文人的团伙。他们在跳舞,我们在上坟。声威雄壮的上坟。使我快乐地感受了一种强硬之美。追着他们的背影,我也发表了一篇散文,写的是这种与中国文人无干的中国脊背。

张承志以这里感受到的"强硬之美",开始了他作为一位小说家进入散文创作的独特追求。这种审美追求在80年代结束的时候终于有了一个丰硕的成果,90年代的第一个夏天,张承志完成了一篇长达22万字的巨型散文:《心灵史》。

> 我站在人生的分水岭上。也许,此刻我面临的是最后一次抉择。肉躯和灵魂都被撕扯得疼痛。灵感如潮水涌来。温暖的黑暗,贴着肌肤在卫护我。我沉默着,强忍着这种限界上的激动和不安。但是我必须解脱;因为你们密集地簇拥着,焦躁地等待出发——大西北雄浑苍凉的黄土高原已经大门洞开。
>
> 我被灵感和冲动窒息了。我如此渺小;而辽阔的世界却在争抢着我。谜底全数公开,本质如击来的大浪,数不清的人物故事熔化着又凝固成一片岩石森林。我兴奋而恐

惧,我真切地感到自己的渺小。我只想拼命加入进去,变成那潮水中的一粒泡沫,变成那岩石中的一个棱角。然而我面临的使命却是描述它们。

在这篇作为《心灵史》的"代前言"的《走进大西北之前》中,张承志提到他在1978年"童言无忌地喊出的口号","那备受人嘲笑的'为人民'三个字",他说:"我已经能够无愧地说:我全美了它。"

张承志从《告别西海固》到《走进大西北之前》,直至这篇巨型的历史散文《心灵史》的出版,这个全过程宣告了一个重大的事实,即就散文领域而言,当八九十年代之交散文中闲适盛行,一部分散文在"聊天",另一部分散文在"做梦"(这里所述均不含贬义),而有如张承志这类散文清醒地面对严峻的历史现实的反向实践,这是值得注意的独特的一面。另一点,就整个中国文学而言,当失去记忆和忘却现实的疏离化成为普遍性的现象时,而以张承志为代表的这一路散文,又展现出一种贴紧现实人生的与主潮流反向的追求。这事实至少证明中国文学极为有趣的丰富驳杂。

以《心灵史》为代表的这一路散文创作体现出非常独特的文学现象,用通俗的话来说,就是有一种不顾世俗评说的我行我素的背反:在普遍的对于使命和承诺的冷漠背景下,这里却有堂堂正正的对于"为人民"指归的"全美"的宣告;在普遍的充斥脂粉习气柔婉取媚的氛围中,这里却发现并实践着"强硬之美",并以为目标追踪着如今已显得陌生的崇高精神。

和张承志的追求较为接近的是周涛,他在答记者问的《我已经寻找过我自己》中说,"我毫无疑问地崇尚豪放派,并且坚信这一脉精神乃是我们民族精神中最可爱、最伟大、最值得发扬的东西";"人应该高贵。人为什么不该高贵而该安于卑贱龌龊的生活呢? ……高贵是大善,没有哪种高贵不和善良并行。"

周涛的散文把张承志所感受并寻求的"强硬之美"发挥到一个高度。他的《蠕动的屋脊》写爬上大坂界顶的时候出现的令人惊异的"大境界":

> 界山大坂,简直就是一个浑圆的大馒头突兀于群峰之上,四面的天空都似垂挂在它之下,唯有头顶一片天,被它撑起来几丈之遥;周围一片寂静,只有一座座的山峦积着雪,一语不发地望着你,望过来一阵阵的寒气。

这种高远肃穆迥异于通常见到的那种委婉缠绵之作,这就是这一路散文推崇的"大境界"。在周涛这种大境界是以大西北的雪峰荒原为背景,他特别专注并擅长表现冰川之中的猛禽,荒漠上奔腾的烈马,通过这些强悍的形象传达那种生发于大背景的大胸襟。

《巩乃斯的马》把那些烈马放置在暴风雨的激烈骚动中,对于一向宁静优美的散文是一次彻底的破坏和摧毁,这当然不意味着散文中的那一缕温情不值得珍惜,它只是说明散文应该不能缺少周涛的这份强悍。他的《猛禽》也同样的惊心动魄,不过这力量不是由马群的狂奔的动态来表达,而是通过一种巉岩和大地无言的静穆——

> 那座岩壁,像是哈尔巴企克这怪物脸上一颗长得歪歪斜斜的大门牙,龇着,突出去好远。要是这座酷似巨人头颅的山峰有眼睛,准会每下垂下眼睫都会看见自己这颗凶险的牙凌空翘起,毫无遮掩地遭受风吹雨淋和戈壁烈日肆无忌惮的灼烤。他正一动不动地站在这块悬空巨石的顶端,凝着神,敛着翅。他可以在这一浪又一浪扑打过来的天风中岩石一样站立很久,一点儿也不觉得孤独。

章德益评论周涛的散文说过:"它们往往是一些全景式结构的巨轴般的展开的,苍茫山川上,自然与人物混在一起,天地与史实交融在一起,灵魂熨帖于人事。一只雀雏的揪心与整座昆仑的凌厉肃杀和谐在一起,一个民族的血史与一位守寡半个世纪的痴情回族女子默契在一起。"(《稀世之鸟》序),这评价触及周涛艺术追求的实际,是中肯的。

在宁静肃穆中聆听伟大,在空漠荒凉中体现壮美,是这一路散文的共同向往。这些作者从自身的生命体验出发,并把这种体验融进了他们所倾心的自然风物之中。生命与自然达到了完美的契合,他们没有散文中随处可见的竭力的展示甚至炫耀才华和技艺的表演性,他们的专注与投入是自然而然、毫不造作的。扎西达娃的《聆听西藏》也如周涛的"聆听新疆",张承志的"聆听西北"一样,有一种激发人心的阳刚之气。他的文章只是在高原的太阳下静止地冥想,没有动感,也没有故事情节和抒情,却有一份庄严的博大。

这种契合和投入,也许在史铁生那里逼近了顶巅。史铁生自身的经历和条件使他有可能企及生命最悲壮的底蕴。在他笔下,矫饰和虚空将无处藏身。他谈及生命经受悲剧性的袭击之后所具有的状态极为真实和质朴,他的文章的表达与他的人生追求达到了完美的统一。在他的散文代表作《我与地坛》中,传达的母子亲情不仅感人而且具有透彻的人生感悟的震撼力。母亲无以言说的关切和挚爱,人当绝望之际所拥有的矛盾复杂都超越了同类散文的表达。史铁生在《我与地坛》中传达的不仅仅是苦难对于生命的吞噬,以及生命对于这种吞噬的抗争,他把这种切肤之痛的感受推向了永恒的思考——

人生是太阳,他每时每刻都是夕阳也都是旭日。当他熄灭着走下山去收尽苍凉残照之际,正是他在另一面燃烧着爬上山巅布散烈烈朝晖之时。那一天,我也将沉静着走下山去,扶着我的拐杖。有一天,在某一处山洼里势必会跑上来一个欢蹦的孩子,抱着他的玩具。当然,那不是我。但是,那不是我吗?

七、文明碎片的沉思

当其他文体为新潮嬗变而兴高采烈的时刻,散文固守而沉寂着;当那些文体忽略甚至弃置对于理想的追求和传布时,散文中的一部分却表现出参与的热情。后发制人的散文在包括最富有激情的诗都显现出思考的怠惰和贫乏时,它却经由刚健的一端进入理性思考而直逼崇高。从这些迹象看,进入后新时期的中国散文实践,的确有其值得人们关注的特异之处。

一方面是由于重新开掘,引发了对于长期受到歧视的体现文人独立情趣和深厚文化积蕴的文体的热情,例如对于周作人、梁实秋、林语堂、丰子恺等的阅读兴趣,他们著作的大量印行和推广便是。另一方面,由于个性的充分发扬,散文大踏步地由外在世界进入内心,进入对于特定的个体生命的永恒的叩问。一方面是闲适性的散文盛行,写风月兴叹和闲情逸致盛行,一方面则是进入梦幻,梦中的独语,生死临界的感受以及无原忧伤的抚摸,成为一时风尚。这些,构成了散文从社会文化中心的撤退,促进了它与群体命运之理性思考的隔离。

但与此同时,另一类散文却形成与上述疏离的反向挺进,它们不仅倡导散文中的雄阔刚健的风气,而且以更为深远的对于中国固有文明的衰微和延展的关怀引发出一缕忧思。这一类散文使对于这一文体窄狭的界定成为畸斜,例如认为"散文是庸常生活的呼吸,是人们挣脱缠绕的一个努力,它全部的意义都旨在证实人类性灵的存在",这在近来一批有影响表现出思考力度的作品面前便失之偏颇。

抒情未曾解体,而回忆也不会终绝,只是,它告别了以往那种失去个人话语的对于意识形态指令的顺从,而在更为独立的个性化层面上创造了散文的新生。这些事实,在前述有关一批学者的实践中得到证明，也在以张承志为代表的一批作家的创作中得到充实。散文在后新时期的发展充分证实，它除了游戏和聊天，除了寄情田园山水，除了做梦人生，也还有醒来的人生和投入现世的激情。正是这些，构成散文在后新时期的驳杂和多样。

余秋雨也许是此一时期散文创作中最值得注意的一位作家。要是说，张承志、周涛那些散文在表达强悍和雄健的时候，更多地体现出一种独立人格的狂野之气的话，余秋雨则把那种博大深邃潜蕴在学者型的雍容儒雅之中。前者的"野气"在余秋雨这里转换成"文气"，但他却在表面的温和之中渗透出一股内蕴的锐利。余秋雨擅长在史料的引证中面对现实的生动景观，他的旁征博引不是由于显示的动机，只是对于独立思考的证明。从这点看，他也和前辈作家秦牧不同，秦牧有更多的刻意而为的堆积的痕迹，而余秋雨仅仅为了需要。

余秋雨的散文写作与其说是艺术创造毋宁说是文化反思。不同的是，他的反思以散文为手段，因为内容的深博、文笔的精彩，无意间形成了作为艺术的文字。余秋雨以散文思考文化，其背景是中国悠久深厚的传统，他特别专注于近代以来的中国文化处境以及中国文人心态的剖析，以最近100年为期的宏观考察使他的优美文字间飘飞着悲怆凝重的世纪烟云。

余秋雨把他的文章命名为《文化苦旅》、《文明的碎片》，突出了他所感受的中国漫长的文明史经历的苦难以及无以言说的破碎感。"苦"和"碎"的感受暗示着这位作者深层的批判意识。余秋雨涉足其间，他的漫长行旅表现出一种与众不同的"全视野"的巨大涵盖性，那就是从经由"自然山水"进入"人文山水"，他所关注的是那些文化留下深脚印的地方。而更值得注意的是，他并不特别注重诗人激情的阐发，而处处显示出学者审慎的思考的锋芒，热情被包裹在冷静的历史沉淀之中。在余秋雨的散文中,人、历史、自然被浓重的文化思考熔铸而为一体,这就使他的散文有一种综合的重量。

余秋雨的散文如《阳关雪》、《柳侯祠》、《都江堰》等都重视凭借山水风物、园林典籍以寻求文化灵魂和人生秘谛,探索中国文化的历史命运和中国文人的人格构成。当他作这种旅行时,很少有当今相当多的散文表现得那样轻松愉悦,而总是流露出无以排解的苦涩和沉重。作者自述:"一提笔就感觉到年岁陡增。不管是春温秋肃,还是大喜悦大悲愤,最后总要闭一闭眼睛,平一平心跳,回归于历史的冷漠,理性的严峻。"他认为,"任何一个真实的文明人都会不自觉地在心理上过着多种年龄相重叠的生活。"(《文化苦旅·自序》)

余秋雨的这种厚重感,不仅来自他的经历、见解和学识,而且很大程度上取决于他那宏阔的视野。散文《道士塔》写敦煌看守佛窟的道工王圆箓之墓。由墓引出墓主的行状,作者至此写了如下一段话——

其时已是20世纪初年,欧美的艺术家正在酝酿着新世纪的突破。罗丹正在他的工作室里雕塑,雷诺阿、德加、塞尚已处于创作晚期。马奈早就展出过他的《草地上的午餐》。他们中有人已向艺术投来歆羡的目光,而敦煌艺术,正在王道士手上。

作者这样介绍这位道士:"我见过他的照片,穿着土布棉衣,目光呆滞,畏畏缩缩,是那个时代到处可以遇见的一个中国平民。他原是湖北麻城的农民,逃荒到甘肃,做了道士。几经转折,不幸由他当了莫高窟的家,把持着中国古代最灿烂的文化。"

"不幸"、"把持"这些词已经透露出作者对这一事件的基本态度,这就是余秋雨式的锋利。目睹文化的陷落有时他也会一反作为学者的从容冷静的常态,而表现出更为强烈的愤激。也是这篇《道士塔》引出了关于敦煌经卷的散失的评论,他写道:"偌大的中国,竟存不下几卷经文!比之被官员大量糟践的情景,我有时甚至想狠心说一句:宁肯存放在伦敦博物馆里!"我们不难从这种"偏激"之中看到这类散文所具有的强力。

谁都感受到了这类散文不仅超越了伪装的"欢乐开怀"以及醉生梦死的轻松享乐,而且也超越了表面层次的对于现实积重的认识,它们几乎无例外地承载着悠远历史文明的沉重负荷,也就是以此为特征,这些散文具有了超越一般的意义。余秋雨在《文化苦旅》序言中说的"年岁陡增"或"年龄重叠"的感受正是这种超常负荷给予的心理压力。从这点来看,每一个中国人都是"苍老"的——

> 然而,我们终究已经不是孩子。从生理年龄和文化年龄来说都是如此。我们的文化年龄和一个文明古国的历史相依相融。称为文明古国,至少说明在我们国家文明和蒙昧、野蛮的交战由来已久。交战的双方倒下前最终都面对后代,因此我们身上密藏着它们的无数遗嘱。我们是一场漫长交战的遗留物,我们一生下来就不是孩子,真的。我们要推车,双手经络不畅。我们要爬山,两腿踉跄蹒跚。我们有权利在古战场的废墟上寻找和选择,却不能冒充一个天外来客般的无邪赤子,伪造出一种什么都不必承担的轻松和活泼。

——余秋雨:《文明的碎片·题叙》

上述这一段话很像是这一批在追寻强硬之美的文化苦旅上奔走的行客的美学宣言,这宣言上明确无误地写着某种心甘情愿的承诺。

1996

重读《赶车传》

　　田间的诗被称为"战斗的鼓点",指它的鼓舞前进的内容和短促有力的句式构成的抒情诗。像《赶车传》这样的叙事长诗,则明显受到了"延安讲话"后要求文艺反映群众斗争生活内容的总的气氛的影响。《赶车传》有很强的象征意味,石不烂是石,金不换是金,石不烂有勇,金不换有智,金石结合则智勇双全,农民的"翻身"才能胜利,否则就会失败。石不烂在未曾遇见金不换时,只是"不烂"而已,他要解救女儿蓝妮出苦海,要打倒朱桂棠都只是梦想。唯有遇到了"金",才有"不换"的胜利的喜悦。所以田间开宗明义说,"智勇两分开,翻身翻进沟;智勇两结合,好比树上鸟,两翅一拍开,山水都能过"。

　　诗被叫做"赶车传",赶车则是这诗的中心意思。这是一种比喻,也有象征性,赶车在田间有多层意思:在开始的时候,本是石不烂谋生的手段,"生来就赶车,不赶车没饭碗";后来在论述中,车成为苦难的象征,"卖人车"、"求命车"、"流血车",但最后成为中心的象征,以田间说的"这车的名字,也就叫找路",即通过运载方法(斗争的手段)达到目的即理想境界的意思。这一点,在《赶车传》的随后几部中表现得更明确,以后的几部,随着社会改造的各个阶段,从互助组、初、高级合作社到人民公社,依据不同的理想目的,石不烂的车赶了一程又一程,最后出现的银河边上的神仙,那就是"人民公社是天堂"之意。

---

* 此文刊于1996年2月《诗探索》1996年第1期。据此编入。

从这点看,田间这时的创作与以前有很大的不同,应该不在于那时写的是抒情诗,如今写的是叙事。应该说,田间即使写叙事诗也有很强的抒情性。他不像有的诗人,例如闻捷和李季,特别是闻捷那样擅长于把生活中的具体细节引入诗中,用的小说的方式,而田间不同,即使是叙事诗,他也尊重诗的特性,能够用抒情诗来叙事,这是田间的优长之处。他能够把具体的事象抽象化,象征手法的广泛应用是田间的特点。

但由此也流露出田间的缺憾,那就是他的不易让人觉察出来的理念化。以《赶车传》为例,理念的倾向就非常严重。在这部诗里,他试图图解政治,即在当日敌后根据地减租减息中,农民如何依靠共产党的政策(金不换的智慧)克服有勇无谋的蛮干而取得胜利的故事。石不烂这挂车,它什么都装,而装的都是抽象之物,是"意识形态的空气"。到了五六十年代,随着意识形态对文学追逼日紧,他的车上堆满了各色各样流行的概念。他简直就是用概念充填了所有的空间。也许人们会说,那里不是有车、有路,有赶车人,有果园,有仙山吗?全那不是具象的,那些,都是一种替代物,是替代物的充填。

半个世纪之后重读田间的诗,拨开让人厌倦的"政策性"图解的烟幕,我们依然可以发现田间诗质的朴实淳厚,它们仍更接近土地和民间有很浓的泥土味、他的短促的诗行很特别,是建立在六言的基础上,句式也有变化,但节奏基本是以三音节为基础,与五七言的旧诗体及民歌体不同,也不同于欧化句式。这样的句式用来表现比较多的内容的系列叙事长诗是否适宜有待于讨论,但田间独特的坚持,在普遍缺乏艺术个性的年代无疑是有意义的。

电话亭上的招贴*

　　北京这座古城日益呈现出现代风采。今年北京的街头又增添了新景致,就在我居住的海淀中关村一线,每隔数十米便并排竖起两座公用电话亭。这些由加拿大太平洋传讯公司修建的亭子,用橘红和湖蓝两色的现代材料造成,洁净典雅,不落俗,富有现代气息。行走在绿树荫下,远望那鲜丽的红蓝两色的跳闪,仿佛置身欧美城市的街头。

　　但在这里几乎所有的美好都会走样。曾经的美好,不用多久,就会成为现实的丑陋。例如,满街的台球桌被用来赌博,电子游戏机被用来毒害儿童,而随着电脑进入家庭,色情也随着进入中小学生神秘的空间,等等。

　　这个城市有随意张贴的习性,无论是公家的还是私人的建筑物,也无论那是多么华贵和精致的墙面,那些人都有足够的勇气和胆量往上刷糨糊,让那些粗俗的语言随意涂污。这些张贴,大自公家制定而且常变常新的宣传品,小至各色人等的各色张贴:换房的、求职的、促销的、到处泛滥的"价格面议"、"实行三包"、"致富捷径"。反正那些建筑物已失去尊严,谁都可以任意涂抹。可是,临到太平洋传讯为市民竖立的漂亮的电话亭,事情就有点不一样了。

　　记得人们说过,谁敢在纽约的华尔街或是香港的中环光洁如镜的地面吐一口痰,此人便算有胆。我想不会有。而在这里,

---

* 此文初刊于1996年3月31日《北京法制报》。据此编入。

却到处都有这类勇大。就以此刻我们谈论的电话亭子来说,当人们为它的出现只感到眼睛一亮还不及熟悉它的光艳时,甚至那些亭子里的电话机还来不及安装时,这社会的丑陋习性便一反它慵懒和颓唐的常态,那些"苍蝇"便黑压压地爬满了那些光洁晶莹而让人目眩的亭子的四壁。

贴了又撕,撕了再贴的,是那些"包治性病"、"一针就灵"的广告。这个城市某些层面的龌龊和无耻,它的"旁若无人"的行径简直让人吃惊——似乎什么最见不得人它就起劲地来什么。在众多的招贴中。这类花柳病广告最来劲,原因就在于它最肮脏。

这些苍蝇般的宣传品毫无顾忌地飘飞和粘贴在这座城市的四面八方,甚至大学圣洁的院墙上。每次经过总感到恶心,羞耻感使人总想闭目侧身而过。但积习总不由自主,总要用余光搜寻那些无耻的张贴,从橘红和湖蓝的鲜艳中去发现那些污浊。

撕了再贴的痕迹,让人想起这民族的劣根性,它的冥顽和麻木说明痼疾的深重。前些时阅香港某报,有散文写"钢琴里的老鼠"。那些鬼鬼祟祟的家伙竟然在肖邦和莫扎特的"家"里做窝!但那是文学作品,事实也许竟不如是。由此联想到此刻这座城市的崭新的电话亭上的张贴,它的厚颜无耻胜过了那些老鼠,鼠类只能偷偷摸摸,而那些花柳病广告却是堂而皇之的张狂!

"畅销书"在当前文化语境中的概念界定*

在中国,印得最多的书并不一定是"畅销书"。"畅销书"是书籍进入市场以后的产物。它意味着出版物从过去的卖方市场转变为买方市场,它从一定的层面上反映出读者的需要,而不是如同过去那样只反映宣传的需要。

能够成为"畅销书"是作者的愿望,因为这意味着作者的劳作得到了承认。对于作家来说,没有比读者的冷淡甚至"不予理睬"更可怕的事了。他们当然希望自己的书印得多、卖得快。市场不仅表达了需求,而且表达着评价,这不能不引起作者的关注。

但"畅销书"同时也并不意味着一定是"好书"。因为"畅销书"面对着是广大热情的、但并非专业的对象。各色各样的趣味甚至好奇心,使那些读者趋之若鹜,他们的热情是直接的和单纯的。有时他们的热情受到了周围环境和气氛的鼓励。在中国这样整体文化水平不高、而且市场刚刚开放的情势下,情况就更是如此。许多一时畅销的书,过了不长的时间就销声匿迹就是一种证实——证实这些书的价值并不恒久。除了宣传的动机之外,一些屡印不衰、销售情况始终看好的书,如中外的哲学、文学名著并不是我们此刻称之为的"畅销书"。

这样看来,我们使用的这个概念就和流行口味、行销手段、

---

* 此文为在关于"畅销书"现象座谈会上的发言摘要,总题为《"畅销书"现象面面观》,刊于北京大学中文系团委《博雅》1996年第2期。据此编入。

暂时行为等等有了联系,在这样的背景下,作者盲目追求"畅销"很可能会失去很多可贵的东西。这些作者若是心甘情愿地"放弃"那些东西而去适应书商、地摊和层次不高的读者的口味,对于那些有才能的作者来说,便可能是一口陷阱。所以,我的见解是,"畅销书"在一定程度上体现"评价",但并不完全体现"价值";某一作者的书得到"畅销"是一种鼓舞,但对于富有创造才能的作者来说,并不一定是福音。一个严肃的、敬业的作家若是经受不了"畅销"的诱惑,并以此为目的进行写作,无论如何意味着某种"放弃"。从长远看,是才华的自戕。

布衣的友情*

　　我于书法所知甚少,但爱观赏。观赏也不得法,却颇自以为是。其实也说不出什么道理,只凭直悟。当世书家我独尊于右任和林散之。于右任后居台湾,其字只是偶然见到,且又是复制品。但即使如此,也依稀可辨那不凡的气韵。林散之虽在大陆,其真迹也是难得一见的神品。近观几不可得,偶尔见之,便夺人心魂,经久不忘。我初读林散之的字,大概是某年某月途经某地(也许是泉州的古船博物馆,记不清了),有林书对联一副。那时我还不知有林散之,初识便知此非人间所有,以后竟不相忘。

　　对于我自己认定的当今这两位书法大家的作品,我只是心仪而已,却没有机缘接近。不想近期竟间接地都有了某种接触,这也是一种不可求的自然的缘分。关于于右任先生的文字,他日我会有机会写出,此处不赘。现在单说林散之一项。去年6月我接得安徽和县邵川一封来信,这信在我日常众多的来信中格外突出,因为作者随信附寄了邵子退先生遗著《种瓜轩诗稿》一册。而诗集的题签却出自林散之手笔。这使我喜出望外。

　　邵川是和县邵子退先生的孙子,由于他的介绍,我得知邵子退和林散之不仅是同乡好友,而且有着长达70余年诗酒书画的交往。两位老人,一住桥南,一住桥北,诗成画就,策杖而访,茶酒相娱,过从甚密。他们于1937年同游过黄山。"文革"中林散之避难乡间,住家乡乌江江上草堂,更是相濡于危难之中,真情

---

* 此文原载1996年4月19日《中国艺术报》。据此编入。

弥笃。

1984年邵子退病故,林散之闻耗大悲,洒泪书一大"奠"字,并作挽诗《哀子退》:"从今不作诗,诗写无人看。风雨故人归,掩卷发长叹。昨日接电报,知君入泉下,犹闻咳唾声,忽忽冬之夜。"

邵子退生于1902年,卒于1984年。他终生布衣,"既未从政,也未经商,设塾得徒","从无应世之念,更恶奔竞之徒,淡泊自甘"。他超然独立,自号种瓜老人。邵子退诗书画均佳,只是平生清绝,少与人交往,故知者鲜。今举邵作七绝《散翁》一首,以见一斑:

> 百子亭边一散翁,
> 挥毫强劲逗东风。
> 可怜独立开生面,
> 湿处能枯淡处浓。

《种瓜轩诗稿》是邵子退老人毕生所作的汇集,全集有一半是与林散之唱酬之作,集后并附有林散之写给邵子退的诗计30余首,可见二人非同寻常的友谊。

邵子退的诗书画存世不多,但他的雅淡清绝世所罕有。《邻妪》一首,堪称当今乐府,其直面人世的勇气,足可使今世文人为之汗颜:

> 邻翁已谢世,邻妪支门户。二子不在身,一媳病朝暮。去岁搞三改,中稻未成熟。何处来急令,强迫日夜割。火速栽晚季,禾穗弃田脚。风雨湿生芽,狼藉遭零落。晚稻无收成,从此难生活。毁灶土肥田,空厨鼠走出。大队办食堂,一釜千人嚼。糠核煮浮萍,排队争瓢构。谁人夜加餐,食堂明火烛……

这一幅悲惨画面不是发生在元白写新乐府的时代。相信现今在世的许多人不仅耳闻且多为亲历,但是在他们的文字中保留的竟是那么少。他们写得很多,但很多之中偏偏少了对世事的关怀并表现出对历史的遗忘。而终老荒僻乡间的这位澹泊的人,却有如此浓重的现世关切和义愤。对比之下,当前文学中的那种享乐和游戏,那种在物欲面前的狂欢,多少有点失常。而贫病交加的这位默默无闻的乡间老者的精神状态,却要健全得多。

林散之是当代书法大师,可谓名重天下。而邵子退终生布衣,啸傲于林泉,不求闻达于当世,只是清寂平淡地过着他的躬耕田亩、书笔自娱的生活。但林散之极看重他与邵子退的少年友谊,晚年封了画笔之后,还特意作画17幅精心装裱成册赠邵子退。邵未即取,林一再函催。特为作诗《为子退作小画册竟不见来取作诗催之》:"点泼十余纸,淋漓一气成。瑕瑜有互见,深浅总多情。应识残年叟,无辞太瘦生。画成君不到,明月待三更。"这种超于世俗的文人交往,颇有古时子期伯牙高山流水的遗风。在世情冷淡的今日,回顾林散之和邵子退这两位曾经和我们生活在同一时空的世纪老人的水一样清纯、酒一般醇厚的友情,真是令人怀想,而又感慨。

谢冕致崔道怡[*]

道怡兄：

　　四月二十三日挂号今日收到，何申的中篇小说《年前年后》[①]也读了，你的推荐很有分量。

　　这篇作品机趣之中见厚重。绝非单凭"才气"的取巧之作。这么深的生活底蕴，这么认真的创作态度，为近年所少见。谢谢你了。

　　我的选本已发往印厂（四卷，二百余万字），这篇拟设法"插入"。

　　另，林斤澜的短篇小说《新生》，你可记得发表在贵刊哪一期上？斤澜称你为"活字典"，"一定记得"，便申请示知。祝
编安

弟　谢冕
1996 年 5 月 3 日

附：崔道怡致谢冕

谢冕兄：

　　信悉，甚喜。我的推荐能被你如此看重，何申的小说能被你

---

[*] 此信刊于《小说》1996 年第 4 期。据此编入。

[①] 何申，河北作家，其中篇小说《年前年后》刊于《人民文学》1995 年第 6 期，获《小说选刊》1995 年传世藏书杯优秀小说评选头奖，《人民文学》1995 年昌达杯优秀小说评选特别奖。

补选进入《世纪经典》,我深感荣幸,想来何申也会觉得很幸运的。

"文学作品世纪经典"这样的选本,正是我心目中向往已久的。一则,不按体裁分类,就依年代划界,更能在总体上显示时代轨迹。我们的文学创作,大多具有政治印痕;把各种样式汇集一处,便于读者从社会变迁的角度欣赏历史的画卷、领悟艺术的脚步。二则,全凭选家眼光,不受非文学因素影响,更现艺术个性。这样甚或比之评奖更能保证质量——评奖固然选优拔萃,却总难免照顾方方面面。

祝愿你这一部独特选本早日问世。

林斤澜的《新生》,刊于1960年第12期《人民文学》,那是他在60年代的精品,我编辑诸多选集时都曾收入过的。你说从中可见林斤澜的敬业精神,所见甚是。他从50年代起就专门致力短篇创作,因其风格独特,被称为"怪味豆"。"怪味"者,在模式化创作的年代里,能不流"俗",坚持个性。"豆"者,精致灵巧,耐人咀嚼。这是难能可贵的,不似而今有些作者,功利心重,怎肯精益求精,这也是短篇创作不大景气的原因之一吧?

匆此敬复,顺问安好。祝

如意

           弟 道怡
          1996年5月7日

晓雪的风格*

来自苍山洱海的这位诗人，他为我们这个多民族的诗歌大花园带来了属于他的民族诗歌特有的色泽和特有的芳香。他从五十年代开始歌唱，除了诗歌批评《生活的牧歌》之外，写于那时期的还有系列短篇叙事诗：《播歌女》、《蝴蝶泉》、《望夫云》、《美人石》、《羊龙潭》、《飞虎山》等。白族以及西南各民族世代相传的民间传说和民歌是他诗歌创作的深厚土壤，他由此出发并使之驰入中国新诗的宏阔背景，从而造成他的诗歌创作既是中国的又是民族的二者完好契合的独特性。他的辛勤劳作扩展并丰富了整个中国诗歌艺术的内涵和表现力。

晓雪走进我们的视野，是他带来了流传了久远年代的美丽的故事。这是一些关于劳动、创造、自由的爱情，以及善良和邪恶，是历代先民争取合理生活的理想和追求的故事。这些原先以民间方式加以口头咏唱或讲述，经过一代又一代人流传下来的故事，到了晓雪以及其他一些诗人手中采取了中国新诗的书写方式。那些在漫长时间里哺育和陶冶了无数心灵的民族文化的承传、白族和云南其他民族的传统情感方式得到了现代的表达。诗人通过自己的声音把西南边疆民族的醇厚诗情融化和播撒在中国年轻的诗歌世界中，晓雪的这种贡献，已经默默地持续了数十年。

我到过晓雪的故乡。从下关穿越一片开花的田野，路的这

---

* 此文刊于1996年5月《民族文学研究》1996年第2期。据此编入。

一边是苍山的雪峰,路的那一边是洱海的碧波,苍山融化的雪水就从脚下跳动着泻向洱海。到了夜晚,在山海之间升起了一轮明月,它的澄澈透明之美,足以令我们这些生活在内地的人受到震撼。我说这些是想说明晓雪这两个字所概括和传达的是一种特定的审美意蕴。诗人的名字是和他心目中永恒的大自然相联系的,晓雪的风格就是苍山洱海的风格,晓雪的意境就是苍山洱海的意境。

云南大理那地方无处不弥漫着那种清明澄澈的气氛。那里气候凉爽,从洱海吹来的风,温柔之中有一种强劲,因此,白族女子便有了那种非常秀美的特殊的头饰和带宽滚边的白色背心。那里的热情是深蕴而不浅露的,这很像晓雪的诗,或者说,这种氛围被晓雪摄为他的诗魂。"哥哥说坡上的绵羊像白云,妹妹偏说像一堆堆白雪;哥哥说蓝蓝的天像洱海水,妹妹偏说洱海水里有蓝天"(《花朵》),这里的白云、白雪、蓝天都是晓雪的底色,他的诗就建立在这一片透明洁净的气氛之中。还有《秋色赞》"远山,远树,远方的道路仿佛都溶入淡蓝色的轻烟",这些都是典型的晓雪式的诗句。这里对于自然和社会景象的感受表现为很少修饰的素朴纯净,这是一种坚定自信的表现。只有拥有一种背景并且紧紧地贴近和依靠着这个背景的诗人,才有这份自信和坚定。

晓雪在《我的追求》中对自己的创作有一段表白:"我爱静不好动,多柔而少刚。我也许更适合于写山水诗,风情诗,爱情诗和短小的民间叙事诗。语言风格上,我力求写得朴素、单纯、清新、明丽。我对矫揉造作,虚张声势的东西特别反感。"

晓雪就是这样按照自己的意愿,数十年来坚持着写自己愿意看到的诗,而很少迎合时尚追逐新潮。这与其说是他的迂执,我更愿意把它表述为诗人的矜持。当然,读晓雪诗有晓雪诗歌点评时会感到某种平淡和松弛,即使在他的优秀诗篇中有时也会觉得缺乏锤炼和不够浓缩的毛病。这也许是他在追求朴素和单纯的过程中,因把握失度而显示出来的弱点。

晓雪是从白族文化传统中走出来的,再具体一些说,是从白族的民间传说和民歌中走出来的。这传统赋予他的诗以特殊的生命力,它成为最活跃的元素充盈在晓雪诗的每一个空间。也就是这些使我们在众多的诗人中迅速而确切地将他辨认:

> 白鹭和洱海夏天相会,
> 大雁和苍山秋天相会,
> 哥哥呀,三月街儿天就散了
> 什么永远在您心上留。
>
> 燕子和柳树春天相会,
> 梅花和白雪冬天相会,
> 妹妹,年年都有个三月街,
> 今年的三月街不相同。
> ——《月下听歌》
>
> 今天是采花的日子
> 今天是唱歌的日子
> 喜欢什么花你就去采吧
> 喜欢什么歌你就去唱吧
>
> 今天是甜蜜的日子
> 今天是快乐的日子
> 喜欢那件衣裳你就穿上吧
> 喜欢那个姑娘你就去爱吧
> ——《采花节·祝福歌》

复沓、排比、咏唱的调式表现出极大的独特性。这种对于民间方式的汲取和渗透,乃是一种民族精魂的摄取,是赋予诗人创造的永远的神韵。但是在更多的诗篇中这种表现方式没有得到更多的坚持。他的这种独特性被中国新诗普泛的方式淹没了。这也就是我们通常感到他的作品平淡的原因,普泛性夺走了浓郁的民族风情。

较之艺术表现方式,晓雪显然更为重视内容的切近社会人生。这是晓雪创作的生命线,也是晓雪诗最有价值的精华部分。我特别推重他的《大黑天神》,我把这诗称为"超短的长篇叙事诗"。我的这种杜撰的奇怪指称是有感于叙事诗的通病,即一般叙事诗作者在运用这一方式时往往缺乏节制地使用小说的写法,使作品充斥了细节和环境的描写,普遍地忽视诗的抒情、精炼等特性。《大黑天神》无疑创造了叙事诗精炼浓缩的先例,它使小说的影响减少到最低点而保持了诗的可贵的品质。这种成就是与他长期坚持的短小叙事诗实践有关。

在《大黑天神》中人们看到的不是古老传说的现代复述,而是通过特殊的天上人间故事的讲述,传达着特殊时代的血泪和愤怒。现世的悲情和思考以非常隐蔽的方式得到表达。玉皇大帝的暴虐和专横,他不愿甚至妒恨人间百姓的安乐。"他们唱歌跳舞怎么不向我察报",因此他要人间停止歌舞。他给予大黑天神的使命就是向欢乐的人群播撒瘟疫的种子,以制造瘟疫和灾难,最后取消人间的欢笑。但这位天帝的使臣看到的却是人们的善良和勤劳,他无法执行这一邪恶的指令。为此,他只好一人吞下那瘟疫的种子而承担了全部的罪责。

"他的脸更黑了,却把光明永远留在世上;他立刻就死了,却把生命永远留在人间。"这位以拂晓的白雪命名的诗人,为了颂赞天神的舍生忘死而意外地肯定了另一种审美境界:大黑天神的黑是美的,他吞食瘟疫种子之后脸是更黑了,而他以黑为代价所唤来的光明却体现了至高无上的美感。当然,这不仅是晓雪的一种新的审美心理的展现,更是诗人悲悯和宽容的内心世界的展现。

永远动人的年青[*]
——我读《廊桥遗梦》

短暂的相聚之后是永久的思念,而后是永久的离别。但是弗朗西丝卡总在每年自己的生日举行只属于她自己的特殊庆典——

最后一道仪式是读文稿,她总是在一天结束时的烛光下读。她从起坐间拿来这份稿子,小心地把它铺在贴面桌上蜡烛旁,点上她一年一支的香烟——路驼牌,喝一口白兰地,然后开始读。

这样的仪式一直坚持到她死去。

弗朗西丝卡在1989年1月去世,那年她69岁。所以,《廊桥遗梦》是现代故事,不是古典故事。

弗朗西丝卡的子女迈可和卡洛琳"告诉"本书作者,"在方今这个千金之诺随意打破,爱情只不过是逢场作戏的世界上,他们认为这个不寻常的故事还是值得讲出来的"。

我读《廊桥遗梦》时明确感到了这种意愿。不论故事中的人,还是作者,他们在20世纪即将终结的时候讲述这个充满上一世纪或更古老年代的古典情调的小说中才有的生生死死的恋情,的确有一种针对当世时尚的明确意愿。

这本小说结构单纯而明洁,叙述平易而不芜杂,在越来越注

---

[*] 此文刊于1996年6月《艺术广角》1996年第3期。据此编入。

意技巧或者说越来越写得花哨的今天,它的这种用平常的语气讲述平常故事的气氛,让人感到非常亲切也非常新鲜。它告诉人们,尽管社会新潮迭起,瞬息万变,但有一些东西是稳定的和恒在的,它不会花落水流而过时。例如构成这部小说的简单的人物、简单的故事、简单的情感,它都古老如同我们的祖母时代,但却使我们想到我们的现在,激起我们对我们的生活态度和情感方式的拷问,并接受它的强烈冲击。我们发现这其中有许多东西,表现为永远动人的年青。

香港有一个由梅艳芳演出的手表广告非常著名,广告词只有十二个字,即"但愿曾经拥有,何必天长地久"。这很能代表当今人们的处世态度,它对后工业文明是一句非常浓缩的概括和提炼。及时行乐,游戏人生,没有记忆也从不承诺。但《廊桥遗梦》不同,它不仅一见钟情,而且一旦相遇便终生相忆。不论是弗朗西丝卡,也不论是罗伯特·金凯,他们以非常专注的态度面对他们间发生的一切。他们爱得认真、爱得尽情但又节制。他们力图避免伤害别人,这里没有道德的说教,却有一种至情的恪守。他们是痛苦的,却在这种痛苦中得到灵魂的慰安。

在注重享乐和注重物质的现世,似乎一切的激情都不再产生,人们的心灵普遍苍老,他们对世间存在和不存在的都感到麻木。在这样的年代,《廊桥遗梦》却让我们看到了青春和热情,男女主人公把刻骨铭心的爱情融入到生命深处。他们不求拥有但求永久,追求情感的纯粹和充实。此书动人的力量只能从对照中得出,在精神和物质、现想和世俗、严肃和轻浮的巨大反差中,我们得到关于坚定、关于执著、关于忠诚的信念。

大苦难后的平淡*

  这是一本撕去"艺术"面纱的书。它不同于时下走红的游戏或消遣的文字,那些作品满足于夸夸其谈、故弄玄虚而往往言不及义。它们好像下决心要让文学回到高雅但却抽象的"纯粹"上面去——在那空气稀薄的高空地带,也许具有了天国的一切美妙而独独少人间烟火气——它们表现出对现在拥有和曾经拥有的一切人生的冷漠和忘却。那些与真实世界相联系的关怀,似乎变成了可供随意嘲讽的对象,好像唯有如此这般"空灵"的作品才能显示出作者的超凡脱俗。但事实却是"超凡"而未必脱俗,因为它们仍然脱不了迎合流行趣味的世俗性。

  张贤亮这部小说通过不加改动的日记以及对日记注释的方式,讲述六十年代西北某地那些有罪和无罪,甚至更多是无辜的囚犯强制劳动改造的事实。那里充斥着饥饿、残忍、非人性和死亡。虚伪和龌龊、自私和贪婪、同情心的消泯,人生百态的林林总总都借严重的生死尊辱的临界点上尽情地展露。

  那些被叫做鸡毛蒜皮的细微末节,无非是"照相"、"吃青"、"斗争会"等等,却使这里的每个字都变得沉重起来。那些被作者"无动于衷"地讲述的事件,因为它的充满血腥气而产生了惊天动地的效果。它摇曳了人性最深层的部分。那位孤独的年轻

---

  * 此文初刊于1996年6月《小说评论》1996年第3期,题为《〈我的菩提树〉读法几种》,收有谢冕、史成芳、陈顺馨、尹昌龙、孟繁华、马基迪、阿明、徐德峰、任一鸣每人一篇文章。据此编入,并附主持人的话。

右派,平日深藏不露,于不意间却说出"在巴比伦王功时期,天文学就很发达了"这样充满知识光辉的话,还因为如此,也因为他吃饭的磨蹭,受到斗争批判,而后,在批判的第二天就永远地"硬"在了床上。又有一位叫麦效苏的,在路上拣到一颗生玉米张口就啃,队长命令放下,他照样吐着白沫啃,直至满手满嘴都是绳子抽打的鲜血。还有一个更为触目惊心的场面,一位年轻妻子携带幼女千里寻夫,丈夫一见二话没说"抢"了食物蹲在一边就吞噬,而后,用镰刀割断臂上静脉死去。小说作者只让我们看到由八位男女犯人抬走这一对生死夫妻的远去的背影。

惊心动魄却出以平淡,麻木到了极限便显出绝望和悲哀的真谛。张贤亮这小说滋长出一种近于冷漠的不动声色的叙述风格。似乎说出那些事来便是目的,并不太考究应该如何说,全然是在平淡中具奇兀。《我的菩提树》确是一本舍弃了刻画和装饰的平平常常的书。这种平常来自不平常的经历和感受;在血泪面前的"麻木",正是因了血泪的浸泡。这小说到处可见的近于冷酷的节制,表现出经历大苦难之后的成熟。

任何以艺术性或思想性的既定准则来衡定这本书的意图,都可能意味着某种强加。与其说这小说是以艺术的手段提醒畸斜和残忍的岁月,不如说,它是以白描的平铺直叙的方式向人们谈论人性在非常态下可能拥有的丰饶。

附:主持人的话

张贤亮写过许多小说,但是这一本《我的菩提树》的价值超过了以往的任何一本。这是一本特别的小说:没有刻意突出的主题,没有预先设计的人物,也没有特别安排的情节,甚至也说不上精心的结构。整部小说由"日记"和对"日记"的"注释"构成。前者是当年劳改生活的简略日记的不加改动的原文本,后者是今日重读和必要说明和充实,再加上少许必要的议论。像这样的创作,说是实录或纪实文学,说是长篇散文均无不可,但张贤亮却认定它是小说。

这种认定等于我们习以为常的小说拓展了新的疆界。这种界定包含了一种新的文体意识,并为小说的审美价值提供了新例证。它应该也包蕴了对当前(包括对作者本人以往创作)的批评性意向。那些小说由于"创作"、"加工"的意识过于强烈,往往离生活和情感的本样状态愈来愈远。越是讲究技巧的作品,读者感到的失望也越多。在遍地都是迎合世俗趣味的矫情之作的今天,凭空出现了这样一本素朴无华的书,的确让人耳目一新。对于厌倦了精致作品的人们,品味一下平平常常的"菜根香"也许会带来意外的欣悦。

被遮蔽的风景[*]

  颐和园的苏州街重修之后我从未访问过,原因是我对公园里加岗设卡变着花样收费很反感。人们游览公园是为了赏心悦目,而加岗设卡这种举措只会败坏人们的情绪。且不说苏州街收费颇昂,就是再低廉的额外收费,我也拒绝前往。

  苏州街一带统称后湖,是对比昆明湖为前湖而言的。原先的苏州街我常去,那里夏日荷苓夹岸,入秋芦叶瑟瑟,是一个富有野趣的地方。这里两岸是旧日宫中买卖街遗址,时见残墙断瓦,无言诉说着历史的沧桑。从昆明湖移舟至此,避开金碧辉煌、富贵华丽的皇家气氛来到这野树曲溪的所在,仿佛是到了江南水乡,是另一种境界了。

  自从苏州街重修,我也告别了这种情趣的寻觅。好像是对一种尊严的维护硬是过"门"而不入。但后山清幽的诱惑却难以抗拒。每次进得园来,总是信步由长廊至石舫,再经后山至松堂。松堂过去,隐隐显出一派姑苏古城的水街景色:有仿古的酒旗高悬于绿树之巅,沿山间树梢望去,酒肆歌楼商贾钱庄疏落有致,那便是苏州街了。虽是帝王家刻意仿造民间形色,但亦盎然成趣。

  松堂后山一带地势高于后湖,自高处俯瞰苏州街本是观景佳处,这是我造访颐和园最喜流连处。但自苏州街重修之后情形却大有变异。那里有一座小桥,小桥过去有城阙巍然而立,那

---

[*] 此文原载《天涯》1996年第3期。据此编入。

城阙一边题"宣辉",另一边题"挹翠"。这里景色诱人,但当人们登临之际,却有了意外的发现,这一带秀丽的风景突然被恶意的一排挡板遮蔽了。人们明知前有佳景,却目不能至。这种对于游人的伤害不仅是粗暴的、而且是凌辱性的,什么后山的清幽、什么湖岸的婉丽,都被这些举措驱逐得干干净净!

那些兴冲冲的游园人,从佛香阁一路款款而来,山青水绿,红墙金瓦,自有说不尽的舒心惬意,想不到的是迎面这样一道人为的屏障!这是一种对于美好情绪的戕害,岂是惆怅或失望等语所可形容。细究管理当局此举,意在禁止游人"免费"窥看苏州街的景色。但后山一带一般游人本来就少,以不多的游人伫立山间,从茂密的树隙观赏水乡的酒旗和市肆,上下呼应,不是给园林增添一番情趣?但决策者显然不会想到这上面,他们的赢利动机早已将此种情趣彻底消除了。

在颐和园后山设障阻止游人"窥视"风景的行为,不仅破坏了这座皇家园林的整体美感,更重要的,还在于它暴露了中国人不健全的心态。这心态与封闭性的文化传统攸关。从中国人的居住习性看,庭院深深,四围筑以高墙,其间隐秘,外人鲜知,它对所有的人都防犯,从王公贵族到平常百姓。北京民居,是四合院,皇家宫阙,则是紫禁城,从帝王到庶民都各自用墙、用影壁、用大屋顶把自己隐藏起来,内里都是一例的神秘莫测。

若把话题收回到苏州街对于欣赏者目光的遮掩上来,则还明显地流露出小农的狭隘和俗琐。这看起来与这个虽称礼仪之邦的泱泱大国的气度不相谐,然而,这毕竟是小农和小市民组成的庞大的社会。

听说世上许多城市规定盖房不得设围墙,所有的公共和私人建筑物都只能建开放式的篱笆,或饰以镂空的栏杆,或植以花木以为界。这样座座庭院争奇斗艳。各不相同的花木池塘、屋宇楼台,组成了绚烂多彩的公开的风景。而中国不是,它用大大小小的围墙遮蔽人们的眼目，惟恐被人窥去内里的华美或阴暗。中国是一座其大无比的"围城"，大围城之中又是无数的小围城（有时称"土围子"）——它到底是一个其大无比的农民王国。

记得那年访问荷兰，住莱顿小城，到过阿姆斯特丹，也到过海牙。举世闻名的尼德兰是一座完美的花园。海和运河，风车和草地，白色的游艇，装饰着这个花园般的国家。我多次乘坐火车来往于莱顿与阿姆斯特丹之间，铁路沿线洁净如公园，不见任何废弃物，越是靠近城市，那景色就越是美丽（与我在中国国内铁路旅行所见相反，越是靠近城市，铁路两旁的垃圾越多，城市越大，城郊的污秽就越是肆无忌惮）。

在莱顿，我喜欢夜间散步街头。这个小城清静高雅，绝对的宁静。这里没有歌舞厅的喧嚣，也没有疯狂的叫卖，尤为让人震惊的是，这里的家庭都不拉上窗帘。夜晚，灯光明亮，那里的客厅和花园被映照得如同白昼。荷兰人完全向你敞开着胸襟，他们要把属于他们的温馨、美好、甚至富裕，全部地、无保留地献给你，他们乐于把自己的一切欢乐向你展开，并与你分享。

于是，我痛苦地回到了颐和园的苏州街，我们的苏州街有一排遮蔽风景的挡板。它的风景是卖钱的，挡住那风景是为了不允许人不花钱就能看到那绿树、那曲水、那挑在树梢的酒旗。

永远沐浴着他的阳光[*]
——送别艾青先生

诗坛泰斗艾青于五月五日溘然逝世,这个中国新诗界的太阳陨落了。他半生历尽苦难,却留下不朽的诗篇。他既是中国忧患的深刻传达者,又是人类正义和理想福音的传播者。即使他已沉默了,仍会感到他那强大的存在。

诗人绿原在诗集《白色花》的序言中,说了如下一段话:"中国的自由诗从'五四'发源,经历了曲折的探索过程,到30年代才由艾青等人开拓成为一条壮阔的河流。把诗从沉寂的书斋里、从肃穆的讲坛上呼唤出来,让它在人民的苦难和斗争中接受磨炼,用朴素、自然、明朗的真诚的声音为人民的今天和明天歌唱:这便是中国自由诗的战斗传统。本集的作者们作为这个传统的自觉追随者,始终欣然承认,他们大多数人是在艾青的影响下成长起来的。"事实上,受到艾青影响的不仅仅是这一批在自由诗的写作中成绩卓著的"白色花"的诗人们,而是自30年代以迄于今的整个中国诗坛。

完成新诗文体革命的诗神

我们所有的人都沐浴着艾青的太阳。艾青把中国新诗推向了成熟。只要承认并乐于接受中国新诗的传统,谁都不能无视

---

* 此文原刊于《明报月刊》1996年6月号。据此编入。

和试图绕过艾青的光芒。是艾青把诗从沉重的格律和刻板的传统模式中最后解放出来,他在诗中驱逐了所有的哪怕一星点的腐朽的气息,他使中国新诗洋溢着现代的脉搏的节奏。他创造了自然、朴素、清新、明洁,充满鲜活的人间情致而又灵活不拘的表达方式。艾青把最日常的语言变成了一颗颗、一串串闪光的珠玑。艾青的魅力在于来自平常又出以平常,而在这一来一往之间,他充分展示了把日常语言予以诗情改造的神力。

中国新诗自胡适开始"尝试",取得了从无到有的开辟之功,但又长时间苦恼于未能摆脱他称这为"从旧式诗、词、曲里脱胎出来"的"词调"的阴影,总之,表现出"不容易打破旧诗词圈套"的不彻底和不独立。白话诗的自立景象最初出现在周作人的《小河》中。《小河》的好处是比较彻底地剔除了'旧词调',使白话诗突现出前所未有的纯粹性,但它的弊端在繁冗而不洗练。中国诗走出古典到达现代,经历了诸多的曲折和痛苦,这个过程在艾青手中得到完成。在新诗的发展史上,胡适是光辉的起点,郭沫若传达了五四时代的浪漫激情;而中国白话新诗文体的完成则是艾青。作为一座丰碑,艾青的贡献无可替代,他同样属于伟大的开拓者和奠基者行列。

1932年艾青从巴黎回国,同年即被捕入狱。他一生中最重要的一首诗《大堰河——我的保姆》即写于狱中。艾青在这首著名的诗中最初揭示了诗人坚持的进步和人性的立场。艾青的创作始于苦难,但他一开始就不是一位即事言事、仅仅满足于宣泄个人苦难的诗人。作为本世纪中国和世界最重要的诗人之一,他一开始就把自己的创作建立在中国社会乃至全人类广厚的基础上,他的诗展示出恢弘的气势和博大的胸襟。

苦难造就了艾青

但苦难的确造就了艾青。这位世纪诗人开始是从画笔中感受到中国的天空和大地的忧郁的色彩。他由色彩而声音,由声音而全身心地拥抱了中国无所不在的悲伤和激愤。中国浸透血泪的黄土地，黄土地上的呻吟和呐喊，注定了他的诗一开始就与欢乐无缘。这是一位能够深沉地把握并表现中国悲哀的诗人："为什么我的眼里常含泪水？因为我对这土地爱得深沉……"(《我爱这土地》)那碾过黄河干涸河底并留下深深辙迹的手推车，那徘徊在铁路沿岸、伸出永不缩回的手的乞丐，都在诉说着中国大地无边的哀伤。这些诗说明艾青和他的土地和人民之间深刻的情感纽结。他从他的南方村庄、从《大堰河》的怀抱走出，走向北方广袤而悲哀的国土，从个人到社会，艾青感受了这大陆无所不在的忧患：战乱和饥馑、不公和强权，这一切的沉重，都注入了艾青清醒并有点洒脱的笔下，造出了艾青独异的诗美奇观，这就是艾青的个人风格：沉郁的内涵和自由形式的和谐。有的诗人拥有技巧却未能把握时代，有的诗人能传达时代风情却缺乏审美独创，而艾青正是在既能贴紧时代脉搏而又有充分独特的艺术个性的结合点上，成为了本世纪最具影响力的世界性诗人。

太阳和黎明的儿子

一方面，艾青用他的悲哀和忧患唤起我们对不幸现实的关切，另一方面，也许是更为重要的，艾青始终在黑暗的沉夜点燃烛照周遭的火把，点燃向黑暗抗争的信念。艾青从情感上、从心灵上导引我们。艾青是太阳和黎明的儿子，即使是在黑暗统治最沉重的时刻，他依然向我们传递那伟大的信息——

> 从远古的墓茔
> 从黑暗的年代
> 从人类死亡之流的那边
> 震惊沉睡的山脉
> 若火轮飞旋于沙丘之上

太阳向我滚来……

他唱着一首又一首这样的歌,在诅咒黑暗的同时,指出在黑暗的尽头那光的存在。当我们在苦难中伫立太久,他发出"黎明的通知";当漫长而恐怖的长夜刚刚过去,作为"死在第二次"的幸存者,他唱着"光的赞歌"出现在我们面前。所以,艾青在我们的印象中,既是中国忧患的深刻传达者,又是人类正义和理想福音的传达者。

永远歌唱的诗魂

在中国诗坛,艾青是一位创作跨越的年代最长、始终充溢着青春的生命力的诗人。许多诗人进入生命的晚年,往往歌唱力不从心,而艾青却在经历了长久的苦难之后,在 80 年代以《鱼化石》、《光的赞歌》、《古罗马的大斗技场》等作品,创造了另一个青春期的辉煌。人们在描写诗歌历史时喜欢用新的或更新的潮流来替换甚至否定前行者的功绩,在他们的观念中,诗的进步是一种更迭或扬弃的过程。其实,诗的历史更像是一种加法,而不是减法。有一些诗人是永远不会过时的,他将占领诗的所有空间和时间。艾青就是这样一位永恒的诗人:

> 以自己诚挚的心沉浸在万人的悲欢、憎爱与愿望当中。他们(这时代的诗人)的创造意欲是伸长在人类的向着明日发出的愿望面前的。唯有不拂逆这人类共同意志的诗人,才会被今日的人类所崇敬,被明日的人类所追怀。(《诗与时代》)

能够把握这种精神的诗人是不朽的。

当艾青站在我们身边,即使他沉默,我们也会感到那强大的存在;当我们的身边失去了艾青,我们真的感到了永难填补的空缺。艾青的太阳陨落了,他把长长的黑暗留在了我们心中。失去了艾青,中国诗仿佛一下子失去了全部的重量!这就是此刻我们送别这位伟大诗人时的最真实的感受。

诗人随笔丛书·总序[*]

  一个夏天的夜晚,宗仁发和曲有源"翻越"畅春园的院墙赶来找我(因为我明日凌晨将有一个远行),送来了这一套诗人随笔丛书的文稿。大概是出于我和诗的缘分吧,他们希望我为之说点什么。

  这套诗人随笔的作者,大多是我熟悉的年轻朋友,他们都是相当优秀的诗人,为中国诗的发展做出过很多贡献。过去我只读他们的诗,现在又读他们的随笔,诗和文的互相映衬,给我很大的喜悦。

  诗是文学的王冠,诗的文字应当非常考究。可是,近来的人们似乎越写越粗糙了。诗人不注意文字的表达是不可原谅的。现在读这套随笔,读着他们睿智、机敏,特别是精致的文字,给人以非常好的感觉。

  人们常说诗是跳舞,散文是走路,这话不关褒贬,人们正常的情况下一般都是走路,有时则跳舞。倒是这种跳舞和走路的比喻很传神,给人以明确的文体特征的启发:诗是跳动的、断续的;散文则是叙说的、连贯的。散文是一种清楚的表达,忌含混,它是明摆着的,辞不达意就不行,故不易藏拙。诗就不同了,一些人常借"含蓄""象征"什么的来掩饰自己的文理不通。现在有些"诗人",甚至连通顺的句子都不会写,更别说一篇完整的文章了。"诗"是容易伪装的。

---

 [*] 据文稿编入。

要是都像这批随笔的作者这样,都来"练练"散文、随笔这玩意儿,那么,那些实际的语文表达的水平就突现出来了。我是说,这套丛书的作者们,除了会写漂亮的诗,大体又都是些文章的好手。由此可以反证:他们在诗中表现的"跳舞"是货真价实的精彩。

人必须先学会走路,而后才谈得上跳舞,不论是迪斯科,是狐步舞,还是拉丁舞。现在有些情形都是反常的,即有些人甚至连路都走不好,却想成为舞蹈大师,要是我早年没练习写过诗(很惭愧,终究不能成为诗人),我不敢说这样的话。我是个过来人,深知文章写不好便写诗是贻害无穷的。诗这个文体让人"莫测高深",诗的"深奥"甚至让语文专家在批评时顾虑重重。

优秀的诗人都应是文章的好手。从道理上讲,唯有文通字顺了,而后才能"含蓄",才能"精练",才能"想象"。如今有些"诗人"都反过来做,这就做出毛病来了。这丛书的作者们不如此,他们的文章都写得好(据我粗读,有的文章也并非不存在文理上的问题),从他们的文中读出了诗意,读出了坦诚,读出了智慧。读他们的文章不由得让人感慨,诗人之文与"职业"的散文家之文毕竟不同:前者自由率真,而后者则常给人以"做"文章的感觉。

为此,我希望诗人不妨都像这个丛书的作者们那样,不妨试试走出诗歌城堡到散文园地里散散步。一则显示一下自己的真本事;二则也给那些成了固定范式的散文带去一些灵动和生气。从这意义看,由宗仁发等主持的这套诗人随笔丛书可算是开了风气之先了。

为了感谢宗、曲二位深夜翻墙的美意,我就发了如上那些议论。至于本丛书十位诗人的文章得失,只好留待知心者的品评。

1996 年 6 月 30 日于北京大学

我的梦幻年代[*]

那里有一座钟楼。钟定时敲响,那声音是温馨的、安详的,既抚慰我们,又召唤我们。不高的钟楼在那时的我看来,却是无比的巍峨。那感觉就像是五十年后我在泰晤士河上看伦敦的"大笨钟"一样。

那里还有一座教堂。镂花的玻璃折射着从窗外透进来的亚热带的阳光,那阳光也幻成了七彩的虹霓。那教堂是我既疏远又亲近的地方。那时我理智上并不喜欢这教堂,因为我不信神——到现在也不信。但是我内心却倾向了那种庄严、静谧而且近于神秘的气氛。学校是教会办的,作为学生,无法拒绝学校规定的一些内容,例如我非常犯怵的"做礼拜"。我就是在这样"不情愿"的状态下,接近了英国式的学校和学校里的一切秩序。

这心情直到晚近,才有了一些改变。那年我从伦敦来到剑桥,从一块草坪上眺望那里的三一学院。我仿佛是见到了相隔万里之遥而且又是阔别了半个世纪的福州母校!人们在拥有的时候往往不知珍惜,犹如人们常轻忽难得的相聚;而当别离成为事实,便有异常的惆怅,甚而悔咎,为自己当日的不知珍惜。那年我在徐志摩曾经美丽地吟咏过的、他所钟情的"康桥",浮起的便是这种往事不再的怅惘。

然而,当年我在福州,毕竟是太年轻了,总觉那当日的拥有便是长久,甚至永恒,没有如今追念往昔的这种沧桑之感。人本

---

[*] 此文刊于《散文天地》1996年第5期。据此编入。

不应该嘲笑自己的童年，但的确，实在的，我的童年是多么可笑的无知！至少是此刻，我想起当年，想起那钟楼悠扬的钟声，那催人勤勉、催人上进、催人自强的钟声，不论晨昏，不论风雨，岁岁年年，及时而守恒，本身就是一种恒久的感人的精神！而我却不知珍爱。如今，这一切变得多么遥远，它正沉入了苍茫的梦境之中。我想从梦的深处把它追回，然而不能。

还有，还有，那座闪烁着梦幻般光华的、当年我并不喜欢的教堂。教堂里的风琴，圣洁的乐音，凛冽的寒气里温暖的平安夜，那是一种庄严的新生的通知。曾有几次，我重返校园，我寻找我梦境般的教堂，寻找风琴和平安夜，寻找七彩玻璃幻出的奇光，我失望，我什么也不曾找到。梦是不可重复的，丢失了的梦境已融进丢失的时间，又到哪里去寻找它呢？

40年代的青年人，一般都倾向激进，我尤其是，因为那时我非常贫穷。别人享有的童稚的欢乐，我没有。战争带来了父亲的失业和家庭的离散，朝不虑夕的生活对于我的童年，是一场望不到头的苦难。战乱和动荡，饿殍和伤残，贫穷给我的是早熟的忧患。我的心很自然地接近了社会的底层，同情弱者，悲悯挣扎在死亡线上的众生。我于是在黑夜呼唤黎明，其实我并不真知我呼唤的是什么；在孤独中我反抗黑暗，其实我也并不理解我反抗的内涵。

我因反抗现实而拒绝宗教，而宗教却以它的无形走进了我的内心。如今，我还记得当年要求背诵的一段《圣经》："上帝爱世人，甚至将他的独生子赐给他们，叫信他的人，不致灭亡，反得永生"。数十年后，我依然记得这些词语，虽然我已忘了它是福音书的哪一章或哪一节。

那时我做着文学梦。我发现文学这东西很奇妙，它能够装容我们所感、所思，不论是爱，不论是恨，不论是失望，还是憧憬。我心中有的，在孤寂之中无从倾诉的，文学如多情的朋友，能够倾诉并给我抚慰。我的人生遗憾,我对社会不公的愤激,我对真理和正义的祈求,我都借助那支幼稚的笔端自由地流淌。现实生活的缺陷,我从文学中得到补偿,文学启发我的想象力和生活的信念。

大概是初中三年级的时候,我把一篇得到老师好的评语的作文(这位老师也许现在正微笑着阅读我的这篇回忆的文章,他毕业于那时的南京中央大学国文系,也是三一学校的校友,他是我的文学启蒙老师。我的这篇文章是献给母校的,也是献给他的),偷偷地寄给在福州出版的《中央日报》,文章被加上了花边,发表了。这个开端鼓舞了我,却也"危害"了我。

从那时起,我迷恋上了文学。为这种迷恋,我付出了代价。也就是从那时起,我便偏离了作为知识基础的中学课程,偏离了学业的全面发展。我在课堂上写诗,而此时也许是在讲物理,也许是在讲化学。我既不喜欢物理,也不喜欢化学,我只迷恋这文学、这诗。我的这个母校,那时拥有许多从优秀的大学培养出来的第一流的教师,这些教师到了50年代,都先后到高等学校任教。这个学校也有第一流的学生。英国式的淘汰制度,使学生对学业不敢有丝毫的怠惰。从这里走出了摘取数学王冠的人,他是世界性的数学大师,而我作为他的同学(我们相差一个年级,他初二,我初三)现今的数学实际水平仅仅是小学三年级!

这个学校是美国人办的,延续了正统的英国教育方式。英文在这里几乎是第一语言,它在教学中的分量甚至超过了作为母语的中文(这当然是畸形的,我没有赞成之意)。我们用的英文文法课本,也正是英国中学的课本,其中找不到一个汉字。从英语会话,英语练写,到英文作文,都有专门的课时和教师,有着全面而严格的要求和训练。可是,我如同"反抗"教会那样,也"反抗"了英语!这种反抗的结果,当然是我失去了掌握英语的非常可贵的机会。我相信在现今的中国,无论是什么城市,能够拥有这样优越的英语师资和教学条件的中学如我的二一母校的，是找不到了，而我却轻易地放弃了它。

直到现在，我旅行在世界别的地方，我还是凭借着当年母校老师教给我、而又被我"拒绝"之后"幸存"的这几个单词和那几个残句。不然的话，在那些让人眼花缭乱的航空港，或是在乱花迷眼的异乡街头，我就真的成了白痴。人的一生有很多遗憾，我的诸多遗憾之中就有如上叙述的这些内容：因为兴趣而偏离学业的基础——小学三年级的数学水平和"拒绝"英语！我不想嘲笑自己少年时代的幼稚，然而，我的确为自己的无知和轻率羞愧至今。

现在我自己也变成了老师，我多次把这些遗憾真诚地告诉我的学生。我从自己的痛苦体验出发，告诉他们不要幼稚地"拒绝"自己的不知或未知。例如不要在繁重的功课中"拒绝"学校规定的第一外语和第二外语。我的学生大都是学文学的，我还告诉他们当老师开列一串长长的书单时，不要轻率地"拒绝"阅读，那个书单背后的道理很多是你当时并不了解、而确实是经验和智慧的凝聚。你的拒绝便意味着失去。

我的母校坐落在闽江蜿蜒流过、充满欧陆风情的南台岛。三角梅攀延的院落时闻钢琴的叮咚。芳草如茵的跑马场，是少年嬉戏的场所，那里有秀丽的柠檬桉挺立于清澈的溪边。后来，这一切都连同岁月的流逝而消失了。唯有校园里夹岸的樟树依旧翠绿。那林荫尽头依然站立着当年的钟楼，钟声依旧。如同往昔那样，提醒人们珍惜那易于消失的一切。

那树下曾经匆匆走过一位苦闷而早熟的少年人，如今他走向了遥远的地方，而把他的感激（为这座校园的美丽和温馨）和遗憾（为自己的幼稚和无知）的心，永远地留在了这里。

1996年7月31日
大雨之中匆匆于北京畅春园

重读《望星空》

　　《望星空》最动人的是当日受到激烈攻击的那些内容，人为神秘的宇宙而茫然，人在自然的浩瀚中感到自身的渺小、特别是生命的短暂"千条路，万座桥，不及银河一节长"。这才是对于人生悲剧的彻悟，一种敏感的深刻。

　　要是所有的诗人，都用同样的方式重复着同一的内容，世界还要诗人干什么？诗人总要在别人看不到的地方看到些什么，说一些与众不同的话。所以，当日被否定的那些"虚无"，却是郭小川光彩之所在。

　　郭小川的局限和遗憾，在于他不能把他面对星空所感到的惆怅和困惑继续下去。他提了一个头便退缩了，来了个急转弯。最后还是屈从于流俗，回到"颂歌"的一体化规范中去了。

　　所以，当日的批判是一种误解。《望星空》并不试图摆脱和反抗那臻于完善的秩序，他只是在这种秩序中寻找属于个人的角度和语言。当然，这也不被允许。尽管他完成了一个新的颂歌，但惯性还是严词谴责了他。在言论一律的时代只能写"一律"的诗。作为诗人，郭小川是太天真了，他到最后也没有明白过来。

---

* 此文刊于 1996 年 8 月《诗探索》1996 年第 3 期。据此编入。

危机在于作家缺乏节制的放纵[*]

散文在近期的"火爆",与以余秋雨在《文化苦旅》上的跋涉和《文明的碎片》的拾拣为代表的那一路创作的影响不无关系。但就实情而言,这一路散文,大多停留在知识阶层,而且是其中的一部分共鸣者,其涉及面非常有限。散文在一时间的升温,多半是由于女性散文的写作;尤其是青年女性散文的写作。青年女性的散文大量涌入90年代的创作界,造成了当前文坛的一大奇观。

不论人们如何评价这一类散文,不论人们的价值判断有多大差异,你不能不承认,女性散文的繁荣的确展示了时代进步,更是文学进步的一个侧面!从最低限的估计来看,女人们不顾这样那样的"提示"和"指导",能够如此这般自如而随意地写自己所思所想所乐于公开的包括具有私秘性的那些内容,这不能不是文学已获得相当自由的一个证实。

现在,人们是越来越注重文学的消遣作用了,不论是作家还是读者,都很容易在"游戏"或"闲适"上面找到共同的文学趣味。那么,当前的女性散文的走红,是否也适应了这种趣味呢?我们从这类书籍的通过传媒手段的刻意包装中,不难发现其中隐秘的商业动机。

"小女人"在过去是鄙薄至少是表示不敬的话语,如今却变成了一种文学的郑重推进的目标,这实在让人惊讶!惊讶之余

---

* 此文刊于1996年10月《艺术广角》1996年第5期。据此编入。

自然还是回到开头的话题上,即眼下的世道的确是大变了。回想鲁迅在《小品文的危机》中所说的话,真是恍若隔世。那时的鲁迅,是颇不以小品文的沦为"小摆设"为然的,这当然是那个时代严苛的一面,我们大可不必把当年的价值观拿来套用于今日。但话说回来,文学创作若是如此专注地集中于小情调的宣示和小趣味的传达,若是这般地目不旁视或全力以赴,这是否有点失度?

把当前的文学说成是"盛世"有点让人哭笑不得。说"危机四伏"也有点过分。若是说存在危机,则我以为危机主要不在行政性的指手画脚过多,而在于作家缺乏节制的放纵。对于长期不知创作自由为何物的中国作家来说,一旦滥用他所拥有的小小"自由"是相当可忧的。

艰难的"回答"*

我们在《回答》中发现了那时代诗歌罕见的真实：一个并不单纯的诗人的并不单纯的内心世界。无名的"惊恐"，隐约的"悲恸"，在那个到处欢歌的文学空间，实现了一种异常复杂的诗情。那种说不清的忧伤，极大地震撼了阅读者的心灵。

何其芳的"回答"本来应当是非常具体的，即在这样重大的时代里他为什么不能放声歌唱，他为什么沉默？但他显然无法回答这一切。于是，这首似乎什么也没有回答的《回答》便成了他一生中最重要的诗篇。

从这首诗的艰难写作中，我们发现"回答"的艰难：这是一个无法"回答"的时代！外在世界要求"高歌猛进"，而诗人的诗歌信仰却依然牵萦着汉园时期的那一缕青春怅惘的柔情。尽管他一再公开批评自《预言》到《夜歌》的一切"局限"，然而他显然不能，也不忍摧毁那一座曾经存在而如今依然潜存着的纯美的宫殿。这是何其芳内心最脆弱的一面，他理性上要否定它，而情感上却无法背叛它！于是，便有了这种纠缠不清的"回答"。

这首诗回答了生活在那个特殊年代向往光明而内心却保持着"黑暗"的知识分子的全部苦闷和哀愁。

---

* 此文据文稿编入。

"百年不遇"的胜景[*]

从上一个世纪末,到这一个世纪末,是完整的一百年。这一百年的中国社会,发生过很多重大事件。这些事件,直接或间接地影响着中国的文学。就社会而言,这一百年的经历,是由古典中国向着现代中国的衍变过程;就文学而言,则是开始并完成了由旧文学向着新文学的完整过渡的过程。不论是从社会发展的层面,还是从文学发展的层面看,这一百年对于中国都是意义重大的,是充满追求的激情和刻骨铭心的苦难的历程。

文学在映照这一百年中国社会的全部丰富性中完成了自己。同时也留下历史性局限造出的畸斜乃至歧误。这就使这一百年的文学成为矛盾重重的中国社会的一面镜子。从文学的使命和内涵,到它的表现形式,直至最终形成的艺术基本风格,如今我们面对的文学百年,都未曾脱离中国社会决定性的制约。

文学承受着充满焦虑而又复杂多变的社会给予的重压。文学为适应生长它的特殊环境而付出的代价:一方面为了顺应社会情势,文学竭力以自有的方式传达出这一特定时空中国的现实处境和中国人的情感经历;另一方面,它又不得不在较之艺术和审美更为急切的社会功利面前,不同程度地削弱以至在某一时期排挤文学自身的品质。审美与非审美,功利与非功利的矛

---

[*] 此文初刊于《中华读书报》1996年11月6日,是为《百年中国文学经典》所作序言。《百年中国文学经典》1996年12月由北京大学出版社出版。据《中华读书报》编入。

盾、对立,以及"杂陈",是这一百年文学的常态。

但中国这一百年特有的忧患却意外地使文学得到好处。一种崭新的文学形态在深重的危机和庄严的召唤中诞生。中国现代文学终于在古典文学深厚的土壤上脱颖而出。诞生于本世纪初期的新文学,直接受惠于清末以来文学改良和文体实验的一切成果,终于以充满现代精神和参与世界文学的姿态,进入了中国古典文学未曾也无法抵达的境界。

19、20世纪之交,是中国社会的转型期,也是中国文学的转型期。尽管社会转型不一定伴随着文学转型,但在中国,这并不同步的现象都奇妙地有了某种叠合。我们如今看到的就是这样一种社会和文学相互印证、相互阐释的奇观。即将画上句号的古典文学,以它最后的辉煌,提醒人们记住它永恒的魅力。而新文学则以让人目不暇接的快速的节奏,不断展示它充满锐气的试验性成果。一边是夕阳的灿烂,一边是初月的清辉。生逢此时的中国人,终于窥见了这"百年不遇"的胜景。这一切,如今都蕴积在这套《百年中国文学经典》中了。

"经典"一词在以往是慎用的,如今被应用得有点普泛化了。其实,任何关于"经典"或"精华"的厘定都是相对的。一个明显的道理就是,任何精神产品的价值判断,都不会是单纯的和唯一的,精神现象有不可比拟的繁复性。何况,做这些判断的人,他们的学养、趣味和考察的方式又是千差万别的。还有,一个无可置疑的事实是,文学史总有很多有意或无意的"遗漏"。文学史的基本方式不是累积,更确切地说,是淘汰。它以不间断的"减法"来保留那些最值得保留的文学资源,而忽略或弃置那些一般化的材料。文学史正是以这种"无情"的方式,推进它富有建设性的工作。

尽管如今的"经典"并不代表让人敬畏的神圣,但经典却始终意味着一种高度。高度并不是尽善尽美,也并非无懈可击。

这里入选的作品,大体只是编者认为的是最值得保留和记忆的作品。这样说当然不是认为那些众多未入选的作品就应该遗忘。事实上有多少个选家就有多少种选本,同时也就存在着各异其趣的选择标准。这在文学观念变得多元化的今天,就更是如此。

编者在他长期(但都有限)的阅读中形成了他认为符合上面的陈述的观念。这种观念在遴选作品中被具体化了,这大体是指那些能通过具体的描写或感觉、直接或间接地表现出生活的信念,对人和大地的永恒之爱,有鲜明的个人风格,又有精湛丰盈的艺术表现力的作品。由于考虑到这一百年文学和社会的密切关联,编者尤为关注那些保留和传达了产生它的特定时代风情的精神劳作。

编者在从事本书的编选工作时始终怀有一种庄严感而不敢稍有疏忽。但百年文学浩如烟海,一个人的阅读非常有限,在这一点上,编者又是忐忑不安的。本丛书在编选过程中,得到严家炎、林斤澜、邵燕祥、崔道怡、陈骏涛、樊发稼等各位先生们指教和帮助;我的博士生高秀芹协助我做了全部资料工作和部分的编选工作;在这里,我一并向他们表示诚挚的谢意。

1997

重读《洼地上的"战役"》[*]

这篇取材于朝鲜战争的小说,向我们叙说了两个不同意义的"战役"。一个是惊心动魄的真实的战争故事;另一个也许是同样惊心动魄的,也更加真实的人的情感的战争故事。两个故事合起来,也可以叫做"战争与人"的一个大故事。

从路翎所信奉的文学思想看,他无疑更加重视人的情感的这场亘古不息的"战役"。他把这个"战役"放置在真正的战争主题笼罩之下,这种笼罩给予人的情感之搏斗的不是浓重的阴影,而是提供了一个更为特殊也更为艰难的战场。

某部队最优秀的这个侦察班在决定战争胜负的一个关键时刻接受了一项关键的任务。他们在通过一片开满野花的开阔地之后,在完成任务的撤退中被敌人包围于洼地。班长王顺把心爱的战士王应洪留在自己身边以掩护全班转移。他们二人都受了伤,王应洪伤势严重,他想以生命换取班长脱险,但班长劝阻了他。但王应洪还是选择了最后的那一份壮烈。

这是真实的在洼地上发生的一个非常动人的故事。这里有极度危急中的从容,这里也有切实而不事喧哗的紧张,特别是排除了一切夸饰之后的素朴无华的果断。对比当日盛行的不加节制情绪化的意图,这小说寓激情于平常的坚持,表现出作家可贵的独立精神。

---

[*] 此文刊于1997年2月《艺术广角》1997年第1期。据此编入。

路翎特地在小说篇名的战役上面加了引号,意指别有一个"战役"。小说着重表现的正是这场不是战役的"战役"。王应洪是渴望在战争中立功的新兵,他朴实而心地透明。但朝鲜少女金圣姬纯洁的爱情之箭射向了他。王应洪对此竟无心理准备。兄长般的王顺出于责任和纪律及时提醒了他,他为此深感委屈。

　　后来,以坚持或拒绝挑水这一简单情节展开了人的情感世界最隐秘也最复杂的矛盾和纠缠。而这一切,不是依靠外在的形容和装饰,而是凭借着心和心的躲闪的交流和碰撞,围绕着"挑水"(继续挑水,挑水中的等待和回避,拒绝挑水等等)这一细节曲折入微而又饶有情趣地开展了一场的情感"战役"。这里虽没有战场上的炮火硝烟,却自有它的激烈、揪心的痛苦和决绝。

　　金圣姬无邪而执著,她只知忠实于自认为的爱情的憧憬,而并不洞悉它的无希望;王应洪一旦从隐约中获得爱的讯息,较之金圣姬则要复杂些,他有一种向往,却又有一种惊恐。于是,这二人间的亲近、躲避、慌乱、甜蜜和误解,便酿成了一场扣人心弦的紧张而激烈的情感"战役"。

　　一场为环境和纪律所不许可的爱情终于在朦胧中顽强地生成,其标志则是王应洪下意识地把绣花手帕保留在胸前。这是一场人类最纯洁、最真诚的情感的搏斗,情感的承认与理智的拒绝成为不可解开的结。

　　50年代几乎所有的文学作品都热衷于事件的编造和陈列。路翎却把他的人物和情节引向主观内心世界的"洼地"。小说家通过心灵空间的展开,让我们窥见与有形的战役同时进行的"无形"的"战役",二者互为映衬和渗透,构成了繁丽丰富的人生。我们在这小说中读出了当年乃是禁忌的人性的美丽和崇高。路翎的小说表现了浓重的悲剧精神,一种不可阻遏的却又不得不予以毁灭的爱。

路翎这里所涉及的,均是当年不可宽恕的罪恶。作家同样陷入了一场无法获胜的"洼地上的战役"。在这里,独立的文学理想,坚定的创作追求,忠实的艺术精神,终于把他的主人公连同他们的创造者,送上了死亡或濒临死亡的绝境。

《诗苑谈片》序 *

　　庞维远先生的《诗苑谈片》书稿放在我的案头已有多时，这书因为等我的序而迟迟不能发稿；而我则是始终没有从容阅读的时间，而迟迟不能动笔。1997年的元旦不觉已过，眼下又到了丙子年的年关，马上就是丁丑年了，再耽搁，就很不好了。于是，强迫自己先放下其他的事，为这本作者为之付出心血的书写些读后感，也好向作者表示我迟到的歉意。

　　庞维远当过老师，后来因为写稿而当上了记者，现在已是一位很有经验的新闻工作者了。记者和编辑都是做文学工作的，不论是自己写稿，还是编发别人的稿，他本身的知识积累和写作水平就关系重大。我和庞维远素未谋面，倒是读了一些他写的文章。他已出版两本专著，一本是《维远专访选集》，一本是《书海遨游》，都是他赠送给我的。从这些书的内容可以看到，他是从新闻工作的需要而进入广泛阅读的。开始他和他的采访对象接触，他通过他所采访的方方面面的人物事件以表现世界的博大丰盈。他因工作的得心应手而感到了丰实，同时也因为工作范围的扩展而感到了不足。于是他不再满足于单纯的采访，为工作的更加出色开始了知识的补充，这就是他说的开始了"书海"的"遨游"。

　　庞维远的确是置身于浩瀚的海洋中，迎面而来的浪花是如此的多彩多姿，简直令他目不暇接！他涉猎极广，从《黄帝内经》

---

* 此文刊于1997年3月4日《梧州日报》。据此编入。

到《兰亭序》,从《缘缘堂随笔》到《浮生六记》,从纳兰性德到《祁连山下》……他一边读书,一边作文,文章写出来了,就在报纸上发表。庞维远也就在这样"边学边用"中成为学识渊博的作者。如今这本《诗苑谈片》即是他由"博"而"专"的明证。这一本书的内容较之我读到的其他二书的内容显得集中,围绕着中国古典诗,特别是唐宋诗而展开,基本上具有专著的规模。显然,作者已经不停留在广泛的漫无目标地铺开来谈的水准,而逐渐走向了某一方面知识的专攻。这原是一个在海中撒网,而渐渐地收网的过程。

庞维远不仅勤奋,而且学习得法。他基本上是从实用入手,而后开始博览群书;他又是从点滴的积累开始,而逐渐进入知识的系统化和专业化。他的读书作文的路子对人很有启发,在这里我主观地对它加以总结,以为就是:"学以致用、集腋成裘"这八个字。现在放在我们面前的这本书,就是他的这种学习取得成就的一个范例。

中国古典诗歌历史久远,内容非常丰富。一般的欣赏领悟只需要具备必要的古文阅读的常识和经验即可,但若进行辩证和研究,那就需要较为宽厚的不仅限于诗歌的社会、历史、文化的学养做基础。庞维远谦虚地把他的著作叫做"谈片",其实,其中的每一篇,都是他精心研读,信手拈来,对比参照,厚积薄发的结果。举例说,一般人读张继的《枫桥夜泊》大体能够领略此诗所传达的意蕴情趣也就可以,而深入到"夜半钟"的虚实得失的评论,则已超出一般阅读者的水平而涉及专业知识的范畴了。庞维远的《情有独"钟"》一文,从《六一诗话》欧阳修的质疑谈起,引述《南史》、《石林诗话》、《唐诗纪事》等有关材料,甚至对比白居易诗作后,确证张继"夜半钟声"的独特意境。再如他的《以铜为鉴》,也是一篇很有意思的文章。从"铜"和"镜"的关系谈起,引证古时的镜子系用铜磨制而成,然后广泛引用唐诗的例子说明"镜"的不同意象,旁征博引,妙手成文。至于《唐衫形制可从唐诗觅知》简直就是服饰史的雏形文字了。庞维远的这些文章,没有丰博的学识做后盾,是写不出来的。

《诗苑谈片》数十篇文章,每篇都是如此。这些文章中,望"月"看"柳",雨窗佛影,大体总从一字一词谈起,左顾右盼,谈古论今,相映成趣,最后则归于学术性的结论、给人以审美式的启迪。庞维远是编报的人,日常有许多事要处理,他不是专业的研究人员,试想,要是没有平时的广泛阅读、认真思考,临时如何做得这样的文章。况且,这些文章不是一篇,而是数十篇,几十个题目! 我读了他的这本著作,深感他过人的勤学和才识。显然,他是从诗入手,而及于社会、文化,以至于史。他从一位实际的工作者,但入了学海,便拥有了博大与精深。我们读他的文字,受启发的可能还不止于文字的本身魅力,也不止于文字所表达的内容丰富与深远,更可能是他的求学和治学的方法和这些方法所已达到的成果。

唐诗与我从事的专业相距甚远,对于我所不熟悉的专业,我是怯于谈论的。我以上这些话,只能是我阅读庞维远文章之后的读后感,不是专业性的评论。我只想强调一点,即这本《诗苑谈片》是一本非常有益的书,它对人的启示不仅限于诗歌艺术的欣赏,不仅限于文史知识的传播,甚至涉及了学问的求索和积累,零星资料的触类旁通的梳理和系统化等等更为广泛层面的意义。我常想,有时我们读一本好书,与其说是学习和掌握该书谈话的内容,不如说是从他的处理和表达中学习他的方法。我相信读到庞维远这本书的读者,不仅是从书"中",而且会从书"外"得到更多的益处。

1997年2月4日,农历丙子年腊月二十七日于京华畅春园

一个提醒与一份清醒*

当前"现实主义"创作的兴起,是对前几年新潮小说玄虚、飘浮和"古老"偏向的一种校正;也是对近年来相当多的作品极端个人化和不关心公众和社会偏向的一种校正。文学总应该对现实说些什么。"遁入空门"——完全地逃到"个人"和"历史"中去从而断绝了人间的喧嚣和烦杂,是当今文学的失误。

因此,当人们看到一幅幅鲜活的底层生活的画图、一个个芸芸众生的形象出现在我们面前,而且使用的语言和展开的描写又是那样接近我们的欣赏习惯时,仿佛这些读者像以往那样只是从橱窗里遥望高级宴席而如今却真实地品尝着家常菜那样的亲切。这一切,对那些执意营造文学的空中楼阁的作家们当然是一个提醒。

所以,当前"现实主义"创作的重新受到关注,是对文学缺失的一种补偿,它的效果是积极的。我们的文学不能沉溺于游戏和谈玄,文学应当保持和人们生存实际的联系。文学应当让人看到人们身边的烦恼和纠缠、欢喜和忧虑,它应当有泥土味和烟火气。

但是,我们在一片赞扬声中倒是要保持一份冷静和清醒。首先是,即使再好的东西,也不能是一律的提倡,要是因为我们热情失控,出现"千篇一律的现实主义",那就是文学的后退。另一点,文学最终还是文学,它是通过艺术语言创造出来的形象化

---

* 此文载于《当代文坛报》1997年第2期。据此编入。

的精神产品。既是文学作品,既然是服膺于写实原则的作品,那就应当刻画出人物的鲜明性格,至少应当经过"静观默察,烂熟于心,然后凝神结想,一挥而就"(鲁迅:《〈出关〉的关》)这样一些提炼的功夫。可是,现在似乎不讲究这些了。

我读了几篇很有代表性的作品,但很遗憾没有一个人物的形象是鲜明的、突出的和个性化的。那些有趣的事件讲过之后,人物也跟着消失了,没有阿Q、没有孔乙己,甚至也没有三仙姑和李双双!我们的作家要不是创造性的衰退,那便是太漫不经心了。

透过诗域的月光*
——读《冰月亮》

　　这位来自北方的青年女子,写着一些很特别的诗。这些诗属于她自己,属于她拥有的隐秘的世界。她的诗的基本意象是冰雪、月光、白色的睡莲和玫瑰,因而她的抒情的基色是清澈的和透明的。她的诗写得很简洁,短句之间留下很多空隙,疏朗如同北方冬季的天空,透过那些积雪的树枝,我们看见寒冽的月光铺洒在冰天雪地之上。

　　经友人介绍,我和作者见过两次面。姝娟话很少,文雅得近于矜持,我只是通过诗认识并了解她。她有自己的一份热烈和浓郁,但却是内敛的,有时甚至表现为清寂,这就是她的特别之处。她并不炫耀她的拥有,也许正是由于她自信而坚定,所以她无须强调。

　　因为这诗集中很多诗都写到冬季或冰雪,所以我相信在这个背景下一定有一些与这个季节有关的故事,那里一定有值得记住的情节和细节。而诗人却往往对此缄默。诗人的工作既要倾诉,又要隐蔽,她的语言是一连串等待破译的密码。前人说过,诗是跳舞,散文是走路。我们只能从诗人透露给我们的点滴之中体会那全部。所以读诗是一种冒险。好在诗人有诗人的自由,而读者也有读者的自由——读者总是按照自己的理解去理解诗人,尽管二者之间有时不仅表现为差异,甚至表现为违逆。

---

　　* 此文刊于《南方文坛》1997年第2期。据此编入。

姝娟向我暗示了她的冬天的记忆。那里有一支"雪烛",那通向远方的"闪烁和伫立",那"为我梳理长发的北风"都是值得怀想的;那里还有一座"冰塔",它展示了让人震撼的风景:在那以风雨为代价铸就的"纯白"之中嵌入了一株玫瑰树。冰雪给人一种醒悟,整个冬季,诗人都在雪花的舞蹈中寻找飘落的感觉。冬季有非常动人的景象,母亲一把乘凉的椅子被埋在雪里,"惊醒心头那残存的一缕温暖"。

诗人把她的诗集叫做"冰月亮",她的诗里,月和雪总是同时出现,或者可以说,她总是表现月光下的冰雪世界。由此可见,她的诗意是澄澈、透明、晶莹而又寒冽甚至有点凄清。在有月的雪夜,那里有很多"好听的故事"。尽管那些故事如今已成过去,却依然是"故事越远越好看"。姝娟年轻,但她讲的故事有时却有些感伤:那当中有一只"受伤的虫"(如同那冰中嵌有玫瑰),留下的只是为冬栖雪的枯枝。还有,如在《紫陌》中,她写在"紫色绝壁"的"撞伤";在《你再也不会对我说》中,她写"累累的伤痕不得不忍受";在《霓裳》中,她有"一袭无边的创痛",等等。她总是这样表现她情感世界中的一些"擦痕"。

许多故事都发生在这样的背景中,尽管故事本身充满激情,因为爱和被爱都需要激情。姝娟擅长用冷静甚而"平淡"写内在的浓郁的持久的热情。她的月亮和雪花,冰天雪地里的"敦厚的小院",或是被雪覆盖的矮墙,都内蕴着热情,她的诗不是真正的静寂,它有着静寂中的喧闹,我们听得见雪花飘落的声音,看到了月光穿越树梢发出的叮叮当当的声音,那声音如金属、如玻璃般清脆而悦耳。

姝娟无疑是把阅读的困难留给了我们。我们只是凭着她给我们的星星点点,去揣测她的"真意"。其实,能够把握住她的那一份冰清玉洁的意境也就够了,何必更多地追寻那一切情感背后的实际呢?无疑,她讲的是她的一些往事,一些情感的经历,这原是青年女性最珍惜也保存得最隐秘的部分——她只允许自己或自己以外的极少的人走近它。而作为读者,我们只能通过她散落在冬天的世界里叮当作响的月光的碎片去缝缀它。

阅读有一种再创造的喜悦。诗人有意造出的扑朔迷离的意象的迷宫,不是拒绝你而是诱惑你去进入。阅读尽管艰苦,却是一种心甘情愿地领略和体验那一番苦情的行为。例如,那个散发着丁香花香的夜晚,诗人虽然有意地"省略了细节",我们却依然能从她的"寻找""你的手臂你的肩"的蛛丝马迹中"寻找"到她的眷恋和期待。再如,我们可以从"风蚀的篱梅""等待冬天的封存"而"让无染无求的雪担当一切"的叙说中,感受到一种美丽的坚忍。而这一切,却往往是通过诸如白裙、月亮、雪莲等等这些断续的意象的把握、辛苦捕捉这些由月亮和雪"落成"的"各种破碎的声音",并在我们的"惊愕"中加以"重新组合"的。这时,这位女诗人的内心风景就鲜明地呈现出来了。

这种阅读尽管困难却愉快。诗人明洁简练的语言和形象有效地导引和帮助我们完成这种心灵探秘的历程。说姝娟是典型的和纯情的现代闺阁诗人,此话不含任何贬义。诗有多种多样,诗人更是千姿百态。但最凝括的分类大概只剩下两种:一种诗人倾向于外界,一种诗人倾向于自身。姝娟是倾向自身的诗人,她的诗无不与自身的情感攸关,她对自己的情感生活专注而又投入。这没有什么不好,人不能对一切都关心,何况她还年轻,而且又是女性。

她向我们显示属于青年女性那些神秘而丰富的内心世界。她的诗很美丽,有许多动人的东西,那长眉,那耳环上的流苏,那披肩的黑发、白裙和银色的百褶裙,那长裙上的紫荆花以及被高跟鞋踏响的紫荆花,甚至安逸和宽适之中表现出来的淡淡的忧愁,都非常动人。诗通过诸多渠道启发阅读的兴趣,有的诗通过它对周围世界的倾心和关切,有的诗则通过自己细致的微妙的纯粹个人化的境界,通向一个多情感的心灵。姝娟的诗属于后一类。无疑,她的高雅的情致,她的敏感而细腻的传达,都是她的诗魅力的所在。

我注意到姝娟的诗的背景后来有了转换。她诗中出现了热带的景物,木瓜、凤凰树、太阳花,披着雨珠的绿藤,还有绿丛中的白色的房子。似乎,在那里又多了些深潜的忧思。姝娟喜作短诗,《迷彩岛》则是诗集中篇幅最长的一首,她注意到诗的涵容量,可见,她的生活空间有了新的拓展,也许这意味着一种更为深厚的诗的出现。我这样期待着。

这位清清爽爽、婉婉约约的诗人初次在我面前出现,我曾惊疑于她是来自江南,然而,不是,她来自严寒的北国。姝娟柔婉之中有她的刚劲。她的诗是一种综合。她不是一味的浅浅淡淡,有的诗有一种沉着,有一种坚持,也有一种深沉。"总希望一切没变,但一切都变了。你的手里是我们的叶子,很轻很红,很快地落下,其实,从枝头到大地是很遥远的"(《以爱为界》)这些话显示了并非纯情的深刻。

> 雨季拥有的
> 雨季都失去
> 昙花照不进阳光
> 昙花照进梦
> 小窗里没有市声
> 小窗里只有夜

读着姝娟这样的句子,想着这位诗人内心的全部丰富性,可惊的她竟然用的是非常平易的表达。从这点看,姝娟对诗歌语言的把握是达到了一个高水平的。尽管她在这些方面,有时还留下一些粗糙和欠精确的缺陷,如《尘封》"怎样才能把有你的那些日子平分给每一天"可谓警句,但"怎样才能使绝尘而去的柳荫蛙音,在百合花里放生",这句里的"柳荫蛙音"靠得太近,若把"蛙音"改为"蛙唱",也许读起来更为顺口。这都是属于语言考究的问题,在这方面,诗人无疑还有很多工作可做。

一颗星亮在天边[*]
——纪念穆旦

每一个诗的季节里都有它的时尚和流俗,做一个既能传达那时代的脉搏,而又能卓然自立地发出自己的声音的诗人是困难的。惯性力图裹胁所有的诗人用一种方式和共同的姿态发言,这对天才便意味着伤害;而天才一旦试图反抗那秩序,悲剧几乎毫无例外地便要产生。

本世纪中叶是中国新诗形势严峻的时代。绵延不断的战争和社会动荡催使诗歌为契合现实需要而忽略甚而放逐抒情。民族的和群体的利益使个性变得微不足道。诗人的独特性追求与大时代的一致性召唤不由自主地构成了不可调和的反差,在这样的氛围里诗人的坚持可能意味着苦难。

对于此一时期从事创作的诗人,他们始终面对着难以摆脱的双重的压力,社会的和艺术的。国运的艰危要求并引导着诗歌对它的关注,其合理性当然无可置疑。但当时,缺少节制的直接宣泄已成约定的模式,采取别一方式而达于同一目标的艺术行为便自然地具有了反叛的性质。与此同时,艺术走向民间的呼声日隆,在此一倡导的背后,则有着近于浮表的形式上的同一化要求。这意味着诗人的责任不仅仅在于表现民众,而且应当采取民众熟悉的和乐于接受的方式。这一切理所当然地将诗推向一体化的极限。

---

[*] 此文刊于《名作欣赏》1997年第3期。据此编入。

我们此刻谈论的穆旦,便出现在上述那特殊的背景之中。时代孕育并创造了天才,但时代在创造天才的同时也开始了对他的扼杀。因此,如何忠实于他的时代并勇敢地坚持自有的艺术方式,便成为对诗人品格独立性的严重的考验。因为他敏感于四方的风景,并以他特别的坚定体现诗歌的自由,穆旦于是无愧地成为一面飘扬的《旗》:

是大家的心,可是比大家聪明,
带着清晨来,随黑夜而受苦,
你最会说出自由的欢欣。

在长长的岁月里,穆旦一直是一个被忽略的题目。他曾经闪光,但偏见和积习遮蔽了他的光芒。其实他是热情的晨光的礼赞者,而粗暴的力量却把他视为黑夜的同谋。像穆旦这样在不长的一生中留下可纪念的甚至值得自豪的足迹的诗人不会很多——学生时代徒步跨越湘、黔、滇三省,全程3500华里,沿途随读随撕读完一部英汉辞典,最后到达昆明西南联大;二十五岁以中国远征军一个成员的身份参加滇缅前线的抗日战争,经历了严重的生死考验;1952年欣慰于新中国的成立,穆旦、周与良夫妇在获得美国学位之后谢绝台湾和印度的聘请毅然回归祖国——何况他还有足够的诗篇呈现着作为中国知识分子对于祖国和民众的赤诚。但是,仅仅是由于他对诗的品格的坚守,仅仅由于他的诗歌见解的独特性,以及穆旦自有的表达方式,厄运一直伴随着他。穆旦自五十年代以来频受打击,直至遽然谢世。他的诗歌创作所拥有的创造性,他至少在英文和俄文方面的精湛的修养和实力,作为诗人和翻译家,他都是来不及展示,或者说是不被许可展示的天才。彗星尚且燃烧,而后消失,穆旦不是,他是一颗始终被乌云遮蔽的星辰。我们只是从那浓云缝隙中偶露的光莹,便感受到了他的旷远的辉煌。

中国新诗自它诞生之日起,便确立了实现中国古老诗歌的现代更新的目标。对于促进和实现诗的现代化,中国诗人为此付出了艰辛的劳作。中国诗歌传统宏博绵远,正因为如此,它同时也拥有并体现出它的保守和惰性的特点。因而,中国诗在其引进现代性和实现现代化的过程中,一直存在着激烈的传统与现代的矛盾冲突。中国传统社会和传统诗学一直抗拒现代主义甚至外来的其它思潮。中国新诗中的现代主义尽管有诸多诗人作过成功的尝试,但它从来没有成为主流,现代主义的诗潮在中国一直处境不佳。

由于中国社会的多忧患,从三十年代中期开始,作为现代主义的余绪逐渐趋于消失。与现代主义的弱化和消失形成强烈对照的,则是古典和民间诗潮的再度兴起并走向鼎盛期。四十年代中国新诗的民间化受到强大而权威的理论的支持,它直接承继并强化了"红色的三十年代"革命诗歌运动的成果。它依然无可争议地代表了中国新诗的时代主流的地位,这种事实成为新诗引进和加强现代意识的巨大障碍。

但现代主义的火种并没有在中国熄灭。在重重的农民文化意识的包围之中,战时的中国后方城市尤其是由北京大学、清华大学、南开大学三个学校组成的西南联合大学所在的昆明,那里集聚了一批既具有传统文化积蕴又与当时世界先锋文学思潮保持最密切关联的著名学者和青年学生,他们代表了学院知识分子对中国文化的基本立场。作为中国文化的精英,联大师生以其开放的视野、前驱的意识和巨大的涵容性,在与大西北遥遥相对的西南一隅掀起了中国新诗史上的现代主义的"中兴"运动。当时在西南联大执教的一些著名的学者、诗人闻一多、朱自清、冯至、卞之琳、燕卜荪等,有力地支持并推进了这一火种的燃烧。

若把"五四"时期的北京大学喻为"中国新诗的摇篮",则此时的西南联大同样可以比喻为振兴并发展中国现代诗的新垦地。一批青年学生,在中外名师的指导下,再一次迸发了建设中国新诗的热情。穆旦是其中最积极、最活跃也最有代表性的一位。据有关材料介绍,他也就是在这里对叶芝、艾略特、奥登甚至对狄兰·托马斯发生了浓厚的兴趣。在大师的影响下,由于包括穆旦在内的一批青年诗人的投入,中国新诗史掀开了值得纪念的新页。

穆旦具有作为诗人的最可贵的品格,即艺术上的独立精神。这种品格在巨大的潮流(这种潮流往往代表"正确"和"真理")铺天盖地涌来从而使所有的独立的追求陷入尴尬和不利的境地时,依旧对自己的追求持坚定不移的姿态,其所闪射的就不仅仅是诗人的节操,而且是人格的光辉了。这一点,要是说在四十年代以前是一种不愿随俗的"自说自话",那么,在艺术高度一体化的五十年代之后,穆旦的"个人化"便显示出桀骜不驯的异端色彩来。

穆旦生当中国濒临危亡的最艰难的岁月,在这样的年代里,穆旦也如众多的中国诗人一样,以巨大的牺牲精神投入争取民族解放的抗争。这表现在他的行动上,也表现在他的艺术实践中。但不同的是,穆旦始终坚持用自己的语言、自己的方式传达他对他所热爱的大地、天空和在那里受苦受难的民众的关怀。在这位学院诗人的作品里,人们发现这里并没有象牙塔的与世隔绝,而是总有很多的血性,很多的汗味、泥土味和干草味。但在穆旦的笔下,这一切来源于古老中国的原素,却是排除了流行款式的穆旦式的独特表达。在《出发》、《原野上走路》、《小镇一日》等一些诗中我们都可以感受到这种鲜活的人生图画和真实的生活脉搏。当然最出色的表现还是《在寒冷的腊月的夜里》,那里有一幅旷远的甚至有些悲哀的北方原野的风景。了解中国北方农村的人读穆旦这首诗都会感到亲切。腊月夜晚寒冽的风无阻拦地吹刮,风声中有婴儿的啼哭,这一切让人升起莫名的怅悯甚至哀悯。前面说的穆旦诗的泥土味即指这些,他对中国厚土层的深笃的情怀不比别人少,但他显然不把诗的目标限定于现实图景的反映或再现。穆旦从这里出发,他通过这些情绪和事实而指向了深层。岁月这样悠久,我们无法听见。但是,当无声的雪花飘落在门口那用旧了的镰刀、锄头、牛轭、石磨和大车上面的时候,我们听到了诗人对中国大地以及生活在古老村落里的中国农民命运的关切。穆旦的诗让我们想起恒久的悲哀:为人类的生生死死,为无休止的辛苦劳碌。

读穆旦的诗使我们置身现世,感受到真切生活的一切情味。他的诗不是远离人间烟火的"纯诗",他的诗是丰满的肉体,肉体里奔涌着热血,跳动着脉搏,"这儿有硫磺的气味碎裂的神经"(《从空虚到充实》)。但是,穆旦又是那样的与众不同,对于三十年代以来、四十年代达于极盛的把诗写得实而又实甚至沦为照相式或留声机式的崇尚描摹和模仿的潮流而言,穆旦却有他的一份超然和洒脱。他的诗总是透过事实或情感的表象而指向深远。他是既追求具体又超脱具体并指归于"抽象"。他置身现世,却又看到或暗示着永恒。穆旦的魅力在于不脱离尘世,体验并开掘人生的一切苦厄,但又将此推向永恒的思索。他不停留于短暂。穆旦把他的诗性的思考嵌入现实中国的血肉,他是始终不脱离中国大地的一位,但他又是善于苦苦冥思的一位,穆旦使现世关怀和永恒的思考达于完美的结合。

三四十年代的中国,众多的苦难涌向并充填社会的每个角落。普通的中国人,从农工劳苦者、士兵到知识阶层无不承受着巨大的实际的和精神的压力,他们的心灵深处都装满了关于苦难的诸多具体的图像。顺从潮流的诗人,轻易地把这些图像组装成他们的诗句。但穆旦不同,他显然仅仅把这看成是切入的初步。穆旦的始终努力在于通过这些丰富的事实进入关于整个民族生命存在的久远的话题:他的诗句穿透大地的表层穿透历史的沉积,他展现人们感到陌生的浩瀚的精神空间。他写《不幸的人们》的不幸不仅是现实的"伤痕",而是——

> 是谁的安排荒诞到让我们讽笑,
> 笑过了千年,千年中更大的不幸。
> 诞生以后我们就学习着忏悔,
> 我们也曾哭泣过为了自己的侵凌,
> 这样多的是彼此的过失,
> 仿佛人类就是愚蠢加上愚蠢——
> ……
>
> 像一名逃奔的鸟,我们的生活
> 孤单着,永远在恐惧下进行,
> 如果这里集腋起一点温暖,
> 一定的,我们会在那里得到憎恨
> ……

　　这就是穆旦的沉郁,他看到受别人忽略的东西。一位天才的诗人,他的心灵承载着整个民族的忧患。但他从不排拒他自己灵魂苦难的体验,而且往往是由此深入推进,由个人而推及整体,由现在推及绵渺。他的无情的鞭笞,抽打的首先是他自己。"虽然生命是疲惫的,我必须追求";虽然"观念的丛林缠绕我","善恶的光亮在我的心里明灭",但他显然拒绝"蛇的诱惑"而再度偷吃禁果。他不断拷问自己:"我是活着吗?我活着吗?我活着为什么?"(《蛇的诱惑》)

　　穆旦的这种自我拷问是他的诗的一贯而不中断的主题,写于1957年的《葬歌》,写于1976年的《问》,不论周围的环境发生了什么样的变化,他都坚持这种无情的审判。"是不情愿的情愿,不肯定的肯定,攻击和再攻击,不过酝酿最后的叛变"(《三十诞辰有感》),站立在过去和未来两大黑暗之间,揭示自我的全部复杂性,这是穆旦最动人的诗情。穆旦作为二十世纪后半叶非常重要的诗人,他展现那时代真实的残缺和破碎,包括他自己矛盾重重的内心世界。前面说的他写的不是"纯诗",即在于他诗中出现的都是一种"混杂"的平常。他就是在这种混杂中思考社会和个人:在被毁坏的楼里,"发现我自己死在那儿",而楼外的世界——

> 洪水越过了无声的原野,
> 漫过了山角,切割,暴击;
> 展开,带着庞大的黑色轮廓
> 和恐怖,……
> ——《从空虚到充实》

在穆旦的诗里找不到"纯粹",他的诗从来不"完美",仿佛整个二十世纪的苦难和忧患都压到了他的身上。他不断听到"陆沉的声音",他默默守护着"昏乱的黑夜",他被"黑暗的浪潮"所拍打,这是一颗骚动不宁的灵魂。但是,"为了想念和期待,我咽进这黑夜里不断的血丝……"(《漫漫长夜》)。正是由于他的诗保存这么多的罪恶和苦难,我们说穆旦因传达这时代真实的情绪而成为最具代表性的诗人是恰当的。

话说回来,要是仅仅从穆旦的诗传达时代的实感方面考察他的贡献,那就等于忽略了穆旦最重要的品质。我们不能忽视穆旦作为学院诗人所具有的"书卷气"。他绝不媚俗,他的诗给人以庄严的感觉。他总是展现着良好教育的高雅情调,此种情调使他的诗具有明显的超越性。他的忧患不仅在于现实的际遇,他的忧患根源于人和世界的本身。穆旦不是"写实"的诗人,穆旦的沉思使他的诗充满哲理,这就是他的"抽象",但又恰到好处。生活中的许多疑惧,他不竭地追寻回答,而回答又总是虚妄,这造就穆旦式的痛苦。"我不再祈求那不可能的了,上帝,当可能还在不可能的时候"(《我向自己说》),我们从这种绝望中发现深刻,于是我们发现穆旦对绝望的抗议——

> 零星的知识已使我们不再信任
> 血里的爱情,而它的残缺
>
> 我们为了补救,自动的流放,
> 什么也不做,因为什么也不信仰,
> ……
>
> 这是死。历史的矛盾压着我们,
> 平衡,毒戕我们每一个冲动。
> ——《控诉》

穆旦的诗充满了动感。他无时无刻不在展示那外在世界的冲突和内心痛苦的骚动。穆旦从来不用优美和甜蜜来诱惑我们,他的无边的痛苦从不掩饰。而在痛苦的背后,则是一颗不屈心灵的抗议。穆旦的抗议有现实的触因但基本不属于此。诗人的敏感使他超前地感到了深远的痛苦。这种痛苦不是基于个人,甚至也不单是社会,而是某种预感到的无所不在的"暴力"的威胁:"从强制的集体的愚蠢,到文明的精密的计算"(《暴力》);他是那样地厌恶那些与高尚心灵格格不入的世俗气以及"普遍而又无望的模仿"(《我想要走》)。作为渴望心灵自由和人格独立的诗人,他几乎是以决绝的姿态抗击对于个性的抹煞和蹂躏。这是《出发》里的诗句——

> 给我们善感的心灵又要它歌唱
> 僵硬的声音。个人的哀喜
> 被大量制造又该被蔑视
> 被否定,被僵化,……

这首诗中还有更为惊人的揭示:"让我们相信你句句的紊乱是一个真理",他是真实地从这种"丰富"中感到"丰富的痛苦"。

写于1947年的《隐现》是迄今为止很少被人谈论的穆旦最重要的一首长诗。整首诗吁呼的是不能"看见"的痛苦,"因为我们认为真的,现在已经变假,我们曾经哭泣过的,现在已被遗忘"。他的诗表现当代人的缺失和疑惑,他诅咒那使世界变得僵硬和窒息的"偏见"和"狭窄"。这首诗以超然于表象的巨大的概括力,把生当现代的种种矛盾、冲突、愿望目标的确立而又违反的痛苦涂上一层哲理的光晕。这对于四十年代非常流行的"反映现实"的潮流而言是一种逆向而进的奇兀:他在这里继续着对于心灵自由的追寻以及对于精神压迫的谴责:

　　……我们站在这个荒凉的世界上
　　我们是廿世纪的众生骚动在它的
　　　黑暗里,
　　我们有机器和制度却没有文明
　　我们有复杂的感情却无处归依
　　我们有很多的声音而没有真理
　　我们来自一个良心却各自藏起

这种对于秩序化控制的恐惧和抵制,诱导了随后发生的一系列悲剧,一颗自由不羁的诗魂很难屈从在一律化的框架中。这不仅指的是思想追求而且也包括艺术态度,特别是表现在他的现代主义倾向以及他对"传统"的反抗上。王佐良很早就说过"穆旦的胜利却在于他对古代经典的彻底的无知",以及他的"最好的品质却全然是非中国的"(《一个中国诗人》)之类的话,这当然不是在否定穆旦所具有的中国文化的涵养和积蕴,而是强调了他的艺术反叛精神。细读穆旦的诗就知道,在他那些充盈着现代精神的诗作背后的,是整个的中国文化的厚土层。这不是指表面的相似,而是指内在的精神一致性和这种文化不由自己的渗透和蕴蓄。以他的《流吧,长江的水》为例,通篇是一首具有浓郁的传统色彩的谣曲:"这草色青青,今日一如往日,还有鸟啼,霜雨,金黄的花香,只是我们有过的已不能再有",这诗句让人想起李白,想起他的"弃我去者,昨日之日不可留;乱我心者,今日之日多烦忧"来。无论怎么说,穆旦和李白纵有千年之隔,但作为中国诗人的艺术思维方式却表现出惊人的承继性。

但穆旦的好处却是他的"非中国"。他和许多诗人不同,他对"现代"的亲近感,以及他对"传统"的警惕,在许多人那里是不具备的。他来自传统却又如此果决地站在传统的对面,勇敢地向它挑战,这表明穆旦的强大和清醒。穆旦这样写过,"我长大在古诗词的山水里,我们的太阳也是太古老了,没有气流的激变,没有山海的倒转,人在单调疲倦中死去"(《玫瑰之歌》)。对此,他禁不住要喊一声:"突进!"中国传统的强大深厚和它的自足性培养了中国多数艺术家的慵懒和屈从的性格。特别是当艺术面临着强大的权力和理论支持的时候,那些以挑战的姿态试图反抗这种强大的,便往往具有了某种悲壮。

穆旦就是这样出现在中国充满惰性的艺术氛围中。他对现代艺术精神的向往和热情,显示了学院诗人的新锐之气。穆旦站立在一个重大的历史交汇点上,这是黑暗和光明、战争与和平际会的紧要关头。作为中国的知识分子,穆旦庄严承担了自己的一份责任:一方面,他以实际行动贡献着拳拳报国之心;另一方面,他又无情地解剖自己(他诗中不止一次诅咒"平衡",而且要"埋葬"另一个"我")以期使自己能与他生活的大时代相谐。但生活的惯性追逼这颗痛苦的灵魂,不能允许并试图抹煞作为独立诗人的自由渴望以使之就范。我们于是看到了充斥在诗行夹缝中的那无所不在的追索、疑惧和挣扎——当然,间或也流露出辛辣的反讽。

但穆旦更大的辉煌却表现在他的艺术精神上。他在整个创作趋向于整齐一律的规格化的进程中,以奇兀的姿态屹立在诗的地平线上。他创造了仅仅属于他自己的诗歌语言:他把充满血性的现实感受提炼、升华而为闪耀着理性光芒的睿智;他的让人感到陌生的独特意象的创造极大地拓宽和丰富了中国现代诗的内涵和表现力;他使疲软而程式化的语言在他的魔法般的驱遣下变得内敛、富有质感的男性的刚健;最重要的是,他诗中的现代精神与极丰富的中国内容有着完好的结合,他让人看到的不是所谓"纯粹"技巧的炫示,而是给中国的历史重负和现实纠结以现代性的观照,从而使传统中国式的痛苦和现代人类的尴尬处境获得了心理、情感和艺术表现上的均衡和共通。

在社会环境的危急中坚持艺术的纯正性,又在忠实而真诚的诗性运作中不脱离社会的苦难并予以独特的展现,特别是在艺术实践中他始终以从思想到艺术的批判锐气而站立在前卫的立场上。他一方面吸收着中国诗学传统的丰美的汁液,一方面又警惕着漫山遍野呼啸而来的诗歌世俗化的潮涌。他坚决而热情地面对西方现代诗特具的魅力,同时又把它的艺术精神用以充实和更新当代中国诗的品质。在三十、四十年代出现的穆旦——当然还包括了他的志同道合的朋友们的努力,为当时中国诗造出新的气势并展开了新生面。穆旦也就是在此一时刻以他早慧的、全面的,同时又蕴蓄着巨大创造力的实践而成为最能代表本世纪下半叶——从他出现以至于今—— 中国诗歌精神的经典性人物。

穆旦生当我们述及的灾难血泊中崛起的中国大时代,他的创作已显示出中西文化交汇所积蕴的博大丰盈、生活阅历和艺术经验的丰富性,这充分表明穆旦有可能成为能够代表这一时代的大诗人——"让我歌唱帕米尔的高原,用它峰顶静穆的声音,浑然的倾泻如远古的熔岩,缓缓迸涌出坚强的骨干,像钢铁编织起亚洲的海棠",发出这《合唱》的声音时,穆旦才是二十二岁的大学生。我们已从他的声音感觉到由伟大抗争凝炼而出的沉着、静穆铸出的力度与内在激情的爆发构成的巨大震撼力。

每个时代都在以它的精神塑造最能传达其精神的歌者,但是,每个时代在作这种选择时又都表现出苛刻:它往往忽视并扼制诗人与众有异的独立个性和特异风格。这情景在五十年代以后的岁月中展现得非常充分。穆旦为世不容。一曲《葬歌》使他遭到更大的误解与非议,他终于在不甘与忧愤中停止他的歌唱。七十年代浓重的暗夜里,他默念那烛泪筑成的"可敬的小小坟场"(《停电之后》),在《沉没》中发出"什么天空能把我拯救出'现在'"的抗议之声。在北风吹着窗纸的小土房里,他再一次面对青年时代的《在寒冷的腊月的夜里》,再一次面对中国充满悲哀的大地,大地吹刮的冰雪和寒风。"让马吃料,车子歇在风中"用"粗而短的指头把烟丝倒在纸里卷成烟",这些普通的劳苦的中国人的劳苦生活,再一次温暖着他,召唤他的热情。可是,他的生命之《冬》已悄然来到,他只能在这样的夜里写下他的"绝笔"。

一颗星亮在天边,冲出浓云它闪着寒光。它照耀过,但浓云最终还是埋葬了它。在偏见的时代,天才总是不幸的。

批评的退化[*]

批评在文学中变得越来越没有地位了,批评正在退化。文学批评不对文学作品说话;文学批评失去锐气;文学批评没有文学性。上述三点是当今文学批评的通病。

曾经有过那样的时候,文学批评充斥着政治术语,批评家满口"八股"而唯独没有自己的语言。在那时候,倡导并弘扬批评的个性,甚至主张"我批评的就是我自己",这当然有其历史的合理性,其观念是前进的。

但批评家若对批评的"不自由"属性没有认识,无限制地扩张他自认为的"自由",那就会产生偏离甚至歧误。批评家批评的首先是作品,他不论如何海阔天空,他的翅膀总有无形的羁束。他的飞翔只能在文本提供的范围之内,这就是此刻所谓的批评的"不自由"。不对作品说话,洋洋洒洒下笔万言而让人不知所云,不仅让人厌恶,而且是批评的绝症。

当前的批评留下了很大的空洞,夸夸其谈,不着边际,一时成为风尚。批评的语言千差万别,愈是与众不同你愈是正常,愈是一律你愈是失常。但有一个准则我们必须遵守,那就是认真、切实、深刻地面对文本。浮华和喧嚣是批评的大敌。而不务空言的切实分析则是不论何种"主义"或学派都应具备的品质。

我们曾经非常熟悉"一呼百应"或"居高临下"的批评姿态。在过去,我们曾经认为唯有此种姿态才是文学批评,而不知这是

---

[*] 此文刊于《北京文学》1997年5月号。据此编入。

时代病的一种症候。在新的历史时期,我们摒弃了那种一厢情愿充当"真理"代言人的批评角色的同时,也弃置了那种全知式的训诲的语言。这无疑是非凡的进步。但这不是说那种恶劣的风气已经过去,在某些人、某些刊物上面,我们不时还能看到它的丑陋的影子。但它的确已经没有多少生气了。

当前的危机不是来自上述那种倾向,而是来自它的反向。当前的问题是太"甜蜜"了。在以往,没有恐吓便不是战斗;而现在,则似乎是没有溢美和阿谀便不是文学批评。有些批评是可以交换的,有些批评是"广告"的另一种说法。批评抛弃了霸气之后,如今连锐气也丧失殆尽,这不能不是批评的悲哀。

中国文学的新时代*

中国当代文学走过弯曲的道路,它受政治的制约过于深重;这在"文革"期间达到了顶点状态。"文革"对于中国文学的戕害已为世所共知,这段历史的欹斜业已成为过去,我们不妨从略。

"文革"的结束宣告了社会的开放,同样也宣告了文学的开放。文学从过去的单一而僵硬的模式中挣脱出来,开始了自由、奔放,而又充满探索和创造激情的新时期。整个80年代,中国当代文学仿佛是度着一个漫长的狂欢节。中国文学在清理历史造成的伤害中,愉快地和过去告别,并且满怀信心地迎向崭新的时代。这个始于70年代末、和中国的社会改革呈同步状态的文学新时期。已经成为五四新文学革命以来最值得纪念的文学发展的新阶段。

文学成为社会思想解放的先声。当然,最早传达出这种时代氛围的,仍然是充满批判精神的对于旧日噩梦的追忆,并以此体现出对于动乱时代的反思。70年代末,这种文学的反思,最早是以张贴的方式出现在北京西单的民主墙上的。中国诗歌变革的最初信息,通过食指和黄翔的作品来到了当时渴望突破沉寂但又苦于找不到突破口的情绪激动的文学界。黄翔的《火种交响曲》直接表达了对于"文革"的批判;食指的《我的最后的北京》概括而真实地再现了那个时代令人永难忘却的悲哀的场面,

---

* 此文为作者访问马来西亚时的讲话,刊于《海峡诗刊》1997年8月号,据《海峡诗刊》编入。

而他写于"文革"中并得到广泛传抄的《相信未来》作为绝望岁月中的希望的声音,体现出中国人抗拒覆灭顽强生存的信息。

1978年一份民办的油印刊物出现在北京街头,这就是后来被称为"朦胧诗"的最初的、基本的阵地《今天》。《今天》集聚了一批中国矢志进行文学和诗歌变革的青年诗人。它的代表人物是北岛、芒克、多多等诗人,北岛是他们中的代表人物。他以名篇《宣告》,宣告了新的文学时代的开始。他的另一首广为传诵的《回答》,以警句般的魅力揭示了中国"文革"时代的真质——人性的扭曲和心灵的沦陷:"卑鄙是卑鄙者的通行证,高尚是高尚者的墓志铭。"其批制的箭矢当然是射向那个黑暗的年代。"朦胧诗"传达出一代年青的挑战者的心声,并在深沉壮阔的背景上走来了中国文学革新者的身影,他们是饱受苦难而又不屈服于苦难、诞生于黑暗而又追求光明的"一代人",这样"一代人"的形象,通过顾城的同题诗得到非常有力的概括:"黑夜给了我黑色的眼睛,我却用它来寻找光明。"

"朦胧诗"的出现引发了一场旷日持久的论争和批判,这是非常自然而毫不值得奇怪的。风起于青萍之末,"朦胧诗"作为时代和文学开放的最初的风,它带来的是一场从思想内涵到艺术形成的巨大震撼。在顺从成为秩序的时代。反抗和怀疑——不论是从社会层面还是艺术层面都是惊世骇俗之举。当人们被告知和要求一切都应当"相信"的时候,有人敢发出"我不相信"的《回答》,无题是一种异端的反叛。历史是无情的行进,现在,《今天》所带来的震惊和激动,已经成为昨日的沉静。对多数的人而言,他们已经不再怀疑当年的艺术反抗所具有的对于中国文学推进的意义,事实上,正是由于这批对现有秩序不满的青年诗人的反抗,方才带动了中国新时期文学全面变革的局面。

80年代初期,一篇由大学生卢新华写出的短篇小说《伤痕》,以其并不成熟的艺术技巧仅仅因为表达了令人唏嘘悲惨往事,引发了中国人对于"文革"动乱造成的心灵创伤的回忆。也就是以这篇小说的出现为标志,开始了中国新时期"文学伤痕"的实践。刘心武的《班主任》对于"文革"后一度不知往何处去的文学创作,具有开风气之后的首创意义。它消弭了历史的断裂,接续了本世纪初鲁迅发出的"救救孩子"的呼吁,发出了"'救救被四人帮'迫害的孩子"的声音。虽然从表面上看起来,这补充了几个字的呼声缺乏新意,但却包蕴了沉重的内涵:中国的最年青的一代人,因为文化传统的受到破坏,亟待从无知和愚昧中得到新的拯救。

"伤痕文学"因为对于历史造成的从肉体到内心的沉重灾难的捉摸而传达了全社会的悲情,人们在这种历史反思中得到普遍的启悟——决不允许这种灾难在往后的岁月中重演,实际上,这是对于动乱年代的批制性回顾和思考。谌容的中篇小说《人到中年》把思考从幼稚的孩子引向了成熟的中年人。她在这篇小说中,通过医生陆文婷的普通生活触及了社会苦难的深层,特别是心灵深处的内伤。女作家所描写的中年知识分子生活的艰难和尴尬,引发了全社会的共鸣。人们在"伤痕文学"的沉重叹息声中,对于反常年代的真质有了新的认识和反省。

中国80年代文学曾经呼吁"现实主义"的回归,其目标也是针对文学的陷于空泛的"政治"的弊端而言。文学严重地脱离了民众的真实忧乐,文学成为虚假的空中梵音,政治对于文学的侵犯使文学成为虚假的空言。于是,文学变革的最初的呼唤,便是要求文学回到社会真实的出发点。"伤痕文学"正是响应了这一"重返现实"的召唤的切实有力的实践。由于它传达了广大民众的体会和情思。它普遍地获得了社会热情的肯定。尽管现在看来,这一阶段的文学创作存在着过于近切的表达动机,作家的视点显得拘泥而不够开阔,但文学还是相当丰富地提供了关于动荡生活的思想情感的资源。

新时期文学在它的推进中从情绪化的控诉批判逐步走向深入。人们不再只满足于表层的对于苦难的复述和抚慰，而是深刻地寻求造成这一巨大社会悲剧的内在原因。文学的反思以更为深广的规模在实践中展开。人们开始追问政治因素背后的中国式的精神、文化、民族性等方面的各种因素。对于中国社会根深蒂固的封建文化的积习的批判，重新引起人们的关注。中国作家和中国诗人开始探究"文革"动乱与封建传统之间的关联。对于个人价值的确认及人性的呼唤成为"反思文学"的最重要的内容。要是说古华的《芙蓉镇》中的那个疯子最后的锣声作为"疯子的警钟"还多少停留在"文革"事件的浮表，那么他的最后短篇《爬满青藤的木屋》，则向人们开启了中国僻远角落里黑暗愚昧一间木屋的窗口。正是社会开放通过文学开放，给无限沉重的深远投射了一线光明。

中国文学因为感知了古典暗夜的漫长和沉厚而重新做起20世纪20年代的现代梦。这种受到社会现代化鼓舞的"现代情结"重新引发了对于现代主义思潮的热情。尽管现代主义的幽灵在世界各处的游荡多少已经显出它的老态，但是中国对它的追求，却依然充满了青春期的狂热。这种对于"现代性"的追求，始发于"朦胧诗"。"朦胧诗"的倡导者在《今天》的"致作者"中最初表达了他们的信念，即中国诗的发展除了"纵的继承"之外，还要注重"横的移植"。他们最早把文学的视野投向了广阔的世界。这种重心的倾斜，和对于中国文化传统的消极性的，以及"文革"动乱的社会基因的关注都紧密相关。

中国新时期文学对于现代主义思潮的热情，曾经引起过关于真、伪现代派的讨论。究其实，中国的这种对于"现代"的倾心，它涉及了艺术层面的开拓和引进的需求和渴望自不待言，但更确切地说，更迫切和紧要的动机则是它对于以"现代"来冲激和改造中国社会、文化的"苍老"之关注。

在诗歌和小说，乃至绘画和音乐等各个领域，都有过围绕现代主义展开的激烈论争，这是新时期文学艺术严重的内在矛盾的外化，除了艺术观念的歧异，更有文化观念的差异与抗衡。中国文艺对于现代主义的关注，给中国文学带来了巨大的好处，它不仅接续了中国当代文学与五四新文学的历史关联，而且极大地开启和丰富了中国文艺的思维和方式。更为重要的是，以对现代主义的重新关注为契机，中国文学显得固化的肌体仿佛涌进了一股新鲜的血脉，它神奇地顿时充盈着青春的光艳。

原先单一的文学格局于是被打破。异质的文学仿佛是一根楔子，打进了中国文学此时显得僵硬的肌理，终于劈开一道裂缝。外界的光亮穿越这一道裂缝，于是开始了对于原有的秩序的冲激。中国新时期文学就在这样万花筒般的变幻中疯狂地旋转了起来。长久的文学饥饿，造成了一种海绵般吸收水分的姿态。新时期文学就以它的好奇心和学习的热情，终于面对着开放的世界。80年代是中国文学吸收世界各种流派频率最高的年代。各式各样的新潮或非新潮，冲开了中国以往封闭的大门，从象征派到魔幻现实主义，从女性主义到后现代主义，几乎是外面有什么，中国也就有什么。中国文学从过去的"大一统"一下子进入了众声喧哗的多元时代。

所有的借鉴和创造，都极大地丰富了中国文学的内涵，新时期的中国文学的确展示出五四文学革命以来的又一次辉煌，它以崭新的面貌刷洗了历史留下的陈迹，一批又一批的文学新人开始了广阔可能性和创造性的角逐，中国文学从来也没有如今这样的丰富和繁盛。但在这样的急匆匆的行进中，的确也表现出单纯追逐新潮的浮泛。文学因失去历史的记忆和现实的关怀而显得有些失重。有的作家因过于迷恋技巧而失去对深度的关怀。这些弱点都是世纪之交中国文学无法回避的问题。这些问题期待中国作家严肃的回答。

事情十分明显,文学必须在提高全社会的精神素质方面负有使命,文学的出发点和创造过程都离不开个人,但文学并不是个人的事业。文学要是不能面对自己的大地和天空,文学将失去一切的意义。中国作家生活在瞬息万变的社会变革之中,他们无一例外地面对着物质逐渐发达而精神受到轻忽的无情现实。中国文学如何在二十世纪即将结束之际坚持自己的理想和信念,以崭新的成就证明自己的才能和智慧,无疑都是一些严肃的命题。

新、马华文文学是中国文学的亲密朋友。新、马华文作家在发扬中华文化方面所作出的卓越贡献,一直为中国文学同仁所倾慕。在这里,我们有许多文学知心。文学没有国界,何况我们之间还是同文同种。共同的思维方式和共同的文化传统把中国文学和新、马华文文学紧紧地联结在一起,加上各方面的条件的改善,我们之间机会和可能是无限的。在这里,我衷心祝贺中国文学和新、马华文文学的友谊与日俱增,也衷心祝福新、马华文文学事业的繁荣发展。

1997.5.28—5.30 新加坡—吉隆坡

世纪之交的精神历险[*]

20世纪中国现代主义诗潮是一场悲壮的精神历险。它与新诗同时诞生,却承受了来自多方的攻讦与诘难——甚至包括新诗人中的一部分人。中国现代主义诗潮始终是在抗争中默默生长,抗争几乎是现代主义诗潮的宿命。

中国现代主义诗潮所遭受的最为著名的指责是:晦涩和逃避社会责任。从20年代到80年代都是如此。其实,排除现代诗在实验过程中的局部缺误之外,这种指责大多来自美学懒惰与思维简陋——他们总是希望一目了然地在诗里找到某种思想的稀释说明。与这种不假思考的惯性指责相反,中国现代主义诗潮总是敏锐地感受时代的步履,并在时代的行进中作出艺术的反响。在新文学的生成期,在30年代、40年代中国社会的风云激荡中,在50年代以还台湾社会的急剧转型中,甚至在一场以"文化"命名的浩劫中,现代诗都是时代忠实的儿女,勇敢在置身于风暴的旋涡,记录了独立心灵对社会巨变的反响与沉思。这些现代诗人有时甚至面临死亡的威胁,如40年代上海诗人群和70年代大陆的现代诗探索者对文化统治的挑战。那时,一首诗都可能是死亡的证据。然而,他们时刻没有忘记自己是诗人。他们没有简单地把历史事件白描式地摆放在诗歌里,而是进行了艺术转换,生活真实化为艺术真实,重大的时代事件幻化为变成诗歌的细节,他们追求的不是历史事件的机械再现,而是诗人

---

* 此文刊于《文学世界》1997年第3期。据此编入。

对历史事件作出的独立思考,如40年代西南联大诗人群和80年代新诗潮运动的那些"挑战者"。

与现代主义诗潮的坎坷历程相似,长期以来,中国现代主义诗潮的研究处于一种抑制或闭锁状态。这种状态直到80年代新诗潮运动兴起才逐渐为评论界所重视。不过,由于偏见,许多优秀诗人和杰出作品至今还被流放在文学史之外。现代主义诗潮研究也大多限于局部,而整体研究不足,专门而系统的研究尚不多见。张同道的《探险的风旗——论20世纪中国现代主义诗潮》大约是第一部全面而系统地探讨20世纪中国现代主义诗潮的史论性著作。本书对中国新诗中的现代主义诗潮在各个阶段的发展作出了历史性的梳理。从胡适的最初"尝试"开始,历经20年代象征主义的引进,30年代象征主义的成熟与意象派实验,40年代后期象征主义即狭义现代主义的确立,50年代至70年代台湾现代诗运动,70年代末至80年代的大陆朦胧诗运动,直到80年代中期至90年代向后现代主义的转型,历经发生、确立、再生发展、转换四个历史时期。这样时间跨度巨大、涵盖面很广、贯穿整个中国新诗史的关于现代主义诗潮的研究,是当代诗史研究的匮缺。

中国现代主义诗潮生成于中国现代特殊的社会文化背景下,西方现代主义思潮这一"怪影"的笼罩对由古典形态到现代形态转变过程中的中国诗歌发生了巨大的影响。中国现代主义诗潮出身于复杂的环境,由此呈现了一种特殊的美学品质。本书作者在《探险的风旗》中注意把这一诗歌潮流放置在中西不同的文化语境中加以描写,强调了中西诗观的矛盾和撞击。他提出中国现代诗的两种基本品质:汉文化内质与现代性。作为中国诗的现代形态,它与汉文化以及中国诗学传统的联系是必然的;作为中国文学现代性的追求,它与西方文化以及西方现代主义诗潮的联系也是必然的。两种文化的互异性造成了中国现代主义诗潮的兼容、综合以及矛盾而又丰富的品质。作者面对错综复杂的诗歌现象,作了清晰而不简单化的描绘,提出一些创造性论点,如关于中国现代主义诗人"两个故乡"的论析,中国现代诗的"综合品质"——现实主义与现代主义的糅合、浪漫主义精神对现代主义的全面渗透,等等。

中国现代诗在它的发展过程中,一直受到"洋化"和背离传统的责难。作者明确提出,中国现代主义诗歌是中国新诗的一支,并且是中国古典诗创造性的延伸。书里花了大量篇幅对中国现代主义诗歌与西方现代主义诗歌进行比较,发现二者拥有相似的生成语境:西方现代诗源于工业对人的异化、上帝的死亡和人的主体精神沦丧。而中国现代诗源于国家、民族危机所招致的文化幻灭,同样是一种与传统的决裂态度。但是,二者所经历的精神路程又迥然不同:西方现代诗以信仰幻灭—悲观—无法确定的救赎为主线,中国现代诗则以现实文化危机—愤怒—充满希望的重建呈示了一条精神还乡之路。这是中西现代主义诗潮的本质区别,也正是中国现代主义诗潮的独特美学品质之所在。

文学史发展已经证明,一个民族的文学不可能在孤立的封闭状态获得发展。尤其在资讯发达、交往密切的今日世界,封闭就意味着死亡。20世纪世界文学常常是在国际语境里展开的,每一个文学思潮几乎都跨越国界而成为世界性潮流。现代主义就是这样一种国际文学潮流。它与各国的民族传统融合成了富于诸种民族特性的现代主义文学潮流,产生了一批世界文学大师。东方国家里也不乏这样的先例,如印度的泰戈尔和日本的川端康成等。其他艺术样式的引进也蔚为壮观,如在电影、绘画、戏剧、音乐等相当广阔的艺术领域中,为什么在中国新诗里的引进和渗透就被视为异端?在多元化的现代社会,宽容是艺术发展的空气,也是艺术探索的土壤。

正如作者在书的名字里所隐喻的,探险构成了中国现代主义诗潮——也是所有艺术发展的必要条件。然而,正是这种探险凝聚了中国现代主义诗潮的基本品质。他们在20世纪中国的每一步推进都是一次新的历险,而他们的作品已经熔铸为一座饱经风浪考验的美学纪念碑,记录了独立的个体生命所作的心灵探险。因此,从某种意义上说,中国现代主义诗歌构成了一部中国现代知识分子的心灵图志。作为现代艺术的基本品质,只要中国现代诗还发展,这种探险就势必进行下去。

诗歌研究不仅需要大量资料、辛勤工作和理论基础,最重要的是感受诗歌的心灵。我们在本书里看到的不只是富有创见的理论分析,更有激情饱满的美学感受和一些灵感飞扬的诗学论述。也许,这和作者在新诗潮运动中曾经狂热写诗的经历有关,也是作者对中国现代诗的热爱与期待的具体显现。

如果说探险是一切艺术发展的基本品质,那么,这探险同时隐喻了新的创造与不可避免的缺憾。对于张同道的第一本现代诗著作,也是如此。书里对50年代以前部分的论述较为详尽,相比之下,对50年代以后部分的论述则显得简略。关于现代诗与其他诗歌潮流的关系也语焉不详。不过,无论如何,这是一次有价值的学术探险。我期待他在以后的日子里,继续新的诗学探索,并在新的研究领域中创造新的高度。

崇山峻岭中生长的生命是坚强的[*]

各位来宾、各位诗友：

首先，我热烈祝贺张志民诗歌朗诵会的召开。我想借这个机会说几句话。

杰出的诗人往往都早慧也早熟，他们的成名作往往也是他们的代表作。在中国现代诗人中，郭沫若和艾青都是这样的诗人。今天我们为之举行朗诵会的张志民也是这样的诗人。

张志民的处女作是《王九诉苦》，写这首诗时他才 21 岁。可以说，《王九诉苦》使张志民一举成名。如今我们重读这首诗，仅只是开头四句，就使你不能不被这位诗人的才气所折服——

　　进了村子不用问。
　　大小石头都姓孙。

　　孙老财一手把天地盖，
　　穷小子死了没处埋。

在封建体制的农村，地主拥有一切，而农民却极度贫困，张志民只用了不到 30 个字，就对此作了形象、生动、有力的概括。

张志民是农民的儿子，尽管他有很高的文化素养，但他还

---

[*] 本文是 1997 年 7 月 12 日在《诗探索》编辑部与北京市朝阳区文化馆联合举办的讲话稿《祖国，我对你说——张志民诗歌朗诵会》上的讲话稿。刊于《诗探索》1992 年第 3 期。据此编入。

是从农民那里承继了最可贵的品格:纯朴,纯朴得如同我们脚下深厚的黄土地。张志民说过,我认为新诗的魅力,在于它以最简洁的语言,表现生活的旋律,表现我们的憎爱和追求。

中国农民的纯朴品质,在诗人这里转化为艺术上的简洁的风格。张志民诗的美学特征就是简洁。尽管我不能对我们这位兄长般的诗人作不切实际的赞誉,但我的确认为,简洁是只有成熟的诗人才能到达的境界。

张志民的家乡我到过,是贫穷而又美丽的山村。在那样的崇山峻岭中生长的生命是很坚强的,再加上后来接连不断的现实的磨难,可以说,诗人张志民拥有了一个世上最美丽也最坚强的灵魂。我相信这样钢打铁铸的生命是任何力量所难以摧垮的。在这里,我真诚地为诗人也为诗人的亲密伴侣傅雅雯女士祝福,希望他们创作、健康双丰收。

最后我代表《诗探索》编辑部向朝阳区文化馆为成功举办这次朗诵会所付出的辛苦,为各位诗人、评论家和诗友在这炎热的夏季光临会场,致以深深的感谢。

1997 年 7 月 12 日

青春的激情：文学和作家的骄傲[*]

组织部来了个年轻人，原先慵懒的、惰性的、安于现状和习以为常的平静被打破了。这个年轻人，"带着一种节日的兴奋"，来到了党的区委会——他心目中的神圣的所在。他发现，在"问题不在有没有缺点，而在什么是主导的"，"成绩是基本的呢，还是缺点是基本的"这些据之有辞的逻辑的背后，有着某种不可原谅、不能妥协的东西。他试图改变这种状况，但他无能为力。

那时大家都不怀疑这种神圣。三轮车工人把林震拉到区委会，说"您到这儿来，我不收钱"。但是林震却怀疑了。这种怀疑是非常具体的，例如韩常新带着林震到麻袋厂"调查"之后所写的"工作简况"，林震读后，"甚至于怀疑自己去没去过麻袋厂"。他对着那份报告发问："他们在生产上取得的成绩是因为建党工作么？"

五十年代中期，生活刚刚展开它的新生面。周围弥漫着早春的气息，一切都充满生机。但是作家却对此投出了怀疑的眼光，他不满甚至力图反抗。孤立无援之中有一双忧郁而美丽的眼睛注视他。两颗年轻的心来不及互相靠近，几乎是预设的"警告"便阻隔了他们——这指的是作家含蓄暗示的林震和赵慧文可能的情感纠葛。这一切说是痛苦似乎太轻——它甚至使人感到可怕。

最值得珍贵的是这种对"就那么回事"的质问。这位年轻人

---

[*] 此文刊于《海南师范学报》1997年第3期。据此编入。

在强大的习惯势力笼罩下试图争辩,不,不就是那么回事!但得到的回答却是相反。在这里,你可以感受到无可不在的因循、苟且,还有麻木,但是,它腻滑得像泥鳅,你抓不住它。

作家王蒙当日也如林震那样年轻。他触及了生活内里的阴冷和暗黑,而且触及了它的强顽和蛮横,它无止息的浸染和弥漫。应当承认刘世吾对生活的复杂性的理解有他的深刻性,对比之下,他是"成熟"的,而林震则是"幼稚"的。生活还在逼使林震变成第二个赵慧文,而且生活的强大惯性毫无疑问地将使这位年轻人就范。王蒙感受到这一点,但他还是让他的人物在力量悬殊中"抗争"。

这种明知其不可为而为的精神,在老练持重的人看来真有点像小说人物说的那样,"是从苏联电影里学习来的"。但是,无可争辩的事实是,它至今还在散发着青春的芳香和色彩。王蒙在小说开始的时候说刘世吾有一个"古怪"的名字。大概指的是"世吾"音近"世故"。在年轻的林震看来,这位组织部副部长待人处世的"世故"是"古怪"的,这表明他的锋芒和锐气。

时间过去了将近半个世纪,这种以"世故"为古怪的看法,依然传达着一种青春朝气。人是会老的,而心境和精神却不能老去。也许事实最终嘲弄了文学,王蒙这篇小说作为文学干预生活的典范作品,从它诞生之日起,它并不曾由于它的干预使生活更纯净,相反,当年使林震、赵慧文痛苦不安的东西却如瘟疫般得到漫延。更为使人心惊的是,文学未曾成功地干预生活,而生活却成功地干预了文学。

那么,这是否意味着失败呢?未必。《组织部来了个年轻人》带给人们精神的震撼至今犹在,可以确定,今后依然不会消失。那种为反抗世俗坚持清洁精神的激情,始终是文学和作家的骄傲。

再现一个历史阶段的诗歌形态*

雄健的腰鼓声敲醒沉睡的大地,中国诗人开始了新时代的颂歌。新时代提供了新的难题,许多才华横溢的诗人都被这道难题难住了。

中国社会自近代以来一直战乱频仍,和平安宁的生活是中国人长久的祈愿。五十年代战火在大陆基本熄灭,使普通的中国人郁结心头的愁云为之一扫而光。从遥远的大西北传来的雄健的腰鼓声,敲醒以往沉睡的大地,抬头望天,竟是一片明朗的天际。人们相信,黑暗已经过去,春天已经到来,新生活业已开始。生活在中国大陆的这一部分中国诗人于是开始了新时代的颂歌。

这种时代颂歌以胜利的欢乐为基调,理想的指向使人们既对现有的事实和秩序持肯定的态度,更对未来的目标和发展满怀信心。这构成并奠定了对诗歌来说是极为重要的诗与客观事实的牢固的联结。这种联结确立诗人面对实际的社会生活、特别是涉及政治意识形态毋庸置疑的认同的立场。这种立场奠定了五十年代以来中国诗歌的基调:以热烈的肯定投向现有的生活是这一时期中国诗人一致的甚至是一贯的追求。

这种诗歌事实甚至使本来不成问题的关于诗歌性质的判断

---

* 此文为上海文艺出版社《中国新文学大系 1949—1976》诗歌卷序文。初刊于 1997 年 10 月 30 日《文学报》。据《文学报》编入。

产生了迷惑。所谓"抒情诗就是颂歌"这种似是而非的体认弥漫在当年诗歌界。这种体认其实不止于抒情,当代的叙事诗的创作也立足于通过事件和人物的描绘体现上述意图。事实是确定无疑的,中国至此已形成了一个完整的颂歌时代。这种观念支配着和规定着诗人的实践:从动机到目的,从语言到形象,从思想到艺术。诗人的工作和所有的新生活的建设者毫无二致,不同的仅仅在于诗人用的是诗的形式,而这形式又是一律的和受到规定的。

开始的时候我们论及,久经战乱饱受苦难的中国人衷心祈愿并真诚热爱和平安宁的生活。当人们送别二十世纪四十年代动荡的岁月时,惊喜地发现他们梦寐以求的新时代已经降临在他们的面前。东方升起的红日,明朗的天空,奔腾的马蹄,冰雪融化的原野和盛开的鲜花,瞬时间都涌进了诗行。诗人们把一声声真诚的祝福和颂赞投向了他们认为的美好和幸福。他们在这样做的时候,很少怀疑过它可能产生的异变。这原是一个激情充盈的时代,一般人都乐于把虚幻的当成既有,长于幻想的诗人们就是更是如此。由此,我们看到了那个时代的真诚,也看到那个时代的单纯。

严峻的形势摆在那些习惯于用自己熟悉的艺术方式表现熟悉的生活的那些诗人面前。他们中很多人来自大后方和"国统区",他们几乎一无例外地面对他们感到陌生的诗的颂歌时代。他们面对这些,既是时代的要求,也是他们内心的愿望。但他们面前却横亘着一道难以逾越的鸿沟,他们还必须通过"思想改造"放弃"旧"习性,其中最重要的是要革除沿袭下来的那些个人化的习性。从个人写作改变到表达群体意识的、特别是歌颂现实的社会政治的立场上来,这是一个放逐自我并适应新的召唤的痛苦的过程。

许多旧时代的诗人都这样热诚地迎接了新时代,也接受了时代对诗的新的标准。郭沫若率先写出《新华颂》,表示出他与《女神》诗风迥然有别的新的写作时期的开始。但这首堂皇华美的颂歌,连同后来为歌颂和诠释"百花齐放"政策写的组诗《百花齐放》,显然都没有取得成功。但作为新诗奠基人的郭沫若,并没有表现出对这种未能成功的遗憾和沮丧。他后来转向旧体诗的写作倒也从侧面提供了这方面的证实。除此而外,也许一首《骆驼》倒也保存和记载了诗人坚持的足迹。

汉园三诗人之一的何其芳和郭沫若的经历不同,他到过延安,有过解放区生活的经验,他接受了新思想和新的人生观的洗礼。何其芳有过否定旧的艺术实践的蜕变期,先后对自己早期的《预言》和后期的《夜歌》作过尖锐的批判。自一九四六年开始三年的沉默之后,他写出《我们最伟大的节日》,试图开始他的诗的颂歌时代,但也未取得预期的连续性的效果。直至濒临"文革"开始的一九六五年,何其芳依然徘徊在颂歌的门前而不得其入。这一年,他写下《我们的革命用什么来歌颂》。在何其芳那里,"颂歌"依然只是一种提问和一种期待。

中国当代最重要的诗人艾青也以崭新的歌唱迎接新的生活。写于一九四九年的《国旗》是一首颂歌,却流于理念化。写于一九五○年的《春姑娘》:"各种各样的鸟/唱出各种各样的歌/每一只鸟都说'我的心里真快乐'"。这样表达欢乐和喜悦的诗,与艾青过去那些表达悲哀和苦难的诗相比,因失去了植根于深土层的厚重感而不免显得悬浮。艾青的身影很快就被迫消失了,而富有警示意味的是,他在五十年代有限的成功仍然是在主流之外取得的。

不仅是一位艾青的消失,而是在各式各样的形式下,各式各样诗人的消失。要是说,迫于政治形势的消失,不是任何个人所能抗拒的,但始于自觉自愿的以消失诗人个性为代价来对于主流诗歌的认同,则是悲剧性的。主流与个性不应该是对立的,相互排斥的。不是说没有成功的例子,但不论从质量或数量看,这种成功都是有限的,并不相称于这个大时代。冯至留下了《韩波砍柴》,而田间并没有敲响他的新时代的"鼓点";卞之琳享誉诗坛的依然是旧时的"风景",马凡陀理所当然地中断了他的都市"山歌"的歌唱。也许诗真的是与愤怒与苦难更为亲近,而面对汹涌而来的欢乐和喜悦的浪潮却往往手足无措。总之,新时代提供了新的难题,许多才华横溢的诗人都被这道难题难住了。

这里需要提及穆旦,他是最初闪亮在大西南的天边的一颗星。穆旦早慧,青年时代便已经成名,著有《探险队》、《穆旦诗集》和《旗》。迈入新的生活,他为了紧跟大时代的脚步而真诚地更新自己,而一曲埋葬旧我的《葬歌》却引来更大的责难。自五十年代后期,直至七十年代后期,长达二十年的时间,他被剥夺了歌唱。大部分本来可以用来传达智慧声音的时间变成了一片空白。他如蒙尘的璞玉,被埋藏土中而终于在大地解冻的时节重临人间。现在我们看到的收入本诗集的大部分作品,是这位天才诗人留给二十世纪的遗产。这些诗歌都写于动荡岁月的后期,也是他生命的最后时刻。尽管他饱经苦难,却仍然以他独立的人格叩问世界:"我曾诅咒黑暗,歌颂他的一线光,但现在,黑暗都受到光明的礼赞。"(《问》,一九六七)这些诗句的质地的浑厚和内涵的丰实,都雄辩地说明着穆旦的不可忽视的价值,可惜他本人无法看到历史对他的承认。是苦难而不是欢乐造就了穆旦,使他成就为本世纪中、后期中国的一位非常重要的诗人。也许这特殊苦难造就的不只是一个穆旦,离乱之后"归来"的艾青,以及一些被莫名其妙的"奇异的风"吹到悬崖或荒漠上的那些痛苦的"树"们,都在这样"史无前例"中造就了非凡的血泪之歌。

政治抒情诗成为五十年代以至"文革"结束大陆诗歌的主导体式。它成为一种范式,从者甚多,在现实生活中发生过许多实效性的作用,但得以保存的并不多见。原因是其过多注重时尚而不注重诗性的发掘,而时尚往往是时过境迁的。

五十年代开始的中国大陆诗歌,直接秉承了解放区文学的传统。这种传统有很强的现实性的考虑,社会对诞生于艰难环境中的文学作品,首先要求的是应该有益于前进事业,因此,文学对于现实的立场应当是积极的和肯定的。这就是颂歌意识形成的深刻的原因,舆论号召诗人必须表现对自己来说是陌生的和不熟悉的那些生活,为此,他必须摈弃自己所熟悉的和所喜爱的。随之而来的则是诗人的讲述方式,要求这种方式必须是普通民众所熟悉和乐于接受的方式。这一切要求对于多数诗人来说,都是崭新的命题,他们若想在这些方面取得进展,就要在另一些方面作出牺牲。他们必须有所弃取,方能有所获得,要是撇开左右中国诗歌发展态势的频繁的政治运动不谈,单就前述关于当代诗歌创作的那些思想和艺术的一律化的要求。业已成为为数相当多的诗人心向往之而不能至的境界。

中国大陆的诗歌创作,从五十年代开始就进行着这种英勇而悲壮的攀登。攀登的通道是并不宽广的,他们必须在规定的要求内进行。这种规定的首要之义则是诗人对现实生活秩序的关系,毫无疑问,他们必须采取积极进取而又乐观向上的态度。这对于来自解放区、有着一段生活的适应的诗人来说并不特别困难,而对于并非来自解放区的诗人就意味着要经历艰难的行旅。

采取颂歌体式的当代诗,首先把注意力集中于重大的政治事件上。诗人以此为题材,以奔腾的气势,华丽的辞藻,抒发诗人对这一事件非凡意义的体悟,并把眼光投向了红光闪闪的遥远,以此完成他对大时代的颂歌。意味深长的是,这些当代的颂歌,往往在看似随意自由的奔放恣肆的诗行中,包蕴着相当明显的骈偶化倾向,词性和意义的对称复沓,充满着古旧旋律的情趣,这原与这些诗的庄重堂皇的内容相适应。中国新诗在五十年代之后的律化动机,在这些被称为政治抒情诗的实践中,得到了部分的证明。

政治抒情诗的兴起并达到极盛,是大陆当代诗人对中国新诗的劳绩。大量的意识形态话语通过他们的实践涌入新诗。这些实践能及时地传达出当日的气氛和情绪,社会的政治激情也在这种豪迈激荡的诗歌中得到宣泄。这些诗不仅在报章发表,而且也在电台和当年经常举行和朗诵会中盛行。这些诗保存了中国当代社会进程和沿革的轨迹,特别是保存了频繁的政治运动的史料,它成为五十年代以来直至"文革"结束中国社会的精神记忆。如同前述,这些记忆传达了当日的单纯和虚幻,也体现着开初真诚而无可辨析的理想的狂热。专注致力于政治抒情诗写作并取得成就的代表诗人是郭小川和贺敬之。

政治抒情诗是五十年代以至"文革"结束大陆诗歌的主导体式。不断开展的政治运动,为这一诗体的繁盛提供了良好环境,社会要求诗歌的宣传价值的强化,也为它的持续发展提供了保证。它是社会政治体制派生出来的诗歌现象,不断强调的政治给诗歌的发展以助力,而政治口号的多变和不持久性又给这些诗的流传造成了损害。中国大陆这类抒情诗的流行延伸到"文革"结束,这诗体的极端的发展是当代诗史的一大奇观。它成为一种范式,从者甚多,在现实生活中发生过许多实效性的作用,但得以保存的并不多见。其原因也在于它过多注重时尚而不注重诗性的发掘,而时尚往往是时过境迁的。

当代诗歌确定了实际的和功利的价值观,诗歌和其他社会意识形态一样,都应当对现实的发展起有益的助长作用而不是相反。歌颂的原则运用于诗,一方面表现为激情的宣泄,它往往采取情绪性的夸张的方式面对当前发生的政治事件,其主要表现形态是上述的政治抒情诗;诗的歌颂功能的另一方面表现,则倾向于具体事象的描写和再现。中国新文学的写实传统，在此时与意识形态的结合，产生出新的气象，即诗歌对于社会生活的记叙功能的强化和增长。一个崭新的社会出现在所有的诗人面前，以往的梦境变成了现实，不仅是这种总体性的事实显得可贵，甚至它的每一个细节也不可舍弃。诗人对生活的这种态度于是转化为诗歌再现生活的原则。所以，五十年代中国广大地区内的诗歌倾向，除了有偏重于激情宣扬的一路，也有强化记叙性的一路。

后一路强化记叙性的诗并不是通常所讲的叙事诗，它仍然是抒情诗的一类，即这类诗歌往往通过具体事件环境的复述使诗歌最后总归于歌颂现有生活激情。这类诗人的政治热情不是像政治抒情诗写作那样，把具体性转化为抽象的精神，而是从具体的描写再现中，最后归结为精神。它们都受到诗的颂歌意识的有力的制约。我们把通过具体生活情节和细节最后达到歌颂新生活的这类诗，称之为生活抒情诗。代表诗人是李季和闻捷。

> 五十年代的诗多以表现和歌颂过去不曾有过的新生活来做它的主题。作为一个时代的诗歌现象，它突出了这个时代的基本精神，在新诗表现空间的开拓方面作出了贡献，但诗歌的功能被限定无论如何是一个弊端。

五十年代开展的抒情的颂歌化倾向，在传达当代人对于新生活的欢乐和理想的追求方面有明显的成就，也扩展了新诗的内涵。但随着这类作品的增多，也表现出题材的单调、内容和艺术表现方面趋于一律化的缺点。这些缺点，到"文革"发生的六十年代后期以及七十年代初期，相当程度地表现为虚幻和夸张。

把政治抒情诗和生活抒情诗取得的成就加以综合发展的，是五十年代崭露头角的一批青年诗人。这些诗人多是当日受过中学或大学教育的青年学生，和部分初具文化水平并有一定工、农业劳动经验的人。开始的时候,他们多半只是业余的诗歌爱好者,后来写作多了才成为诗人。他们把在实际生活中积累起来的艺术经验输进了当日的颂歌体制中来。那些丰富而生动的来自活泼的改造和建设生活的素材,激活了原先显得板滞的艺术秩序,使这些既传达政治意愿又表现生活情趣的诗变得充实、丰富而有生气。

在军旅诗人中,李瑛是创作数量最多,发展也最全面的一位。李瑛诗集甚多,有《野战诗集》、《天安门上的红灯》、《红柳集》、《红花满山》等。

李瑛原是北京大学中文系学生,在校时即有诗发表。入军队后,创作数量大增。观察的细腻,表现的精致和设想的奇巧,使他的诗风呈现出委婉多姿的情态。他的总的特点和许多军旅诗人一样,在诗中寄托着作为国土守卫者的豪情。

由于时代对于深入生活的提倡,诗人们一般都通过自身从事的劳动,从中开掘具有普遍义的时代诗情。诗人们不是在想象中而是在具体的劳动和建设中,传递他们的喜悦和信念。这些诗篇凝聚了蓬勃展开的生活的景象,又无一例外地充溢着当代的豪情。

要是说,一些原先从事创作并受到传统的文学浸润的诗人,他们对新生活的适应方面普遍存在着障碍的话,对于和新生活一起出现的一代人,他们与他们所表达和服务的对象之间表现了几乎毫无芥蒂的和谐。

邵燕祥的《到远方去》可以认为是中国的新一代诗人向着远方进发的诗的宣告。

但诗歌的功能被限定无论如何是一个弊端。这个弊端由于社会的向前发展、随着它的内在矛盾的显露而逐渐表现出来。诗歌乃至整个方学的创作到底是个人的精神劳作,写什么和怎么写都取决于创作主体对于生活的感受,他的审美的积蕴和欲求,他来自内心的判断和冲动,等等。创作当然总与社会的外在环境相关联,也不可能脱离诗人处身其中的时代的总体特征和氛围,但创作的确是与个人极为密切甚而是取决于个人的行为。从这些方面来看,全社会一致的采取一律的方式和态度进行创作便是失常的状态。

颂歌在现实的矛盾现象面前遇到了障碍。首先是,诗人由于客观事实的诱发启迪,他的基于良知的单纯的动机与社会的时尚产生了大的碰撞。一批游离颂歌之外或与歌颂题旨有悖的诗篇受到了各种形式的责难。其中典型的例子是邵燕祥的《贾桂香》,邵燕祥后来不无沉痛地说"诗中所哀挽的死者的尸骨,二十多年该已化作尘泥了吧,而这首诗却和我一道经历了五十年代后期,六十年代直到七十年代初期一次又一次的批判"。(《献给历史的情歌》后记,一九七九)

像《贾桂香》这样的遭遇,是当日相当普遍的现象,其著名者还有如流沙河的《草木篇》,也是一个影响甚为深广的案例。这些作品和诗人都是在已定的诗歌的基本功能和方式这个障碍面前"触雷"。总之,由于这样那样的原因,历史造成了一批又一批诗人的"流失",包括邵燕祥,包括流沙河,也包括公刘和白桦,但这一切也都成了历史,如今的人们只能在那些深深的伤痕中,想见当年的惨烈。

颂歌体制下的诗歌生态,原与心灵的哀戚或伤感无缘,它的职能似乎只在表达欢乐。但与这种愿望相反的是,历史却在它的不幸中,酿造了一批悲愤的诗歌。那些后来被称为"归来的诗人"的那些写在不能自由写作的年代的作品,在我们眼前展现了一道悲哀的辉煌。这些作品除了前面提到的穆旦的那些生命的绝唱之外,牛汉、绿原、曾卓、昌耀等人也都在不能歌唱的年代里留下发可供歌泣的动人诗篇。

当大陆诗歌强调在民歌和古典诗歌的基础上发展的同

时,海峡的另一边,有一场同样规模的历时甚久的关于现代派的论战。

一个时代的诗歌会有自己的主调,但一个时代的诗歌若只剩下了或仅仅允许主调的存在,那就是畸斜。中国大陆的诗创作,是以五十年代大规模的欢乐颂为它的序曲的,可是这支序曲却一直延伸到"文革"的后期,它的漫长造成了诗歌生态的失衡。这种失衡不仅造成了贫瘠和单调,而且也造成诸多的不幸和悲剧。

那年代既有它的大欢喜,却又有它的大悲哀。欢喜的诗由一部分诗人来完成,而悲哀的诗则由另一部分诗人来完成。这样,中国诗的富足和完备就奇迹般地出现了。

这样的现实是由同一文化母体、同一诗歌渊源的全体中国诗人共同创造的。由于社会形态和地域环境的差异,中国两岸三地的诗人从各自对生活的体悟出发,共同创造了属于这个时代的充满矛盾和痛苦、而又呈现极为繁丽丰裕的当代新诗。

表达离乱后的乡愁最充分的是余光中。他是一位创作非常丰富的诗人,题材涉及也广,他的很多作品都与故国的思怀有关。也许是远隔造成了思想的真切,余光中的这些怀乡诗集中表达了那些在本世纪最大的民族离散中漂流的苦情。

在这个时期,余光中已作了《舟子的悲歌》、《钟乳石》、《莲的联想》、《敲打乐》、《白玉苦瓜》、《天狼星》等十多部诗集。在当代中国,他是诗作产量极为丰富的一位。余光中早年毕业于台湾大学外文系,获美国爱荷华大学硕士学位,受过完好的教育,在东西方文化方面有着丰富的学养,也是中国当代积蕴深厚,才力充盈的一位诗人。

五十年代的大陆诗歌,大的趋势是走向规整和律化。后来强调学习民歌,同时旧体诗歌也有很大的传播,尔后,在理论上便提出新诗应在民歌和古典诗歌的基础上发展。这些趋势导致大陆有一场由上而下发动的规模巨大的"大跃进民歌"活动,以及历时甚久的关于诗格律的讨论,与此形成对照的是,在海峡的另一边,则有一场同样规模巨大且同样历时甚久的现代派的论争。

在台湾这一场"现代派"运动中,纪弦是一位领导和推动整个潮流的人物,他把当日的诗歌创作展开了一个新生面。尽管这个诗歌运动本身存在着缺憾,但对台湾新诗的创作、乃至整个中国当代新诗的现代化进展,都有重大的贡献。纪弦在三十年代曾与戴望舒、徐迟等办过《新月》,他无疑是把中国新诗的现代主义火种带到台湾。一九五六年,纪弦发起成立"现代派",提出著名的"现代派六大信条",引发一场旷日持久的关于现代诗的论战。

这些讨论表明中国诗歌问题的复杂性,其实是涉及中国新诗发展的两个根本性的问题,即一方面,中国新诗必须面向世界,吸收外国的影响,促进自身的现代化进程;另一方面,中国新诗在从事这些努力时,要不脱离自身的文化传统,使诗更切近中国人的情趣和习性。五十年代在中国不同地区展开的论战,都存在着反向的偏颇:在台湾,是"横的移植"的强调;在大陆,是新诗应以民歌和古典诗歌为基础的强调。两者都有其失度的歧误。

中国新诗的这一个阶段,受中国特殊政局的影响,其中包括台湾海峡的阻隔,以及大陆的"大跃进"、"文革"的震荡,使完整新诗生长出各具异趣的,同时又是非常畸斜而丰富的形态。新诗在这个阶段的复杂的丰裕原是以全体中国人民的悲剧命运为代价的。

当伤悲累累的悲情的吟唱静静地回荡在中国边远的山野时,中国的颂歌时代正在走向它的终点。一些更为年轻的诗的挑战者,也正在用反叛的心情,编织着中国未来时期诗的蓝图。

富有的是精神[*]

热烈祝贺你们来到北大。你们将在这里度过20世纪仅剩的最后几年。在这几年中,你们无疑将接受本世纪全部伟大的精神财富,以及这一世纪无边无际的民族忧患的洗礼。你们将以此为营养,充实并塑造自己,并以你们的聪明才智在这里迎接21世纪的第一线曙光。你们是名副其实的跨世纪的一代人。你们要珍惜这百年不遇的机会。

发生在距今99年前的戊戌变法是失败了,但京师大学堂却奇迹般地被保留了下来,成为那次失败的变法仅存的成果。你们正是在这个流产的变法失败一百年,也是京师大学堂成立的一百年的前夕来到这里的。当你们来到这到处都在建筑和整修的学校时,百年的沧桑、百年的奋斗,百年的期待,一下子也都拥到了你们的面前,我设想此时此刻的你们,一定是在巨大的欢欣之中感到了某种沉重。

你们是未来世纪中国的建设者。你们将在未来的岁月中作出平凡的或是杰出的贡献,你们中有的人可能还会成为未来世纪非常出色的人物。但不论如何,1997年9月的今天,对于你们中的每一个人,都是决定自己一生命运的、不可替代的、非常重要的日子。那就是因为你们的名字和这所伟大的学校产生了联系。中国有十二亿人,你们的同龄人也应该以千万为单位来

---

[*] 此文为北京大学中文系1997级迎新会上的演讲,刊于1997年11月5日《光明日报》。据此编入。

计算,但只有极少数的人有幸能把自己的名字与这所学校联系起来。同学们,请以负重感来代替你们高考胜利的欢欣吧!

你们从各地来到北大,从现在开始,你们已结束了中学学习的阶段,开始了大学学习的阶段,在人的一生中,这是非常重要的时刻。虽然都是学习,中学只是普通教育,大学则是专业教育,这才是真正打基础的阶段,你们将来为社会服务的许多本事,是在这个阶段学到的。

去年也是这个时候,我在欢迎本系博士生和硕士生的迎新会上,也发表过一个讲话。那时我讲北大是做学问的地方,但是就重要性讲,还是做人第一、做学问第二。做人的问题很复杂,但也很简单,就是在人的质量和品德方面有高的标准和要求。只有人做好了,学问才能有好的发挥。

北大这学校出过许多学者,也出过许多革命者。这些学者中的出色的人物,往往是人的品行高洁,而学问也是前瞻和开创的。如李大钊,他最早把马克思主义引到中国来,他呼唤并参与了中国青春的创造;又如鲁迅——北大校徽的设计者,他在这里的身份只是讲师,但却都是中国文化的伟人。不论是李大钊,还是鲁迅,他们都是伟大的爱国者。所以,在这里,我想强调的是,做人和做学问的统一,爱国者和敬业精神的统一。

一个人成就有大小,水平有高低,决定这一切的因素很多,但最根本的,是学习。学习是不能偷巧的,一靠积累,二靠思考,综合起来,才有了创造。但是第一步是积累。积累说白了,就是抓紧时间读书,一边读书,一边思考,让自己的大脑活跃起来。用前人的经验来充实自己,先学习前人,而后发展前人,而后才有自己的发现和创造。

但无论怎么说,首先是学习,抓紧一切的时间学习。我的经验是,不要抱怨更不要拒绝老师提供的那一串长长的书单,那里边有的道理,你们现在并不理解,但是要接受它,按照那个参考书目或必读书目,一本一本地读,古今中外都读,分门别类地读。有的书要反复读,细读;有的书可以走马观花,快读;但是一定要读。这叫机不可失,时不再来。

我想告诉大家,我现在从事的工作,应付着方方面面工作的,不论是写文章、说话、论证、做判断,靠的就是北大本科几年的读书的积累。那时还有很多的政治运动,用到学习上面的时间并不多,但也就是那些有限的时间里读到的那些中国文学、外国文学、历史、哲学、语言学等方面的积累,支撑着我现时的繁重的工作。虽然时感知识不足,所知者少,但使我有能力去应付那千头万绪的局面的,还是北大当学生那几年打下的基础。

事实上,人一旦走上了工作岗位,现在这样专注的、系统的、全力以赴的学习机会也就随之失去了。等到工作临头,你发现罗曼·罗兰没有读过,高尔基没有读过,《离骚》没有读过,《故事新编》没有读过,但丁和普希金也没有读过,那时工作逼着你发言,你只好手忙脚乱地临时乱翻。那是应急,不是学习。匆忙中谁能把《约翰·克利斯朵夫》一口吞了下来?即使吞了下来,你又能发表出什么意见呢?离开了大学,可以说,你基本上失去了大学学习的条件,那时想起那一串长长的书单,我真是悔之莫及了。

所以,你们到北大来,我第一要劝你们的,是做书呆子。只有先做呆子,然后才能做聪明人。一开始就想做聪明人,什么都没有,而要装天才,做神童,那才是真正的呆子。聪明绝顶,目空一切,这是北大学生容易犯的毛病。我们要杜绝这种小聪明,争取将来的大智慧。

此外,要学好语言。不仅本国语言要学好,外国语也要学好。那种认为中文系学生不必学好外语的观念,是一种短见,是很浅薄的。现在国门开放,不是闭关锁国的时代了,中国要了解世界,世界也要了解中国,要靠语言这座桥梁。

除了外国语，还有本国语。现代汉语要掌握好，写文章要用语法，不要写错别字，文字要漂亮。更重要的，是要掌握好古代汉语，中文系学生不会直接阅读古文，是耻辱。不要读白话史记或论语今译之类的书，不是那些书不好，则是中文系学生应当掌握好古汉语，直接和庄子和李白用他们当年的语言对话。还有，也许已超出了教学大纲的范围了，但是我还要讲，那就是中文系学生应当学毛笔字，还要识别繁体字。以上所说，对别人可能是苛求，而对中文系学生而言，则是必要的和起码的。

因为文学是你们的专业，所以我还要谈谈文学，在我的心目中，文学是非常神圣的。我们讲敬业，就是要对文学怀有敬畏之心。文学，有人说起源于劳动，有人说起源于游戏。在文学的功能中，是有游戏的成分，有让人愉快让人轻松的作用。但文学从根本上说不能等同于游戏，因此，我们不能游戏文学。

文学中的优秀部分，最有价值的部分，是人类崇高精神的诗化。文学是一种让人变得高雅、变得充实，变得聪明、变得有情趣的精神劳作。我们学习文学，是要把文学当作事业去创造、去发展，去发扬光大，而不是把它当作手中的玩物。我讲这些话不是无的放矢，而是在感于当前文学的某种缺陷和某种失落。

号称全国最高学府的北大，物质条件很差，有的方面如学生宿舍则是超乎寻常的差。物质的贫乏并不等于精神的贫乏。在精神方面，北大是富有的，是强者，北大的这种富有，足以抵抗那物质的贫乏而引以自豪。走在我们前面的，有我们一代又一代的老师，他们一介布衣，终生清贫，但却是我们永远敬重的精神的强者。

城市与乡村*

尽管在理论上我们被告知,经济基础和上层建筑并不是平衡发展的,但中国现代史却提供了绝非个别的政治和文艺同步发展的例证。如在中国国内战争中,和政治上的"乡村包围城市"的举措相呼应的,在文艺方面就有一个以乡村为"基地"的"夺取"以及"吞没"城市的持久的行进。

在30年代红色巨流的涌动中,文艺是迅速地革命化了,但那时的"到民间去"或"到底层去"的走向"大众"的呼喊,多半表现为一种激情,实践性的成效并不显著。文艺的大众化流向表现出某种含混的和不确定的特点。

40年代初延安那个著名的讲话发表前后,情况就很不一样。从那时开始,中国迅即形成了以农村文化为本位的文学艺术主潮。在至少长达半个世纪的过程中,我们可以看到这一主潮无所不在的笼罩。

这一艺术潮流的基本表征,是它受到主流意识形态的决定制约,表现为行政力量和艺术的高度结合,以及它们明确的功利性。很显然,既然战争的胜负取决于农村的支持和农民的参与,那么,把文艺发展的方向和支点建立在农民的习尚和趣味上,就是非常合理的。

此后,从秧歌、剪纸、腰鼓和信天游的倡导开始,伴随着政策的制定和推行,以及目标明确的大批判的开展,终于造成了农村

---

* 此文刊于《艺术广角》1997年第6期。据此编入。

文化对于中国这一时期(至少是自40年代至70年代)的全面渗透和改造。

但中国新文学运动的发端和基础都是城市。五四新文化运动的领导者和多数参加者都是城市知识分子和受到西方现代文明洗礼的留学生,即使其中有人来自农村,却也是作为城市知识分子加入到这一以城市启蒙和改造农村的行列中来的。

因而,尽管有解放区文艺运动的巨大成就,尽管出现了以赵树理为代表的农民文化的经典作家作品,但五四新文学传统的根底和影响力依然十分强大。在中国文学的发展中,城市和农村文化争夺主导权和主流地位的潜在矛盾始终存在。这种互补而又抗争的拉锯状态,几乎贯穿在20世纪文学运动的全部过程之中。

延安时期反对"大、洋、古"以及对以《野百合花》为代表的一批杂文的批判,进城之后对萧也牧的《我们夫妇之间》的批判,随后在自由诗和"新民歌"问题上的论争,以及对穆旦、卞之琳乃至对蔡其矫诗风的批判等,都可以找到这种潜沉的两种文化对抗的迹象,无论是坚持还是有限的反抗,都证实了基于功利原因和农业社会本质的"吞噬"和涵盖的意图。

80年代以后情况大变,但这种大变却意味着一种新的畸斜。现今我们面对的是另一种主流的淹没。失去了土地的或学会了变卖土地的农民,他们在金融和商城支持下的文艺中找不到自己。

不无可以检讨之处[*]

已成为历史的新时期文学给人们留下了许多美好的记忆。文学从来也没有像这个时期那样和人们保持着如此亲密的关系:历史的风景,大地的苦难,民众心头的爱憎,文学如同一面明澈的镜子映照着一切。人们从文学作品中看到了自己一路走来的身影,听到自己心跳的声音。人们感谢新时期文学,为它的反思精神和批判锐气,为它义无反顾地维护人性尊严所作的努力。

要说这一阶段文学最可宝贵的历史经验,那就是文学成为大众生活中的需要,它满足着人们情感传达的需要和审美愉悦的需要。文学要是失去了这一点,成为一种可有可无的东西,人们在文学中找不到自己,那就是文学的悲哀。

80年代后期,文学受到商品社会的鼓舞,有两个重大的走向,一是从理想转向世俗,一是从公众性转向个人化。以往负荷过重的代言职能消失了,文学于是不再承诺。这些转向,可以看做是文学的进步,也可以看做是文学的陷落。

说进步是由于以往的中国文学受到内忧外患的驱使,一直把表现个人生活、情感看做是文学家的局限。在某些时期甚至视这种"个人主义"为"剥削阶级意识"的表现。一种理论长期要求作家压抑和取消自己的个性和风格,而使文学走向普泛化,这就造成了文学的歧误。

---

[*] 此文刊于《珠海》1997年第6期。据此编入。

文学写作从根本上讲是基于个人经验和体验并以此为基础的个人化的精神劳作。文学的成就往往取决于作家是否以风格特殊的技巧表现他所拥有的独特的感受和情怀。一旦文学失去了个性的特点，他的创造性就受到了致命的损伤。不幸的是，中国文学很长时间内就在这样的导向中滑行。因此，80年代后期文学的个人化，可以看做是对于历史歧误的根本的否定。

中国文学从来也没有获得像90年代这般轻松自由（不是一切障碍均已撤去，只是相对以往而言），文学家在这样的环境中可以做自己想做的事情，而无须听凭他人的指挥。这种氛围无疑是文学繁荣的先决条件，这是中国文学梦寐以求的理想境界，理应得到爱护和珍惜。

但是，文学也因而潜伏着危机。因为文学（不是全部）不再关心个人以外的世界，文学有意无意地回避现实生活中的严肃的题目，文学不再有历史的记忆，也不能激发公众的热情。于是文学除了受到文学圈内有限人们的兴趣，而在更大的范围，甚至是在社会更大的人群中受到冷落。文学沦为个人手中玩物而为公众所拒绝是文学的不幸。

不是说公众不需要，而是公众在失望之余转而他求。例如消费和娱乐的要求促使他们把兴趣转向了流行音乐、肥皂剧或通俗读物。他们的文艺饥渴在那里得到了部分的满足，而文学却因而失去了广大读者群。这就是中国文学在商品时代的特殊遭遇：文学家的孤芳自赏生成了和公众需要的距离；文学家若放弃这种"孤绝"而追随世俗的趣味而又最后失去了"自我"。

问题的症结在于对文学特质之认识的偏离。的确，文学的个人性应当得到尊重，但文学是基于个人的体悟而又作用于个人以外的社会这一特性却受到忽略，即使是最个人化的私密性的情感，也期待着引起他人的兴味和共鸣，绝对的个人性写作也许只存在于绝对的条件中,例如只供自己阅读的日记,或只供特定的第二者欣赏的情诗,等等。除此以外,文学作品总要"发表",发表也就是期待着引发他人的阅读兴趣并产生影响。90年代文学在这一点上,不无可以检讨之处。

临近赤道的故乡[*]

我在赤道附近发现了我的故乡,这话你可能不信,然而,我毕竟真真切切地在那里发现了我的故乡。

飞机从吉隆坡起飞,向东,飞越辽阔的南中国海。从飞机的舷翼下望去,透过茫茫的云层,我仿佛发现了曾母暗沙在不远的北方闪烁。机翼一抖,MH2712的波音飞机俯冲了下来,诗巫到了。

诗巫英文写作SIBU,读音应是西布。翻译成"诗巫"大概是此地华人的创造。一个诗字,把这里的风物和文学皇冠上的明珠联系了起来;一个巫字,更把这意境推向它的历史的远处。人们曾说,诗起源于原始的巫术。诗巫,既美丽又神秘的名字。我没有想到的是,这竟是我们又一个故乡的名字。

坐落在北纬三度、东经一一二度的这座城市,是马来西亚沙捞越州诗巫省的省会,美丽的拉让江从城市边上无声地、却又是荡人心魄地流过。虽然同是马来西亚,但从外面来到沙捞越需要出入境签证。待得我们办完入境手续,我们的大批行李已在那里等我们了,诗巫的朋友孙春富、黄国宝、蓝波、蔡增聪等已驾车在机场迎候我们。

朋友们听说我是福州人,都高兴地说,你可到家了,这里是福州人的天下,环顾左右,来迎接我们的主人,果然都是福州人,不过都是出生在这里的至少是三代以下的福州人了。

到了诗巫,不仅像是到了中国国内的某一个城市,满城都是

---

[*] 此文刊于1997年12月4日《闽北日报》原载。据此编入。

中国人和中国字,而且就像是回到了福州,这里的"第一语言"是福州话,连本地的土著也会,稍有不同的是,这里的福州话带有闽清的腔调,并不纯正。也许最初来这里开发的是闽清人,他们顽强地把方言留给了子孙。不过,感到惭愧的却是我,我的福州话讲得远不如世代远离乡土的这里的乡亲们。

诗巫被称做"新福州",就是说,福州人在距离故国万里之遥的赤道临近,用勤劳的双手建造出了另一个家乡。这里的居民80%是福州人,其余是土著达雅人,还有一些马来人。福州人住城里,达雅人住城外,他们相处得很融洽,也通婚。

我们到达诗巫时是六月一日,正是达雅人丰收节的首日,在城里工作和做工的达雅人都回家和家人团聚了。为了欢庆达雅人的"春节",诗巫也放假,福州人和达雅人有互致节日问候的传统,他们像走亲戚一般地在福州人的春节和达雅人的丰收节时串门祝贺双方的节日。我们到诗巫的第二天就参加了整整一天非常紧张又非常欢乐的给达雅人拜年的活动。这是毕生难忘的一天,我会在另一个场合记述下那一切。

在新加坡的时候,华族的朋友们告诉我们,他们都供祀一位叫"大伯公"的神。我问他们是佛教还是道教的神,回答不出来。到达诗巫的当天下午,我们就拜谒了此地的"永安亭",祀的正是"大伯公"。进庙一看,原来也是"乡亲",是福建人非常热爱的慈祥的老伯伯——福德正神。小时候在家中,父母亲也敬这神,家中也设着"福德正神"的神位。不过到了海外,称呼更亲切,也更富人情味了。

孙春富先生告诉我们,永安亭的"大伯公"是1897年从厦门渡海而来的,次年建庙,历经海浪、火灾和日机轰炸而无恙,至今已满百年,而且百年香火不断。

在诗巫,我们随处一走,满耳都是乡音。这里的银行、企业和商行,都是福州人在经营。可以说,是福州人开发了这片过去蛮荒的土地,是他们和本地的土著一起创造了这里的文明和财富。他们在这里繁衍发展,已经是几代人了,而他们依然说的是家乡的话,吃的是家乡的饭菜。

在诗巫,有地道的福州菜馆。福州的干拌面、"锅边糊"、光饼已成为当地人的日常小吃,令人吃惊的正是这些。出洋谋生的人,不仅把自己的汗水和智慧贡献给了这里的土地,创造了这里的繁盛和富庶,而且整个地把生活方式和习俗都搬了过来,连同原先的土地守护神。也许更让人吃惊的还在于,这些按照家乡的风俗说话做事吃饭的人,他们中的绝大多数人并没有到过闽江入海口的家乡,至少从他们的父母亲起都出生在距离故土很远很远的靠近赤道的这片常绿的大地之上。然而,他们却让我在这里看到了一个非常真实而具体的故乡。

我在遥远的拉让江畔找回了我童年的梦。乡音、乡情,甚至我童年时节喜爱的家乡食品——"光饼"是戚继光将士们的干粮,"征东饼"也是纪念这位民族英雄的,如今,这位将军正屹立在厦门鼓浪屿的日光岩下,日夜隔海眺望着那一片魂牵梦绕的土地。这一切,我都在婆罗洲北端的异国他乡相遇了。

在诗巫短短数日,我每日都沐浴着故乡的亲情。诗巫的主人们都是我的文学朋友,却又都是家乡的亲人,我们共同拥有了遥远土地的怀念和记忆。从这里往北望,是曾母暗沙,是南沙群岛,再往北便是南海和东海,在东海边上的闽江入海口,那一片黄绿的土地,正是我和我的沙捞越的朋友们共同的家乡。

而此刻,我还在赤道边上,这是天气炎热,但却有潮润的海风和豪爽的热带雨,这里所有的叶片都绿光闪闪,这里的花开得不可名状地繁华。在这里,由于亲人般的团聚而使我无端地有了惆怅,我要寻找我童年时节离去的舅舅(这是真实的故事,我叫他永康舅),那灾难的年月,他大约是十八九岁的年龄,在福州生活不下去,他去了南洋,为了投靠亲友,他也许到过这里,也许今天还在这里,也许他已不在,但他的后代也许在这里,和我的朋友们一样,在沙捞越、在诗巫,建设着新的生活,和我们的达雅人、马来人的朋友们……

特别的崇武*

　　福建惠安的崇武镇,是个很特别的地方。它是个半岛,叫崇武半岛。陆地到这里就是尽头。崇武伸向海中,房屋、田园、居民和居民饲养的牲畜,都无遮拦地裸露在滔天巨浪之中。这里风和浪都没有受到任何阻挡,它们夜以继日地、无止息地袭击着崇武的大地和人群。而这里的人似乎也特别,他们好像是专门选择了这大陆的尖端,这路到了尽头的、任凭海浪和飓风无休止地打击的地方,繁衍生息,一代人又一代。

　　崇武有一个完整的城,古城墙包围着崇武镇,蜿蜒于万顷碧浪之上。它飘浮着、涌动着,如一只抛在海上的巨大的银戒指。这城墙建于明代,已有六百多年的历史,和北京的古城墙年龄相仿。但北京的城墙已经消失,而它却完整地屹立着,在风浪无遮拦地袭击着的地方,在半岛的尖端,在路的尽头。

　　设想当初建立这城,也许是为了抵抗外侮(如今它的城墙上还留着炮弹轰击的伤痕),也许是为了获得一种安全感——在不设防的裸露之中,求得一种遮蔽式的防护。那城墙也就成了海边居民的亲密守护者,它的根基牢牢地咬住了海边坚硬的岩石。城墙保护渔民,渔民保护城墙,它们友好地相处,数百年历经天火、兵燹、暴雨烈日、惊涛骇浪而坚定地站立着。

　　半岛承受着千年的风霜,那些凶狠而无所顾忌的风,一路呼

---

*　此文初刊于1997年12月6日《检察日报》;又载1998年3月17日《海南特区法制报》。据《检察日报》编入。

啸着径直向着那城垛、那房舍、那灯塔冲过来。然后,又打着呼哨回旋在上空。一般的树木在这里很难站稳,就是北方常见的挺拔的青松,这里也少见。倒是木麻黄、台湾相思树这些高大的乔木和顽强的灌木,却能抗着那风、那浪、那燃烧的炎日而挺立着。干涸的沙滩上,到处生长着绿得发黑的铁一般的龙舌兰,它们也把有力的根深深地扎向地层,吸取稀少的水分,也好抗击那外界的侵害。这些植物,和这里的人一样,都是能够战胜险恶环境的很坚强的物类。

这崇武城由石头垒成,垒它的石头就来自那海岸线上耸立的石山。灰扑扑的一片,一径地铺向海去,和那隐现于浪涛中的岛礁融在了一起,是浑然不可分的坚定和顽健。除了城是石垒的,这里的房舍也都是石垒的,庙宇、河渠,乃至于电线杆,无不用石材造成。这一切都标示着崇武的性格:石般的坚定和强悍。

崇武人亲近那石头,一面又塑造那石头。开采、切割、打磨,都用人的一双手。庞大的、坚硬的、粗粝的石头,到了崇武人的手中,特别是到了崇武女人的手中,都化作了可以随意塑造的柔软和生动。这里的人,原来是以饱和着生命的血肉之躯,战胜那无边无际的冰冷和无情!

福厦公路到惠安,又出一线,径直东行,到了大海,路就消失了。不说这里离文化的中心腹地有多远,即使是离厦门、泉州,甚至惠安,也还有相当的距离。"边缘"、"僻远",用什么词来形容这里的远离中心,都不算过分。但边远并不意味着隔膜,特别对崇武这样的地方,就更是如此。

令人诧异的还不止是这里的自然景观,还不止是它的荒凉和贫瘠如何地造出了顽强、坚定的繁盛,而更是这里特异的人文景观。它在大陆的边沿,在延伸入海的最后一片陆地上,这个过去的渔村、如今的小镇,却有着较之内地并不逊色的诗和小说,艺术和文化。

人们谈得最多的是这里的女性——著名的惠东女子。她们的服饰、她们的婚嫁,以及她们的情感世界,都谜一般地吸引着人们的兴趣;而人们却很少了解这里的精神生产和艺术创造。惠安和崇武的石工举世闻名,他们会创造皇家宫殿的梁柱和础石。崇武的石雕艺人能够把粗糙的花岗岩镌刻成镂空的环珮和狮子的含珠。那些可敬的崇武的女人们,她们能够用双肩背起、挑起、扛起数百斤的石材,用她们的赤脚,从山巅、从海隅。

在海滨的风沙和贫瘠之中,如同这里花一般开放的女性那样,这里开放着文学艺术的花朵。一切也如同这里的环境和氛围,如同这里的自然和人,崇武的精神之花同样是:愈是艰难,便愈是美艳。

人口不多的半岛渔村,居然办了一份纯文学刊物。在这个已有十多年历史的《崇武文学》的周围,活跃着一批颇有潜力的作者队伍。这里还有一个崇武诗社,它拥有一批新诗人,如同内地的青年诗人那样,他们对现代主义和后现代主义都不陌生;除此之外,诗社还集聚了一批写旧体诗的诗人。让人非常吃惊的是,他们还办了一个专登旧体诗词的诗刊《海韵》,这举措即使在文化很发达的地区,也是很少见的。这《海韵》也有近十年的历史了,如今还在定期开展吟诗活动。这个诗社得到海内外的热心支持。这不能不是崇武这地方的另一奇观。若说自然景观多半天成,而人文景观则是不可重复的热情和坚韧的创造。

遥远不一定造成隔膜,艰难不一定造成贫乏,这就是特别的崇武给予人们特别的启示。

试着找门 *

读林斤澜文章如嚼橄榄,先苦后甘。这一组题为《门》的小说读起来也颇为艰辛。用通常读小说的办法来读《门》肯定不行,得慢慢咀嚼,方能悟出藏在字背后的"味儿"来。林斤澜的小说是高浓缩的,又是跳动的,所以读起来费劲。

《命门》、《敲门》、《幽门》、《锁门》。四篇用门命名的小说,除了共有一个主要人物"退休诗人"之外,其余人物、故事各异,是一组相对独立的"小短篇"。

《命门》取"生命之门"的意思。这可看做是一篇"梦幻小说"。开篇借"西方一位诗人"一首诗做引子,点出"自己敲了门""而我却没有找到我自己"的悖谬。退休诗人傍晚散步迷路,进了一家宅院,那里有一美丽少妇在用钥匙开自己的门,那门未能打开,少妇顷刻间变成了老妪。

诗人于是大呼:"谁也没有打开过,那是生命的门"。他也因而"醒"了过来,终于认出了自己家的单元门,但见老伴正与邻居打麻将。他从麻将的"几番"引出"几番风雨几番愁"来寄托人生易老而未如愿的现实的慨叹。

这小说很有"黄粱梦"的意境。

《敲门》也借幻觉,但说的却是一个真实故事。实写的"有人敲门",却借开门之际映出幻象,这幻象暗示表妹自沉的哀悼。

有人敲门,几次问是谁,都答"我"。开了门,却不见人影。楼

---

* 此文刊于《北京文学》1997 年 12 月号。据此编入。

道静静,有一摊水盆大的水迹。这是"鬼敲门",是退休诗人的幻觉。那午间他的一梦,梦见水盆中浸出人头,长发,是一位少女。

《敲门》很像是悼亡之作。表妹受到家庭干预(父亲锁了楼门,大哥钉了窗户)而终于死去。她因何而死,又如何死的,小说均不作交代,唯有"水遁"二字是提示。民间有鬼敲门的传说,这里也是借用,其实是退休诗人的心有所感,生出幻觉来。小说不在写实——尽管它说的是曾经发生过的实事。

四篇中《幽门》最凝重,也最成功。《黄庭经》云"后有幽门前命门",这里也许不取这意思,而只是"幽默之门"的缩写。

退休诗人"三十年前"机智而幽默,往往妙语如珠。但却因此在某次运动中获罪。从此而后,"幽门"便关闭了。诗人不仅不再会幽默,甚至也失去了正常的应对能力,即所谓的"失语"。

这次"头儿"恩典,让他在家里接待外宾,特别关照老伴提醒诗人:"不要做检查"、"千万不要认罪"。诗人真的有点紧张了:"那我说什么呢"。

这小说也有穿插,是在诗人"东抓西挠"内心紧张的瞬间出现的往日那些令人憎恶而恐怖的场面。然后是"一个哆嗦,全身裸裼,脑子一片空白"。虽然挖空心绪,抓出了一个"线头",却依然是"检讨"和"认罪"。

这是带泪的喜剧。诗人失去了幽默,小说最后却因而复归于幽默。但读者得到的不是"笑"而是"哭",无泪之哭。

《锁门》也是往事。退休诗人终于瘫在了床上,往日的女友前来会他。他开不了门,回答的是"别等我起来"。这原是诗人一首叙事诗中的情节性警语。不想今日却成了真实的写照。

昔日的女友是现今的"奶奶"。她原想有一个重温旧梦的"浪漫"的会晤的,不想回应的却是一首断续的游丝般的"宝塔诗"。这小说也是一曲挽歌,作家在用"轻松"的笔墨写人生的至痛。"一辈子打开过多少,就是打不开自己的门",这是结语,也回应了开篇《命门》的主题。

　　林斤澜的短篇小说写得非常用心,字句反复推敲,绝不滥用,叙述和交代也精简到极限。我开头说过,他的小说是"高浓缩"的,含量很大。他知道短篇的特性,不允许铺排,他省俭到近于吝啬。所以造出了他的小说的跳跃的效果,因为中间省去了许多形容词和关联词,所以读者需要用自己的想象去补充和衔接。这对现在的短篇越写越长是个有力的警戒。

　　短,也许还容易学,而林斤澜小说的那"怪味",却是"独一份",别人是学不到的。这就是他长期修炼所成的"正果",也是他独特风格之所在。别的不提,单说小说中"油炒荸荠"之类的形容,别人是想不到的。

初读《舞者》*

担担的诗集以《舞者》做开篇,轻盈的舞步,曳地无声的长裙,带给我们的是一种青春的召唤和感动。也许那里的期待只属于一个人,但它的至情却会征服阅读这些诗的人。担担的这种纯情的抒发,几乎充盈在整个诗集的篇页中:"月华如水／梳理我残旧的年轮／不知这褪色的面庞上／是否还有你最初的吻痕?"这样美丽的句子中有淡淡的忧伤,也有忧伤中的热烈,这种青春时期的轻淡的愁绪,它对所有的人都会有一种感染,或者是联想于当前,或者是追寻于往昔。

都说是,诗到底只为或只属于个人,这话对于取消或漠视诗人的个人价值的年代,自有它独特的意义。但事实上写作行为本身并非仅仅对着个人。即使是爱情诗,即如此刻,我们面对担担的"舞者",想到的是所有的人都可能有过、或都可能体会得到的那种在多情雨季里等待、那种焦虑和随后而来的欢喜——尽管我们承认"舞者"只期待着唯一的观众即唯一的读者,但发表和出版的本身却意味着个人的影响和传达。此时的私语性质便改变了,成为了社会性的精神共享。

在诸种文体中,诗最适于表达最细密的情感,它天然地接近女性,特别是青年的女性。诗在这些年轻的女性手中能够呈现出万种风情。我知道许多女性都写这样的诗,写作成为她们存在和追求的诗意的方式,《舞者》的作者也是这个诗歌潮流中有

---

* 此文刊于《诗潮》1998 年 7—8 月号。据此编入。

才华的一位。

　　这部诗集当然不仅谈论爱,也谈情感的其他方面,以及女性潜在的生命状态,涉及的内容也还广泛,但大抵围绕一个情字,而且生发于爱的追求、其间的愉悦与烦忧。应该说,这是诗也是文学,特别是诗的永恒主题。从古到今,很少人不写情诗,爱情是重复而又重复了的题目。爱情不怕重复,但诗就不同了,很多人都写爱情诗,但能被记住,并得以流传的却只是少数,而这些能被记住的诗,往往具有超越重复的独特性。《舞者》的作者在写作的时候,也许并不曾想到被选择或被认可,但不论她是否意识到,她已身置其中。

　　读她的诗,人们当然不会怀疑这是现代女性表达的现代情感,例如"车站"使她感到"所有的忧伤和幸福都不会停留";再如那个生日约会的等待,"出租车是没有家的虫/你在车里/我在雨里"都是现代的感受。但读担担的诗不只使人感受到现在,而且感受到了超越时空的旷远,这就把担担的诗与别人的诗区别开来了。

　　担担的诗有一种古典的情韵。她把传统的有着深厚内涵和独特审美穿透力的意象引到了现代诗里来。这就大大扩展了她的诗的表现力,并具有了古典与现代融汇的特殊美感。一枚镂空的"银戒",那花纹中积满的"陈香",仿佛听见外婆在一个久远的夜里的叹息,"外婆还听见/那红石榴又在偷偷爆裂吗?"担担诗中有许多这样的"旧故事",把当前所发生的事件向着远处延伸,它们深深地拨动着读者的心弦,这里的意韵就已不单是当代吟咏所能限定的了。"风止时/轻飏的黄花跌落/有一朵飘进了窗口/那里还会有目光/直望到老巷的深处吗"(《旧故事》);"空无的心内没有阳关/只有那株伫立已久的野兰"(《笔触》);"表哥/你还在两千年的桥上/等我吗?/可是　桥下的水/又流了两千年"(《老戏》)。这些诗句,由于传统的加入,使担担的诗显得深厚从而把它和一般化的和单层面的流行之作区别了开来。

  担担的诗多精练,好为短章,每章约十余行,超过二十行者较少,盖由短句构成,句长大约十字以内,超过十字者亦少。这种自我节制表明了作者的素养。初读《舞者》便觉气韵不凡。以上文字算上是一种读后感吧。

        1997年冬于北京大学畅春园

香港新诗的历史和地位[*]

文化背景

香港因为它的特殊地位以及经济的奇迹般的发展而变得越来越重要了。香港的艺术,文学和诗在以平静的甚至是低姿态的方式悄悄地影响着中国当代文学、艺术的架构和格局。因为香港是一个特殊的社会,因此香港有着特殊的文化形态,香港文化是与金融社会的经济形态相联系的,香港的经济实力也借文化的实力显示出来。有一种自以为是的香港是文化沙漠的时髦说法,不是由于无知,就是由于偏见。对此,许多人已有论证加以辩驳,黄维樑有专文《香港绝非文化沙漠》对此进行涉及面很广的论述。黄国彬在《香港的新诗》概论中对此也有阐释。这里的论述是在赞成上述学者意见的前提下,而且是在确认香港的不仅有文化而且有着它的历史与繁荣层面的基础上进行的。

首先涉及的是艺术的有关方面,特别是通俗唱法的流行歌曲。邓丽君在香港和台湾的演唱一时风靡大陆,她的圆润清脆的纯情演唱,清丽之中又有淡淡的哀愁的情韵,的确令大陆听众为之耳目一新。特别是在当日,那种生硬、冰冷而且寡情的音乐的统治下,邓丽君的一曲清歌让人感到真实自然的声音是多么的可贵。接着是时装艺术、广告艺术、书籍和商品包装,乃至影视和舞台的演出艺术,从着装,台风到语言表达,都表现出香港

---

[*] 此文初刊于《香港文学》1998年第2期。据此编入。

风情无所不在的潜在影响。过去视为资本主义世界的有害因素,如今却在转换它的价值观念。这不能不是转型期的中国对于世界的一种积极和灵活的姿态。当然,随之而来的也有负面的影响。这责任在于模仿以及引进的无选择和盲目性。

至于诗歌,香港的诗歌目前的确没有在外界获得更多的关注。原因还在于隔膜,外界对香港诗的注意不及对台湾诗界的关注。但香港的新诗作为中国新诗的一支脉流却是从20年代开始形成,而且直到今天也在商品世界的挤压中艰难地发展着。处身于香港的这种特殊文学环境中,一般非通俗的文学生存本就极难,何况是读者本来就很少的新诗?

溯源及发展

正因为外界对香港的所知有限,因此有必要对这一特殊地区被掩盖的诗的特殊历史及现状,做一个简要的描述。

这里对香港诗的历史及现状的叙述,参阅了诸多有关资料,特别是黄维樑的《香港文学初探》,卢玮銮的《香港文纵》和黄国彬的《文学的欣赏》以及《诗双月刊》的有关专文。

香港的新诗活动直接受到五四新文化运动的影响,但新诗的创作、出版、传播显然要晚于内地。20年代,香港由于与上海的海上交通十分方便,故上海的新文艺的风气总是通过香港并由此传入广州。20年代中期,香港新文艺开始萌发。《大同日报》、《南华日报》等报副刊开始刊登新文艺作品。一九二八年以后《星花》、《伴侣》创刊;一九二九年《铁马》及《岛上》创刊,岛上社成为刊物主力,其中刊有新诗。侣伦在《岛上的一群》中说到岛上社当日的处境:"那时候的香港的确是寂寞的:古老的封建文化笼罩住整个社会,透不出一丝新鲜气息。而这一群人所尝试的新文艺工作就像孤军突起似地挣扎在这个黑暗的环境之中。"(《向水屋笔语》)《铁马》《发刊词》说它的主旨在于倡导"慰抚灵魂"和"震撼灵魂"的纯文艺。

30 年代香港出现了两种诗刊《诗页》和《今日诗歌》。有一批香港本地的诗人参加筹办和撰稿。李育中发表在《今日诗歌》创刊号的《都市的五月》——

> 皮革的鞋
> 沥青路温柔地承着
> 艰辛跋涉的行脚
> 火热的太阳
> 照在孤露的人巢
> 又落在白巴拿马帽笠
> 烘热的风包围着
> 倦怠了的电动扇

这诗风与 30 年代内地流行的左翼派诗情调颇为近似,大体上反映了当日香港与内地诗歌同步发展的态势。但香港诗的大面积繁荣,还是抗战开始以后的事。战时香港地位很重要,大批内地作家南下在这里时间或长或短地从事新文学的活动,其中萧红、许地山、戴望舒在港时间较长。尤其是戴望舒,作为现代诗人,他在香港的活动,对香港新诗的推进起了深远的影响。

一九三八年戴望舒主持《星岛日报》的"星座",他希望"星座"能与社会"同尽一点光明之责"。一九三九年他除了主编《星座》,还与张光宇等合编《星岛周报》,与艾青合编诗刊《顶点》等。他在香港为繁荣新诗不遗余力地做着贡献,以他的那些具有思想转变历程的代表作品如《萧红墓畔口占》、《元日祝福》等,也以他对香港新诗运动的有效组织工作。

从 30 年代到 40 年代,香港诗的运动,持续有力地受到内地进步文学的影响,开始是普罗文学,后来是抗日救亡,到了 40 年代后期,则是迎接新时代的震撼。这一时期香港诗最普遍的内容,是揭示市民的生活真实状态的诗篇。这些诗,大体奠定了30年代至40年代香港诗的基本形态。众多的诗人从内地来到香港,又从香港转向各地。由于他们的到来,使香港在本世纪50年代之前一直处于后方的文化运动中心的重要地位,而与重庆、昆明、桂林和延安相互呼应。除了戴望舒之外,抗战胜利之后,在内战烽烟中来到香港的还有袁水拍、陈芦荻、邹荻帆、黄宁婴等。

40年代结束,对于中国社会来说是一个重要的转折点,文学也在这时发生了一个大的分野。被隔离的中国,以大陆、台湾、香港的三分法,开始了它们各自形态的发展。其间中国大陆的变化最激烈,由于各项政治运动和批判运动的开展,文学和诗的发展也最畸形。相反,倒是台、港两地的文学大体上延续了五四开始的新文学的基本形态,平静地发展和变化着。

大陆虽大,但却与世隔绝,数十年处于自我封闭的状态。相形之下,台、港则于开放的和交流的世界中。台、港两地,因为社会性质相近,人员和作品的交流很频繁,黄国彬对此有过评述:"50年代和60年代,台湾的现代主义,超现实主义盛极一时,许多诗人都设法把西方现代诗歌的技巧移植到中国来。这种风气,当年也是香港新诗的一个特色。崑南、王无邪、叶维廉、马朗等人在《文艺新潮》上发表的作品,都有很浓的现代色彩。这种特色也可以见诸《好望角》和《中国学生周报》的《诗之页》。在五十、六十年代的现代浪潮中,香港和台湾的诗歌是互相影响,互相冲突的。此外,由于香港有些诗人(如叶维廉、戴天、蔡炎培、温健骝)在台湾受过教育,与台湾的诗人有来往,因此在风格上两地自然有相近之处。"(黄国彬《香港的新诗》)

50年代以后力匡、黄思骋等的《人人文学》、马朗创办的《文艺新潮》,刘以鬯为《香港时报》主编的《浅水湾》,都以显著的位置发表新诗,对新诗的现代化起了重大的促进作用。洛枫在《香港早期现代主义的发端》(载《诗双月刊》第八期)文中高度评价了马朗以《文艺新潮》为阵地对倡导新诗现代主义的贡献。一九五六年创刊的《文艺新潮》,共计出版了十五期。它在香港新诗向着现代主义进展中的重大作用,得到学界的公认。刘以鬯和梁秉钧都肯定《文艺新潮》在促进香港早期现代诗发展所具有的引进和启蒙的意义和作用。在它的影响下,一九五五年出版了《诗朵》,一九五九年出版了《新思潮》,一九六三年出版了《好望角》,这些工作都对香港新诗的发展起了积极的促进作用。马朗回忆说:"想办《文艺新潮》是一九五九年秋天的事。当时,海外烽火四起,世乱日亟,香港的人心和现在一起动荡……我们出版这本杂志,从头就是要在革命的狂流中开始一个新的革命,一个新的潮流——这个潮流就是现代主义……","在这个时期以前,受到政治势力的影响,我们的视听都被蒙蔽多时。回到香港,破除蒙蔽的屏障重新观看里外的世界,我们觉得处身于一个史无前例的悲剧阶段,面临新的黑暗时代,彷徨迷失,于是感到需要一个中心思想,在文学上追求真、善、美的道路,要在艺术上建立理想的乐园。这便是朋友们后来所说的推动新的浪潮的'历史任务',也就是我们最初要在革命的狂流中开始一个新的革命。这个新的潮流,就是现代主义。"(马博良《〈文艺新潮〉杂志的回顾》,香港《文艺》第七期)

  对现实的困惑和失望转而在文艺和诗中实现理想的真、善、美境界,现代主义在香港的移植也披上了东方文为世用的色彩。马朗在他为《文艺新潮》写的发刊词的题目是《人类灵魂的工程师,到我们的乡下来》。该文宣称"理性和良知是我们的旗帜和主流、缅怀、追寻、创造是我们的使命",这里的现代思潮浸透了中国知识分子的使命感和入世精神。他们要在一种新的艺术精神下面发扬传统的道德力量。可以看出,香港的现代诗的作品比台湾纪弦一班人的宗旨更接近中国的传统精神。从它的宣布来看,作为一种艺术思潮,它与现实的关系更为切近,它是应心灵的召唤和对现实的寄托而选择了现代主义的。它受中国传统诗人的入世精神的驱使,而使现代主义在这里得到某种相应的改造。

现在看来,香港的中国新诗在 20 年代,尽管五四的新诗革命精神从内陆转到此地是一种迟到现象,但是由于当日前驱者的传播,使这里也直接受了五四的薪传。很快进入了 30 年代,直至 40 年代,左翼提供的现实诗风对这里的创作有较大的涵盖。可以说,大体在 40 年代之前,由于也感受到中国的艰难,香港的诗风同样介入了社会和民生困苦。到了 60 年代,则如上所述,香港与台湾相对地与大陆产生疏远,因此时两地的诗艺交流台、港多。当时正是现实主义潮流涌现的时期,而在这里成为主导现象的却是现代主义时风的披靡。现代主义潮流为香港诗坛带来了活泼生机,但也使部分诗风转向晦涩,甚至在某些人那里成为一种流行现象。对此,黄国彬有过较为冷静的评论:"成功的作品,浓缩凝练,摆脱了三四十年代的不少陈腔。语言、意象、主题都十分新颖;失败的作品,主题含混、焦点模糊、结构松散、语言凌乱、意象杂糅,连作者本身也说不出所以然来。"(《香港的新诗》)这种诗风趋附时尚的现象,持续了整个 60 年代,进入 70 年代始有较为冷静的调适。

现代风的吹刮,促使人们生发出对于理想化的艺术殿堂的景仰和膜拜,于是往往迷恋于那种刻意造出的现代氛围。相反,如三四十年代那种对于现实的锲入反而淡漠了。因此,有的评论家认为"在 60 年代,许多诗人即使生活在香港,也不大写日常的生活,而是写比较遥远的题材,写想象中的世界,笔触比较出世。"(黄国彬《香港的新诗》)概括地说,60 年代的香港新诗比较浪漫——它与现代主义的移植及改造有了奇异的结合;进入 70 年代则是一种反浪漫的趋向,写实倾向有了新的兴起。香港的地方生活氛围和人们生活的实际情况开始得到更多的注意。可以说,香港重新进入了诗人的视野,香港也受到更多更切实的关注。

进入70年代,在香港出生或在香港长大的诗人都已进入诗坛,他们有可能获得比前辈那种流动性、即兴式更为固定和稳定的生活条件和写作条件,来表现他们自己的环境,风情或人情的思考。例如羁魂笔下的旺角和也斯笔下的北角或鲗鱼涌,都是这种追求的成果。在也斯的《北角汽车渡海码头》中出现了大都市繁忙紧张且又有些清冷的场面——

> 情感节省电力
> 我们歌唱的白日——熄去
> 亲近海的肌肤
> 油污上有彩虹
> 高楼投影在上面
> 巍峨晃荡不定
>
> 沿碎玻璃的痕迹
> 走一段冷阳的路来到这里
> 路阶指向钛色的空油罐
>
> 只有烟和焦胶的气味
> 看不见熊熊的火
> 逼窄的天桥庇荫下
> 来自各方的车子在这里待渡

在看似冷静的画面中无声中传递着诗人对于生活的专注与凝视,这当然不是对于周围世界无动于衷,而是一种切实的关注。

同样写与70年代的黄国彬的《天堂》,也表现了诗人对这个都市真实生活的更为深入的剖析——

> 天堂的街道生长期便秘的大肠
> 早上,中午,黄昏
> 都塞着一团团的汽车,
> **(里面坐着生活安定的**
> **Executives 和靠股票生活的男女)**
> 痛苦地,半寸,半寸,蠕动。
>
> 打呵欠的黄昏,
> 被的嗒亮度够了的写字楼职员
> 患神经衰弱的写字楼的职员
> 西装里的一条公式,
> 打天星码头一星期奏六日单调的
> 大钟下跄踉走过;
> ……
>
> 钢筋水泥是梦魇,
> 自灰暗的天空向下狰狞,
> 千万双盲瞳空空窥射满衢阴森
> 自四面八方扑下来扑下来
> 欲噬你吃罐头长大的百多磅
> 要逃,你会逃入不同牌子的虎群

这里有对真实生活的锲入,也有传统的对于城市的压迫感,以及对这种压迫感的初始而潜在的反抗的激情。"长期便秘的大肠",具有现代风,其中融汇着现代主义对于城市的批判,但却明晓通畅,它代表了典型的70年代的思考。黄国彬还有一首

《逼近》是写地产公司的兀鹰眈眈逼视，人们居住受到压迫的困境。

70年代以后，香港地区诗刊诗社勃兴，胡国贤在专文《从"文社"到"诗社"》中曾说："70年代开始，文社风潮，日渐消退，但不少文社成员继续以'个人'身份努力创作。本来成就不大的'新诗'，反而由此开拓了新的蹊径——那些文社'过来人'，于文社潮的滔滔浩浩中溯洄涵脉，进而专注于'新诗'的创作和提倡，更直接间接地导致80年代'诗社'及'诗刊'的勃兴。"（《诗风双月刊》总二十期）这段文字透露了文学社团和刊物的盛衰进退对于文运诗运的关系，香港的诗人总在这种浮沉交替之间得到某种鼓励和切磋。可以说，70年代至今，香港诗界的创作出版大体趋于稳定，诗人的创作也积累了丰富的经验。

80年代以后，随着大陆政治局面的改观，台湾与大陆来往趋于频繁，各地诗的交流也有了加强、隔膜与偏见逐渐得到消解，大陆自朦胧诗开展以后，三地两岸之间的诗观也逐渐接近，彼此隔离和对立的情况有了改善。各地诗刊开始互登作品。逐渐地趋于沟通和对于大中国新诗构局的体认，这是中国新诗从创始到今日历时七十余年间出现的最好的互通和交汇的历史时机。

生存环境

香港新诗作为中国新诗的一部分，当然与五四的新诗传统同一源头。作为与中国古典诗词相对应的中国新诗，不论它在中国的哪些地方生长，它总带有中国新诗的共同性不言而喻。但是，由政治的和历史的原因造成的各个地域之间的差异，不仅影响到经济，而且影响到文化以及文学。中国的各个部分在长达数十年的彼此间离中，在同质之中产生各具特色的异质，这是它们彼此区别的基础，研究者对此自然不能回避甚而忽视。就香港地区的诗而言，它是有别于中国大陆和台湾的，首先在香港是一个长期被割裂的殖民地。从行政隶属来看,在一九九七年七月一日以前,它是英联邦成员——是英国的一块海外辖区。但它的百分之九十四的居民却是中国人,讲粤方言,其文化形态、家庭组成,民族习性都与中国本土的居民相同。但它又是华洋杂处的地方,英国的属地,加上国际性的金融中心、贸易中心,是世界性的大都会,它受到西方文化的浸润相当深刻。教育制度、社会形态,风俗礼仪自然也受西风的深刻影响。中西文化的交汇和流动,以及两种文化差异带给居民的心理压力和紧张感,当然是香港以外的中国人所难以理解的。如下一首诗,它通过城市街道的纷繁,所传达的意绪则是典型的香港人那种飘浮不定的无根诗意——

> 方向是东
> 方向是南
> 方向是西
> 方向是北
> 有人从街口的地方走出
> 面对大群的人和飞驰的
> 街车忽然被嘈杂的声音
> 击倒在地上看见四方八
> 面而来的车辆和人群不
> 停地运行他发觉自己站
> 的井字形的路口上和众
> 多交通灯的颜色指示
> 混乱的方向
>
> 我们的脑海里
> 找不到固定的路向
> ——迅清:《方向》

这是典型的香港街头的也是香港人心灵的诗意。香港的诗，就在这样的环境中发展。它有相当的优越性获得世界性的艺术方法、意象系统和语言传达，因为它与世界息息相通。香港了解世界，世界也了解香港，在国际交往中，它不存在障碍。因而香港的诗与世界潮流没有隔阂，它的地位和处境使它在接受最前卫的诗观和诗式时，显得是顺理成章的自然。

香港身处世界的漩涡之中，因此诗观上也是开放而自由的。香港世界性的地位，使在这个地区里所有的来自各个国度的人都平等而和睦地相处。它的文化多元形态首肯了文学和诗的多元性。在一个资本发达的自由地区，文学和诗的民主性几乎就是先天的，它绝对不能容忍单一模式的专横和强加。就诗而言，多种艺术思潮在这里的存在犹如商品在香港市场上一样，它们平等，但它们又在平等的前提下优胜劣败，自由竞争。

所以香港诗的多向度的选择是它的基本生态。但在这优点的背面，即它在对于中国的文化母体的了解和汲取方面，有着异乎寻常的陌生感。加上政治和意识形态的因素，这种陌生感甚至还包含了某些警惕和提防。香港人的民族根意识是强烈的，它保存了中国文化传统中那些最稳定的部分，例如作为社会的细胞的家庭以及社会意识，但它又对未来的生活感到隐忧和不安。

香港的文化和文学目前大体保持了此种两难的处境，这也成为当前香港诗内容及形式风貌方面的一大特征。如下一首诗所写，就充分表达了香港诗人的这种失衡而不宁的心态：

　　　　这就是我所谈的悲哀
　　　　这就是我们的背景
　　　　桌上堆满废纸、烟灰缸和黄色刊物
　　　　这一年依旧属于镜花水月
　　　　无爱无云

没有汉魏
没有唐宋元明
还没有回醒……

造诗读哲学
耳旁响起
你是中国人,你是华夏子孙
外面还加上音乐
通向邻家厨房的门还没有关好
西方空气依然可以
放进来

忽然想起甘乃迪
也许看一看艾略特
也许看一看李商隐、曹雪芹
他们依然在
在我的梦魂
——马觉:《香港·一九七〇》

  对前途的怀想,某种民族自强的兴奋又夹杂着失落感和不安全感;对强大而悠久的中国文化感到骄傲和自豪,但历史性的飘零产生的无根感,又使之怀有自卑心理。加上香港日常用语以粤语和英语为主要语言,这样对于以北方官话为基础的普通话的陌生甚而畏惧,使他们在文化上既认同又疏远,这也影响到香港诗的创作和繁荣。公平地说,一些香港诗人的作品中的语言并不规范,中文和英文夹杂,粤方言的入诗,加上一些只有粤、港人才能理解的字词,都损害了香港诗的质量。如"人们演讲咸湿的故事/并且加一些粗口"。这里的"咸湿"和"粗口",在普通话里并不流行。

香港地面不大,一岛,一半岛,加上新界,居民六百余万。它是个港口,与大陆近在咫尺,与台湾遥望可及,因此在地理位置上,是个桥梁或跳板一类的性质。这里人员来往频繁,注定了它的流动性。根据黄维梁的分析,香港作家诗人大体分出如下四种类型:第一,土生土长,在本港写作,本港成名;第二,外地生本土长,在本港写作,本港成名。以上二类,如舒巷城、羁魂、胡燕青、陈德锦、钟晓阳、也斯等。第三,外地生外地长,在本港写作并成名的,如倪匡、戴天、徐速、司马长风等。第四,外地生外地长,在外地已经写作甚至已成名,然后旅居或定居香港,进行写作的,这类作家为数不少,如刘以鬯、余光中、何达、蒋芸、钟玲、徐訏等(以上分析见黄著《香港文学初探》)。

流动性的好处是交流的机会多,技艺的切磋,友谊的增长,情感的融汇,信息流通快,对于各地的优长之处能够得到采集和消化。这样,香港地区狭小活动空间有限的缺点,也得到弥补。无形间为香港拓展了时空。香港的这种繁忙,匆促,紧张,也使香港的诗渗透了这种大都会的节奏。而缺点也在于这种流动性影响了稳定发展和固定的格局。总是来去匆匆,总是行云流水,少有沉下来的功夫做扎实的建设。这样,最终也影响到香港作品的厚重感。

定 位

地位的重要性是无可非议的,尽管这样的认识在当前并没有引起人们的注意,但的确有着不可动摇的重要性。当开头,我们评价香港从流行音乐到流行服饰对广大的大陆——从沿海到内陆腹地,从东南河网地区到西北黄土高原——一样,人们只看到它的不积极和不健康的因素,而很少能够改变一下视角和视点,例如,对于僵硬的,大一统的,后来是以粗暴的行政手段强行一致的文化格局来看,香港的轻松、灵动、不拘一格对它的冲击,就是积极有益的。

从冰山的一角消融那千年的积雪,而后化为一脉溶溶春水。数十年一体化思想指令下的中国新诗以一种自封的"最好"的方法和思维习惯笼罩,它的职能就是排斥"异端",对一切与规范化意图不同的统统予以禁止。而如今,从香港和台湾辗转锲入的这些文化潮流,对于改变文化大一统的凝固状态,对于建立一种多方位、多向度的综合而多彩的大中国文化和文学形态无疑是一种可贵的开端。

中国大陆新诗因为置身内陆,内地幅员广大而地理面貌复杂多变,虽有水乡江南的柔和风物,但高山大河、戈壁荒原多半呈现一种博大沉雄的气势。香港在中国诗的总格局中,它当然不属于这一类风格。它以身处资本世界、而又是贸易中心的世界大都会,能够传达出一种国际性的多种文化融汇交流,既矛盾又和谐的特殊风格。这个开放的自由港所提供给中国传统的,是更多的现代艺术潮流的信息。此外,香港也还有在不同文化冲撞中,中国文化既为主体又有对于异质文化大幅度的吸收和改造,以及重新熔铸的能力。一种改造和丰富中国传统、又具有世界性的诗风的形成,对于中国长期封闭的诗界无疑是一股新的空气的加入。

另外,中国从总体上看,是一个农业社会,农业国家。因为农业是社会的主体,因而中国的都市并不发达,表现大都市的意识的诗尤其缺乏。近年来社会开放,城市意识虽有增进,但在诗中的表现仍不普遍,特别是正面涉及城市生活情态及市民日常心态的现代都市意识的诗很少。香港诗在中国新诗的出现,无疑是这方面的光辉。它在这方面的贡献,是中国其他城市包括上海、台北、广州、深圳都无以取代的。从香港的诗来看,这方面的写作是相当充分的,香港诗人写中环、湾仔、铜锣湾、旺角、北角,以及沙田、九龙塘,写有轨电车、写缆车、写尖沙咀轮渡,写九广铁路,也都相当普遍和深入,这在中国其他城市是很难与之相比也难以赶上的。当然这不仅仅是在选材涉及上看,而是就它的深入看,写都市的繁荣的同时,也写它的积重;写它的现状的同时,也写它的历史;还涉及生态保护、社会福利等等,在这些方面,香港诗的重要地位当然无可争议的。

一九九三年六月至七月,初稿于香港湾仔,
　　一九九七年十二月改于北京大学。

风雨相伴而行[*]

中国当代文学作为一门独立的人文学科，形成于70年代末，即"文革"结束之后。北京大学是最早成立当代文学教研室并开设当代文学基础课的学校。随后，为适应教学的需要，几位老师又编写出版了中国第一本当代文学的教材。1978年北大开始招收第一批当代文学硕士研究生。80年代中期，经国务院批准，建立了中国第一个当代文学博士点，至今已有十余届博士入学，已先后培养了二十余名来自国内和国外的当代文学博士。

中国当代文学这一学科从草建到今日的具有相当的规模，我是一个亲历者。在这之前，关于中国当代文学的研究相当薄弱，水平也低。"文革"前多数的情形总是在讲授完现代文学史之后，作为一种附录或补叙，一般总是用一、二节的课时简要地对1949年以后文学创作和文学思想斗争的情况作些介绍。到了"文革"结束，这情况就不同了。不仅时间一下子增加了十年，文学创作在数量上和质量上也都表现出崭新的气象。这样，再把当代文学看成是现代文学的一条"光明的尾巴"就很不适宜了。一个新学科的建立，于是成为必然的趋势。

中国当代文学在当时一些人们的心目中，是个很没有成就、而且不值得予以研究的题目。在很长的时间内一些人也经常流露出一种不屑的神情，关于这一学科"没有学问"的偏见相当普遍。

---

[*] 此文刊于1997年12月30日《今晚报》。据此编入。

其实,中国当代文学是一门名副其实的鲜活的学问。涉足其间者,需要有一个面对变幻莫测的事件,以及事件背后更加变幻莫测的文学以外的原因的应变能力和从容心态。这个研究领域充满了风险。有许多权威的"定论"和"成见"预设在那里,它成为独立思考和创造性思维的障碍,稍有疏忽,便会引来麻烦。这困难几乎难以逾越。

当代文学的研究对象是近期甚或是眼下发生的文学事实,未曾经过历史的沉淀。距离太近了,往往有很多人为因素的干扰。因为置身其间,观察的精微、判断的准确、处理的适当,都会有局限,这当然会影响到客观、公正、科学的纯度。

更为重要的是,在当代文学(此处仅指中国大陆的当代文学)的发展中,文学严重受制于当代的政治,政治的加入增加了研究的难度。50年代以来的文学运动,无不带有强烈的政治性,更多的时候它本身就是政治运动的一种变形。这种政治的渗透和笼罩所带来的困难,甚至还不在由于二者的纠缠所带来的难于辨析上,而在于这种研究的本身就可能引来政治对它的干预——这种干预已是当代文学史上屡见不鲜的事实。

当代文学研究的这一特殊背景,往往使本专业的研究者心怀忐忑。但这只是事实的一面;在另一面,对于执著的研究者而言,困难以及困难的克服,本身就是一种乐趣。因为对学术研究真谛的另一种表达,可能就是"困难的解决"。

中国当代文学是一门无限生长着的学问,它每天都在为研究者提供新的资料。不断增长的信息量,对于研究者可能不是福音,对材料的取舍和筛选,剔除那些浮泛和表面性的东西,从而保留那些有用的信息,如何透过烦琐和芜杂而获得真实的认识,这一切,对于研究者的才气和毅力都是一个严重的考验。

一方面是已成历史的文学的昨天,一方面是正在生成的文学的今天。当代文学学科的研究者,始终都面对着不断增长的

"昨天"和同样不断出现的"今天"。总结"昨天"属于文学的范畴,把握"今天"则涉及文学批评。这两项永远的题目,使这些研究者处于永远的挑战之中。一方面要清理过去的史料,一方面要补充和提炼正在发生的事件。站在今天和昨天之间的当代文学研究者,他需要付出双倍乃至数倍于人的精力,才能够完成他们业务。

更何况,伴随这一业务的完成的,不仅是那些不断涌现的陌生的面孔和陌生的声音,更有无处不在的陷阱和禁区。这里有难以预测的风雨雷霆,需要穿越"雷区"的谨慎,又需要处变不惊、当机立断的才识和勇气。当代文学学科的形成和建设的历史,就是这样风雨相伴而行的历史。许多作家和理论工作者都为这一学科的建设付出了代价,站在这里,都会产生一种庄严的心情。